龍が哭く

河井継之助

秋山香乃

PHP
文芸文庫

○本表紙デザイン＋ロゴ＝川上成夫

龍が哭く

河井継之助

目次

プロローグ

「長岡と江戸は近いでや」

継之助は雪焼けした顔をほころばせ、河井家に嫁いできた新妻に平然と嘘を吐いた。

まだ十代でなにも知らないすが子は、夫のとろけるような笑顔に他愛なくのぼせ、そんなものかと合点した。

だから、一緒になってわずか二年ですが子を置いて、「すぐそこにある江戸」へ遊学にいくと言い出した夫に、無邪気に訊ねたものだ。

「会いたくなったら、すぐにまた旦那さまに会えましょうか」

継之助は大真面目に請け合った。

「もちろんだ。信濃川を上って山ひとつ越えたらもう江戸だ。ひとっとびだぞ」

「まあ」

すが子は小首を傾げた。

夫は、まるで一日、二日で会えるような口ぶりだが、

（あんな大きな川を上って、お山を越えるなんて、遠いんじゃないかしら？）

さすがに妙だと思ったものだ。

だが、嬉しそうに出立する夫を前に、湧きあがった疑問は口に出せなかった。出せないまま二十年が過ぎた。

その間、何度か継之助はすが子を置き去りに、「近い」はずの江戸へ出ていった。いったん出ていくと、すが子のことはたいてい頭から消えるらしい。すぐに会えるどころか、まる二年も戻らなかったことがある。手紙もほとんど貰えなかった。

寂しくてたまらなかったすが子に、

「殿方とはそういうものだすけなあ」

義母の貞子が、諦めたように慰めともつかぬ言葉をかけてくれたものだ。

――今、すが子は貞子と一緒に三国街道を踏みしめ、かつて夫が意気揚々と歩いたろう道程を辿っている。楽しい旅ではない。故郷長岡を追われての道行だ。

峠を伴う薄暗い山道は、もう夏も近いというのにいまだところによっては雪を含み、ぬかるみは足を重くした。

冬になると空がどす黒くうず巻き、遠方から眺めるとまるで龍の巣窟のように見える山だ。真冬に豪雪をかき分けて越えるなど命知らずなのはいうまでもないが、ここ三国街道は春になっても雪崩の危険を孕み、過去に長岡藩士らが、一度に七人も遭難した悲劇もあったらしい。

「江戸」は、新しい時代の象徴のように「東京」と名を変えたという。

（東京なんて……馴染まない）

すが子は夫が妻の自分より夢中になった「江戸」を、ずっと見てみたかった。長岡から「江戸」までは、天候がよければおおよそ七日の旅らしい。

（嘘ばっかり。七日もかかるなんて、遠いでや）

文句のひとつも言ってやりたいが、継之助はもういない。四年前に長岡を戦場に変えて散っていったからだ。残されたすが子と義父母は、長岡を灰塵に変えた男の家族として白眼視された。

無理もない、とすが子は思う。長岡の城下町は、戦火に侵される前は緑豊かな杜の中にあった。お濠は毎年雪解け水に洗われ、常に澄んで清かった。夫は、そのすべてを跡形もなく壊して逝ってしまったのだ。

数えきれない人々が、無残な最期を遂げた。今、生き残っている者たちのほとんどは、家族のだれかをもぎ取られた者たちだ。さらに、ろくに住むところも食べ物もなく、まさに辛酸を舐めている。

戦に導いた継之助を憎むのは当然だった。そういう者たちに、河井家の墓は何度建て直しても倒された。義父は心労がかさみ、昨年、無念のうちに亡くなった。すが子は義母貞子を連れ、故郷を出ることを決意した。

明治五年、すが子は三国街道を歩いている。

「旦那さまの歩いた同じ道を歩いて、私はやっと今、あの人と同じ景色を見ているんだわ」

ことさらはしゃいでみせるすが子の横で、気の強かった義母の老いた目が時おり湿る。

（私がしっかりしなければ）

弱気を見せたら、もう二度と立ち上がれない気がし、すが子は歯をくいしばる。長岡の女は「吹雪の中で咲いてこそ美しい」と言われて育てられる。逆境の中で輝けてこそ長岡の女なのだ。

（義母さまは必ずこのすがが守ります。だから旦那さま、見守っていてください）

それにしても、自分の夫、河井継之助とはいったい何者だったのだろう。死んでなお、すが子を翻弄し続ける男だ。

英雄だったのか、とんだ大戯けだったのか。

そのどちらの評判も耳にした。いまさらながら、すが子は夫の真実が、たまらなく知りたかった。

第一章　月白の目覚め

一

嘉永三（一八五〇）年のことだ。黒船の来航前で、世の中はまだのんびりとして、長岡は平和に満ちていた。すが子はほんの十六歳、継之助は二十四歳の若者だった。目出度いはずの婚礼の話が実家の梛野家へ持ち込まれたとき、すが子は自分の将来の夫が、城下でもたいへんな変わり者で通っていることを知っていた。河井継之助という若者は、昔からなにをしでかすかわからぬ危うげな人物として目立っていたからだ。

嬉しい、とは思わなかった。物静かな夫のもとで、ひたすら平穏な一生を送ることを理想としていたすが子にとって、継之助は正反対の男ではないか。

なんでも子供のころは、幾つも年上の男たちとしょっちゅう喧嘩をしては傷を負い、血を流したそうだ。が、それはいい。すが子が不思議でならなかったのは、継之助は流れる血を拭きもせず、ぼたぼたと滴らせながら平気な顔で歩いていたというくだりだ。

（どうして血を拭わなかったのかしら）

女の頭で幾ら考えても答えは出ない。嫁いだ後に訊いてみたが、別に訳などないという。

「気にならんかったゆえ、そのままにしておいただけだ。おすがは可笑しなことを訊く」

逆にこちらのことをいぶかしげに見る始末だ。

継之助は、文学、弓術、剣術、馬術と一通りのことは習ったようだが、まったく師の言うことを聞かぬ男で有名だった。どれも我流でこなし、漢詩なぞは詠めぬでも本が読めればそれでよい、弓は飛べば事足りる、剣も振れれば十分だ、馬は乗ればそれでよい、とうそぶいたとかなんとか。そんな継之助の気質が、もっぱら母親譲りと言われているのもすが子を憂鬱にさせた。

（いったい、どんなお姑さまなのかしら）

だから母に呼ばれ、嫁入りの話が進んでいることを聞かされたときは、

「嫌でございます」

喉元まで出かかった。だが、女の身のすが子に夫を選ぶ権利などあろうはずもない。ただ小さな抵抗のつもりで頷く代わりに項垂れた。母はそれを娘らしいはにかみと受け止めたようだ。そのあと、とんとん拍子に決まってしまった。

婚礼の日、初めて見た夫は、背丈はさほど高くはないが体つきは精悍で、鳶色の目がぎょろりとして怖かった。まるで浮世絵で見る龍の目のようだ。背が高くすらりとしたすが子だが、絡め捕られた獲物のように縮こまった。

婚礼の儀式も祝いの宴も終わり、初めて二人きりになると、いよいよすが子は身を強張らせ、

「不束ものではございますが、なにとぞよろしゅうご指導くださりませ」

紋切型ではあったが、三つ指を突いて精一杯の思いで挨拶を述べた。それから全身、耳となって夫からの初めての言葉を待った。すが子は一生それを忘れずに、大切に胸に抱いていくつもりであった。

継之助は思いのほか優しげに目を細め、

「俺が、継之助だ」

驚くほどの美声で名乗ったあと、意外なことを口にした。

「この縁談は俺が望んで進めたことだ」

えっ、とすが子は目を瞠って夫を見た。頬が火を噴いたように熱くなった。身が

震えるほどの嬉しさに涙がじんわりと滲んだ。

もし本当に自分が継之助自身に望まれたのだとすれば、もうそれだけでじゅうぶんだとさえ思った。

（きっと、これからのどんな苦労も耐えられる）

「どうしてわたくしを……」

この人は知ったのだろう。出歩いて回るような男勝りのところもなく、継之助の母のように女だてらに学問に秀でて俊英なところもなく、辛抱強いのだけが取り柄の目立たぬ女だ。年頃になって花のように可憐になったと世辞は言ってもらえるが、城下に鳴り響くほどの美人でもない。どきどきと高鳴る胸の鼓動が聞こえはしまいかと恥じらいながら、すが子は継之助の次の言葉を待った。

「いや、おみしゃんの兄上が」

「えっ、兄さん……」

「うむ。稀に見る実直者で良い仕事ぶりゆえ、俺は好きだ。その妹御なら間違いはあるまいよ」

「……ああ、そう……でございますか。兄さんが」

なんだ、とすが子は自分が恥ずかしくなった。喜びが大きかった分、落胆も大きかった。だが、おかげでくらくらする緊張は解れていた。

――こうしてすが子の、継之助の妻としての苦難の人生が始まったのだ。

二

安政六（一八五九）年、七月。

雷交じりの土砂降りの山陽道を、継之助は弾む足取りで、飛ぶように進んでいく。胸には一枚の紹介状が、濡れぬよう油紙に包まれ、大切にしまわれてあった。目指す地は、板倉勝静の統べる備中松山藩領（現岡山県）だ。すが子と夫婦になって、おおよそ十年の月日が流れ、継之助は三十三歳になっていた。

妹尾から板倉の地まで出たところで山陽道から外れ、松山道へと入る。その追分から城下までは八里ほどか。

初めは楽な平坦道が続くが、それでもずぶずぶと草鞋を泥道に突っ込みながら歩けば、瞬く間に足も重くなる。追い打ちをかけるように、二里ばかり行くと山中になった。

革色の雨水を蓄え、瀑布を作りながら逆巻く濁った渓流の飛沫を浴び、山肌を左右に臨む谷底の川岸を突き進む。山を這いずる大蛇のようなこの川は、松山川（高梁川）といい、水島灘に面する玉島まで延びている。

途中何度か継之助は、岩を砕いては高く跳ね上がる奔流に呑み込まれるのではないかと冷や冷やしたが、もともと困難な状況が好きな男だ。この雨中の旅も、いかにも自分に似つかわしい気がして、自然と口元に笑みが浮かぶ。

実践を重んじる陽明学に傾倒し、十七歳のときに誓いを立てた。自らが行動を起こし、長岡を住みよい国にするのだと——。今、その誓いを守るため、備中の地を踏んでいる。

急がねば、夕刻までに到底城下に着きそうにない。日の暮れた川沿いの雨道は、足を滑らせたら命取りだ。こんなところで死ぬわけにいかない。まだ、己は何一つ、男の仕事を成していない。

（いや、こんなところで死ぬなら、それでもよいのだ。所詮は天が俺を必要としてない証だからな）

山中のわずかに開けた地に小さな村落を幾つか見たが、継之助は途中で足を止めて宿を取るつもりはない。何時になろうと備中松山の城下まで休まず行くと決めた初志を貫くつもりだ。

——どうして、そんな妙なことにまで頑固にならねばならないのかしら。

ふと、すが子の見慣れた顔が浮かんだ。融通の利かない継之助を非難しているわけではない。すが子の場合、心から首を傾げているのだ。

（うるさいぞ、おすが）

継之助は頭中に浮かんだすが子を叱責する。刹那、雷が鳴った。

（よほどこちらの方がうるさいな）

「静まりやがれ」

今度は雷を叱りつける。すると不思議なことに雨が止み、やがて煌々と月が照り始めた。

（みろ、天が俺の前途を祝福している）

雨に洗われた岸壁に青白い光を弾く月明かりを頼りに、継之助は揚々と歩いた。

松山城下に着いたのは、五つごろ（夜の八時すぎ）である。この地には、板倉勝静の腹心、参政山田方谷を訪ねてきたのだ。

この男、学者だが机上の論で終わる頭でっかちではない。学問を実践の場で生かし、備中松山藩の藩政を実際に動かしている稀有の人材だ。

なんといっても重職に就いてわずか八年で、十万両もあった藩の赤字を、逆に十万両の黒字に転じさせる神業をやってのけている。いったいどのような手腕をふるったのか。

（俺は知りたいのだ）

方谷の藩政改革の成功は、継之助の心に希望の火を灯した。しかも方谷が修めたのは継之助が傾倒している陽明学だ。我が師と仰ぐにふさわしい。

弟子入りして教えを乞うことができたなら、そしてほかの誰でもない、この自分こそが方谷の教えを実践したならば、同じく財政難で喘ぐ長岡藩も、ここ備中松山藩のように大きく変わるに違いない。

（早く会いたいものだ）

方谷が藩政改革に邁進した八年は、継之助にとっては蹉跌の八年だった。

二十六歳のとき、継之助はいずれ藩の役に立つ男になるため江戸遊学を果たした。高名な学者の門を次々と叩いたものの、自身を満足させ得る師には、ついぞ出会えなかった。

継之助は、いつも焦れていた。

転機は江戸遊学二年目、継之助二十七歳のときに訪れた。ペリー来航に日本が揺れたころのことだ。難しい時局に老中を務める長岡藩主牧野忠雅が、身分の上下を問わず、広く藩士に藩政上の意見を求めたのだ。

継之助は好機とばかり、直ちに建白書を書き上げ提出した。その内容は度を越して激しかったが、忌憚ない意見を述べたつもりである。罰せられるのは覚悟のうえだ。

実際、同じように建白書を提出した者たちの中には、藩主忠雅の不興を買い、謹慎を言い渡された者も何人かいた。だが、今の藩政の愚を激しく批判し、時事を論じ、現状に沿った改革案を述べた継之助は、驚いたことに取り立てられた。家老を補佐する立場の評定方随役（ひょうじょうがたずいやく）に大抜擢（だいばってき）された。

河井家は、まだ父代右衛門（だいうえもん）が藩庁に勘定方として出仕しており、継之助は本来ただの部屋住みの身である。これまでなら考えられぬ登用だ。

継之助は、思い切った人材登用を断行する名君忠雅を戴（いただ）くことのできた己の幸せに打ち震え、改めて主君と長岡に忠誠を誓った。

（俺は殿の期待に応える藩政改革を行い、きっと長岡の柱石（ちゅうせき）になる）

気負ったのも束（つか）の間、なんの力も発揮できぬまま、あっという間に辞職に追い込まれて終わった。

いわゆる門閥（もんばつ）の家老たちが、ことごとく継之助を無視したからだ。継之助は、まるっきり「そこにいない者」として扱われた。何を言っても、言葉は藩の重役たちの上を素通りし、反対の声すらまともに取り上げてもらえなかったのだ。

自分はそうして失敗した。だのに方谷はどうだ。出自は百姓で、元は叔父の家業を継いで油売りをしていた男だ。

条件は方谷の方が厳しい。おそらく方谷の身分を越えた登用は、自分と同じく藩の門閥から激しい反発を受けたに違いない。執拗（しつよう）な嫌がらせや妨害もあったはずだ。

門閥だけではない。藩庁に勤める役人たちも決して協力的ではなかったろう。そういう四面楚歌の中、いったいどうやって己の理想を実際の政の中に落とし込み、赤字から黒字へと見事な逆転劇をやってのけたのか。

（知りたい）

継之助は方谷と失敗した自分とを比べ、自身の足りぬところを学び、今度こそは長岡を変えていきたいと切望している。長岡も膨大な借財を抱え、疲弊しきっている。そして不正に満ち、汚職にまみれている。備中松山もそうだったと聞く。腐りかけた藩を、方谷が一つ一つ変えていったのだ。

（俺にもできるはずだ）

一度は失敗したが、悪かったところは直せばいい。

方谷は、多忙な人物だと聞く。紹介状はあるものの、本当に会ってもらえるかはまだわからない。それでも、江戸から四十日ほどもかけて備中松山までやってきたのは、継之助にも引けぬ理想があるからだ。

松山に着いた継之助は、その夜は城下の宿に泊まり、翌日方谷を訪ねた。

留守居の者は、ここにはいないと首を振る。遠方から来たのだ。はいそうですかと引き下がるわけにはいかない。

「それでは先生は何れへおられましょうか」

「ここより三里ばかり北へ、川沿いに山中を分け入った長瀬という地に居を移しておりますじゃ」

ほう、と継之助は目を瞠る思いだ。

「さらに奥地へ……それはいったいなにゆえであろう」

藩政改革に携わる者が城下にいないというのは、どういうことなのだろうか。気負う出鼻をぴしゃりと挫かれた気分だ。

どうも方谷という男は、これまで継之助の会ったどの男とも違う種類の人物のようだ。摑みどころがないが、そう思っているのは余所者の継之助ばかりで、土地の者はもう慣れているらしい。

けろりとした顔で、

「田畑を耕しておりますよ」

当たり前のように答えた。

城下から未開の地に分け入って、新田を開発しているという。

なるほど、長瀬までの道々に、継之助は開墾したての田畑を幾つも見た。

昼過ぎに汗だくで長瀬に着いた継之助は、そのいかにもできたての村を見渡した。方谷自ら「開墾している」らしい。家を訪ねるより田畑を回った方が、早く会えそうだ。おそらく一藩の参政にはとても見えぬ格好で、泥にまみれて鍬を握っているはずだ。

小さな村落である。たいして探すまでもない。十室ほどもあろうかと思われる普請途中の屋敷近くの田で、そろそろ頭を垂れ始めた稲穂の中に、腰を沈めて雑草を抜いている初老の男がそうではないのか。周りには、弟子と思しき若者たちが額に汗を光らせ、口々に何かを論じあっている。

継之助は深呼吸をすると、よく通る声で呼びかけた。

「越後の長岡から参りました河井継之助と申します。方谷先生はいらっしゃいますか。正直に申します。拙者、長岡にて政を変えようと試みましたが、あえなくしくじってございますゆえ、先生に経世済民の教えを乞いとうございます」

継之助の声は長瀬の細長い山麓に、

シクジッテー、シクジッテー、

と面白いくらい木霊する。

案の定、初老の色黒の男が腰を叩きながら、ゆっくりと立ち上がって継之助を見た。なにか木彫りの人形のようにごつごつとした印象だ。継之助は方谷に朴訥とした温かみを感じた。方谷はゆっくりと頷くと、

「聞きたいことがあれば、とくとお答え仕りましょう」

まずは胸襟(きょうきん)を開いてみせた継之助に、即座に応じた。

あとの作業を弟子たちに任せ、造りかけの屋敷に継之助を導く。

「よくおいでなした。もてなすものは虫の音しかござらぬが、今夜は泊まっていきなされ」

夜を徹して話そうかと誘ってくれているのだ。まだ胸中の紹介状を出す前だ。突然やってきたどこの馬の骨とも知れぬ自分を親身に招き入れる方谷の、あまりに自然な気負いない所作に、継之助は柄にもなく感動した。

(これは……今まで会った学者どもとはまるで違う)

継之助は、自分が生まれて初めて誰かの影響で大きく変わるかもしれぬ予感に慄(おのの)いた。

普請中の屋敷は、強い木の香りに包まれている。

客間用の座敷にはまだ畳が入っていないらしく、継之助と方谷は茣蓙(ござ)敷きの板間に対座した。

開け放たれた縁からは秋の気配をはらむ風が、心地よく流れ込んでくる。

継之助は改めて挨拶を述べ、胸元にしまってあった紹介状を方谷へと差し出した。

「先生のお傍(そば)に仕え、一年でも二年でも、ものになるまで学ばせていただきとうございます」

神妙に頭を下げる。だが——。

「できぬのう。すまぬが、なかなか、もう弟子をとるほどの暇がないのじゃ」

親しみをこめて温かく屋敷へ招き入れてくれた方谷だったが、継之助の弟子入りの懇願には、あっさりと首を横に振った。

暇がないというのは、真実に違いなかった。大きな成果を得ているとはいえ藩政改革はまだ途上なのだ。それだけでも激務だろうに、方谷は備中松山城下から三里も離れた未開地を、こうして自ら開墾している。事前の約束もなくひょっこりやってきた見知らぬ男に、かまっている暇などないだろう。

（わかっていたことだ）

継之助にしても、簡単にことが運ぶと思っていたわけではない。断られたりあしらわれたりするくらいのことは予想していた。

（そうなりゃァ、首を縦に振ってくれるまで、何日でも通いつめるまでじゃ）

そう気負いながら、はるか西国の備中松山までやってきたはずだ。

自分の中に宿る経世済民への熱い思い——長岡をだれにとっても住みよい国に変えたいと願う気持ちを、きっと同じ心で藩を導いたであろう方谷に、わかってもらうつもりだった。

(だのに、俺としたことが……なにを狼狽えているのだ)

ああ、俺は――と継之助は思う。この男に学びたいという思いが強すぎて、自分でも驚くことにあがっているのだ。

こんなことは初めてだった。殿さまの前ですら平常心を保てる継之助が、惚れた男を前にのぼせている。

(いかんぞ。いかんいかん、こんげなことではいかんぞ)

方谷は、遠方からはるばる自分を頼ってやってきた継之助に気の毒そうに謝罪し、数日滞在していくことを勧めてくれた。その間に知りたいことがあればなんでも答えようと請け合った。

ありがたい話に違いない。が、それでは足りない。継之助は、なんとしても弟子入りしたいのだ。

(どうすりゃァ、認めてくれるのか)

頭に上った血をしずめるため、継之助は外の景色に目を走らせた。そのとき、まだ庭とは言い難い敷地に聳える赤松の、巨木の枝の合間に覗く蒼穹を何かがスイッと行き過ぎた。

やませみだ。二尺ほどもあろう羽を広げ、獲物を咥えて悠然と滑空している。黒地に白の細かい斑を散らした羽模様は、まるでしんしんと舞う長岡の雪の夜空のようだ。

継之助は越後長岡が好きだった。

欠点は多く、未曾有の財政難に青息吐息の藩だ。あげくに自分を無視するような藩だが、なんとかしてこの手で生まれ変わらせたいと切望するほど好きだった。

故郷の雪景色を思い出させるやませみを見ているうちに、継之助の中でたまらぬ思いが堰を切った。

「先生、我が長岡は今、瀕死の重傷です。わずか貢租（収入）二万両の小国が、年に五万両を超える支出と二十三万両にものぼる借財を抱え、喘いでおります。先生に教えを乞い、微力ながらこの継之助、倒れそうな我が長岡を救いたいのです」

方谷は、改革を短期間の間に次々と断行したことで名高い男だ。こちらが何か言えば、常に打てば響く反応が返ってくるような切れ者を、継之助は想像していた。だが、実際の方谷は、すぐには答えず、赤みを帯びた広く平たい額を掻いただけだ。

奇妙な間ができた。

継之助の悲壮な情熱は空回りした。やがて頭も冷めたころ、見計らったように方谷が口を開いた。

「さような状況では、近い将来、長岡は、にっちもさっちもいかなくなりましょう

「借財は、年々増える一方でござれば」

「なにゆえ、かような事態に?」

度重なる災害や飢饉、開発事業の失敗。さらに、二代前から老中職に任命される。

ようになった主家牧野家の出世が、皮肉なことに藩の財政をきつく圧迫し続けてい

　なにより、巨額な財源だった新潟を上知され、港の生む利権をまるごと幕府にもっていかれてしまったのは痛かった。

　そういう諸事情を、継之助は掻い摘んで説明しようと口を開きかけた。だが、

「いや、いいのだ」

　方谷は自分が訊ねたくせに継之助を押しとどめた。

「個々の理由はいかようにもあろう。されど、問題はそこではない」

　意外な言葉ではあったが、継之助の胸は期待に高まった。問題点が正しく把握できれば、解決へ大きく前進したに等しいからだ。眼前の男は、長岡藩を救う道を間違いなく知っている。

　ふいに、方谷は目を閉じた。

　いかにもその光景が見えるのだと言いたげに語りだす。

「尊藩には行ったことはないが、失礼ながら政はさぞ乱れておいでであろう。賄賂が横行し、賭博も流行り、色に乱れ、商人も庄屋も既得権益を抱え込み、我が利をむさぼることに夢中であろう」

継之助はぎょっとなった。方谷は目を閉じたまま続ける。

「そうして彼らの上に立って民を導く立場の士も、損得にばかり目を向けている者たちで溢れていよう」

まったくその通りだ。継之助は言い当てられて、眉根を寄せた。なぜ方谷は、およそ二百里も離れた他藩の事情を知っているのだろう。

「先生は千里眼ですか」

「いやいや、まさか」

ふっと方谷は笑うと、目を開けた。

「ただ、そういうお国が、どこも財政難に喘いでおいでだということだ」

継之助は衝撃を受けた。

「どの藩も……同じく……」

「財政が回らぬようになった理由は、それぞれ違うというのに、面白いものでしてなあ」

「我が藩同様に政道が乱れた状況なのでございますか」

「うむ。例外はない。ここ備中松山もかつてそうであった」

継之助は息を呑んだ。方谷は重大なことを述べている。

方谷の言うことが本当なら、幾ら財政改革に躍起になっても、それだけでは意味がないということにならないだろうか。長岡藩もこれまでに財政改革は最重要の急務として、あの手この手と尽くしてきた。が、効果はなかった。

（なるほど、そういうことか）

継之助の表情の変化に、「ほう」というように方谷も表情を変えた。継之助という男に心を動かしたのは間違いなかった。

「やるべきことが自ずと見えたようですな」

「政道の腐敗が財政の乱れる根本の理由と言わっしゃるなら、根本の原因となる曲がった政道をただすのが先。倹約増税などの表面上の対策をいくら施しても、砂上の城」

方谷は立ち上がって縁に出た。未開の地、長瀬を見渡しながら、慈愛溢れる温かい声音で語った。

「本来あるべき国の姿とは、当たり前のことを当たり前に行う姿のことでありましょう」

「当たり前のことを当たり前に……」

「さよう。それぞれが己の本来の役割を当たり前にこなせば、国は正しく動くもの。川は川上から川下へと流れるのが当たり前、それを誰かが堰き止め、水をひとり自分のものにしてしまえば、そこより川下にある田はみな涸れましょう」

「財政難に喘ぐ藩は、あらゆる利権にあらゆるものを堰き止められ、水涸れした田のように荒廃し、やせ細っていったなれの果てでございますか。されば、幾ら涸れた田に水を注いでも、堰き止められた川をもとに戻さぬ以上は、すぐにまた涸れてしまうと……」

ふむ、と満足げに方谷は継之助の言葉に頷く。

「私がこの備中松山に施した具体的な政策はみな、お教えいたしましょう。されどそれは三日もあればすべてお伝えできようのう」

それを土産に藩へ戻りなさいと言う方谷に、継之助は首を左右に振った。

「いいえ。先生に教えていただいた方策を用いて我が藩で改革を行おうとしても、拙者自身が変わらねば、今のまま藩へ戻っても、だれも我が言葉に耳を貸さぬでしょう」

変わらねば？　と方谷は振り返った。

「以前、拙者が改革を行おうとしたとき、完全に黙殺され申した。恥ずかしながら、それは拙者の身分が低いからだと長らく思い違いをしておりました。しかし身分の点でいえば失礼ながら先生も……。だのに先生は民も役人も、いえ、門閥、御一門さえも納得させて改革を推し進めておられます。拙者は先生の講義を聴きに参ったのではございません」

「ほう」

「拙者に足りぬもの、そして先生にはあるものを、お傍で学ばせていただきたいのです」

「なるほどのう。河井どのはこの備中松山で、生まれ変わるおつもりか。ならば数日でどうにかなるものではありませぬなあ」

これは——と継之助の鼓動が高鳴る。

「では、弟子入りを、お許しいただけますか」

方谷は目を細め、今度は力強く頷いたのだ。

三

「いやあ、信じられん。あの忙しい先生がよく他藩の者の弟子入りをお許しになられたなあ」

角ばったいかつい顔をしているくせに、いかにも人のよさげな笑みを浮かべ、松山城下で継之助を迎え入れてくれたのは、方谷一番弟子の進昌一郎だ。

継之助は方谷に誘われるまま長瀬に一泊し、翌日の今日も昼過ぎまで話し込み、午後になってようやく城下に戻ってきたのだ。

方谷曰く、備中松山では他藩の弟子をとる場合、藩の許可がいる。それゆえ、正式な手続きが終わるまでは城下に住む高弟に預けようと、紹介状を持たせてくれた。昌一郎は継之助より六つ歳上だという。

渡された方谷直筆の紹介状をしげしげ眺めた昌一郎は、久しぶりの弟子入りに感嘆の声を上げ、

「傑物だそうだね」

継之助に向かってニッと笑った。

方谷が紹介状になにかそれらしきことを書いてくれているのかと、継之助はついつい行儀悪く覗き込む。別にこれといって人物評などなにもなく、事務的なことが書いてあるだけだ。

「なに、先生の字が弾んでいるからさ」

昌一郎は、継之助を「花屋」という旅籠に案内した。

「ここは良いよ、君。諸国を遊学する諸君は、備中松山に来た折は、みなここに泊まるんだ。全国の癖のある連中が入れ代わり立ち代わりやってくるぞ」

「そりゃァ、楽しみだな」

継之助は、わくわくしていた。江戸遊学前も、どんな男に会えるだろうと同じ期待に心が湧いたが、いざ蓋を開けてみると案外みな凡骨だった。が、ここでは面白い男に会える予感がする。いくら方谷という逸材がいるからといって、こんな田舎にわざわざ遠方からやってくるのは、自分と同じで変わり者に違いない。

「一年早けりゃ、長州の久坂秀三郎（玄瑞）もいたんだが」

昌一郎が言う。長州といえば、吉田松陰という出来物がいたが、大老井伊直弼が断行する安政の大獄で幕府に捕らえられたと噂で聞いた。久坂秀三郎は高杉晋作と共に松陰門下の双璧とうたわれる人物だ。そんな男まで備中松山に来ていたのかと思うと、いっそうここでの暮らしが楽しみになった。

継之助の泊まった「花屋」は、この当時流行っていたいわゆる「文武宿」と呼ばれるものだ。日本中のあちらこちらに存在し、文武何れかの修行で遊学している者は、無償あるいは低料金で宿泊できる。代わりに、土地の有志に自分の持てる技術や情報を伝えるのだ。こうして、日本中の向学心溢れる若者たちの底上げが行われ、彼ら独特の人脈も築きあげられていった。これらの宿は、幕末の流動を支えた陰の立役者でもある。

備中松山では「花屋」がそれに当たる。ここで出会った者たちは、逗留中は身分の上下もない。みな、同士だ。自然と誰かの部屋に集まり、己の知っていることを互いに伝え合う。

継之助もそうした。初日は進昌一郎と会津藩士の土屋鉄之助の三人で、近隣でよく採れる松茸を肴に酒を酌み交わし、夜通し語り明かした。

土屋鉄之助はのちに会津の軍制改革にかかわる男だ。戊辰戦争の折には、会津藩における農民や町人による義勇軍結成を発案し、自身も国境の防衛隊である新練隊の隊長として大暴れした。

鉄之助の話はことに継之助にとって面白かった。この男は豆州下田に停泊中のロシア船にも乗ったことがあるという。

「本当なのか。異国船は城のようだと聞くぞ」

身を乗り出すように訊く継之助に、

「おっ、ぎょろ目を輝かせて聴いてくれるなんざ、珍しい御仁だ」

鉄之助が喜ぶ。

「ぎょろ目はよけいだ。何が珍しい」

「うっかり話すと西洋かぶれと罵られたあげく、斬られそうになることもあるぞ」

「ああ。流行の攘夷じゃのう」

昌一郎が肩をすくめた。

「異国人を夷狄と蔑み、打ち倒すことにばかり躍起になっている連中もおるが、もっと俺たちは異国のことを知らねばならんぞ」

継之助の意見に、二人は当たり前にうなずいた。

国元でも江戸でもこんなことを言えば、「継さは変わりもんだでや」と呆れられるのが落ちだった。話が弾まぬ方が嘘だ。

継之助は、備中松山へ来る途中、外国人との商取引が五日前に始まったばかりの横浜に寄ってきたことを、二人に語った。異国相手の貿易だが、商人どもには怯む様子などまるで見られなかった。

「お主、横浜はどう思った」

土屋鉄之助が、継之助にせっつくように訊く。

「まだ普請中だし、活気があるとは言い難いがな、乗り込んできていた商人どもの目はぎらついていた。ありゃァ、でかい金の動く地となろう」

「なるほどのう。やはりそうか」

「俺はちょいと亜米利加人と話してみたぞ」

と言う継之助に、昌一郎も食いついてくる。

「言葉はどうしたんじゃ。喋れるのか、英語か、蘭語か」

「いや、ちっとも喋れん」

継之助は、きっぱり首を左右に振った。

「喋れんのに話しかけたんか。えらい度胸じゃ」

「機会がありゃ、俺は異人どもとも、どんどん付き合いたいのさ。海を越えてきた連中だ。俺の知らぬことをずいぶんと知っておろう。まあ、今回は、身振り手振りと片言ゆえ、たいしたことは話せなかったがな」

さもありなんと昌一郎はうなずいた。

「で、どうじゃ。話した感じは」

「なに、同じ人間さ。髪や目の色が違うにすぎん」

継之助の正直な感想だ。

「それに、向こうの女は美人だったぞ」

付け足す継之助に、鉄之助と昌一郎は呆れたように顔を見合わせた。

が、継之助は大真面目だ。西洋の女は大柄で美人で華やいでいた。いつも妻のすが子が、自分の背が高いのを「可愛げがない」と気にしていたが、

（なに、連中に比べりゃ小さい方だぞ、気にするな、おすが）

また嘆いたら、そう言ってやるつもりだ。

――もし、日本が異国と仲良く付き合うような世がくりゃ、おすがは洋装すりゃァいい。ありゃァ、長身の女がいっち華やぐ着物だで――

三人の話は尽きなかったが、一番鶏が鳴くころ眠気に負けた。

継之助は鉄之助の部屋を辞し、薄暗い廊下の床を軋ませながら自室へ戻る。その途中、床掃除に精を出す町人髷の若者を見掛けた。歳のころは十五、六歳くらいだろうか。

「おはようございます」

若者は手を止めて継之助に笑顔を向ける。その顔を目にしたとたん、継之助の眉間に皺が寄った。

(この男、見覚えがある)

継之助は、雑巾がけをしている若者をしげしげと見下ろした。早朝から廊下の雑巾がけをしているのだから、通常なら宿の下男だろうと気にもとめないところだ。が、継之助には確かに若者に覚えがあった。

若者も、難しい顔で自分を見据える宿泊客に居心地の悪さを感じたか、眉を八の字にして小首をかしげた。

「あのう、なにか」

「お前さん、横浜にいたな。しかもそんときゃァ、確かに侍髷を結っていた。羽織袴のせいか、今よりちぃっとばかし年上に見えたが」

継之助の率直な問いに、若者は眉根を寄せたのも一瞬、すぐに笑顔を作った。

「林子平に憧れて、日本中を旅していますす鴉十太と申す者。以後、お見知りおきを」

ふっと継之助は笑った。

「鴉だと。ふざけた名じゃないか」

「もちろん偽名でございますよ、旦那」

悪びれず偽名と言ってのける不遜な十太の言いぐさに、継之助はふんと鼻を鳴らした。

「幾つだ」

「今は十六歳で通しております」

「今は、だと。だったら、横浜にいたときは幾つだった」

「二十一歳でございます」

なんとも人を食った答えだ。

「林子平か。仙台の経世家だな」

もっとも、子平の政策は藩にまったく聞き入れられず、無視され続けた。

(俺と同じさ)

境遇は継之助と同じだが、こちらは今から百年ほども前の話だ。

絶望した子平は藩を飛び出し、松前から長崎まで、まさしく日本中を旅してまわった。その旅の間にロシアの侵略の脅威に気付いたという。子平は、海防を説いた『海国兵談』を著すことで安寧の世に慣れきった日本に警告を発し、たちまち幕府に危険人物とみなされた。

そんな危険な男に憧れているのだと、さらりと口にする十太からも危ない臭いがする。

「親が両方、おいらが小せえころに、おっ死んじまいましてね……」

鴉十太は、どこまで本当かわからぬ過去を、よどみなく継之助に向かって語り始めた。

故郷は仙台だと言う。が、仙台訛りはどこにもない。

「親父は一応、仙台藩士の末席にいたらしいんですがね、いきなりの当主の死なんで、家名も途絶えたあげく、おいらは小坊主になって寺で下働きですよ、旦那」

十太が雑巾がけを続けながら喋るから、

「ふうん、それで」

相槌を打ちつつ、継之助も廊下にしゃがんで視線の高さを合わせた。人を意味もなく偉そうに見下ろすのは趣味ではない。継之助の意図に気付いた十太が「おっ」という表情をして、にっと笑った。

「親の後ろ盾のない餓鬼が坊主になったってえ、末も知れてるってえもの。まあ、食わせてはもらえますがね、読み書き以外の学も身につかぬまま、育っちまいました」

「なんだ、それでお前さん、学問がしたくなって寺を飛び出したって塩梅(あんばい)か」

話が長くなりそうなので継之助は胡坐(あぐら)をかいた。

「いやいや」と十太は首を左右に振る。

「違うんですよ、旦那。いってえどういう約束になっていたのか知りませんがね、元服(げんぷく)の歳になりましたら、おいらは急に還俗(げんぞく)させられて、なんと士(さむらい)に戻されちまいましてねえ」

「へえ、どこかの養子入りか」

「お家再興でございます。再興するほどの家でもねえってえのに……」

十太は本当にまいった、というように眉を寄せた。実際、本当の話なら困惑もはなはだしかったろう。

「士の作法も知らない、学もない、人脈もない、知っているのはお経と和尚(おしょう)の顔色の見方だけですぜ。いってえ、だれがこんなあっしと付き合ってくれるってんですか」

つ・ま・は・じ・き、と十太は一語ずつ区切って発音し、大きく肩をすくめてみせた。

「そいつは気の毒だが」

同情しつつ、継之助は十太の全身をくまなく観察した。どう見ても小坊主上がりの身体ではない。みっちりと武芸を仕込んだしなやかな身体だ。

それに、鴉十太の全身に仄かだが染みついている臭いが鼻をつく。ほかの者なら見逃したろう臭いだが、継之助にはわかる。

（こいつ、俺と同じ臭いがする）

火薬の臭いだ。

継之助には、初出仕のときにことごとく周囲に無視されて辞任して以降の隠遁時代、これからの武士は刀や槍や弓だけでは駄目だと言って、ひとり黙々と操銃術に励んだ過去がある。当然、周囲の者たちからは奇異の目で見られて、変人扱いもされたが、

「これからは火器の時代だ。鉄砲大砲を操れるもんが武士の上に立つのだ。この俺が長岡を率いる時が必ず来よう」

涼しい顔でうそぶいた。

ひととおり上手くなると山野に身を置き、猟師よろしく狩りに明け暮れた。おかげで領内の地形には、どの藩士より詳しいという自負がある。

十太から、同じ臭いが立ち上っている。

（こいつも、火器を操るな。さすれば、いつか、どでかいことをやるかもしれぬ）

「それで、お家再興したお前さんが、どうして変装しながら旅をしているのだ。隠密か」

継之助は率直に訊ねた。幕府のお庭番のように、全国に散って情報を集めて回る役割の者を抱える藩があるという話は知っている。だが、「お前は隠密か」と訊かれて「そうだ」と答える者はいないだろう。

（愚問だな）

継之助は苦笑したが、十太も頬を掻いて苦笑し、

「いやだなあ、旦那。用意していた身の上話が無駄になっちまうじゃないですか」

あっさり認めた。認めたことに継之助は驚いた。

（この男、面白いな）

十太は雑巾を投げ出し、継之助と同じように胡坐をかいた。

「まいったなあ、横浜じゃ、目立ったことはしてねえってェのに……なんで覚えられていたんだか」

「俺は一度会ったもんの顔は忘れないのさ」

「会ったって……旦那とは会話もかわしてねえ。……すれ違っただけの男も忘れねえんですかい」

「いや。けど、お前さん、火薬の臭いがしたからな」

十太は慌てて自分の腕を鼻にあて、臭いを嗅ぐ。

「こんなことでばれるなんざ、とんだ青二才ですぜ」

照れたように笑った。

四

継之助が備中松山に着いて十数日が過ぎた。

備中松山藩からは、いまだ正式に留学滞在の許可が下りず、相変わらず花屋に寝泊まりしている。そうはいっても、師となった山田方谷が、月の半分を長瀬の開墾地で過ごし、半分は城下で過ごすため、継之助も忙しく両地を行き来した。実は藩校有終館の講義も受講させてもらったが、黙って他人の講義を聴くことが苦手な継之助は一度で懲りてしまった。

この間、幾人かが他藩からやってきては花屋に泊まり、諸国の情勢をおおいに語っては、また旅立っていった。

会津の土屋鉄之助も出立した。今度は九州へ向かうらしい。

「異国の事情を知るには横浜もいいが、やはりもとより出島のある長崎が一番ぞ、継さ。できるなら、いずれお前も来い」

見送る継之助を愛称で呼び、鉄之助は誘った。

（九州、長崎か……）

横浜と同時に開港した長崎も、異国船でにぎわい、外国人居留地には新たに洋風の商館が建ちつつあるという。

「鉄さんは、長崎でも異国船に乗るのか」

継之助の問いに、

「もちろんだ、乗れるよう交渉するさ」

鉄之助は力強く頷いた。

異国の蒸気船に乗れるなら俺も行きたいものだ、と継之助は思ったが、今はようやく山田方谷に異例の弟子入りを許されたばかりなのだ。浮ついた行いはできない。湧き上がる気持ちをぐっと抑えた。

鉄之助が去ると、ほぼ入れ替わりで同じ会津の秋月悌次郎（あきづきていじろう）という男がやってきた。

継之助より三つ年上で、優しい顔立ちをしているのに、どこか伏し拝みたくなるような不思議な迫力がある。後にラフカディオ・ハーン（小泉八雲（こいずみやくも））に「神が人の形を取れば、悌次郎のように違いない」と言われた男だ。

「あの男も諜報（ちょうほう）役を藩侯（はんこう）より承（うけたまわ）って、諸国を回っておりますぜ。その筋じゃ有名な男です」

継之助の耳に囁いたのは、鴉十太だ。この若者は、廊下で口をきいて以来、なんとなく継之助にまとわりついている。

「諜報は最近の流行りかい」

「そりゃ、もう。あらゆる藩がやってますぜ」

どうも長岡は、世に乗り遅れているようだ。

長岡にも忍びの血筋の者はいる。戦国の世に活躍したこれらの者たちは太平の徳川の世になると出番が失せた。今ではいつ来るとも知れぬ乱世のために、技は代々伝えているものの、使うときがないから年に一、二度、祭りのときに披露しては、みなを喜ばせているだけだ。

(それではいかんぞ)

今まで継之助自身、祭り見物を楽しみにしていたことが悔やまれる。

「秋月どのは忍びの技を使うのか」

継之助の問いに十太が「えっ」と目を丸くする。

「真顔ですね、旦那。今どきの諜報の任にそんなもんは必要ありゃしませんって。秋月の旦那の武器は」

十太は頭を指す。

「ここです。あの人は、会津きっての秀才なんですよ。諜報といってもおいらみたいに陰で動く男じゃない。表舞台側の人間です。藩侯の手形を持って、秋月悌次郎という本名で堂々と各藩を回っていやす。この旅が終わりゃあ、各藩の事情通になったあの人が、間違いなく会津を動かしますぜ」

「どうも俺は世間知らずのようだ」

「まったくでさあ」

（各藩の事情通になった者が……か）

なるほどな、と継之助には十太の話が腑に落ちた。これまで長岡藩は長岡の中と隣藩のことだけに通じていれば政は執れた。だが、米欧列強が開国を迫って日本に押し寄せてきて以来、それでは立ち行かなくなっている。

誰も経験したことも見たこともない時代がやってこようとしているのは、明らかだった。どの藩がどう動くかを見極めながら、自分たちの立ち位置を慎重に決めていかねば、藩の存続自体が危うくなるやもしれぬ時代になったのだ。

時勢の波についていけない者は、第一線から締め出される。各藩の中も外も、ごっそり勢力図は書き換えられるだろう。藩政を司っていた門閥らの席は減り、代わりに時勢の読める者が台頭する。すぐそこに、そんな時代が見えている。

若者たちは敏感だ。藩の枠を超えて人脈を作り、情報を共有し、時に手を組んでなにごとかを成そうと動き始めている。こんなに他藩の者同士がつながる時代なぞ、これまでなかった。

日本に、なにかが起ころうとしている。

第一流の人物だと鴉十太が太鼓判を押した秋月悌次郎とも、継之助は昼夜を問わず語り明かした。

(会津の頭脳……か)

が、直に話しても怜悧な印象はなく、気さくで明るく、継之助に乞われるまま大きな声で諸国のことを語ってくれた。自分からは積極的に話題をふらないが、引き出しは多く、無限に深い印象だ。何を訊いても即座にこちらの知りたいことを、どこまでも親切に教えてくれる。

(方谷先生と似ているな)

真に頭の良い人間とはこういう人物のことをいうのだろう。見習いたい。

継之助がもっとも興味があるのは、各藩の経済の流れであった。米や特産品がどのような流れでどの市場に出て、どう利益が上がっているのか、それら商人の領域にどれだけ武士が関わり、実際に幾らの金が藩に入ってくるのか。

「継さは面白いことばかり訊くなあ」

悌次郎はすぐに親しみを込めて継之助のことを継さと呼び、これまで諸国を巡るうちにいろんな男たちと話してきたが、君が一番の変わり者だと嬉しそうに笑う。

「よく言われるが、俺にはわからん」

「君は、天下国家を論じない」

昨今は犬猫も論じると言われる尊王攘夷のことだろう。だったら、継之助は論じない。

尊王は日本の民として当たり前すぎるし、継之助に言わせれば攘夷などは空論で馬鹿馬鹿しい。

「夷狄を打ち払え」

と叫ぶ連中は、米欧列強による植民地支配を気にしているのだろう。が、伝え聞く他国の話では、列強は支配したい地に「騒乱」を起こさせ、それを足掛かりに侵攻してくる手をいつも使う。

国論を二分させ、立ち上がってきた民衆を鎮圧しようとする為政者に味方して、いつしか国政にじわじわと干渉してくるようになるか、自分たち「夷狄」を攻撃させて「報復」の名のもとに武力支配していくか。尊王攘夷を叫んで騒げば騒ぐほど、列強に付け入る隙を与えてしまうようなものだ。

国政を充実させ、国を富ませ、国内外で一切の争いを起こさないことが、列強の脅威から日本を守る一番の上策だと継之助は信じている。

秋月悌次郎は、わずか二日の滞在で慌ただしく花屋を去っていった。土屋鉄之助と同じく、長崎を目指すという話だ。

悌次郎が去って間もなく、継之助に備中松山での留学の許可が正式に下りた。

「君は我が藩でしばらくは暮らすのだから、いつまでも旅籠じゃいけない」

方谷は、継之助のために住むところを用意してくれた。これが驚いたことに先代藩侯板倉勝職の別荘、通称「水車」だと言う。

当代板倉勝静が、「予は使わぬから好きにしろ」と方谷に預けているのだとか。城下から東に二、三町ほど外れた奥万田と呼ばれる風光明媚な場所にある。松山川の支流、伊賀川を取り込んだ別荘の外郭には、愛称由来の水車が軽快に回っている。方谷も城下で政務を執るときは、「水車」から城へ通う。

「建物は使わないと朽ちるからね」

そう方谷が言うから、継之助も遠慮はしないことにした。実際、一度は廃屋になりかけていたのを、方谷が手を入れて甦らせたようだ。

長瀬でも見たが、ここ「水車」にも松の木が生えている。長岡の継之助の住む家の庭にも、二本の松がうねるように天を突き刺していた。無尽に亀裂の入った松の硬い樹皮は鱗に似て、まるで昇竜のようだった。想像力豊かな継之助の頭の中で、そう広くない自分の家の庭は、たちまち龍の巣窟となり、二本の松の巨木は二匹の蒼龍へと変化したものだ。

　十七歳の立志以来、幾度も繰り返し、継之助は松の龍に向かって両手を突き上げ、叫んできた。

「為君幾下蒼龍窟――きみがため、いくたびか、くだる、そうりゅうくつ――」

　中国の禅書『碧巌録』の一節だ。龍の逆鱗に触れねば得ることのできぬ宝珠を、主君に捧げるためなら、何度でも我が命を懸け、龍の巣窟へ入ろう、という誓いの言葉だ。

　自ら行動を起こし、主君を助け、長岡を住みよい国に変えていくという志を貫くためなら、どんな困難も乗り越えてみせようという気概であった。

　水車にも松が生えているということが、継之助の気をよくさせた。

　継之助は松の下に立つと、長岡でやっていたように両手を天に上げ、咆哮した。

「蒼龍よ、我に辛苦を与えたまえ」

「いったい旦那は何をしているんですかい」

　松の木の前で両手を上げた継之助の背後で、少し呆れた声がした。継之助が手を上げたまま振り向くと、思った通り、鴉十太が立っている。

「なんで、ここにいる」

「いえ、旦那が花屋から水車に移っちまうってんで、引っ越しのお祝いを」

採り立てと思しき松茸の入った笊を、十太は継之助に差し出した。どうせ花屋の裏の松林から採ってきたのだろう。どうも備中松山に来てから松茸ばかり食べている。

継之助は礼を述べて受け取った。

「旦那、ここでは自炊でしょう。今日くらいは、あっしが飯炊きをしましょうかい。その松茸を入れて炊きゃァ、美味いですよ。なに、あっしは板前もやったことがあるから、味は確かですぜ」

十太が自慢げに腕まくりする。

どうやら、継之助が飯の炊き方など知らぬのではないかと、心配してくれたようだ。

(こいつ……)

「気持ちだけ受け取ろう。第一、お前さんには宿の仕事があるだろう」

「路銀も貯まったんで、お暇をいただきやした。今宵のうちに出立して次の土地へ向かいます」

「なんだ、お前さんまで行っちまうのか。まさか長崎じゃあるまいな」

「あっしは、薩摩ですよ」

薩摩藩といえば昨年、安政の大獄を断行する井伊直弼に反発し、藩侯島津斉彬が五千の兵を率いて上京しようとした。矢先、斉彬は突然倒れて帰らぬ人となった。そのあまりに不審な死に、謀殺されたのではないか、という黒い噂が立っている。

その後、斉彬が重用した西郷吉之助（隆盛）も、死んだという。吉之助は井伊直弼排斥運動の中心人物とも言われており、長州の吉田松陰同様、幕府は身柄を捕獲したがっていた。幕吏は吉之助が実は生きているのではないかと疑い、薩摩領へと隠密を送り込むが、生きて戻った者はいないなどというきな臭い話も、まことしやかに囁かれている。

「殺されるぞ」

と言う継之助に、十太は笑む。

「鴉ってえのは、隠密の隠語でしてね。しょせん、忌み嫌われて野辺に朽ちる運命です」

「馬鹿を言いやがる。八咫烏と言って、勝利を導く吉兆の鳥だぜ」

鴉十太は、驚きの目をまっすぐ継之助に向けた。

「鴉が吉兆の鳥……」

　継之助はうなずく。

「神武帝（じんむてい）の東征（とうせい）の折、鴉が道案内をして勝利に導いたってえ伝説を知らないのか。鴉の導いた勝利から、大和（やまと）王朝が起こるのだ。我が国にとって鴉は勝利の鳥だ」

「鴉がねえ、そんなすげえ鳥なら、気安く名乗れませんぜ」

「お前さんが勝利の鳥に見合う立派な男になればいいだけだ」

　十太は再び瞠目した。

「確かにそうだ。これだから旦那は最高だ」

「十太、生きて戻れよ」

「へい」

　一礼した十太に、継之助はどうしても訊いておかねばならない気に駆られ、訊ねた。

「お前さん、本当の名はなんて言うんだ」

　えっ、と十太は息を詰めた。

「隠密相手になんてえことを訊くんですか、旦那は」

「言いたくなけりゃいいのさ」

　や、そのう……と逡巡（しゅんじゅん）したが、

「細谷十太夫（ほそやじゅうだゆう）ですよ」

少し照れながら、十太は滅多に口にしないだろう名を告げたのだ。

「細谷十太夫か。良い名じゃねえか。覚えておこう」

十太はくすぐったそうに目を細めた。すぐに真顔に戻り、継之助のやっていたように両手を上げて叫んだ。

「鴉よ、細谷十太夫に辛苦を与えたまえ」

鴉では「蒼龍窟に入って困難を成し遂げる」という本来の禅語の意味を成さないが、継之助は黙っている。出立を前に、叫ばずにいられなくなった十太の気持ちこそが大切なのだ。ただの隠密では終わらない、いつか堂々と細谷十太夫の名で男を上げる、そんな骨っ節が見て取れる。

「それじゃあ、あっしはこれで」

十太は身を翻した。と思うや、落ちかけた太陽に染まる西方へ、あっという間に姿を消した。

「あいつ、本当に八咫烏になるんじゃねえのか」

継之助が呟くと、茜の空で応えるように鴉が鳴いた。

五

継之助が水車に移ると、よりいっそう方谷の指導が濃やかになった。方谷はいったん弟子と認めたら、相手の欠点も含めてまるごと受け止め、我が子のように親愛の情を示してくれる。いつも何か物足りないという表現しがたい焦燥に駆られていた継之助にとって、これほど穏やかに心の凪いだ日々を送ったことがあったろうか。

方谷は、忙しい中で、川遊びや魚釣りに誘ってくれ、こちらの心がほぐれた合間合間に、これからの継之助にとってひどく重要なことを教えてくれた。

今も長瀬の赤松の見える縁に二人で腰かけ、二日前の中秋の名月の名残を楽しんでいる。言われなければわからないほど微かに欠けた立待月の下、わずかな酒を師弟で分け合えば、不思議と心が温かくほぐれていく。

「我ら改革者というのはね、幾ら才幹があっても引き立ててくれる殿がいなければ、絵に描いた餅ほどに役立たぬ存在じゃよ」

藩主と二人三脚で呼吸をあわせるようにやらねば、改革などできるものではないと、方谷は継之助に言い聞かす。

「己の才略に溺れ、自惚れてはいけないよ。君は一人ではなにも成しえないのだから」

他の者が言えば反発を覚えたであろう言葉も、方谷が紡げば継之助の胸の内に、なんのひっかかりもなく入ってくる。

日頃、「沈香も焚かず屁もひらず」ということわざに憤りを覚え、平凡であることを悪とし、

「天下になくてならぬ人になるか、あってはならぬ人となれ。沈香も焚け、屁もこけ。牛羊となって人の血や肉に化してしまうか、豺狼となって人間の血や肉を喰らい尽くすか、どちらかとなれ」

などと激しい信条を口にする一筋縄ではいかぬ男が河井継之助だ。それが、方谷相手には不思議なくらい素直になれる。

方谷の言葉が、一片の隙もないほど、「実践」に裏付けられたものだからに違いない。

備中松山は先代藩主がひどかった。板倉勝静の養父、勝職のことだ。

勝職は、酒色に溺れて我を失くし、茶坊主の頭に百目蠟燭を置いて燭台の代わりに使い、奢侈にふけった。松平定信の孫として謹直に育った勝静とは、生涯相容れぬ仲だった。

勝静は、もとは陸奥白河藩主松平定永の八男だ。生まれて間もなく行われた文政の三方領地替えで桑名へ移ったから、桑名の育ちである。ここ備中松山へは、先代勝職の養子として入った。そのとき教育掛につけられたのが方谷だった。日頃から義父の暴政に我慢ならないものを感じていた勝静は、勝職の死と同時に方谷を政の

第一線に立たせ、

「これより方谷の言葉は予の言葉と心得よ」

強い語気で宣告した。

備中松山藩の一大藩政改革は、勝静のこの一言から始まったのだ。勝静わずか二十七歳。この瞬間、勝静と方谷は、藩の重臣のほとんどを敵に回して闘う道に踏み出した。

改革とは、今あるものを壊す行為である以上、「今」を築いてきた者たちとの闘いでもある。憎しみを真正面から受け止めて進めていくしかなく、改革によって退けられる側の者たちの必死の反抗を、成功という名の圧倒的な結果でねじ伏せなければならない。

封建社会の中、いかに方谷といえども、勝静のこの強い意志なくしては、道半ばとなったに違いない。

「殿に追従せよと言っているのではないよ。取り入るのとも違う。君自身の行動で君公を魅了しなけりゃいけない」

今の長岡藩の君主の座は、昨年の十代牧野忠雅の死により、養子の忠恭が継いでいる。すべてを飛び越えて直接忠恭の目に留まれと方谷は言っているのだ。

「もし君が、君公に見込まれない程度の人物なら、しょせんはなにをしても上手くはいかないだろう。やるだけ無駄じゃよ。もし君がこの人物しかいないという強い信頼と絆を主君から得ることができたなら、悩まず進め」

「悩まずに」

「そう。悩んだ素振りは一瞬たりとも、誰にも、君公にも、友にも見せてはならない。そして、決断は常に早く下すべきだ」

「熟考せずに、早くということでございますか」

なるほど、兵は拙速を尊ぶ――という。

「常に決断を早く下す指導者は、才知、武勇共に無類に優れた人物と人々の目に映るもの。その印象が、決断の失敗さえも払拭するのじゃ」

継之助は方谷の言葉を自身の血肉に変えようと、全身を耳にして聞いた。

継之助から見て、方谷はわくわくする男であった。実際に行った改革には、胸のすくような継之助好みのものも多い。

たとえば方谷の名を近隣諸国まで轟かせた藩札刷新のやり方が、継之助曰く「ふるっている」。

かつて、備中松山の藩札の信用は地に落ち、商人たちからはそっぽを向かれ、紙切れ同様になっていた。

方谷は藩札の信用を回復させるため、三年の期間を区切り、国中から額面通りのびよせた。

一枚五匁で買い戻した。そして三年経ったある日、領民たちを松山川の河原に呼

集まった領民たちの眼前には、一万千八百両分にも及ぶ藩札が、文字通り山積みにされていた。いったい何が始まるのかと訝しむ人々を尻目に、方谷は惜しげもなく藩札の山に火を放ったのだ。

あっ、と誰もが驚いた。破産寸前の財政難の中、ようよう捻り出した大金で領民から買い戻した藩札が、すべて燃えて灰になろうとしている。

すべて燃え尽きるのに、たっぷり四刻（八時間）かかったというのだから、いかに大量の藩札だったか、知れるではないか。なんという大胆なことを、と人々は息を呑み、たいへんな男が現れたものだと、方谷の〝本気〟に身震いした。

方谷の名は山陽道を駆け巡り、このあと備中松山藩が新しく発行した「永銭」という名の藩札は、西国随一の信用を得ることに成功した。

強い信用を持つ藩札は、額面以上の価値を持つ。人々はこぞって備中松山の藩札を手に入れたがった。このため、藩札と引き換えに藩の懐には金が入り、藩の経済は回り始めた。見事、備中松山は息を吹き返したのだ。

財政改革をする上での藩札の重要性はもちろんのこと、継之助は方谷の大胆な演出力に注目した。同じことをやっても、領民の目前で藩札を焼かなかったら、これ

ほどの効果は得られなかったろう。

（政治とは、演出だ）

いかに、いい意味で人々の度肝を抜くか。

継之助を唸らせた方谷の改革は、「藩札刷新」だけではない。

方谷は、藩領から採れる良質な砂鉄に注目し、藩の一大事業として、採取するところから、加工し、江戸へ運搬、販売するまでの一連の過程を、すべて自分たちで行うことを計画し、実行した。

継之助が感動したのは、方谷がこの鉄の産業を起こすために、優秀な技術者を日本中から探し出し、自ら引き抜いてきたことだ。改革者といえども、だれがそこまでやるだろうか。だが、「鉄製品なら備中」という信頼を勝ち取り、品質を保つためには、技術者の選抜はもっとも重要な部分である。

方谷が作らせた鉄製品は、釘、鍬、鎌、鍋、刀、包丁など、多岐にわたる。中でも鍬はすでに「備中鍬」という三本歯の銘柄が存在したが、いっそうの高品質を約束し、巨富を生んだ。

また釘も、火事の多い巨大な消費都市である江戸の大工に好んで選ばれ、年に三千両の利益をもたらした。

長岡も――と継之助は思う。なにか隠れた名産を生み出すことができるはずだ。

隣に北前船の泊まる新潟という大きな港がある。まだ開港されていないが、日米修好通商条約で開港候補地のひとつとして名も挙がった。これからの世は、交易の相手は日本だけではない。世界を相手にできる日がくるのではないか。

それにしても方谷は、あらゆることに精通している。これらの産業を成功させるのに円滑な運搬が欠かせないことを初めから看破し、同時に道と川の土工に着手したという。

継之助が感嘆しても、

「なあに、昔は油売りをしていたからねえ。商売のことなら少しはわかるつもりだよ」

出身が武士ではないからできたのだろうと微笑するだけだ。

だが、方谷は軍制改革にも積極的に乗り出しているのだ。継之助がたまげたのは、備中松山の軍制がすでに洋式兵術を取り入れていただけでなく、その導入時期がペリー来航前だったからだ。

(方谷先生は化け物だな)

さらに大胆なことに、方谷は農民や猟師に刀や銃を持たせ、士以外の混合兵の組織も行っている。のちの世に長州の高杉晋作の組織した奇兵隊が身分を越えた混合兵の走りのように言われているが、実戦を体験した初の混合兵が奇兵隊なのであって、組織自体は方谷の編成した隊が先だった。

高杉晋作の盟友久坂秀三郎（玄瑞）は、まさしくこの方谷の軍制改革を学び、西洋式の銃陣を見学して藩地へ戻っていったのだ。

六

方谷のもとで、継之助は自分の中に眠る何かが揺さぶられ、目覚めようとしている手ごたえを感じていた。そんな継之助を周章させる事件が襲ったのは、八月二十三日のことだ。方谷に、勝静から江戸出府命令が下ったのだ。

方谷が備中松山からいなくなるということが、ことのほか継之助を打ちのめした。わざわざ方谷に会うためにはるか西国までやってきたのだ。五十日前後で再び備中松山へ戻ってくるという話だが、留学中は一日一日が貴重である。

（五十日……そんなに無駄になるのか）

さすがに血の気が引いたが、継之助はすぐに気持ちを切り替えた。

このごろは地震も多く、どことなく心がざわめく。人はいつ死ぬかわからない。一日たりと無駄にはできない。

（この五十日間を、いっそ、好機に変えてやる。行ってみたかった長崎を中心に、九州方面へ遊歴にでかけよう）

方谷が水車に来た折、継之助はその旨を伝えようと口を開きかけた。が、方谷が先に、頼みたいことがあると言う。

「わしが江戸表へ行って帰るまでの間、申し訳ないが、長瀬のわしの自宅に住んで留守を頼まれてもらえまいか」

継之助は言葉に詰まった。だが、方谷の心配もわかる。長瀬の屋敷には、妻みどりと数え六歳の娘小雪が住んでいる。長瀬は開墾途上の未開の地だ。寂しい地に妻子二人を置いていくのは、さぞかし心残りだろう。

方谷は、小雪を目に入れても痛くない可愛がりようだ。年老いてできた子だし、以前に娘を一人亡くしているというから、尚更だろう。天才的な改革を断行していても、娘の前ではひとりの父親なのだ。

継之助には子がいない。できればさぞ可愛いだろうと思うにつけ、「いえ、わたしは遊学を……」と簡単には突っぱねられない。だからといって長崎行きも諦めがつかない。

逡巡するうちに、

「恥ずかしい話だが……」

と方谷が家の事情を語りだした。方谷にとってみどりは三度目の妻だという。そして小雪は、二度目の妻の産んだ娘らしい。

「最初の妻はね、十六歳で嫁いできて二十一歳で娘を産んだ。油売りの男に嫁いだはずが、夫はいつの間にか二人扶持(ににんぶち)になっていてね、娘が生まれた翌年から留学と称してずっと家にいなかった」

　方谷の話は続く。

「たまに帰国しても三ケ月ほどでまたいなくなる。それがおよそ十年続き、とうとう娘が死んでも家に戻ってこなかった。ようやく家に戻って数年、妻はそんな過去を詰(なじ)りもせずによく仕えてくれた。だけどのう、再びわしが砲術を学びに家を出ると知ったら、出ていってしまったよ」

　なんと身につまされる話だろう。継之助は方谷の過去が他人事(ひとごと)には思えない。すが子は自分が十年、家を空けても待っていてくれるだろうか。武家の女は耐え忍ぶ印象があるが、案外簡単に出ていくものだ。この時代の武家の離婚率は高く、再婚は当たり前の風潮で女は引く手あまただ。三行半(みくだりはん)は、今後どこへ嫁いでもいいという前夫からの約束手形のようなものだった。女のためにあるものだ。

　すが子は辛抱強い長岡の女だ。途中で逃げ出したりも投げ出したりもしないだろう。きっと待っていてくれるはずだ。が、心の内にぽっかりと埋められぬ洞(ほら)が空いてしまっていないと、言えるだろうか。

「二度目の妻はもっと持たなくてね、ちょうど参政になった年に小雪を産んでくれたのだが、賄賂や不正を除き、節約を藩士や領民に強いる以上はと、わしの家の帳簿を誰にも見られるよう開放した。人目にすべて晒されるのは耐えられないと言って出ていったよ。今の妻は生まれたばかりの小雪のために来てくれたようなものじゃ」

方谷の心配は、五十日も家を空けるうちに、前の妻が小雪のもとへ来ないだろうかというものだった。小雪には、まだ実の母のことは知らせていない。

「それは御心配でしょう、先生」

すべてを聞き終えた継之助の口から出た言葉は、「長崎へ――」ではなく、自然と方谷を労わるものだった。

長崎へは行きたいが、方谷を安心させて江戸へ送り出してやりたい。

方谷がほかのだれでもない、継之助にこのような事情を打ち明けて、家族のことを頼んだのは、やはり他の者にはない親愛の情と信頼を寄せてくれたからに違いない。その気持ちに応えたい。

「それがしがそれとなくお二人を見守りましょう」

継之助の身体に異変が起こったのは、それから三日後のことだ。腹がきりきりと痛み出し、下痢が続いた。脂汗が滲み、やがて立てなくなった。

ぞくりとする恐怖が、継之助を襲った。昨年からコレラが流行していたからだ。この病は、発病後はあっけないほどコロリと死んでしまうことから、「コロリ」や「鉄砲」の異名を持つ。

（いや、コロリのはずがない）

痛む腹を押さえて思い直す。

コレラは激しい水下痢が日に二十回も三十回も続き、皺くちゃになって死ぬと聞いたことがある。継之助も腹は下したものの水下痢ではなかったし、厠へ駆け込んだのもせいぜいが五、六回だ。

（落ち着けよ）

九州から大阪にかけて数十万人の死者を出したと言われる病だが、奇妙なことに備中松山では一人、二人出たという話を耳にしただけで、継之助自身は一人も見掛けていなかった。政道が整っていると病まで逃げ出すのかと感心したものだ。うつる病ということだが、継之助が松山入りしてすでに二ケ月あまり。

（なんということもなかろうよ。他に思い当たることがあるとすりゃァ、松茸の食い過ぎだが）

山のように採れるから、確かに今朝、山のように食べたのだ。

江戸にいるころ豚の食べ過ぎで腹を下した。あのとき二度とこのような屈辱的な苦しみに遭わぬよう、万事控えめに食べることを誓ったはずだ。

（くそう、油断したぞ）

這いつくばった格好で腹を抱え、ひとり苦痛に耐える継之助を、先日から多発している地震が容赦なく襲う。ドオンッと音がして、下から突き上げるように地面が揺らぐ。この日はことに多く、午前中だけで五回を数えた。振動がじくじくする腹に響く。今、もし大きな揺れが来たら、素早くは動けない。

「不忠じゃぞ、継さ」

継之助は自分で自分を叱責した。不忠と言ったのは、「常在戦場」という長岡の藩訓に背いていると感じたからだ。いつでもどこでも戦場に在る心づもりで動くのなら、武士は腹など下してはならない。

（そうだ。「常在戦場」なら、武士たるもの、一瞬たりとも無為に時を過ごしちゃァいかんでや）

「常在戦場」とは、そういうことだ。もし今が戦場に在るなら、生き残るために、あるいは勝つために、常に最上のぎりぎりの選択をしていかなければならない。それは方谷のいない備中松山で、時を過ごすことではないはずだ。

（先生に正直に俺の気持ちを話そう。先生は、俺が遊歴を希望しとることを知らんすけ、俺に頼んだのだ。もし自分のために遊歴を諦めたと知れば、そちらの方こそ

嘆かれるんじゃないのか）

継之助の腹痛は丸一日続いたが、日付が変わって一刻もしたころには、治まり出した。

まだしくしくした痛みが残り、丹田に力が入らぬが、

（動けるぞ）

とわかると、もうじっとしていられない。

継之助は跳ね起き、雲が月を隠す暗夜の中に飛び出した。庭に聳える松は、夜の帳の中でいっそう濃い影となって天に伸び、継之助の心を湧き立たせた。

「よし」

気合と共に足を蹴りだす。目指す地は三里先の方谷のもと、長瀬である。

（時を無駄にしてはいかん。先生に遊学の意志を告げよう）

決めたら一刻も早く方谷に会いたい。

足元がぬかるんでいる。腹痛で苦しんでいるうちに、雨が降って止んだようだ。濡れた山道は滑りやすく危険だが、

（俺は運がいい）

継之助は雨が止んでいるのは、天が己の行いを「是」としているからだと受け止めた。

これまで何度も通った道は、瞼(まぶた)を閉じても進めそうだが、鳶色の目が闇に慣れて、周囲の景色がうっすらと形を成すのにさほど時間はかからなかった。

継之助の逸(はや)る気持ちを後押しするように雲が払われ、長瀬が近づくにつれ、十日余の月が足元を照らし始めた。このころには腹痛は完全に消えていた。

夜明けを待たず、継之助は長瀬に着いた。急げるだけ急いで来たから、全身から汗が吹き出し、着物がぐっしょりと濡れている。吹き出す汗を拭いもせずに、外門を前に仁王立ちになった。

継之助はそんな自分が、おかしかった。

（先生はまだ寝ておられよう。叩き起こすわけにもいかぬのに、走るように来てしまったぞ）

ところが——まるで継之助が来ることを初めから知っていたかのように、板戸が中から開けられたのだ。継之助の目に、赤い額の方谷が映る。

「せ、先生？」

方谷も驚いた顔をした。

「なんとなく、君がいるような気がしたが……」

継之助は眼前の師に強い絆を覚えた。もう全く迷わずに叫んでいた。

「先生がお留守の間、それがしを長崎へ行かせてください」

方谷は目を見開き、すぐに頷いた。

「もちろんだ。その方がいい。こちらのことは気にするな。なんとでもなる。君がずっと備中松山で過ごすと思ったから頼んだんじゃ」

方谷には、この男の役に立ちたいと常に願う弟子が幾人もいるのだから、よくよく考えれば継之助がいなくても不都合はないのだ。ただ、あえて自分が頼まれたのだから先生に応えたい、という思いが継之助を縛り付けていた。安堵したとたん、継之助の中に、ある思いが湧いた。

（もしかしたら先生は、あんなふうに頼むことで便宜をはかってくれたんじゃないのか）

継之助は水車で慣れぬ自炊をしている。つい簡単なものですませることも多い。継之助に依頼することで長瀬に来てもらい、遠慮させずに食事の世話をしてくれようとしたのではないか。さらに長瀬には方谷の貴重な蔵書がある。好きなだけ読めるようにもしてくれたのだろう。水車に居れば、方谷が留守中の長瀬の屋敷には、度々借りに行きにくい。

おそらくすべては継之助のことを気遣ってくれた方谷の温情だったのだ。

（先生……）

継之助は自分がいかに未熟者なのか思い知らされた。そう思うにつけ、こんな夜明け前に訪ねてきてしまったことが、急にいたたまれなくなった。素直に謝罪する。方谷に会うまでの継之助には、こういう素直さはあまりなかった。方谷相手だと、自分が真っ新に洗われるような気さえする。

方谷は、どこか嬉しそうだ。

「いや、君の学ぶことへのひたむきさと懸命さが、真っすぐに胸に迫ったよ」

方谷は一度、白みかけた空を見上げ、また継之助へと視線を戻した。

「君はどこか世の中を斜めから見ているようなところがあったけれど、今の方がずっといい。今の君の方が、わしはずっと揺さぶられて突き動かされる。君のために何かしたいという気にさせられる」

継之助は息を呑んだ。

（これは――）

初めて長瀬を訪ねたときに、「今のままでは、長岡へ戻って方谷先生と同じことをしようとしても、だれも耳を貸そうとしない」と継之助が訴えたことへの答えの一つに違いない。

聞き流してはならない。方谷は、ひどく大切なことを口にしたのだ。

確かに継之助には他者が愚者に見えて仕方がないときがあるのだ。ことに藩の重臣たちは、既得権にしがみついて変化を嫌う馬鹿者にしか見えなかった。

（俺は相手を見下していたぞ）

そんな男の言葉を拾い上げ、採用する上役がいるだろうか。継之助は正しいことさえ主張すれば、相手に通じるとあのときは信じていた。

（俺には誠実さが足りなかったのだ）

継之助は、身分の上の者にも怯まず意見し、正しいといったん信じた己の意志を曲げぬことが、自分なりの誠実さだと思っていた。もちろん今後も曲げるつもりはないが、相手を見下している以上、摩擦を生むだけだろう。根底に至心がなければ、人は突き動かされはしない。ここまで考えたとき、

「至誠惻怛」——方谷が信条としている言葉が、これまでにない力を持って継之助の口をついて出た。至誠惻怛とは、人には真心で尽くし、慈愛をもって痛みや悲しみに寄り添うことだ。

雷に打たれたように立ち尽くす継之助に、方谷が頷いた。

「河井君、夜が明けるぞ」

継之助には「今、君の夜も明けようとしている」と言われた気がした。

第二章　乱の兆し

一

晴れわたった秋空の下、継之助（つぎのすけ）は揚々と山陽道を歩いている。出立したのは、あの長瀬（ながせ）の夜明けから六日後の九月十八日だった。

方谷（ほうこく）の弟子、進（しん）昌一郎や三島貞一郎も、継之助が、

「俺は遊歴に出る。長崎に行ってくる」

と言い出してから、出立までの短さに驚いていたが、

「そりゃァ、いい。行って来いよ」

「土産話が楽しみじゃのう」

自分のことのように喜んでくれた。

継之助は、前日の十七日に方谷に別れを告げ、借りていた水車（すいしゃ）を、感謝を込めて

丁寧に掃除した。綺麗に磨き上げたあと、その日は花屋へ泊まり、友に見送られて出立した。備中松山（びっちゅうまつやま）へ来てまだほんの二ケ月だが、

（俺は師だけでなく、友にも恵まれたぞ。幸せ者だ）

しみじみと天を見上げて感謝した。

できるだけ多くのことを吸収する旅にしたい。継之助は行く先々で土地に詳しそうな者に話しかけ、連れを作って歩いた。相手は同じ身分の武士とは限らない。商人の方が多いだろうか。商人は案外、武士より物知りだ。継之助は、誰でも気軽につかまえ、藩札（はんさつ）のこと、人口のこと、特産品のことなど、興味のあることは片っ端から訊いた。

本来なら、士（さむらい）から声を掛けられた商人は萎縮するものだろうが、継之助相手だとみな饒舌（じょうぜつ）になる。上の者とはよくぶつかる継之助も、昔から下の者には慕われやすかった。実際に飛脚と間違えられたほどの身軽な旅装で威圧感もなく、熱心に話を聴くから、つい誰もがいつもより軽口になる。

あるとき、商人の一人がこんなことを教えてくれた。芸州（げいしゅう）（広島）藩浅野家四十二万六千石の辺りでは藩札の暴落が激しく、額面五両のものが、たったの一文（もん）の価値しかないという。

「それはひどいな」

顔をしかめた継之助に、

「ひどいと申しますか、もはや腐っております。一分の札などは、何枚かを束にせねば一文の価値もございません」

商人は首を横に振りつつ嘆息した。

逆に、長州領はどこも繁栄している。本藩はもちろんのこと、支藩徳山藩や長府藩だけでなく、孫藩清末藩や毛利家陪臣吉川家が治める岩国領にいたるまで、みな栄えているのだ。

（この違いはなんだ）

隣接している長州と広島の違いを、

（こりゃァ、賭け事の有無に違いない）

継之助は江戸から備中松山までに見聞した国々も思い出しながら、結論付けた。

かねてより方谷が言っていた。

「賭け事はなんとしてもやめさせなければ、国は決して栄えない」

継之助は今、師の言葉を実証したような二つの国を、目の当たりにしているのだ。

広島では堂々と博徒が道を往来し、賭場が開かれていたうえ富籤まで流行っていたが、長州領では賭博だけでなく賭け事の類は相場も含めて一切禁じられている。

やれば直ちに罰せられる。岩国領から赤間関（下関）まで長く続く長州路に、継之助は博徒の姿を一人も見なかった。長州はどこも治安がよく、人々は鷹揚だ。旅籠も余所より清潔で、ほんの少し贅沢な気分を味わえた。

（人々がみな真っ当に働きゃァ、すべてのことが当たり前に回るでや）

継之助は、この「当たり前」という状態が、地味なようで、もっとも大切だと方谷から学んだ。

（何においても一攫千金を夢見る者は、汗水垂らして働かなくなるものだ。昼間っから酒を飲んでくだを巻く）

長岡も賭博が流行っている。

（なんとしても、この俺が一掃してみせる）

継之助は決意を新たにする。

長州領と小倉領を隔てる海峡、壇ノ浦では、北前船などの商船が数えきれないほど浮かび、赤間関の繁栄を見せつけていた。

その中には新潟行きの船もあり、

（あれに乗ったらうちに着くぞ）

ふと妻のすが子の顔を思い出した。

継之助は壇ノ浦を舟で渡り、小倉藩小笠原家十五万石の領土を通過し、福岡藩黒田家四十七万石の城下に入った。福岡藩は、どこを歩いていても大大名の風で、ただの道さえも立派に見える。天神町や大名町は大きな家ばかりが建ち並び、城下の繁栄は九州一ではないかと思われた。

継之助の興味はここでも特産品の博多織だ。長岡も織物は盛んな地だ。藩地に戻った時になんとか長岡でも産業を起こしたいという情熱から、昼間は帯地の機織りを見学し、いかにも丈夫な造りに感嘆した。

夜は相部屋となった肥後人吉の者と一緒に、宿の近くの女郎街に冷やかしに出かけた。

「そこの兄さん、寄ってかんね。よかもんば、奥の方におるとばい」

土地の言葉で呼びこまれ、継之助は旅の気分をおおいに楽しんだ。

宿に戻ると、相部屋に加賀の商人がひとり加わっていた。継之助より二つ、三つも年嵩だろうか。

「山代屋文左衛門と申します。今は商売抜きで、ぷらぷらと全国を遊んでおりましてなあ」

文左衛門と名乗る商人は、いかにも人のよさげな笑みを浮かべたが、継之助は眉根を寄せる。

（こいつ、人を斬ったことがあるな）

血の臭いがする。全国を巡っているならと、継之助はいろいろ質問を浴びせたが、なるほど、どこの国のことを聞いても詳しい。

だが——。

（少し詳しすぎよう）

継之助は苦笑する。ただの商人が旅を楽しんでいるにしては、諸事に通じすぎている。鴉十太を名乗った細谷十太夫と同じ、探りの任に就く者だろう。なるほど、各藩が隠密を放っているのだ。

こういう者に出会うと、今が仮初めの平和なのだと思い知らされる。人々はまだ昨日と同じ今日を過ごしているが、それは薄氷の上の日常なのだ。

（違うな。一部の者たちにとっては、もはや日常などなかろうよ）

幕府の断行する安政の大獄の波を被り、死と隣り合わせの者がいる。安政の大獄が激しさを増したのは、幕藩体制を揺るがす「戊午の密勅」に端を発している。これは帝から、「日本の政道を正せ」との勅命が、幕府を飛び越えて直に水戸藩へ下ったものだ。帝はさらに、水戸藩から諸藩へ号令を下せと命じている。もし、実行されれば幕府は瓦解する。大老井伊直弼は、戊午の密勅にかかわったすべての者を闇に葬ろうとしていた。

継之助のような小国の一藩士に、戊午の密勅や安政の大獄の真相など、通常なら知りようもなかった。が、継之助は、方谷から聞いた。君公板倉勝静と方谷がこの件に関して交わした質疑応答の文書も見せてもらった。本来、不出の極秘事項だ。

勝静は、今年の二月に安政の大獄に対し寛大な処置を建言して罷免されるまで、井伊直弼の下で奏者番兼寺社奉行を務め、二つの事件を幕府の当事者として体験した。

方谷は言う。

――乱は起こる。

継之助も同じ意見だ。

戊午の密勅で二百数十年続いた順列が乱れた。安政の大獄の激しさは幕府の動揺の激しさだ。帝を陰でたしなめ、水戸に勅諚を返上させ、世間には偽勅だったと公表し、一人、二人の公卿を偽勅の黒幕として処罰したあと、幕府は何事もなかった顔をしていればよかったのだ。

大事を馬鹿正直に一大事として騒ぐから、幕府の綻びが衆目に晒される。騒がなければ、帝が序列を乱したことの重大さは、今ほど露見しなかったに違いない。今度のように弾圧すればするほど、大きく反発する力が生まれてくる。安政の大獄は、寝た子を起こしたようなものだ。

井伊直弼は事後の対応を間違えたのだ。

継之助と山代屋文左衛門は深夜まで諸国のことについて語り合ったが、明日も互いに旅路にあるので、頃合いを見計らって寝についた。

四半刻（三十分）のち――。

文左衛門が床を抜け、そっと部屋を出た。気配で起きた継之助は、暗闇の中で文左衛門が障子を閉める影を見た。平素なら厠だろうと気にも留めない。いや、平素ならそもそも相部屋の相手が起きたところで、継之助の目が覚めることはない。

隠密紛いの男だと文左衛門のことを警戒していたゆえ、初めから眠りが浅かった。そんな怪し気な男が部屋をそっと抜けたのを、ただの厠と思うほど継之助は初心ではない。

（やめておけ）

警鐘は鳴った。が、継之助は好奇心に突き動かされ、そっと文左衛門の後を追った。

闇の中、旅籠の廊下がまっすぐに溶けていく。文左衛門の背は、もうどこにも見当たらない。耳を澄ますが、足音も息遣いも聞こえない。

継之助は山代屋文左衛門を完全に見失ってしまったようだ。苦笑が漏れる。

向こうは探りの玄人で、こちらは素人なのだ。自分が文左衛門をつけられると思う方が、どうかしている。

（やめよう）

継之助は馬鹿らしくなった。

せっかく部屋の外に出たのだから、小便でもして寝るか、と厠へ向かう。その途中にある一室から、ぼそぼそと声が漏れ聞こえてくる。

（この部屋に入ったのか）

一瞬、足が止まりそうになった。が、それは危険な気がした。泊まり客同士、興が乗って話し込んでいるならいいが、もし本当に文左衛門がここへ忍んで来たのなら、隠密同士の密会ということも考えられる。そういう連中なら、継之助が足を止めれば気配を察するだろう。

継之助は同じ速度で通り過ぎ、用を足した。厠からの帰り、再びその部屋の前を通ると、

「闇討ち」

という言葉がはっきりと聞き取れた。

どうやら物騒な話をしているようだ。だが、継之助とは縁もゆかりもない福岡の地で、不穏な謀（はかりごと）を聞いたところで、なんの興味も持てない。

継之助は肩をすくめ、自分の部屋へ戻ろうとした。刹那（せつな）、中の空気が動く。

「誰だ」

怒気を含む鋭い声と共に、障子が中から二尺ほど開けられた。嫌な展開だ。暗い部屋の中、男たちが車座に七、八人はいるだろうか。

(こんなにいたのか)

手前の男たちはぼんやりと顔が見えるが、奥にいる者たちは影さえ覚束ない。文左衛門がいるかもわからない。

「お前は誰だ」

障子を開けた長身の男が誰何する。継之助は舌打ちをした。

「そっちから名乗りな」

殺気が膨らんだ。数人が尻の横に置いてあった脇差を掴む。あっと思ったときには、障子は開け放たれ、斬られる間合いになっている。

(なんだと)

継之助が息を呑んだのは、男たちの中に鴉十太こと細谷十太夫の姿を見たからだ。今はもう士の姿をしている。目が合うと、十太夫の口の端がにっと上がる。手の脇差は鯉口が切られている。

こうなればもう、敵か味方かわからない。

「物騒だな。俺は小便に来ただけだぜ」

丸腰のくせに、継之助は野放図に厠の方角を顎でしゃくった。その声は廊下を突き抜け、ワーンと響いた。

宿泊客や宿の者が起き出して騒ぎになれば、困るのは目の前の連中だ。

「くっ……」

案の定、男たちの目に動揺が走った。

「第一、貴様ら、知らねえなら教えてやるが、刀ってなァ、宿に預けるもんだ」

表向きはそうだが、実際はあまり守られていない。が、継之助は啖呵を切った。

「ふざけた野郎だ。その威勢、いつまで持つかな」

最初に障子を開けた長身の男が、手にしていた脇差を腰に差し、鯉口を切った。

「ここでやりあう気か。もう隣の部屋のもんは起き出して聞き耳を立ててるぜ」

継之助の言葉が図星だったのか、隣室の閉め切られた障子の向こうで「ひっ」と息を詰める気配がした。

「宿の者も番所に走る用意をしてるだろうよ」

畳みかける継之助の「番所」という言葉に、男たちの逡巡は激しくなった。

それでも、

「俺が罪を引き受けよう」

激しい殺気と共に一人の足が出掛かった。チッと継之助も身構える。

「よせ」

長身の男が止めた。

「もういい。ここで我らが殺らずとも、旅に事故はつきもの。せいぜい、気をつけるがよかろう」

捨て台詞と共に、ぴしゃりと障子が閉められた。

(面倒なことになりやがった)

おそらく宿場町を出たところで、人知れず始末しようというのだろう。はっきり連中の計略の全貌を聞いてしまったならともかく、継之助の耳がとらえたのは〝闇討ち〟の一語だけなのだ。

(わりにあわん……というより妙だな)

連中は警戒し過ぎている。初めは地方の小さないざこざの一つと思ったが、存外大きな騒ぎを起こそうとしているのではないか。

薩摩を探りに行ったはずの十太夫が交ざっているのもひっかかる。

(十太のやつ、何をやっていやがる)

あの最初に障子を開けた長身の男は、薩摩人だろう。言葉の端々に隠し切れない訛りがあった。薩摩藩を探りに行った細谷十太夫が、薩摩武士と福岡で闇討ちの謀議をしている。そしてあの人数。

薩摩藩は昨年、将軍継嗣問題で敗れた一橋派への弾圧に抗議する形で、五千の兵を出兵させようとしたと言われている。その直前、藩主島津斉彬が不慮の死を遂げ、出兵も中止になったのだ——と。

もちろん薩摩側は出兵の計画などなかったと言い張った。幕府から差し出すよう要請のあった西郷吉之助（隆盛）も、死んだという。幕府は信じてはいない。今も身柄を要求し続けている。

薩摩藩は、なにもかもが不確かで闇の中だ。

（薩摩もんが関わっているってェだけで、きな臭いじゃねェか）

継之助が戻ると、すでに山代屋文左衛門は部屋にいて、暗闇の中で懐中紙に何かを書き付けていた。白い紙がうすらぼんやりと浮かんで見えるが、何を書いているのか、文字までは読み取れない。ただ手の動きが「軍」という字をかたどったように感じた。

（軍……）

どうしても薩摩軍が浮かぶ。継之助は眉根を寄せた。

「なにか」と文左衛門が視線を上げる。

「いや、瓦灯くらい点けたらどうだ」

「いえいえ、そちらの御仁を起こしてしまっては気の毒ゆえ」

文左衛門は人吉の者を視線で指した。この部屋までは、先刻の騒ぎは届かなかったのだろうか。人吉の者はぐっすり眠って、一向に起きる気配がない。文左衛門はふたたび続きをさらさらと綴り、やがて懐中紙をたたんで胸元にしまった。

「厠でございましたか」

布団と搔巻の間に体を差し込む継之助に、文左衛門から訊いてきた。

「冷えるからな」

「まったくでございます。ついこないだまでは、お暑うございましたのに」

「お前さんはいってえ、どこに。厠では会わなかったが」

「厠でございますよ。少々迷ってしまいましたが」

ふん、と継之助は横になって文左衛門に背を向けた。

山代屋文左衛門は、かなりの狸のようだ。

（山代屋がもし連中の仲間なら、このまま寝入ってしまった俺の寝首を搔くか）

いや、宿の中では手を出さぬだろう、というのが継之助の読みだ。

（連中は目立ちたくないはずだ。殺すなら別の場所を選ぶ。ならば、今はしっかりと眠っておいた方がよかろう）

明日は、口封じで継之助を始末しようと仕掛けてくるかもしれない。一瞬も気を抜けぬ道中になる。継之助は目を閉じた。とたんに、意識がすーっと落ちていった。

二

次に目を覚ましたときには、朝になっていた。文左衛門はもういない。宿の者に訊くと、明け方早く出ていったという。例の部屋の連中のことも訊いてみたが、こちらも文左衛門とほぼ同じ時刻に出立したということだ。継之助の向かう方角とは反対方向に去っていったらしいが、気は抜かぬ方がいいだろう。

朝飯を掻き込むと、人吉の者と別れて継之助も出立した。

今日は、福岡から太宰府へ向かう。その道々に、これまで見たこともない数の野鳥が飛んでいる。雁、鴨、鶴……。鶴がことに多いようだ。鉄砲が趣味の継之助は、いつも旅の間は持ちあるく自慢の遠眼鏡を懐から取り出し、銃に見立てて鳥を見るたびに構える真似をする。すれ違う者たちが目を見開いて、そんな継之助を見る。

「撃ったら死罪ですよ」

途中からなんとなく一緒に歩いている福岡の商人が、眉を八の字にして首を横に振る。この地では鳥の殺生を禁じているから、たくさんいるのだという。

「そうは言っても、撃ちたいぞ」

継之助はふいに後ろを向き、望遠鏡を構えて「ばあん」と叫ぶ。それから遠眼鏡を覗き、周囲をざっと見渡した。昨夜見た顔は街道のどこにも見当たらない。が、全員の顔を見たわけではない。つけられていないとは言い切れない。

「困ったお人だなあ」と横で呟く人のよさげな福岡人が、刺客でないと言えるだろうか。だが、福岡の商人は追分であっさり別れ、去っていった。

（疑心暗鬼だな）

継之助は自嘲した。この日はなにもないまま、筑前との国境に近い肥前の田代に宿をとった。

翌日は、田代の宿で同宿した佐賀や長崎の者たちと賑やかに歩いた。

それにしても、街道はどこもたくさんの人で溢れ、賑わっている。人目のない場所などまるでない。人知れず継之助を始末するなど難しそうだ。昨日も今日も怪しい者の気配はない。

（もしかしたら連中は、脅し文句を言っただけで、通りすがりの俺のことなぞ、はなから構う気などなかったんじゃねえのか）

継之助はそんなふうに思い始めている。

途中、田代から五里半先の神埼というところで店先に飾ってあった蓑を冷やかすうち、話の流れで買うはめになってしまった。これが、見たこともないほど立派なつくりだが、それだけに大きく、目も詰まって背負うと重い。

「いい買い物をしましたねえ。その蓑なら、どげな豪雨でも水が滲みたりせんですろう」

同道する佐賀人が囃し立てたが、雨が降らねばただのお荷物だ。

神埼から歩くことおおよそ二里半、昼過ぎに佐賀藩鍋島家三十五万七千石の城下に着いた。唐物の店があちこちに見え、異国風情の長崎にいよいよ近づいたことを実感する。

継之助は目当ての「反射炉」へ向かうため、みなと別れてひとりになった。だが、いざ行ってみると、反射炉の中を見学するには手続きに一日かかるという。

佐賀の反射炉は、隣国のアヘン戦争の脅威を受け、嘉永三（一八五〇）年に国防をうたって着工されたものだ。佐賀藩は反射炉による鉄製の大砲の鋳造を、日本で初めて成功させた藩となった。乞われれば、他藩に技術の輸出も行っている。

後々、幕末に日本に入ってきた西洋砲の中で、最強と言われたアームストロング砲の製造にも取り組んだ。

日本最先端の近代技術だけに、継之助の心も躍ったが、残念ながら長岡藩の規模では独自に反射炉を持つのは、夢のまた夢といったところだ。

継之助は、中の見学をあきらめることにした。一日逗留が延びれば、その分、旅費が嵩む。

ため息の代わりに肩をすくめ、通りを曲がった継之助は、一瞬、目を疑った。

（ここは異国なのか）

まるで下駄や草履を扱うように、通りで洋式銃が売られているではないか。

早足で寄って、手に取らせてもらう。

「ゲベール銃か」

「よく御存知で、お侍」

「ここで造っておるのか」

「左様でございます。火縄銃とさして変わらないつくりでございますゆえ」

「うむ」

継之助は頷いた。ゲベール銃は、施条がなく、製造自体は簡単で大量生産がきく。西洋銃とはいえ、性能も火縄銃に毛が生えた程度だ。有効射程も一町（約百九メートル）前後と変わらず、命中精度などはゲベール銃の方がかえって低い。だが、銃剣の装着が可能で内火のため、西洋式の密集型陣形を組むには欠かせない銃である。裸火の火縄銃では、隣の者と必ず一定の距離が必要になる。

山田方谷導く備中松山では、すでに西洋陣形をとっている。継之助もある程度の知識は齧っていた。

もっとも西洋では、すでに密集型も古い戦法となり、散兵中心の戦術が組まれていたが、これをやるにはライフリングの施された飛距離を稼げる銃が大量に必要だった。今の日本ではどこも不可能だ。

「我が藩は、嘉永元（一八四八）年にはすでに火縄銃をやめてゲベールで揃えておりますよ」

佐賀の火器屋は黄色い歯を見せて笑った。

「そいつァ、すごい」

継之助は素直に感嘆の声を上げた。自藩の後れを怖いほど実感した。今の段階で佐賀藩より十一年後れている。長岡藩で軍制改革を行い、今の佐賀藩と同等になるまで、あと何年かかることか。藩の財政を立て直し、赤字を解消しただけでなく余剰金が出なければ、洋式銃など一挺すら買えぬだろう。

（長岡藩がこの段階までできたとき、佐賀藩はどこまでいっているのか。だが必ず追いついてみせるぞ）

継之助はゲベール銃を通りに向けて構えた。

「旦那、いい構えですねえ」

追従を聞きながら、引き金に手をかける。ハッと目を見開いたのは、銃口の先に鴉十太こと細谷十太夫を見たからだ。

継之助は急いで銃身を下ろし、構えを解いた。すでに十太夫の姿は人ごみに消えている。

（十太の奴、何をしている。俺を追ってきたのか）

訝しむ継之助の目に、あのときの密談に交ざっていた男のひとりが、細谷十太夫を追うように通りの先の辻を横切っていく姿が映った。

次の瞬間、すさまじい殺気を覚え、継之助は視線を上げた。一間（約一・八メートル）ほどの距離を保ち、編笠の男が立っている。

男は編笠をわずかに持ち上げ、継之助を睨んだ。継之助からも男の顔が見やすくなった。

――知らぬ顔だ。が、あのとき全員の顔を見たわけではない。部屋の奥に座していた一人かもしれない。

男が口を開いた。

「顔を貸してもらおう」

名乗りもしない。どこへ、とも言わない。

「不躾な奴だ。いってえ、何の用だ」

「なに、少し話がしたいだけだ」

気付かなかっただけでずっとつけられていたのだろう。継之助がいつまでたっても人目の付かぬ場所に行かぬから、業を煮やしたに違いない。道連れと別れたこの隙に、どこか静かなところへ連れていき、始末しようという腹か。

(さて、どうするか)

継之助も武士だ。剣は使える。だが、いわゆる「剣術家」と渡り合えるほど、修練を積んできたわけではない。一方、相手の男はこういう役を引き受けるからには、相応の腕に違いない。

「いいのか。俺は継さ流、免許皆伝だぜ」

もちろん継さ流など存在しないが、はったりをかます。編笠の男がにやりと笑う。

「ほう。面白い。そのくらいの方が、やりがいがある。木偶の坊を斬るのはつまらぬからな」

「やはり斬るのか。お前さん、何流だ」

編笠の男はそれには答えず、殺気を揺らめかせながら、周囲を睨め回す。

「関係のない者を巻き添えにしたくなければ付いて参れ」

顎をしゃくった。

(この男、本気だな)

継之助が拒めば、どんな暴挙に出るかわからない。先日は集団だったから、目立てば計画自体が頓挫する危険があった。今は、自分一人がどうなろうと構わないということか。命を懸けられるほど大事な闇討ち計画ということなのだろう。

（ははあ、なんだか話が見えてきたぜ）

継之助は編笠の男に付いていくことにした。生還できるかわからぬが、他の者に迷惑はかけられない。それに、

（天は俺を必要としているのか）

という問いがまた浮かんだのだ。ここで死ぬようなら、しょせんはそれだけの男だ。継之助は長岡の自宅の庭に生える二本の松を思い出しながら空を見上げた。

（蒼龍よ、我に困難を与えたまえ）

「よし、行くぞ」

気合と共に、逆に編笠の男を促した。男は眉間に皺を寄せたが、ふんと鼻を鳴らし歩き出す。

二人はほぼ並ぶように歩いた。

男に付いていきながら、継之助は己が巻き込まれた今度の一件について考える。

そもそも無関係の継之助が計画の一部を聞いてしまったかもしれないというだけで、福岡から佐賀まで追ってきて口を封じてしまおうとするのは、どう考えてもやり過ぎだ。つまり、計画の露見を〝それほど恐れている〟ということなのだろう。

（どこのだれとも知れぬ旅人に聞かれても困るほどの相手が、闇討ちの相手ということだ。つまりは日の本中に名の知れた男……）

山代屋文左衛門が連中の仲間なのかは知らないが、もし書いていた手紙がこの件のことならば、軍勢も関連してくる大きな話ということになる。

「山代屋文左衛門は……」

継之助はその名を出して、男の表情を窺った。知り合いなら、なんらかの反応があるやもしれぬ。案の定、男の表情は変わった。歪んだ笑みだ。

「あの鼠か。斬り捨てた」

「……」

少なからず継之助は衝撃を受けた。文左衛門は連中の仲間ではなく、逆に探っていたのだ。あの手紙は差し詰め国元への報告の書状というところか。それにしても、誰かが誰かに「殺される」という非日常が、突然迫ってきたのは奇妙な感覚だった。

（次は俺の番というわけか）

「軍勢……か。薩摩が出兵するのか」

継之助はまたしてもかまをかけた。今度は男の顔色が一気に変わった。驚愕の表情で継之助を見た。

「貴様……どこまで知っている」

「知らぬから訊いたのだ」

答えた継之助に、編笠の男が眉尻を上げた。

「ふざけた野郎だ」

「よく言われるが、俺はいつでも真面目だ」

本当に薩摩が関わっているのかと、継之助は内心驚いた。薩摩兵が出陣する相手など一人しかいないではないか。大老井伊直弼だ。

(なるほど。大老闇討ちの計画が露見すれば、薩摩藩ごと危ないな)

だが、編笠の男に薩摩訛りはない。複数の藩が関わっているのか、浪人たちが寄り集まって希望交じりの密議を重ねているだけなのか。

「おい、上れ」

目的地に着いたようだ。こんもりとした杜に続く二十段ばかりの石段が、男の促す方角に延びている。頂上に鳥居が見えるから神社なのだろう。人斬りの場所に選ばれるくらいだ。無住の神社に違いない。

境内には、細谷十太夫もいるのだろうか。十太夫は連中の仲間になってしまったのか。それとも、仲間になったふりをして探っているだけなのか。確かめる方法はひとつある。

継之助は編笠の男の前に立って、先に石段を上り始めた。背中からばっさり斬りつけてくるかもしれないが、背に負う蓑ごと斬るのは難儀だろう。

(蓑が役に立ったじゃないか)

半分ほど石段を上ったところで金属同士が激しくぶつかり合う音が、継之助の耳を叩いた。

(斬り合いか)

継之助は足を速めた。あと五段、というところで、誰かの断末魔の声が上がり、宙に赤い飛沫が散るのだけが見えた。

継之助は残りの石段を一気に駆け上がる。十歩も歩けば社に着く狭い境内の中、男が一人うつ伏せに倒れ、湿った土を握り込みながら息絶えていく最中だった。

他には誰もいない。今、まさに斬り合ったはずなのに、斬った男の姿は影もない。

「林田!」

編笠の男が継之助を突き飛ばすように、倒れた男に駆け寄った。体を仰向けに変えて頬をさすったが、すでにこと切れているようだ。

(あの男だ)

死んだのは、つい先刻、十太夫を追って人ごみに消えた男ではないか。だとすれば、十太夫が斬ったということか。遠目でもわかる。凄まじい斬り口だ。

編笠の男は仲間の死体をそっと放すと、おもむろに立ち上がり、怒声を上げた。

「柴山、どこにいる。柴山！　貴様が林田を斬ったのか」

木の葉がざわめき、枝が大きく揺れた。

そこか、というように男は振り返ったが、木に止まっていた烏が、羽音も荒く飛び立っただけだ。編笠の男と継之助以外、人の気配は微塵もない。

（十太は、今は柴山と名乗っているのか……）

継之助は背負っていた蓑を外し、旅装を解いた。

その様子に応え、男も編笠を脱ぐ。いまや憤怒の形相で刀を抜くと、継之助の正面に対峙した。

継之助は仁王立ちの姿勢をとった。両手は刀に掛けず、拳を作って垂らしている。その格好のまま丹田に力を込め、

「聞け、俺は長岡の河井継之助だ」

美声と言われる声を朗々と発した。男は少なからずぎょっとしたようだ。狼狽を目の奥に宿しながら、刀を八双に構えた。

継之助は白刃を前に平然と続ける。

「我が藩はひどい財政難に苦しみ、政道は曲がり、ゆえに民は疲弊しておる。だ

が、それももうすぐ終わりだ。この俺が長岡を変えるからだ。今は何者でもないが、俺が長岡を変えるのだ。そのためにこうして旅をしておる。人には宿命がある。俺は今日、そのほうを通じて俺の宿命を訊く」

男の眉間の皺が深くなった。

「訊くだと。何に訊くのだ」

「もちろん」と継之助は両手を上げ、拳を広げた。突然のことに男はいっそう眉根を寄せ、刀を握る手に力を込める。継之助は構わず答える。

「天だ」

「き、貴様、何を言っている。か、刀を抜け」

「殺生はせぬ。俺が長岡を変える資格がないというなら、遠慮はいらぬ。斬れ」

「うっ」と男は声を詰まらせた。両手を天に突き上げた可笑しな格好で立つ継之助に、男は完全に気圧されている。継之助は、「龍のよう」と言われた鳶色の目で、男をぎょろりと睨んだ。

「そのほうが俺を殺すのではない。天が俺を殺すのだ。俺を斬るべき男というのなら、恐れず斬るがよかろう」

男はこめかみから汗を垂らし、一歩、下がった。継之助は逆に、歩を進めた。男はまた後退った。何歩か下がるうちに空足を踏み、尻餅をついた。

ずいっ、と継之助はいっそう間合いを詰めた。男は尻餅をついた姿勢のまま、さらに下がり、賽銭箱に背を付けて止まった。すぐ横には林田の冷たくなった体が横たわり、手を突いたところの土は生血で濡れていた。

「斬らぬのか」

尋ねる継之助を、得体のしれぬ異形のものでも見るような目で男は見た。

「ならば、俺はここを去り、俺のなすべきことをする。貴様も貴様のなすべきことをなせ」

継之助は踵を返し、先刻置いた旅の荷を担ぐ。背後の空気が不穏に動いた。刹那、男が咆哮する。

継之助は振り返った。男は刀を振りかぶり、叫びながら必死の形相で継之助に襲い掛かる。だが、継之助が完全に体を正面に向け、睨み据えると、男の足は止まった。いまや全身ががくがくと震えている。

継之助は黙したまま再び踵を返し、男がその場にすわりこむ音を背に、悠然と立ち去った。去りながら、「生かされた」意味を考える。

（やはり俺には天命があるのだ）

そう思わずにいられない。やらねばならぬことがあるから、生かされたのだ。道を誤れば、たちまち龍に四肢を喰われるような最期が待っているに違いない。そういう壮絶な生き様が、自身の眼前に開けているのがはっきりと見えた気がした。

(俺という男は、今この時代に生まれるべくして生まれ、生きているのだ)

以前から薄々感じていた大それた思いは、確信に変わった。これまでとは違う、新たな自覚が継之助の内側から滾り始めている。

三

翌、十月五日。

継之助は、あれほど見てみたかった長崎の地を踏んだ。もういくばくかで薄闇が迫る時刻、銀屋町の旅籠、「万屋」の暖簾を潜った。銀屋町には、鉄砲や大砲、そして火薬に詳しい上野俊之丞の家がある。

荷を解いたばかりの継之助のもとに、

「お客人でございます」

宿の者が実に訝しげに来客を告げた。そうだろう。到着を見計らうように宿泊客を訪ねてくる者など、そういないに違いない。だが、継之助は驚かない。むしろ、いつ現れるだろうかと待ち構えていたほどだ。来客は、「十太と言えば通じる」と宿の者に告げたそうだ。ふん、と継之助は口の端を上げた。細谷十太夫が追ってきたのだ。

備中松山にいたころより日に焼けて色黒になった細谷十太夫が、あのころと変わらず懐っこい顔で継之助の前に現れた。

「よう、柴山氏」

継之助は十太夫を変名で呼ぶ。

「旦那、その名はもう昨日で仕舞いになったんでさあ」

「やはりお前さんがあの男を斬ったのか」

十太夫は継之助の前で勝手にあぐらをかき、手土産の酒を差し出した。

「斬り掛かってこられたから、やっちまいました」

「探りで潜(もぐ)ったのがばれたのか」

「まあ、そんなところで。旦那はいつわかったんです、俺が奴らの仲間じゃないってえ」

「いや、あの男を斬るまではわからなかったさ」

「斬ったからって、ただの仲間割れかもしれないじゃないですかい」

「編笠の男がお前さんを柴山と呼んだからな。偽名のうちは探りだろう。もし、奴らの主義に傾倒し、心から賛同して加わったってえなら、お前さんは細谷十太夫の名を堂々と名乗るだろう」

継之助の答えに十太夫は目を見開き、「これだから旦那は」と嬉しそうに笑った。

「御名答。いやね、口封じに旦那を斬るってえ、連中が言い出すから、俺が追手に名乗りを上げたんですよ。そしたら信用されてなかったんでしょうかね、さらに二人も付いてきちまいやがって、早く斬れ斬れとせっつくんで、まいっちまいました。まだ人目につくからって、首を横に振っていたら、おおいに疑われちまいましてね」

「なんだ、俺を庇ったせいでばれたのか」

「そんな、庇ったってほどじゃ……。旦那はあの場を自分で切り抜けちまったじゃないですか。助けてやらなきゃ駄目だろうって身をひそめていたんですけどね、俺の出番なんかありゃしない」

十太夫は継之助を真似て、両手をバッと上げてみせた。「刀も抜かずによくもまあ」と感嘆する。

そんなことより、継之助は真相が知りたい。

「それより何がいってえどうなっているんだ。殺されかけた俺は訊く権利があるんじゃねえのか」

「せっかちですねえ、旦那は。もう御存知かもしれませんが、薩摩の老公が亡くなりましてね」

老公とは、薩摩藩先代十一代藩主斉彬の父、十代島津斉興のことだ。

斉興が死んだなど、継之助には初耳だった。

「大隅守(斉興)の死が今度のことに関係があるのか」

継之助の問いに、

「おおいにあります」

十太夫が説明する。

通常、諱を呼ぶのは禁忌とされ、たとえば斉興なら大隅守、斉彬なら薩摩守などと呼ぶものだが、十太夫は構わず諱を呼び捨てた。継之助は薩摩の老公の諱など知らぬから、このとき初めて斉興の名を知ったのだ。当時の諱はそれほど外に漏れていない。

斉興は、昨年急死した名君と名高い斉彬の実父だが、実はこの二人の親子仲は上手くいっていなかった。薩摩藩の財政を立て直したい斉興にとって、日本の政に口出しし、中央に進出したがる斉彬は、浮ついた、藩を潰しかねない困った存在に見えたのだ。常に二人がぶつかり合っていたため、老公斉興が斉彬を毒殺したのではないかと噂が流れたほどだ。

斉彬の死で再び薩摩藩の実権は斉興の手に移った。たちまち、斉彬の政策はすべて否定され、斉彬派の家臣は粛清された。もちろん、五千の兵を率いて上洛し、勅命を仰いで幕府に意見するなど、とんでもない話であった。

「斉彬派の野望は、いったん潰えたように見えましたがね、ところがどっこい、斉興が死んじまったもんですから、再び薩摩藩の内政がひっくり返る余地が出てきたわけです。他藩の、ことに水戸藩の、井伊直弼を苦々しく思っている連中が、薩摩藩の力を当てにして寄ってきている最中です」

十太夫は自分の持ってきた酒を、袖の中から出したぐい飲みに注いで継之助に勧めた。継之助は変なところから出てきたぐい飲みに眉根を寄せたが、黙って呑んだ。十太夫自身も酒で舌を湿らせ、話を続ける。

「その連中の中には、直弼を殺しちまおうってえ、物騒な奴らもいましてね、旦那が会ったのは、そういう一派の一つです」

「薩摩の力を当てにするというのは、薩摩守（斉彬）が生前企図したように、具体的には出兵させるということか」

ずいぶんと大きな話だな、と継之助は驚いた。

「家中の一部は遺志を継ぐってえ、息巻いてますぜ、旦那」

「薩摩は動くのか」

そうだとしたら、譜代の臣として見過ごせない。

十太夫は首を左右に振った。

「今の君公に、その器も求心力もありませんぜ」

十二代茂久、後の忠義のことだ。まだ二十歳で、斉興が生きているころは斉興の、死んでからは斉彬と家督争いをした父忠教（後の久光）の傀儡だ。

「ふむ」と考え込んだ継之助に、

「あ、旦那。今、お国のお偉いさんにさっそく告げて……とか考えていやすね。無駄、無駄。文を書くだけ無駄ですぜ」

十太夫は酌をしながら悪戯っぽい目をした。

「何が無駄だ」

「大老闇討ちの謀なんざ、雨後の筍みたいにあちらこちらでわいてますぜ。そんなことくれェ、大老様も百も承知。一々とりあってられねえから、親切に教えてやっても、鼻で笑われて終わりさ」

「なるほど」

確かにそうに違いなかった。弾圧を断行すれば恨みを買う。命を狙われることくらい、初めからわかっていることだ。今更、闇討ち計画の一つや二つ、驚いたりしないだろう。

「第一、いってえどうやってお大名の直弼を殺せるんです。そこら辺を供も付けずにぶらぶら歩いているってえならともかく。将軍様の次にお偉いのが大老様でしょう。その大老様が簡単に一介の士ごときにやられちまうようじゃ、そんな幕府はいっそ滅んだ方がましですぜ」

一理ある。藩ごと動かせれば、日本中を巻き込んでの大騒ぎになるだろうが、士の有志が集まってことを起こすだけなら、大老を襲撃することはできても殺すことは難しい。もし、成功すれば、よほどやられる側に隙があるということだ。幕府の威信は地に落ちるが、十太夫の言う通り、「いっそ滅んだ方がまし」なまでに腐った政権と言えるだろう。

「十太よ、連中は大老をどうやって襲う気だ」

「まだそんな段階じゃありませんや。薩摩をなんとか動かせないかと思案しているところですから、どうやって殺すかなんざ具体的な話は、少しも口に上っちゃいませんぜ。まずは水戸の過激派を説得し、あちらの弁の立つお人を京や薩摩領に送り込み、仲間を募ろうってえ、そんな話をしていやした。それだって本当に来るかどうか」

継之助は波風を嫌う家老らの顔を思い浮かべた。今の段階で知らせても誰も動きそうになかった。

「話は変わるが、西郷某（なにがし）とかいう、前の殿さんの懐刀（ふところがたな）と言われた男は、生きているのか」

継之助は細谷十太夫に、不明になっている薩摩の西郷吉之助の生死を訊ねた。

「西郷吉之助ですね。名を変えて島流しにあっていますが、生きておりやす」

継之助は少なからず驚いた。吉之助が生きていたことに対してではない。そこまで探ってきた十太夫の腕に感嘆したのだ。吉之助に関しては、幕府の隠密が躍起になって探っているはずなのに、なんの確証もこれまで摑めていないようだった。たいしたものだ、と継之助は目の前の若者を改めて見た。そういえば、昨日の男を斬った斬り口も凄まじかった。剣の腕も立つ。度胸もある。頭もよく分析力に優れている。なにより、なんともいえぬ愛嬌がある。人の上に立てる男だ。


「仙台は、すごい鴉（密偵）を世に放っているな。長岡には来るなよ」

冗談交じりに褒めると、十太夫は、

「いやだなあ、照れるじゃないですか」

少し顔を赤くして、頭を掻いた。が、すぐに真面目な顔に戻る。

「西郷もいいですけどね、旦那が覚えないといけない薩摩人の名は他にもありますぜ」

「ほう、誰だ」

「大久保正助（利通）」

短く名前だけ告げた十太夫の目が一瞬、光った。よほど一目置いているのだと知れたが、継之助の知らぬ名だ。正直に継之助は「知らぬ」と告げた。さもありなん、と十太夫は頷く。

「今は何者でもありゃしません。旦那と同じさ。強いて言うなら、西郷が島流しにあったあとは、斉彬派の若者たちを三十歳のこの男が束ねていやす。こいつ、必ず台頭しますぜ」

「大久保正助か、覚えておこう」

「さて、と」

十太夫が立ち上がった。朝を待たず、もうどこぞへと行くらしい。

「次はどこだ」

「長州、萩へ」

傑物吉田松陰を捕縛された長州も、幕府への恨みは深いだろう。だが、長州松陰を人質に取られているようなものだから、そうそう動けまい。

では、と十太夫は目礼し、立ち去った。継之助はすぐに家老に向け、無駄かもしれぬ文を認めた。

四

いよいよ継之助の長崎での生活が始まった。まずは、銀屋町に住む上野俊之丞を訪ねてみようと、旅籠万屋の女将に自宅の場所を訊く。

俊之丞は、もともとは絵師だが時計職人も務め、なぜか硝石や火薬、鉄砲、大砲の研究も行い、武雄領鍋島家や薩摩藩島津家を上客としている。噂では、平賀源内も作ったと言われるエレキテルも完成させたそうだ。

　中年すぎの女将は鶴のような首を左右に振り、

「俊さんは亡くなってしまいました」

気の毒そうに告げた。訊けば八年も前に死んだという。

「それでは、御子息は居ようか」

継之助はせめて後を継いだ者に会っていこうと重ねて訊ねたが、女将はたちまち忌まわしげな顔になり、吐き捨てるように呟いた。

「ああ、あの変わり者……」

「変わり者……」

継之助にしてみれば、いつも自分が言われる聞きなれた言葉だ。

「悪いことは申しません。関わり合いにならぬほうがよかですけん」

女将が必死の形相で止めるから、逆に継之助の中にむくむくと興味が湧いてくる。

「かまわぬぞ。むしろ望むところだ」

「そいけど、死体から災いをもたらす薬を作っとるとでございますよ」

一瞬、継之助は何を言われたのかわからなかった。

「死体を……どうしているだと」

「埋めているんだそうでございます」

「死体は埋めるものだ」

「そうでございますけど、魂を吸い取る魔術に使う薬を作っているのだとか」

女将は身をぶるぶると震わせたが、そんな馬鹿な、と継之助は取り合わない。宿に迷惑をかけないことを約束し、なんとか上野俊之丞の息子の名前と居所を聞き出した。名は彦馬といい、二十歳を少しすぎたばかりの若者ということだ。

住まいは銀屋町にあるが、死体を埋めているのは、かつて俊之丞が硝石を作っていた中島の精錬所らしい。どちらも、長崎の町を北東から唐人屋敷と出島の間に向かって流れる中島川沿いにあり、十町ほどの距離だ。継之助は、日本で初めて造られたと言われる石造りの眼鏡橋を背に、変わり者の彦馬を目指し、東方にわくわくと歩いた。

目的の精錬所は一万坪近い敷地を有し、上流に銭屋橋を望みながら、中島川右岸に長々と横たわっている。後年は、石垣の上に白壁の建つ荘厳な外塀に造り変えられるが、継之助が訪ねたころは違った。基本は木の塀だが、南方の川辺沿いだけは堤防代わりの土が高く盛られ、雨に泥が浚われぬよう生垣の根で抑えていた。

出入り口は北東に長屋門が拵えてあるが、継之助が歩く川沿いにも積荷用の門と船着き場があった。中島川は、町中と港を繋ぐ水路として機能しているのだ。正門は見えなかったので、継之助は川沿いの門を正面と間違えた。

かつては栄えた硝石精錬所だったに違いないが、この日はひっそりとしている。休日なのか、気配が外へ漏れ出ていないだけなのか、それとも精錬所自体を俊之丞の死で畳んでしまったのかは、継之助にはわからない。ただ、近づくにつれ、饐えた臭気が鼻をつき、万屋の女将の話を裏付けているかのような異様な空気が一帯を支配していた。

「頼もう」

門前で大声を上げたとたん、嫌な空気に喉を刺激され、継之助は咳き込んだ。しばらく待つと、

「御用ですか」

細く尖った声が呼びかけに応え、土塁の上の生垣の割れ目から男の顔がニュッと出てきた。継之助の位置からだと頭上に顔が出てきたことになる。顎が細く額の広い、華奢な首の男だ。眉も唇も薄い、あっさりした顔立ちだが、目は強い意思を秘めて力があった。

「長岡牧野家家臣、河井継之助と申す。貴殿が上野彦馬どのか」

見上げて問う継之助に、若者はそうだと答え、生垣の中から完全に姿を現し、土塁から飛び降りた。その手が血糊と思しきもので濡れている。

継之助は素知らぬ体で来訪の目的を告げた。彦馬は気の毒そうに眉を八の字にし、

「それは申し訳ない。大砲のことも鉄砲のことも、硝石のことも、わたしはさほど興味がわかないものですから」

何一つ説明してやることはできないのだと首を左右に振った。精錬所も畳んだわけではないが、かつて大得意先だった藩は、すでに自藩に同じような精錬所を造ってしまい、顧客ではなくなったという。

ふむ、と継之助は首を傾げた。なんということもない話をしているようで、上野彦馬は重大な話をしてくれているのだ。およそ十年前に比べて、この日本中に武器や火薬がおそろしく増えているということだ。かつては長崎の精錬所が一手に引き受けていたものを、今は各藩が自前で製造している。そして、おそらく増えた武器も火薬も、西国や九州に集中している。

もちろん火器が増えたのは、外国の脅威に対抗する「国防のため」に違いない。しかし、各々の藩がそれだけ強くなっていけば、自藩の軍事力を背景に日本の政治に口出しするようになるだろう。

なるほど、と継之助は合点する。薩摩が五千の兵を引き連れて京へ行くことの意味も、薩摩の自信のよりどころも、より鮮明に見えてくる。軍事力を背景に脅す相手は、幕府ではなく公卿だ。怯えた公卿を手玉にとって朝廷工作を行い、自論を勅命として引き出すことに成功すれば、今度はその勅命を掲げて幕府を思い通りに操れる。

長岡藩にこもっていれば、十年たっても見えてこないからくりだ。旅をして、他藩の動きを知らねば決してわからぬ世の動きである。だが、わかったところで借金に喘ぐ小藩の長岡藩になにができるだろう。己のできることとできぬことを見極め、いかに取捨選択していくか。誤れば、長岡藩は潰れてしまう。

考えを巡らす継之助に、

「あのう」

彦馬が口を開いた。

「立ち話も無粋ですから、中へ入りませんか。西洋の珍しい酒もございます」

ついさっき、自分が話せることは何もないと言ったはずなのに、彦馬は強く継之助を誘った。継之助にしても噂の真偽を確かめぬうちに帰るつもりはなかったが、ぜひにと招き入れられると、警戒心が湧く。

「では、お言葉に甘えさせていただきます」

応じつつ、鬼が出るか蛇が出るかという気分で、精錬所の幾棟も見える建物の屋根を見上げる。

彦馬は荷積み用の出入り口を開け、継之助を中へと導いた。中へ入るといっそう腐臭に似た臭いはきつくなった。たまらず臭いの正体を訊ねた継之助に、彦馬は聞きなれぬ言葉を返した。

「舎密（化学）ですよ。わたしは牛の血と骨から、アンモニアとシアン化カリウムを作っています」

上野彦馬が発した言葉で、継之助が理解できたのは、牛の血と骨だけだ。継之助は正直に、舎密もアンモニアもシアン化カリウムも知らぬことを告げ、説明してほしいと頼んだ。

彦馬の目がきらりと光った。

「よくぞ訊いてくれました。ほとんどの人は気味悪がるだけで、真理を知ろうとはしません。舎密学は異域（外国）の学問で、物質の構造を学び、いかに生成され、また分解されるのか、あるいは物質同士の引き起こす反応について学ぶものです。硝石も、舎密によって作られるものの一つです。硝石の作り方は我が国では長らく一部の者たちの秘法とされてきましたが、ただの舎密に過ぎません」

なるほど、と継之助は目を瞠った。

「理解にはほど遠いが、つまり上野どのは、物質同士の引き起こす反応を利用して、牛の骨と血から、別の物質のアンモなんたらとシアンなんたらを作るのだと、そういうわけですか」

「まさしく。町の人は、わたしの話に耳を貸してくれず、人の魂を抜き取るけしからぬ薬を作っていると噂しますが、そんな妖しいものではありません。作っているのはホトガラフィの道具です」

また、継之助の知らない言葉だ。

「ホトガラフィとは？」

「ダゲリヨティーブのことです。耳にしたことはありませんか」

こちらならある。嘉永元（一八四八）年、今から十一年も前に、薩摩の島津斉彬を写した、日本で最初の写真と言われているもののことだ。写した人物は、彦馬の父、俊之丞と言われている。当時、それなりに話題になったので、継之助も噂として聞いていた。

今から三年後の文久二年に彦馬がホトガラフィを「写真」と名付けるまで、日本で「写真」と言えば「肖像画」を指す言葉だった。斉彬が写った嘉永年間には、撮影方法である銀板写真法の横文字「ダゲリヨティーブ」がそのまま呼び名に使われた。が、彦馬は今では古い技法となった「ダゲリヨティーブ」ではなく、二年前にはまだ日本に伝わっていなかった湿板写真法を欧米の本の中に見つけ、写真機も薬品も自前で作って挑戦しているというのだ。このため、「ホトガラフィ」と呼称も変えた。

そうなのだと説明され、継之助は素直に感動した。彦馬は、異国の本のわずかな説明を元に、全てを自作しているという。それがいかに手探りで失敗の連続の中での挑戦か、容易に想像できる。

「あれは」

継之助は、生垣の傍（そば）の小さな小屋の縁に日干しされている赤黒い液体の入った盥（たらい）を指して、積極的に質問した。彦馬の目がきらりと光る。

「牛の血です。太陽で乾かし、精製すればシアン化カリウムが得られます。そこの」

彦馬は新しい土で盛り上がった地面を指す。

「土の中には肉の付いた骨が埋まっています」

「なぜ埋めるのでしょう」

継之助がまた質問した。その反応の良さに、彦馬はいっそう嬉し気に答える。

「しばらく置いて肉を腐らせるためです。困ったことに腐りかけでなければアンモニアは採れません。おかげ様の悪臭で、近くに住む者たちから奉行所（ぶぎょうしょ）へ訴えられました」

悪臭は確かに迷惑だろう。が、彦馬は己の行いをほとんどの者に理解されず、ほぼ四面楚歌の中、それでも信じた道を脇目も振らず邁進している。こんな男もいるのだと、継之助は感嘆した。

（男とは、かくありたいものだ）

彦馬は別の盥に汲み置きしていた水で手を濯ぎ、継之助を縁から直接、小屋へ招いた。中は六畳の部屋が一つきり。畳は焼け、擦り切れていた。

奥には薬棚が、隅に溜まった闇に溶けるように置かれている。彦馬は棚の上の瓶を取り、継之助の前で蓋を開けた。むっと強い酒の臭気と、どこか懐かしい松の芳香が宙に散る。

「これがオランダの酒でジェネーバ（ジン）です」

外国の珍しい酒があると誘われたこともあり、すっかりふるまってくれるものと継之助は思ったが、違った。これもホトガラフィを作る材料なのだという。どうやら見せたかっただけのようだ。

「蒸留することによって、純度の高いアルコールが得られます。通っている『舎密試験所』という塾のポンペ先生が、わたしの苦労を見かねて、ご自身が飲むのを我慢してわけてくださいました。ありがたくも貴重な酒です」

「日本の酒ではいけませんか」

「残念ながら、不純物が多くて使えません」

「ホトガラフィはすでに成功したのですか。それとも研究途上ですか」

結果を期待せずに訊ねた継之助に、彦馬は心湧き立つ返事をした。

「何枚かすでに撮りました。自宅に置いていますが、ご覧になりたいなら、案内いたします」

おおっ、と継之助は興奮と共に立ち上がった。さっそく二人は彦馬の家へと向かった。

彦馬の自宅は猫が何匹もいて、継之助の膝にも臆せず乗ってきた。彦馬は後に四十四匹も猫を飼ったほどの猫好きだ。継之助は一匹を抱いたまま、

「これがホトガラフィ……」

彦馬に手渡された数枚の写真に見入った。そこには寺の門前の景色や、頭を剃った二十代半ばの同じ男の姿が幾枚か写し撮られている。そのいずれもぼやけ気味ではあったが、どんな精巧な絵よりも、そのものの姿が切り取られているようで、継之助の胸は自然と高鳴った。

「すごいものだ」

賞賛の声が口をついて出る。しかし、どの写真も同じ男が写っているのが気にか

かる。

「この御仁は」

「幕府奥医師を務める松本家の良順先生です。異人の師による本格的な医学所は、この良順先生の奔走で実現したのです。わたしの学ぶ舎密試験所も医学所の中にございます。良順先生はわたしの研究にも賛同し、実験に付き合って、被写体になってくださいます。他の人は魂が吸い取られるからと恐れて、撮らせてはくれぬのです」

「なんと、こんなところにも苦労がおありなのか」

継之助は驚いた。彦馬は困ったような笑みを浮かべた。

「薩摩では、薩摩守（斉彬）様が被写体を命じた御家中が、魂を抜き取られるのは末代までの恥と言って切腹してしまわれたとか。そんな具合ですから、なかなか撮らせてもらえません」

「ならば、それがしがその被写体とやらになろうか」

継之助が名乗りを上げた。

「ほ、本当ですか」

彦馬が咳き込むように訊く。

「武士に二言はござらん。引き受けよう」

「かたじけのうございます。では、さっそく」

継之助の気が変わらぬうちにと、彦馬も気が急いたのだろう。今から庭の白壁の前で撮るという。承知とばかりに庭に下りようとした継之助に、

「いえ、これを顔に塗らねばなりません」

彦馬は白粉を取り出した。

「なんだと」

そんな女のような真似ができるかと、継之助は動揺した。が、いったん引き受けたのだ。いまさら翻せない。それに、三代将軍家光には、顔に白粉を塗る趣味があったというではないか。公方様でさえやることに、何の躊躇いがいるだろう。

おすがには見せられぬ姿だぞ、と継之助は思いながら彦馬の手で白粉を塗られ、白壁の前に立った。露光が弱く階調が出にくいため、少しでも影が差した場所は真っ黒に写るのだと彦馬が言う。白粉を塗らなければ、せっかくの顔が黒くわかりにくくなってしまうのだ。

「仕上がったときには良順先生のホトガラフィのように、白粉を塗ってあるなど、言われてもわからぬものです」

彦馬の説明に、継之助は松本良順の写ったホトガラフィを思い浮かべ、なるほどと納得する。

さらに、男の足で道を五町ほど歩くくらいの時間、じっと動かず我慢しなければならなかったが、引き受けたからにはと継之助は従った。

撮影にかかった時間は、さほど長くはなかったというのに、終わった時にはぐったりとした疲労感を覚えた。実験で撮ったのだからできたホトガラフィは貰えないのだろうが、もし土産にできれば長岡で待つすが子が寂しくないのではないかと、らちもないことを思った。

彦馬は家の中から布に大切にくるんだ別のホトガラフィを持ち出し、継之助に見せた。とたんに、継之助は目を見開いた。撮影前に家の中で見たホトガラフィと比べ、なんと鮮明なことだろう。先刻は、こんなものかと気にならなかった輪郭(りんかく)のぼやけが、こうしてはっきりと写っているものを見せられた後では、ひどい欠点に思えてくる。

「これは」

「西欧人の作った機械でわたしが撮ったものです。欧米には、ホトガラフィを商いにするホトガラファーと呼ばれる者がいます。今年の夏、スイスという国のピエール・ロシエというホトガラファーが、機械を携え、わずかな間でしたが、長崎に立ち寄ったのです。今はもう品川へ行ってしまいましたけど、滞在中に教えを請い、撮らせていただきました。これが本物のホトガラフィです」

継之助からはとっさに言葉が出ない。西洋人の機械を初めて目にしたとき、どれほど彦馬は打ちのめされたことだろう。必死の思いで機械と薬品を作り、ようやく成功したと思っていただろうに、実力の差を見せつけられたのだ。

「ロシエ先生は、必要なら機械一式と薬品も買えるよう手配してくださると言ってくださいました。とはいえ、代金が百五十両かかります。今のわたしには途方もない金額です。けれど、わたしは必ず追いついてみせます。列強と言われる国々に」

これぞ大和魂だ、と継之助は上野彦馬のことを思った。なにも武器を持って戦うだけが闘いではない。

「そうだ。やつらも我らも同じ人間だ。諦めさえしなければ、追いつき、追い越す日が必ずくるだろう」

継之助は力強く励ました。

「はい。必ず」

彦馬もきっぱりとうなずく。湿板は乾かぬうちに撮って速やかに薬品にくぐらせ、現像する。そのネガを、卵白等を使って作る鶏卵紙と呼ばれる紙に合わせ、太陽に当てることで写真が出来上がるのだと、彦馬は継之助に仕組みを教えてくれた。全てが化学反応の賜物だ。

翌日には、継之助の宿泊先まで出来上がったホトガラフィを見せにきたものだから、宿の女将が震えあがった。継之助も彦馬も気にしない。

継之助の写ったホトガラフィは、昨日見た寺や松本良順の写真よりは出来がよく、彦馬が撮るたびに改良を重ねていっているのだと知れた。それだけでも継之助の胸は熱くなる。これは彦馬の闘いの成果なのだ。継之助の写ったホトガラフィを元に、彦馬はまた今日から改良を重ねていくに違いない。

「輪郭がぼやけずに、自信を持って持ち帰っていただけるようになったら、ぜひまた河井どののお姿を撮らせていただきたい。その折には、箱に入れて胸を張って贈らせてください」

彦馬は、技術向上に邁進していくことを継之助に誓った。

「おう。楽しみにしているぞ」

長崎の彦馬と旅人の継之助が再会するのは至難の業だが、不可能ではない。何年たってもかまわないではないか。継之助は必ずもう一度、彦馬に写真を撮られ、輪郭の鮮やかな自分の写るホトガラフィを前に、惜しみない賞賛の言葉を送ろうと心に誓った。

彦馬には、舎密試験所にも連れていってもらった。銀屋町から北方に目と鼻の先だ。そこには、日本中から集まった、世の中の「真理」を学びたい者たちと、わざわざ日本人に医術と舎密を教えるためにオランダから大海原を越えてやってきた、ポンペ・ファン・メールデルフォールトがいた。師弟たちは国を越えて互いに厚い信頼で結ばれているのだと、継之助には見ただけでわかった。彦馬が一人の男を指した。

「あれが、松本良順先生です」

おおっ、と継之助は刮目した。上野彦馬に見せられたホトガラフィの中の、体も顔も四角っぽい男が、そっくりそのまま眼前で動いていたからだ。なにか不思議な感じがする。

「良順先生は、佐倉藩医で蘭医塾順天堂を開いておられる佐藤泰然先生の次男として生まれ、松本家へ養子に入られたのです」

彦馬はそう継之助に松本良順のことを説明した。

ああ、あの順天堂の息子なのか、と継之助は感心した。蘭医塾では東の順天堂、西の適塾と言われるほど有名だ。順天堂は外科が得意で、女人の乳にできたしこりなども切って治すと聞いている。

二人の視線に気付いた良順がこちらを見た。目元になんとも言えぬ愛嬌があり、それはまったくホトガラフィに写っていないことが継之助には面白かった。

良順が忙しそうにしていたので、簡単に挨拶をすませただけで歓談するには至らなかった。だが継之助は、松本良順の名と、若々しいその顔を胸に刻んだ。

継之助の目に、良順は勇気のある男として映った。日本の医術向上のために行動を起こし、日々努力を重ねている実践の男だ。根っこの部分が己に近いに違いない。

それにしてもと、継之助は舎密試験所の所属する医学伝習所の中を見渡した。ここには、西洋との日常がある。外国人のポンペと生徒の日本人たちは、同じ人間として、誰もが国を越えてごく自然と語り合い、触れ合っている。

（末は日本中がこうなる日がくるのか）

どこの国の者がどうとか、誰も身構えることなく、友として互いの資質を認め合い、学び合い、いい意味で影響し合える日常が。

昨今、欧米人を夷狄と呼び、化け物のように忌み嫌い、彼らを排除しようとする攘夷運動が各地で盛んになっている。

その一方で、彦馬たちはオランダ人のポンペや、スイス人のロシエとも親しんだと言っていたではないか。何人でも同じことだ。どこの国にもいい人間と悪い人間がいる。長岡にもいる。欧米諸国の連中は、本当に敵なのか。攘夷とはなんなのだ。日本は、いったいどこへ行こうとしている。

十月八日、長崎は雨になった。

「長崎は雨が多いんですよ。五月は布団が湿りますけん」

宿の女将が、出掛けようとする継之助に傘を差し出しながら言う。

「そうか、俺の住む長岡も、冬は布団が湿るぞ」

「まあ、おんなじ。湿った布団は腰が痛くなりますけん」

「俺は痛くならぬが」

「そりゃ、お若いですけんね。年寄りには応えますとよ」

「そうか……歳を取ると応えるのか……」

継之助はふと父母の顔を思い浮かべた。口にはしないが辛い思いをしているのかもしれない。まったく気付かなかったのは迂闊だった。

「今日は良いことを聞いた。礼を言う」

継之助が礼を述べると、女将はぽかんとした顔をした。

継之助は雨の中、増水した中島川を五町ほど下った。この川はよく氾濫すると聞く。長岡も信濃川がよく氾濫する。先月も水害を起こしたばかりで、故郷から備中松山に知らせが届いていた。今の継之助の力では如何とも難いが、「いつか」という思いがある。

(俺が長岡を変える。治水を行い、水害からも守ってみせる)

継之助は、長崎西浜町の「山下屋」を訪ねた。ここには、備中松山で一緒だったあの秋月悌次郎（あきづきていじろう）が宿泊しているという。宿の奥から呼ばれて出てきた悌次郎は、相変わらずどこか童顔で、頭の大きさが目に付いた。

ふいに訪ねてきた継之助に悌次郎は目を丸くし、やがて穏やかに微笑した。悌次郎という男は、派手に騒ぐことなどないくせに、いつも楽しそうで、それだけで周囲の嫌な空気を払ってしまうような妙な魅力があった。

「やあ、継さよ。元気そうだ。よくここがわかったな」

「矢上宿（やがみしゅく）を抜けた辺りで、偶然にも鉄さんに会ったよ」

鉄さんとは会津（あいづ）の土屋鉄之助のことだ。長崎から二つ目の長崎街道上の宿場町、矢上宿を通り過ぎたところで、継之助は会津に急ぎ戻ろうとしている鉄之助にばったり出くわしたのだ。

「それはすごい偶然だ」

この日から継之助は長崎にいる間、悌次郎とほとんど行動を共にした。

秋月悌次郎は人脈が広く、継之助の見たかった唐人屋敷やオランダ館への訪問も、蒸気船の見学も、すべて段取りを整えてくれた。

それらを見聞する中で、出島や唐人屋敷により近い悌次郎の泊まる山下屋へ継之助は移動した。合理性を優先させたのだ。

唐人屋敷は元禄二（一六八九）年に、九千四百坪の規模で建設された。

数十棟もの二階建ての建物を、練塀と堀がぐるりと囲み、さらにその周囲を竹垣が覆っている。貿易のために訪れた唐人たちをここに隔離し、日本人たちと勝手に接触できぬようにするためだ。

門は二重になっており、そのどちらも厳しい見張りが置かれていた。ただ遊女だけは入って良かったらしい。

中で暮らす唐人はさぞ不自由だろうと思われるが、しょせん貿易商の面々だから、永住しているわけではない。ほとんどの者が数ケ月で商売を終え、母国に大金と輸入品を抱えて戻っていく。いずれも本国では大金持ちの連中だ。このため、多い時で五千人の唐人に対し、三倍の遊女が囲われたらしい。

ちなみに日本側としては、常時二千人の唐人が暮らせるようにと考えて与えた土地だった。

継之助が訪ねたときは、ちょうど開国で港が開かれ、唐人も自由に長崎の町を闊歩できるようになったその年だった。この後、急速に唐人屋敷は廃れ、代わりに新地ができ上がる。

継之助と悌次郎は唐小通詞の石崎次郎太の案内で唐人屋敷の中に入り、異国文化を楽しんだ。

継之助が驚いたのは、唐人屋敷の中で阿片が吸われていたことである。

阿片は、イギリスが従属させたい国に流行らせて人々を堕落させ、国力を奪って骨抜きにしたあとで植民地支配に手を広げていく道具として使われてきた。

いったいそれがどんなものか一度は目にしてみたかった継之助は、噂通り唐人が恍惚と吸っている姿を目の当たりにし、小さな衝撃を覚えた。

驚いたことに通詞の次郎太も吸うという。これといって中毒になっているようには見えない。回数を重ねなければ、恐れるほどではないのだろうか。唐人が継之助に吸えと勧めてきたが、

「やめておいた方がいいでしょう」

次郎太が止めた。

「なぜだ」

「この世には知らぬ方が良い世界もあるものです。わたしは付き合いもありますゆえ、これも仕事のうち。されどただの興味本位で手を出すには危なすぎましょう」

五

秋月悌次郎は生真面目な男だった。

江戸の昌平坂学問所に十四年間在籍し、舎長まで務めた。その間、誰も悌次郎が眠った姿を見たことがなかったと言われている。いつ部屋を覗いても机の前に座

っていたそうだが、机上の学問に熱心に取り組む姿を誰も見たことがない継之助とは、正反対の性質といっていいだろう。

それでも二人は気が合って、長崎にいる間、ただの買い物や、色町の冷やかしにいたるまで、肩を並べて一緒にやった。安心してふざけあえる友の存在は、人生の潤いだ。

継之助が長崎で接した悌次郎は、こちらの冗談を一々真に受け、疑うことをまるで知らぬ男だった。初めは面白がってからかっていた継之助も、こんな純真で善良な男には、もっと敬意を払わねばならないと段々と恥じ入るようになった。

この日はたまたま悌次郎に抜けられぬ用があり、継之助はひとり町をうろついた。目当ては外国人居留地のある大浦だ。そこは、唐人屋敷の西側の海岸線に沿った斜面である。

そもそも長崎の町は、急傾斜のすり鉢状になっていて、平らな地はほとんどない。わずかな平地には、すでに日本人の家が建ち並んでいたから、後から来る外国人は急斜面に家を建てるしかなかった。

まだ居留地区としての工事は始まったばかりで、石畳が敷かれたところと土がむき出しのところがあり、石段もまばらである。人ひとりがようやく通れる狭い坂道が毛細血管のように縦横に伸び、迷路のようなその場所に、次々と洋館が建ち並びつつあった。庭先にはどこも天高く国旗が揚がり、それが海風に煽られて派手な音と共にはためいている。

あらゆる国の外国人が行き交い、雑多な異国情緒を継之助はぞんぶんに楽しんだ。

それにしても西洋人というものは、道ですれ違った時は日本人の方がそそくさと避けるのが当然と思い込んでいるようだ。

（気に入らんな）

腹立たしいので、継之助は一度も避けてやったことがない。このときも、丘へ向かう坂道を、若い西洋人が避ける気配もなく下りてくるのが見えた。

継之助と西洋人の青年は、かなり手前から互いの存在に気付いていた。互いに目を合わせたまま、歩調も緩めず道の真ん中をどんどん近づく。真ん中と言っても、幅が両手を広げられぬほど狭いので、すれ違うならどちらかが半身になって避けるしかない。

あと数歩でぶつかるというところまで来た。ここまで来ると、たいていの外国人は、無用の争いを避けて仕方なく避けるものだが、眼前の若者にはまるでその気配がない。

（ほう）

それにしても、ずっと目は逸らすまいと見据えていたが、身長の違いと坂の高低から、一歩近づくごとに継之助の顔が上向きになるのには閉口した。

（なるほど、日本人は不利だ）

継之助は、ぶつかる寸前まで同じ速度で歩き、もうこれ以上は接触するという間際でぴたりと止まった。当然、若者の方がぶつかってくると思ったが、相手もまったく同じ間合いで足を止めた。二人は鼻息の掛かる近さで向き合った。もっとも相手の鼻息は、継之助の頭上を通り過ぎていく。

「あのう」

このとき、西洋人の方から日本語が聞こえた。喋れるのか、と継之助は一瞬驚いたが、すぐに西洋人の背後から、ひょっこり日本人の丸顔が覗いた。西洋人の胸元くらいの身長だ。後ろからついてきていたのが、西洋人の若者の陰に隠れて見えなかったのだ。

「わたしはオランダ通詞の宮田平蔵と申します。今はオランダ語だけでは事足りぬので、わたしのような若輩者から、英語やフランス語、ロシア語などに急ぎ転向して対応している最中です。わたしは英語を学ぶため、こちらの英国人と行動を共にしております」

相手が名乗ったので、継之助も名乗り返しながら感心した。急速に入ってきた国々の言葉を、誰かが覚えねばいつまでたっても会話ができない。よくよく考えれば当たり前のことだが、もう英語を専門に学び始めている者がいるのだ。

平蔵はすかさず西洋人に、英語で継之助を紹介した。とたんに西洋人は無邪気な笑みで応じ、異国の言葉で熱っぽく語り、一歩下がると手を差し出してきた。握手を求められたのだ、ということくらい継之助にもわかった。平蔵が通訳する。

「スコットランドから来た二十二歳のトーマス・ブレーク・グラバーです。この国で人生の成功者となるため、すべてを賭けて渡海しました」

外国人の顔は、見てもまったく年齢がわからない。なんとなく若そうだとは思ったが、眼前の西洋人が二十二歳ということに継之助は驚いた。この若さで、自分の意思一つで、どんな国かも判然としない日本に荒波を越えてやってきたというのか。

「日本は儲かるのか」

継之助の問いに、グラバーはまだわからないと答えた。

「けれど母国にいてもそこそこの人生しか送れそうになかったので、思い切って日本へやってきました。大失敗して全てを失い、異国でだれからも振り向かれずに死ぬかもしれません。けれど、少しでも成功する可能性があるのなら、平凡な人生を生きるより、わたしは存分にやってみたい」

なんと心躍ることを言う若者なのだろう。しかもグラバーは口だけでなく実行している。正直、攘夷が横行し、国体もどうひっくり返るかわからぬ危うさを秘めた日本で、儲けられる保証はなにもないどころか、無事でいられる保証もない。だが、グラバーはそれすらも承知でやってきたという口ぶりだ。

素晴らしい、と素直に感心したものの、外国人は「私」で動くのか、と継之助は日本人との違いにすぐに気付いた。今のグラバーの言葉の中に滅私(めっし)の考えはどこにもない。「公」に尽くすことが美徳の日本人とはまるで違う思考をしている人種なのだ。

継之助も大海原に飛び出して、世界を相手に貿易をしてみたいという思いを持っていた。だが、それはすべて長岡あってのことだ。長岡は小藩だから、藩の中だけで経済を回していても潤わない。日本中だけでなく、世界中を相手にできれば無限の可能性が広がるではないか。この全ての考えが、長岡を豊かにしたいという思いから出ている。自分一人の成功など眼中にはなかった。

(面白いものだな)

「何を売買するのだ」

「生糸(きいと)や茶です」

「トーマス・ブレーク・グラバーどのか。覚えておこう」

「ミー・トゥ。ミスターカワイ・ツギノスケ」

継之助とグラバーはがっちりと握手を交わし、手を握ったままどちらが避けたということなく互いの位置を入れ替えて別れた。


十月十八日。

継之助が長崎を去る日がやってきた。

夜明けを待って最後の散策を楽しみ、継之助はひとり港に顔を出した。この日の長崎は晴れわたり、湾は今までで一番青かった。天色の空と瑠璃色の海が水平線で溶け、交じり合ったそこは見事な紺碧を成している。

波の上で旭光が跳ね、白く輝く水面に、鯨のような巨大な西洋船や軍艦が二十艘ばかりも浮かぶ沖を、継之助はしばらくじっと見つめていた。日本の蒸気船は、咸臨丸が浮かぶだけだ。

昨日までは、継之助が三回も乗せてもらった幕府所有の観光丸も停泊していたが、これは江戸へ向けて出港してしまった。排水量三百五十三トン。幅九メートル。全長は凡そ六十六メートルの三本マストの外輪船だ。

江戸と長崎の間をたった五日で走るという。

つい最近まで、日本で船と言えば千石船と呼ばれる弁才船のことだったが、どれほど急ごうと江戸、大坂間でさえ十日は掛かったことを思えば、飛躍的な進歩であった。

観光丸に乗って江戸へ向かえば五日後には、出府した師、山田方谷に会えるのだ。

（先生はどうしておられるか）

長崎であらゆる情報に接し、多くの知識を得た継之助は、一刻も早く方谷と会って語り合いたかった。逸る気持ちのままに、

「乗せていってもらえまいか」

観光丸船将矢田堀景蔵に頼んだが、役人から許可がおりなかった。

断られはしたが、景蔵はいい男だ。一見穏やかそうに見せかけて、まったく食えないほどの負けん気が、継之助に通じるところがある。この日本初の蒸気船を操縦する船将は、二十艘の外国船でひしめく長崎に入港する折でも、一切臆することなく列強の軍艦と軍艦の間に滑り込み、欧米人の度肝を抜いた。後の、幕府最後の海軍総裁である。

長崎ではいい出会いがたくさんあった。継之助が開かれた港で見て接したのは、日本人の矜持である。

長崎には、決して列強に気圧されることなく、黙々と自分の道を究めようとする

男たちがいた。その姿に、日本の未来の片鱗(へんりん)を見たような気がしたのである。

長崎を発つ継之助を、ひとり秋月悌次郎が見送ってくれた。ゆで卵二つと酒一合を分け合う、あたたかい友の見送りだった。

第三章　赤き心

一

その日の江戸は季節外れの牡丹雪が、夜明け前から降りしきり、せっかくの上巳（陰暦三月三日）の節句にけちがついたような一日の始まりだった。

雪は夜明けと共に綿雪に変わり、江戸っ子やお上りさんが武鑑を片手に大名見物に出てくるころには、氷雨交じりの細雪になった。

毎年、三月三日は上巳の祝いのために、大名が千代田のお城に総登城する決まりになっていたから、物好きな人々が各藩の華やかな行列を見ようと、沿道に集まってくるのである。

彼らが各々手にする武鑑には全ての大名家の氏名や御紋や役職などが載っていて、目の前を通過する行列を指さし、「ほら、あれが牧野さまの行列だよ、立派だねえ」とか、「あちらは伊達さまだよ。さすがだねえ」などと、囃し立てるのがささやかな楽しみなのだ。

この年の桜田門は例年通りに朝の五つ（八時）に開けられて、次々と大名たちが登城していった。

半刻（一時間）後、井伊家の行列が門前の道に差し掛かった。大老井伊直弼の駕籠の前後に、合羽姿の家臣が六十人ほど厳めしく行列を組んでいたが、折からの悪天のため、刀の柄や鞘には、濡れぬように袋が掛けられていた。

あと少しで桜田門に着くというとき、それは起こった。

一人の武士が直訴のような素振りで行列の先頭の道を塞いだのだ。このため、行列の足は自然と止まった。と思うや、突如、血飛沫が上がったではないか。

——何ごとだ。

思う間もなく行列の先頭の男が雪の上にドウッと倒れた。次の瞬間、鉄砲の音が立て続けに轟く。弾のすべては、直弼が乗っていると思われる大名駕籠に向けて放たれた。この音が合図だったのだ。八方の見物人の中から、抜刀した男たちが躍り出た。このころになってようやく見物人たちは、目が覚めたように悲鳴を上げ、逃げ惑い始めた。

刀を振りかざした十数人の刺客たちは、脇目もふらず大名駕籠だけを狙う。柄袋が外せずに戸惑う護衛を斬り伏せ、まずは駕籠ごと刺し貫いた。

刺客が無言のまま引き戸を開けると、一人の士が倒れ出た。血に塗れた頭をゆらゆらと揺らし、士はわずかに這いずった。その首を、猿の鳴き声に似た奇妙な雄叫びと共に、容赦なく白刃が襲う。ポンッと首が飛んだかと思うと毬のように跳ねた。刺客は首を刀の先に刺し、天に掲げて叫んだ。

「日本一の大悪党を討ち取ったり」

世に言う桜田門外の変である。

名もない草莽の浪士たちの襲撃に遭い、大老井伊直弼が命を落とした安政七（一八六〇）年三月、河井継之助はまだ備中松山にいた。昨年十一月に九州から戻って以来、再び師山田方谷の許で幸せな学びの時間を過ごしていた。

事変は三日に起こり、十八日には安政を改元して万延になったが、下旬になってもなお、継之助は井伊直弼の死を知らずにいた。

半ば大老暗殺に加担していた薩摩でさえ、鹿児島城下に第一報が届いたのは三月二十二日だったのだから、この件とまるで無縁の備中松山に速やかに知らせが入らなかったのも当然のことだ。

一国の元首とも言える大老が、いわば道端で殺されたことの重大さは、何もかもを洒落に変えてしまう江戸の庶民によって、諧謔の一つのように語られて終わり、大きな騒ぎにならなかった。

いったい、この国の人間は何が起これば変わるのだ――と大老暗殺を契機に「乱」を呼んで薩摩兵三千を京へ出兵させようと企図していた薩摩の大久保正助（利通）が、臍を噛んだほどの、平穏ぶりだった。

変事にかかわったほとんどが水戸の脱藩浪士で、薩摩の者は二人だけ加担していた。約束では、水戸が大老を殺害することで起こるだろう「天下の大争乱」に乗じ、薩摩が出兵し、京師を守衛することで朝廷を担いで幕政改革に乗り出す……はずだった。が、井伊家彦根藩が沈黙したため、「天下の大争乱」は起こらず、薩摩は起つ機会を失った。

大老暗殺はこうして、鎮静されるかに見えた。が、水面下でまったく思いもよらぬ方角に、波紋を広げていた。安政六年の十月に、井伊直弼によって吉田松陰を殺された長州志士が、大老暗殺を機に、師の遺志を継ぐ形で倒幕に向かって動き始めたからだ。

継之助は、まだこれらの動きを何一つ知らずに過ごしながらも、幕府崩壊の足音をすでに方谷と共に聞いていた。

二人は度々、夜通し、これから起こるであろう激動について、幕府滅亡をも視野に入れて話を重ねてきた。誰もが昨日と同じ明日を過ごせぬ時代が、すぐそこまで話を、二人は繰り返した。

迫っている。大きな変化を受け入れざるを得ない時代の到来を前に、いかにして、方谷なら備中松山を、継之助なら長岡を存続させ、支えていくべきか——。そんな話を、二人は繰り返した。

いよいよ、継之助が山田方谷の許を去る日がきた。

継之助は、数日前から長瀬の方谷宅に寝泊まりし、一刻たりとも無駄にすまいと、師との名残惜しい最後の時間を大切に過ごした。

方谷も継之助との別れが惜しいのか、ここ数日はずっと傍で過ごしてくれた。

「わたしからの餞別だ」

方谷は瓢簞酒と、薬をひと包み渡してくれた。継之助の胸中はそれだけで温かくなったが、ふと薬の包みを見ると、江戸の両国に店を持つ四目屋で売られている「長命丸」だ。

常日頃からなるべくものに動じまいと気を付けている継之助だが、今度ばかりは方谷からの贈り物としてはあまりに意外で、つい目を見開いてしまった。

(先生は、なぜこれを……)

長命丸とは、室町時代からある薬で、元々は疲労回復のために開発されたが、今では飲まずにもっぱら精力剤として床に入る前に塗って使う。

くすっと継之助は笑った。

何か意図があるのだろうが、方谷は澄ましたままあえて説明する気はないらしい。

「大切にいたします」

継之助も理由は聞かず、頭を下げて礼だけ述べた。

どこか危なっかしく見える弟子に、「長命」の名前に擬(なぞら)えて、「決して死に急ぐなよ」と意味を込めてくれたのかもしれない。それとも若い継之助に必要なものではないのだから、この薬が要る年齢になるまではしかと生きよと諭してくれているのだろうか。

(先生はこの俺を、旅の間だけでなく、ずっと先まで心配してくださっているのだ)

方谷の、限りない愛情と、それを正面切って言わない茶目っ気が継之助には嬉しかった。

(この薬は、一生涯のお守りにしよう)

捨てるべきときには捨てねばならぬ命だが、軽々しく捨てることがあってはならぬという、戒(いまし)めとなるだろう。

出立する継之助の旅の振り分け荷物は、餞別の薬一つと瓢箪酒と、どうしてもと頼んで方谷から四両で売ってもらった『王陽明全集』だけである。『王陽明全集』には、千七百文字にも及ぶ継之助へ贈る言葉が、方谷によって綴られていた。

外は晩春の雨が細かく烟るように降っている。

このころは小氷期で、天気も乱れがちで気温は低かった。

「霙にならなきゃええがのう」

継之助を見送るため、一緒に屋敷を出た方谷がふと空を見上げて呟いた。

出雲大社に寄りたい継之助は、山陰方面へと山越えをしつつ進むことになる。体を冷やさぬようにと案じてくれたのだ。

「河井さま、これを」

方谷の妻のみどりが遅れて家から飛び出てき、笹の葉にくるんだ弁当を差し出した。継之助は微笑んで受け取った。中は握り飯だろう。ずしりと重く、まだほんのりと温かい。

「いただきます。世話になりました」

別れの言葉は家の中でもさんざん言ったのに、まだ言い足りない。だからといって、もう言葉も尽きたので、ひどく平凡でありふれた挨拶を述べ、継之助は万感を込めて頭を下げた。

方谷邸のすぐ前を流れる川の対岸に街道は延びている。継之助は師の用意してくれた渡し舟に乗った。方谷とはここでお別れだった。もう一度、頭を下げようと方谷へ視線を走らせると、目が赤く充血して湿っている。継之助はどきりとして目をそらし、自身も鼻を啜った。

「先生、お世話になりました」

また同じ言葉を繰り返し、水面を滑りだした舟の中で手を突いた。

（俺は阿呆だな）

継之助は思った。もっと気の利いた別れができないものか。だが、それを言うなら方谷も同じだ。あれほど頭の切れる男が、今は言葉を失くして朴訥と涙ぐみ、無言で弟子を送ろうとしている。

だのに、どんな言葉を贈られるより、師の愛情がひしひしと伝わってくる。

舟はあっけなく対岸に着いた。継之助は岸辺に降りると、雨に濡れた川原石の上に端坐し、再度手を突いて頭を垂れた。じんわりと胸が温かい。

「ありがとうございました」

方谷にはもう聞こえないが、口にした。それから立ち上がり歩き出したが、堪らなくなり、また振り返った。継之助は三度端坐し、ありったけの思いで深く頭を下げた。まだ足りなかった。何度も何度も、互いの姿が見えなくなるまで繰り返し、継之助は師に頭を下げ続けた。

二

備中松山を出立した継之助は、美作、因幡、伯耆の三つの国境にある、その名も三国山を越えて山陰に抜け、出雲大社に参拝した。日本海沿いの山陰道を近江に向かって進み、今津から山城方面に折れて京へ入った。

閏三月下旬のことだ。途中、製鉄所を見学したり、城崎温泉でゆったり過ごしたりと、物見遊山の旅だった。

のんびりとした気分が一変したのは、京で大老井伊直弼が殺されたことを聞かされたからだ。もう事変からおおよそ二月も経っていることに継之助は衝撃を受けた。ずいぶんと自分がまぬけな人間に思えたが、それだけ大老が殺されても誰も騒いでいなかったのだ。

京に入ってもそれは同じであった。

井伊家所領の彦根は京に近かったが、継之助が見た王都はいたって静かだった。諸大名家も沈黙を守っているようだ。まるで何事もなかったかのような日常が、そこには広がっている。そのことが、かえって継之助を震撼させた。

唯一、妙な動きといえば、参勤交代で江戸へ行きかけていた薩摩藩主島津茂久が、大老殺害の報に触れ、途中で引き返してしまったことである。未だに病を理由に、領地から出てこようとしないらしい。

いったいなんのためにそうする必要があるのか、継之助に薩摩の意図はわからない。しかしなんらかの布石であることに、間違いない。

（一大名が参勤交代を勝手に止めて、途中で引き返したんだぞ）

これまでなら、厳しい沙汰が下るはずの一大事だ。それが、今回は罷り通ったというのなら、事変後もなにも変わらず今まで通りのように見えて、幕府の権威の箍が緩み始めているのだ。

長崎に着いた日に仙台隠密の細谷十太夫と交わした会話が、重く継之助に伸し掛かる。

――大老様が簡単に一介の士ごときにやられてしまうようじゃ、そんな幕府はいっそ滅んだ方がましですぜ。

あのとき、そんなふうなことを言った十太夫に、継之助もその通りだと頷いた。幕府の威信は地に落ちるだろうが、そんな腐った政権は滅んだ方がましなのだと。

（このままでは幕府は本当に滅びるぞ）

継之助は、急ぎ東海道を東下した。

四月六日には箱根の湯本宿に着いた。ここまで、関所がいつもより厳しくなっているほかは、やはりいたって静かであった。

だが、さすがに江戸は騒いでいるはずだ。継之助は、湯本温泉で二泊し、妻すが子の兄で江戸の長岡藩邸にいる椥野嘉兵衛に今度の遊学の成果も含め、今の思いの丈を認めた。

大意曰く――。

大老が路上で殺害されるなど、幕府の屋台骨も揺らぎ、日本は今後必ずや国体の大変動が起こることと思われます。

世界の時局を見るに、クリミア戦争など、列強同士が激しくぶつかりあい、あるいは、弱い国は植民地支配を許すなど、戦国時代さながらの様相を呈しています。その中で、ピョートル大帝を出したロシアなどは、今では殊の外勢いを得、日本を狙っています。

このような情勢下で攘夷など絵空事。威勢のいい言葉に煽られ、浮ついて足元を見ないなら、皇国の存亡の危機を招くでしょう。

薩摩や長州など外様の大藩は私利私欲に駆られ、朝廷と幕府の間を引き離し、国政を己に都合よく操ろうと動き始めているように見えます。かような深謀に嵌ることなく、関東におきましても軽率な沙汰のないよう願ってやみません。

また、朝廷の御攘夷のお気持ちもわからぬことはございませんが、外国との交際は日本が国際社会の中で生き抜くためには、必ずやっていかねばならないことです。

国是をまとめ、日本国一体となって、富国強兵に努めねば、弱肉強食の戦国の世をどうして渡っていけましょう。いつまでも日本だけが変わらないというわけにはいかないのです。

そうはいっても我が長岡は小藩。差し当たってやれることは藩政を変革し、実力を養い、足元を固めていくことではないでしょうか。

いずれにしても、我が国は外国の文化や制度を採り入れ、国の有り様を一変させる事態となることでしょう。かつて唐に学んでそうしたように、十年後には、洋風洋式を採り入れ、日本は大きく変貌していることと思われます。

継之助はこのように綴って筆をおいた。変動を前に、浮足立たぬことだと己を厳しく戒めた。

雨中、箱根を発った継之助は、八日は戸塚宿に泊まり、翌日はまっすぐ江戸へ向かわず横浜へ寄った。気持ちは江戸へと急いでいたが、横浜だけはどうしても見ておきたかったのだ。

「こりゃ、また、ずいぶんと変わったな」

思わず声が漏れた。それほど横浜は変わっていた。

前に来たのが前年の六月、おおよそ一年前か。あのときはまだ開港して間もなかった。

店もまばらで建て掛けの建物も多く、削りたての木の匂いがそこかしこからぷんっと匂っていた。ほとんど物も揃わず、住んでいる者より冷やかしの見物人の方が多い有様だった。

それが、よくもここまでと感嘆するほど、町の体裁を成している。店は二百軒ほども連なっているだろうか。もう番地も整い、活気良く商人や外国人たちが行きかっている。一年間のこの変化に継之助はひとしきり思いを巡らせ、嬉しくなった。横浜にやってきた者たちが、いかに勤勉に出来立ての港に関わってきたかを如実に表していた。

おや、と継之助が目を細めたのは、道の前方からやってきた二人の男に見覚えがあったからだ。先方も気付いたようだ。おや、というように眉を上げ、

「河井どの、お久しい！」

にこやかに声を張り上げた。

相変わらず顔が円い。そして相変わらず連れが若い。長崎で会った通詞の宮田平蔵だ。あのときは、スコットランドからやってきたトーマス・ブレーク・グラバーと名乗る野心的な二十二歳の青年を連れていた。今度はもっと若い外国人と一緒で

ある。継之助は平蔵の隣にいる若い外国人と言葉を交わしたことはなかったが、一年前の横浜で見掛けていた。あまりに若い、少年と言ってもいい容姿の外国人に、こんな歳で来日したのか、と驚いたから覚えていた。あのとき少年は、走るように継之助の横を通り過ぎていったのだ。

「これは、宮田どの。かようなところで奇遇です」

よほど近づいてから、継之助も挨拶を返した。

「無事に、というわけでもありませんが、なんとか英語を覚えまして、横浜からの悲鳴のような要請に応え、通詞としてやってまいりました」

「それはお役目ご苦労様です。して、そちらは」

「エドワード・スネル少年です。河井どの、スネル少年は、まだ十七歳ですよ」

「十七歳だと。それは若いな」

継之助は感嘆の声を上げた。

まだ十七歳、ということは、継之助が昨年見掛けたときは十六歳だったことになる。

「スネル少年は、わずか十五歳のときに、たった御一人で日本へやってきたのです。ものすごい勇気の持ち主です」

平蔵は興奮のため頰を赤らめて、継之助にいかにエドワードが素晴らしい人物かを語った。継之助にしたところで驚嘆した。長崎で会ったグラバーも、弱冠二十二歳という若さに感心させられたものだが、眼前の少年はもっとずっと若い。十五歳といえば、日本の士では、ようやく元服をすませるくらいの年齢だ。だのに一人で海をこえて来たというのか。いったいなぜだという興味と、未だあどけない顔をしているがこいつはすごい男に違いないという確信を覚えた。

継之助がエドワードへ視線を走らせると、懐っこく表情を崩し、

「コンニチワ」

ぎこちなく頭を下げた。平蔵が教えたのだろうか。

「俺は河井継之助だ」

向こうが日本式の挨拶をしたので、継之助は逆に握手を求めた。たったそれだけで「おうっ」と叫ぶ少年の様子が可愛らしい。

「ワタシ、エドワード・スネル、デス」

がっちりと二人は握手をしたが、どうやら掌はエドワードの方が大きいようだ。

継之助は平蔵にエドワードの国籍を訊いた。平蔵は一瞬、複雑な顔を見せたが、

「オランダ人ですよ」

すぐにいつもの温和な顔に戻ってそう答えた。なにかわけありなのかもしれないが、継之助は気付かぬふりで頷いた。貿易をしに来たのかと尋ねると、エドワード

は屈託なく、そうだと言う。平蔵が通訳をしてくれた。

「いずれは必ず貿易で財を成すつもりです。けれど今は、わたしの年齢で後ろ盾もない身では、とうていままならず、牛乳配達をして生計を得ています」

「牛乳……」

「牛の乳ですよ。栄養価の高い飲み物で、外国人は好んで飲みます。日本に訪れた外国人はみな貿易に忙しいので、スネル少年の牛乳配達にとても助けられ、町の人気者ですよ」

人脈作りに役立っているのだと平蔵が言う。

「日本は新天地です」

エドワード・スネルは目を輝かせて言う。

「何があるかわからない、びっくり箱のようなものです」

通訳をしながら宮田平蔵は少し苦笑した。

「みな、なにか商売上の大きな好機が摑める気がして来るんですよ。成熟した本国の既存の枠は、すでに身分や地位のある者で占められていますから、地位のない者が上を目指すのは至難の業です。それが日本に来ればみな同じところから競争を始めることができるのですから、ずっと可能性が高まります。だからといって、こんなに若い子が……やっぱり寂しくてたまらない夜があるのだとか……河井どの、どうか目をかけてやってください」

平蔵は優しい男なのだろう。あまりに若くして異国の地を踏んだ少年を放ってお けないようだ。継之助は請け合った。

「そうですな。我が長岡が、外国と取引するようになり、そのときまでにスネル氏 が商売を始めていれば、積極的に頼みましょうか」

平蔵が継之助の言葉をエドワードに伝えると、嬉しそうに「おうっ」とまた叫 び、

「アリガトゴザイマス。ワタシ、エドワード、ヨンデクダサイ。アナタコト、カワ イドノ」

たどたどしい日本語を喋った。若いから覚えがいいのか、たどたどしいなりに、 よく話せている。

「河井さんと呼んでくれ」

「カワイサン」

エドワードは上着の内ポケットから一枚の名刺を取り出して継之助に渡した。エ ドワードの名前と、横浜居留地の住所が手書きで書いてある。横文字なので、よく はわからなかったが、平蔵が「四十四番地です」と肝要なところだけは教えてくれ た。そこに行けば、これからも会えるらしい。

「実はわたしも」

平蔵も懐（ふところ）から名刺を取り出した。紋の下に名前が印刷してある。日本でも名刺の習慣はすでにあったが、訪問先の相手が不在だったときに、名前を書いて置いてくるためのもので、こうして出会ったときに渡すものではなかった。外国人に合わせて、彼らと付き合いの深い幕府の役人や通詞から、徐々に名刺交換の習慣が伝わり始めている。継之助は、ほう、という思いで平蔵の名刺を受け取った。

エドワードはぜひ家に遊びに来てほしいと言う。継之助もそうしたいのはやまやまだった。もう少しエドワードのことが知りたい。が、江戸の長岡屋敷の様子も気にかかる。

「今日は急ぐゆえ、今度改めて訪問させてもらいたい」

「必ず来てくださいますか」

「うむ。武士に二言はない」

「ブシ……」

エドワードが首をかしげる。

「士（さむらい）のことだ。有事には義のために命を投げ出すことを、主君と民に約束している男たちのことを、我が国では士と呼ぶ」

「サムライ。カワイサン、サムライデスカ」

「俺は士だ。そう生まれついた。宿命だ」

エドワードは目に力を込めて頷いた。平蔵を通じて素直な気持ちを口にする。

「なぜでしょう。胸が熱くなります。カワイサンと〝約束〟をする機会を持てたわたしは幸せです。もっと日本語を勉強して貴方が会いにきてくれるのを待っています」

健気で真摯な若者だ。人間の心のど真ん中は、外国人も日本人も変わらないものなのだ。

三

横浜を出た継之助は、夕刻には江戸の地を踏んでいた。

今日は雨が降ったり止んだりと定まらない天気だったが、江戸の風はもう乾いていた。ただ、足元だけがぬかるんでいる。

継之助は真っ直ぐに、長姉いく子の夫、武回庵宅を訪ねた。

「義兄上、ただいま戻りました」

身内用の出入り口で大声を上げると、すぐに義兄の回庵が出てくる。

「おお、戻ったか、継さ」

継之助は座敷に上がるのももどかしく大老暗殺の件を訊ねたが、予想に反して江戸さえもいたって静かだと義兄は言う。藩邸ものんびりしたもので、誰一人騒いでいないらしい。継之助の眉間にたちまち皺が寄った。

「なぜ井伊家の御家中は主君の首を取られたのに、黙っているのです」

継之助が噛みつくように問うと、

「首なぞ取られていないからだ」

回庵は奇妙なことを口にした。

「俺は京で、首が飛んだと聞きました」

真相はこういうことだという。

事変後の幕府は、井伊直弼の側近、安藤信睦（後の信正）が掌握した。信睦は、首を取られたのは井伊家家中の某で、直弼は傷を負ったものの自力で屋敷に帰還したと公表した。さらに、跡目を無事に相続させた後で傷が悪化し亡くなったのだと言い張った。本来なら、お家御取り潰しのはずの井伊家は、こうして存続が決まった。

「お家断絶となれば、継さ、そりゃあ、家中も後がないゆえ一丸となって水戸に討ち入りもしようが、存続となれば下手なこともできまいよ」

回庵は言う。

「さらにのう、対馬守（安藤信睦）は、政敵として大老に失脚させられていた久世大和守(広周)に連絡を取り、老中に復職させて手を結んだのだ」

幕府内部は、先の政権をとった阿部正弘派と、井伊直弼派が対立している。直弼が政権を奪取してから冷や飯を食わされていた阿部派にとって、直弼の死は復権の好機だったが、大老殺害という幕府そのものが揺らぎかねない大変事に、派閥争いの愚を避け、両派は手を結んだのだ。

「噂では、対馬守御自身は一歩退き、大和守を筆頭老中に据える心づもりでいるらしいぞ」

義兄の説明に継之助は唸り声を上げた。

(なるほど、上手く収めたもんだが)

直弼を失って弱体化した井伊派が、自ら阿部派を招き入れることで、追い落とされる危険を回避したのだ。ちなみに長岡牧野家は、阿部派になる。長岡の家中にしてみれば、今後の主君の出世が約束されたことになる。

「継さ、大人しくしておけよ」

義兄はそう言うが、それはとりもなおさず莫大な出費を強いられるということでもある。単純に主君の道が明るく開けたことを喜んでいる節がある義兄に、継之助はちくりと水を差した。

「義兄上、時は乱世です」

うん？　と首を傾げる回庵には、継之助の地団駄を踏むような苛立ちはわからない。

（平時での御出世ならばまだしも、今度の大老の事変で乱世の幕は開いたのだ。なにを悠長な！）

今は何も表層化していないとはいえ、これから目まぐるしく時代は変わるだろう。薩摩が参勤交代途上で領地に引き返したように、すでに崩壊は始まっている。

「こんなときに大人しくしている奴は馬鹿だ。長岡も時を読み、対策を打たにゃあならんのだ」

身を捩るような継之助のもどかしさをよそに、姉のいく子は弟が江戸におよそ一年ぶりに戻ってきたことを喜び、好物で膳を埋めてくれた。

今朝、継之助が戸塚の宿を発つときに飛脚便を出して、戻ることを伝えていたから、精一杯用意をして待っていてくれたのだ。

「ほら、継さ、そんげな難しい顔をするがでねえ。食べんしゃい」

懐かしい長岡の言葉で、いく子が勧めてくれる。

「はっはっ、腹がすいてるがぁでや。腹が減っては戦ができぬというでねえか」

回庵も訛りを交えて屈託なく笑う。

温かい二人を前に、

「いえ、そうではなく……」

継之助の言葉は尻切れトンボになった。

「遠慮せずにたくさん食べてくりゃえ。今日はみんな継さのために揃えたすけ。なあ」

「いくの飯はうまいぞ」

善良な親切を前に、涙が出そうになる。苛立ちと、情けなさと、有り難さが同時に継之助の中に湧き上がり、なんとも言えぬしょっぱい気分だ。

義兄に怒っているわけでも、姉に怒っているわけでもなかったが、目の前のあまりに平凡な光景に、「この愚かもんが」と怒鳴りつけたくなるのだ。

継之助は、好物なのに胸につかえる食事を、黙々と摂った。


翌日。戻った挨拶と報告を江戸家老にするため、牧野家の上屋敷に足を運んだが、回庵の言った通り安穏とした空気に包まれ、みな平和そのものといった風情で過ごしている。

ただ、戻ってきた継之助に、まるで暴れ馬がやってきたような、ある種の慄きの目を向けてきただけだ。

なにかしでかすのではないかと、明らかに遠巻きに警戒している。

（俺を見て騒ぐなら、大老闇討ちで騒げよ）

腸（はらわた）の煮えくり返る継之助を、義兄の梛野嘉兵衛が、

「継さよ、ちょいと来んか」

手招きした。

（見れば見るほどおすがに似とるでや）

継之助は奇妙な気分で嘉兵衛の招きに応じ、部屋に入った。嘉兵衛はにこにこしている。

「久しいの、継さ。みんなが、おみしゃんを珍獣扱いしとるでや」

義兄の嘉兵衛は、まずは継之助をからかった。

「期待に応えて吠えてやりたくなりますけ」

「吠えるくらいはかまわんが、嚙みつくなよ」

「義兄さ、御用はなんでしょう」

継之助は要件を促した。嘉兵衛は急に真面目な顔になり、口調だけは穏やかなまま話を始めた。

「継さよ、おみしゃんが珍獣に見えるのは、先が見えすぎるせいであろう。人には、なかなか理解されぬゆえ、今のままじゃ変わり者の奇人扱いで終わりよの。継さはそれでいいと思うているかもしれんが、なにかことを成したいのであれば、人

に理解されるということは殊の外大事なことだ。先の先が見えても、それを率直に口にせず、少しずつ、相手がわかる範囲で伝えていくのがよかろうよ」

「しかし時間がありませぬ。しかるべきときに備えて、長岡は直ちに変わらねばならぬでしょう」

「違いない。そのためには、全てを飛び越えて殿お一人にご理解いただくのが、難しいようで一番の早道であろう」

「方谷先生も同じことを言うておりました」

「箱根からわしに宛てたおみしゃんの文だが、あれは見事な内容だった。よくぞここまでと、わしは唸ったぞ。なんとしても殿にお見せできるよう計らいたい。とはいえ、容易いことではなかろう。時宜を得ねばならん。今しばらくは辛抱せよ」

「かたじけのう存じます」

継之助の立場では直訴できぬ以上、後は殿の傍近くで御用人を務める嘉兵衛に任せるよりほかない。

（俺は俺のできることをやるさ）

だが、必ずや近い将来、自分は藩の中心で政の舵を執る日がくると確信している。

（俺にしかできぬ。ゆえに俺は呼ばれる）

継之助はすぐには長岡へ戻らず、かつて通っていた古巣の古賀茶渓の塾、久敬舎に寄宿した。

一年も留守にしているとずいぶんと塾生も入れ替わっていたが、継之助を慕って金魚の糞のように付いて回っていた若者、鈴木虎太郎はまだ在塾中で、継之助の姿を見つけると、

「出戻りですか」

すぐに嬉しげに子犬のように寄ってきた。昨年はまだ子供っぽさが目立っていたが、十七歳を数える今年は、ずいぶんと男っぽくなっている。

「河井さんのいない江戸は物足りないや。また、こちらで学ばれますか」

「いや」

「なあんだ。残念だな」

「厄介にはなるが、学んだりはしないのさ」

「学ばず何をなさるおつもりです」

「さあて、何をするかな」

継之助は、はぐらかしたが、何をするかは決めてある。

翌日からさっそく吉原へ足を延ばした。それから度々通うようになった継之助に、二ケ月半も過ぎたころ、ようよう虎太郎が気付き、

「最近、悪所に通われているそうじゃないですか」

口を尖らせ非難がましい目を向けた。

「俺に失望したか」

継之助が訊くと、「いいえ」と首を横に振る。

「河井さんのことですから、どうせ何かお考えがあるのでしょう」

「女と遊ぶのに考えも何もあるもんか」

「それが、なぜか河井さんならあるんです」

虎太郎が大真面目に反論するから、継之助には可笑しかった。

(何で俺のことを貴様が言い張るのだ)

鼻の頭を指先で弾いてやりたいほど可愛らしい。

「ほら、これを見ろ」

継之助は紙切れをぴらりと虎太郎の鼻先に突き出した。

「なんですか、これは」

虎太郎は小難しげに眉間に皺を作り、出された紙を眺めていたが、それが吉原細見だとわかると顔をさっと赤らめた。

吉原細見とは、どの店にどんな遊女がどういう格式で在籍し、さらに揚げ代は幾らほどで、どうすれば遊べるのだということまで、遊郭内の地図付きで書いてある案内書だ。

虎太郎は去年の花菖蒲（はなしょうぶ）の時期に、塾の悪い先輩に無理に吉原まで連れていかれたものの、頑として遊ばずに帰ってきたような若者だから、細見を見るのは初めてかもしれない。

じっと物珍しげに眺めていたが、

「この印はなんですか」

遊女の名前の上に、継之助が◯だとか◎だとか△だとか付けておいた印を指さした。

「ああ、それは俺が買った女の感想だ」

継之助の無頼（ぶらい）ぶりに、ぽかんと虎太郎は口を開けたまま呆（あき）れている。やがて困ったような顔で、継之助を見上げた。

「ひどいなあ。ほとんどの有名どころの女郎には印が付いていますよ。まさかこれ、河井さんがみんな一人で買ったんですか」

「当然だ。それより虎は、どの女郎が有名なのか、知っているのか。隅におけぬな」

「そのくらい細見を見ればわかります。人気の順に名前が書いてあるのでしょう」

なるほど、と継之助は感心した。

「まあ、何事も経験だと思って俺はこうして買ってみたが、お前さんはやめておけよ」

「なぜでしょう」

「英雄ほど女に溺れやすいからさ。手練手管にはひっかからぬが、なんとも表現しがたい情に、気付けば鉄石心腸も溶かされていることがある。惰弱な者より、むしろ豪傑な男ほど情けの罠に陥りやすい。だから、虎はやるな」

懇々と諭すと、面白いほどに虎太郎は真剣な目で頷いた。

若者の純真さに継之助は満足したが、後年、虎太郎は茶目っ気たっぷりにこう語っている。

――わたしは河井さんの教えはほとんど生涯を通じて守ってまいりました。だのに婦人の一件だけは、どうしても我慢できずに教えを破り、どうもそれが原因で、かように大成しそこねたようです――

継之助は虎太郎にいかにも遊び人っぽく装ったが、本当は吉原だけでなく、横浜にも湯屋の二階にも足しげく通っている。理由は明快だ。人が集まるからだ。

男湯の二階は座敷が設けられ、話し好きの男たちの社交の場となっていた。

幾つかの湯屋を巡れば、江戸中の話を居ながらにして聞ける。

吉原の遊女たちと話せば、日本中の噂が聞ける。

横浜へ行けば、世界の動きが、大雑把ではあったが摑める。

継之助に今やれることはこのくらいしかなかったが、どれだけのことを「知っているか」で、今後は生死を分けることもあるだろう。乱世とはそういうものだ。

(民の上に立たねばならん士が、無知でも生きられるのは、平時だけさ)

吉原細見に印を付けた女郎も実際に全てを買ったわけではない。そんなことをすれば破産する。金があったとしても、そもそも吉原とは、そんな無節操な遊び方を許すような場所ではない。

あらゆるしきたりは、宝暦(一七五一~六四)の頃から廃れ、ずいぶんと気軽に遊べる場所に変わったとはいえ、花魁道中をやるような花魁と一度でも肌をあわせた後に他の女と遊べば、やはり顰蹙を買う。

昔なら「浮気」と言われて慰謝料を払わねばならなかったし、今でも吉原で一、二を競う花魁だと、習わし通りに客の方が二百両ほど用意せねば、折檻を受けるという。名前を挙げれば、稲本楼の小稲と金瓶大黒楼の今紫だ。両方の女と肌をあわせたければ落籍せるしかなかったし、実際にそうした男もいる。ちなみに花魁の名は襲名するので代々、小稲と今紫がいる。

女を何人も抱きたいだけなら、わずらわしさのない岡場所に行けばいいのだ。

そもそも継之助は本来、売れ残ってしまうような女郎を好んで買うような男である。

　だから吉原細見の印の一件は虎太郎をからかっただけで、本当に継之助が枕を共にした女たちではない。もちろん自身で座敷に上げて遊んだ女もいれば、湯屋の噂で拾った女もいる。

　つけた印も虎太郎には女の感想だと言ったが、女を贔屓(ひいき)にしている客によって情報を整理したに過ぎない。どの藩の男がどの女の許に主に通っているのかをより分けたのだ。

　とにかく今は少しでも世の中の動きを知りたかった。自分が長岡の「目」になろうという大仰(おおぎょう)なまでの気構えで、大真面目に吉原にも湯屋にも横浜にも通っている。

　この日も継之助は湯屋の二階に上がり、素っ裸で寝転んで町人たちの噂話を聞いた。

「おめェは、もう行ったか」

「あったりめェよ、白い蝶だろう」

「おいらも見てきたぜ、あんな光景は初めてだ。雪のようで、めっぽうきれいだったぞ」

「きれいでもなんでも、前も戦の前に湧いたってェじゃねェか。国が乱れる前兆さ。怖い、怖い」

継之助がむくりと起き上がる。

「その雪のような蝶ってェのは何の話だい」

車座で茶と菓子を楽しみながら噂話に興じていた町人たちは、ふいに士に話しかけられてぎょっとなった。が、元来が話好きの江戸っ子だから、すぐに口々に噂の中身を教えてくれる。

なんでも本所竪川通に白い蝶が数万匹も湧いて出て、まるで雪景色のようになって見物人が押しかけているというのだ。

「そいつは、すごいな」

継之助は脱いでいた着物を身に着けた。ちょっと行ってみようと思ったのだ。

「お侍の旦那、行ってェくるんですね」

町人たちも嬉しそうだ。

「おう、有難うよ。また面白い話があったら聞かせてくれ」

継之助は湯屋を出ると飛ぶように本所へ向かった。近づくと人々のざわめきが届き始め、角を曲がったとたん、川岸の群衆とその頭上にまで群れ飛ぶ真っ白い蝶が継之助の目に飛び込んだ。

一瞬、長岡の冬景色の中に、自分が迷い込んだのではないかと錯覚を起こした。

(なんて異様な光景なんだ)

息を吞む継之助の眼前に、群衆の中から、みなより頭一つ分も抜けた坊主頭の男と、背の低めの士が連なって飛び出てきた。何か軽く言い争っているようだが、声までは喧騒に掻き消されて届かない。それでも、「水戸」や「薩摩」という断片が聞き取れた。それに、気のせいかもしれないが、「倒幕」という言葉も坊主頭の男が発したような気がする。確信は持てないが、聞き捨てならない。

背の低い士が普通の神経の持ち主でないことだけはわかる。二本差しのまま、人の群れから出てきたからだ。普通、士は刀が他人に触れる事態は避けるものだ。継之助も型破りだが、あの男も相当なものだ。

継之助は二人の男にいっそう近づいた。とたんに、

「僕は乱を呼ぶ」

坊主頭の男の言葉が、はっきりと聞き取れた。

「僕」という一人称を使うのは長州人だ。それも昨年の十月に幕府によって殺された、吉田松陰の育てた弟子たちに限られている。

継之助はそんなことは知らなかったが、「僕」という聞きなれない言葉は耳に残った。それにしても乱を呼ぶなど、聞き捨てならぬ話だ。

（こんなことを口走る奴だ。さっきの「倒幕」というのも聞き違いではないな）

男たちは早い足取りで群衆から離れていく。追うのは得策ではなかった。継之助は、密かに他人のあとをつけて見張るような性質ではない。

聞こえる言葉は男たちが離れるに従い、また断片になった。人の名は、二つ聞き取れた。

「桂」と「高杉」だ。「桂」は背の低い方の男が、話の中で口にした。高名な長州の桂小五郎のことだろうかと、継之助は当たりをつける。「高杉」の方は、坊主頭の男が背の低い男をそう呼んだのだ。二本差しのまま群衆の中にいた非常識な男は、「高杉」という名前らしい。桂の名と共に出たのなら、こちらはさしずめ長州の高杉晋作ということなのだろう。

（やはり騒がしい世の中になってきているな）

まだ何も世間では起こっていなかったが、着々と水面下では物事が進行しているらしい。誰がどんな手を使って、今後、幕府転覆を仕掛けてこようと、継之助は譜代の臣として、また牧野家家中として、赤心を持って恥じぬ振る舞いで長岡を守っていくしかない。

（これから色々なことが起こるだろう。時代は待ったなしで動いていくぞ。これまでに起こったことのないことばかりの日々になるに違いない。だからといって揺ら

がぬことだ）

長岡は大藩ではない。やれることは限られている。変わらねばならないことと、変わってはならないことを見極め、なにが起こっても浮足立たずに進んでいかねばならない。

（これまでにない難しい時代がくる。だが、心の芯までは揺らがぬことだ）

四

——翌月、七月下旬。

この日、久敬舎の継之助の許に、懐かしい男が訪ねてきた。仙台の隠密、細谷十太夫だ。塾の中で二人きりになるのは難しいので、継之助と十太夫は外に出て神田の町を目的地もなく歩いた。

いつもひょうひょうとしているこの男にしては、切羽つまった面持ちで、挨拶もそこそこに、

「頼みがあります、河井さん」

いつにない改まった口調で切り出した。

「わかった。引き受けよう」

継之助は用件を聞く前に首肯した。こんっと十太夫は足元の石ころを蹴った。

「ちぇっ、旦那はやっぱりかっこいいや。まだ、なんにも言ってないってェのに。おいらみたいな怪しい人間を信用してくれる。旦那のそういうところに、まいっちまうよ」

十太夫がいつもの口調に戻った。それで継之助もふっと笑う。

「俺は何をすればいい」

「今晩、外泊できますか」

「もちろんだ」

自由が利くからこそ、藩邸ではなく久敬舎に身を寄せている。十太夫は継之助に、今日から明日にかけて自分が借りている港近くの一軒家に留まり、いったん留守にする自分の戻りを待ってほしいと、実に奇妙なことを頼んできた。

「もし、明日の正午を一刻（二時間）過ぎても家に戻らねば、この紙の場所に来ていただけませんか」

胸元から十太夫は紙を取り出し、継之助の手に渡した。江戸の港を手書きで図示したもので、とある地点に×印が付けてある。

「四半刻（三十分）過ぎても俺がこの場所にも来なければ、旦那はそのまま塾へ戻り、俺のことなぞ忘れてください。もし、俺がこの場所に来ても一人でなければ、そのときも素知らぬ顔で塾に戻ってください。ただ、俺が一人でその場に居た時だけ、声をかけてもらえませんか」

相変わらず奇妙な内容だが、継之助にはその意図がわかった。家に戻らないということは戻れない状態に陥るということだ。手負いになっても×印の場所まではたどりつくから、連れ帰ってほしいと言っているのだ。追手がいれば見捨ててくれ、×印までも戻らぬときは殺(や)られたときだから俺のことは忘れてくれと十太夫は言っている。

（ちっ、健気なことを言いやがる）

「お前さん、何か危ねェことをやるつもりだな」

へっ、と十太夫が笑う。

「旦那、あっしの仕事で危なくないものなんざ、ありゃしませんぜ」

「なぜ、命を削る。仙台伊達家のためか」

「俺は旦那と違って、忠義だとか御恩だとか、そんな立派な気持ちは持ち合わせちゃいねえや。ただ日本一、強ェ(つえ)男になりたくてねえ、日本中を回って色んなことや、色んな男をこの目で見られる今の仕事に不満はありゃしません。まあ、真に強いってえのがどういうことなのか、鴉(からす)（密偵）をやればやるほど、わからなくなっちまうんですけどねえ」

真に強い男とはどういう男なのか――。

「旦那はどう思います」

十太夫が訊いてくる。

「お前さんには悪いがな、日本一強い男てえのは無理がある」

「なぜですかい」

「人間の強さてえのは、比べるもんじゃないからだ」

「へえ」

十太夫は芯から驚いた顔をした。

「例えばな、俺の師の方谷先生は強い。人の心を動かし、国を変える力がある。ああいう人間は強いだろう」

「ああ、確かに」

「だがな、そういう強さとはまた別に、なにがあっても心がぽきりと折れぬ人間もまた強い」

もちろん方谷はそういう強さも持ち合わせているから改革に邁進できるのだし、継之助自身もそうなるべく戻ってきたのだ。が、自分でも意外だったが、話しながら不意打ちのように頭に浮かんできたのは、故郷、長岡の女たちだった。

耐えて耐えて耐えて、最後に笑ってみせる強さがある。それは現状に甘んじるのとは違う、守るべきものを守り通そうとするひたむきな強さだ。

まいったな、と継之助は頬を掻いた。

隣で十太夫も上目づかいに空を見ている。しばらく何か考えていたが、面倒になったのか、

「腹が減りませんか。飯でも食いましょう。この近くにいい店を知ってるんですよ」

話を打ち切るように継之助を一膳飯屋に連れていった。旺盛な食欲で丼飯を掻き込んだ十太夫は、

「ねえ、旦那、つまりは誠実ってえことですかねえ」

などとぽそりと言う。

それがあまりに唐突だったので、一瞬間、なにを言われたのか継之助にはわからなかった。

(こいつ……)

十太夫はあれからずっと考え続けていたのだ。

「なぜ、そんなに強くなりたい」

「おいらァ、根無し草なもんで、そうでなけりゃ生きていけなかったからですかねえ。今は、せっかく生まれてきたからには、何か一つくらい日本一になりたいってえやつですか、へへ」

このまま俺の家に行きますか、それともいったん塾に戻りますか、と十太夫が訊くから、このまま行こうと継之助は促した。

細谷十太夫の隠密資金はなかなか潤沢(じゅんたく)らしい。埋立地霊岸島(れいがんじま)の銀町(しろがねちょう)二丁目の一軒家に、継之助は連れていかれた。

敷地の南側には、堀を隔てて福井松平(まつだいら)家三十二万石の広大な中屋敷がある。堀沿いの家なので、小舟で裏門から敷地に上がれるようになっている。水路に直に通じる利便性が、十太夫がここを借りた理由の一つだろう。

潮の香りに包まれた十太夫の隠れ家は、周りを少し高めの生垣が囲い、枝折り戸(しおりど)を開けて入ると、右手に濡れ縁の見える狭い庭があった。建坪は二十坪ほどだろうか。

二人は直接、濡れ縁沿いの障子戸から、ぼんやりと明るい部屋へあがった。

「仮屋にしては、贅沢(ぜいたく)な家だな」

継之助が正直な感想を述べると、

「いい家でしょう。今度の仕事のために借りたんですがね、気に入ったんで、しばらく借りっぱなしにしておきますから、必要ならいつでも使ってください」

隠密活動に使うならそういうわけにもいかぬだろうに、頓着(とんちゃく)なく十太夫は言う。

今度の仕事のためにこれほど港近くに借りた家なら、仕事の中身は海に関することなのだろう。継之助は濡れ縁に立ち、港の方を眺めた。三本帆柱の洋式軍艦が悠然と浮かぶのが見えた。帆柱の天辺には、「日の丸」と、「一文字に三ツ星」の紋が染め抜かれた二つの旗がはためいている。

一文字に三ツ星は、長州毛利家の紋だ。あれは漢字の「一品」を表しており、毛利家の先祖が天皇家から出たことを誇ったものだった。その縁で、毛利家は室町時代からずっと天皇家に送金や贈り物を欠かしたことがなく、京とは付き合いの深い家柄だった。

継之助はひと月前の白蝶見物のおりの「倒幕」を仄めかした男たちが、長州の桂小五郎の名を口にしたことを思い出し、顔をしかめた。

「長州の帆船か。えらく岸に寄っているな」

継之助の呟きに、十太夫が手を打った。

「あ、さすがだ、旦那。さっそく目をつけやしたね。本来ならもうちょっと沖に泊まっても罰が当たらねえんですが、明日、他藩のお客を呼ぶってんで、幾ら艀を使うっていっても、ぎりぎりまで寄ってきてるんですよ」

「他藩の客を軍艦に呼ぶのか」

風が少し出始めた。羽織や袴の裾が煽られる。

「しかも他藩の客てぇのは、水戸ですぜ、旦那」

水戸という名に継之助は反応して、十太夫を振り返った。

「水戸に長州だと」

「先の大老闇討ちで、薩摩が動きませんでしたからね、水戸の連中は、今度は長州を動かそうってことでしょうかねえ」

「探るのか、あの船を、明日」

十太夫は頷いた。

「船は勝手が違うんで、斬られて戻ったら、この医者を頼みます。鴉（密偵）も診てくれる医者でして」

十太夫は医者の名と住まいを書いた紙を継之助に渡した。紙の端が風のせいで泳ぎ、はたはたと鳴った。

「わかった」

「本当は伊達さまへの繋ぎ役に頼めば医者くらい手配してもらえますけど、弱みは見せたくないや」

「俺には見せてもいいのか」

へへへと十太夫は笑うだけで、どうとも答えない。

継之助は、白蝶の日のことを十太夫に話した。

「それは、長州の久坂玄瑞と高杉晋作でしょう。前年に処刑された吉田松陰の門下で、龍虎と言われています。あの二人が双璧ですよ」

「噂では聞いていたが、あれがそうなのか。久坂の名は秀三郎と聞いていたが」

「今は玄瑞と名乗っています」

「ずいぶんと才気走った男だそうだな」

その玄瑞と共に双璧と称されるなら、高杉晋作も出来物なのだろう。継之助の印象に残ったのは、晋作の方である。

「高杉晋作か。何かしでかしそうな、ずいぶんと危ない目をした男だ」

「まだ何もしちゃいないんですがね、そういうところ、旦那に少し似ていますよねえ」

継之助はむすりと黙り込んだ。心なしか空が暗くなる。十太夫はちらりと雲を見つつ話を続けた。

「旦那の聞いた〝桂〟は、桂小五郎に間違いないでしょう。あの軍艦を造らせたのも桂なら、明日、水戸人を招くのも桂ですよ」

つまり明日、十太夫は桂小五郎を探るのだ。

それにしても、と十太夫は付け足した。

「幕府も馬鹿なことをしちまいました。松陰さえ殺さずに手の内に握ってりゃ、長州ももう少し大人しくしていたでしょうにねえ」

夜から風がいっそう強くなってきた。

闇に乗じて忍び込むのかと継之助は思い込んでいたが、どうやらそうではないらしい。十太夫は一向に出ていく気配がない。

「明るくなって忍び込むなど、よほど腕に自信があるのだな」

「なに、明日は雨降りになりそうだから、天水が身を隠してくれますよ」

夜半はどんよりした空も持ちこたえたが、明け方から本当にぽつぽつと雨が降り始めた。

十太夫が朝飯を作る間に、継之助は雨戸を開けて空を見上げた。雨脚は強くないが、不気味なまでに黒い雲が厚く空を覆い、辺りはまるで月のない夜のように暗色に覆われている。

雨が入り込まぬよう閉めておいた方がよさそうだと、いったん開けた雨戸を閉めかけて「おや」と継之助は庭の一端に目を留めた。小さな赤松が植えてある。土が新しく盛り上がっているから、近ごろ植えたのだ。継之助は黙って雨戸を閉めた。

雨は少しずつ激しくなっていく。こんな中、船に忍び込むのかと別の心配が継之助を襲ったが、

「行ってきます」

十太夫は茶目っ気交じりに両手を上げ、ニッと笑った。

それはいつも継之助が、困難を前に松に向かって取る仕草だ。継之助も両手を上げて応えた。

十太夫が家を出てからも、雨は激しさを増していく。昼近くには稀に見る豪雨になった。継之助が外を覗くと、篠突く雨に一寸先の景色も見えそうにない。風もある。船はさぞ揺らいでいることだろう。

まだ約束の刻限ではなかったが、継之助は十太夫が地図に印を付けた場所まで行ってみた。傘など差してもまるで意味がない。すぐそこに長州の帆船は浮かんでいるのだろうが、雨にけぶってなにも見えない。

岸から足元の海面を見下ろしても、黒緑の波が荒ぶるだけだ。どうかするとうち上がった波に呑まれそうになる。

継之助はいったん仮屋に戻り、正午を待った。十太夫は戻らない。半刻待ったが我慢できず、再び、×印の岸へ向かった。いない。継之助は何度か往復したが、約束の刻限になっても、翌日になっても、とうとう十太夫は戻ってこなかった。

五

豪雨は迅雷を伴う嵐となって三日三晩荒れ狂い、江戸の町を痛め続けた。

水路の真横の塀は、たえず逆巻く激流に叩かれ、嫌な音で軋む。鉄砲水に家ごと呑み込まれるのではないかと危ぶまれる勢いだ。

それでも友が心配のあまり、継之助は霊岸島の隠れ家で、十太夫の戻りをじっと待った。

（十太、どうしちまったんだ）

長州の桂小五郎は剣の遣い手と聞く。慣れぬ船での隠密仕事でへまをし、斬られてしまったのではなかろうか。そんな思いが浮かび、いや、まさかと否定する。佐賀で見たではないか。十太夫の腕も相当なものだ。

だが、斬られずとも海に落ちれば、この荒れ具合ではとうてい助からない。それとも、荒波を前に今も船に潜んでいるだけなのか。

（そうだといいが。無事でいろ、十太）

すぐそこに海という水の出口があるからだろう。水量はずいぶんと増したが、隠れ家が呑み込まれることもなく徐々に雨脚は弱まった。どれほど荒れ狂おうと、いつか嵐は終わるのだ。

十太夫のことも心配でならないが、継之助には長岡屋敷の様子も気に掛かる。これほどの風雨だ。なにか被害が出ているのではないか。長岡藩には、上屋敷、中屋敷、下屋敷二つ、抱え屋敷と五つの藩邸があるが、下屋敷の一つと抱え屋敷はこの霊岸島に近かった。一度、藩邸の様子を見てくるかと、継之助は雨戸を開けた。

赤松は倒れ、前栽は泥を被り、地面は茶色の水に浸かっている。かろうじて見える飛び石を踏んで敷地を出ると、変わり果てた江戸が目に飛び込んだ。建て付けの弱い家屋がところどころ倒壊し、瓦礫や折れた枝がそこらじゅうに散乱し、乗り越えて進まなければどこにも行けそうにない。

小雨の中、何人かの町人たちが水たまりに足首まで浸かりながら瓦礫を運び、道を作ろうとしていた。そうかと思えば崩れ落ちた家の前に呆然と座り込んでいる者たちもいる。

しばらくずぶずぶと泥濘に足を取られ、あるいは瓦礫を乗り越え進むと、塀の横にずぶ濡れの侍がうずくまっているのが見えた。黒い滲みや泥でずいぶんと汚れてわかりにくくなっていたものの、着物の柄には見覚えがある。三日前、十太夫が着て出たものと同じである。

「十太」と叫びたくなるのを継之助はぐっと堪えて素早く寄った。名を呼ばなかったのは、隠密の細谷十太夫がこの近隣でなんと名乗っているのか、わからなかったからだ。

継之助は屈んで、十太夫の肩に手を掛ける。体は冷え切っているようだが、硬直はしていない。

「おい、しっかりしろ。俺がわかるか。継之助だ」

返事はない。顔を向かせると、右目の周りが青く変色し、頭部から流れる血でべったりと濡れていた。息はある。とりあえずはほっとしたが、

（妙だな）

一方で訝しんだ。目の周囲がこれほど変色しているなら、頭部をやられ、しかも傷ができて二、三日は経っているはずなのだ。継之助も子供のころ、喧嘩で頭部を強く殴られたり、木から落ちて打ったりしたあとは二、三日後によく痣ができていた。

だが、十太夫の顔には、流れ出たばかりの新しい血が付いている。

頭の傷を確かめた。思った通り、傷は二ケ所ある。一つは時間が経っていて、あと一つは付いて間もない傷だ。いずれも刀傷ではない。何か固いもので殴られたようだ。どちらも出血がひどかったのだろう。着物の肩や胸元や袖の辺りに、まだ赤みを保った滲みと、どす黒い滲みの両方がついている。

継之助は十太夫を担いで家に連れ帰った。頭部以外の傷を探すため、濡れた着物を脱がせる。十太夫の裸体が晒されたとたん、継之助は顔をしかめた。

（こいつ……）

肩にも胸にも腹にも、無数の傷跡が痛々しい。その全てが体の前にあり、どれも

刃物で付けられたと思しき古傷だった。背は一筋も見当たらない。

（せいぜい二十年くらいしか生きていないくせに、どんな人生を歩めばこうなる）

十太夫は、継之助が思った以上に過酷な道を進んできたようだ。だが、新しい傷は体には一つもない。やられているのは頭だけだ。

濡れた体を拭くための手拭いを取りに継之助は立ち上がった。が、すぐにまた座したのは、十太夫の瞼がぴくぴくと動いたからだ。

「おい、十太」

呼びかけながら頬を撫でると、

「ん……」

短く唸り、十太夫は目を開けた。

「気が付いたか」

「あ……れ、旦那。俺はいったい……」

「この家の近くの道に倒れていたぞ」

「ああ……そうか……面目ない」

いったん目を覚ますと十太夫は自分で頭や顔を洗い、体も拭いた。

「医者は今日はいけませんぜ。江戸中でわんさと怪我人が出てますから、まずは命の危ねえ連中を診てもらわなきゃあ」

呆れる継之助を尻目に、こんなのは唾（つば）をつけていれば治ると舐（な）めた指で傷口をさする。

「何があった」

「いえね、船であんまりすごい話をしていたもんですから、旦那には悪いと思ったけど、そのまま下船した桂を追って、長州は毛利さまのお屋敷まで行ったんですよ。そうしたらこれがぼろくって、あの嵐で屋根も門も吹き飛んじまいやがり、おいらの頭にがつんってねぇ……おお、痛い」

なんとも拍子抜けする話だが、次の十太夫の言葉でやはりこいつはとんでもない奴だと、継之助は改めて思った。

「せっかく傷を負ったんで、お屋敷の門の前に俺を直撃した材木と一緒に、これ見よがしに倒れておいてやったんです」

しばらくして門番が気付き、中に運び込まれ、濡れた着物が乾くまで誰ぞの着物を借りて、三日間長州屋敷で過ごしたという。剣術修行中の若者を装い、「憧れの桂小五郎先生」に会いたいと頼むと、あっさり当人が出てきてこれが存外面倒見がよく、剣まで教わってきたという。そんなわけで長州藩邸で付いた傷は毒消し済みらしい。

「いや、もう、あの久坂玄瑞が手当てしてくれたんですぜ。元来は医者だってぇ話でして」

なるほど、玄瑞が坊主頭なのはそのせいだ。今は守っていない医者も多いが、正式には医者の頭は剃ることになっている。

「呆れた野郎だな」

どれだけ俺が心配したと思っている、とは継之助は言わない。ただ、苦笑いを一つ。

(まあ、いいさ。無事なら)

「高杉にも会ったのか」

継之助の問いに、十太夫の表情が変わった。

「会いましたけどね、ありゃァ、西の暴れ龍だ。旦那が東の龍で、まだどっちも完全には目覚めちゃいない。どっちが先に覚醒しますやら」

「気に入らんな」

「けど、あの男、いつか歴史を変えますぜ」

歴史を変えるなど何を大仰な、と今までなら一笑に付す言葉だが、継之助は笑わなかった。狂った時代への幕はもう開いている。まだ静かだが、確実にこの国は変わりつつある。

「長州は水戸と組んで、なにをやろうとしているのだ。倒幕か」

継之助の問いに、十太夫は首を横に振った。

「いえ、破約攘夷でさあ、旦那」

「攘夷ではなく、破約攘夷なのか」

破約攘夷など、初めて聞く言葉だ。継之助は正直に聞いたことがないと告げた。

十太夫が、嬉しそうに頷く。

「旦那は知ったかぶりをしないから信用できるや。実は俺も乗り込んだ船の中で初めて聞いたんです。世間じゃ聞いたことのない言葉だから、奴らが作ったんすかねえ？　なんにしても、奴らは明確にただの攘夷とは分けて使っていやしたぜ」

船の中の密談は、たった三人で行われた。長州側からは桂小五郎ただ一人。水戸からは西丸帯刀（さいまるたてわき）と岩間金平（いわまきんぺい）の二人だ。この三人の中では、「攘夷」とは夷狄（いてき）を退けること全般を指し、「破約攘夷」とは幕府が帝の許しを得ぬままに諸外国と結んだ条約を取り消させることを指すという。継之助は呆れた。

「そんなことが、できるはずもなかろう。幾ら条約に不満があるからといって、国際法に基づいて交わされた条約だぞ」

横浜に度々行って、今ではすっかりエドワード・スネルとも親しくなり、諸外国や世界の事情も少しずつだが学びつつある継之助には、それがいかに無茶なことかわかる。

日本は非常識な国と嘲られ、世界を敵に回すだろう。破約の先に待つものは、条約国との武力衝突だ。だが、今の日本には、列強を相手にまともに戦える力はない。

日本から見れば列強の一つであるロシアでさえ、産業革命を経験しなかったがために技術面で決定的に劣り、イギリス・フランスと戦ったクリミア戦争では痛い思いをした。技術が劣るとは、そういうことだ。このクリミア戦争で世界勢力図は大きく書き換えられ、その調整に列強が力を殺がれたため、日本は積極的な植民地政策の対象から外された。運が良かったのだ。その運を馬鹿な行いで自ら潰すなど愚かなことだ。

不平等といえども貿易国として遇されている現状を、長州と水戸は自ら手放すというのか。

けどね、旦那、と十太夫は言う。

「俺は難しいことはよくわからないんですがね、桂小五郎曰く、幕府の結んだ条約の中身はかなりやばいらしいですぜ。日本は侍の国でしょう。だけど、もう世界は商人の国になっている」

継之助の頭に、すぐにトーマス・グラバーやエドワード・スネルの姿が浮かんだ。

「そうだな。長崎や横浜を見ると商人が命を懸けて成功を摑むためにやってきている。どうも価値の基準がまったく日本とは違うようだ」

「だから商取引上でへまをした国は、世界じゃ見下されるらしいんでさァ」

「それと条約とどう関係するんだ」

「桂の言葉を借りれば、関税自主権のない国は、真の独立国家としては認められないんだそうで」

「そうなのか」

継之助は知らなかったから驚いた。十太夫の言う通り、井伊直弼の結んだ条約の中身は不平等もはなはだしく、関税自主権がなく、治外法権を諸外国に認めさせられてしまっている。

さらに最恵国約款という厄介な約束事も了承させられていた。

最恵国約款とは、約款を結んだ相手国より有利な条件で他国と条約を結んだ時は、約款の相手国にも同等以上の条件で条約を結び直さなければならないという屈辱的な決め事だ。

ただやみくもに長州が「攘夷」を口にして騒いでいるのかと思っていたが、どうやらそうではないらしい。

「そんな事情があったのか」

「桂らは、関税自主権のない条約と最恵国約款の締結は、列強による我が国侵略の第一歩と見ています。早い段階でこの不利な条約を改めさせ、独立国の道を歩もうとしているらしいんですがねえ……やり方がいけねえや。奴ら、これからどんどん日本に来た〝夷狄〟を殺していく気でいますぜ」

「なぜそうなる」

論の飛躍が継之助には理解できない。途中まではわかる。そんなにひどい条約なら黙って見過ごせぬ気持ちも理解できる。だからといってなぜ外国人を殺していけば良いと思うのか。

「そんなことになれば、諸外国も黙っていまい。幕府は責任を問われて責められ、政治的な干渉(かんしょう)の機会を与えてしまうことになろう。それこそ侵略へのいい名分を与えてやったことになるぞ。本末転倒だ」

「その通りで、旦那」

「武力衝突になればこの国は敵うまい。万に一つ負けずとも日本は焦土(しょうど)になろう。そこからの復興だと世界に大きく後れを取る。争っては駄目だ」

そこまで言って継之助はぎりぎりと歯ぎしりした。十太夫相手に何を言っても仕方ないではないか。やろうとしているのは長州と水戸なのだから。

「それで、長州と水戸はあの船の中で、外国人襲撃を行う計画を立てていたのか」

なんとしても止めねばと言う継之助に、細谷十太夫は頷いた。

「いつ、どこを襲撃するか、具体的な計画は立ててはいませんでしたが、やる気満々です。水戸側は、藩全体を破約攘夷に賛同させられないからってんで、その気になった奴だけでことを起こそうとしているんです。これからどんどん藩内で同志を募って討手として亡命させ、水戸から送り出すってえ話ですぜ」

「長州は違うのか」

「長州の桂小五郎は、なんとしても藩論を統一させ、挙藩攘夷にもっていこうってえ腹です」

「水戸と長州は役割が違うのか」

「そうです。まず水戸が夷狄狩りを行い、諸外国を怒らせて日本と敵対させる役目を担います。幕府が列強を相手に窮したところで、長州が出ていき、『かくなる上は腹を据え、三百諸侯力を合わせ、挙国一致で列強と対峙する以外ありますまい』と国是を献策するわけです」

継之助は息を呑んだ。

「狂っているのか。日本が滅びるぞ」

口を突いて出た。が、他に言葉が見つからない。水戸はやると言えば、それがどんな無茶でも実行することは、先の大老の事件で証明済みだ。奴らはやるだろう。

「水戸は浪士となってことを起こしますから、資金がありゃしません。そこで、長州が連中の活動を裏で支える寸法です。そのくせ、表向きはまったく関わりない顔をして、困った幕府にしれっと助け船を出すかのように、国を挙げての攘夷を献策する気でいるんです」

「戦になった際は、あやつらは勝てる気でいるのか」

「列強の足並みが揃わないと睨(にら)んでるみたいですぜ。互いに牽制(けんせい)しあって、大々的な戦にはならないだろうって腹積もりじゃないですかい。水戸が襲う相手の国を選別すれば、列強同士をいがみあわせることもできるってえ踏んでるんでしょう」

なんという思い上がりだろう。

「一歩間違えれば国が吹っ飛ぶ。大老闇討ちのときとは違うぞ。亡国の危機だ。今度ばかりは阻止せねば」

どうすれば阻止できるのか。藩に訴えても無駄だろう。だが、やるしかない。継之助は憤然と立ち上がった。

「ちょっと、旦那。そんな怖い顔して、何をする気で?」

十太夫が慌てる。

「徳川御三家の水戸に妙な嫌疑を掛けて確たる証拠が挙がらねば、長岡藩が弾劾(だんがい)される。そんな危険を冒してまで藩上層部が動くとは思えぬが、何もせぬうちから駄目だと決めつけて動かぬは、怠け者のすることだ」

「旦那、ここは俺に任せていただけませんか」

継之助は眉根を寄せる。隠密の十太夫が動くとなれば、やることは一つとまで言わぬが、限られてくる。

「闇で殺す気か」

「物騒だなあ」

「違うのか」

「幾ら旦那相手でも手の内は明かせませんや」

「違うのならいいが、桂を殺っても無駄だぞ」

「なぜですかい」

「水戸は薩摩が動かぬとみたゆえ今度は長州と手を組んだのだ。桂が死ねば、別に移るだけだ」

「ああ、そうか。だからと言って水戸の浪士を討つとなりゃ、何人と殺りあわなきゃならないんですかねえ、俺は」

言いつつ十太夫は舌なめずりをする。そのくせ、「冗談ですよ」と肩をすくめてみせる。

「おい、十太。それが藩命なら俺ごときに止めようもないが、殺しは下策だぞ」

　継之助に睨まれ、十太夫は困った顔をする。

「旦那、そりゃ綺麗ごとですよ」

「お前さん、強ぇ男になりたいんだろう。正しい道を歩まぬ者の強さなんざ、紛いもんだ」

「けど、旦那、おいらァ、鴉ですよ。しょせんは王道を歩めぬ定めの者ですから」

「馬鹿なことを言うな。誰の決めた定めだ」

「誰って……」

「胸の張れぬ定めなら、じぶんで変えるんだ。そのために頭はついているんだ。どうすればいいか考えろ。明日のお前さんは、今日までのじぶんが決めるんだ。何かのせいにするんじゃねえ」

　十太夫のぽかんとした顔が、やがて紅潮した。

「俺はどうもじぶんを卑下する癖がある。こんな俺に真っ当になれなんざ、今までだれも言っちゃくれなかったってえのに、旦那は優しいなあ。あんたに看取られて死ぬ奴は、きっと幸せだろうよ」

　継之助は、ふんと鼻を鳴らした。

「藩の中じゃ、俺を蛇蝎の如く嫌っている連中も多いさ。俺に看取られて死ぬなんざ成仏できねえに違いない。だが、それでいい。男てえのは嫌われるくらいでちょうどいい」

十太夫はそれもそうかと肩をすくめ、話を戻した。

「わかりました。殺しは最後の手にしておきます。けど旦那、殺さずに暴挙を止めるとなると、どうしたらいいんですかねえ」

「真正面から話し、わかってもらうしかないな」

「誰に。やっぱり水戸の方ですかい」

「実行部隊だからな。お前さんの探った話だと、長州は水戸が動かぬ限り、動けまい」

そうです、と十太夫は首肯した。

「だったら、水戸の首謀者の西丸と岩間ですかい」

「それも一つの手だろうが、二人を説得できれば、他の連中は静かになるのか。俺にはそうは思えん。もっと、水戸藩全体を抑えてもらうのが早かろう。それには、過激な連中にも慕われている水戸の御老公（斉昭）を説得するのが一番早い」

へっ？　と十太夫が目を瞬かせた。

「雲の上の人ですぜ。いったい、どうやって」

「まずは長岡藩から水戸藩に話ができぬものか、殿にご相談をしてはみるが、長岡藩の立場で水戸藩への意見は難しかろう」

「だったらどうするんで」

「俺が藩を出て水戸へ行き、訴えるしかあるまい」

「藩を出るってえのは、亡命（脱藩）するってえことですかい」

「亡命しておかねば、藩に迷惑がかかるからな」

「しかし旦那は、長岡に戻って改革を推し進める使命がおありじゃないですか。そのために方谷先生に学ばれたんでしょう。旦那にしかできぬはずのその仕事はどうするのです。旦那の双肩に長岡の命運が掛かっているんじゃないんですかい」

「十太、国が潰れれば藩もないぞ。どちらが急務だ」

「それは……そうですけど」

十太夫が苦悩の表情をふっと覗かせた。が、すぐに何かをふっきった顔付きに変わった。

「御老公に会う役目、俺が引き受けますよ」

「なに」

「御家中を止められますよう、この鴉が会って話をしてきましょう。旦那がいくら正面から乗り込んでも、そうそう御老公ほどの身分のかたには会えますまい」

その通りだった。会えない可能性の方が高い。もちろん、無理だからといって諦めるつもりはない。継之助は立ち上がって、ぐっしょりと雨を被った濡れ縁に出た。いつの間にか雨が止んでいる。差してきた日を継之助は見上げた。

「そこを何とかするのが俺の役目だ」

「そりゃあ、旦那なら不可能も可能にしちまうかもしれませんがね、俺ならまず十中八九、会うだけなら会えますぜ」

継之助は苦笑した。真正面から訪ねる気の自分とは違い、十太夫は平素通り忍び込むのだろう。振り返ると、濡れ縁からは薄暗く見える部屋の中で、胡坐をかいた十太夫がにっと笑った。

「いつもとさほど変わらねえや。忍んでいって、殺す代わりに話し合いだ。ねえ、旦那」

さりげなく凄いことを言う。

（こいつ……いつもは何をやってきたんだ）

「姿を晒すのか」

「もちろんです。姿も見せない相手の言葉に耳を傾ける奴は、いやしませんぜ」

違いない。が、大胆だ。忍びが姿を見せたからといって、信用されることはまずない。話を聞くまでもなく捕らえられ、誅されて終わる度合の方が高い。

しかし——とも思う。十太夫なら違う結果を導けるかもしれない。この男にはそう思わせる何かがある。

「わかった。任せよう、十太」

失敗すれば、この国は戦を招き、存亡の危機に陥る。それでも、継之助は信頼を込めて肯んじた。

こういうとき、十太夫はこちらが戸惑うほど嬉しそうな顔をする。長岡では嫌われることも多いが、友もまた多い継之助にとって、誰かと信頼し合うことはさほど特別なことではない。それが、目の前の若者は、まるで得難い体験だと言いたげに喜ぶのだ。継之助は十太夫から外へと視線を移した。ふと空を見上げると、龍のような雲が太陽に向かって昇っていくのが見えた。

「頼んだぞ、十太」

もう一度、継之助は繰り返した。

さっそく水戸へ発とうとする十太夫に、

「頭の傷の手当てはしていけよ」

継之助が慌てて引きとめた。頭の傷は放っておくと、日が経って悪くなることがある。忍んだ先で眩暈でも起こしたら生死に関わる。

「江戸の医者はどこも手が空いてやしませんぜ。なに、こいつはいつものやばい傷じゃないんだから、道中で医者を見つけて診てもらいますよ」

「二つ目の傷はいったい、どうしたんだ」

十太夫は、ばつが悪そうだ。

「いや、馬鹿馬鹿しい話ですよ。戻る途中にでっかい松を見つけたんで、いつものように旦那の真似事をして両手を上げたとたん、太い枝に亀裂が入っていたようで、落ちてきちまいやして、ガツンッてねぇ……。石頭で助かりやした」

十太夫は庭に倒れた小さな松を指さし、

「いやはや、せっかく植えたこっちの松も倒れてやがるし、松は鴉に冷たいや」

自嘲する。

継之助は荒れ果てた庭に下り立った。

「鍬を貸してみろ」

「えっ、いや……旦那？」

「倒れたらまた植えればいいだけだ。お前さんがここを出る前に、俺が立木に戻してやる」

「いえ、そんなら自分で……」

「怪我人は黙って見ていろ。鍬を貸せ」

「そんなわけには」

「十太！」

継之助が語気を荒らげると、それ以上は逆らわず、十太夫は鍬を出して継之助に手渡した。

「そこで大人しく見ていろよ」

継之助は鍬をふるう。一度倒れた松は根付かないかもしれない。それでも、松が倒れたままの状態で、友を生死の狭間に身を置く仕事に向かわせたくなかったのだ。紙一重で生き死にが分かれる時、こんな小さなことが響いてくるかもしれない。根付かないならそれでもいいのだ。生きて戻りさえすれば、松はまた幾らでも植えられる。

泥と化した土は見る間に掘れた。継之助の気持ちがじゅうぶんわかっている顔で、十太夫も縁を下りてきた。掘った穴の中に立てた松を、黙って支えた。そこに継之助が土を掛けていく。

「十太、無茶はするなよ。まだ俺がいる」

「何よりのお言葉で。必ず生きて帰りやす」

十太夫は嚙み締めるように頷いた。

第四章　如(し)くは無し

一

いよいよ継之助(つぎのすけ)が長岡に戻ってくる——そう義母の貞子(ていこ)に聞かされて、すが子の胸はどくりと鳴った。朝顔の咲く暑い盛りのことだ。

喜びよりも不安の方が大きかった。もうすが子にとって、継之助のいない生活の方が馴染(なじ)んでしまい、これまでの日常がいきなり壊されるようなざわめきに胸が苦しくなった。

そんなすが子の戸惑いを、貞子は別の意味に取ったようだ。

「継さの帰る日はたくさん好物をこしょうてやんなさい」

急(せ)き立てるように言った。すが子は逆らわずに笑顔の一つも作り、

「はい、お義母(かあ)さま」

貞子の好む、はきはきとした声で返事をした。

(私は冷たい女なのかしら)

夫の不在に身悶えるような寂しさを覚えた夜もあったが、気の遠くなるような日にちを数えるうちに、傍にいない継之助を想うことにすっかり慣れてしまった。夫婦仲良く寄り添った思い出がない分、いったん慣れると、もうどうということもなかった。

ただ世間が、

「寂しいでしょう」

と同情を寄せるので、相手の醸し出す空気に合わせて言葉少なに寂し気に頷き続けた。そうすれば問うた相手は満足したし、義父も義母も優しかった。だが、一見大人しいすが子の心の内に小さな靄が生じるのだ。

(どうして女が男に放っておかれれば、寂しいものだと世間は決めつけたがるのかしら)

すが子にとっては継之助のいない生活よりも、平穏が乱されることの方が数倍も負担だった。

継之助はすが子が馴染む前に家を出ていき、戻ってきたかと思うと、どこかいつも不機嫌そうな顔で鉄砲を抱えて山野を歩き回り、また急に正月を目前に出ていってしまった夫だ。

もちろん嫌いではないし、夫なのだから愛しさはある。それでも、継之助だから愛おしいのか、夫だから愛おしいのか、すが子には自分の胸中なのにわからない。一人でいる時に目を閉じると脳裏に浮かんでくる継之助の姿が、自分の空想が作り出した男のような気がして怖かった。

夫のいない婚家でも、すが子には何の不自由もなかった。はじめは恐いと思った義母も、人に従って生きるのが楽なすが子には合っていた。それに貞子も不在がちな継之助を負い目に感じているふしがあり、何かと気にかけてくれる。今の生活は平穏で、すが子はずっとこのままでかまわなかった。

（あの人が帰ってくる……）

日常が乱されることへの憂鬱さに上の空になりがちのすが子を、河井家の者はみな誤解して微笑ましく見守ってくれる。

すが子は湧き出る罪悪感を振り払うため、継之助を迎え入れる準備に没頭した。風呂好きの継之助のために風呂桶を磨き上げたあと、すが子は前栽の女郎花を切った。花瓶に挿すため中庭から継之助の使う予定の部屋へ上がろうとして、ハッとなる。

沓脱石の上に、無造作に旅の草鞋が脱ぎ置かれていたからだ。横に用意した覚えのない、足を濯ぐための盥が置いてある。

（まさか）

すが子の頭は混乱した。予定では今日の夕刻に継之助は戻ってくるはずだった。昼は過ぎていたが、まだ日没まではずいぶんと間がある。

すが子はわずかな距離を小走りに駆け、広縁から屋内を伸び上がって覗いた。煤けた着物の背をこちらに向けて、手枕で寝転んでいる男の姿が目に映る。さほど丈は高くないが、逞しい背中だ。

「旦那さま？」

すが子は慌てた。夫の特徴と一致するが、本当に継之助だろうか。背中だけでは確信が持てない。男は眠っているのか、すが子の呼びかけに振り向きもしない。すが子はもどかしさを覚えながら縁を上がり、男のすぐ近くまで寄った。座るとつんと汗の臭いが鼻を刺した。

「旦那さま」

もう一度、すが子は男の背に呼びかけ、後ろからそっと体を伸ばし、横顔を覗き込もうとした。とたんに男が畳の上で身を翻し仰向けになったと思うと、あっと小さく叫んだときには手首を摑まれ、引き寄せられていた。手にした十本ほどの女郎花が、ぱっと黄色の花を男の上に散らせた。

唇に唇が重なる。恥ずかしさにカアッとすが子の身体は熱くなったが、男の口づけには何の違和感も覚えなかった。

顔はまだまともに見ていなかったが、まぎれもなく夫の継之助だとすが子にはわかった。やがて解放されるとすが子はさっと居住まいを正し、男の顔を改めて覗き込んだ。

継之助がそんな妻を鼻先で笑っている。すが子はそれでいっそうのぼせた。いったい、いつ戻ってきたのだろう。義母や義父は知っているのだろうか。知らせなければ、と頭の中は大慌てなのに、実際にはぴくりとも動かず、すが子は継之助を見つめている。

継之助が上半身を起こすと、女郎花もはらはらと畳に零れ散った。

「俺のための花か」

「はい」

何を訊かれたのか本当のところは咄嗟に理解できなかったのだが、すが子は諾う。

「あのう、湯を沸かしましょうか。いいえ、その前に、お義母さまはご存知でしょうか。もしまだなら私……」

「落ち着け、おすが。まだ誰にも知らせておらぬ」

「お知らせせねば」

「少し疲れた」

もう少しこのままでいたいと継之助は言い、部屋の隅に避けていた振り分け荷物の中から掌に乗る平べったい桐の箱を取り出し、すが子に渡した。

すが子が小首を傾げる。

「土産だ、おすが」

すが子は悲鳴を上げそうなほど驚いた。

「あのう、……私に?」

箱を持つすが子の手が、喜びに震えた。中身は問題ではなかった。旅先で自分のことを少しでも思い出してくれたことが嬉しかったのだ。

継之助は前回の江戸行きのときも、父母や妹には土産を持ち帰ったが、すが子の分はなかった。これといって欲しいと思ったこともなかったが、いざ手渡されるとこれほど嬉しいものなのだ。

急いで開けようとするすが子の手を、継之助が押さえて止める。

「おすが、今は開けるな」

「えっ」

「いいか。俺が留守にしているときに、寂しくなったら、そのときに初めて開けてみろ」

「まあ……玉手箱みたい。あのう、煙が出てきたりするんでしょうか」

継之助はすが子の言葉に吹き出した。

「そうだな、開けるとおすがは婆さんになるやもしれぬでや」

すが子は箱を再びまじまじと眺めた。振ってみたかったが、さすがに継之助の前では憚られた。

(なにかしら。後で振ってみよう)

手紙の類かもしれないと思った。なにか自分の心が慰められるようなことが書かれているのかもしれない。

(けど、旦那さまが？　嫌だ、想像できない)

そこまで考えるとすが子も我慢できなくなって吹き出した。さっきまで冷え切っていたすが子の心が温かくほぐれた。やはり自分は継之助をずっと待っていたのだと、すが子は思い知らされた。

二

文久元（一八六一）年夏。

継之助は江戸から郷里の長岡へと戻ってきた。霊岸島で細谷十太夫と別れておおよそ一年が過ぎていた。継之助はあの日から十太夫とは会っていない。水戸へ行ったきり戻ってこなかったからだ。

十太夫が無事に水戸の徳川斉昭のもとへ忍び込み、直に対面して話ができたのかもわからない。継之助にわかるのは、あの後すぐに斉昭が急死し、あまりに突然の不審な死に、刺客に殺されたのではないかと噂が立ったことくらいだ。

（十太、お前がやったのか）

表向きは病死である。

水戸は統率力を失い、てんやわんやの騒ぎの末、全ての活動をいったん休止せざるを得なくなった。

その後、十太夫と共に危惧した外国人襲撃事件は、水戸人によって引き起こされることなく新しい年を迎えた。二月には万延が文久となった。

この間、オランダ人でアメリカ領事館に通訳として勤務していたヘンリー・ヒュースケンが、日本人の攘夷派に襲われて命を落としたが、手を下したのは水戸人ではない。薩摩人である。オランダ人が襲われたのはこれで二度目だったが、日本との長い付き合いから、きな臭い問題にまでは発展しなかった。

一方、長州は、最初に継之助が予測した通り、水戸が動かぬ以上、何もしようがない。それどころか、藩論は桂小五郎ではなく長井雅楽という開国論者が掌握した。このため、老中安藤信正の打ち出した、帝妹和宮降嫁による公武合体策に加担している有様だ。今や完全に幕府寄りの藩是となっていた。

水戸徳川家の家中攘夷派が、ようよう斉昭の死から立ち直り、活動を再開したのはつい最近。文久元年の五月末からである。かつて十太夫が長州の軍艦の中で探った話の通り、亡命者十四人がイギリス公使館を襲った。

水戸浪士たちはイギリス人を負傷させるに止まったが、この事件を機に、イギリス側はこれまでは許されていなかったイギリス兵の駐屯を、幕府に承認させた。列強はこうやってじわじわと要求を突き付けては実現させていくのである。その先に待つのは日本支配だ。

(馬鹿なことをしやがる)

継之助は水戸攘夷派の動きを苦々しく感じたが、日本中を覆う夷狄掃蕩の空気は払いようがない。

そんな中、継之助がいったん帰藩しようという気になったのは、義兄椰野嘉兵衛との会話がきっかけだった。

継之助は、江戸でじりじりと焦れていた。

山田方谷の許、藩政改革の極意を学んできたというのに、藩庁はいまだ自分を重用しようとしない。その後、一年も江戸であらゆる情報に接し、嘉兵衛を通じてそ

れらを纏めては度々藩に報告してきたが、これといって反応が戻ってきたことはない。嘉兵衛はいつも、

「もう少し待て」

と言うだけだ。

方谷の許から戻ってきて一年以上が過ぎた六月、継之助はとうとう我慢できずに、

「一年待ちました」

嘉兵衛と呑みながら、思い切って建白書を提出するつもりだと伝えた。温和な嘉兵衛の顔が珍しく険しくなった。

「継さよ、求められてもおらんのに藩に意見すりゃア、下手すりゃ謹慎か逼塞だがや。そんなことになれば、藩政改革どころか二度と政に関われなくなるぞ」

嘉兵衛の言う通りだった。日々難しくなっていく政局の中で、継之助という暴れ馬を閉じ込めてしまいたい者たちに、恰好の機会を与えることになるかもしれない。

嘉兵衛はさらに言う。

「殿は河井継之助の名を知っているぞ。今は辛抱のしどきだ」

一年かけて藩主牧野忠恭に継之助の存在を知らせてきたのだ。継之助にはあと少

し待てと同じことを繰り返した。

忠恭は久世大和守広周の復職で引き上げられ、昨年の六月に奏者番へと出世していた。幕政に関わる中で継之助が折々提出する報告書は、ずいぶんと殿の助けになっていると嘉兵衛は言った。

この言葉を聞いて、継之助の考えは変わった。

「それは本当でございますか、義兄さ」

身を乗り出すように訊いた継之助に、わかってくれたのだなと嘉兵衛はほっとした面持ちを見せた。辛抱してくれる気になったのだ、と。が、継之助はにやりと笑い、まるで別のことを口にしたのだ。

「義兄さ、それがしは長岡へ戻ります」

「なんだって。継さ、やけになってはいかんぞ」

「やけになどなるものですか。賭けに出ますよ」

本当に自分の報告が役立っているのなら、それが急になくなれば藩侯忠恭はあわてるだろう。

今のままでは自分はただの便利屋だ。いったん身を引くことで、継之助は己の価値を確たるものにしようと考えたのだ。

長岡に戻ったら友の家を巡り、自分が今後やろうとしていることを皆に伝えようておくのだ。

と継之助は決めた。実際に改革が始動したとき、直ちに動いてもらえるよう準備し

まだ表舞台に上がれぬなら、それでいいではないか。今の状態でも、やれることは山のようにある。

こうして継之助は長岡へと戻ってきたのだ。

久しぶりの長岡は、あまりに何も変わりなく、継之助は違和感を覚えた。世の中はすさまじい勢いで変わっている。だのに、ここだけゆったりと時が流れているかのようだ。

（そんなはずがあるもんか。長岡だけが何も知らぬ子供のように、ぬくぬくと過ごせるはずもない）

妻のすが子も相変わらずだった。すぐに少女のように赤くなって、継之助の言動にあっけなく翻弄（ほんろう）される。

継之助にとってすが子は平凡の象徴だった。すが子は長岡の女だから芯が強い。きっとなにごとかの有事には、見たこともない強い女がすが子の中から現れ、毅然（きぜん）とした姿を見せるだろう。だが、そのさぞ美しかろう武士の妻の気丈さを、生涯見ずにすむのが一番よいことなのだ。

これからの揺れる世でそれは可能だろうか。長岡は、日本は、無事でいられるの

だろうか。

（おすがの平凡を守ってやるのが俺の仕事だ）

そのためには、これからも継之助はすが子の傍でじっとしているわけにはいかない。わかっているから、土産に桐の箱を渡した。中にはホトガラフィが入っている。例の長崎で出会った上野彦馬が江戸で撮った、継之助の座姿のホトガラフィだ。

今年の春、彦馬は津藩主藤堂和泉守高猷の招きに応じ、江戸へ出てきた。彦馬の学友で藤堂家家中堀江鍬次郎が高猷に掛け合い、念願だった写真機や薬品の購入を実現させたのだ。

高猷は、彦馬を舎密学の講師として藤堂屋敷に招き、江戸でホトガラフィの技術を他藩の者にも披露した。そのときに、彦馬は真っ先に継之助の所在を長岡藩邸に訊ね、「継之助の姿を鮮明なホトガラフィにおさめる」というかつての約束を果たしてくれた。

「まだまだ本場外国の技術には追いついていませんが、ぜひ今度はお持ちください」

と彦馬が渡してくれたホトガラフィを、継之助は誰にも見せず、すが子のために桐箱に収めた。

長岡に戻った最初の夜は、継之助は両親やすが子のために使った。乞われるままに旅先の面白かったことを話して聞かせてやる。

「まあ、それでは危うく、溺れるところだったのですか」

母の貞子が驚きの声を上げたのは、長崎から熊本へ向かう途中、海路を取って嵐にあったときのことを話してきかせたからだ。

「舟代をけちったのです。それで何とも言えぬぼろい舟に乗り込みまして、漕ぎ手は二人いるのですが、一人は老人で実際には一人だけが頑張っている状態ゆえ、もう駄目だと覚悟を決めました」

たったこれだけ話しても、すが子ははらはらと顔色を変える。挙句に、

「だ、大丈夫だったのでございますか」

などと消え入りそうな声で訊くから、継之助の全身から力が抜けた。

「おすがは馬鹿だのう。今、こうして俺は生きておすがの目の前におるではないか」

「まあ、本当。嫌だ、私ったら」

父も母も笑う。継之助は平和そのものの光景にほっと息を吐いた。この日の河井家はみな夜更かしをした。

全員が寝静まると、継之助は一人外に出て、昼間の熱がひんやりと払われた夏の夜の城下をそぞろ歩いた。明日から友人たちと、長岡の未来について話し合うつもりだ。長岡は変えていかねばならないところがたくさんある。

師、山田方谷が改革した備中松山では、身分の別なく、百姓も商人も、女でさえ、優秀な者は学問所に通い、教育を受ける機会を与えられていた。逆に士であっても、取るべき才のない者は、藩の未開地に送られ、開墾に従事させられた。方谷自身が未開地に家を建て、率先して開墾することで、表だって文句を言う者はいなかった。

初め、継之助は驚いたが、方谷の許を去るときには、なぜ長岡がそうしていないのか、そちらの方が不思議に思えた。人には得手不得手がある。人材は生まれに縛られず、適材適所に配置していくべきなのだ。

（優秀な人材を探して歩こう）

なにもかも急がねばならぬが、藩政に就けぬ今は、そういうところから始めていこうと継之助は腰を据えた。不遇にじりじり焦れるより、わずかでも動けるところから動くのだ。

三

翌日、藩庁に帰藩の挨拶に行った帰り、継之助はさっそく友の小山良運のところに寄った。

「継さ、継さ」

継之助が往訪を告げると、良運は転び出るように屋敷の奥から飛び出してき、平素は決して上げることのない大声で継之助を呼んだ。

良運は継之助と同じ歳の幼馴染で、かつて大坂の緒方洪庵の適塾で学んだ蘭医である。同期生に長州の村田蔵六（大村益次郎）がいる。

良運は眉から上の頭の部分がくるりと一周、まるで被り物のように大きく出っ張っていたが、

「継さよ、世の中は広いぞ。わたしより額の出っ張った男がいたよ」

当時あまりに驚いたのか、そう手紙に書いて寄越した。

良運の手紙には蔵六の横顔が図示してあったから、継之助も吹き出したものだ。確かにその絵を見る限り、良運よりよほど突き出ている。ただ良運は頭全体が大きいのに対して、蔵六は額の部分が大きく飛び出しているという違いはある。

いずれにせよ、頭脳の明晰さを表す人相だった。

「継さ、継さよ。会いたかったぞ、継さ」

久しぶりに長岡に戻ってきた継之助を、良運は両手を取るように迎え入れてくれた。普段は物静かな父の大声になにごとかと出てきた長男の正太郎が、継之助の顔をぽかんと見上げる。

「お前は正坊か。大きゅうなったな。今は幾つだが」

最後に見たのは二歳だった。正太郎は継之助のことが思い出せないようだったが、

「五歳でございます」

はきはきと答えた。


継之助と良運は縁側に腰かけ、長岡の未来について話し合った。まずは山田方谷のことを継之助は夢中で語った。

賄賂政治の廃止を実行した方谷は、幕閣の中で出世するのに賄賂は不可欠と言われた当時の悪習の中で、主君板倉勝静にも賄賂を使っての出世を禁じた。勝静は師と仰いだ方谷の教えを固く守り、賄賂なしで昇進した初めての寺社奉行となった。

ちなみに、寺社奉行のすぐ上に控えている職が老中だ。

そのくだりに良運は殊に感動し、惜しみなく賛美した。友のその素直さが、継之

助は好きだった。良運はいつも冷静で真っ直ぐで正しい男だ。つい世の中を斜めから皮肉って見てしまう癖のある継之助には、良運の持つ真っ当さが眩しかった。

「方谷先生は、複雑で小難しく見えることも、本当は常に単純なのだと言うておられた。賄賂や利権を失くし、遊郭と博打を廃止し、全てのことを本来の当たり前の姿に戻せば、どれほど破綻しかけた財政もまた立ち直ると言うておられる。理想論や絵空事のようで、実はそれが一番の早道で他に方法はないと、俺は各地を回って実感したぞ」

継之助の言葉に良運は頬を紅潮させて賛同した。

「君の理想は素晴らしいよ。本当に君の言うような長岡になれば、ずいぶんとみなが暮らしやすくなるだろう。困る連中も出てくるだろうが、それはそいつらが当たり前のことをしていないからだ。だけど継さ、正しいからといって闇雲に突っ走れば、潰されるだけだ」

「うむ。賄賂も利権も習い性になってしまった世では、もうそれが悪だとわからぬまま、息を吸うように自然とやってしまうのだ。それをいきなり弾劾しても理解はされまい」

良運はしみじみと継之助を見る。

「なんだ、良運さん、その顔は」

「いや、継さは変わったのだな」

継之助は自分でもそう思う。今までの継之助なら、自分に反対する者はみな辛辣に敵視したに違いない。もっとも、結局わかってもらえねば蹴散らすつもりでいる。

「大人になったのさ」

などと下らぬ言葉を呟いてふと空を見ると、弥彦山に向かって羽を目いっぱい広げて羽ばたく朱鷺が見えた。その優美な姿に、ああ俺は長岡に戻ってきたのだな、と継之助は初めて実感した。

良運と別れたあと、継之助は親戚筋で一歳下の小林虎三郎を訪ねた。

虎三郎は、八年前に前藩主牧野忠雅が、難しい政局を乗り切るために家中に意見を求めたとき、継之助と同じように建白書を提出した。が、取り立てられたのは継之助一人で、虎三郎にいたっては忠雅の怒りを買って処罰された。

継之助が藩政について建白したのに対し、虎三郎は国策について建白したからだ。あれから八年、今ではあらゆる藩が口を挟み始めたが、当時は幕府に意見するなど、とんでもないことだった。幕府への遠慮から、厳しい処罰となった。

虎三郎は処罰されるまでは佐久間象山門下で吉田松陰と並んで「二虎」と称さ

れ、将来を期待された英才だ。今は表舞台に立つ道を閉ざされ、病がちなことも手伝い、かつてはあっけらかんとした気持ちのよい青年だったのが時に偏屈さを見せるようになっていた。

少々、付き合いづらさを継之助は感じている。それでもいつも一緒に転げまわった竹馬(ちくば)の友だ。なにごとかのときに声を掛けぬ理由はない。

訪ねていくと、

「俺のことなど、とっくに忘れていたかと思うたぞ」

さっそく皮肉な笑みを漏らしたが、

「上がれよ」

いそいそと自室に招き入れてくれた。

良運に話したように、虎三郎にも今後の構想を継之助は語ってきかせたが、

「全国を旅しても、君は少しも変わらんな。どこまでも小さい男のままで呆れるぞ」

案にたがう、辛辣な言葉が返ってくる。

「何を言う。良運さんにはずいぶん変わったと言われたが」

「世辞だ。鵜呑(うの)みにするな、継さ」

「何が気に入らん」

「こんな時代になっても、おみしゃんの心にあるのは、いまだ長岡のみか。今は小さな藩の中にのみ心を留めておくときではないぞ。もっと視野を大きく持てよ、嘆かわしい。長岡じゃない、日本のことを考えろ」

唾を飛ばし、虎三郎は継之助を叱責した。継之助は嬉しかった。

（ああ、この男の心は死んでいない）

虎三郎の目は、八年間の不遇をかこってなお、世界の中の日本に向いている。

「虎さ、俺は視野が狭いか。それならそれで構わんぞ。誰が何を言おうと俺は俺だ。俺の成すべきことをするまでだ」

継之助は出された茶をぐいっと飲み、にやりと笑った。虎三郎は顔をしかめた。

「継さの成すべきことだと。長岡に固執することがか」

「虎さ、士の本分を言うてみろ。刀は武士の魂など言う奴がいるが、ありゃァ馬鹿者だ。士の本分は腰に刀を差すことじゃない。主家を守ることだ。長岡の士なら牧野家に仕えることだ。だから俺は長岡を守る。それは、俺が士だからだ」

「しかし、時代がそれを許さんすけ」

二人はしばし睨みあった。先に口を開いたのは継之助だ。

「そう、新しい時代は来よう、確実にな」

「そこまでわかっているなら継さ、今やるべきことは、同じ藩政改革でも、日本全体を見つめたものであるべきだぞ。その視点を持てぬ継之助じゃあるまいよ」

「地面がぬかるんでいるときに、足元を見ずに空ばかり見ていれば転ぶだけよ。江戸を見ても、空ばかり見ている連中で溢れていたが、そっちはそういう連中に任せておけばいいのさ。だがな、長岡は他の誰でもない俺が守らねば、誰がやる。そうして長岡の地が固まれば、できることも広がろう。そもそも長岡が守れぬ者に日本が守れようか」

二人はまた睨みあった。が、やがて虎三郎はふっと息を吐いた。

「……寅次郎が生きておればなあ、一度継さと会わせて話をさせてみたかったぞ」

寅次郎とは、吉田松陰のことだ。

「松陰か。俺も話してみたかったが」

死んでしまったものは仕方がない。

「なあ、継さ。俺たちは夢を見たんだ。俺と寅次郎は、かつて同じ夢を見た。列強に肩を並べて立つ日本の姿をなあ。そして約束したのだ。寅次郎が革命の事業を成し、俺が後進を引き受けて明日の日本を背負う人材を育てるとな。だのに、寅次郎は処刑され、この俺は謹慎だ。だが、俺は寅次郎との約束を果たすつもりだ。決して諦めんぞ」

うむ、と継之助は頷いた。

「互いに己の納得いくまで、己の仕事をやり遂げようじゃないか」

虎三郎とは意見をたがえたが、継之助は嬉しかった。かつて共に竹とんぼを飛ばし、継之助の背をいつも追い掛けていた少年はもういない。代わりに、長岡の外で継之助とは違う師と出会い、違う仲間を得、違う思想を育んだ男がいる。

頼もしい限りではないか。自分が暴走しそうになったとき、虎三郎を訪ねて意見を訊けば、必ず自分とは違う目線の見解が聞けるのだ。そうすることで、よりいっそう己の考えを精査できる。

それにしても、時代が目まぐるしく変わるこんな時期に、自由に動けぬ囚われの身で、どれほど友は辛いだろう。

(存外、元気で安心したぞ。俺に真っ向から説教をしてきやがった。虎は俺が思うより強い男だ)

継之助は他にも、川島億次郎、花輪馨之進など、次々と旧友たちと会い、方谷に学んだことを話して聞かせ、今後自分がこの地でやろうとしている変革について賛同を得た。

それから溜まり場を渡里町の旅籠「枡屋」に定め、仲間とよくここに集った。ときに泊まって家に戻らない日もある。「枡屋」を選んだのはここの主が継之助の賛同者というだけでなく、偏屈で変わり者だったからだ。継之助と気が合うのだ。

四

――そのころすが子は、せっかく長岡に戻ってきても少しも家に居つかない継之助に、小さな苛立ちを覚えていた。

いや、継之助に苛立ったというよりは、少しでも何かを期待してしまった自分が腹立たしかったのだ。

(あの人がいつになく、お土産なんてくれたから)

すが子は継之助が渡してくれた桐の箱を頬に当てながら、してはならない期待をしてしまった自分を悔やんだ。

(絶対に期待なんかしないって、決めていたのに……)

初めて土産をくれたから、今度こそは夫が夫婦らしいひと時を過ごしてくれるかもしれないと、他愛なく思ってしまった馬鹿な自分の、波打つ感情の仕舞いどころが見つからない。

もちろん武士の妻なのだから表だっては一切、そんな心の揺らぎは見せていないつもりだが、心の中にぽっかり開いた穴の中で、小さく起こった野分が少しずつ激しさを増して吹き荒れ始めている。正直な話、家があるのになぜわざわざ近くの旅籠に泊まるのか、まったく理解できなかった。

やがて、継之助が遊郭にも出入りし始めたと噂が立った。すが子は聞こえぬふりをした。

継之助が真夜中に酔っぱらって戻ってきたときも、朝方に白粉の匂いを漂わせて戻ってきたときも我慢ができたのに、珍しく夕餉を家で摂り、ゆっくりと自分の部屋でくつろいでいる姿を見たとき、すが子の中に無性に苛立ちが湧きあがってきた。

だからつい、茶を運んできて継之助の前にすっと差し出したときに、

「遊郭に出入りしていますの」

訊いてしまった。

口にしてから、しまったとすが子は蒼褪めた。あまりに率直すぎる自分の問いかけに、片膝立ちに座っていた継之助は目を見開いてすが子の顔を見た。

「うむ」

頷くまでにほんの少し間があった。

鳶色の瞳が、瞬きもせずに次にすが子が何と言うか、じっと見つめて待っている。

すが子の頭に血が上った。だが、今までのように顔を赤らめて戸惑うような子供

っぽい真似はしたくなかった。そもそも、自分がいつまでたってもそんな風だから、夫もいつまでも子供扱いをしているのではないかとさえ思えた。

ここは何としても、今までとは違う自分を見せておきたかった。だからすが子は首をしゃんと伸ばしたまま、だからといって非難がましくならぬよう声の調子に気を遣い、

「そこは、どんなところですの」

重ねて訊ねた。

「なんだ、知りたいのか、おすが。だったらおすがも来い」

はい？　とすが子は首を傾げた。

(何を言っているのかしら、この人)

「嫌です」

「知るには見て、やってみるのが一番ぞ」

「けど、私、旦那様以外とは……。ましてや女の人なんて……」

「何を言っておるのだ、おすが」

「えっ、私、おかしなことを言いましたか」

うっ、と継之助は声を詰まらせ、堪えきれないと言いたげに笑い出した。

「だすけ、俺は、おすがが好きなんだ」

好きと言われ、結局、すが子はいつものように頭から湯気が出そうなほど顔を火照らせた。

「行くぞ、おすが。支度をしろ」

継之助はすが子の淹れた茶を飲み干し、すぐさま立ち上がった。下男に命じて駕籠を呼ぶ。こうなるとウンもスンもない。遊郭に共に行くというのは、継之助の中ではもう決定されたことで翻らない。

すが子も慌てて立ち上がったが、いったいどんな支度をすればいいのか。女を売るために美しく着飾った者たちに、同じように着飾ってみせるのは愚かなことだし、さりとてことさら武士の妻を強調して畏まるのも嫌だった。

「このままで」

(別にみっともない恰好をしているわけじゃないもの)

継之助も満足げに頷いた。

「そうだな。おすがはそのままが一番、おすがらしい」

継之助は歩くので、すが子だけが駕籠に乗り込んだ。駕籠に揺られている間、すが子の胸の鼓動がうるさいまでに鳴っている。内心、不安でいっぱいだった。だが、興味があるのも確かだ。

(こんな経験、滅多にできないもの)

長岡城下、どの家に嫁いでも継之助以外の夫では経験させてもらえぬに違いない。いや、日本中探してもこんな夫は稀ではないのか。すが子は知らなかったが、長州の高杉晋作がやはり女房を「こんな楽しいことは他にないから、お前も遊べ」と芸者遊びに連れていっているからないこともないが、物珍しいのは確かである。

廓に着くころにはすが子も、

（せっかくだもの。楽しもう）

腹を据えた。

思ったよりは大きくない、旅籠に似た二階建ての建物を、駕籠から降りてすが子は見上げた。

「おすが、いい機会だ。今からおみしゃんが見るのは、俺の見ている世界の一部だ。しっかりと見てその胸に刻んでおけよ」

さあ、と継之助が背を押した。

「はい」

すが子は一言返事をすると深呼吸をし、慣れた様子で中に入る夫の背に続いた。

出迎えた女将は女と同伴の継之助に驚いたが、すが子が妻と知るとすぐに歓迎してくれた。目は笑っているが、さっと値踏みされたのが、すが子にはわかった。ぞっとする冷たさを女将は目の奥に秘めている。

座敷に上がって雛人形のように継之助と並んで上座に座ったすが子のもとに、七、八人もの女たちがやってきた。三味線を持った女以外は、見たこともない派手な柄と色合いの着物を、帯を前で大きく結んだり、裾をやたら引きずったりと奇妙な形に着こなしている。ぱっと見は華やかだが、よくよく見ると裾の方が煤けている。

蠟燭の灯りが、点された周囲だけきつい光で照らしていたが、畳近くの足元はそれだけに暗く、男の目には裾の煤けたみすぼらしさは目に入らないに違いなかった。だが、すが子の女の目は誤魔化せない。

みながそうしていたわけではないが髪もやたら大きく結い上げ、重そうな簪を競うように挿している女たちに至っては、塗りたくった白粉と相まって、滑稽なくせに物悲しくすが子に映った。

すが子はつい、継之助を振り返った。とたんに胸がずくりと痛んだのは、夫が優しい目をしてそんな女たちを眺めていたからだ。

継之助が女たちにすが子を紹介したので、すが子も挨拶をした。それが武家式の挨拶だったので、女たちは一瞬、怯んだ。が、すぐに、物珍しげにすが子を眺めては、口々に自分たちも挨拶を始めた。まるで見世物になった気分で、一々頷きながらすが子は挨拶を受けた。

すが子にあからさまに反発を感じている女もいれば、少し小馬鹿にしたようにこちらの顔つきを窺う女もいる。純粋に羨ましげな目を向ける女、まったく興味のないふうな者まで、反応は様々だ。ただ、共通しているのは、みな心が笑っていないのに、目だけが笑っていることだ。

「飲めや、歌えや、踊れや」

継之助が声を上げると、黒っぽい着物を着た女が心得たとばかりにすぐに三味線を弾き出し、音色に合わせて幾人かが歌い始めた。残りはみな踊り出す。ただ一人、あまり器量がいいとは言い難い女が二人のもとに残り、運ばれていた膳を挟んで酌を始めた。

「奥様も」

勧められた酒に口をつけ、すが子は飲む振りをしながら夫の様子をちらっと窺う。継之助はすぐに四、五杯も空けて立ち上がり、聞き惚れるほどいい声で歌い出しながら踊りの輪に加わった。呆れる破天荒ぶりだが、こんなことで驚いてやるもんかと、すが子もすましている。

継之助は元々踊りが好きなのだ。若いころは妹の浴衣を身に纏い、頬被りで姿を偽り、武士は行ってはならぬ盆踊りにこっそり混ざっていたと聞いている。きっと今みたいに踊り狂っていたに違いない。

一人取り残された気分で眼前の乱痴気騒ぎを眺めていたすが子に、

「お優しいお人です」

酌に残った女が、ふいに話しかけてきた。すが子は女の方に顔を向けたが、なんと言っていいかわからないので黙したままだ。

「あたしのようなあまり客の付かない女にも声をかけてくれますけ、神様みたいなお人です」

確かにこの女の器量では、こういう商いは苦労が多いに違いないと思われ、それがためにいっそう返事がしづらかった。困りきったすが子が、継之助の方に視線を走らせると目が合った。いつからか、踊りながらこちらを見ている。

「来い」

継之助が手を差し出し、すが子を呼んだ。女たちが一斉にすが子を注視した。

武士の女がこんなところで踊るものではないという常識が、すが子を怯ませた。

だが、自分は他の誰でもない、城下一、いや、長岡一の変わり者の妻なのだ。

河井継之助の妻だという覚悟があれば踊るべきではないのか、という声が頭をよぎった。一度も踊ったことなどなかったが、すが子は歯をくいしばる思いで立ち上がった。歓声が上がった。

（これからも旦那様にお仕えする以上、すがはこのくらいの試練、乗り越えてみせ

ます)

継之助に導かれるまま一大決心で女たちの輪に入り、見よう見まねで流れてくる音色に合わせて手足を動かす。そのぎこちなさに、せせら笑うような顔をした女もいたが、逆に先刻までの警戒したような目が、優しくほぐれた女もいる。

「おすが、財布を出して祝儀を弾め」

継之助がすが子の耳に囁いた。財布なら継之助も持っているのにあえて自分に言ったのには、意味があるのだ。

こくりと頷いたすが子は、財布を出して中身を全て掌に載せた。すかさず継之助が叫ぶ。

「そら、ばらまけよ」

金をばらまくという感覚にすが子は受け入れがたい嫌悪を覚えたが、それすらも何か意味があるに違いないと、有り金すべてをばらまいた。女たちが嬌声を上げて金を拾う。三味線を弾く女がいっそう高らかにかき鳴らす。獣のように金に群がる女たちを、すが子はぞっとする思いで凝視した。

真夜中、二人は家に戻った。そこに座れと命じられるまま、すが子は継之助の眼前に正座した。

「面白かったか」

と訊かれ、すが子はスッと背筋を伸ばした姿勢で、ときに恐ろしく見える継之助の鳶色の瞳をまっすぐに見つめた。行燈の灯りが揺らぐたびに、継之助の影がゆらゆらと伸び縮みした。

「いいえ。貴方さまは、面白いのでございますか」

逆に訊き返したすが子の声は強張った。が、

「今は俺のことはいい。おすがの感じたままを知りたいのだ」

継之助にあっさりかわされる。

「……ひどいところだと思いました」

すが子は、廓の女たちを思い出しながら正直に答えた。

「金を拾う女を浅ましく思ったか」

継之助の問いに、すが子は首を左右に振る。

「いいえ。哀しゅう映りました。なにより、金を撒いた私こそが浅ましいのではございませぬか」

答えながらすが子の胸はしぼられるように痛んだ。撒けと言ったのは継之助だ。そうするつもりがなくとも、非難していることにならないだろうか。だが、ずっと継之助を夫としてこれからも尊敬していくためには、胸の中に生じた今度の靄だけ

は、いつものようにうやむやにせずに晴らしておきたかった。

案に違い、継之助の目が、あのとき女たちに向けていたように優しくなった。

「そうだ。その通りだ、おすが。撒く方が浅ましい。女たちが我先にと金に群がり、拾うのは仕方のないことだ。あの者たちは金が欲しいのではない。金を手に入れることの先にある暇（自由）が欲しいのだ。切実だすけ」

「……はい」

「おすがには話しておく。俺はいずれ、長岡の遊郭を潰す」

ハッとすが子は目を瞠った。

この人の今日のすべては、これを伝えたいがための行いだったのだ。すが子の身の内が震えた。普段からすが子への口数は少ないが、信頼してくれているに違いないと信じることができた。それからすが子は継之助のやろうとしていることがいかに困難か、思いやった。廓で生計を立てている者たちは命懸けで反対してくるだろう。だが、継之助がやると言ったときは、やるのだ。

継之助は、さらにすが子を驚かせた。

「明日、俺は江戸へ発つ」

「明日……江戸へ……お発ちになる？」

すが子は、継之助の言葉を反芻し、気持ちを落ち着けるために深呼吸した。

継之助がこうしていきなり「江戸へ行く」と言って、ほとんど間をおかずに出立するのは初めてではない。

前回の江戸行きのときも、正月を目前にした十二月二十八日、朝飯を掻き込んだと思うや、

「今から江戸へ行く」

一言告げ、すが子が「あっ」と声を上げたときにはもう、ろくに旅支度もしないまま豪雪の中へ飛び出していた。すが子は慌てて追いかけた。が、雁木造と呼ばれる雪よけの屋根の下に造られた細い道の雁木通り以外は、屋根まで積もる根雪に阻まれる雪国のことだ。見通しの悪い雪の壁に視界を奪われ、すぐに足の速い夫の姿を見失ってしまった。

雪中、あの人はもう死んでしまっているのではないかと、無事を告げる手紙が江戸から届くまで、すが子は気がおかしくなりそうな日々を過ごしたものだ。

あのときに比べれば——とすが子は思う。夜のうちに出立を告げてくれた今回はまだましではないか。すが子は動揺を押し隠した。こんなことで戸惑う姿を、毎回継之助に見せたくない。

「明日でございますか」

「うむ。江戸の御家老に呼ばれたでな、行って参る」

「お戻りは」

「わからんな。行ってみねばわからぬ。とんぼ返りかもしれぬし、しばらく滞在するやもしれぬ」

すが子は、承知致しましたと頷いた。

「おすが、一番鶏が鳴いたら起こせ」

言うが早いか、継之助はその場にごろりと横になる。

「旦那さま、すぐに床を整えますゆえ」

「このままで、かまわんぞ」

「けど……」

すが子は途中で言葉を止めた。もう寝息が聞こえ始めたからだ。無防備に寝入った継之助の顔を、すが子は覗き込んだ。

(今夜はこのまま起きていよう)

ずっと夫の顔を眺めていたい。

継之助は翌日の暁闇(ぎょうあん)の中、一晩中起きて自分を見守り続けたすが子を振り向きもせず、飛ぶように長岡を出ていった。

五

江戸へ着いた継之助は、だれにも到着を知らせずにそのまま横浜へ向かった。行き先は、エドワード・スネルのところだ。若者は、出会ったときより一つ歳をとって十八歳になっていた。この一年でぐっと身長が伸びた。

継之助は初めて会った日の約束を守り、あのあとエドワードを訪ねた。それからは横浜へ行くたびに、互いの時間が許す限り語りあうようになっていた。

エドワードは若いが、諸外国の事情に精通している。若くしてこの横浜でたいした伝もないまま、のし上がっていこうとしているのだ。人より多くの情報を摑み、なにかしら利のあるところに食い込んでいこうと必死だった。その貴重な情報を継之助に教えてくれる。継之助もなにかしら手を貸せるところは貸す。二人は完全に協力体制にあった。

昨年万延元（一八六〇）年七月にプロイセン外交官で後の内相フリードリヒ・オイレンブルクが、日普修好通商条約の締結のために来日したが、その使節団に書記官としてエドワードの一つ上の兄、ジョン・ヘンリー・スネルも随行していた。

ヘンリーは万延二年（二月に文久と改元）一月の条約調印後も日本に残り、幕府が江戸芝赤羽の講武所所有地に用意した外国人用宿泊施設、接遇所に寄宿している。この兄からの情報もあり、いっそうエドワードは事情通になっていた。

継之助は兄のヘンリーとも、エドワードを通じて何度か会った。弟のエドワードが、「カワイサン、カワイサン」と子犬のように慕ってくるのに対し、プロイセンの軍人と常に行動を共にしているだけあって、兄のヘンリーは隙のない言動でなかなか打ち解けてこない。しかも、エドワードがオランダ人なのに対し、兄はプロイセン人だという。まだまだ謎の多い兄弟である。

が、継之助にとってそんなことはどうでも良かった。海外の貴重な事情が少しでもわかればそれでいい。

このときもひょっこり横浜に現れた継之助に、エドワードは跳び上がらんばかりに喜んで、商売道具の牛乳をふるまってくれた。

「カワイサン、長岡に戻った、ないですか」

今ではすっかり日本語もわかるようになったエドワードが、それでも少しぎこちなく発音する。

「また江戸に呼ばれたのだ。俺がいない間になにか変わったことがあれば教えてくれ」

継之助が牧野家江戸屋敷に入る前に横浜に寄ったのは、新しい情報を仕入れるためだ。

なぜ自分が再び江戸へ呼ばれたのか、その理由を、継之助は自分が賭けに勝ったからだと踏んでいる。ずっと義兄の梛野嘉兵衛を通して主君牧野忠恭に伝えていた諸藩や外国の動きが、継之助の帰郷と共に途絶えたことは、幕閣の一人として国の重職に就いた忠恭には、やはり痛手だったに違いない。そう継之助は自負していた。

ならば、期待に応えねばならない。わずかひと季節分とはいえ、長岡に籠もっていれば、すでに継之助の知っていることは古くなっている。そのくらい今は時代が急速に動いている。継之助には正しい見識の元となる新しい情報が必要だった。

「対馬、動き、ありました。聞きますか」

思った通り、エドワードが列強の動きに変化があったと告げる。

対馬の動きというのは、ロシアのポサドニック号が今年の二月に対馬の浅茅湾に姿を現して以降、居座り続けている事件のことだ。

ロシア人は、三月には違法に上陸して対馬に宿舎を建築した。四月になると対馬の番所や民家を襲って物品を強奪し、住民を銃殺した。ロシアの狙いは、対馬宗家を挑発し、自分たちを襲わせることだ。そうすることで、国を挙げて堂々と武力介入に持ち込もうとしている。昔から中国や朝鮮との架け橋になり、難しい外交を担ってきた宗家は、ロシアの意図がわかるだけにぎりぎりと歯嚙みしながらも耐えている。

日本はまさに侵略の危機の中にいたが、対馬という江戸から遠い島国で起こっている出来事は、あまり他藩の者には知られていなかった。そこで起こっている事件の経緯は、自ら求めなければまったく耳に入ってこない状況だ。

ただ、長州藩だけは、対馬の宗家と深い姻戚(いんせき)関係にあり、「助けてほしい」と縋(すが)りつかれた関係上、幕府に矢のような救援の催促を送りつつ、まるで自分たちの身に起こったことのように屈辱(くつじょく)に震えていた。

継之助が長岡に戻るころ、ようやく幕府は重い腰を上げ、外国奉行小栗忠順(おぐりただまさ)（上野介(こうずけのすけ)）を対馬に遣わした。忠順は有能な男だと継之助は聞いている。これでなんとかなるに違いないと安堵(あんど)したが、そうではなかったらしい。

エドワードは言う。

「日本、馬鹿な手、打ちました。チェックメイト、ゲームオーバーです」

「どういうことだ」

眉をひそめた継之助に、日本は外交がわかっていないと十八歳のエドワードは嘆息(たんそく)した。

「ロシア、追い出すため、日本、イギリスに応援、頼みました。イギリス軍艦、喜び勇んで対馬へ出動です」

「我々がこの問題を片付けて差し上げよう」と申し出たイギリスに、幕府はロシア問題を丸投げしたという。

「馬鹿な。あまりに稚拙な愚行だ」

継之助の口から罵倒の言葉が飛び出した。

首尾よくいったその先に待つものが、イギリスの内政干渉だからだ。つまりそれは、イギリスによる日本支配の第一歩が始まるということだ。エドワードの言う通り、二国が武力衝突した段階で日本の未来は詰む。

「それで、どうなったのだ、エドワード」

「武力衝突、避けてロシア撤収しました。日本、ロシアに救われました」

継之助から唸り声が漏れた。

イギリスの思惑を察知したロシアが、そうはさせまいと衝突する前に撤退したのだ。衝突すればロシアは道化役を演じさせられ、イギリスが甘い汁を吸うことになる。

ロシアは対馬を掠め取ろうとしたが、イギリスは日本全体を奪おうと動いた。隙を見せれば、世界の強国は容赦なく喰らいついてくる。

それが国際社会なのだとエドワードは言う。

「弱い者は強い者に支配される。これ、外交の常識です」

エドワードは、それでもイギリスは積極的に日本を植民地にしようと企んでいるわけではないという。今度のように日本側が愚かなカードを切れば、貰える利はみな攫（さら）うくらいの気持ちでいるのだ。

「チャンスあれば、捕食者の一面、容赦なく見せる、当然です。私、ような若輩（じゃくはい）者（もの）でも、知っている、世界のルールです」

「返す言葉もないな」

「イギリス、海岸線の測量、乗り出しています」

　エドワードは教えてくれた。

「測量だと」

　継之助は歯噛みしたい思いだ。正しく日本列島の海岸線を列強に掌握されれば、戦（いくさ）のときにどれだけ不利になることか。幕府は測量の許可は出せぬと抵抗したが、イギリスは赤間関（あかまがせき）（下関）に押し寄せ、長州毛利領と豊前（ぶぜん）小倉（こくら）小笠原（おがさわら）領に上陸して測量を強行した。

　長州も小倉も、「外国人に勝手な手出しをしてはならぬ」という幕府の命令を守り、一切争いを起こさなかった。が、幕府は争うなというだけで、何一つ問題解決に向けて動かない。幕府には任せておけないと憤（いきどお）るのは、むしろ当然の感情だろう。

六

横浜から江戸までの街道沿いの木々は赤や黄に色づき始めている。優しい風が渡り、朗らかに鳥が囀る。美しい国に違いないと思うにつけ、日本の頼りなさが継之助の胸を衝いた。

（この国は、今後どうなっていくのだ）

長州といえば藩政の実権を握っている長井雅楽が、幕府の開国を盛り立てる航海遠略策を掲げて江戸入りを果たし、老中の賛同を得た。幕府とは蜜月の関係だ。が、藩地を異人に踏み荒らされたとなれば、事情が変わってくるに違いない。開港地以外は上陸してはならないという約束ごとを容易く破る外国人。手を出すなと言うだけで対応しない幕府役人。募る長州側の不信感が、いやなことに継之助は我がことのようにわかる。

（荒れるな。今後、長州を中心に日本は荒れる）

いや、長州だけではない。あちらこちらで紛争の火種が燻り、燃え盛る時宜を窺っている。

薩摩は不気味な沈黙を守ってはいたが、参勤交代をいまだ無視して藩主は薩摩領から一歩も動かない。なぜなのか、その意図はまったくわからぬが、幕府の威信にかけて薩摩を弾劾せねば示しがつかなくなってきている。とはいえ、あれだけの大藩を、弱体化しつつある今の幕府が強く罰すれば何が起こるかわからない。

江戸に戻り、上屋敷へ挨拶に出向いた継之助に、江戸家老が妙なことを訊ねた。

「そのほうの父御は結構な茶人であったな」

確かに父代右衛門は長岡城下でも名の知れた風流人だ。殊に茶の湯の道には精通している。河井家の庭には茶室があるほどだ。

結構な、という部分を謙遜すべきだろうが、面倒臭いので継之助は素直に頷いた。

「さようにございます」

「そのほうも、心得ておるか」

「作法が一通りわかる程度でございます」

ふむ、と家老はひとり納得したように頷く。しばらくこの場に待っているよう継之助に命じ、姿を消した。

一刻ほども放られたであろうか。いい加減、苛立ちを覚え始めた継之助のもとに、見知らぬ若侍が現れる。長岡藩士に違いないが、初めて見る顔だ。

「こちらへ」

これといった挨拶もなく、行先も告げず、若侍は継之助を先導して部屋を出た。継之助もあえて聞かない。どこだろうと所詮藩邸の中だ。

若侍に連れられて継之助が案内されたのは、屋敷の奥庭だった。苔むした紅葉の林の中に、曲がりくねった一本の石畳の小径が延び、形の良い数枚の落ち葉がほどよく散らしてあった。継之助が踏みつけると、乾いた音がたつ。

やがて小径の先に、草ぶき屋根に土塀の草庵茶室が現れた。

若侍はいったん中へ声を掛け、躙り口から入るよう継之助を促した。この時点で中に誰が待つのか、継之助にはおおよその見当が付いていた。

言われるまま腰を屈め、躙り口から這うように中へ入る。顔を上げた継之助の明るい色の目に、平服で座す小柄な士の姿が映った。継之助は本当に賭けに勝ったのだ。

今、自分の眼前にいるのは、主君牧野忠恭その人である。

これといって何の用意もされていないので、風流に茶を喫するつもりはないようだ。ただ、形式ばらず、他の者に邪魔されず、継之助と話してみたかったというところだろうか。継之助は扇子を膝前に置いて一礼した。

「作法はよい。あまり時間も取れぬゆえ、率直に話をしたい」

少し高めの声だ。文政七（一八二四）年の生まれで継之助より三つ年上になる。三河西尾の大給松平家から養子に入り、三年前に牧野家の家督を継いだ。

藩主自ら、さほど家格の高くない継之助をこのような茶室に呼び出し、二人きりで会うなど異例のことだ。主君といえど、これまで継之助には忠恭の人物など知りようもなかったが、もしかしたらなかなか破天荒なところも持ち合わせているのかもしれない。

いずれにせよ、継之助にとってこれ以上ない好機であった。間にだれも介在せずに話ができるのである。もしここで認められれば、藩政改革に向けて一気に前進する。

ところが……。

「そのほう、六年前、予への経史の講義を拒んだであろう」

忠恭が口にしたのは過去の恨み言だ。確かに六年前、継之助はまだ世子だった忠恭がお国入りをする際の講師役に任命されたにもかかわらず、「それがし、講釈を垂れるために学問をしているのではござらぬ」と、にべもなく断った。これは藩内でも大問題になり、継之助は御叱りの罰を受けた。その件を忠恭は今頃蒸し返し、

「なぜだ」と問うた。継之助は出鼻をくじかれた気分だ。

「予は養子であろう。長岡のお国入りの際は、心より受け入れてもらえようかという不安と、世に名高い長岡武士と共に今後を歩んでいけるのだという誇らしさとがない交ぜであったが、そのほうの拒絶に頬をぴしゃりと叩かれた気分であったわい」

忠恭は淡々と、しかしあまりに赤裸々ともいえる内心を継之助に語った。さすがに継之助も、こんなふうに言われると息の詰まる思いだが、一方で、

（このおかたは、お仕え甲斐のある名君やもしれぬ）

期待が高まった。継之助の好む変わり者であることには違いない。

今も継之助を咎めているのではないのだ。試しているのだろう。

「それがしは学者ではないゆえ、お断り致した次第。もっと適任の者がいる以上、お断り致すのが忠義かと存じます」

「予のためと申すか」

「いかにも」

「ならばそのほうの適役とはなんじゃ」

「おそれながら執政かと存じます」

忠恭の目が大きく見開かれた。通常、大名家の中では筆頭家老の地位の者が就く役目だ。

「正気か」

継之助はこれ以上ないほど大真面目に頷いた。

「この継之助、藩政改革を任せていただければ、だれより御前のお役にお立ち申します」

この場を沈黙が支配した。

しばらく忠恭は継之助を眺めていたが、にやりと笑った。

「口だけ大きゅうてもつまらぬわ。使うてみたいが、実績のない者を取り立てれば国が乱れるでな、政の舵が執りたければ、如くは無き者としての証を見せ、煩い者どもの口を黙らせよ」

比類なき者の実力を自ら示せと言っているのだ。

「御意」

継之助は平伏した。その間に衣ずれの音を立て、忠恭は茶室を出ていった。

顔を上げた継之助は、ひとりになった茶室の中で息を吐いた。

「河井どの」

外から先刻の若侍の声がした。ずっと茶室の傍で控えていたようだ。

若侍に促され継之助は再び元の座敷へ戻った。そこには、いったん席を立っていた家老が待っており、

「失礼はなかったか、うん？」

そわそわと訊ねる。

「さあ。それがしは珍獣のように家中では言われておりますゆえ、大きく礼を欠いたやもしれませぬが……さて」

継之助は家老の顔が真っ赤になるようなことをさらりと言って、すましている。

「まあ、よい。そのほう、今日より公用人としての役を与えるゆえ、よく他藩の者と交わり、なにごとかの話を耳にした折には、上へ漏らさず上げるよう心得よ」

「江戸在勤でございますか」

「行き先さえ告げておれば、どこへ行ってもかまわぬ」

自由に情報を摑んでこいということなのだろう。

思った通り、継之助が定期的に勝手に上げていた報告書は、忠恭の心に届いていたのだ。今後、独自に拾い上げた情報になにがしかの提案を添えて忠恭に届け続ければ、嫌でも時代の流れの中で己が重用される日が来るに違いない。

（時代が俺を呼ぶのだ。必ずや）

家老のもとを辞した継之助は外へと飛び出し、空を見上げた。あっ、と目を見開いたのは、太陽の光で金に染まった雲が、龍の姿を象り、うねるように上昇するのが見えたからだ。それは風に煽られ、一度継之助を見下ろすような形を成したが、すぐにまた空へ向かって首をもたげた。

継之助はいつものように両手を上げた。

「天よ、試練を」

叫ぶうちに、巻き上がる風に雲も渦巻き、天上へと霧散しながら蒼穹と溶け合った。

雲が龍に見えたのは偶然に違いない。それでも、人はこんなとき、天命を受けたような衝撃に心揺さぶられ、不思議な力を得た気さえするものなのだ。

継之助は「存分にやってみよ」と蒼龍に天啓を受けた気がし、熱くなる身の内を持て余して、しばらく立ち尽くしていた。

七

（いったいこりゃァ、どういうことだ）

継之助はひとり千代田城の堀沿いを歩いている。これといって用事があるわけではない。ただ、先日あったあまりに衝撃的な出来事の意味を推論するため、頭を冷やしたかっただけだ。

暮夜の肌を刺す冷気が足元から這い上がってくるが、寒さをまるで感じぬほど継之助は考え事に没頭している。

文久元（一八六二）年十二月。

大老暗殺以来、長い沈黙を守っていた薩摩藩の芝田町にある江戸屋敷が、紅蓮の炎と黒煙を吐き出し、燃え落ちたのだ。数日前のことだ。

原因は未だわかっていない。

おおかた蠟燭の火が倒れたか何か、不運な事故が起こったのだろうと言われていた。が、一方で、付け火を疑う不穏な噂もたっている。

江戸っ子たちはもっぱら、公方様に逆らって参勤交代を拒んだ罰が当たったのだと囁き合っていた。付け火は幕府の御庭番の仕業だ、などとまことしやかに言う者もいる。

継之助も、今度の火事が偶発的に起こったとは考えていない。十中八九、付け火だろうと踏んでいる。

だが、火を点けたのは、幕府などではないはずだ。いったい、薩摩の江戸屋敷が燃えて得をしたのは誰なのか。

薩摩自身ではないのか……。

薩摩人は自分たちの手で藩邸を焼いた――このぞっとする答えに、この数日間、何度考えても行き着いてしまう。

継之助は堀の水辺に腰を下ろし、暗がりの中で淀んだ水面を覗いた。

参勤交代を一年半以上もの長きにわたり、藩主島津茂久の体調不良を理由に拒み続けてきた薩摩藩。幕府もこれ以上の延期は許さぬという断固たる姿勢で臨んだ。その矢先の藩邸焼失だった。

藩邸がなければ、江戸入りを果たしても、藩主と藩士たちの住む場所がない。新たに普請するまでは、江戸に来たくても来れぬ状況となってしまった。つまりは薩摩藩の思うつぼの状況となったわけだ。

ならばなぜ、藩邸を焼いてまで参勤交代を拒むのか。それも継之助はここ最近の聞き込みで、見当がついている。継之助は、沈黙を続ける薩摩の動きこそ、なにより警戒していたからだ。

薩摩藩は、未だ若く頼りない藩主茂久の代わりに、その実父久光を国父として担ぎ、数千の兵と共に上京させようとしているのだ。まずは京を押さえ、公卿を従わせ、勅諚をもって幕府をも操ろうという腹だ。前藩主島津斉彬のやろうとした東上の策だ。だとすれば、企図しているのは、斉彬のかつての崇拝者たちということになる。

事実、薩摩藩の人事は、この一年半ほどのうちに一新していた。継之助にはそこまで知りようもなかったが、旧体制で力をふるった家老は退けられ、今は一蔵と改名した大久保正助、後の大久保利通の一派で久光の周りはがっちりと固められている。沈黙の歳月は、大久保体制の地固めの時間だったという言い方もできる。

薩摩島津家中は、継之助が初めに想像したよりずっと恐ろしい者たちなのだ。目的のためなら手段を選ばない。普通の藩なら絶対に打たぬ手を打ってくる。どこか列強と同じ臭いがする。

千代田の堀畔に難しい顔で腰かける継之助の耳に、ふと気の抜けるのんびりとした謡が聞こえてきた。徐々に近づいてくるが、いい声だ。こんな夜更けに風流だな、と継之助は声の方を振り返った。

黒い影がゆったりと歩いてくる。ぼんやり星に照らされたその影は、二本差しだ。灯りも点けず、供も連れず、これといって酔った様子もなく、継之助に気付いているのかいないのか、揚々と楽しげな足取りだ。あの歩き方には覚えがある。

随分と近づくと、男の声もはっきりと聞き取れ、耳に懐かしい声音に継之助は、自然と笑みをもらした。長崎で別れたあの男だ。江戸にいるのはわかっていたから、近いうちに会いにいくつもりでいた。

男の方はこちらに気付きもせず、相変わらず謡いながら横を通り過ぎていく。継之助は男の声にあわせ、謡の続きを口ずさんだ。

おや、と男の声と足が止まった。未だひとり謡いつづける継之助の方を振り返る。もう気付いているだろうに、

「誰だい」

誰何した。

「名乗るほどの名もないが、昔、君に卵を貰った恩があるのさ。一杯、おごらせてくれないか」

継之助が答えると、

「継さ、元気そうだ」

弾んだ声が返ってきた。会津の秋月悌次郎だ。

継之助と悌次郎の二人は、こんな時間でも開いている茶屋に入り、座敷を借りて酒と肴を挟んだ。男女の逢引きに使われることの多い店だ。別の部屋では色っぽい時間が流れているのだろうが、こちらは女っ気もなく、どこか朴訥とした空気の秋月悌次郎と二人きりで飲んでいることが、継之助には愉快だった。

「悌次郎の噂は聞いている。大老闇討ちのあと、水戸の始末をつけたのは悌次郎だそうじゃないか」

悌次郎の杯に酒を注ぎ、そのまま自分は手酌で喉を鳴らしつつ継之助は聞き及んでいた友の手腕をまずは心から賞賛した。

幕府が水戸浪士の不始末をきつく責めたて処罰しようとしたところを、会津松平家が調停したが、そのとき実際に水戸領まで足を運んで動いたのが悌次郎だったのだ。

「いや、わたしは副使だよ」

悌次郎は謙遜した。確かに、正式には外島機兵衛が正使で、秋月悌次郎は副使であった。が、実際の仲立ちには、顔の広い悌次郎の人脈が使われた。水戸側で動いたのは、武田耕雲斎（たけだこううんさい）と原市之進（はらいちのしん）である。

このとき悌次郎は、安政（あんせい）の大獄（たいごく）を引き起こした戊午（ぼご）の密勅（みっちょく）を返上させることで大老の一件を不問にさせた。あれほど井伊直弼（いいなおすけ）が力を翳（かざ）しても取り上げられなかった勅書だ。それを、悌次郎はあっという間に提出させた。その手腕は、この男の名声を広めるのに十分だった。

幕府の長年の患いが快復したのだ。会津松平家の評価は一気に上がった。幕府の中で会津藩が重きを成すようになったのは、このときからだ。

この一件以来、悌次郎は藩主松平容保（かたもり）の側近となった。

「長崎でも悌次郎の人脈に助けられたが、水戸の件では改めて君の顔の広さを思い知ったよ」

惜しみなく友を賞賛した後、だから、と継之助は続けた。

「薩摩の件で何か知らないか」

継之助は、今度の藩邸の火事は薩摩自身による放火と見ているという己の見解を、隠さず告げた。まずは自分がそう喋（しゃべ）ることで、悌次郎の忌憚（きたん）ない意見を聞きたかった。

「継さの考えで間違いないだろう。知っているか。巷（ちまた）では武力で討つ討幕の計画が練られている。いわゆる草莽（そうもう）の士と呼ばれる連中だ」

討幕という過激な言葉に継之助は眉根を寄せた。が、すぐに意見は言わない。茶室で主君牧野忠恭と邂逅し、公用人に任命されてからまだ二ケ月ほどしか経っていないのだ。赤子のような情報量しか持たぬ自分を継之助は自覚している。

「恥ずかしながら何も知らぬのだ。教えてくれ」

悌次郎は頷いた。中心になっているのは、江戸で清河塾を開いて武芸と学問を共に教えていた清河八郎という出羽国庄内酒井家領出身の郷士だという。八郎は、悌次郎と同じ昌平黌に学んだ仲で、旗本、御家人など、幕臣にも知り合いが多い。継之助も名前くらいは耳にしたことがある。

「確か虎のしっぽがどうとかいう過激な攘夷家連中だな」

「継さ、虎尾の会だよ」

「人を斬って江戸を追われたと聞いていたが」

そんな噂話を、出入りしている湯屋の二階で継之助は聞いたことがある。真偽のほどはわからぬが、虎尾の会を警戒していた幕吏の罠に、八郎が嵌ったらしい。罪を犯すよう挑発されたのだ。八郎はなんとか幕吏の捕縛の手を逃れ、西国、九州へと旅立ったという。

悌次郎は継之助に返杯しながら、その通りだと頷いた。八郎は、江戸を出たことで、いっそう交友関係も広がり、多くの同志を得たという。

なるほど八郎は非凡な男なのだ。一見、不運な出来事を、かえって得利へと転じさせている。大志を持つ者はそうあるべきだ、と己の不運と重ね合わせ、継之助は思う。

「その清河八郎が、獅子王院宮（後の中川宮・昭和天皇の妃、香淳皇后の祖父）を旗に奉り、帝より征夷大将軍の称号と錦旗を戴き、大坂城を拠点に幕府征討、つまりは討幕の大号令を天下に発し、幕府と対峙する計画を企てているんだ」

継之助は悌次郎の言葉に、口に含んだ酒を吹き出しそうになった。

「すごいことを考えるな」

なるほどな、と継之助の頭の中ですぐに島津久光上京と今の話が繋がった。大坂城を乗っ取るつもりなら軍勢がいる。錦旗を掲げるといったところで、帝は軍を持たない。もちろん八郎にも率いるべき軍はない。だったら上京予定の久光率いる薩摩軍を仲間に引き入れるのが一番早い。そうなのだろう、と訊くと悌次郎は点頭する。

「御名答」

「壮大な計画だが、薩摩は意のままに動くまい」

「なぜ、そう思う。継さ」

「単純な理由さ」

悌次郎が寒そうにわずかに首をすくめたのを見逃さず、継之助は部屋に据えられた火鉢を引き寄せてかき回した。

「修理大夫（薩摩藩主島津茂久）が国許に籠もってから、国父島津和泉（久光）が上京するのに一年半以上もの月日を要しているのが、俺の根拠だ。ここから読み取れるのは、斉彬のときと違い、和泉にはまだ求心力がない上、家中は一枚岩でなく、一々、調整一つとっても時間がかかるというお家の事情だ」

「なるほど。継さの言う通りかもしれぬ。上京一つで一年半かかるなら、討幕のような大事を直ちに決する力はない……か」

「ないさ。今の薩摩にはない。修理大夫が出府しなかったのは、和泉が動いたときに幕府に人質に取られるのを恐れたからだろう。つまり裏を返せば、一年半以上も前から和泉には自身が若い殿様の代わりに家中を動かし、上京したいという色気があったということだ。そのくせ、踏み出せなかったんだ。俺は和泉などとは会ったこともないが、この一事で野心家で狡猾だが慎重な和泉の人物が、自然と浮かんでこよう。そんな男が、ただの浪士のお膳立てで討幕の軍を起こすなど有り得んな」

うむ、と悌次郎も継之助の読みに賛同した。

「ということは、清河らの計画は失敗するということか」

「薩摩の兵力を当てにしている以上はな。草莽の志士とやらがことを起こす前に、逆に幕府が薩摩と手を結んでしまえばどうだ」

ううむ、と悌次郎は唸った。

「もちろんそうできればいいけど、継さ、幕府はすでに長州と組んでしまっているからな」

長井雅楽の航海遠略策を、老中の中で一番力のある安藤信正が支持し、国是としていっそうの開国と公武合体を推し進めようとしている。

果たして薩摩が長州案に大人しく乗ってくれるかどうか。常識で考えれば乗るわけがないのだ。長州の打ち出した案に乗るということは、薩摩はどうしても長州の次の藩という立場に甘んじねばならない。

どちらにせよ、ことは京を中心に、疾駆する風の如く動き始めている。

第五章　王城に吹く風

一

文久二（一八六二）年八月——。

継之助の主君牧野忠恭は、この年の三月に寺社奉行に昇進し、八月には京都所司代に任命された。

「殿もかように出世なされ、鼻が高いわ」

喜ぶ牧野家中にあって、ひとり継之助だけ機嫌が悪い。だが、継之助がなにか異を唱えても、

「また河井か」

「あの天邪鬼はいつもそうだ。なにかにつけてケチをつけねば収まらぬ」

「人と違うことを口にしたいだけの変わりものだ」

口々に悪口を言われ、白い目で見られて終わりであった。

主君忠恭に茶室に呼ばれて以降の十ヶ月、継之助は家老牧野市右衛門を通じ、あらゆる意見を具申してきた。

上に通っているのかいないのか、なんの反応も望めぬまま時が過ぎた。

その間に日本の状況は大きく変化した。昨冬、秋月悌次郎と茶屋でふたりきり、熱く語り合ったあの時点から見ても、まるで違う勢力図に江戸も京も塗り替えられている。

航海遠略策を支持した老中安藤信正は、浪士らに襲撃された坂下門外の変（一月）で失脚し、後ろ盾を失った長井雅楽は退けられた。

一方、浪士清河八郎の呼びかけに応じた全国の志士たちは、薩摩が共に起つと信じて亡命し、京に結集した。その数、三百人。後に薩長同盟で名を馳せる土佐の坂本龍馬もこの中の一人だ。

彼らは、朝廷も薩摩藩も自分たちの志に賛同すると純粋に信じていた。が、現実は違った。朝廷は討幕を叫ぶ志士たちを、京の治安を乱す不逞の輩と断じ、一千の兵を率いて上京した島津和泉久光に、逆に鎮圧するよう勅諚を下した。

久光は、ことを起こそうと寺田屋に集まった浪士らと、藩命を聞かずに浪士らに加担した家中を討った。のちに言う寺田屋事件である。事前に騒動を食い止めたことで朝廷から絶大な支持を得た久光は、褒美に三郎の名まで賜った。薩摩は今や飛ぶ鳥を落とす勢いだ。

この薩摩の台頭が、長岡藩主牧野忠恭の今度の京都所司代任命に大きく影響を及ぼしたのだが、その背景をまったく見ようとせずに、ただひたすら主君の出世を喜び騒ぐ者たちを、「この馬鹿者どもが」と継之助は苛立ちをもって見つめていた。

そんな中、再び継之助は忠恭に茶室に呼ばれたのだ。

前に茶室に案内されたときは、十分に色づいた紅葉が、ほとんど掃き清められた後に、数枚だけ石畳に散らしてあった。それは千利休の教えた茶の湯の道の「もてなし」の心を形にしたものだ。継之助も茶人の父の下で育ったのだから、そのくらいは知っている。

今日は、楓の葉がほんのり色づき始めているだけで、塵ひとつ石畳の上には落ちていない。だが、ずっと日照りが続いていたのに、優しく石畳は濡れていた。

誰かが細心の注意を払って、日々この庭を造り上げているのだ。おそらく、世の中がどのように変わりつつあるかなど、庭師は何も知らぬに違いない。そんなことさえ継之助には苛立たしかった。今のままでは駄目なのだと、これまでのような考え方も処し方も、もはや過去のものなのだと、なぜだれもわかろうとしないのか。

茶室で過ごすには険しい顔をしていたかもしれない。牧野忠恭は、あの日と同じように躙り口から入ってきた継之助を、苦笑で迎え入れた。

「そのほう、予が京師に上るのは反対だそうだのう」

継之助が、京都所司代を辞退するよう家老を通して進言したことについて、まず忠恭は口にした。

継之助は鋭く切り返す。

「御前はなにゆえ、この時宜に御自身が京都所司代に任命されたとお考えか。会津中将松平肥後守（容保）さまは、新たに作られた京都守護職というお役目に内命されたのだとか。ほぼ同じ時期に公儀より承りましたこと、偶然ではありませぬぞ」

忠恭は、継之助の激しさとは逆に、穏やかな諭すような目で頷いた。

「ある程度の事情はわかっておるつもりだ。島津どのの打ち出した幕政改革の一環であろう」

いわゆる、島津三郎久光が働きかけた文久の改革のことだ。

寺田屋事件で朝廷の信頼を勝ち取った久光は、朝廷に働きかけて幕政改革の勅諚を得ることに成功したのだ。薩摩にとって、先代島津斉彬の時代からの悲願である。つまりは、久光が成しえたように見えて、斉彬を崇拝していた大久保一蔵（利通）が、久光の陰で巧みに動き、実に四年越しの志を叶えたわけだ。

五月には公卿の大原重徳を勅使に立て、薩摩藩が勅諚を幕府へ届ける名誉ある役を担った。

勅使と島津久光率いる一千人が江戸へ着いたのは、六月だった。その後、薩摩の大久保一蔵が奔走し、しぶる幕府を説き伏せ、幕府改革案の実現を約束させることに成功した。

説き伏せて、と言えば聞こえがいいが、実際は、老中の耳に「桜田門外や坂下門外のような事件を再び起こしたくなくば……」と吹き込んで、次にやられるのは貴方の番ですよと脅したのだ。

こうして、一橋慶喜が将軍後見人に、松平春嶽が政事総裁職に就任した。どちらも亡き島津斉彬の盟友である。

来年の二月には将軍も上洛することが決まった。帝妹和宮降嫁だけでなく視覚的にも公武合体を世間に強調するためだ。有力大名を京に呼び寄せ、朝廷の膝元で将軍を中心に賢侯会議を開くことを目指している。そうすることで、ばらばらになりかけている日本を、強力に一つにまとめあげ、世界の中で独立を保ちながら生き抜いていこうとしているのだ。

強い日本を！

外様の薩摩藩が主導だが、悪い話ではない。

この流れの中で、会津松平家と長岡牧野家にも「京へ」という声が掛かったのだから、ただの京都所司代を務めよという単純な話ではないのである。歴代の京都所司代よりずっと、意義も重みもある御声掛かりということになる。

もちろん、牧野忠恭はその意義を十分に理解している。

「外様が幕政改革に口出しをすること自体、本来ならば片腹痛きことよ。されど、現実は左様に動き、新しい流れがすでに起こって逆巻いておる。この流れに遅れるのは愚であろう」

忠恭は継之助を愚か者めと咎めたが、今度の京都所司代就任に何か引っ掛かりや、悪い予感のようなものがあるのだろう。

(だから俺は呼ばれたのだ)

継之助は確信を持って臆することなく膝を詰めた。

「御前御自身が、その流れは逆巻いていると仰せではござらぬか。流れに身を投じれば乗る前に呑み込まれて沈みましょうぞ」

「う……む」

「ことが一橋(慶喜)どのや松平(春嶽)どのの思うまま進めば問題はありませぬ。されど朝廷は狡猾ゆえ」

「口が過ぎるぞ」

忠恭は、顔をしかめ、鋭く叱責した。

継之助は引かない。

「いいえ、御前には真実を知っておいていただかねばなりませぬ。建前で話を繋げば、何が本当かわからなくなりましょう」

朝廷がいかに狡猾なのか、知っておかねば今後の身の処し方を誤り、朝廷に他愛もなく掌で弄ばれてしまうだろう。

忠恭は、これまで継之助が話し接してきた「上の者」たちとはまるで違う。咎められてもなお激越な言葉を吐く継之助を、たいていの者は呆れ、あるいは顔を赤らめて怒り、耳を閉ざしてしまうものだが、

「ではその真実とやら、まずは聞こう」

忠恭は激高することなく頷いた。継之助はある種の感動をもって、幕府改革案が勅諚として江戸に届けられるまでに起こったことを話し始めた。

朝廷は、狡猾なのだ。薩摩一藩だけが力を握ることを恐れ、長州藩を抱き込み、二大雄藩として並び立たせ、互いを牽制させることで力の均整を図ろうと企んだからだ。

中心で動いたのは、公卿の岩倉具視である。

そもそも朝廷は、長州の長井雅楽の航海遠略策のときも御製（帝直筆の書）を下

賜していた。今回、薩摩の幕府改革案に乗り換えるためには、雅楽に与えた御製を反故にしなければならない。

だが、簡単に翻せば帝の威信に関わる。

このため、朝廷は長州藩内の反長井派である桂小五郎や久坂玄瑞らと組み、「長井雅楽が提出した建白書には朝廷を愚弄する表現があった」とでっちあげた。

かつて徳川家康が、豊臣家が方広寺のために鋳造した鐘に刻まれた文字、「国家安康」に対し、「家康の文字を分断させた呪詛の言葉だ」と難癖をつけた鐘銘事件と同じやり口だ。

邪魔者となった長井雅楽は、不敬を犯した罪人に仕立てられて謹慎となり、後に切腹させられた。代わりに長州藩では桂小五郎が台頭し、久坂玄瑞ら松陰門下が力を握った。

こうして、薩摩藩の思惑、長州藩の思惑、両藩を牛耳りたい朝廷の思惑、この三つが交錯し、三事策と呼ばれる今回の勅諚が出来上がった。

これまでにないほどの陰謀が、京でどす黒く渦巻いている。

継之助は、主君忠恭の見るからに人のよさそうな、上品な顔を見つめた。陰謀とはまったく無縁の人生を、ひたすら正しく生きてきた顔だ。

巻き込まれれば無事ではいられまい。なんとしてもお守りしたい。我が身はどうなってもいいと継之助の覚悟はできている。身命に代えても進言するのだ。

「御前、三事策の三は、薩摩、長州、朝廷の三つを指し、三者の意見が反映された勅諚となっております。しかし、薩摩藩にしてみれば四年もかけてようやく手にした勅諚に、長州藩が何の苦労もなく乗っかる嫌らしさを覚えていることでしょう。長州藩にしてみても、薩摩主導の今度の改革には、後れを取った感が否めず、巻き返しの時を狙っていることでしょう。今後、必ず、京に嵐が吹くのです」

継之助はここでいったん言葉を止め、息を継いだ。再び、鋭く意見を述べる。

「我が藩は、一藩として出せる兵力も少なければ、懐事情も破産寸前でございます。京へ行ってもどれほどの力も示すことなどできますまい。逆に翻弄されて振り回され、不名誉なことも起こりましょうぞ」

そのときに傷付くのは忠恭であり、大きな打撃に喘ぐのは長岡藩なのだ。

「そのほうは」

忠恭が苛立たしげに口を挟んだ。

「予の力が足りぬと申すか」

「御前の力量がどうという話をしているのではございませぬ。我が藩は大藩ではなく、渦中の薩長は大藩ゆえ、二藩の争いに巻き込まれぬことが第一でございましょう。されど、京へ上れば、否応なしに奔流の中に放り込まれますぞ」

「二藩の争いと言うが、薩摩は先日、生麦村でイギリスの者を斬ったであろう」

世に言う生麦事件のことだ。文久二年八月二十一日。東海道沿いの村落生麦村で、薩摩藩の行列を横切ったイギリス人が無礼打ちとなった。

「いかにも」

「島津は外国との対応に追われ、しばらくは国政に関わるどころではないのではないか」

確かにそういう一面はある。

「だからこそ、長州が今を好機と、薩摩主導の幕府改革案を潰しに動きましょうぞ」

ふうむ、と忠恭はしばし目を伏せ、黙考した。やがて視線を上げ、

「予と家中を案じての歯に衣着せぬ忠言、そのほうの忠心、予の胸に沁みたぞ」

継之助の心を震わす言葉を口にした。これほど忌憚のない意見を述べたのに、忠恭は「予の胸に沁みたぞ」と言ってくれたのだ。

(やはり殿は希有なお人だ)

「では、お考え直しいただけますか」

「できぬ」

「御前!」

なぜなのか。なぜ、主君の心を震わせてなお動かすことができぬのか。

「内命のときなら引き返せもしようが、すでに受けると返答し、正式に任命された後じゃ。先に困難が待ち受けているからと言って、理由なく退けるものではないぞ。不名誉なことが起こるやもしれぬとそのほうは言うたが、いったん引き受けたものを、やりもせずに断れば、それこそ面目を失い、笑い者となろう」

いまさら遅いと忠恭は首を横に振った。

継之助は口を引き結んだ。忠恭の言うことは一理ある。武士の体面が汚されるのは確かだ。だからといって、このまま引き受ければ、おそらくは身の丈に合わぬ役目の中で、それ以上の恥辱を受けるに違いない。

それほどこれからの京は荒れるのだ。継之助の慧眼は確かな未来として、雄藩同士の権力争いの果てに京で起こるであろう惨状を見抜いている。逆に、継之助には不思議なのだ。なぜ、他の者には見えぬのか。

「それがしは反対でございます」

苦渋の声を継之助は絞り出した。忠恭も苦渋の顔をしている。

「のう、継之助、これから牧野家は時代の奔流に、七万四千石の小さな舟一つで、飛び込むのだ。そのほうの申す通り、無事ではいられぬやもしれぬ。されど未曾有の国難の時期に我が家中だけが安穏としているわけにはいくまいよ」

「もちろんでございます。ただ御前、これよりますます国は荒れ、弱り、世界の中の日本としての我が国の有り様が試されることになるのです。年々、時が経つほどに、事態は深刻となっていくことでしょう。そうであれば、今は地固めの時期でございます。決して浮つくことなく、領内に目を向け、いざというときに起(た)てる長岡を作っていくべき時期でございます」

継之助はそう言って深く座礼をした。

二

継之助は敗北感と共に茶室を辞した。

主君忠恭の言うことはその通りで、一度引き受けた任務を言を翻(ひるがえ)して返上するのは難しいことだ。説得を受けたからといって簡単に首を縦に振らないのは、忠恭の責任感の強さを物語っている。

それは、幕府に対してだけでなく、家中に対しての責任も心して背負っている証(あかし)だった。京都所司代の職を断れば、今後の牧野家の幕府内での立場に影響が出るからだ。そもそも大名が幕閣として出世していくには、多額の金が掛かる。ここまでくるのに、相応の金額を苦しい財政から支払ってきている。所司代までくれば老中の地位が目前なのだから、嫌でも家中の期待は高まる。それを無にすることは、組織の頂点に立つ者として忠恭にはできぬのだ。

継之助にも、わかる。だが――もし、説得したのが山田方谷だったらどうだったろう。違う結果が出たのではないか。方谷は不可能と思われることを、これまでに次々と起こしてきた。

賄賂なしで幕閣内での昇進は不可能と言われてきたのに、二百数十年の慣習を覆し、主君に袖の下を一切使わせず、老中に昇進させた男だ。もし、方谷なら、忠恭は首を縦に振ったのではないか。

（俺の言葉には力がない。奇跡を起こすだけの力が）

認めるのは辛かったが、認めて変わっていかねば、これからも同じ轍を踏み続ける。

（先生と俺と、どこが違うのだ）

継之助は口を引き結んだまま、足早に上屋敷を後にする。

（先生に会うまでの俺は、誠実さが足りていなかった。小賢しいばかりの人間で、相手を遣り込めるから、言葉は上滑りして誰の耳にも届かない。理詰めでいっても、人は動かぬ。それではなにごとも成しえずに、ただの偏屈者で終わるだけだ。俺は変わるために先生の許を訪ねた）

継之助は方谷に会って、自身は変わったと自負している。今日も、忠恭に赤心で語ったつもりだ。

（殿は胸に沁みたとおっしゃったが、動かれるまでには至らなんだ。未だ、足りぬのだ。俺には未だ何かが足りぬ）

継之助は方谷から餞別にもらった長命丸を、お守り代わりにいつも持ち歩いている。それを胸元から出し、握り締めた。てのひらに確かな感触を感じながら、俺に足りぬのは何だ、と考える。同じ話をしても、重みの出る者とそうでない者がいる。なぜ、常に方谷の言葉は重みを増すのか。

継之助は、額の大きいごつごつとした師の色黒の顔を思い浮かべた。

（俺は、先生のお言葉の一つ一つに重みを感じた。それは何故だ）

方谷が言っているのだから間違いないという実感は、どこから湧いてくるものなのか。実践だ。そして、実績だ。この二つに裏付けられた確信なのだ。

（ああ、そうだ。俺には実績がほとんどない）

強いて言えば、今から四年前の三十二歳のときに一度だけ。

家督を継いで外様吟味役に就いた継之助は、宮路村で長い間拗れていた庄屋と村人の争いを、それまで藩のだれも解決することができなかったのに、あっという間に決着してみせた。日頃から自信家で大口を叩く継之助に、

「だったらどれほどの手並みか見せてみろ」

と藩庁が派遣したのだ。継之助は水際立った手腕で見事に期待に応えてみせ、このときばかりは、

「口だけじゃなかったか」

家中の者を唸らせた。平素、冷たかった家老らも、圧倒的な継之助の実務能力に唸った。

あの後、同じような事案を幾つか手がけていれば、評価もある程度固まったかもしれないが、継之助は直後に江戸へ遊学したため、藩に示した実績はそれ一回きりだ。

どことなく「あの男は、すごいらしい」という印象を未だ持たれているが、「らしい」止まりだから結局、継之助という男の真価は曖昧なままだ。

継之助は苦笑した。あれから四年も経つのに、自分の力を発揮する機会は巡ってこない。そんな男の発言の重みなど知れているというものだ。

(先生にお会いしたい)

継之助は方谷に無性に会いたくなった。今、方谷は同じ江戸の空の下にいる。主君、板倉勝静が三月に老中に任命されたのに伴い、翌月には主命で出府したからだ。

方谷の方は、継之助も江戸にいるとは知らないはずだ。それどころではないだろ

う。老中になったばかりの勝静の顧問として、忙しさに目の回る日々を送っているに違いない。

そう思うにつけ、

（先生がもう少し落ち着かれるまで待とう）

継之助は面会を控えてきた。

本当は飛んで会いにいきたい。

三

九月になった。この年は八月に閏月があり、すでに季節は晩秋だ。

この時期の継之助は神出鬼没であった。愛宕下にある中屋敷にいることもあれば、古巣でもある古賀茶渓の開いた塾、久敬舎に寝泊まりすることもある。だが一番多く過ごすのは、細谷十太夫が霊岸島銀町に借りていた例の民家であった。まだ借りっぱなしになっているのをいいことに使わせてもらっていた。継之助はこの銀町の一軒家を子龍の家と呼んでいる。小さな庭の一端に、同じく小さな赤松が元気に育っているからだ。

十太夫が水戸へ向かって姿を晦ませて二年。もう二年という歳月が流れた。だのに、まだ子龍の家には店賃が払われ続けている。家の中も埃が溜まらぬよう、いつも誰かが掃除している。これは何を意味するのだろう。

（十太は生きているに違いない）

こうして足を運んでいれば、いつかまた会えるのではないか。そうでなくとも、掃除をしている何者かに会うだけでも、十太夫の安否がわかるかもしれない。

だが、掃除人は不定期に通っているのか、継之助が何日居座っても、鉢合わせになったことがない。俺をわざと避けているな、と思うようになったが、先方が継之助の存在に気付いてなお顔を見せぬなら、何者かにそう指示されているからなのだ。

継之助は今日も子龍の家に向かっている。道々、江戸の町はどこかぴりぴりしていた。このところ物価がうなぎ上りで、米も不足しがちだ。夜は辻斬りが横行し、誰彼となく斬り捨てられる。そういえば京でも、七月下旬から「天誅」という人斬りが横行し始めていると聞く。

さらに例年より雨が多いせいか、どことなく江戸全体が薄汚れ、麻疹が流行り、コロリも再び猛威を振るいそうな危うい兆しを見せていた。あれほど活気に溢れ、華やいでいた江戸が、これまで見たこともない不穏な様相を呈している。

継之助は往来を足早に通り過ぎる。

（日本中、どこもかしこもおかしいな）

苦笑した。

いや、違う。そんなことはない。長岡は未だ安穏と平和で美しいままだ。その事実がふいに継之助の胸を衝いた。あの美しさを己は守ることができるだろうか。一刻も早く力を持たねばならない。

（俺はいったい間に合うのか）

子龍の家の枝折り戸を潜った継之助は、右手に広がる小さな庭に人の気配を覚え、ひょいと首を伸ばした。

頬かむりをした男が、背中を向けて腰を屈め、草取りをしている。ごつごつと角ばった体つきの男だ。継之助のよく知った男の背を彷彿とさせる。この男がいつも掃除や風通しをしているのだろうか。

それにしても、服装を見れば武士の羽織袴である。ふと視線を濡れ縁に移すと、刀が置いてあった。十太夫と同じ仙台藩士だろうか。もう一度、男を見る。羽織は藩によって形が違うから、見知っていればそれだけでどこの藩の者と知れるのだが、男の着る羽織には確かに見覚えがあった。懐かしい、備中松山のものではないか。

（備中松山だと）

継之助の心の臓が跳ねあがった。

（まさか）

そんなことがあるのだろうか。

男が継之助の息を呑む気配に振り返った。

「やあ。元気そうだ」

立ち上がって朴訥とした温かい笑みを見せたのは、山田方谷その人だ。

「先生」

継之助はわずかな距離を駆けるように寄った。咄嗟には言葉が続かない。方谷は腰を叩きながら、濡れ縁を振り返った。

「少し話そう」

二人は隣り合わせに濡れ縁へと腰かけた。

「先生、どうしてそれがしがここにいることがわかったのですか」

急かすように問う継之助に、方谷は懐かしいどこか訥々とした話し方で答えた。

「備前守（牧野忠恭）さまにお聞きしたのだ。河井殿が今、どうしているのかと」

継之助の頬が恥ずかしさにカッと熱くなった。あれほど備中松山では自分こそが藩政改革をやるのだと意気込んで、方谷に教えを乞うたのだ。それが、いまだ何一つ成していないどころか、成しえる地位にさえ就いていない。恥ずかしさに逃げ出

したかったが、

（これが今の俺なのだ）

逃げ出すことも、取り繕うことも、言い訳も、もっと恥ずべきことなのだから、継之助はありのままを先生に知っていただこうと覚悟を決めた。それにしても主君忠恭とどこで会ったのだろう。忠恭も、方谷が補佐する板倉勝静も幕閣なのだから、千代田城内で顔を合わせても不思議はないが。

方谷は、継之助が思いもよらぬことを口にした。

「活躍しているそうじゃないか」

「いえ」

「備前守さまがずいぶんと自慢しておられた」

「殿が……。しかし、それがしは先生とお会いしたころから今も変わらず、何者でもないただの河井継之助にすぎません。先生にあれだけのことを学びながら、活躍など恥ずかしながら何一つ」

戸惑いつつもきっぱりと否定した継之助に、方谷は目を細めた。

「他の者では知りえぬことを伝えてくれ、言わぬことを口にすると喜んでおられたが、家中の反発も激しいゆえに表だって取り立てるのは容易ではないとも言われてのう。我が殿がいかにしてわしを引き立てたかお尋ねになった」

「かようなことを殿が……」

「我が殿はいったんすべての家中を敵に回しても、この方谷と共に備中松山に変革をもたらすために立ち上がってくだされた。我らは、一つ一つ共に成果を上げることで不満を鎮めてきたのだ。備前守さまにそのお覚悟がなければ、とうてい身分も実績もない河井殿を登用するのは、無理であろうとお答えした。一蓮托生になれぬなら、火遊びのように火傷をして終わるだろうとも」

継之助は濡れ縁に隣り合わせて腰かける師の横顔を振り返った。正面を向いていた方谷も継之助の方に顔を向け、目が合うとそうだと言うように頷いた。

「わしが、備前守さまが河井どのを引き上げようとする道を閉ざしたやもしれぬことを、今日は告げにきたのだ。河井どのはこの意味がわかるだろうか」

なぜ方谷が、弟子の開けかけていた出世の道を潰し、わざわざそれを直に言いにきたのか、正直なところ継之助には咄嗟にはわからない。だが、方谷が意味のないことをするはずがない。これは、久しぶりの方谷から継之助へ与えられた課題なのだ。

継之助はしばし黙考する。すべての答えは、今話してくれた方谷の言葉の中に隠されているはずだ。忠恭には生半可な気持ちならやめておけと釘を刺し、継之助にも安易に引き上げられてはならないと師は言っている。

あっ、と継之助の中に閃くものがあった。

引き上げられてはならぬのなら、逆の発想だ。

方谷は引き上げられるのではなく、押し上げられよと言っているのではないか。

継之助を藩政の地位に就かせるのは、主君でもなく家老でもなく、名もなき者たちの圧倒的な声による支持なのだと言っているのではないか。

それはこれまでの封建社会では有り得ない手立てであったが、時代は急激な勢いで変わってきている。まったく今までにはなかった形が、新しい常識に成り代わろうとしている。今はその変革期だ。この波をまったく感じ取れぬ者もまだ多いが、若い者たちの中には長岡の者でも、何か今までとは違う空気に確かにそわそわとしているではないか。

事実、他藩でも身分なき者たちが藩政の中心にのし上がり、政治の舵を握り出す「革新」が、ちょうど今の時期――文久二年から三年にかけて次々と行われていっている。長州の桂小五郎然り、薩摩の大久保一蔵（利通）然り、土佐の武市半平太然り。台頭はみなこの時期なのだ。

「先生！」

継之助は叫ぶように声を上げた。

「わかったようだな」

「はい、それがしはこのまま己が正しいと信じたことのみを、時代の流れを読み、迷わずに行動で示していきとうございます。さすれば我が家中にも芽生えつつある新しい力が、必ずや付いてきてくれるでしょう。この継之助を信じて」

方谷は頷くと、

「継さ」

今までとは違う親しみを込めた呼び方をした。空を愛おしそうに見つめ、

「幕府は滅びるぞ」

断言した。これまでも方谷は何度かこの言葉を口にしてきた。幕府は滅びると、もうずっと早い段階から、あらゆる方面からの分析を元に、結論付けてきた。だが、今ほど断定的に、徳川の世への愛情を込めて口にしたことはなかった。

老中の懐刀が口にしたのだ。これまでとは重みが違う。

「後は、いつかという問題でしかない」

方谷は、先月の二十二日に千代田城に登城した大名たちに言い渡された参勤交代緩和の令を受け、もう決定的に引き返せないところに幕府がきてしまったことを言っているのだ。

薩摩が主導した文久の改革の一環で、将軍後見人の一橋慶喜と政事総裁の松平春嶽から発せられたものだ。緩和というが事実上の廃止だ。諸大名を縛っていた縄が

解き放たれたのである。

すでに幾つかの藩は、人質として江戸に置かされていた主家の妻子を領内に引き上げさせ始めている。これで、大名家の憂いはずいぶんと減る。今まで幕府の顔色を見ながら手を打ち、策を仕掛けていた薩長は、より大胆にふるまうようになるだろう。

藩内の軍事力さえ整えば、あからさまに敵対してくるようになるかもしれない。そうなったとき、果たして人質を解放した幕府に、暴走する雄藩を制御できるだろうか。

幕府は滅びる。それがいつかという問題でしかない、と言った方谷に継之助は応えて語った。

「今度の改革では、二百数十年間大名家を経済面で苦しめていた参勤交代を緩和する代わりに、その金額を国防に費やすよう達しが出ています。軍事面を強化しろと幕府が言っているのだから、各藩は大手を振って武備充実を図るでしょう。これからは、軍事力を持った藩が必ずや日本を主導していきます。誰も弱い者の下には付かぬゆえ、徳川の軍事力がそれらを下回ったときが幕府崩壊のときに違いありますまい」

言い終える瞬間、ふとすが子の平凡な笑顔が継之助の脳裏に浮かんだ。それは、継之助の中で、どんな世がやってきても守りたい平和な日常の象徴だった。その笑顔が崩れるときが来る。もうそこまで忍び寄っている。

方谷が問う。

「かような政策を取る幕府を、継さは愚と思うか」

愚には違いない。参勤交代の緩和による各藩の武備の強化は、幕府を滅ぼす刃となる。

「歴史に残る愚策でありましょう」

継之助は言い放った。そういう愚策を取った幕府への怒りが改めて沸き起こると同時に、幕府は可哀そうだという別の思いも込み上げ、継之助の胸は締め付けられる。

「されど、先生。物事の一面からのみ見れば愚かとはいえ、そうせねばもはや世界を相手に立ちゆかぬ我が国の現状がございます。幕府を生かすか、日本を生かすか。狭間での苦慮の決断でございましょう。されば、徳川家に恩義ある我ら譜代は、全力でこの愚策を救国の英断に変えねばなりますまい」

力強く継之助は決意を語った。

「その通りだ。継さに教えられたぞ。幕府は滅びるなどとしたり顔で申すより、最後の一手まであがき、未来を我らで変えよう」

わずかに傾き始めた太陽と反対側の空で、鴉(からす)が鳴いた。まるでそれを合図にするかのように、方谷は濡れ縁から立ち上がった。

「さて、そろそろ帰るかのう」

「もう？」

継之助は慌てた。せっかく方谷の方から来てくれたというのに、まだ茶の一つも出していない。幾ら縁で話そうと言われたからといって、真に受けて一国の執政を部屋に上げぬまま帰すなど不躾(ぶしつけ)にもほどがある。しかも草取りまでさせてしまった。

「もう少しゆっくりしていきたいが、我が殿のお傍(そば)をあまり離れるわけにもいかぬでなあ」

方谷は微笑する。そんな忙しい中、わざわざ自分に会いにきてくれたのかと思うにつけ、継之助の心はじんわりと温かくなった。先刻、方谷は自分の居所を牧野忠恭に聞いたように言っていたが、継之助はこの子龍の家の存在をだれにも喋(しゃべ)っていない。おそらくその手の者に調べさせたのだろう。老中の懐刀が長岡藩邸を訪ねればことが大きくなる。二人きり昔の関係のまま会おうと思えば、ここほど最適な場所はない。

（先生は俺の居所を、わざわざ探してくだされたのだ）

忙しい男がどこに居るとも知れぬ自分に、そこまでして会いにきてくれたのかと思うと有難さが胸に沁みた。さらに供を連れず一人きりでこの家の門を潜ってくれた一事にも、方谷の優しさと配慮が滲み出ている。隠れ家だと察して、他の者に知れぬよう気を遣ってくれたに違いない。

（稀有なお方だ）

もともと方谷は備中松山でも執政の身にあって供を引き連れて歩く男ではなかったが、ここは領内ではなく辻斬りの横行する江戸である。しかも、今は老中の懐刀。備中松山を歩くようにはいくまい。

「先生、お屋敷までそれがしがお送りいたします」

供を買って出た継之助に、はっはっ、と方谷は笑った。

「案ずるな、供の者なら霊岸島への入り口辺りに待たせてある。さすがにのう、江戸では駕籠を使わねば外に出してもらえぬでな。だが偉そうに駕籠になぞ乗っていては、市井の何も見えてこぬわ」

政治とは誰のためにあるものなのか、と方谷は今の自分の境遇を恥じ入り、子龍の家を後にした。

四

「なぜ、河井さんが京詰めじゃないんですか」

牧野家上屋敷の長屋門の一室。継之助を前に三間市之進が唾を飛ばす勢いで不平を述べる。

主君牧野忠恭がいよいよ京都所司代に就任するため、家臣団を引き連れて上京することになったが、継之助が顔ぶれに入っていなかったことを、九つ歳下の市之進が我がことのように憤っているのだ。

市之進の整った顔が怒りで歪むのを、継之助は足の爪を小刀で削り飛ばしながら、ちらりと見た。

市之進とは、幼い時分からの顔見知りだが、年齢が離れているため子供のころは継之助が可愛がる一方だった。それが、大人になって江戸遊学で一緒になり、今ではよき友の一人である。

「落ち着け、市。俺なら構わんぞ」

「河井さんが構わなくても、わたしは構います。風雲急を告げる京に河井さんのような人がいなければ、我が長岡家中は対処できずに見下されます。薩長に、最近では土佐まで加わって、海千山千の妖怪のような連中がうようよと湧いては、跋扈していると言うじゃありませんか」

「らしいな」

薩摩一藩の台頭を嫌った朝廷は、まずは長州を引き込んで二大雄藩を並び立たせたが、二藩のいがみ合いが激しいのに閉口し、今度は土佐藩を二藩の抑えにしようと呼び寄せた。土佐藩主山内豊範が二千の兵を率いて入京し、今や三藩の兵数千が狭い京にひしめいている。

「いったい河井さん以外の誰が連中と渡り合えるんです」

鼻息荒い市之進に、継之助は肩をすくめる。

「俺を当てにせずに、市が頑張れ」

うっ、と市之進は言葉を詰まらせた。継之助は足の爪を整え終えると立ち上がる。

「市、全力で殿をお守りしろ。俺は江戸で俺のやれることをやるさ」

言い捨てて出ていこうとするから、

「ちょっと河井さん。切った爪は自分で片付けてください」

市之進が継之助の袴の裾を摑んで引き留めようとした。そこをスイッと避け、

「御家老に呼ばれているのだ。後は頼んだぞ」

継之助は部屋を飛び出した。

家老の呼び出しに応じた継之助が、再び三間市之進のいる長屋門の部屋に戻って

くるまでに、四半刻（三十分）もかからなかった。

「早かったですね。御家老の御用事はなんだったのです」

継之助の足の爪をすっかり片付けて、壁に付けてある文机の前に端坐し、書物を読んでいた市之進が背を向けたまま訊いた。

「横浜警護の隊長の任を仰せつかったのだ」

えっ、と市之進が振り返った。

巷では、生麦事件の報復にイギリスが戦を仕掛けてくると専らの噂である。幾つかの大名家は海防を命じられ、長岡牧野家は横浜を担当した。京都所司代として京の治安を守らねばならぬ多忙な時期に、横浜も守れというのだから、

「そんなに人数も金も割けるかよ」

というのが本音だったが、幕命だから仕方がない。百人ほど差し向けて、ついでに日頃から口も態度も大きな継之助に管理させることで手並みを見ようということらしい。もしかしたら継之助を使いたい牧野忠恭の配慮かもしれなかった。いずれにせよ、継之助にとっては久しぶりの表立った任務である。

市之進の顔が輝いている。

「市よ、何を喜ぶ」

「だって、河井さん、大任じゃないですか」

「大任か」

「一軍の将ですよ」

「そうとも言えるが、断った」

「なんですって」

見る間に市之進の眉間に皺が寄る。わけがわからないと言いたげだ。

「従える者たちと敵の生殺与奪を含む全ての大権を俺に任せてもらえるのなら受けると答えたら、『馬鹿者』と怒鳴られたぞ」

継之助の言葉に、市之進はぽかんとなる。

「いや、当たり前です、河井さん」

「何が当たり前だ。半端な権限で引き受けても、そんな軍はいざというときに何の役にも立たん」

思案するように市之進は小首を傾げる。

「ああ、本当だ。わたしが間違っていました。敵を目前にした大事の折に、一々江戸に伺いを立てていればことを仕損じます」

「そうよ、海防の先にあるのは異国との戦だ。もう太平の世とは違う。我らは覚悟せねばならん」

その覚悟を継之助は藩に促したつもりであった。

牧野忠恭が三間市之進ら家中を引き連れて京へ出立した後、継之助は再び家老に呼ばれた。

先日の横浜警護の件での継之助の要求を全て呑むというのだ。家中と敵、全ての生き死にに関わる命令を、上の指示を仰がずとも継之助に一任するという。

破格の権限が、継之助に与えられたのだ。

「かようなことをお許しになるなど、殿は何を考えておられるのか。藩が滅ぶ無茶はしてくれるな」

と家老がこぼしたから、主君忠恭が周囲の反対を押し切って継之助の願いを取り上げたのは明白だった。今、継之助の胸中を真に理解してくれているのは、忠恭ただひとりかもしれない。

(殿は我が真意をわかってくだされた)

忠恭への深い感動とは逆に、

(まだ御家老はわからぬのか)

という苛立ちが継之助の胸に刺さった。

とんだ偏屈者で傲岸(ごうがん)な男くらいに継之助の言動を捉えているようだ。

そうではない。時代は変わったのだ。もう今までのしきたりも常識も通じない。

なぜ、それがわからぬのか。なぜ、いまだに変化を感じ取れないのか。

（わからぬなら、俺がわからせてやる。それには荒療治が必要だ）

継之助は藩が用意した百人ほどの人数を渋谷にある下屋敷の演習場に集め、隊列を組ませると自身は馬上の人となり、横浜に向けて出発した。

京への供を外された者ばかりだから、どことなく大半の者は不平顔だ。

いや、隊長が身分の高くない継之助なのが不満なのかもしれない。異国と対峙する大事な役目の筈だ。なぜ家老が率いないのか。俺たちを馬鹿にしているのかという空気が流れている。

中には継之助という男に興味津々の者もいる。噂の偏屈者の実力拝見といこうかというような、意地の悪い目をした者もいる。あるいは、「攘夷だ」と意気込んでいる者もいる。

何事かと沿道に江戸っ子が集まり出て、隊列を眺めた。

「いずこの家中だ」

「越後長岡の牧野さまらしいよ」

「なかなかご立派じゃないか」

人々の声が耳に届くと、さっきまで無気力だった旗持ちが、誇らしげに風に翻る旗を掲げた。

五

継之助一行は品川に着いた。継之助が馬の足を止めたので、全員がその場に立ち止まった。渋谷から出立して一刻（二時間）弱ほどしか経っていない。休憩を取るにはまだ早い。

「隊長？」

すぐ後ろに付いて馬を進めていた副隊長が不審げに声を掛けた。継之助は振り返って笑むと、ひらりと馬から降りた。身を翻し、品川の旅籠の一つに入っていこうとする。

「あっ、いったい何を」

副隊長が慌てた。他の男たちも唖然となる。継之助の轡取りもぽかんとした顔付きで、これからどうしていいかわからず、引き綱を握ったままその場に立ち尽くした。

品川の旅籠の多くは飯盛り女と呼ばれる女が置かれ、旅人や遊びにやってくる江戸の男たちに春をひさいでいる。その数、三千人と言われる。昼間から飯盛り旅籠に入る目的は、ほぼ一つだった。

副隊長も慌てて馬から降りると、

「河井隊長、いったいどうなさるおつもりです」

継之助に追いすがった。

「俺は今から女を抱く」

継之助は大声でみなに聞こえるよう宣言した。

「はっ？　な、何をいったい……」

「お前も抱けよ」

「や、しかし……よ、横浜警護のお役目は、……いかがなさるおつもりです」

「イギリスが戦を仕掛けてくれば、着任したらよかろう」

「それでは間に合いません。戦に遅れれば我が藩は笑いものですぞ。第一、隊長が女と戯れる間、我らをいたずらに待たせるおつもりか」

副隊長は継之助の袖をがっしりと摑んで、眉を吊り上げた。あと少しで殴り掛かりそうな勢いだ。継之助は構わず摑んできた手を振りほどくと、隊列の方に体を向け、大音声で命じた。

「いいか、聞け。これより俺はここで女を抱く。そのほうらも好きにしろ。女を抱きたい者は抱け、江戸へ戻りたい者は戻れ、横浜に着任したい者は横浜へ向かうがいい」

一瞬、だれもが言葉を失い、やがてざわめき始めた。戸惑う部下を置き去りに、からりと開いた。

継之助は旅籠へと踵を返した。このとき、継之助が入ろうとした旅籠の二階の窓が

継之助も開いた窓に視線を向ける。

上半身を窓辺に凭れさせ、三味線を手にした男が継之助を見下ろしている。あ

っ、と継之助は目を見開いた。男の姿には見覚えがある。本所に湧いた白い蝶を見

物した折に見掛けた——長州の高杉晋作だ。あれからもう二年以上経つ。

細谷十太夫が言っていた。東の龍が継之助なら、高杉晋作は西の龍だと。いつか

あの男は歴史を動かすだろうとも。東西の二龍はしばし睨み合う。二年前と変わら

ず、歴史を動かすどころか、まだどちらも何者でもない。だが、どちらも破天荒な

男として、その名が人の口に上り始めている。

（危ない目をした男だ）

いったんざわめき出した横浜警護の隊士たちが、二人の男の睨み合いに緊迫し、

しばし静まり返った。

（気に入らんな）

再び隊士たちを振り返った継之助は怒声のような大声を上げた。

「いいか、お前ら。他国の駐在人で溢れる横浜をイギリスが攻撃すれば、それは日

本に対してだけでなく、諸外国への宣戦布告となる」

「え、え？　諸外国への宣戦布告？」

それはいったいどういう意味なのだと、ほとんどの者には継之助の言葉は理解できなかったようだ。

（なんという幼さよ）

継之助は哀しくなった。この国際感覚の欠如が長岡の現実なのだ。継之助はなおも声を張り上げる。

「俺は断言する。横浜にイギリスが砲口を向ける可能性は皆無。横浜警備は無用だ。行くだけ無駄足と知れ」

（俺の叫ぶ言葉の意味を知れ！　頭を使い、自ら考えるのだ。長岡よ、いい加減目覚めてくれ。今はほんの数人でもいい。俺の声を聞け！）

心中でも叫び、継之助は隊士らを置いて旅籠の暖簾を潜った。継之助の気迫に押されたのか、副隊長をはじめ、部下はだれ一人追ってこない。そんな気概でどうすると継之助は悔しかった。

三味線の音色が旅籠の中に流れ始めた。男の朗々とした声が都都逸を唄う。

「〽三千世界の烏を殺し、ぬしと朝寝がしてみたい」

高杉晋作が唄っているのだ。

継之助が旅籠に入ると、馴染みの飯盛り女の松吉が出迎え、袖を引いた。

「お客様がすでに来ております」

部屋に案内しながら耳元に囁く。

中に進むほどに三味線の音色が大きくなる。

「三味線の男だが」

継之助も松吉に囁き返す。

「よく来るのか」

「初めてでございます」

松吉に導かれて階段を上り、「こちらでございます」と案内された部屋は、晋作のいる部屋の隣であった。

継之助の入った品川の飯盛り旅籠は、「神崎屋」といってこれまでに何度か利用してきた。

品川は西国から江戸への入り口で、あらゆる旅人が通るだけでなく、ここには男たちの相手をする女が三千人もいるのだから、江戸の者も通ってくる。格式ばった吉原と違い金もさほどかからず、女たちは気安く、親切だ。飽きれば女の乗り換えもできるし、恋に落ちれば吉原よりはずっと簡単に女房に迎えることもできる。

人の集まるところには情報も飛び交う。継之助は横浜への行き帰りに足を止め、時々は女を買った。吉原よりはずっと口の軽い女たちが、聞かれるままに知っていることを喋ってくれる。流行りのいわゆる〝志士〟たちと肌を合わせた女の中には、男がうっかり口を滑らせた際どい話を知っている者もいる。

継之助は幾人かの女たちと関係を持つうちに、ここ「神崎屋」の松吉と馴染みになった。二十代半ばの女で、まだほんの十五の娘の頃に実家の身代が傾き、奉公に上がったという。こういう生業の女の語る過去は嘘が多い。松吉の話も、どこまで本当か、継之助にはわからない。嘘か本当かは継之助にはどうでもいい。ただ、松吉が語りたいなら、聞いてやればいいと思うだけだ。

松吉は、他の女に比べて口が堅かった。継之助が訊き出そうとしても、なかなか他の客のことは喋らない。そこが気に入った。気持ちが通い始めてからは、継之助のために他の女たちからも話を聞き出してくれるようになった。

「継さんといるとあたし、自分が人間だって思えるの」

いつだったか、抱かれたあと松吉はそんなことを言った。

「そりゃあ、お松は人間だろう」

継之助が返すと、

「もう長いことずっと、あたしは自分をそんなふうに思わなかったのよ」

松吉は継之助の胸にすっぽり収まり、目を閉じて、ぽつりと答えた。だったら自分をどうだと思っていたのだと訊きたかったが、辛い言葉を言わせてしまうことになりそうで、継之助は黙っていた。代わりに小さな女の尖った肩を抱いた。

「あたし、継さんのためなら何でもしてあげたい」

この言葉に嘘はなく、今回も継之助が頼むと、ある男との密会に部屋を用意してくれたのだ。

男は菅笠も脱がずに継之助を待っていた。

笠の下も頭巾を被って頭髪も顔も隠している。やせ形で手足が長い。座っていても背が高いと知れる。士らしく羽織袴を身に着けていたが、片膝立ちの行儀の悪い座り方で、一寸ほど細く開けた窓から外の様子を窺っていた。

酒の用意をするため、いったん松吉が部屋を下がると、男はようやく振り返った。笠を白く細長い指先で上げて、目元を見せた。人懐っこそうな青い瞳が覗く。

エドワード・スネルである。

巷は生麦事件に勢いを得、攘夷の風が吹き荒れている。今、異人を斬れば名が上がる。そこらじゅうに、斬りたくて疼いている男たちが溢れている。だが、エドワードは少し前から今日のように変装し、横浜以外を出歩くようになっていた。今はまだ牛乳配達の若者に過ぎないが、誰よりも日本を知り、近い将来、貿易商人として成功したいという野心がある。そのためなら、エドワードは危ない橋を渡るのも厭わないと言う。

今日は継之助が呼び出した。イギリスや他国の動きを訊くためだ。

「コンニチハ。馬上のカワイサン、素晴らしかったです。カワイサンの部下、未だ下にいます。放っておいてイイですか」

エドワードに言われ、継之助は窓辺に寄った。

継之助は、からりと窓を全開し、外を見た。まだどうしていいかわからず佇んでいた部下たちは、みな一斉にこちらを仰ぎ見た。

「こういう非常事態に自らの意思で動けぬようでは、いざというときにまるで使えぬ男だとてめえで言っているに等しいぞ。戦場では、非常事態の連続だ。隊長が真っ先に死ぬことも珍しくない。俺が抜けたからといって右往左往してどうする」

継之助の挑発に、一人の男が動いた。よく鍛えられた体に鋭い眼光の持ち主だが、まだ若い。わずか十代にしか見えないその男は、親子ほどに歳が離れていると思われる副隊長に何か呟いた。副隊長が頷き、隊を纏め始めた。驚いたことに若者が副隊長に指図したようだ。

若者は矢立を出して文を認め終えると、継之助の乗ってきた馬に自分の従者を乗せてその文を持たせ、街道を江戸へ向かって早足に駆けさせた。

副隊長が引き上げの号令をかける。隊は何事もなかったかのように江戸へ向かって進み始めた。ただ、若者だけが居残り、継之助を睨み据えた。

その顔を継之助は見知っている。幼少のころは長岡の神童と呼ばれた山本堅三郎（帯刀）だ。確か今は十八歳になったろうか。

山本家は次席家老の家柄で、継之助が前藩主忠雅に抜擢されたとき執拗に追い落としをかけてきた男の跡継ぎだ。末は次席家老になることが約束されている。今は見習として出仕し、役に就いているわけではない。

（隊の中に混ざっていたのか。俺も迂闊な……）

今の今まで気付いていなかった。それにしても、きわめて温和な人物で荒ぶる姿など見たことがないと聞いていたが、噂よりずっと闊達な若者だ。

「河井隊長、お話があります」

堅三郎が少し高めの声を上げた。よく響く声だ。

「上がれ」

窓から継之助が応じる。副隊長は相手が山本家の嫡子と知って分をわきまえたようだが、継之助はあくまで隊長と平隊士として接した。

堅三郎は、松吉に案内されて部屋へ上がってきた。エドワードの存在にぎょっとなったものの、窓を背に胡坐をかいた継之助にすぐに向き直ると、人が恐れる鳶色の目を真っ直ぐに睨み、「座れ」と声を掛ける前に眼前に端座した。

「山本堅三郎、隊長に申し上げたき儀がございます」

「何のために言う」

「えっ」

「その『申し上げたき儀』は、何が目的で俺に言うのだ」

「目的……」

気勢を殺がれ、堅三郎の目に戸惑いが浮かんだ。こんなふうに切り返されるとは思っていなかったようだ。

「貴様のご立派な意見を披露したいからか、それとも此度の一件に怒りを覚え、俺に何か言わずにいられぬからか。あるいは俺を説得し、貴様の思うようにこの俺を動かそうとしているのか」

「それは……」

堅三郎の目が泳いだ。

「前二つなら聞かぬ。俺を動かしたいという志があるのなら聞いてやる」

変わり者と聞いていたがここまでとは、という失笑が堅三郎の口元に浮かんだ。

「某と共に江戸へ戻り、この不始末の沙汰が下るのを大人しくお待ちください」

「断る。処分があるというなら受けるが、戻る時期は俺が決めるさ」

継之助は即座に山本堅三郎の申し出を退けた。

隣の部屋では、高杉晋作の弾く三味線と唄に合わせ、女たちが嬌声を上げて踊っているようだ。

「〽人は人、吾は吾なり、山の奥に、棲みてこそ知れ、世の浮沈」

晋作が和歌を三味線の音に合わせて唄に変えると、続けて女たちが唱和する。畳を踏み鳴らす音がこちら側まで響く。一人や二人ではない。声や足音から察するに、十人ほども女がいるのではないか。男の声は一つしか聞こえない。

唄の中身に継之助はくすりと笑ったが、堅三郎は苛立たしげに隣の部屋とを仕切る襖を振り返って睨んだ。「堅三郎」と継之助は次席家老の嫡子を呼び捨てた。

「他に用がないなら帰れ。隣は大宴会だ。うるさいのが嫌なら苛立ちが増すぞ」

堅三郎の頬が紅潮した。

「いいえ、一人では戻りません。なんとしても隊長を連れ戻します。今、戻れば、処分も穏当に済ませられるかもしれません」

「馬鹿者！」

継之助は大音声で怒鳴った。ビーンと襖が震えるほどの大声だ。隣の部屋の足音と女たちの声が止んだ。三味線の音色だけは途絶えない。堅三郎は継之助の前で張っていた威勢がすべて崩れたような顔で、呆然としている。継之助は隣の三味線に合わせて即興で都都逸を唄った。

「〽馬鹿な男の、誘いにのって、蚊帳を張ったら、秋（飽き）がきた」

堅三郎の頬がいっそう紅くなった。

「堅三郎、貴様が末は家老として家中を率いていく男だからこそ言っておく。覚えておけ。保身に走った男など、なにほどのことも成せぬとな」

堅三郎が十代の若者らしく恥じ入る顔をした。

「……それがし……つまらぬことを口にしました」

「わかればいい。一つ訊くが、何故、家老の息子が警護の隊士に混ざっていたのだ」

「この堅三郎、いずれ長岡を率いていかねばならぬ日が来ましょう。それがしは、長岡は大きく変わらねば、今の世を無事に渡っていけるとはどうしても思えぬのです。痛みを伴った変革こそが我が藩を救う道となりましょう。共にその道を進める人物を探しております。河井継之助がどれほどの男か、試すために参りました」

自分を試すために来たという堅三郎を、継之助は面白そうに眺めた。

「で、わかったのか。俺という男が」

堅三郎は首を横に振る。

「貴方は藩の若い者たちの間で期待されているのです。しかし、買いかぶりだったかもしれません。横浜警護は幕命です。それを幾らイギリスが攻めてこないと読んだからといって、かように任にも付かず引き返せば、我が牧野家はきつい咎めを受けましょう」

「さっきも言ったはずだ。保身に走るような男は何ほどのことも成せぬとな」

「しかし、我が身一つのことではないではありませぬか。藩全体が危機に陥るやもしれぬのです」

「一日横浜に百人が駐在すれば、どれだけの金が飛んでいくか、知っているか」

「それは……」

「十五両だ。それがいつまで続くかわからぬぞ。ひと月か、ふた月か、一年か、二年か。京への任務だけでも莫大な費用が掛かる今、そんな無駄金を使っていれば、幕府に咎められずとも長岡は取り返しのつかぬ危機を迎えよう」

　堅三郎は何も言い返せない。継之助は続ける。

「イギリスが横浜を攻めることはない。これは勘や不確かな読みなどではない」

　確かな情報と調査から導き出した答えだと、継之助はエドワードを見た。エドワードは、頷く。

「はい。その通りです。もし攻めるとすれば、彼らは直接薩摩の地を攻めるでしょう」

「いいか、イギリスが横浜を攻める気がない以上、そんな場所を警護するために、いたずらに我が藩の資金を枯らして疲弊するなど、馬鹿なことはやってはならぬ。

幕府におもねる為の、形だけの任務などあってはならぬ。これからはみな、行動を起こすなら実がなければならぬのだ。もう何一つ余裕などない。金も。国力も。なにもかもだ」

堅三郎は継之助の迫力に息を呑んだ。継之助は一度、高杉のいる部屋に視線を送ったが、かまわず声にいっそうの力を込めた。

「薩長が台頭したとき、譜代がみな疲弊していれば、いざというときに何の役に立つというのか。国力をつけるのだ。いざというときは必ず起こる。そのときのために力を蓄えろ。無駄なことは一切できぬ。幕府に咎められたら説得しろ。それが家老のおみしゃんの家の役目であろう。そのくらいできなくてどうするのだ」

隣の部屋の三味線がぴたりと止んだ。

宿がしばし静まり返った。堅三郎は継之助を真っ直ぐに見つめていたが、やがて畳に手を突き、口を開きかけた。手を突いたのだから、謝罪の類を口にしたかったのかもしれない。

が、継之助は堅三郎が何か言う前に、

「できるか、堅三郎」

鋭く問う。堅三郎は激しく戸惑った。

「はっ?」

「それがし が……やるのですか。いえ。まだかような立場では……」

「知っている。が、頭を使え。方法は幾らでもあろう。任せたぞ、堅三郎」

「は、はっ」

「では、江戸へ戻れ」

継之助は廊下へと続く襖を大きな身振りで指さし、部屋を出ていくよう堅三郎を促した。堅三郎は弾かれたように一礼し、部屋を辞そうとした。その背に思い出したように継之助が、付け足す。

「首尾よくいけば、俺が藩政の舵を取った暁には使ってやる」

継之助は破顔一笑。あっけにとられて、振り返った堅三郎も、ふっと肩の力を抜くように笑みを漏らした。

「大言壮語はときに見苦しかれど、そんな顔で言われれば河井継之助という男に夢を見たくなります。されどそれがしも次席家老を継ぐ者。そっくりそのままお返しいたしましょう。貴殿が藩政に関わるところまで登ってくれば、使って差し上げます。いずれの言葉が将来成るか、或いはいずれも成らぬか、今後の楽しみが増えました」

「そりゃァ、いい」

では、と堅三郎が身を翻して去っていく。長岡にもあんな若者がいたのかと、継之助は嬉しく見送った。あの男がこたびの騒動の成果なら、悪くないではないか。

(まずは一人、目覚めてもらうさ)

継之助は目を細めた。

「はあああ、ワタシ緊張しました」

エドワードがため息を吐く。いつしか隣の部屋は再び宴の賑わいを取り戻していた。

松吉がようやく酒を運んできた。話の邪魔にならぬよう時宜を見計らってくれたらしい。

「ぬし様、お咎めを受けるのですか」

松吉が心配そうに眉をひそめて酌をする。

「なに、受けても大事ない。いずれどのみち俺を呼ばねば、ことが収まらぬ日が来るのだからな」

それほど遠くないさと継之助は嘯いた。

六

だから言わんこっちゃない、と継之助は肩をすくめた。「京で牧野家が虚仮にされている」という話が、これでもかというほど江戸に飛び込んでくる。江戸上屋敷の家老のもとに正式に届けられる報せだけでなく、継之助にも、三間市之進からひっきりなしに手紙が届く。

牧野忠恭が京へ到着したのは、文久二（一八六二）年九月二十九日である。それからまだひと月ほどしか経っていない。

数ケ月前、薩摩藩主導で勅使派遣が行われ、まるで今の日本は薩摩藩を中心に動いているかのような様相を呈した。薩摩の島津久光は、外威を前に日本は一丸となってことに当たるべきだと主張し、雄藩による賢侯会議を開いてこの難局を乗り切ろうとした。

だが、倒幕を望む長州藩は、幕府安泰の道をあくまで阻もうと巻き返しを図る。土佐藩と組んで「破約攘夷」を唱え、第二の勅使派遣を画策した。破約攘夷派の連中は、

「攘夷を行えば、列強は日本の敵となる。そうなれば戦は避けられず、夷狄も日本の玉である帝を狙ってくるだろう。天皇家にも軍隊（御親兵）が必要だ」

と主張し、京に帝の私設軍を生み出そうとしている。本音は、倒幕軍を作ろうとしているのだ。

このころ盛んに志士を名乗る者たちによって行われるようになった朝廷工作を、

「御周旋」と呼ぶ。彼らは御周旋をしきりと行い、第二の勅使派遣を実現させた。

正式に京都所司代にその話が伝えられたのは、九月二十八日だ。忠恭赴任の一日前で、京都所司代代行の姫路藩主酒井忠績が朝廷に呼び出された。朝廷はもちろん、あと一日待てば、忠恭が入京することを知っていた。

長岡藩はここで一度煮え湯を飲まされた形となったが、さらに朝廷は、京都守護職となった松平容保に先駆けて上京していた会津藩士らを、京都所司代の牧野忠恭を飛び越えて呼び出した。

「前回の勅使派遣の際に、幕府側に礼節を欠いた不手際があるゆえ、今回の勅使に対する待遇を改善するように幕府に周旋せよ」と命じたのだ。

本来、朝廷から幕府への伝達事項はすべて、武家伝奏から京都所司代を通じて行うこととなっている。当然、今回もまずは忠恭に伝えられねばならないはずだった。が、忠恭は無視された。

会津藩士らは、京都所司代の忠恭の許へ、「勅使待遇改善の要望」があったことを報告すべきであった。が、彼らは直ちに江戸へ急使を出し、主君松平容保に報せた。上京の準備に勤しんでいた容保は驚いて、幕閣へ勅使待遇の改善を建議した。このため、容保の上京は予定よりずっと遅れることとなった。

「我が殿が軽んじられ、差し置かれた」

在府（江戸詰め）の長岡藩士は悔し涙を流し、ざわめいたが後の祭りだ。

継之助ももちろん内心面白くなかったが、こうなることは初めから予測できたことだ。朝廷の陰には長州藩や勤王の志士らがいる。彼らの目的は、幕府権力の失墜なのだ。あらゆる手を使い、これまでの慣習を打ち砕くことで朝廷を優位に立たせ、幕府側をとことん馬鹿にしてくるだろう。

その矢面に、京都所司代という職はある。今、この職に就くということは、幕府側を代表して朝廷に軽んじられる役を担うことと等しかった。

継之助は、忠恭の上品でいかにも人のよさそうな顔を思い浮かべ、胸を痛めた。

（殿は今、どのような思いで京にいるのか）

茶室での継之助の説得を撥ね除けて京都所司代に就いた以上、ある程度の覚悟はできていたはずだが、実際に体験すれば屈辱に身が震えたことだろう。

この一件で激怒した男がいる。山田方谷の主君老中板倉勝静だ。勝静は、このような正式な手続きをとらぬ朝廷側の要望など応える必要はないと、松平容保の建議を一蹴し、志士らの手口に軽々しく乗った会津藩を叱責した。ちなみにこのころの容保は破約攘夷派の大名の一人であり、在京の志士らと大きく考えが違っていたわけではない。

ところが――。この勝静の態度に、政事総裁職の松平春嶽が反発した。朝廷を敬うことに何の躊躇いが要るのか、というのである。幕府はてんやわんやの騒ぎとなった。

先の継之助の横浜警護放棄の一件は、これら幕閣内の不調和によるごたごたに紛れ、幕府からの咎めがないまま、藩内でも何の沙汰もなくうやむやに終わった。いや、日々難しくなっていく政局に、世襲の老中職だけでは対応しきれないことが、誰の目にも明らかになってきたからだ。継之助を要職に、という声が藩内でとうとう上がり始めたのだ。

継之助を京へ――と沙汰が下ったのは十一月に入ってからだ。

朝廷はその後も幕府への伝達に、伝奏と所司代を飛び越えて、直接大名家に仲立ちを命じ続けている。在京の長岡藩士に、老獪な「御周旋」をやれる者がいないから、好きにされ放題だ。実直で幾分融通がきかず、真っ直ぐな気性の男が多いから、袖の下を渡しつつ言葉巧みに公卿を操るなど、牧野家家中には百年経ってもできそうになかった。

元々は三河に起こった牧野氏とは、そういう血筋なのだ。損得や利では動けない気骨が、時に貧乏くじを引かせる。永禄三（一五六〇）年に桶狭間の戦いで今川義元が敗れ、今川氏の衰退が始まるが、三河者のほとんどが徳川家康に帰属する中、今川氏の先鋒として尚五年の歳月、徳川氏と干戈を交えて抵抗している。この先祖の血が脈々と牧野家家中に今も受け継がれている。

それは、継之助の気性とて同じこと。だのに、あの型破りの男ならなんとかしてくれるのではないか、という期待が藩内に高まっていた。

（御周旋なぞ、できるかよ）

みなには悪いが、継之助は京へ行っても御周旋なぞする気はない。ただひたすら、長岡勢を京から撤退させる気でいる。

継之助が実際に京へ行くのはもう少し後になる。移るのは、江戸の幕閣内のごたごたがある程度片付いてからだ。こちらの情勢が定まらなければ、所司代辞任に持ち込むにしても手が打ちにくい。なにごとにもこの瞬間だ、という時宜がある。それを外すと事態は混乱し、ことは成りにくくなる。

まだ勅使も江戸を去っていない。嘘か真か、将軍家茂が病で、直接会えていないからだ。破約攘夷に関しては、和宮降嫁と引き換えに攘夷を朝廷に約束してしまった経緯があるから、幕府ものまざるを得ないだろう。御親兵の設置は許すべきではないが、果たしてどうなるか。

そういう中で、京都守護職となった会津の松平容保が、朝廷以外の京に関する全権の委任を主張している。京を守護する以上、生殺与奪を含むすべての権限を守護職に与えよと言っているのだ。継之助と同じ主張だが、いったい幕府はどう答えるのか。

今もっとも勢いがある老中は山田方谷の主君、板倉勝静だ。

(先生は、この問題をいかに裁かれるのか)

もし、会津の京での全権委任が認められれば、会津の命令一つで長岡藩士も死なねばならない。本来士は主筋のためのみ死ぬものだ。

(筋が通らぬな。俺の命を使っていいのは、我が殿のみだ)

今どき古臭い考えかもしれないが、主君以外に命を握られれば、士の根底が覆ってしまうではないか。自分も生殺与奪の権を主張したくせに、これには反対だった。

「反対だ」という意思を、継之助はいつでも方谷を通じて老中板倉勝静に告げることができるが、訪ねていくつもりはない。師、方谷を信頼しているからだ。

(俺が出るまでもないさ)

この日、所用で上屋敷に寄った継之助が門外に出たところで、外出先から戻った山本堅三郎と鉢合わせた。堅三郎の方から声を掛けてきた。

「貴殿の京詰めが決まったとか」

「ははあ、お主、この話に一枚、噛んでいるな」

「まさか。それがし、まだそのようなお役には就いておりませぬ」

「ふん」

食わせものめと継之助は口元で笑う。

「どちらに行かれますか。もし御用がないのなら、紹介したい男がおります」

「それはまた後日にしよう。今日の俺はなかなか忙しい。龍笛(りゅうてき)を聴きに参るのだ。この江戸には敦盛(あつもり)に勝る名手がいると噂で聞いた」

龍笛はいわゆる横笛のことで、かの『平家物語』の平敦盛が吹き鳴らした伝説の青葉の笛などもそれである。音色が昇龍の啼(な)き声に似ているらしい。いったい、龍の啼き声など誰が聴いたことがあるのかと、継之助は可笑(おか)しかったが、どうしても荒れ狂う京へ行く前に聴いてみたくなったのだ。

龍笛は武士の嗜(たしな)みだから継之助にも吹けるが、名手が吹けば音色に合わせて本当に龍が天に昇る姿が見られるかもしれない。他愛ない戯言(たわごと)だ。

堅三郎の目がくるりと動いた。興味を抱(いだ)いたようだ。

「それはまた風流な。いったいどちらにかような名手がおられるのですか。それがしもぜひ同道させていただきたい」

「断る。ただでさえ仲の悪いおみしゃんのお父君の恨みを買うのは避けたいからな」

「我が父の恨みを……」

「吉原だからさ」

七

龍笛の名手と言われる遊女の名は、右近小稲という。小稲は、稲本楼の看板花魁が代々継ぐ名で、継之助が会いにいったのは、三代目小稲であった。

ちなみに幕臣の伊庭八郎の敵娼が稲本楼の小稲だから、継之助と八郎は同じ女に惚れたのだと思われがちだが、こちらは四代左近小稲である。

吉原は遊女の地獄。生きて出られる者はほとんどいないが、代々小稲の権勢は高く、三千人から多いときで七千人と言われる吉原遊女の頂点にこの名を名乗る者は一度は立ち、全員が無事に務めを果たして大門から堂々と出ていった。

吉原の女を買うには、面倒なしきたりにがんじがらめにならねばならなかったが、時代も幕末になるとかつての慣習の多くはすたれていた。たとえば通い出して三回目でなければ花魁に触れることはできないとか、花魁は花魁道中で呼び出さなければならないとか、一度遊女と馴染みになれば別の遊女に触れてはならないとか、みなこの頃ではゆるくなって、客は以前よりずっと気軽に遊べる。

だが、小稲は別格である。今でも呼び出し遊女として客は茶屋で指名し、小稲が花魁道中をしつつやってくるのを待たねばならない。やっと小稲の部屋へ通してもらえるのは馴染みになった三度目以降からだ。

また、一度でも小稲と馴染みになった客は手切れ金なしでは他の遊女を抱いてはならない。二代目小稲のときに、馴染みの客が別の遊女の部屋へうっかり入ったため、同衾したわけでもないのに二百両を払わされる事件が起こっている。二代目小稲が引退したのは継之助が三代目に会いにいったわずか二年前だ。今も同じことをすれば二百両前後を支払わなければ、客は吉原を無事に出られないだろう。しかも、こういうときにいったん家に戻って金策することは許されないという厳しさだ。小稲の周りでは、厳しい掟が未だ生きている。

継之助が今から会おうとしているのは、そういう遊女だ。日頃から親しくしている茶屋の女将に、小稲の指名の手配を数日前から頼んでいたが、

「無事に吉原を出たければ、妙なことはなされませぬよう」

この日も釘を刺された。

「女将、妙なこととは、いったい俺をどういう目で見ているのだ」

継之助は茶屋の女将の言いぐさに笑った。女将もくすりと笑う。継之助よりほんの少し歳をとった女将の鼻に皺が寄った。

「そりゃあ……ねえ。河井さまだもの」

「案ずるな。俺は龍笛が聴きたいだけだ」

「龍笛を……まあ、それは難題ですこと」

「初回では無理か」

女将は真面目な顔になり、気の毒そうに頷いた。

「今日のうちに聴くのは、無理でございましょうねえ。まだどなたも、初回や裏（二回目）で花魁の龍笛を聴けた者はございません。そもそも、花魁のお部屋にしか笛がございませんのに」

どうやら馴染みになって楼に上げてもらえねば、小稲の笛は聴けないらしい。継之助には、三度も通う金はない。いや、金があったとしても、小稲に気に入られなければ、次はない。参ったな、と肩をすくめた。

「およしになりますか」

「生憎、俺は諦めることを知らぬのさ。それに難題であればあるほど、俺は俺を試せるではないか。そこで女将、今日は宴を張らぬことにしたい」

茶屋で花魁を待つ間、客は座敷で宴を張って待っている。料理屋から仕出しを頼み、芸者や幇間を呼んで賑やかに華やいだ座敷を作って花魁を迎え入れるのだ。花魁の方はお付きの者を五、六人も引き連れて、花魁道中でしゃなりしゃなりとやってくる。座敷が気に入らなければそのまま帰ることもある。客はなるべく金をかけたお座敷を演出し、自分がいかに粋な男で財力があるか見せつける。

その儀式を継之助はやらぬと言う。また何を言い出すのかと女将は呆れた。茶屋にしてみれば、なるべく金を落としてもらいたいのだから承知できる話ではなかったが、継之助は宴を催したときと同等を支払うことを約束した。

「お座敷の敷居を跨がずに花魁が帰ってしまっても知りませんよ」

「そうなれば、俺と小稲は合わぬのだ。どうあっても昇龍の啼き声など聴けそうにないゆえ、時間が無駄にならずにすむ」

「変わってますねえ。けど、河井さまの納得のいくようにおやりください」

継之助は座敷に通され、下座で小稲が来るのを待った。吉原では花魁の方が客より上座に座る。

小稲は供の者を八人ほど引き連れて、四半刻ほどでやってきた。男衆が二人、禿が五人、振袖新造が一人である。

禿は、末は遊女となる少女たちで、今は花魁について身の回りの世話や雑用をこなしながら、客あしらいを学んでいる。禿たちの寝食に掛かる費用はみな花魁が用立てるから、花魁との絆は強い。

禿たちは十四、五歳くらいから、留袖新造と振袖新造に分けられる。留袖新造はすぐに客を取らされるが、振袖新造は十七歳になるまでは清い身体のまま過ごすことになっていた。花魁が忙しいときや客と口を利きたくないときに、この振袖新造が代わりに客の相手を務めるのだが、客は決して振袖新造に触れてはならない決まりになっている。

継之助のような初回の客と最初に口を利くのも振袖新造の役目で、今日のうちに小稲がまったく継之助と直に口を利かぬ可能性も高かった。継之助のことが気に入らなければ、花魁は離れた場所で人形のようにただ座っているだけで許されるのが吉原なのだ。

花魁が気に入れば火の点いた煙管（きせる）を渡される。これを手渡された客だけが、「裏を返す」ことができる。ここまですべて無言でも花魁が咎められることはない。これで怒る客は野暮（やぼ）なのだ。

小稲がやってきたとき、継之助は手持無沙汰に持参した書『経済録』を読んでいた。いつも行われている宴会が開かれておらず、客がぽつりと広い座敷に座って書見する姿に、禿たちお付きの者は困惑したようだが、小稲が怯（ひる）まなかったからか、禿の一人が中へ向かって花魁の到着を告げ、継之助は視線を上げて振り向いた。

衣ずれの音と共に入ってきた小稲は、微笑（わら）ってはいなかったが、柔らかい表情で上座に着き、生き生きとした目を継之助に向けた。もっと冷ややかな女だと思っていたから、継之助は意外な気がした。ほう、と思っていると、

「『経済録』でありんすか。今日はぬし様が、宴の代わりに経済の講義をしてくれなんすか」

いきなり澄んだ声で口を利いた。さすがに継之助ほどの男が一瞬、呆然となった。禿や振袖新造も驚いているから、小稲がいつも初回の客といきなり口を利くわけでないのは明らかだ。

いや、と継之助は首を横に振った。

「今日は昇龍に会いにきたのだ。会えようか、昇龍に」

率直に訊ねる継之助に小稲は小首を傾げる。横に従う禿に何か囁くと、その禿が頷き、他の禿を連れて部屋を出ていった。

「まずはぬし様が、わちきに経済の講義をしてくんなまし」

「聞きたいのか」

「あい。わちきは経済は無学でござんすゆえ」

講義の中身が良ければ考えるというのであろうか。面白い女だと継之助は思った。「経済は無学」という言い方一つとっても、他の学問にはなかなか通じているのだという自信が窺える。いや、無学と言いつつ経済にも精通しているのかもしれない。吉原一、二を争うような花魁は、諸芸、諸学に通じ、そんじょそこらの武士では太刀打ちできぬ教養の持ち主だと言われている。

（俺を試す気か）

「ならば一通り、太宰春臺の『経済録』に沿って、講じてみよう」

継之助は、美声と称えられる声で、世を正しく治め、民を救う術としての経済について講じ始めた。経済を成すには、時を知り、理を知り、勢いを知り、人情を知らねばならないことを説き、特に人は人情に動かされるものであるから、それゆえに間違いもおかしてしまうことを十分に為政者は加味して計画を立て、ことに当たらなければならないことを、継之助は遊女を相手に大真面目に論じた。

小稲は目を閉じて聴き入っている。

そのうち禿が戻ってき、三つの箱を運び込んだ。

縦が一尺、横と深さが六寸ほどの大きさの螺鈿細工を施した箱が一つ。縦が二尺ほど、横と深さが二寸ほどの細長い白木の箱が一つ。縦が一尺五寸ほど、横は三寸ほど、深さが一寸ほどの漆塗りの箱が一つだ。

螺鈿の箱を禿が開けると、そこにはどうやら筆や硯、それに顔料、膠などが入っているようだ。振袖新造の無言の指示で禿たちが慣れた所作で顔料を溶いていく。

その間、小稲は相変わらず目を閉じ、時折小さく頷きつつ継之助の講義に耳を傾けている。頷く箇所が要領を得ている。理解しているのだ、と継之助は受け取った。

半刻（一時間）ほどで継之助の講義は終わった。その間にすっかり絵を描く準備が整っている。

小稲が目を開けた。

「ぬし様は誠実なお人でありんす。わちきのような身の女にも、手を抜かずに講義をしてくれんした」

「当たり前のことをしたまでだ」

小稲が微笑み、白木の細長い箱から巻紙を取り出した。

「龍の絵を描くのか」

継之助の問いに、小稲は首を横に振る。

「龍を呼び出しんす」

辺りが薄暗くなり始めた。鈴の音がどこからともなく鳴り響き、吉原に惜しみなく蠟燭の火が点り始める。

日本で一番、夜が明るいのが吉原だ。闇が覆いかぶさる江戸に、廓自体が巨大な行燈になったかのように煌々と光を放つ様は、初めて吉原を見た者を呆気なく恍惚とさせる眩さだ。

継之助たちのいる部屋にも灯りが点され、長く伸び揺らぐ蠟燭の光の中で、小稲がさらさらと絵筆を走らせ始めた。継之助の場所からは遠すぎて、小稲がいったいどんな絵を描いているのか、さっぱりわからない。

「近くに寄っても構わぬか」

声を掛けると禿たちが一斉に首を横に振った。その様が、小動物のようで愛らしい。継之助は吹き出しそうになるのを我慢した。

小稲は迷いなく動かす絵筆を止めぬまま、

「いっそ、見なんし」

見ても良いと頷くから、また周囲が驚いて、小稲と継之助を交互に見た。

継之助は立ち上がるとためらわず傍に寄り、紙を挟んで小稲の前に改めて座した。

このとき、何か外が騒がしいなと不審に思ったが、小稲に呼び出されて姿を現しつつある龍の見事さに気を取られてしまった。小稲は、視線も上げず、熱心に筆を走らせ続ける。

「目はぬし様が入れておくんなまし。この龍がもし、ぬし様によって生を得るなら、きっとひときわ高く啼きんすほどに」

それは——と継之助は瞠目（どうもく）した。継之助の施す開眼が小稲の描く龍の生気を呼び覚ませば、龍笛を吹き鳴らしてくれるということなのか。だとすれば、あと一つ、漆の箱の中身こそが龍笛ではないのか。

継之助の胸が嫌でも高鳴った。

だが、同時に半鐘も鳴り響いた。継之助の眉間に皺が寄る。火事だ。

禿たちや振袖新造が不安げに顔を見合わせる。だが、まだ花魁が顔も上げずに一途に絵を描き続けるから、だれ一人立ち上がらない。怖いのだろう。震えている娘もいる。

茶屋の他の座敷からは、雪崩のように我先に客も遊女も飛び出しているようだ。半鐘が鳴ったのを境に一気に騒がしくなった。

茶屋の女将が飛んできて、

「花魁、火事でございますよ。早くお逃げください」

座敷の襖を開けて声を掛ける。すぐに次の座敷に向かって駆け去っていった。それでも小稲が立ち上がる気配も見せぬので、

「姉さん」

廊下に控えていた男衆二人も意を決したように声を掛け、早く逃げろと急きたてる。

「非常の事態でございますれば、失礼」

男衆は小稲を無理にも引っ張って逃げようと思ったのか、駆け寄りかけたが、

「お下がりなんし」

鋭く叱責され、びくりと足を止めた。小稲は筆を少しも止めずに指図した。

「佐吉、お願いがござんすよ。禿と新造を無事な場所に連れていっておくんなんし」

「花魁は」

「わちきはまだ。この龍を完全に呼び出してから行きんす」

「いや、しかし……」

佐吉と呼ばれた男がさらに言い立てようとするのを、もう一人が首を振って止める。

「花魁は一度言い出したら聞かねえ。ここで問答しても仕方ねえ。まずはちびどもを安全なところに連れていき、花魁を連れ出しに戻るぞ」

佐吉はくっと歯を噛み締めたが、小稲が日頃から一度言い出したらよほど聞かぬのか、

「必ず戻ってきやすから、それまでに幾ら描きあがっていなくても、もうそんときは抱え上げて逃げやすよ、いいですね」

怒鳴るように言い聞かせた。それからすぐに禿たちや振袖新造を、

「行くぞ、行くぞ」

急き立てる。

「さ、旦那さまも」

男衆は継之助にも逃げるよう促したが、

「俺は残るさ」

「ぬし様は残りんす」

継之助と小稲が同時に断った。

「ぬし様は、わちきに会いにきなんしたわけではあんなんせん。龍に会いにきなんした。そういうお人は、何か人生の大事な節目にお立ちであんなんす。ですから、わちきは、途中で止めるわけにはいきんせん。ぬし様もまた、龍を半端なままで放って、お逃げにはなりんせん」

小稲がやはり顔を上げずに、気負ったふうもなく言った。

「俺が逃げぬとわかるのか」

「冷やかしか、真剣か、どうしてわからぬことがありんしょう。ぬし様は必ずこの龍を開眼しなんしょうほどに、この小稲、きっと龍の声をお聞かせいたしんしょう。ぬし様はその声を聴いて、明日からのぬし様の運命に向かいなんし」

小稲は、なにもかも継之助の意図を見通していたようだ。なるほど、これが吉原一、二の名を継いだ花魁なのだ。

この女の毎日は戦なのだ。どの瞬間も気を抜けぬ日々の中で、神経が限界まで研ぎ澄まされた人間の見事さというものなのだろう。

継之助はある種の感動を覚えながら、

「そういうわけだ。先に行ってくれ。花魁は俺が必ず守り届けるゆえ」

男衆に誓い、早く逃げるよう促した。

「すぐに戻ってきやすから」

「それまでは旦那さま、花魁を頼みます」

男衆は着物の重い振袖新造と一番幼い禿を抱きかかえ、他の禿を急き立てて部屋を出ていった。

火事はどこらへんで起きたのだろうか。まだ熱気もきな臭さも感じない。この建物まで燃え移っていないのは明らかだが、火が点いたと思うや、風次第で家屋一つなどあっと言う間に呑み込んでしまうからなんの安心もできない。それに燃えている建物が遠くても、路地伝いに一気に火と熱風が走り抜けることがある。逃げ遅れて巻き込まれたらひとたまりもない。

目の前で小稲の描く龍が見る間に仕上がっていく。そのうち鼻がむず痒くなり、まだ微かだが目が滲み始めた。煙が侵入してきている。木の爆ぜ燃える音は、今は聞こえない。が、時間の問題だろう。

体をうねらせ、天高く昇る三本爪の龍が、和紙の中から立ち上がる。スーッと髭が最後に引かれ、ようやく小稲は筆を置いた。眼前に座して動かなかった継之助を、初めて見上げ、微笑んだ。

非の打ちどころのない見事な龍だが、まだ目の中が描かれていない。継之助の方に紙が回され、鳶色の顔料を含んだ筆が渡された。

このころになると部屋の中がうっすらと煙に侵され、少し熱気も帯びるようになっていた。もうあまり猶予はない。

それでも継之助は一呼吸置き、無心に両眼を一息に入れた。カッと龍は目を見開き、強い意志を放った。

ああっ、と小稲が満足げに嘆息する。

「ぬし様の龍が生まれなんした」

「確かに生まれたようだ」

火の爆ぜる音が近くでする。そこまで炎が回ってきている。

小稲は横に置いてあった漆塗りの箱に華奢な手を伸ばし、巻き付けられた絹の組紐を解く。継之助が想像した通り、箱の中身は一尺三寸ほどの龍笛だ。小稲の白く細長い指が漆黒のそれを取り出した。

龍笛は篠竹に細く裂いた樺桜の皮を巻き付け、内側に厚く漆を塗って作る。上質なものは竹の部分に煤竹を使うが、それでもほとんどのものが飴色から焦げ茶色止まりなのに、小稲のそれは戦国の世から、或(ある)いは源平の時代から燻(いぶ)し続けてきたものなのだろうか、黒々と輝いていた。貴重な一品なのは一目で知れた。

「この火事でわちきの部屋のものはすべて焼けんしょうえ。この笛が今、手元にあることが奇跡のようでありんす」

小稲はうっとりと龍笛を見つめると、おもむろに唇(くちびる)を近づけた。思いのほか、低く重い音色から入る。地面近くのたうつ龍が、やがて天目指して飛翔するように、笛の音は徐々に高くなっていく。それに従い、座していた小稲も立ち上がった。高く、高く、龍が上昇していく。

継之助は笛の音に合わせ、花魁の前垂れ帯を己の肩に掛けると、小稲を高く押し上げるように抱え上げた。小稲は笛を吹き続ける。継之助は小稲を抱いたまま、外を目指して走り出した。ほとんど同時に、茶屋を炎が巻き込み始める。

仕上がった龍の絵は置いてきた。炎と共に燃え盛って天に還るなら、この現実に留めるよりいっそふさわしいではないか。

継之助は小稲を抱いたまま茶屋の外へ飛び出した。このとき、小稲の笛が一際高く鳴いた。

俺は今、龍の声を聴いたと継之助は信じた。

八

文久三（一八六三）年六月の京――。

河井継之助は、四条鴨川の土手に寝転がり、雲の流れを目で追っている。

暑い。京の暑さは、故郷の長岡とも、数年過ごした江戸とも、留学した備中松山とも違う。なにかべったりとまとわりつく湿気は、熱い膜が体に張っているようで息苦しい。継之助が今まで知らなかった種類の暑さだ。

日本の中心は、去年までは確かに江戸だったのに、今年はこの過ごしにくい京に完全に移ってしまっていた。腹に一物持った男たちが続々と狭い王都に集まってきている。

そんな京から、長岡牧野家家中だけは今月を最後に撤退する。継之助が京へ来てからおおよそ半年、ようやくここまで漕ぎつけたのだ。ようよう牧野忠恭は京都所司代のお役目を辞すことができる。昨年の九月に着任して九ケ月、家中の疲弊は甚（はなは）だしかった。

突然――。少し離れたところで複数の悲鳴が上がった。継之助は上体を起こし、声の方に顔を向ける。悲鳴は通行人から起こったようだ。川を挟んだ向こう側の土手上の道から、通行人を掻き分け、一人の総髪の男が土手へと転がるように躍り出う。

た。総髪は、志士気取りの浪人たちの間で流行りの髪型だから、あの男も浪人だろう。

間をおかず、もう一人、長身の黒ずくめの男が抜刀した姿で飛び出してきた。こちらの男は間の狭い月代を剃っている。

逃げていた総髪の男も刀を抜いて、追ってきた長身の男の方へ振り返った。そのときにはもう総髪の男の眼前に、長身の男が上段の構えから白刃を振り下ろしつつ迫っている。

鉄と鉄が激しくぶつかり合い、高い金属音が河原に響いた。あっ、と継之助は目を見開いた。額の上でぎりぎり長身の男の刀を受け止めたはずの総髪の男の刀が、あえなく折れたではないか。長身の男はそのまま力ずくに斬り下げる。血飛沫が上がり、総髪の男の頭がぱくりと割れた。

そのまま総髪の男の身体は頽れ、地面へと沈んだ。長身の男は総髪の男を蹴飛ばし、生死を見届ける。ちょうどこのとき、男たちの集団が駆けてきて、土手上から斬った男を咎めたが、

「土佐の岡田以蔵じゃ。文句があるか」

長身の男は一喝し、血の滴る刀を鞘に納めもせずに身を翻して去っていった。

あれは人斬り以蔵だ。京ではあの男のように人斬りが何人もいて、今のような血

腥い事件が頻発している。珍しい光景ではない。もはや茶飯事だ。

その瞬間はみな怯え、騒ぐが、自分に害がないことがわかると、「またか」と思うだけでもう誰もたいした関心を示さない。今も遠巻きに眺めていた通行人たちは、自分の知り合いでないことを確かめると足早に散っていった。

狂った時代だと背筋が寒くなるが、もはや誰にも止めようがない。日本はこれからどうなってしまうのか。どこへ向かおうとしているのか。うっすらと見える未来からは血の臭いが立ち上っている。

駆けてきた男たちの集団が、斬られた死体を確認している。

「壬生狼ですね」

背後で声がし、継之助は驚いて振り返った。まるで気配がしなかった。気配を殺して人に近づく男を継之助はひとり知っている。顔を見ると、やはりそうだ。継之助は瞠目した。細谷十太夫が、日に焼けた顔でニッと笑っているではないか。今日はちゃんと仙台藩士を名乗れる格好だ。

「お久しぶりです、旦那。お変わりなさそうで」

「そういう十太はふけたじゃないか」

「何、言ってやがるんです。三年振りに会った挨拶がそれですかい」

「三年、もうそんなになるのか」

「へい」

「何をしていた」

「子作りですよ」

あまりに日常的で平凡な十太夫の答えが予想外で、継之助は正直驚いた。

——人がどれほど心配したと思ってやがる。

出かかる言葉を呑み込んだ。口にすればあまりに無粋だ。十太夫はこの男にしては照れた顔で、

「国に戻って女房を貰い、去年、十太郎てェ跡取りをこさえてきやした。旦那と話しているうちに、ちょっとはまっとうな人生を歩んでみたくなりましてね。柄にもなく人並みに身をかためてみましたが、いいもんですねえ、旦那。毎日の飯がやたら美味(うま)いや」

「そうか。良かったじゃないか」

継之助は心底そう思った。薄幸だったろう身の上の友にとってはいいことだ。ずっとこの男は過酷な世界で生きながらも〝温かいもの〟に焦がれていた。が、すぐに継之助の中に暗い気持ちが起こった。今、十太夫が京にいるのなら、また過酷な世界に舞い戻ってきたということではないか。

「それでお前はなぜ京にいる」

馬鹿だなあという気持ちで問うた。愚問である。答えは聞かなくともわかっている。

「まあ、こんな世の中ですからね」

十太夫はけろりと言って、少し笑った。

女房を貰って子を生し、親子で寄り添って暮らすなど、こんな世ではしょせんは夢物語だ。〝人〟として三年過ごしたが、また〝鴉〟に戻らざるを得なかったということだ。それは継之助も同じである。すが子との温かい日々など、夢のまた夢だ。ふたりはどちらからともなくこの話題を打ち切った。

「なあ、十太。水戸の老公斉昭は、お前が殺したのか」

継之助はずっと訊いてみたかったことを訊いた。

「うわあ、相変わらず旦那は率直だなあ。けど、今更ですよ」

確かに今更だ。三年も前の出来事だ。徳川斉昭の死など、もう誰も口にしない。

「今更か」

「今更です」

「そうだな。大老闇打ちでさえ遠い昔のようだ」

「…………」

十太夫は継之助の横に並んで座ると、再び対岸の男たちの集団を顎で指した。

「変な連中が出てきやしたねえ」

「壬生狼か……」

後の新選組のことだ。今は壬生浪士組という。剣の腕に覚えのある浪人たちの集まりで、ろくなものも着ていないため、京の者たちから侮蔑と恐れを込めて壬生狼と呼ばれている。京都守護職の会津藩が京都警護のために雇っているという話だが、胡散臭さは否めない。

「世の中が混沌としてくると、ああいうおかしな連中が出てきやがる」

世が乱れると秩序が壊れる。実力さえあれば、のし上がれる。名を成したい者が「我こそは」と気勢を上げるのはむしろ自然なことなのだろう。京で流行っている「天誅」という名の殺人も、結局は思想ではなく名を欲しての行為なのだ。有名になって、自身の存在を世に知らしめたい欲望の果ての人殺しだ。だがそうやって名を成した先に何があるというのだろう。

「河井さん、河井さーん」

土手の上から自分を呼ぶ声が聞こえてきた。三間市之進の声だ。継之助がひとりで考え事をしたいとき、よく四条辺りの鴨川の河原に来ることを知っているのだ。

「あ、人が来た。それじゃあ、あっしはこれで」

十太夫は立ちあがった。素早く身を翻し、何を言う間もなく走り去っていった。

入れ替わりに、

「やっぱりここにいましたね」

市之進がやってくる。小さくなった十太夫の背をちらりと横目で見ると眉を顰めた。

「誰ですか、あの人。武士が走るなんざ、分別のない。長岡藩のもんならこっぴどく言ってやるんですけど」

武士は走らぬものと相場が決まっているからだが、小姑のように煩いな、と継之助は辟易した。

「これからは士も走るさ。これまで当たり前だったことが崩れていくぞ。もう始まっている」

「本当にそうですね」

三間市之進は、ついさっきまで十太夫が座っていた草の上に座し、自分はこの京に来てまさしく、これまでの常識が崩壊していく様をまざまざと見せつけられたと呟いた。

薩摩藩が最初に提唱した「朝廷のある京で、将軍を中心に雄藩が協力し合って日本の難局を乗り切っていこう」とする構想は、継之助が予言した通り、初めからそんな計画などなかったかのようにどこへともなく消え去った。

三月におおよそ二百年ぶりに上洛した将軍家は、長州志士らが企図した加茂神社行幸の演出によって、さんざん虚仮にされた。二百数十年ぶりに人々の前に姿を現した鳳輦（帝の乗る輿）に従う形で、将軍が群衆の目に晒されながら馬上行進したからだが、この珍しい光景を見ようと京にひしめき合った人々は、どちらの権威がはるかに上なのかを、視覚的に一瞬のうちに理解した。

さらに間の悪いことに、この日は雨が降っていた。未だ十代の若く華奢な将軍家茂が雨に濡れそぼちながら帝の輿を自ら警護する姿は、幕府がいかに力を失ったかを人々に気付かせるに十分だった。継之助も、この日の痛ましい将軍の姿を、瞼の裏から拭い去ることができない。ましてや正義感に溢れた市之進のことだ。胸を掻き毟られるような思いだったに違いない。

だのにこの日の将軍の屈辱はこれで終わらなかった。追い打ちをかけるように群衆の中から、

「いよう、征夷大将軍！」

揶揄するような野次が飛んだのだ。

聞き覚えのある声に継之助が振り向くと、高杉晋作の不敵な顔が真っ直ぐに将軍を見据えていた。今までなら、首を刎ねられたはずの大罪だが、この男を咎めることのできる者は誰もいなかった。帝の行進を乱してまで、野次を飛ばした男を捕え

ることが今の幕府にできなくなっていたからだ。

群衆に混ざり、先の大老暗殺に匹敵するほどの将軍家権威失墜（しっつい）につながった歴史的なこの出来事を、

（俺は今日という日を忘れぬぞ）

継之助は瞬（またた）きもせずに睨み続けた。

このあと、将軍は帝の前に攘夷の実行を誓わされ、それを受けて長州藩は異国船に向けて発砲した。国際法に基づいて開国し、各国と条約を結んだはずの日本は、国際社会の中で無法国家の烙印（らくいん）を押された。そして長岡牧野家家中は、なにもできなかった忸怩（じくじ）たる思いを抱え、京を去らねばならない。

「ああ、このまま京を去るのは悔しいなあ」

三間市之進が継之助の隣で歯噛みするように言った。

「悔しいか、市。どう悔しい」

「だって河井さん、この九ケ月、長州の連中にしてやられてばかりだったんですよ。一矢（いっし）報いずにこそこそ逃げ出す気分です」

「市よ、人生の中で撤退が一番難しいんだぞ」

「けれど、このまま長州が暴れ続ければ、日本は取り返しのつかぬことになるのではありませんか。長州の暴挙を許したばかりに、あやつらは無謀にも異国船に発砲

し、報復を受けて攻撃され、伝え聞く話では一時とはいえ、敵の上陸を許したというではありませんか」

「砲台を占拠されたらしいな」

「加えて二村が焼き払われたとか。長州領も我が日本であり、皇土です。上陸を許したのは長州の馬鹿どもですが、それはやはり我らが、長州の勝手なる御周旋を許してしまったことが遠因です。ならば、我が長岡のせいでもあるのです。京都所司代という任を仰せつかっておきながら、ただ徒に翻弄されただけで辞任して去るのは、卑怯者のような気がしてなりません」

若いな、と継之助は市之進のことを思った。若くて真っ直ぐで、いい青年だ。微笑ましく感じてはいたが、継之助はあえて厳しい言葉を放った。

「今の市のような感情が、引き時を見誤らせるのだ。勇ましい言葉で鼓舞して前進することも、失敗して腹を切って死ぬことも、引き時に正しく引くことに比べればさほど難しいことではない。これ以上所司代を続けても、これまでがそうだったように『徒に翻弄される』だけだ。それは長岡に力がないからだ。実力を蓄えることを怠り、口だけ大きくなって京に居座っても邪魔なだけだ」

「邪魔」

「おうよ、邪魔者よ。ならば市、我が長岡は一度退いて力を蓄えるぞ」

市之進は赤らんだ顔で継之助を睨んだが、やがて頷いた。

「くそう。言い返したいのに、あまりにその通りで何も言えやしない」

「まあ、言いたい言葉が浮かんだら、そのときはまた来い。聞いてやる。これが言いたくて俺を探したのか」

「そうだ。忘れるところでした。会津から使いが来て、文を河井さんにと置いていきました。夕刻までに返事が欲しいそうです」

市之進は胸元から手紙を差し出した。

手紙の差出人は、会津の秋月悌次郎だ。夕刻から飲まないか、と誘ってある。差支えなければ迎えの駕籠を寄越すという。もうすぐ京を去る継之助に異存はない。もしかしたら、「次」はないかもしれないのだ。返事を認めて小者に届けさせることにした。

九

夕方、継之助は慈照寺（銀閣寺）近くにある料理屋の、坪庭を望む小ぢんまりとした座敷に着いた。小路の奥にひっそりと佇み、暖簾一つ出していない。いかにも風流人の悌次郎が好きそうな、知る人ぞ知るといった風情の店だ。祇園や島原が、ここ一、二年のうちに上京してきた連中で賑わっているのと反対に、客は他にもいるのだろうが、どの部屋も凛とした静謐さを保っている。

継之助は賑やかで陽気な宴が好きな方だが、悌次郎にはこんな隠れ家のような店が似合う。

「いい店だな」

悌次郎の待つ部屋に入って開口一番、継之助は褒めた。先に一杯やっていた悌次郎は、仄かに赤くなった頬を緩め、

「ひょんなことから見つけたんだ。家中の者もまだ誰も出入りしていない店だ。友にしか教えない」

嬉しげに目尻を下げた。

会津が京都守護職に任命されて以降、ずっと悌次郎は藩の要人として活躍している。真っ直ぐな気性で直情的な男が多い会津にあって、ただひとり朝廷と渡り合える人物だ。裏でそれなりに汚れ仕事もしているはずだ。元々、悌次郎がそんな仕事のできる男ではなかったことを、継之助は知っている。友との別れにゆで卵ひとつとわずかな酒で見送ってくれたあの姿が、本当の悌次郎だ。

だが、それでは会津がこの京で立ち行かない。すべては藩のため、己を殺して暗躍もする。隠れ家のような料理屋で、人知れずほっと息を抜く悌次郎の辛さが、継之助の中に流れ込んでくる。悌次郎は継之助に、所司代の家臣として共に、御周旋

で朝廷を惑わす志士たちと闘ってほしかったに違いなかった。撤退する長岡に歯噛みする思いも抱いているだろう。

「君は変わっているな。猫も杓子（しゃくし）も京を目指すこの時期に、逆の道を行こうとしている」

悌次郎は責める代わりにしょんぼり笑い、眼前に座した継之助に酒を差し出した。

継之助は悌次郎から受け取った杯をまずは一杯飲み干し、返杯した後は手酌した。

悌次郎の言う「猫も杓子も京へ」というのはまさしくその通りだった。時局は、帝自ら征討軍を率いる「攘夷親征」の詔（みことのり）が発せられるかどうかの瀬戸際で、反対派、賛成派が水面下でせめぎ合っている。朝廷内部も真っ二つに割れている。日頃からあらゆる場所に出入りし、人と会うことで情報収集に努めている継之助は、上層部の情報もかなり詳しいところまで摑んでいる。

帝自身は攘夷親征などやりたくなく、この事態に呻吟（しんぎん）していたが、自身の意思では如何（いかん）ともし難い状況に陥っているというのである。それというのも、長州派の公卿三条実美（さねとみ）率いる御守衛兵の武力に首根っこを押さえられているからだ。

昨年、朝廷は御親兵の設置を幕府に要望したが、将軍が守るゆえに必要がないと突っぱねられた。だが、今年になって要望ではなく勅命という形で再び幕府に要求し、結局十万石以上の大名家から兵を出させて御守衛兵を設置した。朝廷は、自分たちで自由に動かせる軍勢を得たのだ。

帝を守るための兵ではあったが、実際に率いているのは長州派の公卿三条実美だ。兵は帝の意思ではなく、実美の、ひいては長州の意思で動く。御守衛兵は最終的には二千人の規模となる。こうして一公卿に過ぎぬ三条実美はかつてない膨大な力を得た。帝といえども、逆らえば何をされるかわからぬ恐怖に怯えている。病死と称して殺すことなど、実際はいとも簡単に違いない。

このままなし崩しに攘夷親征の詔が発せられれば、それは徳川将軍が〝将軍〟の体を成さぬこととなる。日本の軍を率いて戦うからこその「征夷大将軍」なのだ。帝自ら軍を率いる攘夷親征は、暗に徳川家が将軍職から退くことを意味しており、幕府の崩壊を示唆する。つまり長州は、攘夷親征から一気に王政復古に持ち込もうと画策しているのだ。

この陰謀に対抗するため、反対派の公卿は唐津藩世子で老中の小笠原長行と通じ、幕兵千六百人を五隻の船で関東から大坂へと運ばせた。長行がどの公卿と裏で手を結んでいたか、継之助は知らない。ともかく長行は、千六百の兵力でもって京での将軍の力を強め、三条実美らの勢力と対峙しようとした。

継之助は、小笠原長行の大坂への進軍は、攘夷親征を阻むためだけでなく、攘夷そのものを阻むためのものだったと解釈している。

将軍は京で攘夷決行を朝廷に約束させられてしまったが、長行はこのまま国を開き、港を開放し、貿易を通じて世界へ打って出たいのだ。日本を国際国家の一員と成らしめるために、攘夷決行はなんとしても翻させたかったに違いない。そのため、一発逆転を狙い、千六百の兵力を背景にクーデターを決行しようとしたのではないか。

これが継之助の読みだ。

王城に吹くこの狂飆を鎮めるため、将軍は自ら大坂へと足を運び、小笠原長行の京入りを差し止めた上で老中職を罷免した。このままでは戦が勃発しかねない一触即発の空気が漂っていたからだ。そして自らは、攘夷決行を口実に海路大坂から江戸へと去った。六月十三日、つい数日前の出来事だ。

列強の脅威に晒される中、日本は一丸となるどころか、朝廷内でも幕府内でも意見が合わず、みなばらばらに動いている。いや、同じ人間、同じ藩でも、昨日と今日ではもう言うことが変わっている。誰もが右往左往する混乱ぶりだ。そんな中、発言力の強さは、地位の高さではなく、動かせる軍事力の強さに比例し始めている。

資金力を持たず、逆に借財に喘ぎ、大藩でないゆえに兵数も十分に用意できぬ長岡藩は、激震の京に居残っても、翻弄されるだけで何の役にも立たぬだろう。まずは富国強兵だった。強くならねばなにもできない。弱ければ時勢に呑み込まれて終わる。

「すまんね、力不足だ」

継之助は友である悌次郎に改まって頭を下げた。一緒に闘ってやれぬことを、心より謝罪した。

「頭を上げてくれ」と悌次郎が慌てる。

継之助は顔を上げると、悌次郎を真っ直ぐに見つめて約束した。

「千も二千も軍勢を用意できる大藩が挙って押し寄せてきている京で、八万石に満たぬ我が藩では主導権も取れず、孤高も守れず、大勢に呑まれ、手足として使われて終わるだろう。格別の武器を持つか、大胆な兵制改革で強固な軍隊を作り直すか……兵数を補える何らかの手を打たねば、そうなるのだ。ゆえにいったん国許に退き、俺はそれらの手を打つぞ。長岡は今よりずっと強くなる」

そうだな、と悌次郎は頷いた。

「それぞれの藩に、各々の命運というものがある。長岡には長岡の、会津には会津の命運がある。我が会津は今から攘夷親征を阻止し、幕府の意向を無視して結成された御守衛兵を解散させねばならん。継さは長岡を改革し、強くなると約束した。ならばわたしは必ず先の二つを、会津士としてやり遂げることを約束しよう」

攘夷親征の回避と御守衛兵の解散をやるなら、もはやクーデター以外の方法では有り得ない。

（やるのだな、悌次郎）

友の誓いの中身の重大さに、継之助は身の震えるような覚悟と決意を汲み取った。

手にしていた杯になみなみと注がれた酒を一気に呑み干し、継之助は音をたてて角盆の上に置いた。

「やるのか、政変を」

「ああ、やるさ」

悌次郎は即答だ。

生死を懸けて、これからこの男は日本史上に残るだろう大事を決行する。

「もし、わたしのやろうとしていることが失敗し、攘夷親征で出兵した帝と御守衛兵の矛先が夷狄ではなく徳川幕府に向いたなら、討幕の軍が起き、日本中が帝と幕府方に真っ二つに割れて戦になろう」

「そんなことになれば、どちらが勝っても国力は弱まり疲弊するな。そこを列強に付け込まれれば、日本などはひとたまりもない。米欧列強に隷属せねばならぬ未来だけは、避けねばならん」

「そうだ、継さ。わたしもそれだけは避けたいのだ。だからこその政変だが……」

上手くいく保証はない。失敗すれば悌次郎は腹を切る気でいる。継之助を見る目がそう物語っている。悌次郎は後事を継之助に託したいのだ。

「わかった。そのときはたとえ無力でも全力で止めるよう駆けずり回ろう。ことが成るか成らぬかなど関係なく、男にはやらねばならぬときがある。そのときは必ず京へ駆け上り、俺は御守衛兵の陣営に単身乗り込むぞ。戦だけは起こしてはならぬ」

「頼む、継さ」

「誓おう」

二人は誓いの杯を交わした。

第六章　藩政改革

一

人生はままならない。

数ケ月に及ぶ説得の末、ようよう主君牧野忠恭は京都所司代を辞任した。決断までに時間が掛かったのは仕方がない。徳川幕府が直面した危機を前に、ひとり藩政改革に邁進するなど、忠恭が剛直な士であればあるほど、抵抗を覚えたことだろう。

たとえ泥舟とわかっても、義を立て、主家徳川家に尽くそうとする主君の姿は、諫止をする一方で継之助の胸を熱くする。だからといって、そうそう感情に流されてもいられない。

どうしても首を縦に振らぬ主君を、最後は公用方の職を辞して継之助は諫めた。

このとき、三間市之進ら何人かは継之助に加担した。市之進が鴨川の河原で愚痴ったように、彼らも京都所司代の任を全うしたかったのが本音なのだ。それにもかかわらず悔しさを抑えて継之助を支持し、共にそれぞれの職を辞す行動に出てくれた。

方谷が示唆した通り、台頭し始めた継之助派ともいえる新しい勢力を、藩は無視できなくなってきたのだ。忠恭の京都所司代辞任劇は、継之助主導で行われた。忠恭は幕府にも、この件に関する委細は家臣の河井継之助に問うよう、はっきりと継之助の名を上げた。このときが、継之助という男が表舞台に飛び出した瞬間だった。

こうして長岡藩は京都所司代から退き、江戸へ戻った……はずだった。

さあ、いよいよ藩政改革だ、と継之助も意気込んだ。自分と進退を共にし、押し立ててくれる若い勢力も得、主君忠恭からはわざわざ老中に宛てる手紙の中に継之助の名を認めてもらい、全面的な改革こそ任されずとも、なにかしらは着手できるものと信じた。

そのときを待ち、いったん長岡へ戻った継之助に嫌な知らせが届いたのは、晩秋の九月。一向に長岡に戻る気配のない忠恭が、今度は老中に就任したというではないか。

まさか、という思いが継之助には強かった。悪い冗談を耳にしたのかと思った。力不足ゆえに藩内の充実を図り、すべては力を付けてからと言って所司代を辞めた者が、それよりさらに重責を担う老中に就いてどうするというのか。いったい、約束したはずの藩政改革はどうなってしまったのか。

辞職を勧めに江戸へ飛んでいきたかったが、長岡を出る許可が下りない。書状も握り潰される。

完全に動きを封じられ、さすがの継之助も焦りを覚えた。

（また駄目なのか。これだけやってもまたできぬのか！）

藩内の家老ら古い勢力が、出る釘となった継之助を全力で潰しに掛かっている。そして今のところ、継之助の方には打つ手がない。

（くそう）

雲はそろそろ灰色を帯び、ちらほらと雪も降りはじめる季節。寒さ凌ぎと称し、食事時以外でも継之助は酒を欲する日が増えた。心はひどく荒れていた。

ずっと黙って言われるままに燗をつけていた妻のすが子も、よほど心配だったのだろう。

「お体に障ります」

ある夜、首を左右に振って、酒を夫に運ぶことを嫌がった。

「母上の差し金か」

嫌味な言い方になった上、少し口調がきつくなった。

「いいえ。お義母さまは関係ございませぬ」

すが子はやけにきっぱりと自分の意思だと答えた。

夫に意見することなどなかったすが子の小さな反乱に、継之助は苛立った。気持ちのささくれていない、いつもの継之助だったら、興味深くすが子の変化を楽しんだはずだ。今はそんな余裕もない。

「小賢しい真似はするな」

「けど、お体が……」

最後まですが子が言い終わらぬうちに、継之助は振り払うように立ち上がった。振り払うように、と言っても二人の間には少し距離があったのだから、そんな仕草は必要なかったが、つい手が荒々しく動いた。

あ、と咄嗟に目を閉じたすが子の仕草がわざとらしく思え、継之助はいっそう苛立った。

無言のまま刀を摑み、部屋から中庭へ飛び出ようとする夫にすが子が慌てる。

「旦那様、どちらへ」

「今夜は外で飲む。朝まで戻らぬゆえ戸は閉めよ」

まだ根雪にはなっていないが、今夜ははらはらと白いものが舞っている。笠もなく、蓑も着けぬだけなら継之助の場合ままあるが、羽織も羽織らず、刀には柄袋さえ掛けていない。もう辺りは暗いのに提灯も持たず、供の小者もいない。

「いけませぬ」

すが子が思わぬ激しさで咎めた。継之助は自分でも驚くほどカッとなった。

継之助はぐっと黙り込み、すが子の声など聞こえなかったかのように雨戸を開け、そのまま下駄を突っ掛けて外へ降り立った。

とたんに、身を切るような風が、剥き出しの頬を叩いた。足元からも冷気が這い上がってくる。外はもう真っ暗だ。当てがあるわけではないが、継之助は歩き出した。土がジャリジャリと音を立てる。凍っているのだ。

「お待ちください、旦那さま」

ほんの少しの間のあと、すが子が追って出てきた気配を継之助は感じた。庭に下りる沓脱石に、すが子のための履物はなかったはずだ。

(あの馬鹿、裸足で下りたのか)

さぞ冷たかろうと案じたが、それだけにすぐに諦めて部屋へ戻るに違いない。継之助は振り返らなかった。歩調も緩めない。すが子が小走りに追ってくる音がする。

凍った土は痛いだろうに……。継之助は妻を振り切るため、いっそう足を速めた。すが子が足元の暗さからつまずいたのか、小さな悲鳴が後ろで上がった。たたらを踏んだが堪えきれずに倒れたような音が聞こえ、継之助はとうとう振り返ってしまった。

「何をしている」

つい怒鳴る。怒鳴った罪悪感で継之助はいっそう不愉快になった。そもそも沸き上がった怒りがすが子に直に向かぬよう傍を離れたというのに、結局はこのざまだ。

「申し訳ございません。けれど旦那さま、せめて羽織をお召しください」

すが子は慌てて立ち上がり、手にしていた継之助の羽織を着せようと差し出してきた。継之助が外へ出たあと、すぐに飛びつくように追ってこなかったのは、羽織を用意していたからなのか、と合点した。ならば、すが子がさっき強い口調で咎めた「いけませせぬ」という言葉は、こんな時間に出ていくことについてではなく、羽織も身に着けずに外を歩くことに対してだったのだ。

気勢を殺がれた思いで、継之助はすが子の為すがまま羽織に袖を通した。向き合う形ですが子が羽織の襟元を整える。背の高い女だからいつもは顔が近くにあるのに、今日は頭が見える。すが子が裸足で、継之助が下駄を履いているせいだ。

（くそう、負けた）

継之助はすが子の腰に手を回すとそのまま抱え上げた。今来た道を引き返し始める。

「あ、何をなさいます」

継之助の腕の中で、すが子が暴れる。

「お離しください。すがは一人で歩けます」

「当然だ」

「だったら、どうか下ろしてくださいませ」

「下ろしてほしければ俺に何か気の利いたことを言ってみろ」

「えっ」

暴れていたすが子の動きが止まった。継之助の足もゆっくりになった。部屋の灯りがすぐそこに見え、もうそんなに歩かずとも沓脱石に着いてしまう。だが、すが子がなんと答えるか、継之助には興味があった。

「あのう……言っても怒りませぬか」

「さあ、どうかな」

「……あのう……旦那さまはあと何年、この世でお過ごしになられますか」

「なんだって」

あまりにも突拍子もないことを訊かれ、継之助は真意を測りかねて戸惑った。もう部屋に着いたが、継之助はすが子を抱えたまま下駄を脱いだ。

「俺があと何年生きるか訊いているのか」

「はい」

「知らぬ。まるでわからぬ。明日までかもしれぬし、十年後かもしれぬ。あるいはもっと生きるやもしれん」

「はい」

だから何だ、と継之助はすが子の次の言葉を待ったが、続きはこれといってないようだ。それでも何を言いたいのか、継之助にはわかった気がした。確かにすが子の言う通りだ。人はいつ死ぬともしれないたった一つの命を生きている。

(もし明日死ねば、俺は今日の俺を後悔する)

そんな時間を過ごしてはならぬのだ。万策尽きて打つ手がなく思えたときでも、何かしらやれることは必ずある。以前は自身のやれることをやれる範囲でやっていたではないか。今度こそという気持ちが強すぎて、また駄目なのか、いつになったら力を尽くせるのかと歯嚙みするうちに、気持ちがいつしか荒(すさ)んでいた。

「なるほど、おすがにしては気の利いた言葉だ」

継之助は畳の上にすが子を下ろした。

「本当に？　嬉しい。けど畳が泥で汚れます」

すが子は他愛なく顔を赤らめ、赤い土の付いた足を恥ずかしがった。

二

長岡に引っ込んでいると、とたんに日本の情勢に疎くなる。それでも今年の八月十八日に会津と薩摩が手を組んでクーデターを決行し、成功させた話はかなり詳しく継之助の耳にも入ってきた。

（悌次郎、やったのか。おみしゃんが）

第一報を聞いた継之助はポンッと膝を打ったものだ。

悌次郎は約束通り、御守衛兵二千人を解散させ、攘夷親征も撤回させることに成功したのだ。

それだけではない。あれほど京で権勢を誇った長州藩を朝敵として京師から追放し、王城の地に一歩でも足を踏み入れることを禁じたという。

さらに、長州藩の志士らと手を組んで御守衛兵二千人の武力を背景に朝廷を意のままに動かしていたとみなされた三条実美とその一派、全部で七人の公卿も長州勢と共に都を追われた。

完全なる会津藩の勝利だった。世に言う堺町御門の変、別名八・一八の政変だ。

秋月悌次郎はこの政変を、会津藩兵の交代劇に絡めて成功させたという。在京の会津藩兵千人を国許に返す代わりに新たな千人を国許から呼び寄せるという名目で、二千の兵を京近くに滞在させたのだ。そして一千人の手勢を持つ薩摩と手を組んだ。

この合わせて三千の兵で禁裏を囲み、長州派の公卿を締め出し、帝を守る態勢を取った。身の安全を保障された今上帝、諡号孝明天皇は、ようやくすべては自分の意思でなかったことを皆に告げた。帝はこれまでの勅命のほとんどは長州派の公卿の出した偽勅であると明言し、偽勅に加担した長州藩と公卿らを国家の害と呼んだ。

長州勢と三条ら長州派の公卿たちは、帝に望まぬ攘夷親征の詔を出させ、攘夷祈願の大和行幸を行う際に帝の乗った輿を奪い、京に火を掛け二度と御所に戻れなくしたうえで、錦の御旗を手に討幕の義軍を起こすことを企図していたという。本当なら言い逃れのできぬ国賊である。

いつか継之助が鴨川の土手で見た壬生狼は会津藩から新選組の名を賜り、長州狩りを開始した。京を闊歩していた尊攘志士らも狩りの対象となったため、都落ちした長州勢らを頼って長州藩領に逃れたという。

ここまでは継之助の耳にも入ってきた。だが、その後の日本の政局がどのように進行しているのか、まるで摑めない。

この時期の継之助は、目に覆いを被せられたような日々だった。いつも情報収集には誰よりも力を注いできたが、ほんの数ケ月間、藩地に籠もっていただけで、目まぐるしく変わる日本の情勢に付いていけなくなっている。

もちろん、江戸詰めの友人たちから届く手紙である程度の事情は入ってくる。が、それも自身が直に見聞していたときのように、痒いところに手が届くようにはいかない。友人たちが優秀であればあるほど、主観の入り混じった報告となっているのは皮肉だった。

だが、継之助は焦るのはもう止めた。

友の秋月悌次郎が約束を守り、見事クーデターを成功させたというのに、自分はまったく男同士の約束を守れていない。師、山田方谷が忙しい中で教えてくれた、あらゆることの何もまだ実践できていない。細谷十太夫にも大きな口を叩いてきたが、何一つ成せていない自分がいる。

それでも、継之助は悲観することも、焦ることも止めた。自身の境遇を嘆いたからといって、事態が好転するわけではない。

ただ明日の自分を信じ、今できることをやろうと、継之助はまた藩地を巡るようになっていた。どこにどんな問題が起こり、どんな人材がいるのか。いざ、藩政改革に着手したときにまごつかなくていいように、できる準備を今のうちにやっておけばいい。

継之助の文久三（一八六三）年はこんなふうに過ぎ、文久四年——元治元年（二月二十日改元）の年は明けた。

継之助は、三十八歳になった。山田方谷のもとを訪ねてから四年半が過ぎていた。

（まだ何者でもない。俺はあの日から何一つ実績を積み上げることもできず、いまだ何者でもない。だが、それが何だ。何一つ成しえていないことが恥なのではない。そういう自分を憐れみ、世間を恨み、膝を突き、来るべきときのための準備を怠ることこそが恥と知れ）

継之助は正月、庭の松の前に立ち、暗い空から降りしきる雪を見上げ、そう己の胸に叩き込んだ。両手を天に突き上げる。

「我に困難を与えたまえ」

力の限り叫んだ。

そんな継之助のもとに、とうとう主君牧野忠恭から「江戸へ出て、我が為に尽力せよ」と声が掛かったのだ。

三

　雪道を掻き分けて江戸牧野家上屋敷に着いた継之助を出迎えたのは、山本堅三郎――帯刀だ。ことさら「寒かったでしょう」などの言葉はないが、火鉢でほんのり暖まった部屋に継之助は通され、体が芯からほぐれそうな熱い生姜湯を勧められた。

「何かあったのか」

開口一番、継之助は自身が呼ばれた意味を探った。何か常人では処理しがたい事態が起こったかもしれぬと疑っていたからだ。

「昨年末、殿が外国事務管掌を割り当てられたのです」

「ああ、それで俺か」

　継之助は納得した。横浜に出入りし、実際に異国人と接触していた継之助が、牧野家家中で最も外国事情に通じている。外国関連の仕事の責任を牧野家が負うことになったのなら、継之助が仕入れることができる情報はぜひ必要だろう。

　このころの外国関連の大きな事件といえば、薩英戦争と長州藩の行った攘夷戦だろう。このうち薩英戦争は、戦後の三度の交渉で両者は折り合いを付け、すでに片付いたとみていい。

そもそも薩英戦争は、生麦事件の賠償問題で鹿児島城下前之浜沖に軍艦七隻で現れたイギリス側と薩摩藩が拗れ、昨年の七月に武力衝突したことで勃発した。結果は勝敗の付かぬうちにイギリス側が撤退しており、薩摩側が勝利したわけではなかったが、多くの日本人はそう受け取って狂喜した。朝廷も首尾良く行われた薩摩の「攘夷」に対して十分な褒賞を与えている。ここまでは表の事情で、たいていの日本人が知り得ることだ。

　だが、この戦闘が、イギリス側が幕府からすでに賠償金を十万ポンドも受け取っているにもかかわらず、薩摩藩にも重ねて請求した不当な要求から起こっており、諸外国が当のイギリス本国も含め、薩摩藩に正当性を見出しているという裏の事情までは、実際に外国人と接していなければ摑みにくい情報だ。さらにこの戦闘から、一部のアジア諸国のように力で捻じ伏せる不当な支配は、日本国では成しがたいという評価を列強から得たことも、外国の新聞が手に入らなければ知り得ない。

　長岡に籠もっていたためこの時点では知らないが、継之助ならひとたび横浜に行けばエドワード・スネルなどを通じてそうした情報を知ることができるのだ。忠恭が自分に期待する役割を合点したが、継之助は断るつもりでいる。

　もう一つの外国関連の事件、長州藩の攘夷戦の方は、これから問題が本格化していくところだ。長州藩から馬関（関門）海峡で砲撃を受けたアメリカ、オランダ、イギリス、フランスの四ケ国が、報復のため改めて国許から艦隊を引き連れ、攻撃に来るやもしれぬと噂がたっている。

もし、本当にそうなれば、「国賊となった長州を諸外国が攻撃するという事態」に「日本の盟主たる幕府」がどう対処すべきか、実に難しい問題と直面することになる。

長州に手を貸せば、列強は日本が自分たちと敵対したと受け取るだろう。待ってましたとばかりに侵略戦争に発展するのが目に見えるようだ。討幕まで企図した長州のために、幕府は開幕以来の窮地に陥り、日本自体も崩壊するかもしれない。

だからといって、長州を四ケ国連合艦隊が攻撃するのを黙認すれば、長州領も皇土である以上、それを見放した幕府は、もう日本の盟主と言い難くなるのではないか。朝廷に対しても不敬である。民衆は、そんな幕府を許さないだろう。今度は幕府が人々から見放される番だ。

（どちらを選んでも詰む）

というのが継之助の読みである。ならば方法は一つしかない。連合艦隊が長州に戦を仕掛ける前に、交渉でかたをつけるのだ。

（無理だな）

継之助は冷静に判断している。

口八丁で狡猾な米欧諸国と渡り合えるなら、そもそも不平等条約を押し付けられてなどいない。薩摩問題でも、イギリスに言われるまま十万ポンドもの多額の賠償金を支払ってはいない。生麦事件は日本側が一方的に悪かったわけではないのだ。

日本には、国際的交渉の場に着けるほどの円熟した政治家は育っていない。

とりあえずその場を穏便に済ませられれば、それが後々どれほど不利益を国にもたらすことになっても目を瞑る。ペリー来航以来、そんな外交しかこの国はやってこなかった。

（我が藩が外国事務管掌として着任したところで同じことだ。京で長州や公卿らの策謀に対し、後手にばかり回っていたというのに、諸外国相手にどう渡り合うつもりでいるのか）

継之助は山本帯刀（堅三郎）の淹れてくれた生姜湯を啜った。皮肉めいた心中とは裏腹に、じんわりとした温もりが体の隅々に広がった。

外国事務管掌も老中も、絶対に辞めてもらわねばならぬと改めて継之助は決意を固めた。そんなこちらの心中など知らぬ帯刀が、

「殿はずっと河井どのをお傍にお呼びしたかったのですが、なかなかままならなかったのです」

火鉢の灰を掻き回しながら、世間話のように内情を語った。

「殿が」

「何度か河井どののことを口にされましたが、側近の反対も激しく、強いて押し通すこともできかねておられました」

「なるほどな。俺は御家老らの間で嫌われ者だ」

継之助の皮肉な口ぶりに、

「そうなのです」

帯刀は取り繕ったりせず、大仰に頷いた。

「けれどこたび、外国事務管掌というお役目をいただき、河井の力が必要だとする殿の仰せに首を横に振れる者は一人もいなかったというわけです」

継之助は生姜湯を全て飲み干し、湯呑みを茶托に戻した。

「殿は初めから、この俺をお傍にと考えてくだされていたというのだな。間違いないな」

継之助は確認した。

「間違いありません」

帯刀が請け合う。

「わかった。それだけ聞けば十分だ。ならば、俺は殿の期待に応えねばならぬ」

「ああ、良かった。また河井どののことだから、無茶を言い出すのではないかと冷や汗でした」

「無茶とは何だ」

「老中と外国事務管掌の辞任です」

ふん、と継之助は鼻で笑った。

「もちろん言うさ。殿には老中も外国掛も下りていただく」

は？　と帯刀は目を白黒させた。

「いや、しかし今……期待に応えたいと言われたばかりではありませんか……」

「言うたぞ、堅三郎どの」

「今は帯刀です」

「帯刀どの、殿は俺の心中を御承知だ。その上で初めから傍に呼びたがっていたのなら、殿も俺と同じお考えということだ。ずっと老中を辞任したくてもできずにいるに違いない。殿の出世を喜ぶ家臣団を前に、辞めたいなどと言い出せずにいるのだろう。なに、俺が悪者になれば済むことだ」

四

主君忠恭と膝を詰めてからは、藩内での方針はとんとん拍子に進んだ。

実際に、京都所司代に就く時点での藩の赤字が幾ら、着任してから撤退し終えるまでに掛かった費用が幾ら、その間に膨らんだ赤字が幾ら、老中に就任してから掛かった費用が幾らで、現時点の赤字が幾らと算出させ、反対していた藩上層部に突き出し、継之助はとうとうと意見を述べた。

「一体どなたが、かようにまで膨らんだ借財の責任を負うつもりでおられるのか」

龍の絵に描かれる目と似ていると言われるぎょろりとした双眸(そうぼう)で、居並ぶ重臣らを順に睨(にら)みつけると、みな継之助から顔を逸(そ)らした。さすがに筆頭家老の稲垣平助(いながきへいすけ)だけは、目こそ合わせなかったが、口を開いた。継之助より九つ下、二十九歳の若き家老である。

「藩の財政難は誰が悪いということではなかろう。物価はうなぎ上り、貨幣の価値は逆に日を追うごとに落ちていっている現状、致し方ないことだ。今は耐え時であろう」

「仕方なくはござらぬ。金が足りねば、収入を増やすか、使うのを控えるかの二つに一つ、あるいはその両方をやるべきでござろう。この継之助に藩政を任せていただければ、今のこの絶望的な赤字を黒字に変えて見せましょう。もし、三年以内にできねば責任を取って腹を切り申そう」

稲垣平助はうっと言葉に詰まった。

「このまま老中をやり続け、我が藩が破産いたせば、どなたが責任を取って腹を召されるのか」

もう一度、継之助は全員を睥睨した。

「お答えいただこう」

腹の底から出した声で畳みかけた。誰が責任を取るのかという言葉はよく効いた。ではそれがしが、とは誰も言わない。最初に現実の数字を突き付けてあるから、このまま進めば近い将来のっぴきならないことになるのはだれの目にも明らかだ。

「殿の老中辞任、異存ござらぬな」

継之助はすかさず結論に持ち込んだ。

「ござらぬ」

家老見習いとして末席に座っていた山本帯刀が、ひとり首肯した。表だってもう誰も反対しなかった。こうして藩の方針は主君忠恭の老中辞任の方向で決まった。

あとは幕閣の説得だ。

継之助には、物頭格御用人勤向、公用人兼帯という役が与えられた。その上で、老中板倉勝静に、主君牧野忠恭の内願書を届けに行く。

内願書の最後には、

「委細は使いの者である河井継之助にお聞きくださいますよう。お忙しい中、かような身分の家来を差し向け失敬に当たり心苦しいが、この河井継之助はかつて山田方谷先生の許でお世話になり申した者ゆえ、難しいことではありましょうが、なにとぞお会い下さり、詳しいことは御聞き取りくださいますようお願い申し上げます」

と綴られている。

こうして継之助は、師山田方谷の主君である板倉勝静に初対面した。勝静は顔も鼻も長く、眉毛のきりりと吊り上がった精悍な顔立ちの貴公子だ。

この面会の場に、方谷はいない。このころの方谷は、体調を著しく崩し、辞任と勝静の補佐就任を繰り返している。体調不良の一因には、頑として老中を続ける勝静と意見を異にし、常にぶつかり合っていることも大きく関係していると継之助は耳にした。方谷も継之助と似た考えから、勝静に老中辞任を勧めているらしい。

継之助は勝静の前でも堂々と持論を展開した。英明と名高い勝静は、その間、ほとんど声を発さず不機嫌そうに時折眉をひきつらせたが、継之助が一通り喋り終えると、

「聞き飽きた」

一言のみ感想を述べる。これにはさすがの継之助も一瞬、意味を摑みかねた。

「恐れながら、なんと」

勝静は、「安五郎（やすごろう）」と通称で方谷を呼び、

「継之助と申したか。そのほう、まぎれもなく安五郎の弟子であるな。同じことを言うわい。予は聞き飽き、安五郎は国へ戻り、予は今も老中としてここにいる。それが予の答えである」

にべもない。継之助に対して何か意見してきたなら幾らでも鋭く返せる。が、こんなふうに言われれば考えていたことを全て伝え終えた継之助としては、もう口を閉ざすしかない。

（なるほど、噂通り頭の良いお方のようだ）

それにしても継之助が備中松山を訪ねたころは、これ以上ないほど強い絆（きずな）で結ばれた主従に見えたものだが、二人の関係にいつしかひびが入り、道を分かっている。これからは、誰もがぎりぎりの選択の中で、信念を懸けた己の道を突き進むしかないのかもしれない。

五

牧野忠恭は、継之助を通じて老中辞任の内願書を幕府に提出して以降、病と称し

て出仕しなくなった。

自分一人が老中を下りようとしている罪悪感に、

「胸が痛むのう」

とこぼしたところを側近となった継之助が聞きとめ、

「御前、お胸が痛むのでございますか。それはいけませぬな。安静が必要でございましょう」

すかさず胸痛の病で届け出たのだ。

板倉勝静ら幕閣は、幾度となく見舞いを寄越しては一日も早い復帰を促したが、忠恭も腹をくくっているから外国公使引見などの特別で重要な任務以外は出ない。一月からこういうことを続け、いつしか裸木は青葉をまとう季節となった。

この間、ますます世の情勢は緊迫してきている。

長州藩を頼れなくなった尊攘志士らは、今度は示し合わせたように水戸藩に詰めかけた。彼らに急き立てられるように、藤田小四郎（こしろう）ら六十数名が筑波山（つくばさん）に挙兵した。元治元年三月二十七日のことだ。小四郎らは四月には日光（にっこう）に近い太平山（おおひらさん）に移り、東西呼応して決起することを長州藩に促した。長州勢は容易に動かなかったが、この呼びかけに鼓舞された志士らが、ぞくぞくと太平山を目指した。その勢力は瞬く間に七百人に膨れ上がった。世に言う天狗党（てんぐとう）の乱の起こりである。

今のところ長州は起っていないが、いつ暴発するかわからない。もし、東西の雄藩、水戸と長州が呼応して起てば、日本中を巻き込む大規模な戦に発展するやもしれない。江戸も京もぴりぴりしている。しかも、長岡藩支藩の笠間藩領は、水戸藩領に近い。果たして、長岡藩だけが火の粉を被らずに済むだろうか。この問題が片付かぬうちは、老中辞任など覚束ないのではないか。

（一歩、遅かったかもしれぬ）

昨年のうちに辞表を出せていればと、継之助は歯噛みした。

元治元年五月十九日は、西暦の六月二十二日に当たる。雨の多い季節で、この日も小雨が降っていた。千代田城龍の口にある忠恭の住まう役宅の老中屋敷の庭に咲く紫陽花も、しとどに濡れて枯れ際の赤みがかった萼を頼りなげに震わせる。

この日、一人の男がぶしつけに乗り込んできた。八万石笠間藩主牧野貞利（貞明）だ。齢三十五で継之助より三つ若い。千代田城が火事になったとき火消で功績をあげた経歴を持つほど、血気盛んな大名だ。

笠間牧野家は長岡藩の支藩であったが、長岡牧野家から領地を分け与えられた家ではない。五代将軍徳川綱吉の引き立てにより大名になった家柄で、立場はほぼ同格だった。表高だけなら数千石ほど牧野家より高い。忠恭にとっては何かと気を遣う相手だった。

無下にはできないので、継之助同席の形で面会に応じた。貞利は開口一番、

「仮病で籠もっているときではござらぬぞ」

忠恭にすごむから、継之助は不快を覚えた。

「委細はその者が今より説明いたす」

忠恭がそう継之助を指し示したが、貞利はちらりとも見ない。まるでこの場に継之助などいないかのように、さらに忠恭に詰め寄った。

「もうすぐ上様が江戸にお戻りになられますぞ。御予定では明日、御帰府召される。それでもまだ備前どの（忠恭）は、引きこもりを続け、出仕せぬおつもりか」

この時期、将軍は再び上洛していたが、水戸暴発という火急事態に江戸へ戻ってくるという。

上様が——と言われてなお出仕せぬ、とは謹直な忠恭には言い難い。そうはいっても、藩執行部の反対を捻じ伏せる形で、「老中を辞任して江戸を退き、藩政に尽くす」ことを藩是とした経緯があるから、では出仕いたすとも言えない。忠恭の顔が苦悶に歪んだ。

貞利は構わずさらに畳みかける。

「上様が戻られれば、御裁可待ちの物事が一気に動き出しましょうぞ。水戸の一件も、長州の行った異国船砲撃の四ケ国による報復問題も、さらには横浜鎖港問題も

なにもかも。老中であり、外国事務管掌の貴公のお役目ですぞ」

忠恭は無言で額の汗を拭った。

「おそれながら申し上げます」

このとき、継之助が口を開いた。

「黙れ、下郎」

即座に貞利が叱責する。

「下郎ではなく、公用人の河井継之助でござる」

忠恭が静かに、しかしきっぱりと継之助は自分の側近だと告げた。貞利は、継之助を憎々しげに睨みつけた。

「そのほうか。近頃よからぬ入れ知恵をする佞臣は」

継之助も、睨む貞利を真っ直ぐに見返して丹田に力を込めて答えた。

「佞臣か忠臣かただの愚者かは、後年、時が決めること。かような批判を気にしていては、男児たるもの、一片の仕事もできかねましょうや」

「小癪なことを言う。時の裁きを待つまでもないわ。国賊長州を征討するのに将軍家が陣頭に立ち、出軍すれば上様の威光も轟いたであろうこの時期に、水戸の天狗党の輩が筑波山に挙兵し、幕軍は二手に分かれるしかないといういまいましき火急の事態。その上さらに四ケ国連合艦隊が手ぐすね引いておるのだぞ。我が国存亡の危機を前に、長岡しか見えぬそのほうに政を語る資格があろうか。下がれ」

「下がりませぬ」

「なに」

「この継之助に命じることができるのは、我が殿のみ。下がりませぬ。おそれながら申し上げます。水戸の暴発を、国を巻き込む乱に発展させぬよう手を尽くすのが幕府の仕事。すぐに戦を想定するのはいかがなものか。これ以上、不逞の浪士が水戸に詰めかけぬよう勢力を抑え、直ちに同藩の反対派の者たちによって鎮圧させ、水戸の内乱として処分しておしまいになり、決して大事にせぬことが肝要でございましょう」

「一々、理想を述べるでない。虫唾が走るわ。現実はそう上手く運ばぬ」

「三月の時点で動いていれば、わずか六十余人の勢力に過ぎなかったかと、それがしは記憶いたしておりますが」

「おのれ、幕閣を批判するか」

「決して理想論を述べているわけではござらぬと申し上げたまで。長州の問題に関しても、今のようにあまりに追い詰めれば、奴らとて暴発する以外、手がなくなるではありませぬか。亡国の危機を口にするのであれば、なるべく日本人同士で戦わぬ道をまずは模索すべきでございましょう。日本中を巻き込む戦をせぬ限り、諸外国は列強同士で牽制しあい、我が国の侵略に乗り出すことは決してできませぬ。我が国はまだ本当の修羅場にございませぬ。そうであればこそ、今のうちに力を養い、真の非常のときに備えたく存じます」

「さように戦に持ち込まぬ方策があると申すなら、お役を続け、やってみせたらよかろう。まことできるならな」

「ならば幕政の全ての権限を預けていただけましょうか。全てこの継之助の思うままに采配してもよいのなら、見事解決して進ぜましょう」

牧野貞利の身体がわななないたと思うや、

「この思い上がりの痴れ者が！」

怒りが強すぎたのか裏返った怒声を上げた。継之助は怯まなかった。

「いったい、長岡の者が長岡のことを思い、これ以上の荒廃を食い止め、豊かな国にしたいと願うことの何処が非難を受けねばならぬことなのでしょうか」

すでに吊り上がっている貞利の目がいっそう上がった。

「今はかような時ではないとまだわからぬか」

唾が凄まじい勢いで辺りに散った。

「そうでございましょうか。日本を世界に誇れる独立した良き国にしたいと願うなら、全ての藩と幕閣が派閥争いを止め、互いの存在を尊重し合うだけでことは成るとそれがしなどは思います。一人一人が、甘い汁を吸おうとせず、名を売ることに躍起にならず、同じ日本人を蹴り落とす真似を止めれば火急の事態も起こらず、特別なことなどせずともこの国は治まりましょう。政とは誰のためにいたすのか、一人一人の為政者がその一事を忘れずにいれば、諸外国からも侵されぬ強い国となりましょう。みなが忘れているようなので、まずは長岡が範を示して見せとうございますと、申しているのです」

「ええい。思い上がるな。まだ幕閣を批判するか。不敬であろう」

貞利はぐいっと膝を詰めて継之助に迫り、その胸倉を摑むと泡を飛ばしながら一気にまくしたてた。

「そんな絵空事の戯れ言は聞きとうないわ。我が笠間の城は水戸の城下と四里と離れておらぬわい。隣の火事がそこまで迫っておるのに、火の用心をしろと言われてそのほうならなんと答える。予が欲しいのは今すぐ火を消すことのできる人材であるぞ。それを親戚筋の備前守どのにこうして頭を下げて頼みにきておるのじゃ。老中を続け、共に火消しを手伝ってほしいとな」

「誰か、誰かあろう」

忠恭が貞利の言葉に被せるように人を呼ぶ。次の間に控えていた植田十兵衛が飛び出してきた。

「河井を叩き出せ」

忠恭は厳しい声で命じた。十兵衛は継之助の背後から脇下に手を差し込んで抱きつき、貞利から力ずくに引き剝がすと外へ連れ出した。

「俺の辞表はできたのか」

継之助は、牧野家江戸上屋敷の長屋門内の一室をひょいと覗き込んだ。そこは継之助派のひとり、永井慶弥が日ごろから寝起きに使っている部屋だ。

慶弥は「うむ」と頷き、自慢げに継之助に一枚の紙を渡した。継之助が代わりに書いておいてくれと慶弥に頼んでいた「辞表」である。

植田十兵衛に抱きかかえられるように牧野貞利の前から下がらされた継之助は、すぐに老中役宅を辞して上屋敷へと戻った。そのときにはもう今後、主君忠恭がどう動くか、全てが継之助にはわかっていた。忠恭は引き籠もりを止め、明日から出仕し、老中の職務に専念するだろう。支藩の貞利にあそこまで言わせてなお拒絶する人柄でないのは、継之助は百も承知だ。

(俺は失敗したのだ)

「河井を叩き出せ」と命じたあのときの忠恭は、かつて聞いたことのない語気の激烈さだった。だからといって継之助に怒っていたわけではない。忠恭自身が火のような激しさで叱責しなければ、貞利が継之助に対してどのような処罰を科すように言い出すかわからなかったからだ。忠恭は、怒声を上げて叩き出すことで継之助を庇った。

自身への主君の寵の篤さを継之助は感じた。おそらく忠恭は、やっと手元に引き寄せた継之助に重い処分を下す決断を渋るだろう。その温情は、藩内が乱れるもとになる。回避するためには、継之助が自ら退かなければならない。

どれ、と継之助は慶弥に渡された起草文に目を通した。

【私儀、痔の病を患い、引き籠もらせていただきましたところ、すぐに全快の見込みもござらねば、不本意ながら物頭格御用人勤向、公用人兼帯の江戸詰めのお役目をお外しくだされますようお願い申し上げたく存じたてまつりそうろう】

「痔……」

とまずは呟く。辞職して江戸を去る理由が痔の病になっている。

「継さ、不満か」

「大いに不満だ。貸してみろ」

継之助は墨を含んだ筆を慶弥から取り上げた。

「これでは病が足りぬ。もっと書き足せ」

継之助は黒々と「胸痛」と付け足す。忠恭が老中辞任願いに使ったのと同じ病名だ。気付いた慶弥と目を合わせると二人同時に大笑した。

六

長岡、河井家――。

「継さも、もう四十が目の前か。おすががうちに来てくれて……あれは庚戌（嘉永三年）だったが……、すると今が甲子（元治元年）だから……」

「十四年です。旦那さま」

「そうか、もう十四年も経つのかや……早いもんだ。そろそろなあ、おすがには悪いだが考えぬといかぬ」

義父母のもとに出し茶を運んできたすが子の耳に、障子越しに残酷な言葉が突き刺さった。

なんの心の準備もしていなかっただけに、不意打ちに心を抉られ、すが子の全身が強張った。ハッと息を詰めた気配を部屋の中の二人も感じたようだ。しまった、と言いたげに中の空気が凍りつくのが、すが子にもわかった。

何食わぬ顔で「お茶をお持ちしました」と二人に声を掛け、笑顔の一つも作って茶を置いてこなければならないことはすが子にもわかっていたが、体が石のように固まって動かない。

(こんなことって……)

すが子は同じ姿勢で馬鹿のように突っ立っていたが、中の二人もあえて何も言わなかった。

一緒になって十四年も経ったのに子がいない。針の筵のような気持ちをこれまで抱いてこなかったわけではない。河井家の世継ぎをもうけていないという一事は、常にすが子の鳩尾に重しとなって落ち込んでいた。

最初のうちは、継之助が家に居つかぬせいだからと、義父母の方が気を遣ってくれていた。だが、それが十四年も通じるわけがない。なにも本当に夫はずっと留守にしていたわけではない。すぐに飛び出していってしまうものの、しばらく家にいた時期も何度となくあった。

そろそろという義父代右衛門の言葉が耳にこびりつく。そろそろどうしようというのか。方法は三つしかない。すが子を離縁するか、養子を取るか、継之助に妾を宛てがうか。

(本当は私から言い出さなければいけなかったことなのに、お二人に言わせてしまった)

どのくらい佇んでいたのか、気付いたときには部屋の中にいたはずの義母が目の前にいて、「あっ」と口を開きかけたすが子の肩をそっと抱いた。ごめんなさい、とすが子の唇は動いたが、声はまったく出なかった。

義父は戸惑う顔を隠せなかったが、義母貞子はすが子の肩を抱いたまま、

「良い機会だから言いますが、養子を迎えることも考えに入れねばなりません。相手の要ることだから、差し迫ってから何とかすればよいという問題ではありませぬゆえ」

きっぱりと言った。俯いていたすが子は顔を上げた。笑顔までは出なかったので能面のような顔で、「はい」と答えた。今度は声が出た。

離縁でも妾でもなく「養子」という義母の言葉は、一番現実的な解決策でもあった。すが子が嫁いで以来、実家の梛野家が河井家にもたらす恩恵は小さくない。それに養子は珍しいことではない。

「お茶をお持ちしました」

やっとそう口にすると、すが子は義父母に冷めてしまったかもしれぬ茶を差し出し、逃げるように二人の部屋を後にした。中庭に出ると、濃い緑の生い茂る上に青味の深い空が横たわり、丸みのある真っ白な雲を遠く霞む水平線から湧き立たせているのが見えた。

(笑わなきゃ)

すが子は膨らみの少ない頬を摘んで上に引き上げ、「に」と声を上げた。

（こんなときにこそ笑わなきゃ）

辛いときほど笑え、と言われてすが子は育った。女はそうやって闘うんだと教わった。そうしておばあさんになったとき、笑い皺が顔に強く刻まれていたら、それはお前が長岡の女として生きた証だよと言い聞かされた。

「に」とすが子はもう一度叫ぶ。

「に」

間髪容れずに背後から大きな声がして、すが子はびっくりして頰を摘んだまま振り返った。そこに今頃は江戸にいるはずの夫の継之助が立っている。

「おすが、何をしておる」

継之助は荷物を置いて、同じように自分の頰を摘んで見せた。すが子の顔は火が出るほど熱くなった。

「笑っております」

「そうか、笑っているのか。良いことだ。おすがは毎日頰を摘み上げて笑っておるのか」

「いいえ、たいていは普通に笑っております」

「うむ。俺はまだおすがのことを何も知らぬようだ。お役目はお返ししてきたゆえ、またしばらくは家に居るぞ」

(いったいどうしたのかしら。旦那さまのことだから、また何かやってしまったのかしら。私たち、養子を貰うようです)

すが子の中にいろいろな言葉が秩序なく湧き上がったが、実際口にしたのは、

「あら、まあ」

の一言だけだった。

城下では継之助の辞職がちょっとした噂になった。

「やっぱり。あの暴れ馬が長く続くはずがないと思ったが」

「いくらなんでも早すぎよう」

「どうせまた誰かおえらいさんとぶつかったんだろう。辛抱の利かん男だで。みな言いたいことを山ほど抱えておるものの、それをぐっと堪えて折り合いをつけて務めを果たしておるのに」

「言いたいことを恐れず口にし、放埒に振る舞うことが恰好良いことか何かと勘違いしておるのだろう。そんなものは若いときに違うと気付くもんだがや」

なかなか手厳しい。一緒に辞表を出して長岡に戻ってきた三間市之進が憤慨する。

「青息吐息の長岡を立て直すために闘った河井さんのことを、何も知らない連中が

勝手なことばかり」

　当の継之助はただ笑って取り合わない。

「言わせておけ」

　今度の辞職はいつもと違う。市之進だけでなく継之助を支持する男たちが一団となって退いた。昔ながらの仲間、花輪馨之進も辞めた。忠恭に命じられ、継之助を羽交い絞めにするような恰好で笠間の殿様から引き離した植田十兵衛も辞職した。他にも若者たちの幾人かが辞職願いを認めた。

　日頃から継之助を苦々しく思っている者の中には、今度の失態をあげつらって二度と政の表舞台に出てこられぬほど失脚させたいと望んだ者もいたはずだ。それを蟄居でも閉門でもなく、継之助本人からの辞職願いを受け入れる形でお役を解くにとどまったのは、継之助の同志たちが一勢力となって進退を共にしてみせたからだ。継之助を弾劾すれば、どれだけの反発が藩内で起こるかわからぬ怖さを、藩庁の方は感じ取っていたのだ。

　継之助の方も今度の帰郷は、失脚して敗退したわけではないととらえている。実質失脚したのだが、自身の中ではもっと積極的に長岡へ戻ったつもりであった。

（役に就いてなくとも、やれる改革はある）

継之助は自分を信じて付いてきてくれた仲間たちと共に、無役のまま藩政改革に着手する気でいた。もうこれ以上は待っていられなかった。なにもかも急がねばならない。

これまでも、継之助は長岡にいる間は領内を隈なく自らの足で歩き、どこでどんな問題が起こっているのかを見てきた。

例えば長岡領内に横たう信濃川は、多くの恩恵を領民にもたらしたが、一方で水害をたびたび引き起こしてきた。ことに支流の中ノ口川沿いは洪水を引き起こしやすい。原因は川の形にあるのだから変えてしまえばいいのだが、他藩との兼ね合いで改修工事に着手できないまま今日まできている。どうすれば他藩に文句を言わせずに工事に取り掛かれるか、今のうちに調査をしていれば、もし自分が土木工事を行う権限を得たときに、すぐに手続きに入れる。

また藩内の金の流れも徹底的に把握することに務めた。それは藩の収支という表の流れだけでなく、誰がどこに賄賂を贈り、そのことで誰にどんな儲けが出ているのかというような裏の流れにも及んだ。どの商人や庄屋たちがどの武士や役人と繋がっているのか。そしてどのような便宜を図ってもらい、互いに肥え太っているのか。

それら既得権益にどっぷりと浸る者たちは、継之助が今後やろうとしている改革に全力で反発してくるに違いなかった。

当たり前のことが当たり前に行われれば、その国はいずれ財政難から抜けられるだろう。国が借財を抱えて悲鳴を上げるのは、お役に就く誰かが利権に溺れ、甘い汁を吸っているからなのだ。そこを正さなければ、笊で水を汲むようなものだ。桶を水で満たしたくとも、運ぶ途中で水は全て零れ落ちるように、どんな改革を重ねても徒労に終わるだけだ。

だが、そもそも人は利で動く生き物だから、綺麗ごとはすぐに泥水の中に沈められてしまう。今更、滅私奉公をせよと言っても聞く耳を持つ者はいないだろう。あらゆる力を駆使し、改革者を潰しに掛かるはずだ。

（その前に手を打ってしまえ）

相手がこちらを潰すために動き出す前に、先手を打って牽制し、捻じ伏せていくしかない。ならば、いざ改革を行う段階で調査しても遅い。そう考えれば、天が味方した雌伏のときかもしれない。

兵制改革も行わねばならない。エドワード・スネルの兄、ヘンリーが言っていた。

「カワイサン、武器が変われば戦い方も変えていかねばなりません。武器はどんどん変わります」

その通りである。軍の編成自体を変えていかねばならない。

継之助は友で藩医の小山良運のもとを訪ねた。良運は医術を蘭学者緒方洪庵の下で学び、長崎にも遊学した経験を持つ。同じ洪庵に師事した大村益次郎がそうであるように、蘭医学を学んだ者の多くは西洋技術にも精通し西洋戦術にも触れる。良運もまた、知識として修めていたが、特に継之助の希望でこの頃は、進化していく火器とそれに合わせた戦法を、本業の傍ら積極的に学んでいた。それを今度は継之助が教わりにくる。

「武士の腰から刀を外し、銃に持ち替えさせるのは至難の業だぞ、継さ」

講義ののち、良運は患者の火照り取りや利尿に使うために置いてあった胡瓜をその場で輪切りにして継之助に差し出し、「できるのか」と訊いた。

良運が輪切りの胡瓜を差し出したのは、武士が食べてはならない食べ物だったからだ。輪切りにしたとき、切り口の断面に葵の御紋に似た模様が現れるのが理由だ。もし徳川家に仕える者が食べれば、切腹だとまことしやかに言われている。

良運は武士が刀を外すのは、この胡瓜を食べるようなものだぞと言っているのだ。

「やるさ」

継之助は輪切りの胡瓜を皿から摘み上げ、躊躇いもせず口に放り込むと音をたてかみくだいた。

「胡瓜を食べるか食べぬかで忠義が測られるなぞ馬鹿げたことだ。忠義は己の行いで示すものだ。物で測るものじゃない。刀も同じことさ」

同じ部屋の隅で背を丸めて蔵書を読み漁っていた肩の細い男が、継之助の言葉にぎょっとなって顔を上げた。ほう、と継之助の意識はこの男に飛んだ。この頃、いつ良運を訪ねてもこの男は隅で書を貪り読んでいたが、顔を上げたのは初めてだったのだ。女装をさせてもいけそうな優しい顔立ちの男だ。が、その目の奥には不敵な光を宿し、なかなか一筋縄でいきそうにない気質が見え隠れしている。

男は継之助と目が合うと、さっと視線を逸らしてまた読書に熱中し始めた。良運のもとに通っているのだから、蘭方医を目指しているのだろうか。それとも単に異国の知識を探っているのか。どちらにしろ面白そうな男だった。

「名をなんという。俺は河井継之助だ」

継之助の問いかけに、男は視線を書物に据えたまま、

「成三郎」

ぶっきらぼうに答えた。

「渋木成三郎といって、崇徳館（藩校）の誇る秀才だ。江戸遊学の経験もあり、語学も達者だ。継さ、君と同じ無役だよ」

良運がすかさず付け足したが、成三郎は会釈さえしない。その媚びぬふてぶて

しさが継之助は気に入った。使えそうな男だ。

七

継之助が長岡で我が道を邁進しているとき、江戸では主君牧野忠恭も奮闘していた。笠間藩主牧野貞利の願いを聞き入れる形で職務に復帰すると、直ちに板倉勝静と共に水戸の反天狗党の家老らを手引きし、水戸から六百人の反天狗党勢力を江戸へと引き入れた。これらの勢力により藩邸内の天狗党ら筑波勢に加担する者は鎮圧され、水戸藩主の身柄と藩邸は反対派が完全に掌握した。

ここまでは鮮やかな手並みで進んだが、継之助が危惧した通り、この後幕閣は熾烈な派閥争いに突入した。

天狗党ら筑波勢を武力制圧することに反対の立場を取る政事総裁職の川越藩主松平直克が板倉派を煙たがり、勝静ら幾人かの老中職を罷免したのだ。が、それに反発した忠恭らが今度は逆に直克派を罷免に追い込んだ。これらの内部抗争で六月を無駄に費やし、筑波勢の武力鎮圧が閣議決定したのは七月に入ってからだ。三月に筑波山で挙兵してから、四ケ月も過ぎていた。

西では、この天狗党の乱に呼応するかのように長州の軍勢が東上し、京で会津、薩摩を中心とした諸藩の幕府方軍勢と激しくぶつかり敗退した。世に言う禁門の変である。

長州勢が禁闕に発砲した罪は重く、長州征討の命が朝廷から下ったが、時を同じくして四ケ国連合艦隊が軍艦十七隻におよそ三百門の砲を搭載し、五千人の軍勢で長州領赤間関を目指した。幕府は四ケ国連合艦隊の長州藩攻撃を容認した。

このときすでに忠恭は外国事務管掌の職務からは退いていたため泥を被らずに済んだが、幕府自体は継之助の言うところの「詰む」手を打ってしまったわけだ。

元治元年八月五日に四ケ国連合艦隊は長州藩を攻撃し、わずか半刻（一時間）で赤間関の四十の砲台全てを沈黙させた。八日には、長州藩から講和使節が差し向けられた。かの高杉晋作が任に当たったという。

晋作は、魔王のように傲岸に姿を現し、「お望みならもう一戦」とはったりをかまし、彦島を租借したいと申し出たイギリス側の要求を即座に突っぱねた。彦島租借は植民地政策への第一歩となり得る一手だったが、他の三ケ国に対するイギリスの抜け駆け行為に過ぎず、無理強いできぬ要求だと晋作は看破した。継之助が貞利に言った通り、列強は日本側が毅然としている限り、互いに牽制しあって手が出せぬと知っていたのだ。

季節が巡るのは早いもので、長岡藩領内の田んぼはもう収穫期を迎えている。継之助は黄金に広がる泥田を、目を細めて眺めた。

横には大崎彦助という庄屋見習いが付き従い、

「いつ見ても、稲穂が頭を垂れる姿はいいものでございますね」

嬉しそうに呟く。彦助は子供のころ、継之助の姉の嫁ぎ先に奉公にきていた男だ。そのころから九つ上の継之助のことをずいぶんと慕い、どこにでも付いて回りたがった。一度は継之助を追って遊学先の江戸まで家出をしてきたほどだ。自分を慕う少年は愛おしい。継之助も彦助の人生を真剣に考えていたので、両親の許しを得ずに出てきたことを叱り諭し、江戸から故郷へと追い返した。

その後、彦助は実家の庄屋に戻ったが、継之助が長岡に戻ってくると家業の合間に〝押しかけ従僕〟と化し、時おり今日のように後ろを付いて回った。継之助もこのくらいは好きにさせてやっている。

「この実りの光景が良いものに見えぬ者も多いのさ」

継之助の言葉に、「えっ」と驚いた顔で彦助は振り返った。

「だから国が乱れる。日本がとか、幕府の一大事とか、大きなことばかり言うことで己も大きくなった気でいる連中は、大事なことを忘れているのだ。何をするにも飯を食わねばならんし、金もいる。どんなときも人間、生活をせねばならん。田んぼが荒れたら、日本も幕府もこの長岡も干上がるというのが、どうにもわからぬ連中ばかりだ」

「秋になれば、何もしなくても米ができると思っているのでございますよ」

などと彦助が大真面目に言うから、継之助は声を立てて笑った。

「俺は、理想ばかり口にして、現実のまるで見えぬ連中が大嫌いだ。地味にこつこつ平素の務めを果たすより、大きなことを口にして同志という名の同じ穴の貉と騒ぐ方が楽だろうし、さぞ愉快だろう。たいそうな志を掲げた己らを高潔と信じ、それ以外の者は俗物と罵る。そのくせ、その俗物が作った飯を食べ、稼いだ金を資金とする。俗物の努力の上に成り立つ志だと気付いておらぬ」

「ああ、本当にそうでございますね」

「立志が悪いとは言わぬ。だが、足元を固めず浮ついた輩に、どれほどの男の仕事ができようか。彦助、戦も華々しい戦闘より、実際は輜重が大事なのだ。何事も表より裏を固めねばならぬ」

　幕府には裏を固めるということが、まるで足りていないと継之助は危惧している。

　今、長州藩はぼろぼろの姿である。この機に完膚なきまでに叩きのめしたい幕府は、征長軍を組織し、一気に将軍家の威信を取り戻そうと躍起になった。その流れで何の根回しもなく、事実上休止状態になっていた参勤交代と大名家妻子の在府による人質政策を復活させる命を発してしまった。

（馬鹿なことを）

継之助は幕府の打つ手の幼さに切歯した。複数の雄藩が率先して命に従うよう、裏で協力の約束を取りつけてからの発令でなければ、人質のない今の状態でいったいどの藩が従うというのか。どの藩もぐずり、速やかに命に服すところなどないに違いない。そうなれば、幕府の威信はいっそう地に落ちる。

征長も然り。今の時代、藩政改革が必要なのは長岡藩だけではない。どの藩も、財政は圧迫され、疲弊しきっている。そんな中、はるか本州の西端にある長州藩領に向けて遠征すれば、兵を食わせるだけで息切れするに違いない。まして実際に大砲や銃を使えば、一発撃つごとに金が燃えて飛んでいくようなものだ。火器を胸算用せずに使える豊かな藩など、いまやどこにもないのが現実だ。

（どの藩も戦をするだけの体力も財力もなかろうよ。幕府の威信回復のために戦ってやる殊勝な藩が、どれだけあると老中どもは思っているのだ）

いざ戦に突入しても、どの藩も戦った者たちに渡す恩賞を持たない。さらに兵が死ねば、いったいその藩は遺族にどうやって補償してやればいいのか。敵兵を殺すことにも抵抗があるだろう。長州周辺の藩にしてみれば、昨日まで親しく交わってきた仲だ。憎しみもなく、戦国時代のように勝ったからといって切り取る領土もなく、いったい何を拠り所に戦い、血を流すというのか。戸惑うばかりで戦意はまるで湧かぬだろう。

継之助の心配は、ことごとく現実のものとなった。参勤交代も妻子の在府も今更やる藩などありはしない。三十五藩十五万人の征長軍も烏合の衆だ。長州側が恭順の意を示すとこれ幸い、数ばかりで使えぬ兵と露呈する前に、総督参謀に就いた西郷吉之助（隆盛）は幕閣に相談することなく、一戦も交えぬまま解兵した。

元治二年一月のことだ。

四月。荒れに荒れた元治は慶応に改元された。一時期、恭順派が政権を握っていた長州藩は、昨年の十二月から今年の二月にかけて高杉晋作が起こした内訌戦で、完全に高杉ら革新派の手中に落ちていた。

幕府は、西郷吉之助の長州処分を不満に感じ、再び長州征伐を行う旨を発令した。今度は将軍自ら進発するという。牧野忠恭はこれに激しく反対し、とうとう老中罷免となった。

なにもかも継之助の言う通りに時代が進んでいく。ここにきてようやく、領内でも江戸でも、「再び継之助を」という声が強く上がるようになっていた。継之助が遠眼鏡を持って藩内を回る姿をたびたび見る者たちは、「あの男の鳶色の目には、遠眼鏡の向こう側にくっきりと未来が見えているのだろう」と噂した。

その噂が、すが子の耳にも入ったのだろう。

「見てみたい」

ねだられて継之助は遠眼鏡を貸してやった。本当は高台に連れていき、眼下に広がる景色を眺めさせてやりたかったが、すが子が連れだって歩くのを恥ずかしがるから、庭で覗いたに過ぎない。

覗いたとたん、すが子は声を上げて驚いた。高く伸びる松の枝の先を指さし、

「あの枝が目の前まで迫って参ります」

興奮して顔を赤らめた。ひとしきり騒いだ後、

「けど私には、旦那さまのように未来が見えません」

残念そうに、すが子は遠眼鏡を継之助に返した。

「おすがは未来が見たいのか」

「見たいような、見たくないような」

上目づかいに愛嬌（あいきよう）のある顔で、すが子は答える。だが、見逃すほど一瞬、寂しげに瞳を瞬（しばた）かせた。すが子が憂う未来とは、今後の「日本」のことなどではあるまい。おそらくはもっと身近なことだろう。継之助に思い当たるのは、跡取り問題だ。継之助も、養子の話は父母から聞いた。それで構わなかったが、無役のうちは

俺の子になど誰もなりに来るまいと笑って継之助はその話を終わりにした。あれからもう数ケ月経つ。継之助はすが子の心の内に立つ荒波には気付かぬふりをした。

「おすが、俺にも先のことなど見えぬのだ」

えっ、とすが子は目を見開いた。

「けど、何もかも旦那さまが言う通りになっていくって皆さまが……」

「俺はものの道理を言っておるに過ぎぬ。先を見たわけでも、読んだわけでもないのさ」


六月。老中職からようやく解放された忠恭だが、領地に戻ってくる気配はない。第二次長州征伐のため、長岡藩にも出動命令が下ったからだ。長岡へ戻るどころか、おおよそ六百人の兵を引き連れて、はるか西へ行かねばならない。まずは大坂に滞在し、待機するという話だ。そのくせ戦端がいつ開かれるかはわからないという。

継之助も呼ばれるのではないかと噂されていたが、実際は何の達しもなかった。出陣の命が下った者がいる家はもちろんのこと、そうでなかった家も戦準備に沸き、長岡の城下はしばらくの間、どこか浮かれた空気に包まれた。戦など二百数十年もの間、無縁だったのだから、どんなものなのかまるで想像がつかない。家宝の甲冑（かっちゅう）を引っ張り出して磨き上げる者もいる。

継之助は、そんな遺物が何の役に立つのだと鼻で笑った。敵の長州は、四ケ国連合艦隊が軍艦に搭載してきた、世界でも最先端の武器を相手に戦った経験を持つのだ。今更、刀と火縄銃を手に古臭い戦術を取るはずがないではないか。これからの戦は全て近代戦以外、考えられない。

「旦那さま、お文でございます」

すが子が茶と一緒に、ついさっき届けられたという手紙を継之助に渡した。

差出人を見ると鴉（からす）の絵の横に十の字がある。細谷十太夫（ほそやじゅうだゆう）だ。京で別れて以来だが、この手紙も京から出されたもののようだ。あれからずっと在京しているのか、それともたまたま手紙を出したときに京にいたのかは、とんと知れない。

さっと一読し、継之助は自分の表情が渋くなるのを止められなかった。まだそこにいたすが子が、

「あのう。戦になるのでしょうか」

不安げに訊いた。

先の征長で戦火を交えなかった不満が、今度の征長を促したのだ。今度こそ戦は避けられまい。継之助は詳しい事情は語らず、

「うむ」

とだけ頷いた。もう一度、十太夫の手紙を、今度は熟読する。そこには、先の征長の処分への不満から、長州征伐を仕切り直そうとする幕府に顔を潰された形となった西郷吉之助を代表とする薩摩藩が、長州に続いて幕府の敵に回るかもしれないと書いてあった。細谷十太夫の手紙には、薩摩が幕府から離反するかもしれないことが書かれていたに過ぎない。が、幕府を敵に回して薩摩が勝算を得るには、長州と手を結ぶしかないだろう。

薩摩と長州が手を結ぶ――いったいそんなことがあり得るのか。あの二藩は、八月十八日の政変以降、相争う仲だ。昨年の禁門の変のときも、薩摩兵によって長州人の多くが殺された。長州が誇る吉田松陰の一番弟子、久坂玄瑞も死んだ。勇猛で名を馳せた来島又兵衛も討ち取られた。長州は薩摩を憎んでいる。人は感情に縛られる生き物だ。怨嗟はなかなか越えられない。

（いや、しかし長州が今後も生き延びるには、幕府を倒すしかないというところまで、二度目の征長では追い詰めてしまうことになるのだ。生き抜くために長州は憎悪の全てを呑み込んで薩摩と協定を結び、死に物狂いで幕府に向かってくるのではないか）

死に物狂いの兵は強い。継之助の背筋に嫌な予感がぞくぞくと這い上がってくる。

継之助は主君忠恭に宛て、薩摩の動向を書面で直ちに知らせた。何事かあれば、非公式に書状を寄越すように言われていたからだ。そうはいっても、継之助がこうして忠恭に直接連絡を入れるのは、辞表を出して以来、初めてだった。

この一年間、藩政改革に対する具体的な発案を、上書として幾度も提出してきたが、そのいずれも公式な手続きを踏んでいる。今回は非常であり、より重要と判断した。

（されど、征長に反対して老中を罷免された我が君に、もはやいかほどのことができようか）

まったく運命というのは皮肉なものだ。あれほど主君の老中辞職を望んだ継之助だが、やっと辞められたと思えばこれだ。今の忠恭に発言権はないうえ、八万石を切る長岡藩では何の影響力もない。ましてや継之助ひとりが足掻（あが）いたところで、大局は変えられない。

（俺はなんと非力なのだ）

非力を嘆く暇があれば、少しでも現状を打開するための行動を起こして手を打てと、これまでもずっと己を鼓舞してきたが、つくづく力のなさを思い知らされる。

継之助は子供のころに時折そうしたように、友の小山良運を訪ね、

「俺は無力だ」

血を吐くような思いで叫んでいた。

良運は、飛び込んできた継之助を、目を見開いて見つめた。

この日も渋木成三郎が同じ部屋で本を読んでいたが、継之助の勢いに押されるように顔を上げた。継之助は成三郎に気付かなかった。

良運は仁王立ちの継之助に合わせて立ち上がり、肩に手を置くと、「うむ」と真っ直ぐに目を見て頷いた。

「良運さん、俺には逆巻く時代のうねりを食い止める力がない」

「それでも継さは、どんな奔流が来ようとも逃げずに迎え撃つだろう。おみしゃんがそうである限り、この良運は河井継之助と共に歩んでいくつもりだ」

継之助は良運に細谷十太夫の手紙を見せた。おそらく十太夫も、胸を掻き毟られるような焦りの中、この手紙を綴ったに違いない。

「確かなのか」

良運は、まず真偽を疑った。

「人物も、探りの腕も確かな男の寄越した文だ」

「そうか。厄介なことになったな。それにしても、長州征伐を仕切り直せば、そりゃあ丸く収めたつもりでいた薩摩が憤慨するのは幕閣にも簡単に予測できたろうに」

継之助も首肯する。

「征長を再びやるというのなら、後で揉めぬよう真っ先に薩摩に打診するものだが、外様如き（とざまごとき）と軽く見たのであろう。あるいは機嫌を損ねたところで薩摩の離反はあり得ぬと思ったか……」

「読みの甘さに幕閣の驕り（おごり）が透けて見えるようだよ」

驕りというのは、まさに的確な指摘であった。今の幕府の危機のすべては、驕りからきている。

八

翌七月。

ふいに継之助は国家老に呼ばれ、外様吟味役（ぎんみやく）を申しつけられた。おおよそ一年ぶりの御役目復帰だ。もちろん大坂に出兵している忠恭の意向である。忠恭は再び、継之助を藩の重職に就けようとしているのだ。

復帰した継之助の最初の仕事は、山中（やまなか）村事件と呼ばれる農民の反乱を鎮めることだ。事件が勃発してすでに三年。長岡藩はこれまで何人もの役人がこの難題に挑んだが、誰一人解決に導ける者はいなかった。継之助ならどうか、というのだ。

山中村の騒ぎは、文久二（一八六二）年に当村が幕府領から替地によって長岡藩領に組み込まれてから始まった。あの日から今日までずっと山中村は一揆の危険を孕み、長岡藩庁を恐々とさせる存在だ。

　山中村は刈羽郡の最南端に位置する寒村で、米がさほど採れないため、年貢は米相場に相当する金で納めていた。この村の土地を多く所有している隣村岡野町村の庄屋、村山藤右衛門が米相場を吹っ掛けるから、年貢の負担は余所より重い。どれほど軽くしてもらいたいと望んでも、天領のときは如何ともし難かったが、替地により村民に希望が差した。一揆を出した藩は、悪くすればお取り潰しとなる。蜂起を仄めかして交渉すれば、長岡藩側は強気には出られまいと農民たちは踏んだ。

　この農民たちの思惑を利用しようと企んだ男がいる。山中村の隣村山野田村の庄屋牧野伊惣次だ。伊惣次は、己の縁戚のわが後妻として嫁いだ山中村の庄屋の石塚家を、のわと共に乗っ取ることを画策した。現在、石塚家を継いでいるのは、前妻の息子の徳兵衛だ。伊惣次とのわは徳兵衛を追い出し、のわの産んだ息子の長平に家を継がせたいのだ。これまでものわは、「自分は徳兵衛に虐待された」と二回も訴え出る騒ぎを起こしている。

　それと並行して、年貢の軽減を切実に願う農民たちが、藤右衛門を訴えようとしていたのを引き止め、伊惣次がこうそそのかした。

「藤右衛門の住む岡野町村は桑名藩領ゆえ訴えても藩を跨いでの判決となり、江戸の評定所に伺いを立てねばならなくなるぞ。それよりも同じ山中村の庄屋徳兵衛を長岡藩に訴え、追い出してしまえ。新しくのわの息子を庄屋に立てれば、藤右衛門に交渉し、年貢はきっと軽くしてもらえよう」

真に受けた農民たちは、自分たちの訴えを退ければ蜂起も辞さないという気概で、長岡藩に裁量を迫った。長岡藩としては、農民の要求に屈するわけにはいかない。一度屈すれば、領土中の農民が要求を突き付けてくるやもしれぬ。だからといって一揆を勃発させれば、幕府に弾劾される。どちらにも転べぬ苦慮の中、藩吏は裁断をのらりくらりと引き延ばした。が、農民たちは、これ以上は待てぬとばかり武器を磨き始めている。のわも三度目の徳兵衛による虐待を出訴した。

切迫した中、事件は継之助に全て委ねられたのだった。

「登用せらるること、旭日の昇るが如く、その裁断、江河の流るるが如し」

これは慶応元年に外様吟味役に就いてから死ぬまでに見せた、継之助の鮮やかな手並みの数々を評した言葉だ。これまで雌伏を強いられ続けた継之助は、いったん政の場に解き放たれるや、まさに水を得た魚のような活躍を見せた。

山中村事件はその皮切りとなった事件だ。

「河井さんは、どう山中村の件を始末するつもりなのだ」

「普段からでかい口を叩いているんだ。さぞ、水際立った解決を示してくれるだろうさ」

「あの暴れ馬に任せておいて良いのか。殿様が出兵している最中、一揆など起こして国中にその波が広がれば、長岡が潰れかねん」

城下中の人々が、今や継之助の動向に注目している。継之助は何を考えているのか、数日の間、朝になると登城し、定時には下城する常日頃と変わらぬ時を過ごした。

まるでことに対処していないような態度に、「方策が浮かばぬのではないか」などと悪口を言われたが、当の継之助は取り澄ましている。

夜は庄屋見習いの大崎彦助を呼んで碁を打った。

「ややこしい事件でございますね。庄屋と村民の争いなんて、他人事ではありません。それにしてもなんでございましょう。こんな難問の時ばかり先生を引っ張り出して」

彦助が憤慨しながら黒の碁石を置く。

「そこでいいのか」

頭に血が上って妙な手を打ってしまったことに気付き、「あっ」と彦助は恥じ入った。

継之助が鼻で笑って白石を置く。

「別にややこしくもなければ、難問でもないぞ」

こともなげに言うものだから、彦助はぽかんとなった。

「そうでございますか。私にはずいぶんと複雑に見えていたのでございますが……」

「なに、どれほど複雑に見えようと、一つ一つ解いていけば、物事は単純なことの寄り集まりに過ぎぬ。分けて考えれば簡単になるものだ」

「それでは、もう先生の中には解決策が立ち上がっているのでございますか」

「もちろんだ。明日から三日以内には片付こう」

「えっ、まさか。三年片付かなかった問題が、先生にかかるとわずか三日でございますか」

「いかにも」

「あのう、先生、いかようになさるおつもりか、ちらりと伺ってもよろしゅうございますか」

彦助が額に皺を寄せ、碁盤を見つめながら遠慮がちに訊ねた。

「彦助ならどうする」

「それはやはり、徳兵衛が継母のわと伊惣次にはめられたようなものでございますので、心情としては徳兵衛に味方してやりたいものですなあ」

「なるほど。確かに気の毒な男だ。たとえ今度の一件で咎めがなくとも、あのような継母が同じ家にいる限り、気が休まらぬだろう。されど虐待されたと訴え出ているだけの女を、そうそう処罰できまい。ところで伊惣次はどうだ」

「あれは一番の悪党にございますが……陰で動いただけで表だって何をしたわけでもございません。咎めるにはかなりの証拠を突きつけねばならぬのではないでしょうか」

　この短期間で、そこまで調査して証拠を揃えるのは難しいだろうと言いたげな顔を彦助はした。

「証拠なら揃えてあるぞ」

「えっ」

「されど問題はそこではない」

　継之助に抜かりはない。そもそも継之助は外様吟味役に就く前から、この事件に詳しかった。無役の内から藩内で起こった問題を気にかけていた継之助だ。独自に調査をしていたし、自身が行商人のなりをして実際に山中村に足を運んだことさえある。すでに、事件に関わるそれぞれの人物の性格まで把握していた。

だが、常に最新の情報で動かねば、ことを仕損じる。自分が実際に調べたときから日を経ていたため、継之助はここ数日、「新たな状況」を仕入れようと、人を差し向けて調べさせていたのだ。

「さすが河井先生。感服いたします。ですが問題はそこではないというのは、いったい……」

「伊惣次は、こたびの一件だけ見れば悪党だが、なかなか周囲の評判も悪くない。さらに、のわ共々、後ろにやっかいな人脈も持っておる。きつく弾劾すれば別の問題を引き起こすやもしれぬ」

「では、百姓どもの言い分通り徳兵衛を？」

「俺は誰の言い分も聞かぬ。みな罰して終わりだ」

継之助はにやりと笑う。ぱちりと必殺の一手を碁盤に置いた。

翌日、継之助の命で、山中村事件の当事者たちが長岡城下に集められた。

事件に関わった者たち全員を、継之助は一人ずつ郡奉行所（こおりぶぎょうしょ）の吟味（ぎんみ）部屋に呼び出した。

「とにかく言いたいことを言うてみよ」

親しげに声を掛ける。継之助が身を乗り出し、頷きつつ聞くと、最初は恐る恐る

話していたのが、だんだんと誰もが面白いくらい饒舌になった。こうして一通り喋り終えたところで、

「馬鹿者が」

一喝したのだ。

継之助は、龍に似た鳶色の瞳でぎょろりと睨み、喋った中身に嘘があれば直ちに暴いてみせた。閻魔大王のように継之助が何もかも知っていることが、みなよほど怖かったようだ。継之助は、怯える者どもに容赦なく最悪の処分を言い渡し、震え上がらせた。が、その舌の根の乾かぬうちに、

「かようなことになれば、つまらぬであろう」

今度は打って変わって優しく諭し、和解を勧めたのだ。特に訴えを起こした五人の百姓とのわには、訴訟を引っ込め、内済にすれば、「戸締り十日間」という軽い裁きで終わるだろうと囁いた。

「どちらを選ぶかはそのほう次第」

この日はこれで解放した。

彼らはみな奉行所近くの郷（公事）宿に泊まる。後日下される判決まで、そこで待てというわけだ。郷宿には、割元総代の青柳又左衛門が訪ねていき、心配する素振りでさらに和解の説得をした。十数家の庄屋を束ねるのが割元庄屋で、その割元

庄屋を三つ、四つ束ねているのが割元総代である。割元総代は、長岡にはわずか七人しかいない。又左衛門は、みなに家族の存在を思い出させ、言葉を尽くして諭した。もちろん継之助が差し向けたのだ。

すっかり毒気を抜かれた彼らは内済を承諾し、翌々日には正式に継之助によって裁断された。

徳兵衛は庄屋の役を降ろされ蟄居（ちっきょ）となったが、石塚家を継ぐのはのわの子の長平を許さず、徳兵衛の息子大五郎とした。さらに徳兵衛の家から長平を分家させ、新しい家を持たせて家長とした。これによって今後、永遠に徳兵衛は継母ののわの煩（わずら）わしさから解放されたのだ。分家することで財産は減らされたものの、長年の憂（うれ）いが去って徳兵衛は泣いて喜んだ。一方ののわも我が子を家長にする夢が叶ったわけだ。

伊惣次は、村民たちをそそのかし先導した罪で、庄屋役取り上げの上、蟄居となった。ただし徳兵衛同様、息子に庄屋役を継がせたため、継之助のその温情に深く謝意を示した。宣言通り、継之助はわずか三日で一件落着させたのである。

九

山中村事件を治めたあと、継之助の名声は一気に広まった。彦助も嬉しげに、

「鼻が高（たこ）うございます」

頬を紅潮させる。継之助は彦助をひと睨みし、

「浮かれたことを申すなら、郷へ帰れ」

叱責した。

「申し訳ございません」

彦助は慌てて背筋を伸ばした。

「長州征伐が長引けば、それだけ我が長岡の財政は逼迫する。可哀そうだが、勘定を立て直すまでの三年は、いずれの者も税の軽減には応じられぬ。今後、あちらこちらで不満が吹き出そう。抑えるにはもはや痛み分けよりない。俺は長岡から一切の賄賂を廃止し、職権や利権により私服を肥やす者を失くしていくぞ」

「はい」と彦助は頷いたが、すぐに「あのう」と言いにくそうに訊ねた。

「三年……三年で立て直すのでございますか」

継之助の計画は常に「いつまでに」という期限が設けられる。

「うむ。遅くて三年で俺はやる」

継之助の強い意志に彦助はごくりと唾を呑み、

「私は先生のそういうところにぞくぞくします」

憧憬の目を向けた。

が、困ったことに、賄賂は役に就いた継之助の許にも届けられ始めたのだ。山中

村からも先日の礼だと言って、金品が運ばれてくる。もちろん継之助は「要らぬ」と突っぱねたが、そういう態度を父代右衛門に厳しく咎められた。

「継さ、受け取っておけ。それも世の中の仕組みのうちだ。要る、要らぬとかそういうものではない。突っぱねられれば贈った者は切なかろう。恥をかかされたと無用の恨みを買うだけよ」

継之助はすぐに自身の意図を述べたが、現実的ではないと代右衛門は首を左右に振って理解しようとしない。これは継之助にとって意外であった。

「継さ、人の世自体が清濁併せ持つ以上、政も理想や綺麗ごとだけでは成り立たぬ。常に現実との折り合いが必要なのだ。そこが欠けているからこそ、継さは能力がありながら、今の歳まで大成せずにきたのであろう。そろそろ分別せよ」

信頼してきた分、父の言葉には冷や水を浴びせられた気分だ。

(俺は父上からかような目で見られていたのか)

実の父親からも蔑まれる。改革者とは、これほどまでに孤独なものなのだ。

(だれにどんな目で見られようとかまわんさ)

継之助は、庭に聳える二本の松を見上げた。所詮、改革者は理解されないどころか、人の恨みを一身に受けて生きていかねばならぬものだ。

(誰に理解されずとも、肉親や格別な友にだけはわかってほしいなどという甘え

は、金輪際捨ててしまえ）

継之助は己の中に知らずに巣食っていた甘えの心を自覚し、強く戒めた。そういう意味で、今回の父との齟齬は、逆に有り難かったのだと思うことにした。

（俺さえ迷わねば、付いてくる者も出よう。いや、そういう者が一人も出ずとも、俺は長岡を変えていくぞ）

十月。継之助は郡奉行に昇進した。同時に、代官、庄屋、商人に至るまで、ずらりと列を成し、継之助の家に祝いの品を抱えて挨拶に駆け付けた。

――三年も、郡奉行を、務めれば、植木に小判の、花が咲く。

そんな馬鹿げた戯歌が領民たちの間で囃されていたが、実際にこれほどとは……と継之助も呆然となりかけたほどだ。

（長岡は俺が考えていた以上に腐敗しておるぞ）

継之助は贈り物をいったん受け取り、どこからどのようなものが届けられたか記録したあと、「今回は不問に付すが、今後はかようなことの一切なきよう心得よ」と言葉を添えて些細なものに至るまですべて返却した。

――お代官には、及びもないが、せめてなりたや、殿さまに。

そう歌われている代官も、下々から賄賂を受け取る代価に不正な便宜を図り、公の利を損ねる「お目こぼし」をずいぶんとしているに違いなかった。

継之助は、すぐさま長岡領内の賄賂撲滅に着手した。手始めに代官ら十五人をみな奉行所に召し出した。出頭した代官らは訳が分からず、互いの顔を見合わせて不安げに目を泳がせる。

「あの河井さまのことだ。なにやら大変な目に遭うのではないか」

狼狽えながらも神妙な顔で控えた。

おもむろに継之助は現れた。それだけで、何か一喝されるのではないかと代官らはびくついたが、意外にも継之助は親しげにみなを見わたし、

「まずは礼を言いたい」

いきなり頭を下げたではないか。

その場にいた代官の誰もがぎょっとなった。なにやら居心地が悪いのか、尻をもぞもぞさせる者もいる。継之助は構わず続けた。

「役目とはいえ、日夜そのほうらが領民どもに目を配り、心を砕いてくれるゆえ、安心して任せていられるのだ。まこと有り難く思うぞ」

「はあ」と代官らは、汗を拭ったり、ごくりと唾を呑んだりした。言葉通り手放しに、褒められ感謝されていると思っている者は一人もいない。何か裏があるに違いないと警戒している。

「この継之助は郡奉行の任に就いて日も浅く、不慣れゆえ、なにかとそのほうらに迷惑を掛け、助けてもらうことになるやも知れぬが宜しく頼むぞ」

継之助はさらに頭を下げた。

「も、もちろんでございます」

代官らの中から上ずった声が漏れた。

「うむ。頼もしいことだ。俺もまた、何事も裏表なく相談し、気が付いたことがあればその都度、口にしていくつもりだ。それゆえ申すのだが……」

来たぞ、ここからが本題だな、という顔を幾人かがした。確かにここからが本題だった。

「そのほうら、下々からのあらゆる金品や接待を受けておるそうだな」

継之助の澄んだ声が、ふいに冷ややかになった。代官らは、他の者の出方を窺い、誰も答えない。継之助にしてみれば予想通りの反応だ。

しばし、継之助は沈黙した。代官らが十分に冷や汗を流したかと思われる時宜を見計らい、今度は気の毒そうに語りかけた。

「いやなに、そのほうらが私腹を肥やそうなどと不埒なことをしているのではないことなど、もちろんわかっておるぞ。これもみな、上からの御手当が少ないゆえであろう」

「は？」と思わず声を上げた者が、自分の声に驚いたように慌てて平伏した。

「賄賂で懐を補わねば、お勤めも十分に成しがたい窮状ゆえに違いないのだ。申し訳ないことだ。いったい、いかほどの手当があれば、そのほうらの勤めに支障が出ぬか教えてくれ。この継之助、きっとお上に訴え、尽力致すが、どうだ」

「な、何をお奉行！　め、滅相もない。十分でございます。こ、これまで通りで足りております」

「ならば、今後一切の付け届けは禁止と致す」

最後に大音声で厳しく命じると、「ははっ」と全員が額を畳に擦り付けて継之助に服した。

　継之助は、代官の次に割元庄屋を呼び出し、今後賄賂を贈ったり受け取ったりしたことがわかれば、厳しく処分することを告げた。

　代官にしろ、庄屋にしろ、口頭で命じたところで、その瞬間は低頭平身従う心構えを見せても、実際に誘惑物を目の前にすれば、再び手を染める輩は必ず出る。その者たちを継之助は躊躇いなく処罰し、罷免した。最初が肝心なのだ。ここで見せしめとして決然と厳しく処分しておかねば、結局はまた元に戻ってしまう。

　ことに当時の長岡では、水腐地と呼ばれる水害の多発する地区での不正が幅を利かし、藩の利益を甚だしく損ねていた。それというのも、水害で米がまるで収穫できなかった水腐地は、以降五年の間は年貢を免除するという藩の温情が悪用されていたからだ。いったん無税を味わった百姓らは、五年経った後も納税を逃れようと代官や庄屋らに袖の下を渡し、二度と年貢を納めようとはしなかった。

このお目こぼしされた分が大きく長岡藩の財政を圧迫していた。ことに信濃川支流の中ノ口川西岸から日本海にかけて広がる西蒲原郡での不正が甚だしかった。

西蒲原は、八つの藩の飛び地と幕領が複雑に入り乱れて割拠する平地だ。信濃川・中ノ口川・西川と、鎧潟・田潟・大潟の三潟を筆頭とした多くの潟や沼のせいで、大雨のたびに浸水する日本でも有数の水害地帯である。

このため、実際に毎年のように大きな被害を受けているのも確かだが、どさくさに紛れて便乗で無税となっている村も多く、継之助が勘定頭の村松忠治右衛門と共に算出した限りでは、六、七千俵ほども税を取り損ねている計算になった。値上がりしていないときの米の価格が平均一俵一両に換算されることを考えれば、いかに大きな損失かわかるだろう。

継之助はこの地を徹底的に梃入れするつもりであった。大雨の度に決壊する河川の治水工事で水害そのものを捻じ伏せ、水腐地の不正を正せば、それだけで長岡の税収は飛躍的に増える。すでに治水に関しては、同じ中ノ口川に領土が多く接するる。

村上藩の側用人江坂与兵衛と連絡を取り合い、二藩合同で行うことが決まってい

次は水腐地を、と改革に着手し始めたとき、西蒲原の巻組と曽根組の領民が不穏な動きを見せた。

「継さ、面倒な事が起こったぞ」

顔をしかめながら継之助の許にその報せを持ってきたのは、勘定頭の村松忠治右衛門だ。九つ年上のいわゆる継之助の同志で、前藩主牧野忠雅の格別な取り立てで、資格を有していなかったにもかかわらず郡奉行及び勘定頭の任に就いた。忠雅の死後、いったん職務から退いていたが、

「俺が今から行おうとしている改革は、村松さん抜きでは完成せぬぞ。俺に力を貸してくりゃれ」

継之助からあまりに真っ直ぐに必要とされ、再び勘定頭の任に就いた。

忠治右衛門の身分では大抜擢の職務といえども、財政が破綻しかけた長岡藩で常に金の工面を迫られる勘定頭は、一番の貧乏くじとも言える。なぜそんな大変な役目を引き受けたのかと問われても、忠治右衛門はただ笑って答えなかったが、継之助の死後二十年ほど経って、

「継さに頼られて嬉しかったのだよ。それに、継さとなら不可能なことも、やれる

気がしたんだ」

いつになく若やぎ、遠い目をして語ったという。

二人はそういう間柄だ。

忠治右衛門の訪問に、継之助は読みかけの書状から目を離した。

「何が起こった」

「巻と曽根の領民が、蔵米を解放し米を自分たちに分け与えよと騒ぎたてておる。要求を呑まねば、打ち壊しに突入しそうな勢いだ」

「またどうしてそんなことに……」

「今井孫兵衛がしくじったのだ」

「今井孫兵衛といえば、村松さんの推薦で士分に取り立てられた男だったな」

西蒲原郡吉田村の廻船業をも営む豪商で、今から十年前の長岡安政の改革時に、御勝手元方御勘定所御金取扱の御役に就いた。商人からの有り得ぬ起用だが、これが勘定頭に就いた忠治右衛門の打った秘策の一つであった。

長岡藩は借金で保っている藩だ。豪商や分限者(ぶげんしゃ)が融通してくれる御用金でなんとかぎりぎり乗り切っているものの、返す当てのない借金である。御勝手元方には、富豪の者から借上金をなんとか出させる役目もあったが、いっそ貸してくれる相手をこの役に就けてしまえばよいではないか、というからくりなのだ。当然、そんな馬鹿な役目は嫌だと孫兵衛は断ったが、当時はまだ世子だった忠恭が直に頭を下げて口説き落とした。

「それで、その今井孫兵衛が何をやらかしたのだ」

継之助は忠治右衛門の眼前に移動し、訊く姿勢を取った。忠治右衛門は尖った顎をさすりさすり説明する。どうやら、孫兵衛の不正によって巻と曽根の領民が不利益を受けたということらしい。

以前にも同じようなことがあり、領民は代官に訴えた。が、孫兵衛が藩の有力者だったため、

「次にかようなことがあれば蔵米をみなに分け与えるゆえ、今回は辛抱してくりゃれ」

代官は、その場しのぎのとりなしで宥めてしまったというのだ。継之助の眉間に皺が寄った。

「約束をしてしまったのか」

「証文もあるそうだ」

「ならば守るしかあるまい」

「蔵米を配れば、家中への扶持米がなくなってしまうぞ」

「孫兵衛に不正があったのは確かなのか」

「残念ながら確かだ」

忠治右衛門が苦しげに答える。

そうか、と継之助は頷き、立ち上がった。

「とにかく孫兵衛や代官、それに領民どもと会って話をしよう」

決然と歩き出した継之助を、忠治右衛門が慌てて引き留めた。

「待て、継さ。今井はかつてこの長岡を救ってくれた恩人だ。ことは今から十六年前に遡る（さかのぼ）が」

忠治右衛門が話し始める。

長岡藩は借上金が毎年多額に上り、とうとう返済する見込みが立たなくなった。「これ以上はお貸しできませぬ」と出し渋る富豪たちに、窮しきった藩は、「もうこれきりに致すゆえ」と約束し、八万両に及ぶ大金を借りた。この八万両を元手に藩の財政を立て直すと誓ったからこそ、富豪たちは金をかき集めて差し出したのだ。

ところが、藩は約束を守らなかった。根本的な財政改革はまったく進まず、金だけが消えた。八万両の借金のほとんどは返済されぬまま、その六年後にはさらに数万両の金を藩は富豪たちに無心した。当然、もう誰も首を縦に振らなかった。

出してもらわねば、江戸表の費えがどこからも出ない。食べるものにも窮する有り様だ。このときただ一人、金を工面してくれたのが今井孫兵衛なのだ。そして今も、藩庫が底を突くたびに今井家の蔵から金が運ばれている。

「今井がいなければ、今の長岡はないぞ」

忠治右衛門は叫ぶ。

「わかった。おみしゃんの言うことはよくわかった。だからと言って見逃すわけにもいくまい」

継之助は孫兵衛に会うため部屋を出た。長岡城下から孫兵衛のいる吉田までは六里ほどか。外は雪がちらついているが、今から出れば夕刻すぎには着く。心配したのか忠治右衛門が付いてくる。今井孫兵衛を厳しく処罰されれば困るが、手心を加えろとはさすがに言えない苦慮が、涅色の目の底に滲んでいる。

厳しい処分といったところで、御勝手元を罷免すれば、きっと孫兵衛はかえって喜ぶのだろうなと継之助は忠治右衛門の話を聞いて思った。これまでのような無理な負担を強いられず、ほっと息を吐くだろう。継之助が不正を行った代官らを次々と罷免していくのを知り、辞めるためにわざとこんな騒ぎを起こしたのではないかとさえ思えてくる。

辺りが薄闇に包まれる時刻、雪を被った蓑に包まれた四人の男がなんの前触れもなく訪ねてきたのを、今井孫兵衛は初めからわかっていたような顔で迎え入れた。

突如（とつじょ）現れた四人とは、継之助、忠治右衛門、その従者が一人ずつである。

待っていたと言いたげな孫兵衛に継之助は、やはりという思いを強くした。

それにしても、長岡一の分限者とうたわれているが、孫兵衛の家屋は驚くほど質素である。近隣の分限者たちからは「小屋」とからかわれることもあるという。この家に今井家の生き方が凝縮されているな、と継之助は判断した。一対一で話したいという継之助の希望で、忠治右衛門らには別室に控えてもらい、孫兵衛と二人きり対峙（たいじ）した。

孫兵衛は物静かそうな男で伏し目がちに控えているが、一瞬間、さっとこちらの全身を観察し、値踏みしたのを継之助は見逃さなかった。これが新しく郡奉行に就いた噂の河井継之助だな、お前の手口は知っているぞと言わんばかりの見下しが、ちらりと見せた目の奥に潜（ひそ）んでいる。もちろん手口とは、意外な出方でぎょっとさせ、相手が動揺しているうちに掌（てのひら）を返しつつ説得していくという、代官らなどに見せたやり口のことだ。

身構える孫兵衛を前に、継之助は両手を畳に突いた。孫兵衛は、「きたな」という顔をした。継之助は孫兵衛の反応には頓着（とんちゃく）しない。

「こたびの一件、度重なる藩への出費に、さらなる長州征伐への遠征のための費用が重なり、致し方なく手を染めたであろうそのほうの苦しい立場、よくわかっているつもりである。実に申し訳ないことだ」

スッと孫兵衛も畳に手を突いた。

「とんでもございませぬ。お奉行、どうかお手をお上げくだされ。それがし、ただ、ただ、私欲に目が眩み申した次第。吉田、曽根、巻の市に出回るはずの結城糸を不当に買占め、領民どもの大事な内職である機織りの邪魔を致せしこと、水害の多いこの地においては百姓に死ねというも等しい所業でございましょう。お奉行に庇っていただく価値もござらぬ男でございます。この上は、なにとぞ士分剝奪の上、御勝手元を罷免くださいますよう」

外国との貿易のため、輸出品の主力となる生糸が全国的に不足しがちな中、生糸を真似て生み出された細い結城糸に人気が出ている。高値で売れることがわかっているから、確かに商人垂涎の品となるだろう。ただ、村市での買占めは、機織りを大事な収入源の一つとしている領民や、織り上がった反物を特産品としている藩に大きな不利益をもたらすため、控えるよう触れてある。

継之助は顔を上げた。

「なるほど、上手く考えたものだ。罷免と弁償で贖える程度の罪を犯し、泥舟となった我が藩からは沈む前に逃げだそうということか」

「滅相もない。これからも御上納金は納めさせていただきとうございます」

孫兵衛の声音は冷たく、今後も今井家から金を引き出したいのであれば、これ以上は四の五の言わずに帰れと言外に示している。継之助は立ち上がった。平伏する孫兵衛の肩が「勝った」と言いたげに揺れた。ちらりと顔を上げ、継之助を窺う。

「お帰りで？」

「いや、そうではない。もう日は暮れておる。無茶を申すな。今夜はここで夜を明かすゆえ、付き合えよ、孫兵衛」

継之助はその場で羽織を脱ぎ、袴（はかま）の紐を解き始めた。

「いったい何を……」

孫兵衛は驚き、そんな自分に我に返る。噂の継之助が何をしようと決して動揺しないと決めていたのに、という悔いがひくつくこめかみに滲んだ。そんな孫兵衛を尻目に、継之助は火鉢もない冬の部屋でするすると着物を脱ぎ捨て、褌（ふんどし）一丁になると、どかりと胡坐（あぐら）をかいた。

「孫兵衛、素っ裸の心で、腹を割って話そう」

お奉行がそう言うのなら、と孫兵衛は受けて立った。自分も着ている物を脱ぎ捨てたのだ。

外は灰雪が舞っているが、郡奉行の訪問にも孫兵衛は火鉢一つ用意しない。底冷えのする薄暗い部屋で、継之助と孫兵衛は褌一丁で対峙している。古来より、日本では衣服を脱ぐことは身分を捨てることを意味している。褌姿の今は、郡奉行も御勝手元もない。男と男がいるだけだ。

「長岡が憎いか」

継之助は単刀直入に訊ねた。孫兵衛の眉が刹那、跳ねたが、

「いいえ」

口元で笑みを作り首を左右に振った。

「俺が同じ立場なら憎かろう。士分に取り立てられたといっても、周囲の無能な士どもは元の身分をあげ連ねて馬鹿にし、一々足を引っ張ってこよう。なりたくて就いたお役でもないのに、たいした出世だと同じ商人や地主らはやっかもう。金は無尽蔵に蔵に湧くわけでもないのに、足りなくなれば出してこいと簡単に言う。いとも簡単にな、血の滲む思いで稼いだ金を、藩庁は持っていくのだ。人々のために使われればまだ良いが、何に消えたかわからぬまま、また足りぬと言ってくる。腸が煮えくり返る思いだが、どれほど助けてやっても感謝がないどころか、当たり前の顔をする。それが十年も続いている。長岡の財政はひどくなる一方の上、こたびの長州遠征。ふざけるな、と俺なら罵声の一つも浴びせているところだ」

継之助が話すうちに孫兵衛は目が泳ぎ、呼吸が浅くなった。あまりにその通りだったため、十年分溜め込んだあらゆる感情がふつふつと吹き出したのだ。

「わかってくださるのなら、もう……解き放っていただけませぬか」

絞るような声で、孫兵衛は内奥を吐露した。

「承知した」

継之助はすぐさま応じた。孫兵衛が目を瞠った。

「今井孫兵衛あっての長岡だと、村松忠治右衛門が言っておった。藩の恩人だとな。孫兵衛、今まで苦労を掛けた。かたじけない」

どっと孫兵衛の目から涙が迸った。そんな自分に戸惑いながらも、初めて苦しい胸の内に耳を傾けてくれた継之助に、

「この十年、地獄でございました」

孫兵衛は、衷情を口にした。この後、二人は知己のように語り合った。初め、孫兵衛は訊かれるままこれまでの苦労を話していたが、やがて逆に継之助のことを知りたがった。継之助は自身がこれからやろうとしている改革を語って聞かせた。

「領民どもへの救済策が、みな失敗しておるのだ」

困った領民を助けようと設けた施しの策が、不正の温床になっていることを継之助は指摘した。

「困っていないときも無用の施しを受けようと、領民と役人が賄賂で癒着している。俺はみなこれらの策は廃止し、必要に応じて別策を設けるつもりだ。それだけ

で藩の財政は、ずいぶんと持ち直そう」

水腐地の五年の免税もそうだし、水腐地以外の災害に対して設けた一年間免税の制度も不正だらけだ。検見制といって稲の育ちが悪い村は年貢を軽くする制度があるがこれも悪用され、豊かに実った年も調査の役人と組んで不作と藩に報告する。さらに救済米を要求し、売って儲ける者までいる。

「これらの施策は、すべて廃止する」

継之助は孫兵衛に語り、廃止したときに見込まれる増収も具体的な数字で提示してみせた。

「お奉行はこれまでの方々とはまるで違います」

元々商人の孫兵衛は、興奮した。

「孫兵衛、俺は河税も廃止するぞ。そうして今まで以上に長岡の地での商売を奨励しよう」

「なんと」と孫兵衛が身を乗り出したのは、河の荷を運ぶ商船を何艘も持っていたからだ。通行税がなくなれば、流通が発展する。

「領内の博打を禁じ、牢に収容した罪人どもには更生のための訓練を受けさせよう。さすれば藩内の労働力が上がり、生産性が増す。せっかく新潟港が目と鼻の先にあるのだ。特産品を増やし、余剰米と共に輸出する。これらの策を決然と断行すれば、長岡は必ずや三年の内に再生しよう」

と継之助が語れば、孫兵衛も商人としての視点から具体的な意見を述べる。二人は夢中で話した。気が付けば一睡もせぬうちに夜が明けていた。そのころには、孫兵衛はすっかり継之助に心酔し、共に改革を担う一人になりたいと申し出ていた。

「この孫兵衛、河井さまの力となり、もう一度、長岡に夢を見とうございます。どうか今井孫兵衛を御存分にお使いくだされ」

「頼む」

二人は手を握り合った。こうして孫兵衛の御勝手元の残留は決まった。継之助は巻と曽根両組の領民とも話し合い、訴えを取り下げさせる代わりに、孫兵衛の用意した米を蔵米の代わりに分け与えた。孫兵衛はこの後、誓い通り継之助を金銭面で強力に支えていくことになるのである。

十

西蒲原郡から戻った継之助を待ち構えていたのは、山中村で再び起こったいざこざだった。

継之助の手並みで一度は事件の解決を見た山中村だったが、今度は住民が蜂起する「騒動」が勃発した。今年の収穫高から定められる年貢に不満を覚えた村民が、庄屋の作成する租税台帳としての側面を持つ宗門人別改帳への記名を拒否して争いに発展したのだ。

　村人は初めみなで結託し、誰も記名しないと誓い合っていたが、裏切り者が出た。この制裁に絡み、人が死んだことから争いが深刻化してしまった。事態を重く見た藩は、盗賊方を差し向け、首謀者四人を捕縛した。このため、仲間を連れ去るなら盗賊方を殺してこのまま城下に雪崩れ込んでやると村人たちが武装したのだ。

　藩は慌てて足軽二十人で編成された小隊を、鎮静のために山中村へと送り込んだ。だが、いきり立った村人たちとの武力衝突を避けたかった足軽小頭の田部武八が独断で四人の首謀者を解放し、いったん山中村から立ち去ってしまう。これ以上は誰も手に負えないと継之助に采配が託されたというわけだ。

　継之助はまず、勝手に首謀者を解き放った武八が、

「いかようにも御処分を」

　神妙に控えるのを、

「よくやった」

　一も二もなく褒めてやった。武力で争えば、藩も村もどうにも後には引けなくなる。話し合いの余地を残したのは上出来だった。

「四、五日のうちに、今の急ぎの仕事を片付けたら、この継之助が直接、村へ参る

ゆえ、それまでは何事も堪えるように申し伝えよ」

村へ武八を遣わし、継之助自身は四、五日後などではなく翌日十一月十四日には深く根雪の積もった雪中を突き進み、夕闇の迫る時刻にひょっこり村へ姿を現した。

こんなに早く継之助が現れると思っていなかった村人たちは、ぎょっとなった。これまでの役人で、「四、五日後に」と言ってその日数以内に来た者などいない。だいたいは、ずるずると日延べしてくる。さらに、武装した村に入るのだからお奉行はどれほどの人数を従えてくるかと身構えていた村人たちは、度肝を抜かれた。継之助が連れてきたのは大崎彦助ただ一人であった。何もかもが型破りだ。調子が狂う。

もう日も暮れていたので継之助は庄屋の家に入り、明朝から村民たちとの話し合いの場を設けることにした。だが、村民たちは継之助が庄屋宅へ入ったことで警戒を強めた。今夜のうちに庄屋側だけからことの次第を聞き取り、不公平な判決を下すのではないかと疑ったのだ。村民たちは、庄屋の家を取り囲んで継之助を引きずり出そうと、それぞれの手に武器を携え集まった。

ところが、庄屋の家を見たとたん、

「あっ」

誰もが声を上げたのは、戸という戸が全て取り外されていたからだ。

慶応元年十一月十四日は、西暦一八六五年十二月三十一日に当たる。この日は空から雪が舞い降りていないものの、周囲は屋根まで積もった根雪に囲まれ、冷たい空気が夜に沈んでいた。

庄屋の家の戸はすべて開け放たれ、明々とした灯りに炙り出された屋敷の中は丸見えだった。もちろん、継之助も庄屋の家族の姿もみな、武器を手に集まった村民たちの目に、無防備に晒されている。継之助はちまちまと折紙で船を折り、これからいったい何が起きるのかと怯える庄屋の息子に無言のまま手渡した。

「大丈夫だ。俺に任せて大船に乗った気でいろ」と継之助は折紙に込めたのだ。庄屋一家の顔が緩んだのを見届け、継之助は大きな欠伸を漏らす。雪の陰に姿を隠し、息を潜めてこちらを見ている村民に、視線を送ってにっと笑った。一瞬間、村民たちは緊張したが、継之助は我関せずで布団の敷いてある部屋に移り、ごろりと寝転んだ。

村民らは顔を見合わせる。何かこそこそと話し合い、しばらく見張っていたが、本当に継之助が寝息を立てているとわかると、こんな寒空の中にいつまでも身を潜めているのが馬鹿らしくなったのか、それぞれの家に戻っていった。

翌朝、継之助の呼び出しに応じ、暴挙に加わった村人たちは庄屋の家にぞろぞろとやってきて、広間に平伏した。

継之助は情愛を込めて村民たちに語りかけた。

「良いか、どれほどそのほうらの主張が正しく道理があったとしても、訴え方を間違えれば、正しさも道理も霞んでしまうものなのだ。誰も耳を貸さぬまま、一揆を起こした暴民として葬り去られて終わりだぞ。それで良いのか。一家の主が処刑されれば、残された家族は離散の憂き目に遭うのだぞ。わかってやっておるのか。それでも槍を持って城下に押し寄せ暴挙を成すというのなら、良かろう。まずは河井継之助がそのほうらの相手となろう。今すぐそこの裏山へ出ろ。勝負だ。城下へはこの俺の血潮を浴びて行け」

継之助は立ち上がり、「さあ」と促したが、だれも応じる者はいない。息を呑んで静まり返っている。やがて「できませぬ」と一人が呟くと、我も我もと村民は己の不心得を詫びた。継之助は、七月の事件を解決した折に村民が持ってきた包み金を取り出し、その金を全て使って酒宴を開いた。酒の席では、彼らの憤懣を丁寧に聞いてやった。

山中騒動も見事に鎮めた継之助は、今井孫兵衛に話して聞かせた政策を、手が付けられるところからどんどん推し進めていった。

こうして継之助が藩政改革に邁進している最中、世の中の情勢も無情なまでに大きく動いた。八・一八の政変時に長州志士らと共に都落ちした三条実美と六人の公卿は、その後二人が欠け、五卿となって九州太宰府に居を移した。第一次長州征伐のとき、長州藩を助けるために薩摩側の要望を受け入れたゆえの転居である。今では太宰府が、反幕府派の拠点となっている。

討幕派の志士たちは、こぞって太宰府の五卿を訪ね、そこであらゆる謀が行われ始めた。三条実美は、現在の庇護者である薩摩藩と、かつての庇護者だった長州藩が手を結ぶことを切望した。両藩の同盟実現に向け、太宰府出入りの志士のうち、薩摩側には坂本龍馬を、長州藩には中岡慎太郎を差し向け、両藩の説得に努めたのだ。

両藩の接触が始まったのは、慶応元年の五月からである。長州藩側の薩摩藩への憎しみは強く、とうてい同盟までには及ばなかったが、両藩の協定は成立した。長州側が薩摩藩へ米を融通する代わりに、薩摩藩は長州藩が外国から最新鋭の火器を買うための名義を貸すということで話がまとまったのだ。これは幕府が諸外国に、長州藩には一切の武器を売らぬよう通達したためだ。武器を入手できずに困り果てていた長州藩は、協定によって薩摩藩の名で幾らでも武器を仕入れることができるようになった。

これらの動きに気付けなかった幕府は、この期に及んで未だ長州藩に向かい、「逆らえば第二次長州征伐を行い、今度こそ長州藩を徹底的に壊滅させる」と脅(おど)し、戦わずに幕府へ屈服することを要求した。六月のことだ。返答の期日は九月二十七日。

「断然決戦」と覚悟を決めた長州藩は、着々と戦闘準備を整え、幕府の要求を突っぱねた。

薩摩藩は、この時点では必ずしも長州藩と手を結ぶのだと決めていたわけではなかった。諸外国が幕府に外交能力がないと判断し、直接朝廷と話をしようと試み始めたのを機に、朝廷の下に雄藩連合を作り、列侯会議による合議制政権を打ち立てようと再び画策した。が、一橋慶喜(ひとつばしよしのぶ)によってことごとく阻まれ、考えを変えた。薩長連合を成立させ、幕府を倒すことを決意したのだ。

慶応二(一八六六)年一月二十一日、密やかに薩長同盟が成立した。これによって、薩摩藩は、幕長戦争には参加しないことと、長州藩の国賊の汚名を払い、復権できるよう朝廷に働きかけることを約束した。長州藩は、幕府連合軍との戦いに自力で勝った暁(あかつき)には、薩摩藩と共に「王政復古」の世を実現させることを約束した。

長州領を、四方向から幕府軍が攻めたことにより〝四境戦争〟と呼ばれる幕長戦争が勃発したのは同じ年の六月になってからである。幕府が第二次長州征伐を行うことを布告して一年以上が過ぎていた。これほど実際の攻撃が遅れたのには、幾つか原因があった。

幕府内で派閥争いが激しく行われ、幾度も老中らが入れ替わり、一向に幕閣がまとまらなかったからだ。江戸居残り組と、京坂組の仲が悪く、水面下で足の引っ張り合いが行われていたことも原因の一つだ。遠征軍を送り込めるだけの軍資金が幕府にはなく、御用商人から巻き上げるのに手間取ったためでもある。そしてなにより、当てにしていた最大の軍事力である薩摩藩が離反したことで、ほとんどの外様大名に出兵を拒絶されたことが大きな痛手となった。

外様大名で出兵に応じたのはわずか四藩のみである。譜代(ふだい)を入れて十四藩十五万の軍勢が、実際に武器を持って長州藩領を取り囲んだ。ちなみに長岡藩は、待機したものの戦闘には参加していない。

——幕府方の大敗だった。幕府がぐずぐずと煮え切らずに征長進軍を遅らせた一年以上もの間に、軍事力の近代化を推し進めてきた長州藩は強かった。初戦に長州領の大島に上陸してすぐに撤退させられた以外、幕府方は一歩たりとも長州領に足を踏み入れることさえできなかった。幕府軍方は、思いもよらぬ長州藩との力の差に愕然(がくぜん)となった。十四代将軍徳川家茂(いえもち)が七月に薨去(こうきょ)したことを理由に、「休戦」を長州側に持ちかけ、撤兵した。幕府は「負け戦」とは決して言わなかったが、実質上の敗退である。

長州方は幕府との休戦協定を破り、なお小倉方面への進軍の手を緩めず、小倉藩の要所を次々と陥落させていった。幕府は、長州が世間に見せつけたこの暴挙を止めることができず、日本中に徳川支配の世が崩壊したことを晒し、無念の慶応二年を終えることとなったのである。

第七章　憎まれ継之助(つぎのすけ)

一

長岡城から東北東の方角へ二里半ほどいったところに栃尾(とちお)はある。そこの一膳飯屋に旅装姿の二人の男が、板間の奥を陣取って、丼飯(どんぶりめし)を掻き込みながら話し込んでいた。

どちらの男も堅気者には見えない。眼光が鋭く、どこか荒(すさ)んだ空気をまとい、ひと睨(にら)みすれば並の無頼漢程度では縮こまってしまうのではないかと思われた。一人は四十前後だろうか。もう一人はまだ若い。二十代の半ばほどにしか見えない。どちらから漂うのか、近づくと火薬の臭(にお)いがする。二人はぼそぼそとほとんど無表情に抑揚(よくよう)なく喋(しゃべ)っていた。どこか異様な二人を、他の客は遠巻きにし、店の者も呼ばれたとき以外は近寄らぬようにしているのが見え見えだった。もちろん、二人の会話は誰にも何も聞き取れない。

「そうか、ずっと長州方面にいて、幕府軍と長州軍の戦を見てきたのか」

歳のいった方の男が訊くと、

「へい。つぶさに見てきやしたよ、旦那。場所によっては二十倍もの幕府軍を相手に、長さんは最新鋭の武器を手に西洋式の戦法を繰り広げてやしたのが印象的でしたねえ」

若い方が懐から掌に乗る帳面を取り出し、歳のいった男に見せた。それには男が見てきた幕長戦争の戦闘配置図や、武器の絵や覚書が走り書きに記録されていた。

二人の男は、変装した継之助と細谷十太夫である。幕長戦争の調査を終えた十太夫が、仙台に戻って報告をする前に、わざわざ継之助のために長岡へ寄ってくれたのだ。ちょうど継之助が所用で渡世人に変装して栃尾へ出張した折だったが、十太夫はいとも簡単に居所を見つけ出し、声を掛けてきた。頬には刀傷とはまるで違う見たことのない傷跡を作っていたが、銃弾が掠ったのだと平然と答えた。

継之助は十太夫の見せてくれた帳面を真剣な顔で捲っていたが、ほう、と瞠目し、初めて表情を大きく変えた。戦の始まる直前に、九十四トンの軍艦をおよそ四万両で、長州藩の高杉晋作が長崎のグラバー商会から購入したことが記されているのを発見したからだ。

グラバーといえば、いつか継之助が長崎の坂で会ったあの青年ではないか。日本に野心と夢を持ってやってきた若者である。この青年は、秋月悌次郎の起こした八・一八のクーデターを切っ掛けに、日本の乱世の幕開けを感じ取り、扱う商品を武器にかえて「死の商人」へと変貌を遂げることで成功を摑み取っていたのだ。十太夫が、長州の近代的な武器のほとんどをグラバーが用意したのだと教えてくれた。

「もうこれからの戦には鎧兜なんざ、着ちゃいけませんぜ、旦那」

「やはり鉄砲玉には役に立たねえか」

「役に立たねえどころか、鉄砲玉が鎧ごと肌にめり込んで、傷がひどいことになっちまう。鉄砲玉は貫通させた方が、後の手当てが楽なんですよ」

なるほど、そういうものかと継之助は感心した。幕長戦争には長岡藩も後方待機していたのだから、従軍した藩士からもいろいろ聞いてはいたが、こんな実戦に即した話は聞けなかった。有り難い。

それにしても長州藩への武器の供給は禁じられていたはずだ。グラバーは禁を犯して長州へ売ったのか。訊ねると、

「おっ、旦那。いいところに目をつけやすね」

十太夫が嬉しそうだ。

「それらの武器はみな薩摩の名義で取引されていきやした」

継之助は唸り声を上げた。

「やはり薩摩と長州は手を組んでいたのか」

「そのようで」

「長州は東に進軍してくるだろうか」

継之助の問いに十太夫は即答した。

「必ず来やす。長さんも小倉との戦いが長引いて疲弊しているうえ、軍事総督の高杉晋作が死にかけていやすから、すぐにというわけにはいかぬでしょうが、態勢が整い次第、必ずや来やす」

「高杉が死にかけているだと。負傷したのか」

「いえ、病の方で。労咳だそうですよ。もう、一人で歩くのも難しいと聞きやした」

「そうか……」

初めて会ったときのあの傲慢そうな男の姿を継之助は思い浮かべた。あの男が今はもう歩くこともままならないなど、どことなく複雑な思いだ。それにしても今日まで藩の軍制を主導してきた男の死は、さぞかし長州藩には痛手だろう。

（だからといって、討幕の野望に歯止めがかかるわけではなかろうが……）

長州が東上してくるというのなら、譜代である長岡藩はそれまでに用意できる限りの備えをしなければならない。

「それで、高杉の後は誰が継ぐのだ。大村益次郎か」

かつて友の小山良運と適塾で机を並べ、共に学んだという長州の「怪物」と呼ばれる男の名を、継之助は口にした。

「長州軍を、これから率いていくのは間違いなく大村益次郎でしょう。けれど、高杉晋作が自身の後継者に指名したのはまた別の男です」

「そうか。長州は人材にことかかないのだな。羨ましい限りだ。それで、どんな男だ」

「山田市之允という弱冠二十四歳の若造だそうです」

山田市之允——聞かぬ名だ。だが、継之助はこの名を胸に刻んだ。戦はなるべく避けたいものの、避けられぬときは自身が対峙せねばならぬやもしれぬ男の名だ。そのときまでに、どれほど軍制改革を推し進めることができるのか。

「何もかも急がねばならん」

これまでも急いできたが、もっと駆け足で長岡は変わっていかねばならないようだ。実際、軍制改革といったところで、すぐに取り組めるほどの金が長岡藩にはない。ひどい赤字は目に見えて解消されつつあったし、少しずつ余剰金が貯まる兆しい。

を見せてはいる。だからといって、長州藩のように四万両もの軍艦をぽんと買う金など、どこにもなかった。武器が満足に買えなければ、軍制改革など覚束ない。

今でさえ、ずいぶんと締めつけた政策で領民に苦労を掛けていたが、

（いっそう手を打っていかねばならん）

継之助は苦い気分で、これまで以上に腹をくった改革の必要性を実感した。

「それにしても、すごいですね、旦那は」

細谷十太夫がふいに嬉しげに話題を変えた。

「何の話だ」

「聞きましたよ。つい最近、郡奉行だけでなく、町奉行にもなったっていうじゃないですか」

継之助は昨年の慶応二（一八六六）年十一月に御番頭格町奉行兼任となっていた。郡奉行として地方の政治に優れた実績を上げたので、城下の方の梃入れも任されたのだ。

今日も町奉行の仕事の一環で、旅のヤクザ者のような出で立ちで栃尾に来ている。

「町奉行になったらすごいのか。鴉もくだらんことを言うようになったな」

「そうじゃなくて、旦那は就任三日目にはもう、検断を首にしたそうじゃないです

か」

　確かに、町老たちを束ね、幾つかの町を統括する立場の検断職に就く豪商三人を、贅沢な生活を送る不謹慎者だと弾劾し、役職召し上げの上、蟄居を申し付けた。就任わずか三日目のことだ。誰もが継之助の不意打ちのようなやり方に恐怖し、震えあがった。継之助は、人々が役得に浸かり、贅を尽くすようになるのは、世襲制であることも大きな原因の一つだと主張し、世襲制度を廃止した。

　これらの処置は、豪勢な生活を今後も続ける者は断然処罰するぞ、という継之助の強い意志を、みなにわかりやすく示したものだ。思惑通り、ほとんどの商人は首を縮めた亀のように大人しくなった。が、なお反発を示してこれ見よがしに豪遊を続けた商人は、言い訳の余地も与えぬまま城下から追放した。かつてない厳しさに、すべての町人の肝が冷えた。

　河井継之助は本気だ――と。

「旦那は寄場を作ったそうですね」

　飯を食い終えた十太夫は、白湯を飲んで一息つくと、継之助と合流する前によほど長岡城下を視察したのか、そんなことまで言い出した。

「よく知っているな」

「公儀の作った人足寄場の真似事かと思いやしたが、少うしばかし違うみたいですね」

寄場は、町奉行に就いた継之助が、比較的軽い罪を負って牢獄に収容された囚人たちを更生させるために作った懲役施設だ。幕府でも松平定信の時代、長谷川宣以（平蔵）の建言で作られた。

収容された者は寄場で使役される代わりに、相応の代価を出所の際に受け取れるようになっている。ここまでは幕府の寄場と同じである。長岡の寄場の面白いところは、刑期が予め決められていないところだ。公儀の寄場は送り込まれると三年は出られなかったが、長岡の場合は囚人が更生したと判断できた時点で釈放された。

更生したかどうかの判断は難しいが、継之助は責任者である場長に任せた。それだけに場長選びはよほど人物がしっかりした者でなければならぬと注意を払ったが、栃尾に近い古志郡小貫の庄屋の息子外山寅太（脩造）を適任者と見込んで宛てがった。寅太は後に阪神電鉄の初代社長となり、実際に携ったわけではないが、阪神タイガースの生みの親と呼ばれるようになる人物だ。

「なんと言っても旦那の作った寄場は、囚人たちをろくな監視もない中、囲いの外の現場で働かせているのが本当にすごいや」

江戸の寄場は荒れていてこうはいかないと十太夫は感心した。継之助からすれば驚くことではない。監視こそつけていないものの五人一組としていたし、格好も頭は五分刈りで、酸化鉄で染めた鮮やかな紅殻色の着物を着せている。遠目でも囚人とわかる格好だ。町中の者が「あれは囚人だ」と知っている環境の中、逃げるのは困難である。

「届ければ、外泊もできるぞ」

「えっ、それで、戻ってくるんですかい」

「寅の刻（朝の四時）までには戻ってくるさ」

本当は、開始早々、脱走を試みた者がいたのだ。継之助は容赦なく斬首した。真面目にやりさえすれば、明日にでも釈放されるかもしれない中、命がけの脱走など今はもう誰もやらない。

「旦那の政は人の心に添うてやすねえ」

幕府にそれができていればと十太夫は嘆息した。

二

十太夫と別れた継之助は、まだ根雪の残る村を肩で風を切るように歩いた。すれ違う村人たちが目を逸らしていく。通り過ぎたあと、背後でひそひそ声が聞こえた。継之助は口元で笑うと、

「おい」

振り返って大きな声をかけた。ひっ、と村人数人が体を強張らせ逃げようとしたが、思わぬ速さで継之助が近付いたため、蛇に睨まれた蛙のように微動だにできなくなった。

「この辺りに、賭場を張っている勇蔵親分てえのがいるだろう」

村人たちは顔を見合わせる。

「へ、へい。ですが、勇蔵親分はもう、賭博からは足を洗ったと聞いてございます……。も、もうこの地では賭場は開かれてございません」

継之助はたちまち眉間に皺を寄せ、

「なんだと。ここでずいぶんと遊ばせてくれると聞いてわざわざ来たってえのに、無駄足か」

ぎょろりとした目で凄むと、村人は怯えきって勇蔵の家を教えた。継之助は再び肩を突き出し、前に倒れそうな勢いで歩き出す。幾らも歩かぬうちに、教えられた家の前まで来た。なかなか立派な家だ。ずいぶんと阿漕なことをして稼いだのだろう。

「頼もう」

継之助は大音声で叫んだ。雪に吸い込まれていつものように声は響かなかったが、「はあい」と返事がして、すぐに若くて眉のない丸髷の女が出てきた。舎弟のようなやくざ者が出てくるかと思っていた継之助には、意外である。

「俺は平吉という旅のもんで、勇蔵親分に会いにきた」

女は不安そうな顔でうなずき、奥に引いた。しばらく待っていると、一人の巨漢がのっそりと出てくる。継之助を一瞥し、野太い声を上げた。

「俺が勇蔵だ。なんの用だ」

「おいらァ、平吉というけちな男だが、ひと場、張らせてくんねえか」

継之助が打つ真似をするのを、勇蔵は冷ややかに笑った。

「悪いな、長岡じゃ一切の賭け事が禁じられちまって、見つかったら寄場にぶち込まれちまう。赤い馬鹿みてえな着物を着せられるんだぜ、冗談じゃないね。俺は足を洗ったんだ」

「こっそりやりゃ、ばれやしませんぜ、親分」

勇蔵は「なんだと」と継之助を睨みつけた。

「第一、賭博が御禁制なのは今に始まったことじゃないってえのに、これまではずっとやってなさったんでしょう。それで咎められたことがあったんですかい。なんだって急に……」

「今度のお奉行は本気で、禁制に触れた奴はとっつかまえて寄場に叩き込んじまってるんでね。俺は御免だ。それに俺は近頃、堅気の女を嫁に迎えたんだ。これからはまっとうに生きるのさ」

勇蔵は財布を取り出すと中身を掌に出し、継之助に差し出した。

「これをやるから、二度とここには来ないでくれ。他所(よそ)の村にゃ、まだ打ってるところもあるかもしれねえから、この金を持ってそこに行きな」

押し付けるように継之助に金を握らせて叩き出した。

後日。このときの金は庄屋を通じ、勇蔵の手に戻ってきた。

「お奉行から、おめさんに渡してくれということだが。勇蔵はいい男だで、目をかけてくりゃれと褒めていやったで、わしも鼻が高いでや」

勇蔵はそれですべてを悟り、今になって噴き出してきた汗を拭(ぬぐ)った。俺は試されたのか、と思うと腹が立ったが、奉行相手に文句を言えるはずもなく、呑むたびに勇蔵は悔しげに誰彼となくこの話をしてまわった。

ところが、その度に「さすがは勇蔵さん」と褒められる。しかも、この話は瞬(また)く間に〝勇蔵親分の武勇伝〟となって広まった。勇蔵の人気はうなぎ上りで、新しく始めた堅気の商売も上手(うま)くいく。すっかり勇蔵はいい気分で、「今のお奉行様は偉いお人だ」と称(たた)えるようになった。

勇蔵はこうして良い思いをしたが、別の博徒は変装した継之助の誘いに応じてしょっ引かれた。こちらの話も瞬く間に領内に広まり、本来なら取り締まりに時間の掛かる賭博も、あっという間に長岡藩の中から消え去った。そうだろう、幾ら隠れてやったとしても、奉行自ら渡世人の格好で客として紛れてやってくるのだと思うと、疑心暗鬼になって、とてもでないが楽しめない。

継之助はこの手を博徒の取り締まりだけでなく、庄屋や商人が身の丈に合わぬ贅沢な生活をしていないかの取り締まりにも使った。

「今度のお奉行は、何にでも変装してどこにでも現れなさる」

そう人々は恐れ、長岡の風紀は引き締まった。

三

慶応三（一八六七）年三月。継之助は再び江戸へ上った。

江戸とはこんなところだったろうか……と困惑するほど、どこか寂れて荒んだ空気を醸し出している。継之助の知っている屈託ない活気や、行き交う人々の顔に宿る明るさや、目の奥の輝きはどこにもなかった。みな、不安げな面差しだ。

（無理もないか）

第二次長州征伐が失敗したことだけが影響しているのではない。昨年は十四代将軍徳川家茂が二十一歳の若さで遠征先の大坂で薨去しただけでなく、十二月には孝明天皇が三十六歳で崩御した。徳川幕府と朝廷の絆は、ひとえにこの二人の親密さに守られていただけに、今後は朝廷の態度がどうなるかわからぬ不安を、将軍家御膝元の江戸の者たちは感じているに違いない。

人々の不安とは裏腹に、幕府はいまだ強気だった。いや、幕府は、というより十五代将軍に就任した徳川（一橋）慶喜は、というべきか。

この男はなかなかやっかいな男だった。頭が切れすぎる。そして酷薄だ。周囲の者を利用して、目的を果たすと切り捨てるところがある。八・一八の政変の折、朝廷に御周旋と称してのさばる長州志士を京から一掃するため、薩摩と会津の力を借りて政変を行った。だが、その後、慶喜はどうしただろう。薩摩を排除し、さらに政変の中心人物だった秋月悌次郎を左遷させて京から追い出してしまった。その後、慶喜と会津と桑名で政の舵を取る「一・会・桑」政権を築き上げた。薩摩の離反は元を正せば、すでにここからじわじわと始まっている。

徳川慶喜の眼中にあるのは利用すべき者だけで、一生「仲間」など持てぬ男だ。

（人の情のわからぬ御仁だ。いずれ幕府は、この将軍が直接の原因となり滅びていくのではないか）

継之助は日頃から、「少しでも人の上に立つ者は、人情本を読み、芝居を見ろ」と言っている。人は、感情に左右される生き物だ。どうすべきという理屈より、ほとんどの者は心の奥底から湧き上がる喜怒哀楽に突き動かされて生きている。だからこそ赤穂浪士は吉良邸に討ち入ったし、大塩平八郎の乱も起こったのだ。

（人は感情に添って生きている。人の心を無視した政は、いずれ崩壊する）

それでも、牧野家は譜代大名で、最後まで徳川家を守らねばならぬ立場にある。継之助の今回の出府は、いよいよ本格的に取り組もうとしている兵制改革のためだった。

（間に合うだろうか）

時代は、継之助が思った以上に、早く動いていく。坂を転がり下り始めた毬が、転がるほどに速さを増していくのに似て、日付が変わるほどに時代の波は激流となって日本中を巻き込み、明日も身近な者と笑い合ってただ平穏に生きていきたい長岡の者たちをも、揺さぶろうとしている。

そのあまりにか弱い平和を、自分は守り通すことができるだろうか。継之助は淀んだ空気に包まれた江戸の町を、足早に歩きながら身を震わした。なりふり構わねばできるかもしれない。だが、継之助は士だ。腰の刀が疎ましいほどに、士だ。そうであれば、真っ先に優先されるべきは主家への忠義だった。ひいては主君の忠義の先にある徳川家への御恩だ。いずれ、義と、今まさに守りたいと願い力を尽くしている長岡とを、天秤に掛けねばならぬ日がくるのではないか。

ふっと継之助の脳裏に、師山田方谷の顔が浮かんだ。

（先生は、どうなさるのか……）

継之助はいつも懐に入れてある、方谷から渡されたお守り代わりの長命丸を取り出し、握り込んだ。

やっと主君板倉勝静が老中職から退いてくれたとほっとしていたことだろう。が、ますます厳しくなる時勢の中で、再び勝静は老中へと返り咲いた。方谷の嘆きが、継之助には手に取るようにわかる。備中松山は長州領に近い。ずっと東にある長岡より、いっそう早く時の荒波に呑まれていく。方谷はどう動くだろうか。方谷の腰に刀はない。もとより、勝静との間にあるのは主従の絆というよりは、人と人との絆である。

継之助は牧野家上屋敷に入ると、必要な挨拶と手続きを早急に済ませた。この三月に寄合組に列した継之助だったが、相変わらず供も付けず身軽な姿で現れたのを、

「継さはそれでいいかもしれぬが、殿さんがよそもんに笑われるで、江戸ではも少し、らしくしろ」

さすがに義兄の椰野嘉兵衛に窘められた。

「義兄さ、供ならすぐに追いつきます。何もかもを急ぐので、荷を持たせて俺だけがまずは飛んできましたでや。それに今から忍びの任務ですけ」

先は横浜である。そこには商売に成功した、かつての牛乳配達の若者がいる。家中の者が、継之助が江戸に来たことすらわからぬうちに姿を消したのだ。向かう

継之助は悪戯っぽく煙に巻くと、あっと言う間に屋敷を飛び出した。ほとんどの

「隠密の任ゆえ、義兄さにも中身は言えませぬ」

「忍びの」

「カワイサン、会いたかったです」

継之助が横浜三番館を訪ねると、底抜けに明るい顔でエドワード・スネルが飛び出してきた。ずいぶんと背も伸び、肩幅もがっしりと逞しくなった。もみあげも濃く、鼻の下には八の字の髭も蓄え、眉は細いが吊り上がり、精悍な印象だ。今はまだすらりと引き締まった体軀だが、末は太りそうな片鱗を見せ、エドワードの素直な心根を知らぬ者が見れば、赤鬼のようだと怖がるかもしれない。

この青年も、もう数えで二十四歳になったはずだ。なのに、十代の頃に出会ったせいか、いつまでも継之助の前では子供っぽさを覗かせる。だが、今ではもう侮れぬほどの貿易商に成長していた。オランダ語に堪能で日本語にも通じていることからスイス領事書記官を務め、スイスの時計商人フランソワ・ペルゴと組んで、日本にスイス時計をもたらした。

その後、日本に二百数十年ぶりに起こった戦が、エドワードの言葉を借りれば「ビッグマネー」を生んだ。この若者はグラバー同様、抜け目なく好機をものにし、瞬く間に成功者の名を摑(つか)んだ。ただし、武器商人になることを拒んだ最初のビジネスパートナーのフランソワ・ペルゴとは決裂した。

「元気そうだ」

継之助が目を細めると、

「おかげさまで」

なかなか気の利いた日本語を返してきた。

「カワイサン、手紙、読みました。西洋の兵器や戦術について学びたいなら、私より兄のジョン・ヘンリーがいいです。けど、兄の都合がつかなかったので、別の人、紹介します」

「すまんね」

「スイスの時計商人です。けど、私と同じ、武器も売っています。ジェームス・ファブルブラントといいます。薩摩のサイゴウキチノスケという人も出入りしてます」

「西郷が……」

継之助は眉根を寄せたが、考えてみれば武器商人のところに誰が出入りしていてもおかしくない。

「さっそく行きましょう」とエドワードに促され、継之助はジェームス・ファブルブラントの居る横浜百七十五番地へ向かった。その商館は、まだ先月に落成したばかりのレンガ造りの二階建てで、二階部分の外壁はなまこ壁を模し、妙な外観だった。

ジェームス・ファブルブラントはこの年、二十七歳の青年だった。日本に渡って商売を志す異人のほとんどが、こうした若者たちだ。ジェームスは端正で神経質そうな顔立ちに、いかにも理知的な額の持ち主である。それだけに少し憂鬱（ゆううつ）そうな印象を継之助は持った。もみあげもすっきりと剃ってあり、髭も蓄えていない。指は長くしなやかで、精巧な時計を扱うのに適していそうだ。

エドワードに継之助を紹介されても、にこりともしない。が、すぐに日本語で挨拶をし、手を差し出してきた。継之助が躊躇（ためら）いもなく握手に応じると、ほうっと興味を抱（いだ）いた顔をした。

すでにある程度はエドワードが先に話を通してくれているようだが、継之助は自分からもジェームスに来訪の目的を説明した。西洋戦術と火器について正しい知識を身に付けた上で、相応の武器を購入したいと。

もちろん武器はエドワードとジェームスから買うことになる。エドワードはジェ

ームスに継之助を紹介した分、自身の売り上げは落ちるが、

「恩を売ることは、時に品を売るより大事です」

などと片目を瞑って見せた。さらに、

「新潟が開港したら、そこに私、店、持ちたいです。カワイサン、近々、新潟、案内してください」

付け加えるから抜け目がない。

継之助はもちろん快諾した。今回の武器の買い付けも、船で新潟港まで運び、長岡へと持ち込むつもりだ。もし、エドワードの店が新潟にできれば、そこまでの手間が省かれるのだから、長岡にとっても利が大きい。

継之助は横浜に宿を取って、しばらくジェームスのところへ通いたい旨を伝えた。一日、二日でどうにかなる問題ではないと心得ていたからだ。ジェームスはこの件も予めエドワードから聞いているらしく、

「貴方の部屋を用意してあります。私のところに住み込みで学ばれるといいでしょう。その方が短期間で終わります。貴方は全てに急いだ方がいい」

親切な申し出をしてくれた。それにしても、継之助自身ことを急いているが、ジェームスに改めて言われると気になった。何か外国人だからこそ知っている情報があるのかもしれない。

「それは、近々戦が起こるということでしょうか」

「そうです。貴方はストーンウォールを御存知ですか。そしてパリ万国博覧会は」

ストーンウォールという名もパリ万国博覧会も一度も耳にしたことがなかったので、継之助は正直に首を横に振った。そうだろうという顔でジェームスは頷いた。エドワードは知っている顔だ。

「ストーンウォールとは、軍艦の名前です」

ジェームスが説明を始めた。もう武器や戦術の授業は始まっているのだと継之助は合点した。

ストーンウォールは、三年前にフランスで建造され、現在はアメリカが保有している千二百馬力の装甲艦だ。装甲艦というところに継之助は着目した。聞けば、船自体は木造だが、厚さ四寸の鋼鉄帯にぐるりと包まれているという。鎧を着た軍艦ということだ。

「フランス艦隊やイギリス艦隊からの攻撃にも耐えうる、世界でも有数の防御力を誇る軍艦です」

日本に存在するどの火器を使って攻撃しても、破壊することができぬ性能を持つ。つまり、無敵ということだ。

日本にも軍艦は多く輸入され、また建造されていたが、いずれも木造部分が剝き出しである。砲が上手く命中すれば、沈没させることができる。現在日本で最も優れた軍艦は、徳川幕府がオランダから買い付けてもうすぐ横浜港に入港予定となっている開陽丸で、他の軍艦の追随を許さぬ装備を誇っているが、それでもただの木造船だ。四百馬力と力も小さくないが、ストーンウォールの千二百馬力に比べれば大人と子供のようだった。それでも継之助は、一目見ようと開陽丸の入港を心待ちにしていたのだ。

ジェームスは更に驚くことを口にした。

「このストーンウォールをトクガワが買い付けようとしています。もうすぐ入港するオランダからの船とストーンウォールを併せれば、日本にあるどの艦隊と当たっても、トクガワが負けることはないでしょう。日本の制海権はトクガワが摑めます。そしていわゆる近代戦は制海権を取った方が常に有利なのです」

（なるほど、合点がいったぞ）

継之助は唸り声を上げそうになった。なぜ十五代将軍となった徳川慶喜が第二次長州征伐の失敗の後でさえ強気でいられるのか。慶喜が第三次長州征伐まで考えているという信じがたい噂を耳にしたことがあったが、さすがにそれはないだろうと笑い飛ばした。今はもう笑えない。

ジェームスは、今度は西暦四月一日（旧暦二月二十七日）から始まったパリ万博について語った。

「国同士が自国の文化を見せ合い、互いに良い刺激を受け取り合い、未来の発展に繋げていく催しです」

そういう内容をジェームスは日本語で説明したが、日常語や商用語に比べて説明し辛かったので、エドワードがずいぶんと補ってくれた。ジェームスは後に日本人の妻を娶るほど日本を愛し、言葉もよく覚えたが、このときは来日してまだ四年しか経っていなかったため、微妙なニュアンスを含む説明は難しかったのだ。

継之助も二人に幾つか質問を繰り返し、万博とは、要は技術を披露することで国力を見せつけ、自国の優位性を立証し合う場であること、また貿易のための商品を披露する場でもあるのだと理解した。今回は四十二ケ国が参加しているという。

「カワイサン、日本もこの万博に参加しています。幕府は昨年のうちに、全ての藩に参加を呼びかけました。聞いてませんか」

エドワードの言葉に、継之助は軽く衝撃を受けた。

「いいや。俺は聞いていない」

おそらく江戸表で不参加を決めて返答したため、長岡に居た継之助には伝わらなかったのだろう。将来は世界を相手に貿易するつもりでいる継之助としては、参加しなかったのは少し惜しい気がした。が、参加すれば莫大な出費となるだろう。

「参加に応じた藩はあるのか」

「佐賀藩です」

継之助は佐賀と聞いて、いつか見た反射炉を思い出した。近代化の意識の高い藩だ。アームストロング砲というイギリスで開発された強大な破壊力とこれまでにない飛距離、そして命中精度を備えた砲を、佐賀藩は自前で製造することに成功したともっぱらの噂だ。ただ、アームストロング砲は、実際に薩英戦争で使われて猛威を見せつけたものの、不発も多く、自爆すらして味方の命も奪った欠点の多い砲でもあった。それでも日本では最強の砲になることは間違いない。

それにしても、幕府と佐賀藩が参加した万国博覧会が、なにゆえこれから起こるやもしれぬ戦の根拠になり得るというのか。答えはすぐにジェームスが口にした。

「他には薩摩藩が、独立国として参加しています」

一瞬、継之助は耳を疑った。薩摩藩が独立国として万博に参加しているとは、どういうことなのか。

「薩摩は、幕府とは別に、日本薩摩琉球国太守政府として独自に参加しました」

エドワードが言葉を変えて言いなおした。継之助はさすがに息を呑んだ。つまり幕府と薩摩は相並び立つ同等の政府として万博を通じ、世界中に紹介されつつあるということらしい。それも、薩摩藩側の明確な意思によって行われているのだ。

（やられた）

これは薩摩から幕府への形を変えた宣戦布告といっていい。しかも世界中に、「幕府は日本の君主ではなく一諸侯に過ぎず、薩摩と立場は同等である」と宣言することになる。

「くそう。世界中に徳川幕府が日本の君主ではないと流布することこそが、薩摩藩の今度の万博参加の狙いだな」

継之助の呟きに、ジェームスは頷いた。

「そうです。カワイサン、貴方はおそろしく察しがいい。実際、万博に参加した各国の報道陣は、君主である帝の旗下に大君であるトクガワと太守であるシマヅが存在し、大君も太守も同じく一諸侯に過ぎないのだとニュースペーパーに発表しました。さらに薩摩は、薩摩琉球国の勲章を製造し、配っています。勲章は国家が与えるものです。世界を巻き込む印象操作に薩摩藩が乗り出したのです。これは、薩摩に確実に戦意がある証であり、戦はすでに始まっていると言わねばなりません」

薩摩が「情報戦」を仕掛けたということだ。ことの重大さを理解した継之助は、べっとりと張り付くように滲んだ額の汗を無意識に拭った。薩摩藩はすでに自分たちの上に立つべき指導者として幕府を認めていない。一方で幕府は着々と軍事力を補強していきつつある。

（戦いはもはや避けられぬのか）

きな臭い空気の中、長岡はどうしていくべきか、選択を一つでも誤れば、大変な事態になるだろう。

エドワードが口を開いた。

「カワイサン、我々外国人は日本で大規模な戦闘が起こるかもしれないことを常に頭に入れて、商売も生活もしています。長崎のグラバーなどは、すでに旗色を明らかにし、薩摩に肩入れしています。万博への薩摩の参加にもグラバーが裏で噛んでいます」

（あの時の若者が……そんな化け物に育ったのか……）

継之助は息を呑んだ。

当の日本人だけが、予兆はあるもののまだ何も始まっていないのだと思っている。昨日と同じ日常を享受し、準備にすらかかっていない者のなんと多いことか――。

ジェームスは憂鬱そうな顔で口を開いた。

「実際に武器を持って戦うのは、戦争のほんの一部分でしかありません。勝敗の半分は始まる前に決しています。薩摩と幕府は、今、この瞬間、遠いパリですでに激しく闘っています。そして、パリに着くまで戦を仕掛けられるなど予想だにしていなかった幕府は、惨敗していることでしょう」

「俺は無知だな」

継之助は自嘲した。知らぬことが多すぎる。

「そのために貴方はここへ学びに来ました」

「その通りだ。よろしく頼む」

今度は継之助の方から、ジェームスとエドワードに握手を求めた。

四

慶応三（一八六七）年三月二十六日。

開陽丸が横浜港に滑り込み、一目見物しようと集まってきた者たちの前に、その勇姿を惜しげもなく晒した。継之助は友の三間市之進や鵜殿団次郎らと共に人ごみに混ざり、現段階で日本で一番性能の優れた軍艦を見上げた。

「大砲王アルフレートの造った最新砲、クルップ砲を含む二十六門が搭載されているぞ」

団次郎が説明する。この男は長岡きっての秀才の一人で、洋学の才を勝海舟に買われ、幕臣となった経歴を持つ。開陽丸の導入にも関わっていたし、その乗組員で二ケ月後には艦長に任命される榎本釜次郎とも親交がある。

「榎本さんが陸に上がったら紹介しよう。もしかしたら乗せてもらえるかもしれんぞ」

などと継之助の心が湧き立つことを言う。

「それにしても団さ、あの船尾についている紋はなんだ。ちと、面妖だが」

継之助が指さした先には、徳川の紋の三つ葉葵の葉の形が、いわゆるハートマークに変えられた妙な印がついている。団次郎は首を傾げた。

「船尾に意味のないことはせぬであろうゆえ、なにか我らにはわからぬ意味があるのだろう。今度、勝さんか榎本さんに聞いておくよ」

団次郎はそう言ったが、これは造船したオランダが、徳川の御紋をハートマークと勘違いして付けた、ただの間違いだった。

おや、と継之助は目を瞬かせた。開陽丸を見物している群衆の中に、見知った顔を見つけたからだ。冷たい印象の横顔も尖った薄い肩も相変わらずだが、いつになない格好だ。埃避けの江戸紫の頭巾を被り、松葉色の小袖を嫋やかに着こなしている。強い視線に向こうも振り返り、継之助に気付くと、目を細めて頭をわずかに下げた。

「おや、綺麗な女人だ。知り合いですか」

三間市之進がにやにや笑いながら、河井さんも隅に置けないなあ、と冷やかす。

「まあ、家中で俺ほど女と遊んだ男はいないからな。外を十歩も歩けば知った女にぶつかるさ。それにしても、あれが綺麗な女に見えるようじゃ、市はほとんど女と遊んでないな」

「失敬な」

継之助と市之進が軽口を叩き合ううちに、女の姿は人波へとかき消えていた。

三人はひとしきり開陽丸を見物した後、近くの煮売り酒屋に入った。

「継さは俺が殿さんに出した兵制改革の建白書を読んでくれたろうか」

酒を酌み交わしながら鵜殿団次郎が訊く。去年の夏に団次郎は、藩の兵制をフランス式に変えていくように建言していた。継之助は頷いた。

「見たぞ。もちろん団さの意見を下敷きに、一大改革を行うつもりだ」

市之進も口を挟む。

「その準備のための河井さんの横浜逗留です」

「うむ。継さのことは信頼しているが、藩の兵制を洋式に切り替えていくのは口で言うほど容易じゃないぞ。武器は総入れ替えせねばならん。金が幾らあっても足りぬだろう。さらに今後は家格ではなく、実力のある者が指揮官となるべきだ。家格の低い者が高い者を指図することになるが、兵制の近代化では、これが最も難しいのだ。だが、家中の者を説得する時間など、もうろくにあるまい。至難の業だがやらねばならん。せねばとうてい生き残れぬ。たとえ生き残れたとしても、強い藩に屈辱的な支配を受けるはめになるやもしれん」

心配する団次郎に、継之助は力強く答えた。

「金はある程度、用意できたのだ。昨年の戦の影響で西国の米価がずいぶんと上がるだろうことを予測して、長岡藩領だけでなく、他藩の余剰米も買えるだけ買っておいた。すでに大坂で天井値で転売した後だ。家格の件も、俺に考えがある」

「そうか。さすが継さだ」

鵜殿団次郎は嬉しげに継之助の杯に酒を注いだ。

「まあ、家格の件は実施すれば憎まれよう。闇討ちに遭うやも知れぬが構わぬ。ただ死と隣り合わせゆえ、全ての政策をやり終えた後でやるのさ」

「何をやる気だ」

「今はまだ言えん。ところで団さ、話は変わるが、豊之進とはまだ連絡がつかぬのか」

豊之進とは、団次郎の二十一歳になる異父弟だ。歳が離れていたから、父親が亡くなった後は団次郎が父親代わりとなって、慈しんできた。だからこそ団次郎は、自身が傾倒していた勝海舟に豊之進を引き合わせたのだ。が、それで運命が狂った。

豊之進は亡命し、今では勝海舟に師事する坂本龍馬のもとで海援隊に入り、船を動かしているという。海援隊といえば、貿易もやれば、海運もやり、幕長戦の折には、長州側の傭兵として海戦にも参加した。例のトーマス・ブレーク・グラバーとも親しくしている。豊之進は、長岡藩から見れば裏切り者だ。だからよほど親しい者同士で集まった時以外、その名を口にしたりできないが、継之助は友の弟の身をずっと案じている。

団次郎は眉を曇らせ、首を左右に振った。

「名を変えてしまって、どの名が己の弟かもわからぬな。情けない話だ……」

「そうか。まるで違う道を選んだ豊之進と、こうして酒を酌み交わしながら一度じっくり話してみたいものだが」

「そんなふうに言ってくれるのか。友とは有り難いな」

三人は久しぶりに話し込んで、別れた。

夜。継之助は拍子木を持って外へ出た。

「火の用心」

朗とした声を響かせ、歩きはじめる。ジェームスのところに寄宿して以来、用心棒も兼ね、毎晩のようにこうして夜回りをやっている。寄食させてもらうせめてもの恩返しのつもりもあったが、時折この時間を利用して江戸との連絡を付けている。連絡役は、長岡から供として連れてきた大崎彦助が請け負う。

拍子木を打ち鳴らしながらしばらく歩くと、背後に人の気配がした。彦助の息遣いとは違う。馴染まぬ気配だ。殺気はない。

継之助には、それが誰だか見当はついていた。振り返ると案の定、昼間に見掛けた江戸紫の頭巾がぼんやりと薄闇に溶け、色白の顔が卵形に浮かんでいた。女の形をしているが、小山良運のところに出入りしていた、あのろくに挨拶もしない変わり者の渋木成三郎である。

「こんなところで、そんな格好で何をしている」

継之助は近くにあったレンガ造りの建物の階段に腰を下ろし、話を聞く態勢を取った。視線を相手より下げたのは、話しやすくさせるためだ。成三郎も男の形をしていれば合わせてしゃがむくらいはしたろうが、女の姿なのでしおらしく佇んだまま継之助の疑問に答えた。

「小山先生に頼まれて長州の動きを探りに西国へ行っておりました。帰りに河井先生のところへ寄るようにとのことでしたので」

隠密の仕事をしてきたという。細谷十太夫のような才がこの男にあったのかと驚くと共に、

（よくこんな汚れ仕事を受けてくれたものだ）

意外な気がした。探りの仕事はあまりに危険な上、人知れず遂行するため実績となりにくい。どれほど上手く仕事をこなしても表立って褒賞されることはない。

（確かに良運さんにだけはよく懐いていたが……）

良運の頼みだから引き受けたのだろうが、継之助はそのことにも少し違和感を覚えた。

（あの優しい男が、手塩にかけて育てた後進を死地に送り込んだというのか）

隠密の必要性を藩に注進することはあっても、自ら送り込むのはいつもの良運らしくない。もっとも、継之助の知っている良運の姿は平時のものだ。切羽詰まればそういう厳しい一面のある男だったということなのか……。

なんにしても、この時宜に西の情報はありがたかった。

「ずっと女の格好をしていたのか」

「いいえ。西国では私を見知った人はおらぬゆえ、いつもの書生の形で通しました。されど江戸周辺では御家中の方々に見知った顔も多く、見咎められるとやっかいなため、かような姿に」

「賢明だ。俺が一番知りたいのは、長州藩の戦意と動向だ」

幕府が着々と戦備を固めているのは、長州側もすでに知っているはずだ。ならば、幕府方が完全に武備を終え、近代的軍隊をつくり終える前に仕掛けた方が、長州側にとっても有利なはずだ。が、現在は表立った大きな動きはなく、沈黙を守っている。なぜなのか。

成三郎はうなずいた。

「長州はどうやら、帝に許されるのを待っているようです」

成三郎は、継之助にとっては意外な答えを口にした。「日本は玉（帝）を取った方が勝つ」という、西国や九州では当たり前すぎる概念が、朝廷のある京師との間に幕府が君臨する東国諸藩では、骨の髄までは浸透していなかった。だから、長州藩がもうずっと「玉取り」を中心に据えて動いてきたことも、上っ面の知識の内では理解しても、血肉のように自分の一部とすることができない。

「長州は勅命を待っていたのか」

成三郎はうなずく。

「長州藩は、禁門の変で逆賊となりました。二度目の長州征伐で事実上勝利した今も正式に朝議による復権を果たしておらず、長州人の京への出入りは禁じられたままです。朝廷に対して逆賊のまま幕府に戦を仕掛ければ、長州は孤立します」

「長州が勝利した」などという歯に衣着せぬ成三郎の説明に継之助はほう、と感心した。

「つまり長州は、朝廷からの復権の勅命がなければ、自分たちの方から戦を仕掛けるつもりは毛頭ないということなのだな」

「おそらくは」

「復権の勅命は下りそうなのか」

継之助の問いに、「もし」と成三郎は言う。

「先帝が生きていれば難しかったかもしれません」

先帝——孝明天皇は、幕府や会津贔屓で逆に長州を嫌っていた。だが、先帝は昨年末に崩御した。新帝は御年十六歳。まだ政治的発言はなんら自ら発していない。そういう中で、先帝から退けられていた二十数人もの公卿が恩赦で復権した。成三郎は言う。

「今年になって朝廷内の勢力図が大きく書き換えられています。長州藩にとって、昨年よりはずっとなにもかもがやりやすくなっているのは間違いないでしょう」

「だが、長州人は京への出入りが禁じられていたな。直に朝廷に乗り込むことができぬ以上、何者かを間にたてるしかなかろう」

いったい誰を……というのはもはや愚問かもしれない。継之助は、細谷十太夫と栃尾で会った日の会話を思い浮かべていた。

「仲立ちをしているのは薩摩か」

成三郎は首を横に振る。

「そこまではそれがしには……。されど、長州の品川弥二郎とかいう男が、薩摩の大久保一蔵とよく行動を共にしています」

やはり、あの二藩は裏でがっちりと手を組んでいる。そして討幕の軍を起こす時は共に起つ気でいるのだ。その二藩に朝廷が付けば、日本中のすべての藩がどちらになびくかわからぬ事態が起きるだろう。なんとしても薩摩の朝廷工作を止めねばならないが、実際に朝廷の中に入っていける立場にない小藩の長岡藩にその手立てはない。継之助自身、卑怯なことを嫌うがゆえに、御周旋もやってこなければ、公卿や志士達との間に人脈も作ってこなかった。それがこんなふうに響いてこようとは――。いや、今更悔やんでも仕方がないのだ。

朝廷に自由に出入りでき、公卿と直にわたり合える将軍にしては目端の利きすぎる徳川慶喜が、この事態をいまだ知らぬはずはなかろう。なんとしても朝廷が薩長側に付かぬよう手は必ず打つはずだ。今となっては、あの男に幕府の、そしてある意味長岡の命運を、さらには大きな岐路に立った日本そのものの未来を任せるしかないのである。

継之助は成三郎と別れたあと、暗澹たる思いで主君牧野忠恭に文を認めた。

五

「カワイサン、おはようございます。昨夜は遅くまで起きていましたね」

翌朝、珍しく寝過ごした継之助に、ジェームス・ファブルブラントはたった今届いたという郵便物を差し出した。パリ万国博覧会に出展された武器類についての目録だ。図示されたそれぞれの武器の横に、継之助の読めぬ横文字が解説を加えている。継之助は読めぬまでも図示された武器の一つ一つの形状を丁寧に眺めていたが、捲るうちにひときわ異形のものを見つけて眉を顰めた。

「これは……」

今まで継之助の知っているどの砲とも銃とも違う。どちらかといえば砲に近い形状だろうか。大きな二輪の付いた台の上に、砲身を置くときのように据えられているが、ただ砲身が一つではなく、銃身を六つ束ねたような形であった。

「やはり目を付けましたか」

このころではすっかり継之助のことを好きになって打ち解けていたジェームスが、嬉しげに説明してくれた。

「これはガトリング砲ですよ、カワイサン」

「ガトリング砲。初めて聞く名だ」

「はい。比較的新しい武器です。ガトリング砲は今から五年前にアメリカで造られた連射砲です。有効射程は四町ですが、六本の銃身から、次々と休みなく弾丸が飛び出します」

一分間に百五十発から二百発ほど撃てるという。継之助は耳を疑った。これまで継之助の知っている銃といえば、唯一スペンサー銃を除けば、一発ずつ時間を掛けて弾込めをせねばならず、次々と発砲したければ数人を交代で撃たせなければならなかった。

慶応三年当時でも、ほとんどの藩は兵備の近代化がなされておらず、昔ながらの火縄銃が主流であった。少し意識の高い藩で洋式銃に関心を持ったところでも、価格の安い、弾込めに時間の掛かる先込め銃で、銃身の中に螺旋(らせん)の溝である条溝(じょうこう)を刻まぬ滑腔(かっこう)式の銃しか持たぬところも多い。条溝がないということは、命中精度が低いということだ。前装(先込め)滑腔銃の代表はフランスで開発されたゲベール銃である。初期のものは弾込めに三十秒ほども要する。射程も百メートルから三百メートルに過ぎない。価格は三両ほどだ。

ゲベール銃より少し進んだ銃がヤーゲル銃だ。条溝の刻まれたライフル銃で、命中精度は飛躍的に上がったが、弾込めに技術が必要で、訓練されていないにわか兵が使いこなせる代物ではなかった。

先込めではあったものの、弾丸の形を椎の実形にすることで弾込めを容易にしたのが、ミニエー銃である。射程も六百メートルとゲベール銃に比べて倍に伸び、命中精度は五倍も良くなった。それでも一分間に四、五発しか撃てないのだから、百五十発から二百発撃てるガトリング砲と比べたら雲泥の差だ。ちなみに慶応四年に勃発した戊辰戦争前半戦では、もっと高性能の銃が輸入されていたが、価格との兼ね合いでこのミニエー銃が主力武器となった。一挺が九両ほどになる。

戦法はミニエー銃の導入と改良に伴い、密集型の戦列歩兵から散兵して戦う方式へと変化していくことになる。殊にこのミニエー銃をさらに改良して造ったエンフィールド銃は、射程を飛躍的に伸ばし、千百メートルにも及ぶ。こうなると密集した陣形では狙い撃ちされ放題だ。歩兵は散らばって戦うよりほかなく、戦術は戊辰戦争中に次々と導入される武器に合わせ、変更を迫られていくことになるのだ。価格は十五両ほどで、戊辰戦争最後の戦場となった箱館戦争での主力武器は、このエンフィールド銃となる。

さらにこのエンフィールド銃を改良して元込め式にしたのが、昨年イギリスで採用されたばかりのスナイドル銃だ。射程はエンフィールド銃とほとんど変わらなかったが、先込めから元込めになったことで、弾込めが三倍も速くなり、どんな体勢でも弾丸を装塡できるようになった。腹這いの姿勢からでも装塡できるため、戦法にさらに幅ができる。ただし価格は一挺が慶応三年の時点で三十両前後ほどもするため、大量に揃えるのは難しい銃と言えた。

同じく元込め銃にフランスの開発したシャスポー銃というのがある。昨年末にフランスのナポレオン三世からおおよそ二千挺が幕府に贈られ、幕府歩兵より選りすぐった精鋭部隊の伝習隊に装備されたが、雨に弱く、日本では幕府以外流通していなかったため、戊辰戦争の最中に弾の補給がきかず、苦労の多い銃となった。

日本に入ってきている銃の中で最も進んでいるのがスペンサー銃で、唯一の連発銃である。元込めの七連発銃で、先込め銃が主流の当時の日本においては驚異的な性能と威力を見せ付ける銃だ。ただ射程は他の最新鋭のものに比べてやや短く、八百メートルほどだった。命中精度に劣り、故障が多く、価格も三十七両と高かった。腹這いでの装塡もできなかったため、購入に踏み切る藩は多くない。

長岡藩でも使ってみたい気持ちは継之助の中にあるものの、一挺に四十両近い価格では、とうてい標準装備できない。銃弾の安定補給のことも考慮すれば、試しに数挺ほど買うことはできても、一定の数を揃えるのは現実的ではなかった。

日本に紹介されている銃で一番優れたスペンサー銃でさえ七連発なことを考えれば、いかにガトリング砲が並はずれているかがわかるというものだ。

「スペンサー銃でさえすごいと思っていたのだが、ガトリング砲はまるで化け物だな、ジェームス」

継之助は素直に感嘆した。

「ええ。ただ、陸戦で使う場合、ガトリング砲は旧式戦法となる戦列歩兵で、より威力を発揮します。けれども、敵が散開すればスペック……仕様ほどの力は出せません。陸戦よりむしろ海戦に適した武器と言えるでしょう。たとえば以前紹介した敵の砲弾が利かぬ防御力を誇るストーンウォールに積めば、接近戦に持ち込み、ガトリングを敵艦に見舞うことが容易でしょう。この場合、かなりの威力を発揮します」

「なるほど。わかりやすい説明、かたじけない。ガトリング砲の価格はいかほどだろうか」

「何年式のガトリング砲を取り寄せるかで価格は変わってきますが、万博に出展されたガトリング砲なら、日本の価格で三千両です」

「やはり高いな」

継之助は苦笑した。まずは歩兵用の小銃を数千挺は揃えたい。価格と性能の両方を考慮して揃えるとなれば、ミニエー銃とエンフィールド銃の両方を揃えるのが妥当だろうか。この両者があれば、敵が密集しても散開しても対応できる。

（スナイドルも欲しいが、買うにしても一部の精鋭部隊に使わせるようなやり方で

なければ、とうてい数は揃えられんな。まだ砲も買わねばならん）

藩政改革は順調に進んでいる。進むに連れて奇跡的な速さで財政も回復してきている。あと一年、改革の着手が早ければと悔やまれてならない。

最終的に元服した全藩士に一挺ずつ西洋式銃を持たせたいという構想がある以上、ミニエー銃を上手く使いながら、それ以上の性能の武器を要所に投入していく方法を取らねば破産する。金が無限にあるのなら、幾らでも性能の高い銃を仕入れることもできようが、そうでないなら折り合い点を見つけていかなければならない。

戦がいつ始まるのか、どういった形で参戦するのか、領土から出て遠征するのか、迎え撃つのか、状況によって必要な主力武器も変わってくる。そもそも戦闘に加わるのかさえ、今のままではまったく読めない。できれば戦はせぬに越したことはない。やらねばならぬなら、領土は戦場にしたくない。いったいそれが通じるのかどうか。

武器の購入時期を図るのも難しい。日々、技術革新は進み、去年には存在しなかった新たな武器が次々と日本に持ち込まれてくる。古い武器は目に見えて価格が下がり、また戦場では無用の長物と化す。例えばミニエー銃を今買えば九両だが、来年は何両まで下がるかわかったものではない。五両を切るような銃は、もう武器として通用しなくなった代物と見ていい。

今あまりに大量に買い過ぎれば、いざというときには過去の遺物になっているかもしれないのだ。どれだけ武器が進化していくかは、誰も正確に読めないのが現状だ。だからといって、買い渋れば長岡藩兵の装備がいざ本番となってもほとんど整っていない失態を演じかねない。

薩摩や長州などの大藩は、次々と武器を買い替え、常に新式へと刷新している。どこからその資金を捻出（ねんしゅつ）しているのかわからぬが、それをやれる二大雄藩と対峙せねばならぬ譜代の悲哀と滑稽（こっけい）さに、継之助はいっそ笑いたくなるときがある。

そもそも譜代の多くは小藩なのだ。

（禿（は）げそうだな）

もともと額は広い方だが、ここのところの心労で、心なしか生え際が後退したような気さえする。

継之助は、四月中には大隊を組んで軍事訓練を行えるだけの数のミニエー銃とエンフィールド銃を購入し、海路新潟経由で長岡まで送った。ここまですべて極秘裏にことを押し進めた。兵制の洋式化は、これまで先祖伝来の甲州流や北条流兵術を重んじ、学んできた士（さむらい）には受け入れがたい改革となろう。

（明日からは伝統との闘いだな）

継之助は両手を天に掲げ、どこまでも青い空を見た。

六

「また河井さんが昇進したそうだが」

「二年前に外様吟味役に就いて以来、郡奉行、御番頭格、町奉行、寄合組と信じられぬ出世だが、今度の地位はなんだって」

「御奉行格だそうだ」

もう上には中老と家老しかいない。町奉行や郡奉行を束ね、家老を補佐して実際に藩政を執る地位である奉行職と同格扱いになったのだ。

「わずか二年でここまで昇りつめた者が、かつていたか」

「いや、しかし、河井殿のこの二年で収めた成果を考えれば当然のことではないか」

長岡城下では、信じられない早さで昇っていく継之助の出世の話が、あちらこちらで噂されている。通常、目まぐるしい出世をした者には祝いの金品が、便宜を図ってもらいたい者たちからしきりと届くものだが、賄賂を憎む継之助の許には当然何も届かない。みな、継之助が新しく与えられた権限で今度は何をやろうとするのか、恐々として遠巻きにしている。

家族も同じように城下の者から遠巻きにされ、継之助が大量の荷物と共に何の連絡もないままひょっこり戻ってきて以来、すが子は外の誰とも口を利いていなかった。継之助は荷が何なのかほとんどの者に明らかにせぬまま、一部を城内に、一部を藩校崇徳館へと運び込んだ。

「すぐにまた江戸へ戻らねばならんのだ。時間がない」

一言だけすが子に説明し、それから連日どこかに出掛け、食事のとき以外ほとんど家にいない。夜も戻らぬことがある。すが子からしてみれば継之助が家に居つかないのはいつものことだ。が、

「今夜も未だ戻っておらぬのか。継之助はいったい何をしておるのだ」

義父代右衛門に苛立ちを隠さぬ口調で問い質され、ろくに答えられぬすが子は身の縮まる思いだ。だからといって、うっかり継之助に訊ねると、どうかすると烈火の如く叱られる。それにしても、継之助が出世を重ねるほどに、父子の仲がしっくりいかなくなっていくようだ。

(なぜ? 義父上さまは旦那さまがご立派になられて、嬉しくはないのかしら)

数日もすると、継之助が持って帰った大量の荷は、どうやら銃らしいという話を下女がしているのをすが子は聞いた。

やがて継之助は食事のときも家に戻らなくなった。

「良運さんのところで摂るすけ、心配はするな」

出掛ける間際に言い置き、すが子に何も訊ねる間も与えず、足早に城の方角へ消えた。

それから二日後には、崇徳館で藩士たちに銃の使い方を教えているという話が、すが子の耳にも届いた。それが原因で、城下に不穏な空気が漂い始めているという。

「旦那さまは足軽だけでなく、御身分の高いお士さまにも、みな等しく銃の扱いを習うようおっしゃって、そのう……」

噂を聞きつけてすが子に話を伝えてくれた下女は、語尾を濁した。

「反感を買っているのですね」

すが子は下女の言葉を継いできっぱりと言った。下女はまだ剃っていない眉を八の字にし、瞳を左右に漂わせた。

「は、はい。申し訳ございません」

「いいのよ。それよりも何かまた新たに知ったことがあれば、どんな小さなことでも教えてちょうだいね」

「はい。そのう……お士さまの中には、旦那さまを斬るとおっしゃって息巻いているかたもおいでだとかで……」

ああ、それで……とすが子は納得した。だから継之助は食事にすら戻らなくなったのだ。

害が及ばぬようにとの配慮だろう。有難いことだと継之助の気持ちに胸の奥がじんとなった。が、すが子も武士の妻だ。もし夫が信念を持って成し遂げようとしているることが原因で自身に害が及ぶというのなら、それから逃げたいとは思わない。変に庇われたことが逆に悔しくもあった。

それにしても自分の知らぬところで夫は命の危険に晒されていたのだ。こんな一大事にあっても、継之助から聞かされるのではなく、他人から噂交じりに伝えられたことに、すが子は愕然となった。どれほど心配しても、家の中で祈ることしかできない自分が情けなかった。

継之助のいない生活に慣れ、「夫に放られる妻」という状況にも平気でいられる心根を作る努力はしてきたが、継之助という得体の知れぬ男にもっと踏み込んで、「共に生きよう」とする努力はしてこなかった。その結果がこれなのだ。

すが子は居ても立ってもいられなくなり、家の外に飛び出した。もうたそがれが間近に迫る時刻で、日が落ちかけている。表に人通りはなく、静まり返っていた。飛び出したものの、すが子の足は右へ行っていいのか、左に行っていいのかわからず途方に暮れ、虚しく立ち止まった。

実際、飛び出したからといってどうすることもできなかった。継之助が今どこにいるかもわからない。城内かもしれないし、崇徳館かもしれないし、小山良運や他の同志のところかもしれなかった。あるいは継之助がよく利用している旅籠「枡屋」だろうか。

どこにいたとしても、すが子が勝手に訪ねていくことなどできない。所詮は家の中に、せめて足手まといにならぬよう大人しく引っ込んでいるしか術がない。

戻ろう、とすが子が外門を潜ろうとしたとき、複数の足音を微かに聞いた。徐々に、早い勢いで近付いてくる。嫌な予感と共にすが子は音の方を振り返った。ちょうど辻から幾人かの士たちが、土煙を小さく巻き起こしながら姿を現したのが見えた。視線を上げると先頭の男と目があった。すが子は、はっと息を呑んで目を逸らし、すぐに踵を返して家の中へ入ろうとしたが遅かった。

「もし」

目のあった男が声を掛けてきた。すが子は足を止めたが、再び目を合わせるのは躊躇った。声を出しては応じず、相手の言葉を無言で待つ。

「河井継之助どのの御妻女か」

男はまだ距離のあるうちに大声で誰何したが、

「はい、河井の妻、すがでございます」

すが子が向き合って答えた時にはもう眼前まで迫っていた。

殺気立っている。すが子の身は竦んだが、自分を追って出てきた下女が男たちの尋常ではない雰囲気に、雨蛙の鳴き声に似た実に妙な声で悲鳴を上げたので、かえって少し落ち着いた。

「某、加藤一作と申す者。河井どのは御在宅か」

「いいえ。戻っておりませぬ」

「うむ。ならば待たせてもらおう。河井どのとなんとしても話がしたいのだ」

加藤一作と名乗った男は強引にすが子の脇をすり抜け、押し通ろうとした。他の男たちも後に続く。いけませぬとばかりに、すが子は小走りに追って男たちを追い越し、眼前に立ちはだかった。

加藤一作らは、思わぬすが子の態度に気色ばんだ。すが子の方は、一作らの前に立ちはだかって、ようやく人数が全部で六人いるのだと知った。男たちに一斉に睨まれ、すが子の足はがくがくと震えた。その震えを一作が一瞥し、ふんと鼻を鳴らす。

逃げ出したい、とすが子は思ったが、ぐっと踏みとどまる。踏みとどまることが、継之助と共に生きることに繋がるのだと思えたからだ。

離れていても、こうして継之助に関わる困難から逃げず、正面から受け止めていれば、それは共に歩むことに繋がらないだろうか。これまでは、信頼に足る妻ではなかったかもしれない。何一つ、継之助が相談したいと思える妻ではなかったのだろう。だが、今からでも遅くないはずだった。

（きっと、私次第なのだわ）

すが子は顔を上げて一作を見た。

「今日のところは、どうかお帰りください。河井には御来訪の件は伝えておきますゆえ」

「いや、待たせてもらう。我らは、場合によっては命を捨てる覚悟で参ったのだ。すごすごと引けようか」

「されど、ここ二、三日は家には戻っておりませぬゆえ、今日も戻ってくるかわかりませぬ」

「かまわぬ」

「いいえ。なにより河井の留守に、お約束のないかたを上げるわけには参りませぬ」

すが子は相手を刺激せぬよう、なるべく穏やかな声音で頼んだが、一作の眦が吊り上った。

「我らは穏便に話し合いに来たわけではござらぬ。返答次第で河井どのの首を取り、自らの腹を掻き切る所存。怪我をしたくなくば、そこを退(の)かれよ」

ずいと一作はすが子の方に足を踏みだし、なおも強引に押し通ろうとした。すが子は両手を広げた。ほとんど一作の身体は、横に伸ばしたすが子の腕に触れていた。すが子は怯(ひる)まなかった。

「さような皆様方の覚悟を聞いた後で、自分の身にだけ害が及ばぬようにと退くわけには参りませぬ。皆様方にお家をお潰しになるようなことを黙ってさせるわけにも参りませぬし、河井から預かった家を守れぬようでは、私こそが死んで詫(わ)びねばなりますまい。私たち家中の家訓は常在戦場。これは何も殿方だけのものではございませぬ。どうしても無理に通ると言うのなら、まずは私をお斬りください」

加藤一作らはぐっと言葉に詰まったように、しばしすが子をその場で睨んだ。一作のすぐ後ろに控えていた男が「士(さむらい)は」と口を開いた。

「士は刀を腰に差すからこそ士なのだ。それを河井どのは、刀から銃に持ち替えろと言うてきた。明日から槍など持つなとな。これがどれほどの屈辱かわかろうか」

すが子に言っても仕方がないとわかっていても、言わずにおれなかったのだろう。絞り出すような声だ。すが子は困惑した。

銃などは卑(いや)しい武器という考えがまだ一般的な時代だ。これからの戦はいかに性能の良い火器を揃えるかにかかっているのだという常識は、まだほとんどの士たちの中に浸透していない。

実際に、列強から攻撃を受けてその威力を見せ付けられた薩長の士の中にも、いまだ刀から銃に持ち替えるには、抵抗を覚える者もいるほどだ。何一つ近代戦を体験していない長岡の士に、急に解れというのは無理があった。ましてや、長岡を出たことのない者は、男とはいえ、戦が起こるなどという迫るような危機感は、ほとんど感じていない。継之助が何を躍起になって変革しようとしているのかなど、諒解できるはずがなかった。

実際、すが子でさえ、理解できない。継之助の妻とはいえ、なんら近代的な教えは受けていないうえ、すが子も、今、日本で何が起こっているのか、まるで知らないのだ。

一作たちはただ、これまで二百数十年間続いた価値観を、わけもわからぬうちに今日からひっくり返せと頭ごなしに言われ、そんなことをすれば自分の中の何かが崩壊するのではないかという恐怖の中にいる。そうなのだということだけは、直感的にすが子には呑み込めた。それは、すが子がいつも継之助を前にしたときに覚える違和感に似ていた。継之助という夫に深く関わると、自身がこれまでに培った価値観を根底から崩されてしまう。恐怖は、すが子の中にもあったのだ。

（私は……）

誰よりも夫の理解者でなければならないはずの自分が、継之助に反発している加藤一作側の人間なのだと思い知らされた敗北感に、すが子は深い闇に落ちていくような感覚をおぼえた。そして、この頃ずっと継之助と関係がしっくりいっていない義父の抱える焦燥（しょうそう）が、ふいにすとんと胸に落ち、愕然となった。

「承知した。我らも無用な狼藉（ろうぜき）をしにまいったのではない。門前にて待たせてもらおう」

加藤一作はすが子の心中の動揺にはまったく気付かぬ態（てい）で、すたすたと外門を出、土煙を巻き上げながら、その場に胡坐（あぐら）をかいた。他の連中もそれに倣（なら）った。それも困るとばかりに足の出掛かったすが子の肩を、細い指が摑んで止めた。義母の貞子（ていこ）だ。口は閉ざしたまま目顔ですが子に「こちらへいらっしゃい」と家の中へ入るよう促した。

「好きなようにさせておあげなさい」

中へ入るとすぐに、あっさりと貞子はそう言った。自分にとっての一大事は、貞子にとってはさほどの修羅場ではないようだった。どことなくそれが悔しい。それにしても、すでにおおかたの事情を知っているようだ。しばらく家の中からこちらの様子を見ていたのだろうか。そういえば、下女の姿が消えている。きっと、知らせに家の中に駆け込んだのだろう。

「お義母（かあ）さま、いつから……」

「貴女（あなた）があの人たちの前に立ちはだかった辺りかしら。すぐに私が出ていっても良かったのだけど、そうされたくないんじゃないかと思ったすけ」

義母の言葉に、すが子の頬が熱くなった。その通りだった。あの場で義母に助け舟を出されたくなかった。継之助が原因で降りかかった困難は、なるべく自分が引き受けたかった。義母はわかってくれているのだ。すが子の目に、涙がほんのり滲（にじ）んだ。貞子は微笑したが、

「こんなところで何をしておる」

鋭い大きな声が外から聞こえ、ハッと顔を強張（こわば）らせて振り向いた。すが子もほとんど同時にそうしていた。周囲に響き渡るあの声を聞き間違えるはずがない。継之助だ。こんな日に限って戻ってきたのだ。

考えるより先に、すが子はまた外へ飛び出していた。いつも継之助の従僕としてついてまわっている大崎彦助と外山寅太が、筵（むしろ）を掛けた戸板を担いでいるのが見えた。すが子は素早く周囲を見渡す。肝心の継之助は男たちに囲まれて見えず、代わりに一作らの怒りに歪んだ横顔が目に飛び込んできた。

「用があるなら明日、正式に聞いてやる。手続きを踏んで出直せ」

ビインと腹に重く響く声が、罵倒し始めた男たちを一瞬で黙らせた。

「庭から俺の部屋に運んでくれ」

継之助は加藤一作らの件は終わったとばかりに、戸板を抱えた大崎彦助と外山寅太に指示を出す。

「ご内儀さま、失礼いたします」

彦助と寅太はすが子に頭を下げつつ、庭の方へまわろうとした。継之助も外門を潜った。

「待て」

一作が我に返ったように怒声を上げる。

継之助が立ち止まったので彦助と寅太も倣った。

「まだ、話は終わっていない」

一作が鼻白む。

「話なら明日、公式に聞くと言ったはずだ。ここで内々に話すより、その方がよほど早いぞ」

継之助の意図をようやく悟り、一作はぐっと言葉に詰まった。正式にきちんと聞くつもりがあると言っているのだから、確かにその方が一作たちにとっても、都合が良いはずだった。が、そのまま立ち去るのがなんとなく手玉に取られたようで嫌だったのだろう。戸板を顎でしゃくった。

「あれはいったい、なんですか。戸板に筵など、まるで遺体でも乗っているようだが」

「今日、斬られた罪人だ」

えっ、とすが子は耳を疑った。斬られた罪人なら、遺体そのものではないか。一作も顔を顰めた。

「なぜ、それがお奉行のところに運ばれてくるんですかね」

「貰い受けたのだ。許しは得てあるゆえ、御法度ではないぞ」

一作らの顔が、気味の悪いものでも見るような目つきに変わった。が、それ以上は何も言わず、踵を返して立ち去った。

すが子も、気味悪く感じた。継之助は、罪人の遺体を夫婦の居室に運ぼうとしているのだ。怖気立ち、眩暈もする。

(罪人って……く、くび、首がないのかしら。幾らなんでもそんなもの……)

継之助のことを理解したいと思っても、こんなふうにあっけなく打ちのめされてしまう己に、すが子は絶望感を覚えた。

継之助がすが子の方を振り返った。そんなことをするつもりはなかったのに、すが子はつい後ずさってしまった。継之助は気にした様子もない。

歩いた。

言ったときにはもう、部屋の方へと歩き出している。すが子は仕方なく、ついていった。

戸板ごと部屋に運び入れると、「わたくしどもはこれで」と彦助と寅太は帰っていった。いつまでも庭に佇んで部屋に上がろうとしないすが子を、戸板の横に座した継之助が手招きする。すが子は息を呑み、覚悟を決めて自分も戸板の傍まで進んだ。血腥い臭いはしなかった。いったい、何の罪で斬られたのだろう。

「貰い受けて、どうなさるおつもりですか」

訊ねるすが子の声が震えた。継之助はフッと笑うと筵に手を掛ける。

「あっ」

筵が剝ぎ取られたとたん、すが子から声が漏れた。心臓が跳ねあがり咄嗟に目を瞑ったが、これでは駄目だと自分を叱責し、唇を噛んで目を開けた。そして、もう一度、「あっ」と叫んだ。

首のない死体が現れるかと思ったが、繋がっている。そこに横たわっていたのは、これまで見たどの男より整った顔立ちの青年だ。斬られたはずだが傷口はどこにもない。眠っているようだ。

「生きているみたい……」

驚きが口をついて出た。

「生きているのさ」

「まあ……」

なんでも、君公牧野忠恭の次女で、養子として忠恭の後を継ぐことが決まっている若殿牧野忠訓の御台所のつね子に対し、不敬があったということだ。不敬の中身までは継之助は語らない。すが子も訊かなかった。

「つね姫さまに関わることゆえ、事件は何も起こっておらぬこととし、内々に処分せよと受け渡されたのだ。よって、その場で俺が斬り捨てた」

斬り捨てたといって、実際は生きているのだから峰打ちに仕留めたということなのだろう。気を失っているうちに遺体と偽って戸板に乗せ、運んできたのだ。

「あのう、つまり……」

「うむ。罪人は俺の手で死んだ。そこにいるのは河井家の従僕だ。すべては内密のことゆえ、放免は叶わぬ。口封じの意味も含め、俺の側に仕えてもらう。おすがにも仕えることになる者だ。事情は口外無用である。名を松蔵という」

すが子は戸板の男をもう一度、見た。つまりは継之助が命を救ってやったということなのだろう。罪人を従僕にするという夫に、すが子は流されてきたこれまでと違い、強い意思を込めて頷いた。

七

慶応三年、七月十五日。継之助は開陽丸の上にいる。いつかの約束通り、鵜殿団次郎に開陽丸を預かっている榎本釜次郎を紹介してもらい、船に乗せてもらったのだ。釜次郎は細身の明るい男で、西洋式の軍服を身に纏い、服装に合わせて髷は結わず、髪は短く後ろに流していた。自己紹介のとき、

「なぜ、わたしに釜次郎という名が付いたか当ててみてください。ちなみに兄は鍋太郎です」

継之助はふいに妙なことを訊かれた。

「鍋と釜ですか。いずれも食に関係するようだが」

継之助が大真面目に答えると、釜次郎は目を輝かせ、「その通り！」と両手を打った。

「一生、食いっぱぐれないようにと父が願いを込めてつけてくれました」

「……それはよかった」

釜次郎はほんの七日前に軍艦頭並に昇格し、開陽丸を使っての幕府海軍の訓練を指導していた。その一環で今日は横浜から江戸湾へ開陽丸を航行させるという。

実際に船が動き出すと、釜次郎自ら継之助の横に付き、懇切丁寧な説明をまじえて

案内してくれた。操船するところを間近に見物した継之助は、おおいに好奇心を刺激された。

釜次郎は外国の見知らぬ機械の前で足を止め、指さした。

「わたしの今着ている服は、このミシンという裁縫の機械で縫いました。手で縫うより縫い目も均等に揃い、数段早く仕上がります」

「それはすごい。我が長岡にも欲しいな」

継之助は初めて見るミシンに驚いたが、もうすでにミシンは日本に入っていて千代田城大奥内では使われていた。日本人で最初にミシンを使ったのは、十三代将軍家定(いえさだ)の御台所篤姫(あつひめ)である。

ミシンに興味を抱く継之助の姿を釜次郎は喜んだ。

「河井どのは異国への偏見がないようだ。ならば、『万国海律全書』はご存知ですか」

釜次郎は胸元から黒い本を取り出し、継之助に見せた。継之助は「いや」と首を横に振る。

「これは近代国際法の研究書です。この中には、世界の決まりごとが詰まっています。世界は、列強と呼ばれる強者が国際法を作り、支配しています。国際法に則(のっと)った国は文明国、外れた国は野蛮国と呼ばれます。列強は、文明国とはちゃんと付き合いますが、野蛮国は好きに踏みにじってよいと考えています。我らからすれば理不尽な話だが、日本が鎖国をしているうちに世界はかような具合に出来上がり、今更覆しようもないのです」

「気に入らんな。気に入らぬがその不利な条件の中で、日本は立ち上がっていくしかないのだろうな」

「その通りです、河井どの。ゆえに、まずは日本も文明国となり、国際社会の舞台に立ち、堂々と意見を述べていくべきでしょう。これには、今後、日本が生き残るための外交手段が書かれているのです」


軍艦を降りた継之助は、港で待っていた従僕の松蔵を伴い、赤羽橋近くの赤羽接遇所に向かって歩き出した。港から九町ほどの距離だ。そこにプロイセンの公使館がある。

今日はエドワード・スネルが麻布にあるスイス公使館に出仕したあと、兄のジョン・ヘンリー・スネルと合流して会津の田中茂手木と会うことになっていた。

「カワイサンも御一緒に」と誘われたのだ。

茂手木は同じ会津の山川大蔵らと共に外国事情を学ぶため、幕府派遣の遺露使節に交ざって七ケ月もの遊学から戻ってきたばかりの若者だ。パリ万博も見てきたらしく、スネル兄弟が幕府に頼んで紹介を受け、今日は見聞してきた中身を聞かせてもらうことになっている。

スネル兄弟も茂手木とは今日、初めて会うのだそうだ。同じ日本人の継之助が同席してくれた方がやりやすいのだとエドワードは言う。継之助に異存はなかった。むしろ願ったりだ。どんな興味深い話が聞けるだろうと足取りも軽くなる。が、いざプロイセン公使館に着くと何か様子がおかしい。ずいぶんとざわめき、緊迫した空気が漂っている。

日本人の門番に継之助がスネル兄弟の客である旨を告げると、とたんに門番の眦が吊り上り、険しい顔になった。継之助を胡散臭げに上から下まで眺めたが、そこで待つように言われ、門の中に消えた。残った別の門番に何かあったのか訊ねたが、言葉を濁された。何か起こったのは間違いないようだ。

「カワイサン、カワイサン」

やがて聞きなれたエドワードの声が遠くから聞こえ、すぐに近づいてきた。エドワードの姿を見たとたん継之助の目も険しくなった。怪我をしているではないか。上半身裸の身体に、血の滲んだ包帯が巻かれている。継之助の方からもエドワードに駆け寄った。

「どうしたのだ、エドワード」

「襲撃されたのです。馬車に乗って兄と外を走っているときに、突然刀で斬りかかられました」

「大丈夫なのか」

「ワタシはこの通り、痛みはありますが動けます。傷は浅いです」

「ヘンリーどのは、御無事か」

「ああ、兄は大変なことになってます。兄はワタシを助けようと日本人を撃ってしまいました」

やっかいなことになったな、と継之助は思った。実際、ジョン・ヘンリー・スネルが日本人を銃で撃ったこの事件は、これ以降のヘンリーの人生を急転換させた。

ヘンリーはプロイセンの駐日領事マックス・フォン・ブラントの下で堅実に書記官を務めていた男だ。弟のエドワードが商人として日本で一旗揚げようと意気込んでやってきたのに対し、ヘンリーは軍に所属していた過去を持つ軍人気質の生真面目な男だった。このまま粛々と己の書記官としての任務を遂行し、末はプロイセンに戻って軍人として国家のために尽くす道を選ぶものと思われた。が、日本人を傷つけたことでプロイセンに迷惑がかからぬよう、公使館を去らざるを得なくなるのだ。

エドワードは継之助と松蔵を中へ通し、事情を説明した。エドワードに案内された一室には、先にきていた会津の田中茂手木がいたが、ヘンリーはいなかった。今後の件で、上司であるマックスと話をしている最中だから今は会えないという。

「兄は日本側から深刻な抗議を受けるかもしれません。ワタシを守ろうとしたせいで」

エドワードは頭を抱えた。

「しかし、斬り掛かられたところを発砲したのであろう。ならばその状況は、十分に考慮されよう。エドワードも手傷を負ったのなら、場合によっては日本側が責められるのではないか」

継之助の言葉にエドワードは力なく首を左右に振った。

「それが、弾は暴漢を逸れ、まったく罪のない通りがかりの人に当たってしまいました」

「死んだのか」

「いえ。今、治療を受けていただいています。その人には、本当に気の毒なことをしました」

「相手はサムライか」

「商家の奉公人です」

茂手木がエドワードの代わりに答えた。武士の体面がかからぬなら、話し合いようによっては国際的に大きな問題にはならないかもしれない。当人に十分な誠意を示せば、事件自体は存外簡単に片付きそうだ。

ただ、やっかいなのは、ジョン・ヘンリー・スネルの名が、「日本人を傷つけた夷狄」として攘夷論者の間で瞬く間に広がるだろうということだ。今後、ヘンリーは攘夷論者に目の仇にされ、付け狙われることになる。

継之助が、ヘンリーが付け狙われる可能性を示唆すると、田中茂手木も首肯した。

「残念だが今の日本はそういう国です。それがしも外国帰りゆえ、狙われることがあるほどです」

このとき、ヘンリーが上司との話を終え、エドワードの待つこの部屋に入ってきた。

「エドワード、後任が決まり次第、ワタシは書記官を辞職することになったよ」

「ああ、兄さん。兄さんの未来をワタシが潰してしまった。こんなことになるなんて」

「エドワード、お前のせいじゃない」

「せめてこれからはワタシに面倒を見させてください。ワタシは新潟の開港に合わせて汽船を買い、新潟と横浜を行き来するつもりです。兄さんは新潟で新たな人生の第一歩を踏み出せばいいんだ」

「困ったな。ワタシはあまり商売には向いていないのだ。いや、だがもうそれしか道はないのか」

ヘンリーはため息を吐いた。ならば、と継之助が口を挟んだ。

「新潟へ移住するのは身の安全の面で賛成だが、何もそこでエドワードのように物を売らずとも良いのではありませんか」

「どういうことです、カワイドノ」

スネル兄弟が興味深げに継之助を見た。茂手木も身を乗り出した。継之助が説明する。

「それがしはエドワードの紹介でしばらくの間、ジェームス・ファブルブラントの許に寄宿しておりました。西洋の武器や戦い方を学ぶためです。それがしのように、早急に西洋式の新しい戦い方や武器について学びたい藩は、昨今の不穏な情勢下、多いはずです。そうであれば、近代的な軍事改革の手助けを、顧問として引き受けてはいかがか」

それはいい、と茂手木が膝を打った。

「我が殿が許せば、真っ先に会津へお迎えしたいくらいです。会津は、その方面ではひどく後れています。兵制の近代化が必要だという意見はようやく出始めているものの、どのように進めればいいのかわからぬゆえ、頭の固い反対派を上手く説得することができぬのです。推進派にもっと知識があれば、色々なことが打開できるでしょう」

エドワードとヘンリーは顔を見合わせた。

「兄さん」

「ああ、やってみる価値はありそうだ」

ヘンリーは実際にこの後、弟のエドワードと共に新潟に移住し、翌年（一八六八年）の一月には、会津藩の軍事顧問として会津領へ渡っている。そして、名を平松武兵衛と日本式に改名し、会津藩士として召し抱えられ、会津若松城下に屋敷まで賜わることになるのである。

八

慶応三年十月。継之助は中老へと昇進した。これで、継之助の上には家老しかいなくなった。藩政のほとんどを動かせる立場となったのだ。

この昇進は、六月から十月にかけて長岡藩支藩の信州小諸藩一万五千石の御家騒動を、継之助がまずは江戸で聞き取り調査を行い、次いで九月半ばから二十日ほどの日程で現地に乗り込み、見事に解決したことと無縁ではない。

主君忠恭は、継之助を出世させたがっている。藩の未来を預けるのは継之助しかないと、「厚い信頼を寄せている」などという言葉では言い尽くせぬほどの情熱で、継之助を押し上げようとしている。おそらく近い将来、家柄や家格の壁を越えて継之助を家老に任命する日がくるだろうと、藩内ではもっぱらの噂である。

その一方で、忠恭は七月十一日に藩主の座を世子忠訓に譲り、自身は隠居した。隠居後の号は雪堂という。雪堂、四十四歳。名実ともに隠居するにはまだ若く、今も老公として藩の実権を握っている。

十月中旬、継之助は小諸騒動の始末を終えて江戸へ戻った。妙だなと思ったのは、どことなく目つきの悪い男たちが増えたような気がしたからだ。江戸が殺気立っている。それが何のためなのか、継之助にはわからなかった。何かあったのかと訊いても、誰もが首を左右に振る。継之助が出かけている間、特に何ごとも起こっていないと言う。

(俺の気のせいか、いや、そんなはずはない)

己の感覚を信じる継之助は、探りの仕事ができる渋木成三郎を、小山良運に頼んで国許から寄越してもらった。増えた「ならず者」たちについての調査を頼むためだ。

成三郎は飛脚並みの早さで継之助の前に現れた。が、その頃には事態は一変し、江戸市中では商家への押し込みや略奪が増え、火付けもたびたび起こるようになっていた。

成三郎は継之助の命を受けた翌日には、不穏な情報を持って帰った。被害に遭う商家には「幕府の金策をしている」などの特徴があったため、当たりをつけて見張っていたのだという。

「運よく現場に行き当たりました。その場を去る浪士らをつけてみると、薩摩屋敷に消えました。そのまま屋敷を張っていましたが、ずいぶんの数の浪士らが、中で暮らしているようです」

（どういうことだ……薩摩がならず者らを飼って略奪や火付けを繰り返しているというのか）

成三郎には再び薩摩藩邸を見張ってもらうことにしたが、継之助にはにわかに信じがたい現実だった。

火付けも押し込みも重罪だ。それをれっきとした薩摩という大藩が、浪士たちを手駒として組織し、やらせているというのか。そんなことをすればいくら薩摩ほどの雄藩といえども、お取り潰しではないか――そこまで考えたところで継之助はハッとなった。薩摩藩はもう将軍を自らの君主と定めていないのだ。そうであれば、幕府の決めた法度など守る必要もないだろう。薩摩がここまであからさまに動いたのなら、薩長側は戦の準備がすでに整ったのだ。

（京でも何かことが起こっているのではないか）

嫌な予感に気持ちがざわめく。そんな継之助のところに大変な知らせが届いたのは、間もなくのことだ。十五代将軍徳川慶喜が政権を朝廷に返上したというではないか。

後の世に言う「大政奉還」である。

知らせは牧野忠訓宛てに京にいる老中板倉勝静（いたくらかつきよ）から届けられた。まずは忠訓が一人で目を通し、それからそっと継之助だけを呼んだ。

忠恭のときはよくあったが、忠訓と一対一で向かい合うのは、継之助にとってこれが初めてである。呼び出された用件など知らなかったが、京から幕府を揺るがすす重大な知らせが入ったのかもしれない、という予測ぐらいは付いた。

若い忠訓は青ざめた顔で、継之助に勝静からの手紙を見せた。さすがの継之助も無表情というわけにはいかない。大政奉還を知らせる箇所で目は見開かれ、何度か同じ場所を視線が上下した。

頭が真っ白になるほどの衝撃を受けたが、あまり驚いた顔をしてはならぬと継之助は自分に言い聞かせた。忠訓の不安げな顔が、すがるように自分を見つめている。藩政改革を次々と成功させてきた目の前の男がきっとなんとかしてくれるに違いない、とその目は訴えている。

まるで実感がわかなかったが、預かっていた政権を将軍が朝廷に返したのなら、それはつまり二百六十年も続いた徳川幕府が崩壊したことを意味するのだろう。予感がなかったわけではないが、足下が崩れていくようだ。これまで三百諸侯の頂点に立っていた徳川家は、一大名家になったということだ。京と江戸では距離がある。京で起こったことはすぐには江戸に届かない。自分は、いや江戸にいる者たちのほとんどは、幕府崩壊を知らずに数日を過ごしたのだ。

板倉勝静の手紙には政権を還した将軍の苦渋の決断は、ひとえにそうしなければ起こるかもしれぬ戦を避けるためだと書いてある。

（江戸では今にも戦が勃発しそうな危うい空気とまではいかぬが、京は切羽詰まるような緊迫感に包まれているというわけか）

将軍慶喜は装甲艦ストーンウォールを購入したり、フランスの兵制を積極的に取り入れたりと、強い幕府づくりに取り組んでいたはずだった。つい先日までは三度目の征長を仄めかし、強気な発言を繰り返していた。それがここにきて急に戦回避に方向転換したのは、板倉勝静の手紙を信じれば「日本人同士で争い、泥沼の戦で疲弊すれば諸外国に付け入る隙を許し、侵略の足掛かりを与えてしまうことになりかねない。それだけは避けねばならぬ」ということらしい。素晴らしい考えだが、

（嘘だな）

継之助は判断した。

おそらく慶喜が戦回避に姿勢を改めたのは、勝機を逸したからなのだ。

パリ万博で薩摩藩はこう発信した。

――日本を支配しているのは天皇で、将軍は政権を委任されているに過ぎぬ存在だ、と。

幕府に積極的に加担していたフランスは、万博以来、そろりそろりと幕府離れを始めている。どれほど幕府に加担しても、幕府自体が委任された政権なら、内政干渉ができないからだ。それではフランス側のうまみがない。

ストーンウォールはアメリカから届くまでに未だしばらく掛かる。

江戸の薩摩屋敷に出入りする「ならず者」たちで推察できるように、薩長側はすでに戦の準備が整っている。ストーンウォールが届くまで、待ってくれるはずもない。

慶喜は「討幕」を回避させるために、薩長の攻撃対象である幕府を自らいったん〝白紙〟にしたのかもしれない。だが、どうだろう。政権を将軍が還すだけで戦が回避できるとは思えない。少なくとも薩摩藩は、「ならず者」の暴挙という形で態度を鮮明にしているではないか。あれは薩摩側の挑発なのだ。

継之助は主君忠訓を真っ直ぐに見つめ、諭した。

「全ての武士は、岐路に立たされたのです。御前におかれても御覚悟の上、道を選び、進まねばなりますまい」

それは自分自身に言い聞かせる言葉でもあった。

第八章　戦、勃発

一

慶応三（一八六七）年十二月十一日。膚を裂く寒風が凜冽と吹きすさぶ京の町に、継之助は供も連れずひとりでいる。

京は異様な熱気に包まれ、どこからこれほどの人間が集まってきたのか、沿道は黒山の人だかりだった。みな口々に大声を上げている。

「長州はんや、長州はんがこの京へ帰っておま」

「何年ぶりやろなあ」

「元治の年が最後やし、三年ぶりやあらへんか」

袴を改良して西洋のズボン風に仕立てた段袋に筒袖姿の長州兵が、道の中央を悠々と行軍していく。禁門の変で国賊となって以来、京への出入りを禁じられていた長州藩の謹慎が解かれ、三年ぶりに七百の兵で隊列を組み、入京を果たした。

西洋式の袖章の入った軍服を纏い、先頭を泰然とゆく馬上の男は、格好とその位置から大将と知れたが、随分と若く小柄であった。

「先頭の男が、戦が勃発したなら長州軍を率いることになる山田市之允ですよ、旦那。二十四歳の若造ですが、あやつが長州一の知恵者と呼ばれ、今年の四月に病で死んだ高杉晋作の後継者です」

群衆に紛れ、苦々しい思いで行軍を見ていた継之助の背後で、囁くような声が聞こえた。懐かしい声だ。仙台藩の細谷十太夫である。

「なんだ、おめェさんも来ていたのかい」

継之助は振り向かず、江戸っ子ふうの口調で答えた。

「そりゃあ……この時期、京にいないなんざいけませんぜ。まさに歴史が動こうってときですからねえ」

「十太、戦は起こると思うか」

「これだけどちらさんもぴりぴりしてりゃ、起こらなけりゃ収まらないや」

確かにそうだ、と継之助は苦笑した。

つい二日前の九日まで禁裏を守衛していた会津藩や桑名藩が、何の前触れもなく勅命により退けられ、薩摩藩兵が取って代わった。同時に、御所の中では粛々と王政復古の大号令が行われ、新政府が誕生したらしい。もちろん、継之助は認めていないが、その発足したばかりの新政府の会議が、同日中に小御所で開かれ、徳川慶喜の官位剝奪と徳川家の所有する全領土の納地が決定した。京坂にいる幕臣や会津、桑名、そして新選組らはこの決定に憎悪を抱き殺気立っている。

継之助と細谷十太夫の二人は、長州兵の行軍に背を向け、どちらからともなく歩き始めた。

「どうです、一杯」

十太夫に酒を誘われ、継之助は受けた。もう、十太夫とも酒を酌み交わす機会など何度も持てぬかもしれない。

のっぴきならない事態が、今まさに起こっているのだ。自分はそれを眼前にした、時代の目撃者というわけだ。いつかこんな日が来るかもしれぬと、何度となく予測してきたことだが、いざとなると胸中に重い石を落とされたかのようだ。

（いや、未だだ。未だ俺は諦めぬ）

戦だけは駄目だ。国が荒む。先の幕長戦の、いわば局地的で小規模な戦闘でさえ、参加した藩は経済的にも精神的にも大きな打撃を受けた。戦の期間はわずかだが、立て直すのにどのくらいの歳月がかかるのか。今から起こるやもしれぬ戦は日本を真っ二つに割ることになる。勝っても負けても被害は甚大だろう。そこを列強に付け入られれば、日本は介入した列強の数だけ、ばらばらに分割されるかもしれない。

継之助は十太夫の隠れ家に連れていかれた。東山の路地の奥にある小さな庵のような家だ。

「どうせどこの飲み屋も、今日は面白くない連中で盛り上がってゆっくりできやしませんよ。ここは女もいねェし、つまみも漬物くらいなもんですけど、酒だけは置いてありますから」

十太夫は、たぷたぷと酒で波打つ甕を継之助の前に運び、柄杓で茶碗に注いで渡した。

「十分だ。それにしても贅沢だな。ずっと京にばかりいるわけでもないのに、隠れ家があるのか」

「働きがいいんで、年々資金が増えましてね。それに、旦那、さすがにずっと借りっ放しじゃありやせん。その都度、借り換えてますよ」

十太夫は茶目っ気のある顔で肩をすくめる。

「江戸の隠れ家はずっとそのままじゃないか」

「いや、だってあれは……そりゃあ、旦那と一緒に植えた松が、がっしり根を張って健気に育ってやしてね、あの松は根無し草だった俺のための松ですから」

「あの松がなくったって、今じゃ十太には、女房も子もいるじゃないか」

「あ、そうでした。けど、可愛い松でして、今じゃ俺の背丈を越えちまって、幹も太くなりやした。……あれから何年も過ぎたんですねえ」

十太夫は蕪の京漬けを継之助に勧めた。

「俺はいつもの探りの仕事ですけど、旦那はいったい、こんな時に何しに京へ」

「主家徳川家の危機ゆえ、殿さんと共に六十人の手勢で駆け参じたのだ」

えっ、と十太夫は大仰に表情を変えた。継之助は苦笑する。自分でもわかっているのだ。ここにきて随分と馬鹿らしい行動を取っているかもしれぬことなど。

「何を驚く」

「いえ、あまりに予想外で……。会津に桑名、それに土佐や越前以外は、なるべく渦中に巻き込まれまいと傍観を決め込んでいるこの時期に、わざわざ馳せ参じたってェんですかい」

「我らは譜代ゆえ、こういう時に駆け付けるために二百数十年、領地で待機していたのだぞ」

それを愚行と言ってしまえば、もうこの世に忠義などという言葉は存在しないも同じである。

「それはまあ、そうですけど、ほとんどの藩が保身しか考えていやせんぜ」

「そうだ、こんな時にと、ずいぶん反対を受けた。長岡藩が駆け付けたところでこの大勢は変わらぬだろうと言われてな。それは解る。我が藩は小藩だ。土佐や越前のような発言権は、ないに等しい。だが、どれほど無駄足になろうと、今後どう世の中が動こうと、ここで腰が引けた連中と義を貫いた我が藩では、子らも持てる誇りが違うだろう。自分の中に流れる血は、義を貫いた者の血だと、そういう誰にも恥じぬ誇りを、俺たちの代が後進から奪ってはならんのだ」

十太夫はぽかんとした顔をしていたが、たちまち眉を八の字にし、

「だから旦那は信用できるんだ」

呟いた。

長岡藩主忠訓と継之助ら家臣六十人は、先月の下旬に幕船に乗り込み、熱い思いで海路大坂へと航行した。その後、病弱の忠訓が慣れぬ船旅に体調を崩し、枕が上がらぬ不測の事態に陥った。このため、一行は今も大坂に足止めとなっている。が、継之助だけは数人の供を連れ、すぐさま京へ発ち、老中板倉勝静に藩主名代として謁見した。

ああ、やはりと継之助の胸が痛んだのは、勝静の横に山田方谷の姿がなかったからだ。誰より固い絆で繋がれていた主従は、今はもうまるで違う方角を見つめている。勝静の目は主家徳川家の行く末を見つめ、方谷の眼差しはあくまで備中松山

の民へと向いている。

（そうだろう。先生ならそうなさるだろう）

胸元に忍ばせた長命丸（ちょうめいがん）が急に重く感じられる。

勝静は駆け付けた長岡藩に感激し、どっと涙を流した。継之助らの至誠に自身の思いを重ねたに違いない。勝静は、大政奉還前後から京で起こったことを語って聞かせてくれた。将軍慶喜が政権を返上したのとほぼ同時に、討幕の密勅（みっちょく）が出ていたのだと——。

去る十月三日、将軍慶喜は土佐藩から大政奉還を勧める建白書を受け取った。同じ日、薩摩藩は藩士を江戸へ送り込み、薩摩藩邸に匿（かくま）っていた浪士ら——継之助がならず者と称した連中に江戸市中で暴れさせ、幕府方を挑発するよう命じた。

八日、公卿（くぎょう）中山忠能（ただやす）を通じ、薩摩藩、長州藩、芸州藩から帝に討幕の決議書が奏上された。

十三日、長州毛利藩主と世子の官位復活と倒幕の勅許が下されることが決定した。一方で慶喜は、京と大坂に滞在中の大名らを二条城に招集し、大政奉還について意見を求めた。六藩がやるべきだと答え、残りの藩は沈黙を守った。

十四日、将軍慶喜から「政権を帰する」上書が朝廷に提出された。この原文を起草したのは、継之助の師、山田方谷である。同時に、薩摩と長州に討幕の詔（みことのり）と、会津の松平容保と桑名の松平定敬に誅戮の沙汰が下った。

十五日、大政奉還の勅許が朝廷から降下した。

なぜこのような矛盾したことが朝廷内部で起こるのか。討幕の勅書が、天皇の外祖父である中山忠能によって、朝議を通さず正式な手続きを経ずに出されたものだからだ。

慶喜は、会津藩や桑名藩、そして在京の幕兵たちが怒り狂うのを宥めることなく時を過ごした。京は殺伐とし、今にも何かが勃発しそうな空気に包まれた。討幕の詔が発せられるまで出兵することができなかった薩摩と長州は、軍勢を京へ入れていなかった。薩長軍が上京してくるまでのわずかな時を、慶喜がぼんやり過ごすわけがない。会津、桑名、幕兵をいきり立たせて、朝廷を震え上がらせた後で脅しをかけたのだ。

十月二十一日、朝廷はあっけなく討幕の詔を翻した。薩摩が藩兵三千を引き連れて上京してきた十一月二十三日には、討幕の詔は効力を失っていた。政権を還したはずの慶喜は、相変わらず政治の舵を切っている。朝廷の方に政務を引き継ぐだけの力がなかったから、態勢が整うまでは引き続き業務を委託する形を取ったためである。

土佐藩や越前藩が、懸命に朝廷に掛け合って、朝廷主導の新しい政治形態になった後も徳川家が諸侯の盟主となれるよう、働きかけているという。

継之助らが上京してきたのはこの直後だ。その心意気に胸を熱くさせこそすれ、今は何も動いてくれるなと板倉勝静は継之助らに懇願した。実際、継之助自身もこの状態では出番がないように思われた。十二月九日までは。

「幕府はねぇ、滅びるべくして滅びるんじゃないですかねえ」

まだなんとかひっくり返す手はあるはずだと信じる継之助に、もうすっかり冷めた目で十太夫は諦念交じりに本音を口にした。

「なんだ、十太はもう音を上げるのか。十二月九日の王政復古は、あれは薩長側の起こした政変に過ぎぬ。まだ、ひっくり返せる余地はあろう」

「まあ、あるでしょう。実際、土佐も越前もさらなる政変を画策しているようですよ。けど、どうなんですかねえ、将軍さまはいざという時に肝が据わっていなさらない。旦那、九日の政変を将軍さまは事前に御存知だったようですよ」

嘘だろう、と継之助は驚いた。知っていて出し抜かれたというのか。あの慶喜が。

「薩摩は土佐をどうしても味方に引き入れたいんですよ。志士同志では通じ合っていますが、老公の容堂公が頑として幕府の味方をなさる。あの藩は、そういう複雑な立ち位置です。ですから、薩摩から土佐に政変は告げられ、さらには容堂公の耳に入り、容堂公から将軍さまへと伝わっていたわけです。ところで前日の八日に摂政主導の朝議が開かれたことは聞きましたかい」

それも継之助は初耳だ。継之助は老中板倉勝静に面会したあと、いったん大坂の主君の傍に戻っていたから、政変の前は京にいなかった。まったく長岡藩にはそういう情報は入ってこなかった。密偵として渋木成三郎を京に遣わしていたが、さすがに十太夫のようにはいかないのだろう。

「いや、知らぬ。話を続けてくれ」

十太夫は頷いて、酒で喉をいったん湿らせ、驚くことを喋り始めた。

「運命てえのは、たった一日で大きく分かれることがあるもんです。八日の朝議に招集されたのは、諸侯と公卿です。朝廷に政権が奉還されて初めての諸侯会議です。二条斉敬摂政は幕府派のお公卿さんですからね、当然、徳川家を諸侯の上に置き、会議を行うはずでした」

あ、と継之助は合点した。そうなれば九日の政変前に、大政奉還後初の新体制の会議が、慶喜が諸侯の上の席に着く形で開かれ、それは新しいこの国の政府の雛型と成り得たはずだった。

「はずだったということは」

「そうです、旦那。将軍さまはこの日、自分が弾劾されると勘違いし、会議に出なかったんですよ」

「ばかな」

慶喜中心に朝議が開かれる実績が作られるはずが、慶喜抜きで朝議が進行する実績ができてしまったのだ。もし、八日に慶喜が出席していれば、九日の政変の成功は難しかったろう。将軍が欠席したため、会津も桑名も出なかった。八日の会議は、薩長派の公卿に有利に進み、次々と幕府方に不利な事案が決定した。

継之助の腸は煮えくり返ったが、もう全てが済んだことだ。

「俺はもう徳川を見限りやした。だからといって薩長に好きにさせる気なぞありゃしません。必ず血の海に沈めてやる」

十太夫の目がぎらつき、凄みのある笑みを浮かべた。この男の本性が剝き出しになった。継之助の初めて見る姿だが、闇に生きる者なのだから、こちらの姿で過ごすことの方が多いに違いない。

「戦うのか」

「戦いますよ。そのときゃあ、鴉（密偵）の仕事は店じまいです。幾ら鴉が探りの成果を上げたって、それを使うもんが無能なら、何の役にも立ちゃしねェ。土壇場になったら、この手に得物を持って、敵の命を直に屠りに行きますよ。旦那は戦わないんですかい」

「俺か。俺なら今も闘ってるのさ」

継之助は多くは語らず、酒を啜った。長岡が豊かになるように、継之助は己の人生を賭けて闘い続けてきた。こうしている今も、藩地では継之助の同志の手によって藩政改革が続いている。

今は、遊郭の廃止に向けて仲間たちが懸命に働いてくれているはずだった。遊郭の廃止はある程度改革が進み、国が少しは豊かになった後でなければならなかった。国が荒んだまま遊女を廓から解き放っても、女たちに生きるすべがないからいっそうの地獄に叩き落とすだけである。遊郭の廃止がそこに住む女たちの救いにならなければ意味がない。廓に生きるすべての者が新たに生きる道筋をつけてから廃業させるように動いている。そういうことの一つ一つが継之助の闘いだった。

(徳川への義理はこの京で尽くす。やれるだけのことはみなやって、それで何ともならぬときは、後は長岡を全力で守るのみだ)

何も喋らずとも、目の前の友には継之助のことは解っているようだ。いつものはにかむような若者の顔に戻り、十太夫は両手を上げた。

「天命を知り、お互い悔いなく進みましょうや」

二

細谷十太夫と別れた後、継之助は渋木成三郎と落ち合った。二人は月明かりの下、東山の山々が見下ろす五条大橋をゆっくりと歩いている。こんな時刻でも京はざわついていて人通りが多い。継之助は京の町をよく知らぬが、数年前に来た時も先月下旬に来た時も夜はさすがに静まり返っていたから、やはり異常事態なのだろう。

「今、京には二万ほどの兵がいます」

二人を睨（にら）むように通り過ぎる武士を横目に、成三郎が相変わらずの淡々とした口調で報告した。

「そのうち薩長に与（くみ）する兵数は五千を切っています。残りは会津、桑名、土佐、幕兵を中心とした諸藩の兵です。これらを今、束ねているのは土佐の御老公容堂さまで、しきりと諸藩に幕府方に味方するよう呼びかけております。この呼びかけに、時が経つほどに応じる藩が増えています」

巻き返しを図っているのだ。王政復古の知らせを聞いてすぐに京へ出てきた継之助とは行き違いになったのだろうが、大坂の牧野忠訓のところへも要請が行ったはずだ。もちろん異論なく応じたに違いない。

「朝廷はすでに弱腰で、幕府方に靡（なび）く者が多数出てきているようです」

昔から公卿は強い方に付く。継之助は黙って成三郎の報告を聞いていたが橋を渡

りきると、

「いったん大坂へ引き揚げるぞ。内藤にも伝えろ」

京にいる藩士はみな下坂させることを決断した。

兵力をまとめているが、将軍は戦をする気はないというのが継之助の読みだ。もしやる気があるなら、一万数千の兵は自らが主導するはずだ。それを今は山内容堂に任せている。つまりこの集めた兵力は、今後の交渉を有利に進め、十二月九日の政変を覆すための脅しに使うものなのだ。

案の定、翌十二日、将軍慶喜は二条城から去り、大坂城まで退いた。薩摩藩邸を囲んで薩長を血祭りに上げろと、今にも暴走しそうな幕府方の気勢を少しだけ殺ぐためだ。朝廷は再び幕府方へ傾きかけている。ここで戦が勃発してしまえば、元も子もなくなる。さらに幕府方から手を出せば、大義名分のない戦に突入することになる。

下坂した慶喜は、直ちに外国公使を大坂城へ招いた。薩長は王政復古を国内だけでなく、諸外国にも知らせ、政権がすでに交代し、幕府は消滅したのだと伝えている。慶喜は集まった公使らに、今後も幕府が外交を続けることを宣言した。

大坂は大混乱になっていた。時が経つほどに京から大坂へと人が流れてきている。老中らは対応に追われ、面会を申し込んでもなかなか会うこともままならない。

継之助は大坂の堂島にある藩邸で寝ている主君を見舞った。部屋には、三間市之進や梛野嘉兵衛らが近習として控えている。

牧野忠訓は無理に上体を起こし、

「予は情けない」

己の病弱に歯噛みした。継之助は主君の心中に胸を痛めたが、あえて厳しく窘めた。

「恐れながら、人には天分というものがあり、成せることとそうでないことがございます。現状を嘆くことはもっとも愚かなことでございましょう。さような暇があれば、成すべきことを一つでも行うべきでございます。御前は、ほとんどの者が火中に飛び込むのを厭う中、この大坂までいらしたのです。それは何のためでございましょう」

「主家徳川の危機と世が乱れることによる民の苦しみを、このまま見て見ぬふりなどできぬゆえじゃ。予は何故この世に生を享け、大名という公人になったのか。度々その問いを我が身に問うてきた。そして今、ここにきてその答えを得たのじゃ。かようなときにこそ、この身が滅するとも、暴乱の世が来ぬよう天朝さまに一言お願い申し上げるためなのじゃった」

　青白い顔色で額に汗を滲（にじ）ませそう言い切る若い主君を、継之助はいじらしく愛おしく感じた。

「さよう。御前はそのようにおっしゃり、家中の反対を押し切ってここまで来られたのです。いかに難しかろうと初志貫徹致しましょうぞ。そのためにこの継之助が、お傍にお仕え致しております。我が命、御存分にお使いくだされ」

　継之助は自ら認（したた）めた朝廷に提出する建白書の草案を、忠訓に差し出した。おおっ、と忠訓は奪うように取ると、まじろぎもせずに目を通した。

「治安のため、そして万民塗炭（ばんみんとたん）の苦を除くためにも、これまで通り徳川家に万事御委任くださるようお願い仕（つかまつ）る。いったん受け入れた政権奉還を翻すのは困難を極めるに違いないが、安危治乱の瀬戸際の今、どうか御英断くださいますよう」

ただ一途に戦が起こらぬよう、祈りを込めた建白書だ。忠訓は、

「予の心と同じである」

　青白い顔で頷いた。

　どの藩がどこに布陣するのか場所争いをしながら戦支度に没入する者たちを尻目に、長岡藩は建白書の提出の許可を幕府に願い出た。

　あの慶喜が建白書に目を通したとたん、

「これぞ真の忠義よ」

声を震わせたという。

戦がいつ始まるかわからぬ情勢の中、幕府を擁護する建白書を持って、薩長が禁裏を守衛する京へ行くなど、蒼龍の巣窟に飛び込むようなものだ。だが、継之助は自らを蒼龍窟と名乗る男だ。怯むはずがない。

「こんな時のために俺という男がいるのだ」

いっそう生き生きしてくるから、三間市之進などが横で、

「河井さんらしいなあ」

嬉しげに笑う。

病身の主君の名代として、継之助は今度も数人の供だけ連れて上京するつもりでいた。が、驚いたことに忠訓は病を押して自分も行くと言う。近習たちは慌てて止めたが、継之助は止めなかった。

「これぞ武士の面目というものだ」

出立前、継之助は共に上京する面々を藩邸の広間に忠訓の名で集めた。場合によっては命を貰うことになるからだ。継之助は忠訓の代弁者として口を開いたが、ここに居並ぶ者誰もがこの男自身の言葉だと知り、そのつもりで聞いている。

「今は乱世だ。平時ではない。常では有り得ぬ不測の事態が京で起こるやも知れ

ぬ。旗色を幕府方として鮮明にしている我らは、薩長や奴らに与する不逞浪士らの目には、格好の獲物に見えよう」

継之助はそこでいったん言葉を切った。みなを見渡すと、緊張しているものの臆した顔は見当たらない。継之助は「されど」と言葉を継いだ。

「我らが切っ掛けで戦が勃発するような事態を引き起こしてはならぬ。ゆえに、今度の上京では武器を持つことは相許さぬ。丸腰にて罷り通る」

さすがに、わずかにざわついた。継之助は美声と称えられる声をいっそう張り上げる。

「こたびの任務、将軍家より御依頼の厚、死をもって遂行致す時と知り、斬り掛かられればただ黙って斬られよ。命の惜しい者は無理強いせぬゆえ、このまま大坂に残るがよい。義に殉ずる覚悟のある者のみ、今より我が殿と共に出立致す」

一瞬、息を呑む音以外は何も聞こえなかった。が、忠訓が立ち上がると、それが合図となり、この場に呼ばれた者たちは次々と応じて立った。

十二月十九日夜半、こうして長岡藩牧野家主従ら十数人は、淀川から船に乗り込み京を目指した。翌日には伏見に上陸し、竹田街道から上洛を果たした。二十二日、継之助は三間市之進と渋木成三郎の二人のみを連れ、薩長らの銃隊が警護する中を突き進み、建白書を胸に参内した。

御所鶴の間で建白書を携えた継之助の陳情を聞いたのは、年配の公卿五辻高仲従二位と長谷信篤正三位である。継之助は全身全霊の熱弁をふるったが、二人は聞いているのかいないのかわからぬ冷ややかさで微動だにせず、壁のように感情をあらわにしなかった。

御周旋をこれまでまったくやってこなかった継之助は、他の長岡藩士同様、公卿にあまり詳しくない。この二人が何者なのかよく知らぬまま、継之助はひたすらに「朝廷」に対して誠意をもって訴えた。が、二人は反幕府派の公卿であり、安政年間に井伊直弼によって罰せられ、苦汁を飲んだ過去を持つ。憎い徳川のための陳情など片腹痛かったに違いない。それでも罵ることも咎めることもなく、無反応に建白書を受け取り、返答は後日として継之助らを帰した。

主君牧野忠訓や継之助、そして共に京へ丸腰のまま上った長岡藩士らの悲痛なまでの覚悟は、暖簾に腕押しのような公卿の応対によってすかされた。継之助は、なんとも言えぬ座りの悪さを味わった。薩長のように憎悪や殺気を剝き出しにして、何かわずかな切っ掛けがあれば襲い掛かってくるだろう連中の中に放り込まれた方が、まだ居心地がいい。

その後も継之助は諦めずに何度か朝廷に掛け合い、建白書に対する何かしらの返答を得ようとしたが、いつも要領を得ず、反論も反対もなく、口を開けば「検討しておじゃる」と繰り返すのみだった。これが朝廷か、と愕然とする思いだ。

だが、実際は何の効果もなかったわけではない。わずかな人数で殺気立った京に乗り込み、建白書を提出した長岡藩は、薩長方にも幕府方にもその存在感を大きく示した。

土佐の山内容堂は長岡藩の建白書が出された翌日、すかさず朝議を要請した。開催された朝議の中で朝廷は、九日の政変の決定をいったん白紙に戻し、今度は慶喜を参加させた形で再び朝議を開いて仕切り直してもよいというところまで態度を軟化させた。その一方で、薩摩の西郷吉之助や大久保一蔵らも、そうはさせじと徳川弾劾の書状を呈し、朝廷に力を見せつけるように禁裏の前で軍事訓練を行った。

二十六日、慶喜は朝廷の要求を呑み、幕兵を一兵も連れずに上京して会議に臨むことを約束した。継之助らは将軍の決断を知り、一つの区切りと見て京を去ったのである。

継之助らが淀川を下り、船で大坂に戻ったのは十二月二十九日のことだ。もしかしたら戦は避けられるかもしれぬという希望をもって下船した継之助は、すぐに違和感を覚えて胸をざわめかせた。三間市之進も眉根を寄せている。

「河井さん……」

「ああ、妙だな」

京へ行く前の大坂も殺気立っていたが、今はその比ではない。それになにやら人の数が増えているように思える。屋敷に戻るまでの間に、「開戦だ」「薩摩を血祭りに上げろ」などと物騒な怒声を何度か耳にした。屋敷に戻るとすぐに、継之助は大坂で留守居を務めた梛野嘉兵衛を捕まえた。

「義兄さ、何事かありましたか。人も増えているようですが」

嘉兵衛は難しい顔で頷く。

「江戸で幕府方と薩摩が撃ち合った報が、昨日この大坂に届いてなあ、それでもうこれは開戦したのだと言って、江戸から幕兵が詰めかけたのだ」

馬鹿な、と継之助は冷静さを失いそうになった。これでは何もかもがぶち壊しだ。

「江戸で撃ち合ったというのはいったい……」

「江戸の薩摩屋敷に出入りする連中が、庄内酒井家の屋敷を砲撃したらしい。その報復に、庄内藩が今度は薩摩屋敷に火を放ったというのだ。それで、これまで薩摩の横暴に耐えていた幕兵らが、やってしまえとばかりに薩摩屋敷に雪崩れ込み、ずいぶんと薩摩の者を殺したとかなんとか……」

継之助は言葉を失った。

(あ奴らか)

薩摩屋敷に出入りしていた例の〝ならず者〟どもだ。あの連中が、江戸市中の警護の任に就いていた庄内藩の屋敷に大砲の弾をぶち込むことで、薩摩方に攻撃を加えるよう挑発したのだ。挑発のための要員だととっくに気付いていた継之助は、挑発に乗らぬよう忠訓を通して幕府へ進言していた。だが、幾ら挑発とわかっていても、さすがに砲撃されれば、庄内藩も指を咥(くわ)えて見ているわけにもいかなかったのだろう。

(砲撃だと……よもやそこまでやろうとは)

「義兄さ、それで上さまの御意向はなんと」

「戦に向けて暴走し始めた主戦派の者どもを、もはや止める術(すべ)はなかろう。今、この大坂で戦回避を口にすれば、将軍さまでさえ弑(しい)されかねぬ勢いなのだ」

「しかし、ようやく京では先の政変を覆せるやもしれぬところまで持ち込んだのだぞ。諦められるか」

戦回避に向けてなお諦めることなく努力しようとする継之助に、家中のほとんどの者が首を左右に振って止めようとした。

「無理です、河井どの。下手に動けばお命に関わります」

そんな忠告をきく継之助ではない。

「この身が八つ裂きにされようと構わぬ。戦になれば大勢の者が死ぬ。俺一人が殺されることなど、それに比べれば小さきことだ」

三間市之進はやはりこの時も「河井さんらしいな」と笑い、

「俺の命も使ってください」

共に奔走することを申し出てくれた。

忠訓も継之助に賛同した。浅黄色の死に装束を身に纏い、家中の前に姿を現すと、

「予は、戦を止め、徳川家をお守りするためにここへ来たのだ。やれることは皆やろうぞ。六十名、そのほうらの命も予に預けてほしい」

気負いのない、むしろ穏やかな口調で告げた。

「元より、我らの忠義は御前に捧げてござる」

主君が覚悟を決めたのなら異存なしと、他の者たちも頷いた。

継之助は市之進を連れて大坂城へ登城し、板倉勝静に面会を求めた。勝静は対応に追われていたが、継之助が来たと知るとなんとか時間を作って会ってくれた。

「我が長岡牧野家は再度主従共々京師へ上り、戦が勃発せぬよう全員の首を差し出

す覚悟で陳情致したい。どうか、御許し下さいませ。また上さまにおかれましては、一刻も早く関東へお引き揚げになり、内政にお勤めあそばされますよう」

勝静は上座を立ち、継之助の眼前まで進んで膝を突いた。継之助の手を取り、

「その至誠、なんと頼もしく感じることか。されど、戦へ向けて抑えが利かぬのは我が方の兵なれば、いまさらそのほうらが京へ行ってどうなるものでもなかろう。上さまも」

と言って声を落とした。

「もはや御身の自由も利かねば、進発以外取る道は残されておらぬ」

梛野嘉兵衛が口にしていた通り、慶喜の命自体が進発派に握られ、反対すれば殺されかねない事態となっていることを勝静は臭わせた。すべてが手遅れだというのか。

年が明けた慶応四（一八六八）年正月二日。一万五千の幕府軍は、継之助の願いむなしく討薩のために進軍を開始した。

三

慶応四年三月一日。長岡の昼下がり。暦の上では春とはいえ、外はまだ身を切るような風が根雪の上を吹きすさんでいる。元々長岡の春は遅いが、今年は天候が何

かと不安定で、どこかいつもとは違う感覚がすが子の胸をざわめかせる。

縁の外では松蔵が、前栽の手入れを黙々とやっている。風の噂ですが子は、松蔵がつね姫に対して行った不敬が不義密通だったと聞いた。二人は身分を超えた恋に身を焦がし、やってはならない過ちを犯してしまったのだという。つね姫は老公の実の娘であり、殿さまの正妻なのだ。幾らなんでもそんな芝居のような話があるわけがないと思いつつも、もしかしたらというはしたない思いが頭を過る。もちろん、松蔵に直接訊ねてみたことはない。松蔵は、

「わたしは一度死にました。これからの人生は、旦那さまがくだされたものでございます。旦那さまのためにのみ、この松蔵は生きてゆきます」

そう言って、まるで昔からずっと河井家に勤めているかのようによく尽くしてくれる。それで十分だったし、興味本位で他人の過去に触れるものではない。

継之助も松蔵のことを信頼している。しばらくどこに行くにも連れ歩いていたが、昨年の十一月初旬に江戸からひょっこり松蔵一人が戻ってきて、

「旦那さまは殿さまと共に京へ行かれるとかで、幕府の汽船に乗られて行っておしまいになられました。わたしは、雪掻きなどでこれからの季節は男手もいるだろうからと、戻るように言われまして……」

継之助からの手紙を差し出した。確かに手紙にはそのようなことが書いてあっ

た。松蔵は無口で滅多に喋らないが、よく働いてくれた。

実際、松蔵の男手は助かった。義父母も喜んでいる。だが、今から思えば継之助は、もっと違った意味で松蔵だけを長岡へ帰したのだ。

（きっと何事かのときに、老いてきたご両親さまと私のような女だけでは困るだろうからと、松蔵を寄越してくださったのだわ……よもや戦が起こるだなんて……）

今年の一月三日、長岡からは遠い鳥羽・伏見で、旧幕府軍と薩長の軍が衝突し、戦が勃発した。勃発時の人数差は旧幕府方の方が三倍多かったという。だのに第一戦で伏見の坂の上に布陣した薩長方が、その眼下の伏見奉行所に布陣した旧幕府方に勝つと、薩長側の陣営に錦旗が翻った。様子見をしていた諸藩は次々と錦旗の前にひれ伏し、賊軍となった旧幕府方は面白いように負けたらしい。

すが子は日本がそこまで緊迫した状態に陥っていたことに、迂闊にもまったく気付いていなかった。開戦の知らせを受けたとき、そしてその戦が旧幕府方の大敗で終わったと知ったとき、ここ数年の継之助の焦燥や苛立ちの意味が、ようやくすとんと胸に落ち、すが子はひとり隠れて泣いた。

（あの人は何もかも知っていた。ひとりで抱え込んで、なんとかしようと足掻いていた）

すが子は、継之助が置いていった異国の音楽を奏でるからくり箱を取り出した。

確か、オルゴールと継之助は呼んでいた。箱を開け、ネジを巻くとひとりでに音を奏で出す。その音色は、これまで聞いたことのないような透き通った高音で、聴いているとなんともいえず気持ちが癒やされ、優しい思いが満ちてくる。

元々は時報を告げる時計の鐘（チャイム）が発達したもので、スイスというはるか遠い国で発明されたのだと、すが子は夫に教わった。

「おすが、辛いことや嫌なことがあれば、早めにこの箱を開けて忘れてしまえ」

継之助は家を出るときにそんな軽口を言って、オルゴールをすが子の手に押し付けた。

なんでも、いつか気色ばんで家に押しかけてきた加藤一作ら六人の藩士たちが、翌日さらに大勢を引き連れて継之助のやり方に異を唱えて迫ったときもこれを鳴らしたらしい。加藤一作らは軍の洋式化に屈辱を覚え、話如何では継之助を殺して自らも腹を切る勢いだった。殺気立った連中を前に継之助はオルゴールを開けて、その天界から降り注ぐような音色を聞かせた。

「そのほうらの嫌う異人は、人を殺す武器を作るだけが能じゃない。人の心を平和にする、かような機械も生み出すのだ」

初めて見、初めて聴く異国の音楽に、そこにいた者のほとんどは毒気を抜かれ、聞き惚れた。もちろん全員がオルゴールの音色を聴いただけで、ほだされたわけではない。加藤一作はあくまで銃を持つことを拒み、銃を持つくらいなら死んだ方がましだとまで言いきった。

継之助はあえて無理強いせず、「一作は好きにしろ」とこれまで通り銃ではなく槍を持つことを許したという。それでも一作と共に抵抗していたほとんどの者は、洋式訓練を受けてもいいかという気になったそうだから、すが子はとても驚いたのを覚えている。

（不思議な楽器……みんな銃や大砲なんか買ったりせずに、代わりにオルゴールを持ったら、戦なんてこの世からなくなるんじゃないかしら）

幕府は瓦解し、戦では大敗し、賊軍と呼ばれ、いったいこれからどうなっていくのか。すが子にはまるで想像がつかない。夫は今、どこでどうしているのか。誰も見ていないと思ってため息を吐いたすが子は、ふと人の気配を覚えて顔を上げた。

庭には松蔵以外、誰もいない。だが松蔵も手を止めて塀の外へ目を向けた。すが子は、城下がどことなくざわめき始めていることに初めて気が付いた。考え事に耽っていたからわからなかったのだ。

まさか継之助らが戻ってきたのだろうか。すが子は下駄をつっかけ、外へと飛び出した。外門を潜り出る前に、訪問者を見つけた。向こうもすが子に気付くと、とたんに顔を顰めた。

「こら、おすが、落ち着きのない」

叱責したものの、すぐに相好をくしゃりと崩す。

「兄さま」

そこに現れたのは、兄の栅野嘉兵衛だ。継之助と共に京坂へと行っていた。ようよう戻ってきたのだ。戦も経験したはずだが、さほど疲れた様子もなく、怪我もなさそうだ。

「よく御無事で」

すが子は首を巡らせて継之助の姿を探した。いない。まだ、職務に就いているのだろうか。屋敷に寄らずにそのまま登城したのかもしれない。

妹の逸る気持ちに気付いた嘉兵衛が、眉尻を下げて首を左右に振った。

「継さは未だだ。残務があるゆえ江戸に残った。まずは殿さんと護衛の馬廻り衆が戻ってきたのだ。父母どのも継さの姿が見えぬと不安であろうゆえ、なにはともあれ無事でいることを伝えに参った。文も預かってきたゆえな」

嘉兵衛は継之助の手紙を胸元から取り出した。義父と義母が読んでからでなければ手にできないから、すが子はすぐにでも読みたい気持ちをぐっとこらえ、泣き笑いのような顔で頷いた。

家族は座敷で嘉兵衛を囲んだ。

「いやあ、ひどい戦だった」

嘉兵衛は掻い摘んで鳥羽・伏見の戦いや、その時の長岡藩兵や継之助の様子を話してくれた。

「継さは偉いよ。最後まで戦に突入することを憂え、回避に向けて頑張った。最後は主戦派の中心とも言える会津や桑名の陣営にも乗り込んで、正面から反対を訴えた」

それだけではないと嘉兵衛は言う。

「どうしてもやると言うなら、今のような無策で闇雲に薩長憎しで突き進むのではなく、京への道を閉鎖し、兵糧攻めにしてしまえば薩長方は自滅すると言うて、こちらの損害を小さくして勝てる策を進言したが、熱くなった連中の耳には届かなんだ。その結果の惨敗よ」

継之助が率いる長岡藩兵は、大坂の東方にある要所、玉津橋の警護に就いたのだと、嘉兵衛は教えてくれた。

「先の戦は鳥羽、伏見で始まったが、幕府方が追い上げられる形で、淀や、山崎の関門へと戦場は移り、敵兵がどんどん大坂方面に迫ってきたのだ。淀藩も、山崎を守る津藩も敵方へと寝返った。戦闘は三日に始まったが、五日辺りから傷だらけの敗走兵がどんどん大坂へと雪崩れ込むようになってな、重傷の者は船に乗せられて淀川を下ってくるが、そういう者は、ほとんどが死んだ」

嘉兵衛は、すが子の方を一度ちらりと見てから、言葉を続けた。

「敗戦に次ぐ敗戦でひどい負けようだったらしい。六日はすでにまともな戦闘というよりは、敵方から見れば追撃戦の様相だった。だが、我が方の皆はまだ、我らには大坂城があると、希望を失ってはいなかったのだ」

「そうです。京は守りにくく、大坂は攻めにくいというのが常識だったはずでございます」

気丈にも口を挟んだのは、義父の代右衛門ではなく、元々男勝りの義母の貞子だ。嘉兵衛は貞子の言う通りだと頷いた。

「大坂には城だけじゃない。我々長岡藩のようにまだ無傷の兵もいた。海軍もいた。十分に戦えると誰もが思ったものだが……」

「なにゆえ負けたのでございましょう」

貞子の疑問は、口に出して訊く勇気こそなかったが、すが子の疑問でもあった。先刻からの兄の話に胸の潰れるような思いを味わっていたすが子だが、なんとしても理由は知りたかった。

徳川家が……幕府方が負けるなど、すが子の中にはこれっぽっちも存在しない考えだったからだ。それだけに、次の兄の言葉は衝撃的だった。

「将軍さまが、家臣の誰にも内緒で、船で大坂を脱出し、江戸へ戻ってしまわれたのだ」

——嘘……。

すが子は思わず叫びそうになった。なんとかその言葉を呑み込んだが、動揺は手で口を押さえるという仕草に出た。嘉兵衛は苦笑した。さすがというべきか、代右衛門も貞子も険しい表情こそしているが、表面は冷静だ。嘉兵衛は言う。

「我ら長岡藩兵も何も告げられずにうち捨てられた。様子がおかしいと気付いた継さが大坂城へ登城し、ことの次第を知ったのだ」

継之助の判断で、長岡藩は直ちに大坂からの撤退を決めた。将がいなくなった上、大坂城内はてんやわんやの騒ぎで、まったく統制を失っていた。

「継さの素早い決断がなければ、我らもどうなっていたかわからぬ」

継之助がいなければ、こうして無事に戻ってこられたかどうか、と嘉兵衛はため息を吐いた。

「江戸へ戻った上様は恭順の道を選ばれた。上野の寛永寺に籠もり、もう戦はせぬと自ら謹慎なされたのだ。だが、幕臣や新選組の連中は、納得しておらぬ。あくまで、東下してくる薩長らの兵を迎え撃つ気で騒いでおる。江戸はこのままでは焦土になるやもしれぬ。何がどう転ぶか、誰にも予測できぬほどの混乱ぶりよ」

その江戸に、継之助は残ったという。

「なに、残務処理をしてすぐに戻ってこよう」

という嘉兵衛の言葉が、本当なのか慰めなのか、すが子には判断できなかった。

嘉兵衛はまだ自身の家族とは再会を果たしていなかったので、長居はせずにこれだけは伝えねばという大事なことを話し終えると帰っていった。去り際、妹のすが子を憐（あわ）れむような目で見た。すぐに厳しい表情に変わり、嚙み締めるように言い聞かせた。

「おすが、これからが長岡の正念場だ。我が長岡の命運が、ひとえに継さに掛かっておる。そういう立場にあの男は立ってしまった。そして、おすがは、その河井継之助の妻なのだ。このことを一瞬たりと忘れずに歩め。おそらく継さは今後、家を顧みている余裕はなかろうよ。何事も、おすがは自覚を持って自ら進まねばなるまい。自らな」

すが子は瞬きも忘れて兄の言葉を心に刻むと、

「覚悟いたしております」

ようやくそれだけを答えた。

なにもかもがすが子の中では急な出来事で、本当は覚悟など何もできていなかった。だが、これから先、自分は河井継之助の妻として、瞬時も取り乱してはいけないのだということは理解した。そして、自分自身で判断をして有事を進まねばならないのだ。人に従うだけの人生を送ってきたすが子には気が遠のきそうな試練であった。

嘉兵衛はすが子に向かって大きく頷き、背を向けて戻っていった。すが子は兄の姿が見えなくなると、ふいに足元にぽっかりと大きな暗い穴が開いたような気がして、ふらついた。

これから何が起きるのか、いったいどうなるのか、まるで想像できなかった。継之助に会いたかった。空を見上げたすが子の目に、夫の心を支えてきた松の枝が、昇龍のように聳えるのが見えた。

四

そのころ継之助は、江戸で目が回るほど忙しい時を過ごしていた。

江戸屋敷にある金目のものは殿さまの私物を含め、すべてエドワード・スネルを通じて横浜の異国の商人たちに売り払った。

自分たち長岡藩のことだけでなく、新政府を名乗り始めた薩長側からもっとも憎まれている会津藩の世話も焼いた。今、会津藩と親しく接触を持つことは、同じく朝敵とみなされる危険を孕んでいたが、自分たちの保身のためだけに、これまで幕府に誠心誠意尽くしてきた会津を突き放す非道など、継之助にはできなかった。

友の秋月悌次郎に頼まれたためでもある。さらに会津家老梶原平馬が、エドワード・スネルの兄が日本人を鉄砲で撃って窮地に陥ったとき、

「ジョン・ヘンリー・スネルどのの御身は、我が会津がお引き受けいたそう」

と手を差し伸べてくれた、その恩義に報いるためでもある。

梶原平馬は、まだ二十代の若き家老だが、きわめて難しい立場に立たされた会津藩を率いている男だ。物静かだが肝が据わり、決断力に富む。継之助が、

「どうせ引き揚げの際は、領地に持って戻るだけの余裕はないのだ。売れるものはみな売ってしまうのが宜しかろう」

会津も長岡同様、家財・骨董の類を一切合財売り払えと諭すと、

「殿の家財を異人に売ってしまうなど、非礼にもほどがありましょうぞ」

他の松平家中が蒼褪め、首を左右に振る中、

「責任は俺が持つ」

きっぱり言い放ち、一瞬も迷わず売ることを決断した。

万博の影響もあり、日本の工芸品は外国ではちょっとしたブームのように人気があった。それでもこれまでは大名家の私物など手に入れようもなかったが、一気に売りに出されたのだから外国商人は狂喜した。このため、そこそこ良い値で売れた

のだ。

継之助はその金で武器と米と銅銭を買った。

米は江戸で暴落していた。これから江戸市中は戦場になるに違いないと町人たちがみな怖がり、家をうち捨てて江戸の外に逃げてしまったからだ。米を消費する者がいなくなったので、価格は急激に下がった。それに比べて蝦夷地では米が不足しがちで、常に高値を保っていると聞く。継之助は買った米を蝦夷に運んで売るつもりだ。

銅銭も江戸と新潟では相場が違う。新潟の方が高いから、江戸で買って新潟で売れば相応の利益が見込める。

武器・弾薬は、エドワード・スネルとジェームス・ファブルブラントから購入した。

ジェームスは、いつか継之助にも紹介したガトリング砲を、このときまでに日本に三門、持ち込んでいた。そのうち一門をすでに薩摩へ売ったという。一門の価格は三千両から五千両へと跳ね上がっていた。パリ万博に出展されたガトリング砲とは型が違うのと、いよいよ戦が全面的に始まりそうな空気の中で、他の藩もばたばた西洋式の武器を求め始めたのが理由らしい。

どこか足元を見られたような印象はあったが、こういう抜け目のなさは日本人がこれから国際人となっていく中で、もっと身に付けなければならない感覚なのかもしれない。

継之助は残りのガトリング砲を二門とも買うことにした。ジェームスは驚きを素直に顔に出した。

「カワイサンは、新しくできた政府と戦うつもりですか」

継之助は苦笑した。そんなことが果たしてできるのかという苦みと共に、自身の望む未来を見据えて言い切った。

「いや、戦わぬために買うのだ」

ジェームスは目を見開き、驚くほど大きな声で、

「そうです」

と肯定した。最強の武器を買うのに戦わぬためだというのは奇妙な返答のはずなのに、ジェームスは至極真面目な顔で継之助を一心に見つめ、

「そうです。そうです、カワイサン。戦ってはいけない。戦争が起こらなければ我々は儲（もう）からない。だけど、ワタシは言います。アナタは戦ってはいけない。カワイサン」

一語一語、はっきりとした日本語で続けた。継之助は笑みを作った。

「そうだ。上さまはすでに恭順された。ここから先の戦は、私闘に過ぎぬ」

大坂から引き揚げるときも、敵方に回った他藩の者と小競り合い一つ起こらぬよう細心の注意を払って道を選んだ。江戸に戻ってからも、尚も戦おうとする幕臣らが多い中、巻き込まれぬよう主君を早々に長岡へと戻した。

今も継之助の考えは、京坂でなんとか戦が起こらぬようにと駆けずり回ったときとまったく変わらない。だがそれは、薩長方に膝を屈し、許しを請い、新政府の手先となって旧幕府方に銃口を向けることでは断じてない。

買った武器も、江戸に残っていた長岡藩士ら百五十人も、継之助はエドワード・スネルが商売で使っている汽船に乗せた。もうすでに陸路は、戦闘に巻き込まれずに通過するなど厳しい状況になっていた。海路を行くしかない。新政府側も外国人所有の船には絶対に手を出してこない。

こういう状況だったから、桑名藩主松平定敬や桑名藩士二百二十人、そして武器購入のため江戸に残っていた梶原平馬ら会津藩士三十人も乗せた。

桑名藩は主君が藩地へ戻る前に、家臣たちが薩長政権に対して恭順の意を示した。このため、長州に憎まれている定敬は居城のある勢州には戻れなくなってしまった。定敬と江戸にいた家臣らは、越後にある桑名領の飛地、柏崎に向かうことになった。定敬は未だ二十二歳の青年藩主だ。隠居して老公となった会津の松平容保の実弟に当たる。容保も定敬も最後まで将軍慶喜に付き従ったが、新政府軍が江戸に迫る今、その慶喜から江戸城追放を命じられ、出入り禁止の形で見捨てられた。

懸命に憂いを見せぬよう肩肘を張る定敬の姿に、継之助はなんとも言えぬ気持ちにさせられる。自藩領といったところで、柏崎がいったいどんなところか、この殿さまは知っているのだろうか。付き従う二百余人の藩士たちは一枚岩ではない。みな不安に心が揺れている。恭順を望む者も、なお戦い抜こうとする者もいる。

噂では、備中松山の板倉勝静が、同じように故郷に戻れずにいるという。家臣らが薩長政権へ恭順し、松山城を無血開城してしまったためだ。藩主の意を確かめることなく開城したのは、ほかならぬ継之助の師、山田方谷であった。

かつて固い絆で結ばれ、奇跡ともいえる藩政改革を成し遂げた主従は、歴史の荒波の中で道を分かち、断絶してしまった。継之助は方谷という男を知っている。容易いことではなかったはずだ。断腸の思いで主君の意に背き、人民を助けるために恭順に踏み切ったに違いない。

（先生……）

継之助は胸中の長命丸を着物ごと、わし摑みにした。

方谷が立った同じ岐路に、継之助も今、立っている。方谷は決断し、一方の道をすでに進み始めた。継之助はまだ分かれ道に立ったまま、恭順の道と主戦の道を睨みつけ、さらに誰も行ったことのないどこにもない道を開こうとしている。

（恭順と主戦、俺はそのいずれでもない道を行きたいのだ。できるのか、そんなことが。いや、できるかできないかではない。俺はやるのだ）

五

三月三日までに、運ぶべきすべての人を汽船に乗せた。だが、武器を全て揃えて積み終えるまで、あと数日かかる。継之助は、いかなる理由があろうと、その間の下船を一切認めなかった。

どんな小さな衝突もあってはならない。ぴりぴりと神経の尖った状態の男たちに、決して誰とも争うなと言って聞かせたところで無駄だ。第一、他所（よそ）の家中の者に、あまり強く口を出すこともできない。だったら、いっそ陸に上げなければいい。

陸では新政府軍が江戸へ結集するため、東海道、東山道、北陸道と道を三方に取って進軍してきている。それを迎え撃つため、会津の下で働いていた新選組が、甲州街道沿いの男たちを掻き集め、甲陽鎮撫隊（こうようちんぶたい）を名乗り甲府方面へと出陣したという。

（いずれの争いにも、巻き込まれてはならぬ）

継之助の考えは一貫している。

ただ、自分だけはその間、船の上でじっとしてはいなかった。榎本釜次郎率いる旧幕府海軍の動向が気になっていたからだ。榎本はどうする気でいるのか。長岡へ戻る前に直に会って話をしておきたい。それに、もうすぐ日本に到着するはずのストーンウォールの行方も気に掛かる。

榎本釜次郎は今、江戸湾に浮かぶ開陽丸の上にいる。率いる軍艦は他に七隻。回天、蟠龍、千代田形、富士山、朝陽、観光、翔鶴。

薩長側新政府軍は、味方する全ての艦船を結集させても、実力で釜次郎の艦隊の足元にも及ばない。釜次郎がいる限り、日本の制海権は旧幕府側が取れる状況にある。この意味は大きかった。もし、榎本釜次郎が本気で新政府側との戦いを望み、牙を剝いて暴れれば、新政府側は海路を閉ざされ、輜重がままならなくなる。おそらく、東北や越後方面まで戦線を伸ばせば自滅するだろう。

釜次郎がどうする気でいるのか、新政府側も旧幕府側も固唾を呑んで見守っているはずだ。そして、継之助にとっても、もっとも気に掛かることの一つであった。釜次郎の考えを何も知らぬまま、江戸を去る愚行は冒せない。

会いたいという継之助の申し出に、釜次郎は快く応じた。場所は開陽丸の船上だ。継之助はエドワード・スネルの用意したバッテーラ（短艇）に乗り込み、船から船へと江戸湾の中を移動して開陽丸へと乗船した。

継之助と榎本釜次郎の二人は甲板に並び、晩春の風に煽られながら、船縁から見納めかも知れぬ江戸の町を眺めた。刃物のように鋭い風だ。甲州街道の峠道は三月三日に吹雪いたと聞いている。

「釜さん、あんた、どうする」

継之助は、友人たちとする世間話のような口調で訊ねた。なるべく本音を聞き出したい。

「わたしは幕臣だからね、最後まで幕臣として生きるまでさ」

「あくまで戦うということか」

「さすれば、この国はどうなると君は思う」

「鳥羽・伏見は、まだ局地的な小競り合いの範囲を出ぬ戦で終始した。かかった時間もわずか数日だ。しかし、今後、日本を真っ二つに割る戦が起きれば、何れが勝っても負けても国は疲弊する。力が拮抗すればするだけ、終焉までに数ケ月、いや、数年かかるやもしれぬ。そこを諸外国に付け入られれば、この国の未来は大きく後退するだろう」

「うむ。その通りだ、河井君。これから起ころうとする戦は、まだ我が国がかつて経験したことのない規模で起こるのだ。その結果がどうなるのか正確には解りようもないが、戦えば戦うだけ戦費が掛かり、武器、弾薬は外国から買うのだから金は国外へと流出し続ける。我が国土は焼け野原となり、屍の山が築かれ国家を支える人民の数は激減する。その中でどちらが勝っても、復興は大変な労力を要するだろう。それでも復興できれば御の字だ。下手をすれば、日本はもう……日本ではなくなる」

ほぼ、釜次郎は継之助と同じことを憂えている。

「なら、釜さんは、戦わぬ道を選ぶのか。しかし、先刻、最後まで幕臣として生きると言っていたが……両立できる道があるというのか」

釜次郎は息を吐いて肩の力を抜いた。

「今の時期、薩長を叩き潰すと言わなければ、惰弱ものだの武門の恥だのと殺されかねぬ剣幕で罵られるものだが、良かったよ、君とは本音で話ができそうだ。わたしはね、まるで戦わぬのは不可能だろうと考えている。なんせあちらさんがなんとしても、どんな手を使っても、戦いたがっているからね。だけど、全面的な戦に持ち込んでは駄目だ。だから国際法を利用するつもりだよ」

「国際法」

「独立国を造る。諸外国に承認させれば、薩長政権の手が出せぬ独立自治区を造るのは可能だ」

「独立国……そんなことが本当に可能なのか」

継之助はまじまじと榎本釜次郎の顔を見た。どうやら、当人は大真面目のようだ。荒唐無稽(こうとうむけい)に思えるが、笑うのは早計だった。継之助は米欧列強の造った世界の仕組みに詳しくない。そんな知識を持つ日本人は数えるほどしかいないだろうし、目の前の男がもっとも詳しいだろうことは容易に想像できた。釜次郎は、しばらく海外に滞在して国際法を学んできている。

「可能だ」と自信ありげに、釜次郎は頷いた。

「ただし、独立する側の力が勝っている方が好ましい。そうでなくとも、力が拮抗しているというのは絶対条件だ」

「薩長のつくった新政府とやらと同等の武力を持っていることが、最低条件ということか」

釜次郎は継之助の言葉に微笑した。

「君は呑み込みが早いな」

「だけど、釜さん、力の証明はどうやるのだ。結局は戦ってみせるしかないんじゃないのか」

「そうだな。拮抗しているときは、そうかもしれぬ。少しはぶつかってみせねば駄目かもしれんな。だが、圧倒的な武器を持っていれば違うだろう」

　釜次郎は悪戯っぽく開陽丸の船縁を叩いた。

「この開陽丸か」

「うむ。開陽丸を旗艦とする我が艦隊と、連中の持つ軍艦は、規模も技術も大人と子供ほどの違いがあろう。制海権は我が手中にある。海を隔てた陸に独立国を造れば、連中も手が出せまい」

「海を隔てた陸」

「蝦夷地だよ」

　妙なことを考える男がいるものだと、継之助は釜次郎のことを面白く思った。

「非常に興味深い話だが、ストーンウォールはどうする。もうすぐ日本に到着するのだろう。ストーンウォールを薩長側に巧妙に取られてしまったら、釜さん自慢の開陽丸でも太刀打ちできないんじゃないのか」

　ストーンウォールは幕府が注文した軍艦で、代金も五十万ドルのうち四十万ドルは払い済みだ。当然、幕府方に引き渡されなければならない船だ。が、その幕府がすでになく、将軍が恭順しているからややこしい。薩長側は必ず、政権を継いだ自分たちに受け取る権利があると主張するだろう。

継之助の危惧を釜次郎はあっさり認めた。

「あれを持っていかれたらどうしようもないな。まあ、そういうわけで、ストーンウォールの交渉があるから、しばらくは江戸周辺から離れられんのだ。それがなくとも、上さまがご無事にご隠居なさるのを見届けるまでは、動く気はないがね」

ああ、と継之助は榎本釜次郎の真意がどこにあるのか理解した。この幕臣は、独立国という構想を持ちながらも、将軍の首を守るために江戸近海を動かず、薩長に睨みを利かせているのだ。

薩長は徹底的に徳川方を壊滅に追い込むため、江戸の町に総攻撃を仕掛けようとしている。それを回避するため、勝海舟が奔走している。慶喜は恭順したが、その身がどのように処分されるか、今のところ誰もわからない。生殺与奪権は、薩長側にあるといっていい。首が無情に飛ぶ可能性も否定できない。

釜次郎は日本最強の艦隊という武力を盾に、

「上さまの首を刎ねてみろ。この釜次郎が大暴れするぞ」

無言で脅し、あくまで将軍家を守り抜こうとしている。薩長側にしてみれば、旧幕府海軍が江戸近海に控えているだけで、さぞ不気味な思いを味わうだろう。

もし、薩長側を相手に「勝つ」ことだけを考えれば、釜次郎のやろうとしていることは愚行に違いない。開陽丸という最大級の切り札を持っていながら、一番に守ろうとしているのは前将軍の首一つ。それは独立国建国という己の理想よりも、釜次郎の中では優先されるべきものらしい。

そこには損得勘定の論など微塵も余地はない。なぜ愚かな道を進むのかと問えば、釜次郎はこう答えるに違いない。

――士だからだ。そして、わたしが生まれながらの幕臣だからだ――と。

主家を守ることこそ武士の本懐なのだ。

「長岡はどうするつもりだ」

釜次郎が逆に継之助に訊いた。

「長岡は弱い。どれほど軍備を固めても、所詮は小藩だ。実戦経験もない。比して薩長は大藩で実戦を経験し、さらに勝ち抜いてきた。薩長から見た我が藩は一捻りで潰せる蟻のように見えていよう。されど薩長は会津を朝敵として征討すると言っている。我が藩が恭順すれば、新政府方の先鋒として直に会津に銃口や砲口を向けさせられるだろう。それはできぬ。我らにも士魂はあるのだ。卑屈な真似で生き抜けば、それは将来、何世代にもわたり、足かせとなってついて回ろう。長岡の者にそんな思いはさせられぬ。ゆえに我々長岡は、薩長とも会津とも戦わぬ、独立独歩の道を行く」

「なんと困難な道を行くのだ、君は」

驚く釜次郎に継之助は笑った。

「釜さんに言われたくないね」

「違いない」

人にはとうてい理解されぬ道を、継之助も釜次郎も進もうとしている。そういう意味で二人は同志であった。互いに成し遂げようと誓い合い、継之助は開陽丸を下りた。


継之助らの乗った船は横浜を出航し、箱館に向かって航行した。真っ青だった海面は、瑠璃色に変わり、北の大地が近づくほどに深い碧を含み、やがて利休鼠の縮緬のような色に変わった。

継之助は、甲板で風に吹かれながら、今後のことを考えている。榎本釜次郎のように、独立国を造ろうなどと大それたことを企図しているわけではなかったが、なんとか中立が保てる道を模索したい。茨の道だということはわかっている。まだ、藩内の誰にも自身の内にある構想は告げていない。ただ、釜次郎には別れる前に、国際社会の中での中立とはどういうものかを訊ねておいた。

「国際法で保証された国の在り方の一つだ」

釜次郎は即答した。だが、と付け加える。

「希望すれば認められるという甘いものではない。中立を望む国に相応の軍事力があって可能なことだ。弱い国が、戦争に巻き込まれたくないから事態を傍観するという法ではないんだ。世界は弱肉強食だ。弱ければ、容赦なく餌食になる」

「ああ、それはわかる」

「中立は、『戦えば勝敗がわからぬほどの力を持つが、敢えて戦わぬ道を選択した国』にだけ認められるものだ。それゆえ、中立が認められた後も、軍事力の保持は義務づけられている。さらに、第三者的な複数の国の承認が必要だ」

もし長岡が中立を考えているのなら、「国際社会の中に存在するような中立」の実現は難しいだろうと、釜次郎は遠回しに言ったのだ。

これから起こるであろう戦には、中立を承認すべく第三者的な存在が見あたらない。なぜなら、新政府側か、それと敵対する側かの二つしか存在しないからだ。どうしても当事者である薩長側に「認めてもらう」しかないのだから、この時点ですでに対等な中立ではなくなっている。

それは継之助にもわかっている。だが、「戦わぬ道」は中立以外有り得ない。恭順は不戦ではない。戦う相手が変わるだけだ。越後には会津や桑名の飛地があるのだから、長岡が戦場になるのは、恭順しても同じことだ。長岡を相手にすればやっかいなことになると薩長側に思わせ、中立を認めさせる以外、戦回避の手だてはないだろう。そのために、今の段階で日本に三門しか入ってきていない機関砲ガトリングを二門も買った。得体の知れぬ「印象」を持たせるためだ。本当は、ストーンウォールが喉から手が出るほど欲しかった。

（なんとかあの船をとれないか）

継之助らを乗せた汽船は、箱館に着いた。ここでは江戸で買った米を売る。そのためには一泊すれば十分だ。

箱館では会津の梶原平馬も下船した。会津はこれからどうするつもりでいるのだろうか。長岡とは立場があまりに違う。薩長側がもっとも憎んでいる藩が会津だ。いわば、これから起こる戦の真打ち的な存在だ。逆に言えば、会津と桑名が恭順すれば、日本を割っての大々的な戦が回避される可能性が高くなる。あとは旧幕臣たちの残敵掃討の如き様相となるだろう。

長岡が恭順しても戦いからは解放されないが、会津が恭順すれば、それはすなわち不戦に繋がるのだ。東国や北越の諸藩は、息を呑んで会津の動向を見守っている。

半月以上、同じ船上で過ごし、継之助には梶原平馬という青年家老が、頭が切れ、冷静な判断ができ、その上、気骨のある男だとわかっている。それでも、会津の今後を狭い船上で問うのは危険であった。長岡、桑名、会津の藩士たちが四百人ばかりもぎゅうぎゅう詰めに犇めいている。その中には過激な男もずいぶんといる。継之助と同じ長岡藩士の中にも、薩長のやり方に怒りを隠さず、戦を叫ぶ主戦派も多い。

箱館でようやく二人きりになれたこの機会を逃す手はない。横浜と同じく早くに開港した箱館は、異国情緒に溢れ、五稜郭という星形要塞がいっそう不思議な印象を引き出していた。釜次郎はこの蝦夷地を独立国にすると言っていたが、忽然と異国風情の自治区が生まれても違和感のない港町だ。

継之助の横を歩きながら梶原平馬は若者らしく好奇心溢れる目を輝かせ、町の様子を楽しんでいたが、今後のことを問われるとふいに老成した表情を浮かべた。

「我が殿はすでに隠居して謹慎し、恭順を嘆願したが許されなかったのです。京に居る数年、我ら会津松平家は主上にもっとも近い位置で、真摯に誠心誠意お仕えして参りました。御上も頼りにしてくだされ、そのお気持ちを記した御宸翰も賜りました。それがなにゆえ逆賊なのか。この悔しさがいったい他の御家中の誰にわかるというのでしょう。我らは逆賊ではない」

平馬は咆哮するように最後の一語は吐き出した。それから、

「されど」

震える拳を握り込み、天を仰いだ。

「謝罪降伏の道を模索するつもりです」

潮風に煽られる中、声を絞り出したのだ。どれほどの想いでその言葉を口にしたことか。継之助にはかける言葉が見つからない。だが、会津家老がすべての感情を押し込めて選ぼうとしている道が受け入れられるなら、日本は最悪の未来を見ずに済む。

（梶原平馬、なんという男なのだ）

継之助は奇跡を見るように平馬の決断を称えた。だがそれはどこまで成るだろうか。主戦派を抑え、藩論を統一できるのか。そして薩長は会津の降伏を受け入れるのか。

平馬の目は乾いていたが、継之助には泣いているように見えた。

六

慶応四（一八六八）年閏四月下旬（新暦六月）。

時が進むほどに奥羽や北越の諸藩にとって、事態がどんどんよからぬ方向へと進んでいく。いったい誰が戦をしたがっているのだと継之助は怒鳴りつけたい気分だ。

エドワード・スネルの船に乗って継之助が新潟港に着いたのは、三月の下旬であった。別れ際、会津の梶原平馬は継之助の耳元に囁いた。

「頑強に戦いを望む者は家中に腐るほどいます。それは主家徳川家に心より忠節を誓った藩なら、人情として当然のことでしょう。けれど我が殿は、決して戦いを望んでいるわけではないのです。ましてや、主上に対して弓引くことなどできましょうか。我が命に換えて家中を説得し、敢えて屈辱を呑み、降伏を嘆願するつもりです」

断腸の思いの決意だ。平馬は、腰の刀を摑んで刀身を覗かせた。継之助も察して鯉口を切る。互いに打ち合わせ、武士の誓いの金打をした。

平馬は誓い通り、会津に戻ると藩上層部相手に連日の説得を重ね、四月中旬には、新政府側に下った仙台藩、米沢藩、二本松藩へ降伏の意思を告げ、会談へと持ち込んだ。どれほどの悔しさを押さえ込んで成し遂げたことか。

探りの仕事のために仙台に潜らせていた渋木成三郎からその知らせを受けたとき、

「よくぞ」

継之助は叫び、胸を掻き毟りたくなるような会津の辛さを思いやり、自宅の庭の松を黙して見上げた。会津藩の精神的苦痛と犠牲に敬意を払いつつ、戦は避けられるかもしれないと希望を持った。

会津に同情的な仙台は、会津征討の本陣を藩校に置かれ、奥羽鎮撫総督府の強烈な監視下にあったが、会津藩を救うために東北諸藩に呼びかけて連盟の嘆願書を作成した。閏四月中旬、それは奥羽鎮撫総督九条道孝に恭しく差し出された。九条道孝は幕府に同情的な公卿だ。いやがおうにも期待が高まった。

だが、参謀として就任していた長州藩の世良修蔵は、

「会津に伝えろ。降伏の手土産に松平容保の首を持ってくれば許してやるとな。かつて長州はお前らに痛めつけられ、三家老の首をそえて恭順を申し出たものだ」

冷ややかにつっぱねた。薩長はあくまで戦うことのみを望んでいる。会津は叩き潰されなければ決して許されない。この残酷な現実に、他藩の継之助でさえ怒りで体が震える。そんな継之助のもとに、さらに最悪な知らせが届いた。持ち帰ったのは渋木成三郎だ。手紙ではなく、当人が直接戻ってきた。

「奥羽鎮撫総督府参謀世良修蔵が殺されました」

成三郎の癖で、淡々とした口調で報告した。

「殺されただと。いったい誰に」

「仙台藩士です。詳しくはこれを」

成三郎は表に鴉の墨絵が描かれた手紙を継之助に差し出した。細谷十太夫からの

手紙だ。仙台に潜るのだから、自藩領に忍び込んだ密偵を十太夫が見逃すはずがない。もし、接触してくることがあれば俺の名を出せと、継之助は成三郎に手紙を書いて渡しておいた。

「何の前触れもなく殺されかけたら、十太という名を呟いてみろ。それで反応したら、それは俺の知っている仙台鴉だ」

とも伝えておいた。

「会ったのか、十太に」

懐かしさの中で手紙を受け取る継之助に、

「危うく殺されかけましたが、河井先生の手紙のおかげで命拾いしました」

さしてありがたがっているようにも思えぬ抑揚のなさで成三郎が答える。

十太夫の手紙には、なかなかの達筆で次のようなことが書かれていた。

世良修蔵が三月に仙台に姿を現してからずっと横暴の限りを尽くし、藩主伊達慶邦(だてよしくに)をまるで自分の部下のように軽々しく扱っていたこと。そのため、仙台藩士はみな怒りに打ち震え、いつ暴発してもおかしくないほど世良修蔵を憎んでいたこと。

会津藩の為に嘆願書を差し出した後、世良修蔵の仙台藩に対する仕打ちがひどくなったこと。そして、世良修蔵が薩摩の大山格之助(かくのすけ)に宛てた密書を仙台藩が入手したこと。密書には、奥羽諸藩は会津と通じ、反旗を翻す準備を始めているゆえ奥羽征討を行うべき旨が書かれていたこと。西郷吉之助のもとに援軍要請に向かう世良修蔵を捕らえ、河原まで引きずり首をはねたこと。

もうこれだけで取り返しのつかない事態だったが、さらに奥羽諸藩は世良修蔵の首を取ったことを機に、会津を助けるために新政府側に弓を引く覚悟で、ほとんど宣戦布告とも受け取れる文書を提出したという。

奥羽列藩は、新政府との開戦の道を選んだのだ。いや、選ばされたというべきか。仙台藩は、初めから執拗（しつよう）に挑発され、暴発するように仕組まれたとしかいいようがない。

会津だけでなく、一度は新政府側に協力した奥羽諸藩までもが、まるで仕組まれたかのようにずるずると征討の対象になってしまった。

「なぜだ。なぜそこまでして薩長は戦いたがる。なにゆえ、東国一帯を戦場に変えるのだ」

継之助は世良修蔵の死を知ったその日、家に戻るとすが子や両親を遠ざけ、ひとり吠えるように吐き出した。

奥羽諸藩が奈落に落ちるように戦に巻き込まれていく。次はどこだ。答えは一つしかない。越後だけは無事でいられるなど、甘い戯言（たわごと）に違いない。

この長岡が戦場になる——そう思うだに、恐怖が足下から這（は）い上がってくる。

「諦めるな」

継之助は呟く。今までも、どんなときも、最後まで諦めずに行動してきたではないか。だが、今の会津やその他の仙台や米沢ら奥羽諸藩の状況を考え合わせれば、「奥羽も北越も、みな戦場に変えて叩きのめした後で従わせる」というのが、薩長奸賊（かんぞく）らの既定事項なのだ。

なぜだ、と叫んではみたが、継之助の冴え渡った頭は、すでに薩長の腹が見え始めている。己らの支配を絶対にするためだ。これまでとまったく違う日本の国体を作り出すために、前政権徳川家の形は徹底的に壊してしまうつもりだろう。戦で何もかも壊してしまえば、その地に根付いてきた商人や庄屋たちの既得権も共に潰してしまえる。案外、支配するときに征服者が手こずるのは、侍よりも商人や百姓たちなのだ。新しいものを打ち立てるときは、破壊の後に創造した方が早い。それは歴史が証明している。どの政権も、おおよそそうしてきた。

薩長は戦を回避して諸藩を支配するより、戦にもつれこんで叩きのめした後に支配する方が、手間が少ないと考えているのだ。

国を割って戦うことは、米欧諸国に侵略を許す隙を与える――この最大の危惧も薩長はすでに手を打ち、払拭（ふっしょく）している。諸外国相手に交渉を重ね、今から起こる日本の争いに列強は加担しないという「中立」の協定を結ばせることに成功していた。

慶応四年閏四月二十六日。いつもと同じ朝のようでいて、それはまったく違う朝だった。「おはようございます」と三つ指をつくすが子の声も、どこか緊張を孕んでいた。

今日、継之助は長岡全藩士に、中島の兵学所に集結するよう指示を出していた。近ごろ継之助は上席家老に就任し、さらに軍事総督を拝命したのだ。牧野家家中の頂点に立つ者として、今日は長岡藩の運命を左右する重大な藩是を告げねばならない。おそらく長岡藩の歴史の中でも、意味の深い一日となるだろう。

そうなのだと継之助は一言も口にしていなかったが、すが子には今日が特別な日だとわかっているようだ。昨晩、継之助はすが子と枕を並べたまま、ぽつりぽつりと普段なら話さないことを語った。かつてすが子を置き去りに遊学した先、備中松山で出会った山田方谷がどれほど優れた師だったか。自分がいかに慕っているか。

「俺は先生の教えを守って藩政改革を行ったのだ」

すが子は嬉しそうに頷き、

「とても素晴らしい御成果をお上げになったと、みなが言ってくださいます。身内のことを自慢するのははしたないと思いつつも、すがの鼻はそっくりかえって天井まで伸びました」

無邪気にそんなことを言った。天まで伸びたと言わず天井までと、こぢんまりとたとえたところが、いかにも外の世界を知らぬすが子らしく、継之助は愛おしさのあまり抱き寄せそうになった。だが、激情に身を任せたりはしなかった。おすがの知らなかった長岡以外の自分の片鱗(へんりん)を、少しでも話しておいてやりたかったからだ。

せめて、という思いである。

継之助はだから、江戸の例の隠れ家に細谷十太夫と一緒に植えた松の木の話もしてやった。初めは小さな頼りない木だったが、今ではなかなか大きく立派な松に育ったのだと教えると、

「まあ、けなげなものですね。見てみたい。お庭の松に似ていますか」

すが子は継之助が驚くほど目を輝かせた。

「それがちっとも似ておらぬ。俺の松ほど真っ直ぐ天を目指さずに、どうも斜めに伸びたでや」

他愛(たわい)のないことばかり話した気がする。

すが子はひどく幸せそうだった。実際、継之助がこんなに自分のことを喋ったことなどなかったから、幸せだったのだろう。

継之助は今日、家を出たら最後、長岡を巻き込もうとしている戦のかたがつくまでは、敷居を跨がぬつもりでいる。それをあえてすが子や年老いた両親に告げるつもりはなかった。いつも通りの朝食を済ませ、衣服を整えると、玄関脇の出入り口まで見送ろうとするすが子を制した。

「少し庭の松と話していくから、今日はよい」

そんな日は、これまでもたまにあった。継之助は何事も庭の松——蒼龍と語らって困難を越えてきた。すが子もそれはよくわかっている。庭に続く縁側まで継之助を見送った。すぐに背を向けた継之助だったが、すが子が「あっ」と声を上げたのに驚いて振り返った。とたんに澄んだすが子の黒い瞳とぶつかった。嫁いだ時と少しも変わらない。目と目が合うと、すが子の頬は赤くなる。

「いえ、お背に糸くずが……」

すが子は恥ずかしそうに目を伏せ、継之助に前を向かせた。継之助の背にすが子の指が触れ、つまみ上げるような感触と共に離れた。それから皺を伸ばすため、すが子の掌が継之助の背を撫でた。その手が微かに震えている。やはり何も言わずとも、気づいているのだ。すが子も、これがもしかしたら最後になるかもしれないという気持ちで、夫の背を撫でている。だとすれば糸くずは、すが子の精一杯の嘘なのかもしれない。継之助は振り返って抱きしめてやりたい衝動にじっと耐えた。

やがてすが子の掌が離れた。掌より少し遅れて離れた指先は、すが子の未練だ。その温かな感触は、継之助の中に長いこと残った。

「行ってらっしゃいませ」

もう一度見送りの言葉を口にすると、すが子は今度はきっぱりと部屋の中に入っていった。継之助が松と語らうときは、一人でなくてはならないからだ。

すが子の気配が消えると同時に、継之助の中から妙な疼くような感傷も消えた。腹を括ってかからねばならぬ大きな仕事が眼前に立ちはだかっている。おそらく自分の人生の中でも、もっとも困難な仕事となるだろう。継之助は庭の松の下に立つと、いつものように両手を上げた。

「龍よ、見ていろ。俺はやるぞ」

挑むように宣告したそのとき、ぞわりと殺気が塀の外から立ち上った。刺客だ。三月に長岡に戻ってからずっと、継之助は命を付け狙われている。狙っているのは同じ家中の恭順派の連中だ。継之助を主戦派と決めつけ、錦旗に弓引くくらいなら殺せと躍起になっている。

供をするために外門近くに控えていた松蔵も不穏な空気を察し、気配を殺して継之助の側まで小走りに寄った。

「旦那さま、七人ほど御家中のお侍が、抜刀姿にて門の外に待ちかまえてございます」

小声で状況を的確に告げる。使える男だ。

「わかっている」

「ここは、この松蔵がなんとかやり過ごします」

刀が遣えるわけでもなんでもない。松蔵のなんとかするというのは、私が代わりに斬られますと言っているに等しい。継之助は苦笑した。

「このくらいの事態を回避できずになんとする。人には宿命がある。俺はかつて旅先で天に俺の宿命を訊いた。天は俺に生きよといい、俺は藩政改革を行った。今また俺は天に訊こう。迫る薩長の大軍を前に、この継之助が長岡を導くべき男かを。斬られればそこまでの男ということだ。とうてい、長岡を率いることはできまい。今日の供はいい。松蔵は家で控えておれ」

継之助は松蔵の体を押しやり、ずかずかと前へ進んだ。

「いえ、お供いたします」

松蔵もついてきた。二人はそのまま白刃（はくじん）の群に突き進む。あっと言う間に囲まれた。これまでもちょくちょく待ち伏せたり、後をつけたりしていたが、どこか覚悟の決まらぬまま斬り掛かる機を得ずにいた連中だ。が、今日は気迫が違う。

「なんだ、剣術の稽古か」

継之助は立ち止まらない。歩調も変えない。

「黙れ、奸臣。貴様を生かしておけば、藩が滅びる」

「その通りだ」

継之助が頷く。

「なんだと」

「ことと次第によっては、俺が長岡を滅ぼすやも知れぬ」

「貴様」

気色ばむ男たちに囲まれ、継之助は両手を広げた。広げたまま同じ速度で歩いた。

「さあ、斬るなら斬れ。抗いはせぬ。そのほうらの言う通り、俺は長岡を守れぬかも知れぬ。確約できぬ男など斬ってしまえ。斬って、もっと確たる男を頭に据えろ」

半ば本気で継之助は咆哮した。そんな男がいるのなら、どれほど喜ばしいことか。

「一作」と継之助は目の合った男の一人に向かって叫んだ。

「斬れ。俺を生かしている限り、恭順はないぞ。恭順の先に待つものはなんだ。不戦ではない。薩長への隷属を強いられた上で、大儀なき戦の先鋒にさせられる未来だ。そうして生き延びて尚、誇りを持って進めるなら、構わぬ。堂々と俺を斬れ」

継之助は両手を天に突き上げた。全身はこれ以上ないくらい無防備になった。巻藁ほどに簡単に斬れるだろう。

「さあ、斬れ！」

朝だというのに、せっかく明けた空にどす黒い雲の渦が覆い始めた。風も少しずつ出始めている。

男たちは刀を振りかざしたものの、どうしても継之助に向かって振り下ろせずにいる。継之助は歩調を変えずにずかずか進む。

「くうっ」

低い唸り声を漏らし、男たちは途中から囲みを解き、付いて歩くのを止めた。継之助は振り返らない。その頭上にぽつりぽつりと大きな雨粒が突き刺さった。

誰も斬り掛かってこなかったことに、継之助は歯噛みした。ぐっと握り拳を作った手を、

「くそう」

悪態と共に下ろした。継之助の目に涙がにじんだ。

「その程度の覚悟か。無抵抗の俺を斬り殺すことすらできぬ程の覚悟で、この俺に

恭順を説いたのか。意気地のある者はこの長岡にいないのか！」

継之助はなんともいえぬ気持ちで怒鳴り、中島に行く前にいったん城内に入った。それを待っていたように雨足が一気に強まった。


継之助が城に入って一刻ほど経ったろうか。長岡から見て南方、新政府軍の陣屋が置かれた高田方面へ斥候に出していた外山寅太が、早馬で駆け戻ってきた。

「小千谷の南方一里、雪峠にて、北上を開始した南軍（新政府軍）と衝鋒隊がぶつかりました」

衝鋒隊は旧幕府脱走兵の一部が作った組織だ。こういう隊が雨後の筍のように生まれ、関東や東国で新政府軍を相手に大暴れしている。

生まれて初めて戦を目の当たりにした寅太は、興奮して叫ぶように報告を続ける。

「衝鋒隊八十に南軍八千の大軍です。されど、地の利を生かし、敵の大軍を相手に衝鋒隊は寡兵でよく持ちこたえております」

継之助は黙ったまま頷いた。戦地となった雪峠は目と鼻の先だ。継之助が座っている場所から、わずか四里半の距離でしかない。越後の飛地や同盟軍の領土に駐在している会津兵や桑名兵は、衝鋒隊に援軍を寄越すだろう。越後方面に出兵してきた会津兵は、一千人の大軍と聞く。会津が進軍すれば、たちまち小千谷方面の戦は拡大する。

会津兵の多くは、現在は長岡の北北東、加茂や三条にいる。完全に長岡は両軍に挟まれている。場所が場所だ。本音では会津も新政府側も長岡の地が欲しいのだ。実際、両者から応援要請が矢の催促だ。継之助は、そのどちらにも今のところ応えていない。それも、もう限界だった。

雨は昼を待たずに豪雨になった。継之助は主君牧野忠訓と共に中島の兵学所へ移動した。そこにはすでに出陣用意を済ませた男たちが、鷹のような目をして居並んでいる。継之助は藩士たちの前に立ち、大音声を響かせた。

「会津は恭順、降伏を申し入れ、突っぱねられた。薩長側が受け入れてさえいれば、奥羽にも、この越後にも、争いを呼ぶことはなかったであろう。今、我らの近隣で起こっている戦いは、もはや戦のための戦である。正当なる理由なき戦いを私闘という。私心ある者は士にあらず。ゆえに、我らは私闘には加担せぬ。大義なき軍が我らに襲いかかったとき、会津であろうと薩長であろうと、それがすなわち敵である。各々方、名を汚すことなかれ。長岡はいかなるときも、大義の道をゆく」

一斉に鬨の声が上がる。長岡藩はこの日から次々に隊を出陣させ、城下周辺の要所へと送り出した。本陣は小千谷を見据えた南方、摂田屋村の光福寺に定めた。ただどの隊も今のところは巡邏のみを行い、いずれの戦闘にも参加することは許していない。このため、いったい長岡はどうするつもりなのだと苛立った会津兵が、本陣まで乗り込んできたこともあった。このときも長岡は独自の道をいくのだと継之助は突っぱねた。昨年の十二月から主張し続けている「不戦」の道を、継之助はどれほど難しかろうが貫こうとしている。

そんなころ、唐津藩士の大野右仲が継之助を訪ねてきた。江戸遊学時代の悪友だ。主君小笠原長行が徹底抗戦を主張して国元へ戻らず、旧幕府脱走兵らと共に会津に身を寄せたので、右仲も付き従ったのだという。

「殿に長岡の動きを探れと命じられた。しばらく居てもいいか」

あまりに率直に申し込んできたから、継之助も毒気を抜かれて承知した。

「新選組の土方歳三が会津に来ているんだ。これがいい男でね、俺はこの命が尽きるまであの人と共に戦うことを決めた」

旧友はそんな本音も口にしてくれた。

その右仲が、このころの継之助のことを後々次のように語り残した。もし継之助が兵制改革によって長岡をあそこまで強く変えていなければ、閏四月の段階で、不信感を募らせた会津軍に攻められ、早くも城下は戦場と化していただろう。継之助は一貫して局外中立の道を望んでいた——と。

七

五月二日。輿かき二十人に抱えられた輿が二つ、摂田屋村にある長岡藩の本陣光福寺を出、近頃新政府軍に占拠された会津領小千谷へと仰々しく向かっている。輿中にいるのは、長岡藩軍事総督河井継之助と軍目付二見虎三郎である。輿の後ろにはそれぞれの供の者が一人ずつ従っていた。

継之助が連れてきたのは松蔵だ。松蔵には、父母やすが子らを守っていてほしく、先月二十六日に屋敷へ帰したが、すぐに舞い戻ってきて、

「奥さまが旦那さまに付いているようにとおっしゃって、追い出されてしまいました」

眉を八の字にして訴えた。継之助には意外な気がした。松蔵は言いにくそうに、

「それで……旦那さまに万が一のことがあったときは、戻ってきてその最期の様子を伝えなさいとの仰せでございます」

馬鹿正直にすが子の言葉を伝えた。

「すがが、そんなことを言ったのか」

継之助は弾かれたように笑った。存分にやってこいと背を押されたようで、胸が

スッとした。すがは間違いなく自分に似合いの女房だ。

「承知した。ならば松蔵、俺の最期を見届け、すがに話してきかせてやってくれ」

継之助は松蔵が自分について回ることを許した。

今日は、小千谷の新政府軍本陣に、藩の代表者として話をしに出向いている。新政府側が長岡藩のことを敵と見なしていれば、無事に戻れぬかもしれぬ危険な役目だ。出発する前、

「今夜には首が胴を離れておるかもしれぬゆえ、そのときはなんとしても南軍の包囲を抜け、俺の死に様をすがに伝えてくれよ。松蔵、大役だぞ」

冗談めかして言ったが、松蔵は大真面目に「お任せください」と請け合った。

いよいよ今日、継之助は長岡藩の局外中立の立場を正式に新政府側に申し込むつもりだ。果たして、どのくらいこちらの真意が伝わるだろうか。容易く解ってくれる相手なら、奥羽諸藩と今のような泥沼の戦にもつれ込んでいないだろう。すでに奥羽への入り口にある白河城を巡って、両者は壮絶な戦いを展開している。

だが、希望もあった。昨日、談判の申し入れのための使者を立てたが、その際の待遇が思いの外、手厚かったという。

いずれにせよ、どう転ぶかは談判してみねばわからない。

もう新政府軍の本陣まで一里もない、という辺りで急に輿かきたちが立ち止まった。なにごとだと継之助が輿から身を乗り出して前方を見ると、数十人ほどの武装した男たちが近付いてくる。

「何者だ」

隊長らしき男が詰問した。

「長岡の河井継之助でござる」

答えて輿から下りかけた継之助に、男は、ああ、貴方が……という顔をした。

「下りるに及ばぬ。お待ちしてごわした。我らが本陣まで護衛いたそう」

男たちが輿を取り囲む。再び輿は動き出した。

本陣に近づくにつれ、そこかしこから三味線の音色が聞こえ始める。初めは女にひかせているのかと思ったが、どうも芸者がひくには荒すぎる。それに、聞こえてくるのは三味線だけではない。木と木が甲高くぶつかり合い、その音に合わせて猿のような声も木霊する。異様な雰囲気だ。

継之助は輿から顔を出すと、護衛に付いた一人に、「あれは」と音の正体を訊ねた。

「ああ、三味線は長州の者たちでごわす。あの連中は、戦場にも三味線を持ち歩き、ああして戦闘のないときはひいてごわす。激戦ともなればそうもいかぬのであろうが、今はまあ……。猿のような声は、あれは猿ではなく我ら薩摩の者の掛け声でごわす」

斬り込みのときや、今のように剣の稽古中に出す気合の声で、その名も猿叫と呼ばれていると男は笑った。

「体がなまらぬよう、鍛えているのでごわす」

嫌な連中だと、輿の中に再び顔を引っ込めた継之助は思った。あんな連中が相手なのか……と無数の三味線と猿叫の中を進む。

本陣に着くと中に通され、少し待つ内に、

「注進、注進」

緊張を孕んだ大声が出入り口の方から聞こえてきた。かと思うや、いくら肝の据わった継之助でも顔色が変わるような言葉がその後に続いた。

「ただいま、会津勢が片貝へ向かって進軍！　会津藩兵推定二千が進軍中！」

「馬鹿な」と呟いたのは同行した二見虎三郎だ。継之助と虎三郎は顔を見合わせた。

「出陣だ、出陣」

新政府軍は瞬く間にざわめき出し、

「お帰り願おう」

継之助たちは本陣から追い出されてしまった。

継之助と二見虎三郎は、小千谷の旅籠(はたご)に入って再び呼び出されるのを待った。

「なんだって会津はこんな大事な時に……」

虎三郎が旅籠の部屋で従者らも入れて四人きりになったとたん、悔しげに吐き捨てた。継之助も内心は腸の煮えくり返る思いだ。会津にはこちらの意向は次のように伝えておいたのだ。

「王師に弓は引けぬ。さりとて薩長の威にひれ伏し、命じられるままに罪なき会津と奥羽列藩を討伐すれば、もはやそこに士道はない。ゆえに我が長岡は独立独行、一藩中立の道をゆく。もし、薩長が錦旗の下に賊軍の討伐を行うというのが真意なら、逆らうことなき我が藩が討伐の対象になろうものか。しかし、その意を告げてなお薩長が力でもってわが藩を侵(おか)すならば、私心あってこの越後を掠(かす)め取ろうとしている証(あかし)。されば、薩長こそが王師の名をかたる賊軍である。それを確かめに小千谷の陣中へ参ることをご理解願いたい。なにとぞ、その間、わずか一、二日、休戦をお頼みいたす」

あのとき、会津の将佐川官兵衛(かんべえ)は「承知した」と答えたではないか。新政府軍は、長岡藩は会津と通じ、すでに自分たちの敵に回っていると疑っている。初めからそういう目で見ているところに、談判を目前に油断した新政府軍の隙を衝き、不意打ちを仕掛けて攻め掛かるなど、やられた方は長岡も一枚嚙んでいると見るのも無理はない。

もとより難しい申し入れをするというのに、これは致命的な出来事だ。会津はわかっていて進軍したのだ。中立などさせるものか、談判など潰してやるという腹だ。

（馬鹿なことを）

継之助はただ一藩、長岡のためだけに談判に来たのではない。長岡の中立を申し入れると共に、会津の降伏を今度こそは受け入れてもらえるよう重ねて交渉する気でいた。そうしてその後、会津家老梶原平馬と交渉し、再び降伏に向けて共に努めるつもりであった。

戦を終わらせる――これが継之助の願いであり、最終目標である。

それを会津自ら壊そうとしている。これが最後の機会ではないか。ここを逃せば、誰にとっても泥沼となる。

いつしか辺りから三味線の音色も猿叫も消え、代わりに砲声や銃声が虚しく木霊していた。

しばらくして再び新政府側から面会の声が掛かったときは、先刻とは何もかもが違っていた。継之助たちは本陣ではなく、真言宗寺院慈眼寺に案内された。初めに来たときは客人を遇する風があったのに、今回は案内役の者もぞんざいだ。完全に会津の進軍を境に、風向きが変わっている。

（それがどうした）

継之助は己を叱責する。

（自分を信じ、長岡の、そして会津の、奥羽諸藩の運命を信じて臨むのだ）

二見虎三郎は隣の控えの間に待たされ、継之助だけが会見の間に通された。直角に折れた細長い廊下に囲まれた二間続きの奥の部屋がそれだ。十二畳半の広さである。

このとき、会見の間に新政府側の責任者として現れたのは、土佐の岩村精一郎（高俊）で、数え二十四歳の軍監だった。まだ若いが、信州諸藩の軍千五百人をよくまとめ、会津兵を蹴散らしてこの小千谷を占拠している。

北越征討軍は、北陸道鎮撫総督府参謀の長州の山縣狂介（有朋）と薩摩の黒田了介（清隆）率いる兵に、信州勢を束ねて衝鋒隊を追ってきた岩村精一郎率いる兵が合流して結成された。彼らは高田に結集し、閏四月二十一日をもって、兵を海道と陸道の二道に分けて進軍させた。新政府軍の最初の目的は長岡城奪取である。

海道軍を山縣狂介と黒田了介が、陸道軍を岩村精一郎が受け持ったが、進軍速度は微妙に陸道軍の方が早く、継之助が談判のためにやってきた五月二日には、小千谷本陣に岩村精一郎しか到着していなかった。

ゆえに、会見の間には岩村精一郎と、やはり薩長の者が一人もいないのはまずかろうということで、長州の杉山荘一と白井小助、薩摩の淵辺直右衛門が同席した。

新政府側の四人は床几に腰掛け、麻の上下姿で平伏する継之助を見下ろした。

継之助の胸には、全霊を込めて認めた嘆願書が仕舞われている。嘆願書には、領民の安堵を願い、武士の戦いで農時を妨げることの非道を憂えた後、長岡一国のみならず、日本の未来を思い、こう記した。

「日本国中、敵味方なく協力しあい、力を合わせ、世界へ恥じぬ、真に強い国になっていくことこそが、皆の幸せでございましょう」

その道だけが天が哭かぬ道なのだ——と。

小千谷談判での岩村精一郎は終始、傲岸だった。他の薩長の三人は、木石のように何も喋らなかったし、表情も変えなかった。ただ冷ややかに継之助を見下ろし続けた。

継之助は、この男にしては挨拶から始まり、新政府側の出兵や献金に応じなかったことを謝罪するなど一応の手順を踏んだ後、

「わずかながらでも時間をくだされば、必ずやこの河井が会津を含む奥羽列藩を説き伏せ、解兵させましょうほどに、なにとぞ猶予いただきたい」

頭を下げた。だが、継之助は知らなかった。この前日に白河口で新政府側が奥羽列藩と激突し、新政府側の圧勝で白河城を奪還して勢いづいていることを。新政府側にほとんど死傷者が出なかったのに比し、同盟軍側は七百人が死ぬという一方的な殺戮の様相を呈した戦となった。奥羽列藩など簡単に蹴散らせるぞという空気が、新政府軍全体に流れている。それが五月二日という日であった。

それだけではない。白河口の華々しい勝利は、あちらの戦場を受け持った兵だけに手柄を渡してなるものか、という好戦的な気分を越後口の新政府軍にもたらしていた。戦わなければ手柄はない。手柄なく国元に戻っても、せっかくの新しい世の到来に、何の地位にも昇れない。兵たちはみな、幕府滅亡を好機と捉え、本来の身分を超えて出世を摑もうと必死であった。「戦を止めよう」という継之助の言葉は、鼻で笑うほど価値のない言葉にしか聞こえない。

「今という時代は、万国が互いに富強を競って睨み合い、対峙し、隙ある国から陵辱されて利益を他国に奪われる時代。国内で争っている時ではありますまい」

という継之助の訴えも、必死であればあるほど岩村精一郎には滑稽に映るらしく、ふん、と小馬鹿にしたように鼻を鳴らした。継之助の差し出した嘆願書には一瞥もくれず、憤然と床几を蹴り上げ立ち上がった。

「猿芝居はやめろ。世界の心配などせず、小藩らしく己の藩の明日の運命でも心配するがよい。会津を打ち破った戦場に捨て置かれた武器の中に、長岡藩の印が入った箱が打ち捨てられていたが如何。会津と手を組んでおる確かな証であろう。直ちに戻って戦備を整え、官軍に討伐されるのを待つがよい」

ぐっと、その言葉は継之助に突き刺さった。会津に小細工をもって謀られたという事実に衝撃を受けたが、今は歯噛みしているときではない。立ち去りかけた岩村精一郎の袖に、継之助は懸命に飛びついた。

「お待ちくだされ。何かの間違いでございましょう。なにとぞ嘆願書のお取り次ぎを」

継之助は、戦場に打ち捨てられていたという長岡藩の紋の入った武器箱のことを即座に否定した。岩村精一郎はぞっとするほど冷ややかな目で、そんな継之助を見下ろした。会津は、長岡が新政府側と手を組むことのないよう、わざと置いて去ったのだ。そして会津の思惑通り、新政府側は長岡が同盟軍にすでに加担していると決めてかかっている。

なりふり構わずすがりついて引き留めようとした継之助を振り払い、岩村精一郎と薩長の三人は無情に退席してしまった。談判はわずか四半刻（三十分）で終わった。議論になれば負けぬ、どれほど難しかろうと必ずや説き伏せてみせようという気概で臨んだ継之助だったが、まったく議論にすらならなかった。

もちろん、こんなことで諦める継之助ではない。慈眼寺を出るとすぐさま、薩長に味方して小千谷まで転戦してきた諸藩の陣営を巡り、取り次いでもらえないか、力を貸してほしいと頼んで回った。継之助に耳を貸す者はいない。いまや薩長に首を鎖で繋がれているような状況の諸藩は、決して諾と言ってはくれない。

「気の毒だが、我が藩は力になれない。他藩もそうだろう。もし長岡藩のために動けば、その藩までもがたちまち賊軍扱いとなろうよ。奥羽列藩が会津のために嘆願してそうなったようにな」

どの藩も、「関わりたくない」と言う。

それでも諦めきれず、継之助は本陣の門前まで行き、再び面会を求めた。真夜中まで粘ったが門番にさえあしらわれ、小千谷のすべてが不首尾に終わった。

ぐったりと疲れて宿に戻った継之助は、松蔵ら供の者は次の間に寝かせ、二見虎三郎には酒を呑む真似をしてみせ、

「つき合えよ」

口元で笑みを作った。

「もちろんです」

虎三郎も余計なことは何も言わず笑みを返す。

終わった――という絶望感と徒労に満ちてはいたが、いつまでもそんな気分を引きずるわけにはいかなかった。こうなったからには戦に突入せざるを得ない。摂田屋村の本陣に戻ったそのときには、完璧に頭を切り替え、強い将として長岡全軍を率いていかねばならない。それが継之助の役目だ。

（やってやるさ）

「俺を捕らえぬなど岩村は馬鹿だな。後悔するぞ」

不敵に破顔すると、継之助は虎三郎相手に覚悟の酒を呑みほした。

第九章　天が哭く

一

戦が始まって何日が過ぎたろう。すが子はもうよくわからなくなっていた。連日のように降りしきる雨と雨の合間を縫うように戦いが行われ、人が死んでいく。

いや、雨の日も戦闘はあるのだが、雨中での激しい戦いはこの地方では無理がある。粘土のような泥に足を捕らわれて進めなくなるからだ。無理に前進すれば瞬く間に足が鉄の棒と化し、重くなる。

気付かずに泥田にはまれば、底なし沼のようにずぶずぶと体が沈む。身動きが取れぬまま無数の槍に串刺され、泥に塗れて息絶えた敵兵がいると聞く。敵とはいえ、見知らぬ地で泥に沈められるような死に方をせねばならなかった男の無念に、すが子の胸はただ痛んだ。

人はなぜ戦うのか。戦とは、すが子にとってついこないだまで遠い昔話に過ぎなかった。今、自分がその渦中にあることがどこかまだ信じられず、現実に心が追いつかない。

豪雨続きのせいで城西方を南北に流れる信濃川(しなのがわ)は濁流(だくりゅう)となり渦を巻き、轟々(ごうごう)たる獣の咆哮(ほうこう)に似た音を立てながら流れていく。平素なら、氾濫(はんらん)を恐れて雨を厭(いと)うのに、今はずっと降り続けばいいのにと願うようになっていた。

五月十九日未明。

この日はなぜかまったく眠れず、すが子はひとり暗闇の中、継之助(つぎのすけ)が置いていったオルゴールを聴いた。それから、やはり継之助がいつか置いていった掌(てのひら)に納まる桐箱(きりばこ)をふいに取り出してみたくなった。留守がちの継之助に、寂しくなったら開けてみろと言われて渡されたが、すが子はまだ桐箱を開けたことがない。だから中身が何なのか、いまだに知らずにいる。

振ると、かたかたと小さな音が立つ。いったい、自分を慰(なぐさ)めようと夫が何を用意してくれたというのだろう。

(心が折れそうになったら、そのときに開けてみようと思っていたのに……)

寂しくて涙が自然と滲(にじ)んだ日もあった。いつもは素直に聞ける義母の小言が、やけに悔しく耳に響いて、胸の奥に人知れず炎を燃やしたこともあった。継之助が外で愛した女の話が聞こえてきた夜は、決まって汗をぐっしょり掻いて目を覚ました。夢の中身は覚えていないが、ろくなものではないはずだ。それでも小箱を開けねばならぬほど、耐えられぬことは何もなかった。だが……。

（わたしはきっと、もうすぐこの箱を開ける）

それは小さな震えを伴う予感だった。

まだ外は暗いが砲声が轟き始めた。もうこのごろでは茶飯事で、砲声が聞こえても身を縮めて怯えることもなくなっていた。ただ、もうすぐ夜が明け、長い一日がまた始まるのだと感じるだけだ。砲声はいつもの通り、長岡城の西方から聞こえてくる。信濃川の向こう岸の本大島の辺りからだろう。敵がそこに塁壁を築き、大砲を据えていることはすが子でも知っている。

すが子は立ち上がって雨戸を開け、外をうかがった。天地は晦冥として霧が立ちこめ、空気は湿って冷ややかだった。

今では奥羽の同盟軍にさらに北越六藩が加わり、奥羽越列藩同盟として新政府側と対峙していたが、それでも人数が常に不足しているのか、長岡城下の守備兵は寡兵である。信濃川を挟んで睨み合っていたから、河の増水を頼りに、手薄なまま甘んじているのだ。主力精鋭部隊は、城下から見て南方、三国街道上の榎峠方面に出兵している。

　本大島からの砲声は時間が経つごとに激しくなってきている。それに伴い、夜も明けつつあるはずなのに、霧が濃すぎて黒い空には紫がかった光が一向に射さなかった。

「おすが、起きているの」

　ふいに障子の向こうに手燭らしき灯りが揺らめき、義母の貞子が話し掛けてきた。「はい」というすが子の返事を待って、貞子が入ってきた。そのわずかな間に、すが子は手に持っていた例の小箱を胸元に仕舞った。隠すものではないが、継之助が自分だけにくれた贈り物などほとんどなかったから、秘密にしておきたかったのだ。

　隠し事をしたせいで、すが子の頰は熱くなった。きっと真っ赤になっているはずだが、灯りをかざされない限り、貞子にはばれないだろう。

「あら、霧が」

　貞子は眉間に皺を作り、縁側のすが子の側に寄った。そのころには、砲声だけでなく銃声も響き始めた。さすがにおかしいとすが子の胸がざわめいた。河を挟んで睨み合っているだけなら、砲撃戦で終始するはずだ。激しく銃を撃ち合っているのなら、敵との距離が近くなっている証ではないのか。敵との距離が縮んだというのはどういうことだろう。すが子は貞子を見た。目が合った。

「義母上(ははうえ)さま、敵が渡河したかもしれません」

「敵が渡河」と口にしつつ、すが子はまさかという思いも拭(ぬぐ)えない。信濃川は満水なのだ。土地勘のない余所者(よそもの)が、果たして濁流の中を渡河用の小舟で渡ってくるなど可能だろうか。姿が見つかれば東岸から狙い撃ちにされる。

(けど、この濃霧……)

手を伸ばせば指先が霞(かす)んで見える。十歩も離れれば、隣で注意深く耳を澄ませて正確に状況を摑もうとしている義母貞子の姿さえ、見失いそうだ。この霧に紛れれば、舟が転覆しなければ渡れるかもしれない。命を懸けた賭けになるのは間違いない。土地の者の感覚では、今日の渡河は暴挙である。

(そこまでやるのかしら)

銃声が激しくなっていく。まだ音が迫ってくる気配はないが、昨日までよりずっと近い。

「すでに敵が河を渡ったと心得、動くのがよいでしょうね」

覚悟の籠(こ)もった声で貞子が言い放ったのと、

「渡河、渡河、敵が西岸本大島村から渡河して東岸寺島村に上陸」

誰かが叫びながら城の方に駆けていく声を聞いたのが、ほぼ同時だった。一気に城下がざわめき出した。寺島から城までおよそ半里。目と鼻の先で、今、この瞬間、殺し合いの戦闘が繰り広げられているのだ。もし、同盟軍側の守りが破られたら、城に近いこの屋敷は瞬く間に戦場と化し、蹂躙されるだろう。そして敵兵に自分が長岡藩の軍事総督河井継之助の妻と知れれば、どれほど辱められるか知れない。

どう動くのが良いのか。迷う暇はない。ことは一刻を争う。

二

この日、五月十九日、新政府軍は万死を冒し、無謀とも思える渡河を決行した。小千谷から長岡までの信濃川東岸の要所、朝日山と榎峠を長岡藩兵ら同盟軍側に奪取されていたからだ。長岡ごとき小藩は簡単に蹴散らせるという驕りが、新政府側にはあったのだ。長岡城も簡単に落とせると思い込んでいた。それが、蓋を開けてみれば、よもや南面からの侵入を阻まれ、戦場が膠着するなど思いもよらなかった。

「無茶をせねば勝てぬ」と新政府軍参謀山縣狂介は、西方から濁流を越える奇襲作戦を敢行した。

継之助も、敵軍が信濃川を越えてくる可能性を考えなかったわけではない。だから、川岸沿いの村々からは小舟を全て取り上げていた。

新政府軍は河を渡るだけの小舟を十分に用意できないはずだった。が、越後の中にあって孤立する形で新政府側に従った与板藩が、信濃川下流の自藩領から小舟を運んで用意した。

土地の者なら濁流の渦巻く信濃川を渡るのがいかに無茶な所業かわかっている。だから継之助も、あと少し減水するまで敵は渡らないだろうと油断した。逆に敵も長岡兵側は渡らないだろうと考えているはずだと読み、まさに十九日――この日の夜、大隊を渡河させて新政府軍本陣小千谷を急襲するつもりでいた。先を越されたのだ。

余所者であり、長岡のように大きな河の氾濫に苦しめられた経験のない長州人は、継之助たちが思うほど信濃川を恐れなかった。さらに長州人は泳ぎが得意なことも幾分、影響した。命懸けの渡河だと理解してなお、どこかでなんとかなるかもしれないという空気に満ちていた。薩摩の者は山縣狂介のこの奇襲作戦を聞いた瞬間、「なんたる無謀」といきりたったのだから、薩摩藩兵だけなら実行されていなかったろう。

夜明け前、新政府側は西岸本大島と槙下から砲撃を開始した。その隙に、まずは長州兵が本大島から薄闇の帳の中を小舟で漕ぎ出した。とたんに、舟は上下に揺れながら体を置いていかれる速さで水面を滑り出す。東岸で本大島からの砲撃に応戦していた同盟軍側は、河の真ん中辺りを流される敵の小舟三、四艘を確かに見た。

ふいを突かれてぎょっとなったのも束の間、すぐさま銃で狙い撃つ。だが刹那、立ち込めはじめていた霧の中に小舟の姿は消えた。しばらく闇雲に撃ったが、舟は誰が想像するよりもずっと速く、対岸で待ち受ける同盟軍側の前を通り過ぎていった。本来、本大島の渡し場から出た舟は、眼前の対岸、草生津に到着する。だが、満水になった大河の流れに押され、それは下流北方に向けて長い斜めの線を描き、防備の薄い中島村へ着岸した。

霧はいっそう濃くなっていた。中島村の同盟軍にしてみれば、いきなり銃声が轟いたと思うや、敵の姿が一兵たりとも見えぬまま、横っ腹に無数の銃弾を浴びたのだ。たちまち、大混乱に陥った。敵の数も、正確な場所も摑めぬ中、音のする方に各々銃口を向け、夢中で引き金を引いた。

長州にわずかに遅れ、薩摩兵も槇下から暴漲した信濃川に滑り出し、対岸の蔵王村に着岸した。長州兵の第二軍も漕ぎ出し、ぞくぞくと新政府軍は河を渡る。長岡側は、銃を抱えて堤下に腹這いになり、背の高い草の中に姿を隠し懸命に応戦したが多勢に無勢だ。

敵は嘲笑うように民家に火を掛ける。たちまち赤い炎が蛇の舌のようにちろちろと立ち上り、黒煙が周囲を呑み込み始めた。長岡勢は二度と隊伍を整えることができぬまま、なし崩しに敗走した。

新政府側も同盟軍側も一路、最初に目指したのは中島の兵学所である。城の他にはこの兵学所が砦としての機能を果たす為、双方、相手方に籠もられれば厄介だった。兵学所を守っているのは、十五歳から十八歳の少年予備兵だ。大人は隊長と小頭の三人しかいない。本陣で敵兵来襲の報を受けた継之助も、ガトリング砲を引いて直ちに兵学所へ向かった。

去年の終わりごろから、なにもかもが裏目に出る。継之助の周囲を不吉さが付き纏う。失敗の代償が即、仲間の命で支払われるというのに不首尾の連続だ。立ち止まって方向を変えたいが、歯車は回り続けて止まらない。自身の胸の内に生じた表現しようのない靄は、気心の知れた友にさえ気取られてはならない。

(俺が崩れたら長岡軍が崩れるぞ)

継之助はどれほど絶望的な状況に陥ってもすぐに気持ちを切り替え、次の手を打つための策を練ってみせるが、どんなに気強く振る舞っても、心中では「またか」という思いが振り払えない。

小千谷談判が決裂したあとの薩長側との戦いは、大きく同盟軍側が勝っていたわけではないが、わずかにこちら側が戦場を制していた。もちろん物量が違う。新政府側は今後も人数を全国の諸藩から徴兵し、戦場に投入することもできれば、物資も幾らでも補給が利く。それでも、七百人の新政府側に二千五百の兵力を注ぎ込んで大敗した白河口の戦いと比べれば、薩長が思いもしなかった実力で長岡がてこずらせているのは確かであった。

継之助は、厄介な相手という印象を抱かせたまま、もう一戦して本陣を衝き、小千谷から敵を退けたあと、再び交渉に持ち込みたかった。そのため、まさしくこの日に渡河奇襲を掛ける予定でいたというのに、あっさり敵に同じ策でしてやられたのだ。薩長は戦い慣れしている。敵の底力を認めないわけにいかない。

兵学所へ向かう途中、城の外堀に渡した内川橋で、継之助とガトリング砲を引く機関砲隊は長谷川五郎太夫の隊とかち合った。この内川橋を外側へ渡ったところに兵学所がある。

「少年隊が心配だ。兵学所は無事か」

「今から向かうところです。兵学所は我が隊が引き受けます。総督はどうか上田町か渡里町口へ。敵は散兵している為、ガトリングは兵学所では役に立ちますまい」

五郎太夫の進言は正しい。ガトリング砲は密集隊形を相手にしたときは広さのあるところでも役立つが、散開した兵を相手にするなら、散り散りになれぬ城下町の道の細さを利用すべきだ。上田町も渡里町も外堀に面した侵入口にあたる。

「違いない」

継之助が内川橋から外堀の中へ向かいかけたそのとき、

「兵学所から火の手が上がったぞ」

悲鳴のような声が耳を叩く。継之助は兵学所の方を振り仰いだ。少し薄らいだ霧を掻き分け、一面灰を撒いたみたいにぼんやりと曇った空へ、白い煙が立ち上っていく。

（兵学所の我が兵はどうなったのだ）

冷や水を浴びせられた気分だが、ここで乱れるわけにいかない。兵学所の件は長谷川隊に任せ、自らは渡里町の方へと身を翻した。

継之助が思った以上に、新政府軍の侵入が速い。城下のあちらこちらから火の手が上がり始める。火薬と火の粉の入り混じった臭いが、鼻の奥を刺激した。継之助から舌打ちが漏れる。直ちに作戦を変更して大手口まで退き、渡里町口から侵攻してくる敵兵の前に立ちはだかった。

「総督、危険です」

本陣から付き従っていた望月忠之丞が、前線に出た継之助に後方へ下がるよう懇願した。

「馬鹿を言うな。弾なんか当たるかよ」

言った途端、敵弾が肩を貫いたが、継之助は構わずガトリング砲を道の真ん中に据えさせる。吶喊しながら銃口を向けて突き進んでくる敵兵に向け、自らハンドルを回した。派手に煙を吐き出し、六つの銃口が火を噴く。銃身を回転させたときに立つカタカタという金属的な音に、堅い木の実を鉄に打ちつけたような存外軽快な音が連続して重なり合う。突進してきた眼前の敵兵が血飛沫を上げ、玩具のように倒れた。

一方すが子は、義父の指示で城東にある悠久山へ逃れた。三十八丈ほど（海抜百十五メートル）の小高い山で、長岡藩三代藩主牧野忠辰を祀る蒼柴大明神（蒼柴神社）がある。

平素は入込殺生禁断の地だが、長岡城に籠城するにしても、落城するにしても、祭神が忠辰の聖なる社を放置したままにはできぬので、戦役に就いていない多くの藩士が、まずはこの地を目指した。老公、藩主両君と神位を安全な地へ逃すためだ。

町のあちらこちらで火の手が上がり始めると、用人の判断で御霊代が栃尾に向かって遷されていくのを、すが子はごった返し始めた悠久山から見送った。あと四半刻も城内から誰も来なければ、自分が遷したかもしれないと代右衛門が横で呟くのを聞いた。

それにしても、つい先刻まで聖地だった山は、あっという間に血腥い臭いで満ち始めた。老いた者、女たち、そして幼子に混じり、傷を負った藩士らが、日頃から心の拠り所として愛する「御山」に自然と救いを求めるように集まってきたからだ。

敗戦の色がまざまざと濃くなっていく様を、すが子は無言のまま受け止めた。山の上から城下を見おろすと、方々から煙が濛々と立ち上っていく。

ああ、もうあそこには戻れないのだと、嫌になるほどはっきりとすが子にはわかった。わずかひと月ほど前までは、戦が起こるかもしれないという言葉を耳にしていたものの、まるで実感できずにいた。あの頃が、もうずっと遠い昔のように感じられる。まだ傍らには夫の継之助もいた。手を伸ばせば触れることができ、語りかければ応えてくれた。

気性の激しいあの河井継之助が軍事総督を務めているのだ。長岡軍は城を枕に討ち死にするのではないかという声がちらほら聞こえ出した。

（いいえ）

すが子は、継之助がこんなことでは諦めない男であることを知っている。

（あの人は必ず再起する。そういう人だもの）

だが、口にはしなかった。

城付近からも火の手が上がった。悠久山に逃れる人はさらに増え続けたが、ここも危ういのではないか。そう思う間にも、多くの者が殺気立ってこの小さな山に迫ってくる気配を覚えた。

しばし山上は緊張したが、すぐにわっと歓声が上がったのは、登ってきたのが長岡藩の者たちだったからだ。

あっと、すが子から初めて声が漏れた。その中にいる。夫の継之助が！　頭で何か考えるより早く、涙がどっと溢れ出た。

「再会できぬお人もいるのですから」

すぐに貞子が耳元で咎めた。

「申し訳ございませぬ」

ハッと恥じ入り、すが子はすぐに涙を拭った。だが、咎められるまで、自分が涙を流したことさえ、わかっていなかったのだ。すが子は義父や義母と共に人ごみの後ろに身を隠し、継之助の視界に自分たちの姿が入らぬよう気を配った。軍事総督が家族と再会しては駄目なのだ。

（けど、ほんの偶然ここで行き会ってしまったのだから、遠くでそっと見ることは許してください）

すが子は死んでいったすべての長岡の人に向けて、怖れを抱きながら手を合わせた。

継之助は、両殿の行方と御霊代を真っ先に気にかけたが、どちらもすでに安全な場所へ無事に避難したと知るとほっとしたようだ。それにしても、遠くから見る夫に悲壮感はなく、興奮した様子もない。思った以上に普段通りだ。肩を怪我している。巻かれた晒が血でぐっしょりと濡れている。傍にいって労りたかったが、すが子はぐっと踏み留まった。継之助が自分の存在にまるで気付いていないのが救いだった。目を見かわしてしまったら、耐える気持ちが頽れ、駆け出してしまいそうだ。

「総督」

誰かが大声で継之助を呼んだ。声の方にすが子が視線をやると、家にも出入りしていた渋木成三郎という男だ。成三郎はずかずかと継之助の眼前に歩み寄り、鋭い目で睨み付けた。何を言い出すのかと一斉にこの場が静まった。みなが見守る中、

「貴方はこたびの責任を取って腹を切らぬおつもりですか。なんなら介錯はわた

しが引き受けるが」

　厳しい言葉を投げかけ、刀をすらりと抜いた。

　このとき初めてすが子はうかつにも、総督含めて長岡軍が悠久山に集ったことの意味を正しく理解した。城が落ちたのだ。

　継之助が何と答えるか、いっそうこの場が静まり返る。

「腹は切らぬ」

　継之助は動揺した様子もなく、当然のように答えた。成三郎は切っ先を継之助の喉元（のどもと）へとまっすぐに向けた。

「多くの者を死に追いやり、自分はのうのうと生きているおつもりか！」

「そうだ。生きておらねばやれぬ使命が俺には未だ残っている。こんなところでのうのうと死ねるかよ」

「使命とはなんだ！」

　固唾（かたず）を呑んで二人の遣り取りを聞くすべての者を継之助は見渡した。

「聞け！　なんのための撤退だ。生きて我らが城を取り戻すためだ。約束しよう。長岡は必ずや再起する」

「ならば俺は貴方についていく。どこまでも戦おう」

　成三郎が応じて刀を天に翳（かざ）すと、悠久山に鯨波（げいは）が上がった。

兵をまとめた継之助は、城下東方に二里ばかりも続く上りの山道を経て、森立峠まで退いた。

三

女子供や老人で行き先のない者は、当てもなくとぼとぼと同じ方向についてきたが、親戚や知人の家に身を寄せられそうな者たちは、城下東方の道がまだ安全なうちにそれぞれの思う地に散っていった。すが子たちも、村松村の知人を頼って南方に進路を取った。継之助は最後まで、すが子や両親の存在に気付かなかった。

継之助が退却した森立峠は、標高百三十五丈（四百十一メートル）もの高台で、眼下に中越後を一望できる。長岡城から黒煙が立ち上るのを、継之助は奥歯を噛み締めて凝視した。その背後から、

「城が……俺たちの城が」

絶望の声と共に啜り泣きが聞こえてくる。

すまぬ、という思いに駆られたが、ここで継之助が弱気を一瞬でも見せれば、全軍に影響する。振り返ったときには、笑みさえ浮かべていなければならない。必死に己を律す継之助に追い打ちをかけるかのように、

「村松藩は裏切るんじゃないのか」

不穏な声がどこからともなく上がった。霧の中で、味方のはずの村松藩が誤って長岡藩兵に発砲したためだろう。継之助にしたところで、村松藩が薩長に内応していないという確証は持てない。疑心暗鬼が膨らんでいく。これが敗兵の空気というものなのか。できるだけ早く払拭せねば士気に影響する。戦いはこれからなのだ。

継之助はここよりさらに東方の栃尾に退いた後、同盟諸藩と合流し、新しいやり方で戦場を一から立て直すつもりでいた。すでに策はあるのだ。

「総督、茶でもいかがです」

ふいに、この場に不釣り合いな明るい声がした。振り向くと、望月忠之丞が玉露と思しき茶の入った上質な茶器を差し出してきた。なぜこんな贅沢品があるのだと訝しむ継之助に、忠之丞は屈託なく破顔する。

「殿さんの茶室から、どさくさに紛れて掠めてきました。菓子もありますよ」

「あの最中に持ち出したのか」

「はい。置いていっても薩長の輩にぶんどられるだけですから」

呆れた男だ。だがちょうどいい。諸将に茶の湯をふるまえば、余裕があるように見えるに違いない。継之助は微笑で受け取り、一気に飲み干した。

長岡城が落城したので、せっかく占拠していた朝日山や榎峠の要所も手放さざるを得なくなった。長岡城下を盗った新政府側が態勢を整える前に両地の同盟軍はすみやかに退却せねば、南北西方の三面から囲まれ、退路を失う。継之助は、「退却後再挙」の伝令を飛ばした。

朝日山・榎峠の軍は、昼間は新政府軍と徹底抗戦の素振りを演じ、夜陰に紛れて移動を開始した。村松村から濁沢村、そして半蔵金村を経る道を選んで栃尾まで退き、翌日の黄昏時にようよう継之助たちが仮陣営を設けた葎谷村に到着した。

到着の知らせを受けた継之助は飛び出していき、長岡軍を指揮した川島億次郎の手を取ると、

「よくぞ無事に戻ってきてくれた」

頭を下げた。

この川島億次郎は、継之助より二歳上の幼なじみだ。継之助のよき理解者ではあったが、最後まで錦旗に刃向かうことの非を説き、「なにがあっても、どんな無茶を言われても戦っては駄目だ」と言い続けた男だ。このため、小千谷談判が決裂した直後、継之助は真っ先に億次郎に会いにいった。

事態を説明してなお、

「なんとか戦を回避する手だてはないのか」

問う億次郎に、継之助は淡々と告げた。

「万策尽きたが一つだけ方法がある。俺の首を刎ね、三万両を添えて薩長に差し出せ。あるいは我が藩のみは見逃してもらえるやもしれぬ」

とたんに億次郎は見ていて気の毒なほど動揺し、首を左右に振った。

「もはや是非なしということか。承知した。継さ、共に戦おう」

言い終わる頃には、すがすがしい顔つきに戻っていた。

(俺には過ぎた友だ)

そのとき継之助は感謝を込めてそう伝えたかったが、口にできぬまま今日までできた。もう互いにいつ戦死するかわからぬ身だ。悔いが残らぬようこの再会のどさくさに言っておくかと口を開き掛けたが、やはり照れるのでやめておいた。

長岡は、北越戦線においては最前線に当たる。その城を盗られた衝撃に、これは捨ておけぬと越後に同盟軍が続々と集まり、その戦力は五千を数えた。このため、本営は加茂へと移した。加茂は、新潟と長岡の中間にある信濃川沿いの商業地だ。東部の山岳地帯から流れ込む加茂川が縦貫し、西の越後平野に向けて扇状地を作っている。

加茂はかつての新発田藩領で、今は桑名の飛地となっている財政豊かな地だ。水にも不自由はなく、新潟港とは大河で繋がり、武器弾薬の補給も利く。占拠された長岡ともある程度の距離を持ち、本陣を置いて再起を図るには最適の地と言えた。

この加茂で、継之助は懐かしい男と再会した。会津の秋月悌次郎だ。ずいぶんと老けた――と見た瞬間に感じた。そしてすぐに自分も同じだけ歳を取ったのだと気付いて可笑しかった。

「やあ」

声を掛けると、悌次郎は人懐っこい瞳を眩しげに細めて継之助を見た。

「森立峠でのことは聞いたよ、継さ。望月君が諸将に茶を振る舞ったときに、茶器を受け取る手が震えなかったのは君だけだったそうだね」

豪気だなと悌次郎は褒めてくれたが、継之助には敗戦直後とはいえ、みながそこまで狼狽えていたことの方が衝撃だった。

「知らなかった。俺は迂闊な男だな」

「兵の中には、夢でうなされる者もいるようだ。小さな戦闘でかまわない。早く一勝することだ」

「そのことで相談がある」

これまでは各藩が味方同士といっても、強固な指導力のもと、一つの意思に統一されて動いていたわけではない。もちろん常に相談し合い、連絡し合い、協力し合ってきたわけだが、本当の意味で一つの軍事力として機能していたかといえば、そうではない。そのせいで白河口の戦場もぐだぐだとなし崩しに負け、未だ立て直せずにいる。

継之助は今度の負けを切っ掛けに、越後口の同盟軍は真の意味で同盟軍として結束し、戦場を俯瞰した一つの司令のもとに勝利に向けて動くべきだと考えている。これは口で言うほど簡単ではなかった。それぞれの藩の思惑や利害や体面がぶつかって互いに邪魔し合い、あちらを取ればこちらが立たぬことになりがちだ。そして馬鹿みたいなことで失敗し、取り返しのつかぬ事態を呼ぶ。

（だが、それも……各藩が大きな危機感を抱いている今だからこそ可能なのではないか）

大藩会津に提唱してもらい、司令部を設け、真の同盟軍誕生に向けて軍議を行いたい。悌次郎は瞬く間に継之助の意思を理解し、賛同した。この地に結集した諸藩は、会津、長岡、桑名、米沢、村松、村上、上ノ山の七藩だ。五月二十二日から二十三日にかけ、六藩は奥羽越列藩同盟軍として一つにまとまるべく、軍議を加茂の地に開いた。

軍議は、これほど事態が切迫しているにもかかわらず、ありがちの堂々巡りを繰り返した。六藩の中では会津藩と米沢藩が大藩で力も強いが、両藩が同盟軍の総督の役目を互いに押し付け合って話が前に進まない。これから先、いかに奥羽越列藩同盟軍として戦っていくのか、策を立てることこそが話し合いの中心にならなければならないのに、ずるずると無駄に時間が過ぎていく。

（なんということだ）

継之助は歯噛みしたい思いだ。

他藩は、この越後口に於いては領土を侵されておらず、城も奪われていない。長岡ほどには切羽詰まっていない。継之助と気持ちの上で温度差が出るのもわからぬでもなかったが、一歩引いた態度は許せなかった。

長岡は大藩ではない。動かせる兵の数も千弱の、戦の規模に対していわば寡兵だ。会議の場での発言力は弱い。だが、これ以上は黙って見過ごせなかった。

「いい加減になされい。今が戦の最中ということをお忘れか」

業を煮やした継之助は、突然、怒鳴り声を上げた。とたんに場の空気が凍った。

押し付け合いを延々と続ける会津と米沢の代表者をぎろりと睨む。

――いったい、何のために長岡は戦い、城を失ったのだ。小千谷談判の折に、小細工までして長岡藩を今度の戦に巻き込んだのは、どの藩なのだ。

そう会津を罵倒したいが、継之助はぐっと堪えた。臍を曲げて越後を去られたらすべてが終わる。

――長岡は奥羽越列藩同盟軍のために命を賭して戦い、その結果、城を失った。

貴様らも腰を据えてこの地で戦え。新潟を盗られたら奥羽の戦線も崩れるぞ。覚悟を決めろ。もう後には引けぬ。どっちつかずの態度はこの継之助が許さぬぞ！

そういう気持ちを込めて、継之助は長岡藩兵へ発砲する失態を犯した村松藩へと矛先(ほこさき)を向けた。

「陰で薩長に内応しているのではあるまいな」

こうして激しく責めることで、奥羽越列藩同盟軍としてやっていく覚悟のほどを、見せしめの形で述べさせたのだ。村松藩へ芽生えた各藩の疑心暗鬼の心も、直に問い質すことで払拭しておきたかった。さらに、村松藩を怒鳴ることで、実際は会津と米沢の優柔不断を詰(なじ)ったのだ。

会議の流れは完全に継之助が支配した。会津藩より覚悟の足りぬ米沢藩をぎろりと睨み、

「軍事総督には尊藩が適任であろう」

決めつけると、もう米沢藩側は嫌と言えず、黙して項垂(うなだ)れた。

継之助は、加茂軍議では長岡城を急襲し、ただちに奪還したい意向を示したが、さすがに誰も賛同しなかった。無茶だ、というのである。負け戦の直後で士気が下がっている上、敵は逆に意気軒昂(けんこう)であるはずだ。再び敗れれば、白河口が惨敗(ざんぱい)して

いる今、同盟軍は総崩れになる。

水原まで庄内藩が応援に駆け付けてきている。合流して兵力を蓄え、重要拠点を一つずつ着実に落としていく方が得策だというのである。なるべく損失を抑えて戦場を保っていけば、四、五ケ月で東北が雪に閉ざされる冬が来る。未だ動かぬ榎本釜次郎の艦隊を呼び込めれば、制海権も取れる。

それは継之助にもわかるのだが、今の新政府軍の動きは何か妙ではないか。もし、自分が敵の司令官なら、城を盗った後は休まず長駆し、栃尾にぞろぞろと集まりかけた同盟軍側敗兵を一気に叩いたに違いない。だが、新政府側はそうしなかった。朝日山や榎峠からの同盟軍引き揚げへの追撃も、驚くほど甘い。

敵の司令塔が戦慣れせぬ無能者ならわかる。が、満水の大河を渡り、長岡城を奇襲攻撃にて奪取するという水際立った策を断行し、成功させているのだ。その線は考えられない。ならば、新政府軍陣営側に、迅速に動けぬ物理的な不備が発生していると考える方が自然だ。兵力の不足――武器弾薬か人数の補充が滞っているのか……。

もしそうなら、それらは近いうちに新政府大本営から補充されるはずだ。今が好機ということになる。明日には補給されるかもしれないのだ。だったら少々無茶でも一刻も早く動かねば、時を逸することになる。

そう説得したところで、所詮（しょせん）は敵の動きから見る継之助の推測にすぎない。万に一つ読み間違えば、多くの命が奪われる。兵は駒ではない。人間なのだ。そのうえ、今まで見られなかった敵艦らしき軍艦の航行も確認され、一日目の軍議ではなにを差し置いても長岡城奪還を主張した継之助も、二日目には柔軟に別の策へと頭を切り替えた。

実際、この時期の新政府側の内情は、弾薬をこれまでの戦闘で使い果たし、補給待ちの危うい状態だった。ただ、同盟軍側の物資の補給を断ち、越後口海域の制海権を手に入れる目的で新たに海軍が投入され、山田市之允（いちのじょう）率いる軍艦三隻が二十一日には海域に到着していた。

「用兵の妙、神の如（ごと）し」とうたわれ、かの大村益次郎（ますじろう）に「戦に関しては俺より優れている」と言わしめた男だ。

鳥羽（とば）・伏見（ふしみ）の戦いでは七百の寡兵で万を超える幕軍と戦い、圧勝を収めてその名を一気に轟かせた。その長州の山田市之允が、山縣狂介の悲鳴のような要請に応え、越後口の戦場に三隻の軍艦で姿を現した。

長州艦丁卯丸（ていぼうまる）、薩摩艦乾行丸（けんこうまる）、筑前艦大鵬丸（たいほうまる）の三艦だ。

二十一日に到着した市之允は、越後海域の情報収集に努め、二十四日には寺泊（てらどまり）

港に停泊中の会津藩軍艦順動丸(じゅんどうまる)を沈めた。二十八日には同盟軍のための輸送船を拿捕(だほ)し、武器・弾薬を押収する。同日、柏崎に上陸して山縣狂介と合流を果たし、作戦会議を行うと、六月一日には新潟港へ航行し、この地が同盟軍側の手中にあることを確認した。市之允は無理な攻撃はせずに柏崎の狂介の許へと引き上げ、不気味に沈黙した。

四

すが子は今、濁沢村の阿弥陀寺(あみだじ)に向かって逃げている。

初めは村松村の知人の家に身を隠したが、新政府軍方の探索のあまりの厳しさに耐えられなくなった。もし、長岡兵やその身内を匿(かくま)っていることが知れたなら死罪との触れも回った。

これ以上は迷惑を掛けられないと、すが子と義父母の代右衛門と貞子の三人は、いっそう山中へと身を隠すことに決めた。

三人は濁沢の阿弥陀寺を目指した。そこは長岡領ではなく桑名藩の飛び地である。継之助がどうしても行く場所がなくなったら訪ねるようにと、かねてから告げていた場所だ。そのときは、「まさか」という思いの方が強かった。幾らなんでも他藩領の世話になるような事態が起こるとは考えてもいなかったのだ。

あの頃の自分は、戦に対してあまりに無知だったと今なら思う。切羽詰まった危機感の中にいたのは、河井家では夫の継之助だけだった。

住職とは話がついているのかと代右衛門が訊ねたが、

「そんなものはついておりません」

継之助はにべもなく答えた。だが、ここの住職なら匿ってくれようと継之助はきっぱりと言いきった。「ここが駄目なら、もうどこも駄目でしょうな」とも。継之助自身、阿弥陀寺の住職神田月泉とは一度話した程度の面識らしい。これといって繋がりもないが、「そういう人物だと俺が見たとしか言いようがない」と付け足してこの話は終わった。

なんの約束もない人を頼っていくのである。不安が押し寄せるが、

（大丈夫。信じよう。旦那さまがああ仰ったのだから）

継之助の人を見る目を、すが子も代右衛門も貞子も信じた。

月はまだあまり欠けていない。曇った夜を選び、夜陰に紛れて移動した。城下を出たことのなかったすが子は、こんなに歩いたのも初めてなら、これほど細く寂しい道を、分け入ったのも初めてである。

知人の用意してくれた草鞋で歩いたが、なれないせいか足は擦れて血が滲んだ。山道の脇に茂る樹木の影が、雲の間から月が覗くたびにぐんと大きくなって揺ら

ぐ。何者かが頭上から圧し掛かるような錯覚にすが子はびくついた。夜は静かなものだと思い込んでいた。だのに、道の横に広がる森からは、なにか生き物の蠢く気配や鳴き声や枝のざわめく音などが絶えずこだまし、敵兵につけられているのではないかと途中で何度も身を竦めた。

継之助の言うことは正しかった。突然の訪問だったにもかかわらず、阿弥陀寺の住職月泉は一瞬驚いた顔をしたものの優しく迎え入れてくれた。

だが、すが子の心は落ち着かない。新政府軍が血眼になって一番探しているのは、河井継之助の妻であり父母なのだ。そう思うだけで怖かった。まだここまでは探索の手は伸びていないようだが、時間の問題だろう。見つかれば、多大な迷惑をかけることになる。もし自分たちのせいで住職が罪に問われれば、どう償えばいいのだろう。とてもいつまでも甘えているわけにもいかない。だからといって行く当てなど、もうこの地上のどこにもないのだ。

ここを出れば捕まるしかない。捕らえられて継之助の妻だと知れたら、自分はどんな扱いを受けるのだろう。

(辱めを受けるくらいなら死んだ方がいいかもしれない)

ぐずぐずすれば死ぬ機会を失ってしまう。逆にまだ本当に辛い思いをしていない今なら、わずかな無念は残るものの安らかに死ねるかもしれない。自決は甘美な誘惑に似ていた。この状況で生き延びるのは、すが子のような平凡な女には、あらゆる意味で荷が重かった。

（お義父上や御義母上はどう思っておいでなのかしら）

城が落ちて以来、三人はずっと無口だったので、すが子には二人がどう感じているのかわからない。ぐったりと疲れ切っていたためだろう。二人は寺が用意してくれた寝床の中で、泥のように眠っているらしかった。寝息が聞こえる。

すが子はこれからのことを思うととても眠れず、掻巻にくるまってひとり今後のことを考え続ける。

（死んでしまいたい）

そう思う傍から、けど――という考えも浮かぶ。あの落城の日、継之助は渋木成三郎に詰腹を迫られたが毅然と首を横に振った。まだ役目があると継之助は言った。城を取り返すのだと。

（あの人は絶望していない。まだ再起を図る気でいる）

このまま自分が死んでしまえば、継之助のことを信じていなかったことにならないだろうか。そう考えるだけで、すが子の胸はぎゅうっと締め付けられる。あの落城の日、すが子の目にはすべての責任を一身に背負って立つ夫がひどく孤独に見えた。すさまじいまでの孤独に耐えてなお気勢を上げる夫の姿を瞼に浮かべ、置き去りにして死ぬのかと思うと、すが子にはひどく継之助がかわいそうに思えた。

継之助は、すが子がどうすることを望むだろう。潔く死ねば、「それでこそ武士の妻。よくぞ」と褒めてくれるだろうか。それとも、どんな目に遭おうとも、生きて継之助が城を奪還するのを見届ける妻を望むだろうか。どちらを選んでも、継之助のことだから、「そうか」とうなずいて事実をただ事実として受け止めて終わるような気がする。果たして自分を失うことで継之助の胸に慟哭が去来するだろうかと考えると、すが子にはそんな夫の姿は想像できなかった。

すが子の頭はひどく混乱していた。きっぱりと振舞えぬ自分が悔しかった。なにかにすがるように、すが子は胸元にずっと隠し持っている例の桐の小箱を取り出した。寂しくなったら開けてみよと継之助からもらった、生涯でただ一つの贈り物だ。

中身が何なのか、すが子はいまだに知らない。最初で最後の贈り物だったから、もったいなくて開けられなかった。心が折れそうになったら開けようと思っていたが、幸せなことに今日までそんな日はこなかった。

（けど、死んでしまえばもう開けられない。いつ、敵軍に見つかるか知れぬ身だもの……）

開けるのは今しかない。すが子は震える思いで、とうとう桐箱を開けることを決意した。目はずいぶん闇に慣れてきたが、それでも室内では暗すぎる。外はもうすぐ夜が明ける。寺の門はきっちりと閉められている。外から中は覗けないだろう。そうでなくとも境内の前栽の陰に身を潜めれば、だれにも見とがめられるはずがない、そうすが子は自分を納得させ床を抜けた。

日が昇りかけているために外は薄らと紫がかり、じっと目を凝らせば手元くらいは見えそうだった。すが子は楠の陰に身を寄せてしゃがみ、両手に大切に包んだ桐箱を見つめた。胸が、おかしなほど早鐘を打った。いったい何が入っているのか。震える指先ですが子は桐箱にかかる組紐を解き、蓋に手をかけた。一度深呼吸をしてからゆっくりと開ける。

（えっ）

一瞬、すが子にはそれが何なのかわからなかった。小さな掌に入るほどの大きさの紙に、どう見ても継之助と思われる男の座った姿が浮かび上がっている。

（これはなに）

すが子は写真を知らなかったのだから戸惑うのも当然だ。戸惑ううちにも夜がどんどん明けていく。白みがかった空気の中で、継之助の姿もより鮮明にすが子の真っ黒い瞳に映し出される。

（旦那さまのお姿が……）

すが子には写真のことはわからなかったが、これが西洋の何かで、向こうにはこうして姿をそのままに納めることができる技術があるのだろうということは、さすがに西洋の道具好きな継之助の妻だけに理解できた。これまでも、遠眼鏡やオルゴールを持って帰って見せてくれたものだ。次々と、そのときの継之助との思い出が蘇ってくる。「どうだ」といかにも自慢げだった。すが子がそれらに興味を抱くと子供のような笑みを見せてくれた。おそらく、ほとんどの者が知らぬ継之助の姿だろう。もしかしたら義父母も知らぬ顔かもしれない。

やがて写真の中の継之助の姿がぼんやり霞み、ゆらゆら揺らいだ。あっ、とすが子は小さな声を上げる。ぽとりと滴が継之助の姿を濡らしたからだ。慌てて写真を取り出し袖で拭いた。写真の下にはガラス版が納めてあったが、それが何かはすが子にはわからなかった。

すが子は写真を胸に抱いた。なぜこんなに愛おしいのか。涙が溢れて止まらない。

継之助の写真を胸に押し当て、「生きよう」とすが子は思った。

(生きてまた、この人に会いたい)

そうして今度こそ本当の夫婦になりたいと、すが子は願った。

すが子の中にはずっと負い目があった。自分は名ばかりの継之助の妻で、少しも夫と共に生きていないと。それは共に過ごす時間のことを言っているのではない。心が共に通じ合い、離れていようとこの一つの時代を同じ心で生き抜くことを指している。

（少しも私はあの人に寄り添っていなかったし、理解しようとしていなかった）

今度こそ、とすが子は写真をかき抱いて思う。継之助は自分の姿を託してくれた。すが子には、「離れていても共に生きよう」と言われた気がしたのだ。

（今度こそ私は河井継之助の妻として生きていこう。もう、ただのすがはお仕舞い）

すが子は写真を箱に戻すと義父母の寝る部屋へと戻った。今、この瞬間から継之助と共に河井継之助の妻として戦うのだと決意した。そうすれば自ずと自分のやるべきことが見えてくるはずだった。

（できるとかできないとかではない。やるのだ）

継之助が言っていた言葉をすが子は胸の内で反芻し、ようやく眠りに落ちていった。

人目を避けて人里離れた濁沢に来たが、もしかしたら人の多いところの方が潜伏には向いているのかもしれない。人の少ない村の寺に潜伏するというのは、ずいぶんと無理があるものなのだと、すが子はすぐに気づいた。寺には女や武士が過ごすために必要なものは揃っていない。たとえば髪を結う油一つとってもそうだった。いったん髪を洗うために解いてしまえば、もう髪をまともに結うこともままならない。そのための髪結いを呼ぼうものなら、たちまち足が付いてしまう。髪結い用の油を買ってもらおうとすれば、すぐに疑われるだろう。坊主に髪の油は必要ない。髪を結いあげることは我慢するしかなかった。

数日もすれば新政府軍の追手が、この濁沢までもうろつき始めた。息を潜めるように暮らしていたのに、どこかから漏れたのだろうか。それとも捜索の範囲をただ広げただけなのだろうか。どうも後者のようだが、村人たちへのきつい尋問が始まっている。捕まるのも時間の問題だろう。月泉は口が堅いが、寺にいるほかの坊主や小坊主のすべてが秘密を守れるわけではない。なにかしら人を匿(かくま)っていることは漏れていると思う方が自然だ。

貞子はこの日、三人が風呂を貰ったあと、

「清めもすみました。ここは潔く」

とうとう短刀を取り出した。すが子の心は決まっている。これまで義父母にはずっと従順だったが、

「いいえ」

きっぱりと首を左右に振った。義母の貞子は驚きを隠さなかった。

「おすが？」

「最後の瞬間まで諦めません。落城のあの日、多くの人が絶望の中にあってなお、旦那さまは長岡には未だ明日があると告げたのです。だから女たちも踏ん張らねばなりますまい。総督の妻が率先して自決して、他の女たちがそれに倣うことがあってはなりません。多くの命が私の後ろに控えています」

「おすが……貴女……まだ希望を持っているの」

貞子は別の女を見るような目で、気丈にうなずくすが子を見た。継之助と不仲になってからはずっと無口だった代右衛門も、こんなに表情を変えたのは久しぶりではないかというように驚いた顔ですが子を見た。

　これを、とすが子は継之助の写真を取り出して代右衛門と貞子に見せた。いつか寂しくなったら開けるように言われて継之助に渡されていた桐箱を、ここにきて初めて開けたらそれが入っていたのだとすが子は正直に語った。

「継さ……継さじゃないか」

　代右衛門はまるで奇跡を見た者のように全身を震わせた。貞子は握りしめていた短刀を傍に置き、代わりに写真を手にすると愛おしそうに何度も息子の姿を撫でた。

「ここへ来た夜、どうすべきかずっとひとりで考えたのです。よい思案も浮かばず、救いを求めるようにこの箱を開けました。旦那さまのお顔を見たとたん涙が溢れてとまりませんでした。そうしてあまりに遅い決意でございましたが、決めたのです。私は今こそ継之助さまと本当の夫婦になろうと」

貞子は顔を上げてすが子を見た。

「継之助と本当の夫婦に……」

「はい。すがは、継之助さまの妻としての運命を、すべて受け入れて生きてゆきとうございます。戦を起こしてしまった責任も、城を奪られてしまった敗北も、軍事総督として薩長へ弓を引いたことが天朝さまへの罪となるのならその咎も、一身に負わねばならぬ旦那さまとご一緒に、すがもそれらの一切を負いとうございます。新政府軍に長岡男児の中で最も憎まれる継之助の妻として、すがは今日限り生身の女を捨てて生きます」

そう言うと、すが子は貞子がさっき横に置いた短刀に手を伸ばし、自分の髪を摑んでザッと刃を入れた。見事な黒髪が無残に散った。すが子の腕では一度にすべての髪は切れなかったが、もう取り返しのつかぬほど切れた髪を呆然と義父母は見つめた。

「義母上さま、残りの髪は切っていただけますか」

差し出された短刀を貞子は受け取ると、ふいにたまらずといった態で、すが子を抱いた。

「ええ、ええ。残りは私が切りますよ。私も継之助の母として最後まで生きてみせましょう」

「はい。お義母さま」

すが子も貞子を抱き返した。


髪をなくしたすが子の姿に月泉は呆然となった。

「なんということを」

戸惑う月泉に、すが子たち三人は今夜中に寺を出ることを告げた。

「いや、しかし他に当てがあるわけではありますまい」

月泉が引き止める。いつ新政府の者が踏み込んでくるかわからぬこんな差し迫った時でさえ、引き止めてくれる月泉の勇気と優しさにすが子は心から感謝した。

「ここにいても外に出ても私たちはもうすぐ捕まりましょう。同じ捕まるなら、阿弥陀寺とは無縁ということで捕まりとうございます」

すが子たちの真意を知った月泉は、

「なんというご覚悟……」

言葉を詰まらせたが、すぐに一つの提案をした。

「その覚悟がおありなら、しばしこの和尚に運命を預けてはくださらぬか。明日、新政府軍の陣営に行って、我が寺に河井継之助どののお身内がいることを正直に告げましょう。告げた上で、身柄を我が寺預かりとできぬか、掛け合ってまいりますゆえ、出ていかれるのはしばし待たれよ。首尾よくいくとは限らぬものの、踏み込まれて捕まるのも、ここを飛び出して山野で捕まるのも、申し出て捕まるのも同じこと。ならば可能性が少しでもある道を行きませぬか」

すが子は義父母の顔を見た。二人が同時にうなずく。

「どうかよろしくお願いいたします」

すが子は両手を突いて月泉に深く頭を下げた。

だが、ことはうまくいかなかった。月泉の願いはいったん聞き届けられ、預かり証を貰って急ぎ戻ったが、そのときには別の司令官配下の者どもが捕縛のため寺に踏み込んだ後だった。すが子は抵抗せずに、

「私が河井継之助の妻でございます」

毅然と答えたため、乱暴に連行しようとした者たちは気圧される形で、用意した唐丸籠に乗るよう命じるにとどまった。この罪人を運ぶための見せしめの乗り物は正座で乗るしかなく、途中で排泄をしたくなっても籠の中から垂れ流しにせねばな

らないという代物だ。もし、数日間の移送なら、食事はもちろん、睡眠も籠の中でとらねばならない。過酷で屈辱的な乗り物である。だが、すが子は躊躇いなく乗った。運ばれている間、すが子はただの一度も下を向かなかった。

籠は小千谷本営まで送られ、三人は尋問された。このときもすが子ははっきりと、

「河井継之助の妻すがでございます」

と名乗った。すが子が知っていることで、話してしまえば長岡軍が不利になるようなことは何一つない。なにより継之助とは、最後はずっと別居していた。

（あの人は何も話してくれなかったけど、こういうときのためでもあったのかもしれない）

三人別々に尋問にあったが、それぞれが聞かれるままにただ正直に答えればいいだけなので、精神的には楽だった。すが子は継之助にどれほど感謝したかしれない。

三人を小千谷に止めおいてもどれほども聞き出せないとわかると、新政府軍は高田藩お預けとして移送することを決めた。すが子たちは高田藩の冷たい牢獄の中で、ずっと監視される身となったのだ。

五

そのころ継之助は、新潟と加茂の間にある水原に出向き、風変わりな経歴を歩み始めた旧知と会っていた。平松武兵衛(ぶへい)――今では会津老公松平容保(まつだいらかたもり)に寵愛(ちょうあい)され、会津藩士となったジョン・ヘンリー・スネルである。

継之助と親しいエドワード・スネルの兄だ。月代(さかやき)を剃って武士風の髷(まげ)を結い、腰には大小の刀を差す。羽織袴(はおりはかま)を身に着けたその姿は、ぱっと見ただけでは外国人とはわからぬほど会津人に溶け込んでいた。この平松武兵衛が、秋月悌次郎の要請で会津藩参謀として越後口へ赴任してきたのだ。

戦線は東西に大きく五里に渡って延びている。越後口同盟軍は、兵を大きく三つに分けた。一つは出雲崎(いずもざき)のある海岸線を受け持ち、一つは与板のある信濃川西岸沿いを担当し、残りを見附(みつけ)及び今町(いままち)、そして栃尾のある信濃川東岸から東山連峰にかけて配備した。

継之助と平松武兵衛は同じ信濃川東岸を受け持つ者同士として、水原で策を確かめ合った。この後、継之助は今町へ、武兵衛は見附へ進軍予定となっている。

水原で再会したこのときは、会津藩を実質動かしている梶原平馬(かじわらへいま)も共にいた。会津全体の動きについて聞けるのは、継之助にとってありがたい。

「榎本釜次郎殿は何と言っている。梶原殿のことだ、常に連絡を取り合い、援軍の交渉もしているのだろう」

今、奥羽越列藩同盟軍にとって喉から手が出るほどに欲しいのは、旧幕府海軍の応援だった。

「もちろんやっています。しかし、今の段階で榎本どの率いる旧幕府海軍が品川沖を動くことはないでしょう」

以前、釜次郎とこの件について話したことのある継之助には、その理由をただす必要はなかった。

旧将軍慶喜(よしのぶ)の首は、新政府側に握られている。今、下手に釜次郎が新政府と敵対すればどうなるかわからない。

そして、二人で語り合ったあのときには入港していなかったストーンウォールが、今は横浜港に浮かんでいる。当然のように釜次郎は旧幕府海軍に引き渡すよう主張した。が、新政府側も黙ってはいない。幕府が消滅した以上、現政権の新政府側に受け取る権利があると言い張った。それに対し釜次郎は、

「ストーンウォールを発注したのは徳川家であり、日本国ではない。一大名になったとしても権利は徳川家にあるはずです」

反論した。

アメリカは、ストーンウォールはどちらにも渡さず、二月に他の列強と共に宣言した「局外中立」の立場を守り、抑留した。しかし、その言葉はいつ翻るとも知れぬではないか。うっかり品川を離れた隙に薩長側に持っていかれれば、釜次郎の「独立政権」の構想はその時点で立ち消える。逆に、交渉次第ではこちらに渡さぬとも限らない。あのストーンウォールさえ手に入れば、全ての状況が有利になる。

「釜さんが動かぬ理由は納得できるが、我らとしてはこれほど歯がゆいことはないな。もし、新政府側に新潟港を占拠されれば、我らは瞬く間に干上がるだろう」

継之助は苦笑交じりに平馬や武兵衛に言った。すでに山田市之允率いる新政府の海軍によって、同盟軍に運ばれる物資は海上で拿捕されるようになっている。ただ、新政府軍も外国船には手が出せぬから、エドワード・スネルらの運ぶ物資は同盟軍の手に渡っていた。だがそれも、港を封鎖されれば仕舞いである。事態は急を要し、深刻だった。平馬も眉を曇らせ、膝の上に拳を作った。

「今だ。今、榎本どのの開陽丸に動いてもらわねば意味がありません」

「とにかく説得するしかない。奥羽越列藩として、正式に榎本海軍と同盟を結べば、またあらゆることが好転しましょう。ストーンウォールの件も直接我々がアメリカと交渉すべきだ」

継之助の主張に平馬も武兵衛も賛同した。

季節は夏。三人ともじっとりと汗ばんでいる。榎本釜次郎と同盟を結ぶということは、あの男の独立政権の構想をこちら側も支えるということだ。

小千谷談判で独立独行中立の立場を主張して不戦を掲げた長岡藩を新政府が突っぱねたとき、継之助はこの国の未来から一つの可能性が消え去ったことを、地団駄を踏むような悔しさの中で意識したものだ。

あの精神が全く理解できぬ者たちが造り上げる国家に、今後いったいどんな道が開けるというのか。長岡一藩を救えなかったことへの忸怩たる思いとは別に、暗澹となった。小千谷談判の決裂は、日本の未来から戦をせずに国を富ませていく道への可能性が音を立てて閉ざされた瞬間だったのだ。

だが、もし榎本釜次郎が、蝦夷地に新政府とは別の独立政権をつくり、世界に認めさせることに成功したならどうだろう。もし、両政権が敵対するのではなく、協力し合う形で両立できたなら……。

（やってみる価値はある）

継之助に異存はない。継之助は自身の思いの丈を二人に夢中で語った。若い平馬の心は躍ったようだ。

「やれるだけのことは致しましょう」

希望の灯った目で興奮気味に応えた。

「ストーンウォール受け渡しについては、我が弟エドワードにも交渉させましょう。また、エノモトサン言う通り、独立には各国巻き込み、国際法の中で世界が頷けば、日本新政権、認めるしかないでしょう。ワタシ上司だったフォン・ブラントは、プロイセン宰相ビスマルクと文で直接遣り取りできます。きっとまずプロイセン、頷きます」

武兵衛も少したどたどしい日本語で、できる限りの協力を請け合った。ここまでは良かった。次の武兵衛の言葉に継之助は耳を疑った。

「会津、庄内は、蝦夷に土地、持ってます。それ、プロイセン、売りませんか。もっと協力できます」

確かに蝦夷には会津と庄内の開拓地がある。その土地と引き換えにプロイセン側に全面的な協力を交渉しようというのだ。

(駄目だ)

継之助の中で警鐘が鳴った。日本が植民地になるという危機感に、継之助の背筋が凍った。

(外国人は油断ならぬ、心を許すと食われるぞ)

継之助に会津や庄内の土地をどうこう言う権利はなかったが、

「それは駄目だ」

即座に退けた。平馬もすぐに首を横に振った。武兵衛はそれ以上なにも言わなかったが、後日、プロイセン宰相オットー・フォン・ビスマルクに、マックス・フォン・ブラントから日本を売る手紙が届いている。

プロイセン王国代理公使マックス・フォン・ブラントは、東北諸藩が場合によっては薩長がつくった新政権と両立する形で、関東以東及び蝦夷地に新しい政権を打ち立てることができると考えていた。ことにプロイセンが蝦夷地の根室(ねむろ)と留萌(るもい)を会津藩と庄内藩から購入できれば、蝦夷地に薩長政権の新政府軍が進軍してきても、自分の土地を守ることを口実に出兵することが可能ではないかと思案した。本国から五千の兵を蝦夷地及び近海に送り込むことができれば、日本の五分の一を占める北の大地を手に入れることは夢ではないはずだ。

確かにプロイセンの力を借りれば、奥羽越列藩同盟側と榎本釜次郎らの独立は成ったかもしれない。が、その先に待つものは、日本の分裂とプロイセンによる支配だったろう。

手紙を受け取った宰相オットー・フォン・ビスマルクは、プロイセンが日本の土地を購入するという抜け駆け行為による代償は、その他の列強諸国との対立で贖(あがな)わなければならないだろうといったんは却下した。しかし、租借ならどうだろう。プロイセンが会津と庄内に軍事資金などの協力をする代わりに蝦夷地を一定期間借り受ける——その交渉ならやってみる価値はある。プロイセン本国から交渉を許可する手紙が届き、再びマックス・フォン・ブラントがオットー・フォン・ビスマルクに手紙を返したときには、「九十九年間にわたって蝦夷地をプロイセンが貸与する」約束を取り付けたという話になっていた。だが、その手紙が書かれたのはすでに会津藩の降伏後の九月二十八日（新暦十一月十二日）のことであり、庄内藩も降伏の申し入れをした後だ。幾らプロイセンにその気があっても手紙の中身は無効である。

これらの遣り取りが行われることなど継之助に知るよしもなかったが、土地の譲渡は絶対にあってはならぬことだ。プロイセンの手を借りずとも、旧幕府海軍が越後の海にストーンウォールと共に現れてくれれば、一気に戦況は有利になるだろう。戦場を確実に制しながら、アメリカや釜次郎との交渉をしっかりやっていくことだ。

別れ際、梶原平馬が面白いことを教えてくれた。

「そういえば榎本さんが、ストーンウォールに積んであったガトリング砲の一つを、それだけは寄越せと無茶を言い、開陽丸に有無を言わさず積み込んだそうですよ」

「ガトリングが積んであったのか」

「三百ポンドで飛距離一里のアームストロング砲が一門、七十ポンドのアームストロング砲が三門、そしてガトリングが二門です。ガトリングは河井さんのところのとは違う型のようですよ。あちらの銃身は十本あるのだそうです」

「俺のところは六本だ。二門とも奪えなかったのは残念だが、一つでも開陽に装備したのは上出来だ」

互いに武運を祈り、三人はそれぞれ新しい戦地へと向かった。継之助は今町だ。

今町を落とせば見附も崩れるに違いなく、時をおかず急襲すれば栃尾の敵軍も潰走させることができるはずだと継之助は睨んでいる。

これ以上、敵軍を三条方面へ進軍させぬため、栃尾方面に散らばる長岡兵を二小隊のみ残して引き揚げさせた。久々に長岡の者たちは加茂の地に再会を果たした。人の熱気で加茂の温度も上昇したかのようだ。もっと疲れているかと思ったが、存外みな元気な面つきをしている。

ことに山本帯刀の指揮する隊は、覇気がある。継之助と目が合うと、ふっと帯刀が微笑を返した。継之助も口元で笑み、頷いた。二人の挨拶はこれだけで終わったが、継之助の胸中は感謝の思いで溢れていた。これまでにどれだけこの男に助けられてきたか。

一番世話になったのは、長岡藩兵を洋式装備の強い軍に仕上げるために、二百数十年と続いてきた身分を崩し、門閥制度を壊したときだ。藩士の禄高を平均化させることで、実力主義の洋式軍編成を可能にさせた。その際、帯刀は山本家千三百石を四百石まで減らすことに率先して賛同してくれた。この男が潔く九百石もの知行を手放してくれたから、ことは成ったのだ。

（いや、何事にしても）

継之助はみなの顔を見渡した。

（この者たちの世話になった。俺ひとりの力ではどれほどのこともできぬのだ。ここにいるみなが力を貸してくれたからこそ、藩政改革もあれほどの功を成したのだ）

継之助は、藩政改革に就いた時点で十四万両ほどにも膨れ上がっていた負債を失くし、今度の戦に突入する前までに十万両ほどの余剰金をつくり出すことに成功している。それはまさに奇跡であった。だが、この未曾有の改革の成功も、加茂に集まってきた眼前の男たちの協力があってこそ成しえたものだ。ならば、今一度、この男たちの力を借りて奇跡を起こし、長岡城を奪還したい。

継之助は数百の男たちの顔を見渡した。

「これより我らは今町を攻略する。今町正面を陽攻し、敵兵力を一ケ所に封じ込めろ。別働隊を迂回させ、横っ腹を衝くぞ。我らの城を略奪してからの敵の動きは鈍い。十分な援軍が未だ得られていないと俺は見る。ゆえにこちらから打って出、機先を制し、攻守逆転の道を図りたいがどうだ」

帯刀が前へ進み出た。

「やりましょう。総督、我が隊に陽動の任を命じられよ」

「頼もしいな。よし、陽動は山本大隊長に任せよう。間道隊は俺自らが率いるぞ」

わっと歓声が上がった。

六

六月一日（新暦七月二十日）。夜八つ半（午前三時くらい）に、加茂南方の三条を出軍した継之助率いる本隊一中隊七小隊は、刈谷田川沿いの間道を進み、鬼木新田で一泊した。長岡藩兵の他に佐川官兵衛率いる会津兵や、古屋佐久左衛門率いる衝鋒隊も一緒である。

それより半刻遅れて三条を出発した山本帯刀率いる陽動軍牽制隊の六小隊は、本道を今町へ向けて進み、山王に一泊した。こちらも会津、桑名、衝鋒隊が混ざっている。

この年は雨が多く、信濃川堤防は随所で決壊し、土手は崩れ、家は流され、泥土の中に瓦礫が混ざり、足場はこの上なく悪かった。進軍するだけで戦う前から体が疲れた。

翌二日。それぞれ本隊と牽制隊は、示し合わせていた通りに行動を開始した。牽制隊は、左翼大面口を受け持つ米沢藩兵三百五十人と村松藩兵一小隊の別働隊と連携しつつ、正午には今町北端の坂井口に到着した。

一方の新政府軍前線は、東方大面口の備えには高地小栗山に二小隊一半小隊を配置し、本道には薩摩砲隊が控えている。山王の正面に当たる指出に二小隊、今町には三小隊が駐在中だ。第二線にはさらに七小隊一半小隊が配備されていた。

兵力は互いに正確には把握できていなかった。闇鍋のような戦である。

山本帯刀らが近づくにつれ、今町の方から大勢の雄叫びが轟いてくる。新政府軍が喊声を上げて周囲を牽制しているのだ。山本帯刀は空を見上げて太陽の位置を確認した。

（そろそろだな。総督、暴れさせてもらいますよ）

「ここからは目立つように行くぞ。敵を十分に引き付けるのだ」

新政府軍の斥候が見つけやすいように、帯刀は派手な行軍に切り替えた。

継之助の方は、敵の背面と側面を衝けるよう、三林で本隊を二隊に分けた。一つは刈谷田川西方の堤防沿いに南方中之島口方面へ進ませ、自身の率いる同盟軍主力は東岸安田口を受け持つ。

緊迫した空気の中を打ち破るように、

「いよいよですな。総督、俺は約束いたします」

銃士隊長斎田轍が、明るく笑った。

「何をだ」

「今からの戦い、勝ちを得られねば、この斎田轍は明日まで生きちゃいないと」

砲声が北で立て続けに唸りを上げる。大地が震動するかのような激しい撃ち合いだ。

「始まったな」

不遜な笑みを浮かべた継之助のこの日の格好は、紺飛白の単衣に平袴の平服だ。大座の下駄を履き、日の丸を描いた竹骨の軍扇を手に、

「死地を求めて進めェ」

大音声で南を指した。

三林から南進した継之助らは、丸山興野で初めて敵斥候とぶつかった。銃撃しながら一方的に追い上げる。同盟軍は、集落を次々と焼き払いながら進軍した。

刈谷田川堤防に、源助坂と呼ばれてひときわ高台になっている地点がある。この

地を抜かねば今町は落とせない。継之助は源助坂を前に大砲隊に運ばせた砲二門を適所に据えさせ、

「撃てェ」

咆哮した。

源助坂からも反撃してくる。が、砲が一門しかないのか勢いが弱い。

「散れ」

継之助は銃隊を散開させ、敵の堡塁線に隙をついて肉薄する機会を狙う。が、源助坂が危ないと見た西方対岸、猫興野の新政府軍防塁から高田藩兵が応戦に加わった。砲弾が継之助らの眼前に間断なく落ち、源助坂に近寄れない。対岸からの攻撃は想定内だ。西岸を迂回させたもう一隊が、背面の中之島方面から時を経ず、躍り込んでくるよう手筈している。

辺りは互いに繰り出す砲弾のせいで、のたうつ白蛇のような煙が立ち込め始めていた。

突如、中之島から火の手が上がる。

(来た!)

中之島が同盟軍側に落ちた合図だ。

人数の少ない源助坂の尾張兵に動揺が走った。こちらの堡塁が崩れれば、猫興野

の堡塁は孤立する。自ずと向こうも崩れるはずだ。威圧するように中之島方面から喊声が上がり、砲声が轟く。それが徐々に迫ってくる。たまらず、尾張兵が堡塁を捨てて逃走を開始した。継之助の頰に喜色が走る。このとき、

「キエエエィ」

猿の鳴き声のような甲高い声が、戦場の空気を切り裂いた。いつか継之助が小千谷で聞いた薩摩の猿叫だ。何事だ、と思う間もなく、馬上の男が二人現れ、刀を振りかざした。

「逃げるな！　戻れェ。戻らねば斬るぞ」

男たちの怒号が逃げかけた尾張兵の足を止める。少し遅れ、戦場に新政府軍の援軍が雪崩れ込んできた。一瞬のうちに同盟軍側が不利になった。

駆けつけてきた援軍に勇を得た尾張兵は、源助坂の堡塁に再び着陣した。敵の援軍は大砲も数門抱えて駆け付けたらしい。とたんに砲撃が開始され、砲弾が雨のように降り注ぎ始める。轟音が耳をつんざく。

濛々と天に砲焰が立ち上った。榴弾が破裂して大地を抉り、土煙や破片が猛煙の中、四方へ散った。前進はとてもできそうにない。

この状況で勝利を得ようとすれば、尋常な方法では叶わぬのは明白だ。継之助が手にした軍扇をパッと開く。諸隊を振り向き、軍扇で敵塁を指したと思うや、

「撃ち方、止めい。今より死を決し、この塁を抜く。命知らずの者は俺に続け！」

堤上の敵塁に向かって走り出した。

あっ、と誰もが息を呑んだ。走り出した継之助を敵塁の砲口が捕える。轟音がこだまする。

「総督！」

誰かが背後で裏返った声を上げる。そのときには継之助の鋼(はがね)のような体は、地に伏し、転がっている。まだ距離がある。命中はしない。かなり前方に降った砲弾が、土埃を上げている。運よく焼弾だ。四方に破片を飛ばさない。だが次も幸運が続くとは限らない。構わず継之助は立ち上がり、再び疾駆する。

「総督ひとりを死なすな。続け、続けェ」

叫んでいるのは銃士隊長の斎田轍だ。

「散兵して八方から取り付け」

継之助は先頭を走りつつ、軍扇を振って、合図を送る。誰もが源助坂の堡塁に向かい数十歩走っては葦(あし)の茂る堤腹に潜み、また走っては潜み、じりじりと包囲の輪を縮めていく。やがて斎田銃隊が継之助に追いついた。もうよほど敵塁に近づいている。敵の攻撃は、いつしか銃撃に変わっていた。

「総督、ここから先は我が隊の出番です」

斎田轍が銃士隊を指揮し、応戦する。が、銃の性能が違う。敵陣との高低差も不利に働く。敵の弾はこちらに届くが、味方の弾が届くまでにはあと少し距離が必要だ。敵塁からの弾雨の中、継之助もじりじりと進みながら声を励ます。

「進め、進め。あと少しで射程に入るぞ。怯むな」

刹那、眼前で斎田轍の身体から無数に血が噴き上がった。

「斎田ァ」

継之助が大呼する。真横にいた木村文吾が、倒れる斎田轍の身体を受け止め、葦の中に隠した。継之助の方を向き、首を左右に振る。ぐっと歯を噛み締めるもすぐに、継之助は立ち上がって咆哮した。

「聞け！　斎田は死んだ。諸君はなにゆえまだ生きている」

継之助の真横や頭上を敵弾が通過する。一瞬の沈黙の後、わああと長岡軍から言葉にならぬ声が上がった。

「進撃！」

継之助が走り出したのを合図に、怒濤のようにみなが駆け出す。何人かは被弾しつつも敵堡塁に三、四間までも迫る。継之助の手に翻る軍扇を合図に、一斉に射撃した。

敵が崩れた。銃隊の間に控えていた槍隊が、胸壁に飛び掛かる。新政府軍は堪らず、武器、弾薬、食糧など全て棄てて逃走を始めた。

「源助坂は我らが奪ったぞ」

継之助の声に応え、同盟軍は鬨の声を上げた。その頃には、迂回した同盟軍が対岸の高田藩兵を追い詰めている。継之助は満足げに頷き、みなを見わたした。

「長岡の恥辱を雪げ。これより今町を奪取する」

勢いづいた同盟軍は、民家を焼き払いつつ今町へと追撃した。新政府側は支えきれず、日没前、ついに見附方面へと散った。

同盟軍側の完全なる勝利である。

各方面の諸隊全てに、敵からぶんどった酒を振る舞う。継之助は仁王立ちで杯をくいっと一気に空けると、星の覆う天を仰ぎ、朗々とした声で凱歌を歌い始めた。継之助の周囲から、一人、また一人と歌声が重なり出す。いつしか今町全体が、男たちの声に包まれた。

継之助は、この戦いで死んでいった者たちの顔を思い浮かべながら一人一人の名を呼ぶと、

「見ろ、この今町を。お前たちのくれた勝利だ」

天に届けとばかりに叫んだ。生き残った男たちは堪え切れず涙を流したが、継之助は込み上げてくる衝動を胸の内にぐっと押し返した。

（してはならん、してはならん。戦はしてはならんのだ。しかし始まってしまったからには勝たねばならん）

後は、どうやって終わらせるかだ。

この今町の戦いを境に、同盟軍側がやや押し気味となりつつも、戦場の大局はおよそ五十日間に及ぶ膠着（こうちゃく）状態に突入した。

継之助は渋木成三郎を呼び、敵地潜入を命じた。

七

六月から七月の中旬にかけて、越後口の新政府軍はじっと援軍の到着を待っていた。五月に海軍を引き連れてやってきた長州の山田市之允は、この地で日本最初の本格的な衝背軍（しょうはいぐん）上陸作戦を、混合軍によって敢行（かんこう）しようと企図していた。

越後口の同盟軍が思いの外、勇猛果敢（ゆうもうかかん）な抵抗を見せ、戦法に優れ、なかなか北進することが叶わぬためだ。いっそのこと敵の背面に上陸し、隊を大きく二分したあと、北と東の両面から挟撃させてはどうかと考えたのだ。南からの正面軍と西方、海からの艦砲射撃も加えれば、四面から包囲する形で追い詰められる。

最初に抜く地は新潟である。港を押さえ、同盟軍の補給路を断つのである。それには今の人数ではまったく足りない。このため、市之允は何度も司令本部に援軍の要請を行い、長州藩にもそれとは別に人数を出してくれるよう頼み込んだ。だが、なかなか作戦決行に必要な人数が揃わぬまま、徒に時が過ぎた。

さらに薩摩と長州の仲違いが深刻化し、薩摩の参謀黒田了介はまったく参謀会議に姿を現さなくなった。長州の参謀山縣狂介も、辞表を出して辞めるの辞めないのと大騒ぎをしている。

戦場が膠着した五十日間、新政府側は積極的に戦を展開したくとも、自分たちから仕掛けていくのは難しい事情にあったのだ。

もし、この時期に同盟軍側が全力で一つの目的に集中し進攻していれば、越後口の新政府軍は崩れたかもしれない。だが実際は、各藩が心から団結することはなかった。みな、自藩が可愛い。同盟軍全体の利益を第一に動くことなど、できなかった。

継之助の指揮で今町を奪い、気勢を上げたその勢いで、同盟軍は見附の敵も追い払った。継之助としてはそのまま一気に長岡奪還に突き進みたい。他藩も一応はその目的のために動いてくれた。が、他藩と長岡藩兵との温度差は如何ともし難い。決死の覚悟で戦闘を行うというのとはほど遠い戦が随所で展開した。「もうこんなことはやめてしまいたい」という空気が、同盟軍側に重く垂れ込めている。裏切りの臭いが立ち込め始めていた。

「なんたることだ。いったい、誰のための戦いだったのだ。我らは何のために戦い始めたのだ」

ほとんど愚痴など零したことのない山本帯刀が、我慢ならぬと吐き出すのを継之助は聞いた。

継之助と帯刀は馬上にあって、それぞれの轡を従者松蔵と豹吉が引いている。継之助は新潟からの帰りだ。帯刀の方は、そんな継之助の戻りをいつごろになるだろうと当て込んで、仮本営に定めた栃尾から見附まで出迎えたのだ。

ふん、と継之助は鼻で笑う。

「何のために戦うか、俺に答えてほしいのか」

「……いえ」

「そうだろうな。それがわからぬようでは、士など辞めてしまえ。こういうときに戦うために、士は二百数十年の平和の中でも禄を受けてきたのだ」

「そうです。だからこそ、もっと皆が……」

さすがに他藩が、とは帯刀も言わない。

「会津は必死だぞ」

「けれど、越後から多くの兵を引き揚たではありませんか」

「白河口が抜かれ、敵兵が会津領を侵し始めている。引き揚るしかあるまい。今、だ。わかってやれ」

会津は我が長岡城下同様、会津城下が炎に包まれるやもしれぬ恐怖と闘っているの

帯刀は、驚いた顔で継之助を見た。

「貴方は強い。けれど、誰もが貴方のように強くなれるわけじゃない」

「そうだ。そして俺の知っている山本帯刀は底なしに優しい男だが、誰もがそうなれるわけじゃない。人間なんざ、そんなもんだ。それぞれでいい。だから面白いのさ」

ふっと帯刀の表情が柔らかくなった。

「みなが我が長岡には龍がいると言っています」

「ほう」

「その龍は、負けを憂えず、勝ちを誇らぬ男です。確かな指導力で兵を洋式化させ、急速に強い軍の実現を成し遂げたのに、いざ戦となったときはちゃんと槍隊の働きも手放しで褒め称え、槍隊の男たちを男泣きに泣かせるような信頼に値する男です。なくてはならぬ我が軍の光だ」

帯刀は誇らしげに継之助を指した。

「俺を龍にたとえているのか。ならば違うぞ。俺は常に龍に挑む側の人間だ」

「では、貴方にとっての龍とはなんなのです」

継之助は頭上を指す。

「俺の龍はあれだ」

「天」

「比して、非力で小さく、どれほどの者でもないが、常に天命に挑み続ける人間、それが俺だ。間違うな」

帯刀は目を瞠り、すぐに眩しそうに頷いた。

「例の件は上手くいきそうですか」

帯刀は話題を変え、継之助の新潟での用事について訊ねた。継之助はこの件で、忙しい戦闘の合間を縫ってこれまでも何度か新潟に出向いていた。

国際港となる新潟の管理を旧幕府から奥羽越列藩こそが引き継いだのだと、諸外国に公認してもらおうとしていたのだ。それは、同盟諸藩の東国における自治を、諸外国に認めてもらうことで、最終的には天朝からも許しを得ようという切実な交渉でもあった。

同盟軍は、諸外国に送る通告文を、仙台、米沢、会津、庄内、長岡の軍事総督の連名で十一通作った。その通告文を、新潟に来ていたプロイセン、アメリカ、イギリスの領事の協力を得て、このたび横浜の各国公使や領事に渡す運びとなった。同盟軍の送り出す使者が、新潟港からイギリスの軍艦に乗って横浜へ向かうのを、継之助は見送ってきたところだ。

これは終戦へ向けての交渉の一つでもある。通告文の中にも、我々は理不尽な要求を突き付けられれば毅然として戦うが、引き揚げるものを強いて追撃するつもりはないという意思を明白にした。

「上手くいくのか」と問われれば、「書状一つで上手くいくなら、こんな泥沼に陥っていない」というのが本当のところだ。所詮、こちらに力がなければ、諸外国も相手にしてくれぬだろうし、薩長も兵を引かないだろう。

「新潟で打てる手はみな打った。後は戦地でやれることを粛々とやるのみだ」

上々だ、と景気よく言ってやりたかったが、そんな言い方になった。だが、帯刀は何かふっきれたのか、先刻とは別人のように明るい目をしている。このとき頭上で鴉が鳴いて、数羽続けざまに飛び立った。枝を派手に揺らしたのか、木の葉が散らされてはらはらと眼前に舞い落ちる。

帯刀は嫌な顔をしたが、継之助は鴉といえば仙台生まれのあの男の顔が真っ先に浮かぶ。

「帯刀は鴉が嫌いか」

「好きも嫌いもなかったのですが、最近はあまり」

戦場で死肉を喰らう鴉を見てしまったのだろう。このところ鴉が増えている。

「そうか。だが我ら同盟軍にとって鴉は勝利の鳥だぞ」

「えっ」

「峠を越えた戦場では、鴉が大暴れしてるのさ」

白河から仙台までの戦場を、神出鬼没に現れては新政府軍を翻弄している黒装束の男たちがいる。継之助の盟友、細谷十太夫率いる衝撃隊——鴉組だ。旗印は鴉。十太夫の陣羽織の背にも、鴉が燦然と描かれている。

十太夫は五月、藩の命令で江戸探索の任を受け、奥州街道を江戸方面に向かう途上、郡山まで来たところで白河口の大敗の報を、同じ仙台藩士で大隊長の瀬上主膳に聞いた。よほど戦場に地獄を見たのか、主膳の腰はすっかり引けていた。十太夫は、敵は大勝利に酔って油断しているはずゆえ速やかに態勢を整え打って出るよう進言したが、主膳は首を左右に振るばかりだ。

同盟軍二千五百、大砲八門。対する新政府軍七百、大砲七門。それが白河口の両者の戦力だった。同盟軍にとって負けるはずのない兵力差は圧倒的な火器の性能の違いの前に崩れ去った。この戦いで同盟軍側は七百の兵を失ったのだ。その直後だったのだから、主膳が半ば放心していたのは仕方がない。だが、十太夫は不甲斐なさに奮起した。その場で密偵の任を放り、須賀川の遊郭を借り切ると門前に看板を立てた。

「仙台藩細谷十太夫本陣」

馴染み（なじ）の博徒を引き入れ、さらに猟師を募集した。あっという間に五十七名が集まり、そののち百人ほどの隊を結成した。ほとんどが博徒と猟師だ。この連中は夜目が利く。夜襲を得意とした奇襲の為の隊となった。夜になると新政府軍の陣営に躍り込み、血祭りに上げるのだ。〝鴉組〟の名はたちまち広まり、鬼神のように恐れられた。

「獲物だ、獲物。敵は兎（うさぎ）や猪（いのしし）だ。熊より容易（たやす）いぞ」

十太夫はそう猟師を鼓舞し、戊辰（ぼしん）戦史上類のない正確な銃撃で敵兵を次々と斃（たお）した。夜目が利くから敵にはこちらは見えていないが、鴉組の面々には敵が丸見えなのだ。さらに陣が崩れたとみると、十太夫自ら脇差を抜き放ち、博徒らと共に抜刀隊となって敵陣に斬り込む。ことに薩長の陣を狙う。

「細谷からすと十六ささげ　無けりゃ官軍高枕」と唄われ、敵軍を恐怖の底に陥（おとしい）れた。近ごろは夜襲だけでなく、仙台軍の先鋒を務め、本隊が逃げ去った後も鴉隊は踏み留まり、戦場を支えている。

継之助は鴉組の話を、新潟で梶原平馬から聞いた。峠の向こうの友が、継之助には誇らしかった。

（十太、おおいに暴れろ。俺もお前に恥じぬよう大暴れしてやるさ）

継之助の鳶色の双眼は常に南を睥睨している。


七月中旬、戦場が大きな局面に向けて動いた。

最初にわずかな動きを見せたのは、新政府側である。彼らは、十七日までに衝背軍上陸作戦決行に必要な人数と物資の補充を完了させた。その後、二十日と二十一日の二日にかけて軍艦五隻を柏崎に入港させた。

摂津（朝廷）、丁卯（長州）、錫懐（加州）、大鵬（筑前）、千別（柳川）の五艦である。

万年（安芸）一艦は、今町港に入港させ、兵糧を積載させた。後日、他五艦と合流させる予定である。

衝背軍上陸作戦の為に改めて新政府軍越後口総督は、海軍参謀に長州の山田市之允と薩摩の本田彌右衛門を任命した。薩長を並び立たせるための両者任命だが、実際に作戦の立案から実行までは山田市之允が行った。この時の功績で後に市之允は、箱館戦争における現地の最高司令官に当たる海軍兼陸軍参謀に任命されている。

二十三日、新政府側は千人の兵を海軍部隊として選別し、五艦の軍艦に分けて乗船させた。

背面の上陸地として選ばれたのは、いずれも松ケ崎付近で、全部で四ケ所。松ケ崎は同盟軍を裏切り新政府軍に内応した新発田領で、新潟から北に二里の地点だ。新発田城下と新潟の中間地点に当たる。新政府軍から見れば味方となった新発田藩領である。よほどのことがない限り上手く上陸できると踏んでいる。それでも千人ほどの人数を船から下ろす間は無防備に近いのだから、同盟軍側に見破られれば多大な被害を受けるだろう。

人数の割り振りは、新発田に向かう部隊が、三百三十人。この兵は新発田を拠点に東方面を南北に長く壁を作るように受け持ち、越後と奥羽の同盟軍の連絡を遮断する役も担う。

新潟に前進する部隊が、二百九十人。これが衝背軍本隊で進撃部隊である。人数をぎりぎりまで絞り込んでいるのは、海からの艦砲射撃と呼応させるためである。

予備兵が二百八十五人。こちらは、戦況を見つつ味方が苦戦した場合に臨機応変に投入するための人数だ。徹底的に不測の事態を戦場から排除するのが市之允の戦い方だ。

残りは軍艦に乗船したまま海戦の任に当たる。

上陸決行は二十五日の早朝と決まった。

同時刻、長岡側にいる山縣狂介、黒田了介率いる陸軍は、同盟軍側に正面南方から戦闘を仕掛け、敵兵を十分に引きつけることとなっていた。だが、その数刻前に、継之助ら長岡勢も動き出していたのだ。

新政府軍が総攻撃に向けて着々と準備を進めていた同じころ、同盟軍側が何もしていなかったわけではない。七月十五日早朝、長岡城下に潜伏していた渋木成三郎が、栃尾の仮本営伊勢屋徳兵衛宅にいる継之助のところに戻ってきた。

雨のせいで成三郎は全身ぐっしょり濡れている。

「よくぞ無事で」

継之助の胸は熱くなった。敵地密偵の危険な任だ。みな戦場に立って明日をも知れぬ身なのは同じだが、いずれが危険かと問えば、成三郎が無事に戻る率の方が低かったろう。梶原平馬の弟武川信臣（むかわのぶおみ）も密偵として江戸に潜伏していたが捕まり、牢獄に造り変えられた会津上屋敷でひどい拷問（ごうもん）を受けているらしい。

成三郎も紙一重で危険をすり抜け戻ってきたのだ。この男はいつでも死ねるよう、小山良運（こやまりょううん）から譲り受けたモルヒネを懐（ふところ）に入れている。

継之助は訊いたことがある。幾ら良運の頼みだったとはいえ、なぜこんな危険な仕事を引き受けたのかと。成三郎はそのとき驚いたように継之助を見て、「いえ。

良運先生はさようなことは一切……わたしがやりたくてやっているのです」と答えた。「なぜだ」と重ねて訊いた継之助に、成三郎は妙なことを理由に挙げた。

「河井さんが胡瓜を食べたから。武士の腰から刀を外させると言って、いつかわたしと良運先生の前で輪切りの胡瓜を食べたでしょう。面白い人だと思って、ちょっと関わってみたかったんです。それに変わり者と言われ続けたわたしでも、だれかの役に立ってみようかなんて柄にもなく思ったものですから」

そう言ってくすりと笑ったのが、継之助が見た成三郎の初めての笑顔だった。この男は、ほとんどのときが無表情である。

今も成三郎は相変わらず飄々と、越後の戦いが重要な局面に差し掛かったことを報告した。

「我が軍に総攻撃を加えるための援軍が敵方に到着する模様です。すでに越後に向かっているとのこと。十七日が到着予定日です」

「とうとう来たか」

継之助は紙と筆を用意し、その場でさらさらと長岡城下とその近隣の地図を簡単に描いた。

「敵の守りはどうだ」

朱墨を含ませた筆を差し出すと、成三郎が迷いなく敵の配置を記していく。継之助が思っていた通り、北方八町沼（八丁沼）方面が手薄である。さもありなん。八町沼は、長岡城の東北に一里半隔てて広がる大湿地帯だ。戦の折には城を守るこれ以上ない自然の要害となる。沼地の中には萱が生い茂る場所があったり、泥が深く広がる場所があったりと一定せず、小道もあり、川もある。大蛇が棲むとも噂され、沼地を突き抜けて進軍するのは誰が考えても無謀であった。天然の要害を恃みに、当然守りも他所より薄くなる。

（長岡城を盗りに行くなら、ここしかないな）

以前から継之助はそう睨んできたが、成三郎の描き込んだ地図を見つめ、いっそう確信した。屈辱の五月十九日、敵は無謀と思える濁流を越えた。ならばこちらも無謀な沼を越え、城を、長岡武士の矜持を、取り戻すのだ。

八

継之助は越後口総督、米沢藩の千坂太郎左衛門と連絡を取り、二十日を長岡城奪還のための作戦決行日に定めた。だが、皮肉なことに雨がやまない。八町沼の様子を見にいった成三郎が首を左右に振った。

「八町沼のわずかな陸地もすべて水に浸かり、一面まるで湖のようです」

通常、よほど日頃から泳法に親しんでいなければ、当時の日本人は泳げない。雨で増水していなくとも、突き進むのは容易でない難所だ。今、渡れば、渡るだけで兵を失うだろう。継之助は舌打ちしたい気分だ。

敵は予定通り十七日に援軍を得た。着陣してすぐに千を超える軍を配置し、進軍させるわけにもいかぬから、二十日にこちらから先制攻撃を仕掛ければ向こうも準備万端とはいかぬはずだ。今なら十分に渡り合える。だが、時が経てば経つほどこちらが不利になる。なにより西郷吉之助がもうすぐ越後にやってきて敵全軍の指揮を執るという噂が、同盟軍全体に重くのしかかっている。

——西郷が来る、あの西郷が来る。西郷が——

まるでこちら側を委縮させる呪文のような囁きを、同盟軍自らが繰り返し口にし、恐怖している。いったい、誰が西郷吉之助を正しく知っているというのだ、と継之助は怒鳴りつけたい。

(西郷が何ほどのものだというのだ)

腹立たしさの中で別のことも考えている。

(同盟軍側にも間諜がいるな)

何者かが故意に西郷の噂を流し、心理的揺さぶりをかけているのだ。もとより信頼できる者にしか未だ八町沼越えの策は告げていないが、決行まではなんとしても秘匿せねばならない。漏れれば一巻の終わりだ。

成三郎の話では、敵はまだ動く素振りがない。駆け付けた兵がまったく布陣していないのなら、向こうから、今日、明日中に仕掛けてくることはないだろう。計画の変更を決断した。

十九日、継之助は突如全軍を見附に引き揚げさせた。わけのわからない長岡勢はもとより、見附近隣に布陣していた他藩の者も継之助を批判した。継之助は何を言われても笑うだけで答えない。

ただ、決行は二十四日の夜と自身の中で定めた。

こんな時に、一つ問題が起こった。家に戻したはずの庄屋の息子外山寅太(とやまとらた)が見附に駆け付け、

「傍で戦わせてください」

継之助にせがんだのだ。

「河井さんのお役に立ちたいんです。どうか連れていってください」

懸命に頭を下げる外山寅太の姿に、

「馬鹿だなあ」

継之助はため息を吐く。今度の作戦が決まってから継之助が寅太を家に戻したのだ。だのに、この青年はほんの二、三日で舞い戻ってきてしまった。

同じ庄屋の息子の大崎彦助は新政府軍に捕らえられて安否が知れない。俺に関わ

ったばかりに……という自責の念が拭えない。家族はどれほどの気持ちで過ごしているることだろう。武士ならそれが役目と諦めもつこうが、彦助は有事にはその武士に守られるべき立場の百姓の倅だ。継之助の胸の奥がきりきりと痛む。

（そうだ。士は仕方がない。戦うことが生業だ。そう生まれついた。親しい者の死は辛いが、すべては『やむを得ぬ。何れは俺も後を追う』という思いの中に噴き上がる哀惜を抑え込める。が、士以外の者の死は『仕方がない』などと簡単に言えようはずもなかろうよ）

有事に領民を守るという無言の約束のために、士は平時に特権階級たりえたのだ。だのに、実際に戦が始まれば、領土を侵された士たちは、どこまでも領民を犠牲にせざるを得ない。

いつか戦場と化して焼き払われた村で、老人がひとり放心して膝を突いているのを見た。訊くと、今度の戦で家も妻も子も孫もすべてを失ったのだと言った。初めは抑揚なく事実を淡々と話していたが、「おめさんらがみんな奪いおったでや」という辺りから声が震え出し、嗚咽交じりに継之助の胸を、手を振り上げて何度も打った。打たれながら、継之助は老人の後ろに何千何万という、士に奪われた者たちの影を見ていた。あのときの重くごつごつした衝撃が今も胸に残っている。

「寅よ」と継之助はなるべく優しく寅太を諭した。

「寅の気持ちは十分わかった」

「本当ですか。だったら」

「ああ、連れていってやる」

「河井さん！」

「それにはまずはもう一度、親元に戻れ。ちゃんとご両親に話して、それでも俺のところへ来るというなら、今度は別れを告げてくるがいい」

「別れを……」

ごくりと寅太は息を呑んだ。これから起こる一戦が、これまでとは違うのだとようやく心底理解した顔だ。

「寅よ、無理はするなよ。俺は寅の意志をなにより大事にしたい。ゆえに寅が戻ってくればその身は俺が引き受けよう。されど俺の横は、親御の反対を振り切ってまで来るようなところじゃないぞ。どう決断するにせよ、まずいったんは親元へと帰るがいい」

寅太は逆らわずに帰っていったが、継之助の願い虚しく翌日にはもう戻り、

「父の許しを得て参りました」

秘蔵の刀を掲げ、照れたように笑った。

「馬鹿だなあ。本当にどいつもこいつも俺の周りは大馬鹿野郎だ」

継之助が呟くと、

「それはもう、継さが大馬鹿野郎の親玉ですから」

隣にいた友の三間市之進が軽口と共に肩を竦（すく）めた。

「違いない」

まったくその通りだと継之助は大笑した。


二十三日。継之助はようやく作戦を全軍に告げるため、まずは長岡軍諸将を招集した。十九日に配置換えと称し、他藩の兵と入れ替わる形で栃尾周辺から見附に移動した長岡兵は、今日までまったく軍令を聞いていなかった。不安と不満が暴発寸前まで溜まっていたところでの招集に、にわかに活気付いた。

全員が集まるまで陣屋の広間で継之助と共に座していた三間市之進が、

「とうとう榎本さんは来ませんでしたね」

七月下旬となった今日に至っても一向に現れる気配のない榎本釜次郎率いる旧幕府海軍のことを、ふと思いついたように口にした。

「なんだ、市は来てほしいのか」

意に介したふうもない継之助の口ぶりに市之進は目を瞠る。

「へえ、もっと悔しがっているかと思っていたから意外だな」

「何が意外だ。他者を当てにする者に勝機などあるものか」

「それでストーンウォール購入計画からも長岡は退いたんですか」

これはつい先日、ストーンウォール購入資金を会津や米沢、そして庄内藩が長岡にも出してくれるよう頼みに来たのを継之助が突っぱねたことを言っている。ストーンウォールが同盟軍に譲られるか譲られないかは金次第ではないのだ。金が問題なら、庄内藩が何とかできるはずだ。藩費はこの戦で干上がりつつあるかもしれぬが、いざとなればかの藩には、天下に鳴り響く大商人本間家が付いているではないか。


ストーンウォールを手に入れるには、金を積み上げるより、むしろ決定的な戦での勝利だろう。長岡城を恢復し、新政府軍の前線を越後の南に押し戻すことで同盟軍の力を示した方が話は早い。外交とはそういうものだ。常に背景に「力」をちらつかせなければ、相手国は動かせない。


継之助は市之進に深謀は告げない。

「軍艦など今更だ」

吐き捨てるように言った。ほぼ揃った他の将も継之助と市之進の会話には耳を傾けている。その者たちの気持ちが挫けるようなことを口にしてはならない。

「市よ、俺たちは今より五月の恥辱を雪ぐため、我らが長岡へ死にに行くのだ。この俺と城下の土に還る者だけが、これより先、いかに死に際を飾るか相談しようじゃないか」

継之助の言葉に、その場にいた誰もがハッと顔を上げた。その機を逃さず継之助は重ねて放つ。

「我ら長岡士は、明日の深夜をもって長岡城へ進軍するぞ」

皆の瞳に生気が蘇るのを継之助は見た。

この日の議場で、八町沼を渡る危険を敢行したい旨を告げたが、異論は誰からも出なかった。それほど城を盗られたことは長岡の者たちの意気地を傷つけたし、誰もが切歯していたのだ。

継之助の発した八町沼潜行による長岡城恢復の策は、その日のうちに長岡全軍に伝えられ、牧野家中全ての心を震わせた。誰もが、一刻も早く城を恢復し、今は流浪の身となった老公、藩主両殿様を迎えに上がりたい気持ちで溢れた。

翌二十四日、継之助は準備の整った藩士を一堂に集め、改めて宣告する。

「長岡城は、我ら牧野家中の手で恢復する。ゆえに、我が兵、すでにわずか七百を切る寡兵といえども、これより敵大軍を衝く。明日は死地へ入って退路なし。銃火を浴びて前進せよ。諸君、今より別れの盃を汲め」

全ての者に酒と金二朱を与えた。

胴を震わせ、涙を流し奮い立つ仲間を見つめ、継之助はひとり皆を死に向かわせる恐怖と闘った。決して悟られてはならない。だが、発狂しそうなほど本音は怖い。

（俺がこの者たちを殺すのだ）

隠し込んだ恐れは、小千谷談判が決裂した瞬間から続いている。定めだ。これが総督を引き受けた者の背負う責務の重さだ。

長岡軍はこの日の暮れ六つ半（夜の七時ごろ）、粛々と進軍を開始した。

一方、新政府衝背軍は柏崎で同じように酒肴を下され、軍艦に乗り込み、佐渡の小木港に向かった。二十四日の夜半に佐渡を出立し、二十五日払暁より新潟の背面に上陸するためである。折からの強風による風浪を避けるため、当初の数ケ所からの上陸予定を変更し、松ケ崎港付近の太夫浜から全軍上陸することを決めた。

上陸後は正面軍である長岡側と衝背軍とで同盟軍を挟み込み、総攻撃を仕掛ける手筈だ。このため、長岡側の新政府軍は、平地を進軍する薩摩率いる平地隊と、東方の山路を進む長州率いる山路隊に分かれた。その上で先に駒を進めた隊もあり、肝心の長岡城下は幾分手薄となっていた。

九

八町沼は八町沖、八町潟とも呼ばれ、長岡城から東北方面に一里強進んだ場所に広がる一大湿地帯だ。沼北辺の福井台場が同盟軍側の最前線であり、新政府側最前線の西辺大黒台場を正面に睨む形で対峙してきた。この大黒台場から西方信濃川にかけての前線を抜かねば、城下に攻め込めないというのがこれまでの常識であった。あるいは沼東辺の浦瀬を抜くか。

このたび継之助は、西方の戦線と東方浦瀬方面から同盟軍を進軍させると共に、その東西両地に挟まれて横たわる八町沼の中を、長岡軍で突き進むのだ。

市屋、熱田新町、四ツ屋、漆山、百束と進み、長岡軍は夜の四つ（夜の十時ごろ）八町沼に到着した。沼地は、連日の雨の影響で大きな一つの湖の様相を呈している。夜の暗がりの中で進むのは危険だ。

が、継之助は見附に引き揚げてから今日までを無為に過ごしていたわけではない。数名の者をこの地に遣わし、密かにもっとも進みやすい進路を定め、目印を立てさせていた。さらに沼地の中に一本橋や舟橋を掛け、土を盛るなど軽い土木工事をも施し、進軍路を作らせてあった。また、前哨兵には、日頃からこの地で漁に親しんでいた者を当てた。

継之助は、闘志漲る長岡勢の顔を見渡す。

「行くぞ！」

前哨隊を皮切りに、次々と沼地へ分け入った。

前軍――軍事掛川島億次郎以下、大川隊・千本木隊。大隊長山本帯刀以下、花輪隊・槇隊。全百五十七人。

二軍――軍事掛三間市之進以下、稲垣隊・篠原隊・鬼頭隊・小野田隊。全百五十七人。

三軍――軍事掛花輪馨之進以下、渡辺隊・望月隊・小島隊・奥山隊。全百五十九人。

本陣――総督河井継之助。

後軍――大隊長牧野図書以下、今泉隊・稲葉隊・内藤隊。大隊長稲垣主税以下、河井隊・横田隊。全二百十四人。

みな、声を殺し、身を潜めて進んでいく。風の強い晩だ。さっきまで月を覆っていた黒雲が薙ぎ払われたとたん夜陰が消え、東方から青白い光が差した。半月が水面に反射し、上からの月影と下からの照り返しで辺りは白日のように発光した。継之助の心臓もさすがにひやりと縮む。全軍は足を止め、萱野や葦野に身を伏せた。黒雲が月を覆い、沼もまた闇に沈むと、長岡勢は再び歩き出した。

継之助率いる長岡軍およそ七百名は、月が出ると潜み、隠れれば進み、蛇行しながらも八町沼の向こう岸、敵陣営に煌々と輝く篝火を目指した。列をなす長岡兵は、まるで体をうねらせて進む龍のようだ。

（ああ、俺は今日という日をずっと前から知っていたような気がするぞ）

継之助は思った。思ったとたん、龍笛の音色が脳裏によみがえる。

（これは……）

地面近くをのたうつ龍を思わせる低く重い音からはじまり、やがてそれは天を目指して徐々に高く澄んでいく。小稲がかなでた昇龍の声だ。あれはきっとこの日のためにあったのだ、と継之助は信じた。

（俺たちは勝つ）

継之助は作戦の成功を確信した。

川端に広がる泥田に差し掛かったころ、遥か東方に光の粒が列を成して動くのが見えた。

「あれはなんでしょう」

継之助のすぐ後ろを付いてくる外山寅太が小声で囁く。継之助はしばし立ち止まり、目を凝らした。どうやら松明のようだ。敵軍の一部が長岡城下から栃尾方面に移動を始めている。総攻撃に向けて布陣を開始しているのだろう。だが、遅い。もうすぐ継之助らの奇襲が始まる。

「気にするな。あれはこちらの策が漏れていない証だ」

泥は深いところで膝上まで浸かる。一歩が重く、思うように進めない。たちまち体力が奪われていく。前哨が八町沼に足を踏み入れて、すでに二刻（四時間）は過ぎていた。先頭の者たちは、敵の胸壁の目と鼻の先まで迫っている。その距離、わずかに一町（約百九メートル）。眼前に燃え盛る敵陣の篝火を囲む見張りの動きが、もはや手に取るようにわかる。男たちの話す声までもが聞き取れるほどだ。

「こんな関所じゃ手柄はとれもはん」

「じゃっどん、もうすぐ総攻撃でごあんそ」

薩摩弁だ。いまいましい薩摩兵がすぐそこにいる。だが、予め継之助が厳命していた通り、到着した前軍は突進せずに足を止め、後続軍を待って身を伏すようにその場に潜んだ。全軍一斉に敵陣へ雪崩れ込む手筈なのだ。そうはいっても後軍がなかなかやってこないのか、幾ら待っても突撃の命が下らない。このままだと夜が明けるのではないか。前軍の兵士たちの中に焦燥が募っていく。

叫び出したくなるような緊張感の中、待つこと一刻。総督から前軍の許へ進軍の命が下った。

蛙のように身を屈めていた前哨兵が音もなく篝火の横に飛び出す。ぎょっと目を剝く敵兵の口に、手にした手拭いを突っ込みながら抑え込む。これも予てからの計画通りだ。まずは見張りの兵を敵軍に知られぬように捕らえ、敵の布陣を吐かせるためだ。塁内もその先の宮下にも、敵軍の人数は多くない。長岡勢は身振りで合図を送り頷き合う。次の瞬間、無言で八町沼を抜け、進軍を開始した。

闇を潜って密かに諸隊が配置に就いた後、合図の烽火を上げ、長岡を囲んだ諸口の同盟軍と共に、一斉攻撃に打って出る予定であった。

――だが……。

戦場では常に不測の事態が起きる。恐怖に負けたのか、それとも逸る思いが止められなかったか、あるいは咄嗟に体が動いたか。継之助が命じるまでは、敵とぶつかっても一切発砲せぬよう禁じていたにもかかわらず、先頭で突如撃ち合いが始まった。

チッと継之助は心中で舌打ちをした。が、始まってしまったものは仕方がない。すぐに計画を変更する。

「長岡の人数二千人が、城下へ死にに来たぞ。疾く殺せ、殺せ」

継之助は即座に大声を上げた。進軍前に、戦闘が始まれば叫びながら突進するよう、全軍に命じていた言葉だ。誇張した人数を叫ぶことで相手に揺さぶりを掛けるのだ。継之助の怒号に目が覚めたように長岡勢が叫び出す。「殺せ、殺せ」の大音声だ。

決死の長岡勢「二千人」が、来るはずのない沼地から突如現れ攻め込んできた報は、薩長陣営を恐怖に叩き込んだ。

轟く砲声に戦闘の始まりを察知した田井の高台から、同盟軍の烽火が上がった。呼応して、栃尾の古城址からも上がる。

十二潟、押切、福井、大黒など諸口の台場に備えた味方の砲口が、一斉に煙を上げ、火を噴く。八町沼北面一帯で唐突に戦闘が始まるまで静まり返っていた長岡周辺は、一気に轟音に包まれた。と思うや、煙や火の手が、あちらこちらから濛々と上がり出す。

継之助ら長岡勢は大声を上げ、それぞれの持ち場に向かって八方へと散った。

「長岡二千人が死にに来たぞ、さあ、殺せ、殺せ」

吶喊し、銃撃しつつ敵塁に飛び込む。これまでの恥辱を晴らさんとばかりに敵兵へと躍りかかる。

たちまち宮下、亀貝、富島と敵塁を落としては火を放ち、千本木隊は東方浦瀬方面へ、大川隊は南進して小曽根へ向かう。花輪隊と槇隊は富島に居残り、しばらく福島方面からの敵に備えた。

第二軍は西方新保へと進軍する。第三軍は西南永田方面へ突撃した。

このとき後軍はまだ全軍が八町沼を抜け切っていない。抜け切ったところで真っ直ぐ西南御城方面に進出する予定となっている。

継之助自身は永田方面へと進み、さらに城西方へと向かう。

夜が明けかけた沿道の民家から、おそるおそる領民たちが顔を出し始めた。着物に縫い付けた五間梯子の御印に、本当に長岡勢が戻ってきたのだと知ると、各戸に次々と灯りが点った。

「長岡さまだ、長岡さまが戻ってきやった」

「長岡さまだぞ。牧野さまが戻ってきやったぞ。炊き出しだ、それ、水と飯を御家中へ用意しろ」

領民たちの興奮した歓声が、敵軍を追う長岡勢の胸をわさわさと揺さぶる。中には、竹槍や、鍬や鎌を手に家から飛び出し、加勢をしようとする男たちまでいる。

「総督！　みなが、民のみなが、我らを待ち望んでくれていたのです」

涙ぐんで口々に叫ぶ兵たちに継之助は、

（殿さんたちに聞かせてやりたい。この領民たちの声を）

会津へと避難している両殿の顔を思い浮かべた。民が必ず領主の味方をしてくれるとは限らないのだ。敵となるか味方となるかは、日頃の政の結果ひとつである。

いつのまにか朝日が昇りかけている。だのに薄暗いのは、砲焔や建物を焼く火の手から上る黒煙のせいだ。東方の村々からはすでに激しい炎が上がっている。継之助は特に屯所として活用されやすい寺院や庄屋の屋敷、そして橋を焼くよう事前に指示していた。

これは戦だ。今から城下でも、あちらこちらに火を放ち、町を焼くことになる。その事実が継之助に重くのしかかる。喜び迎えてくれたあの善良な領民たちの生きる場所を自らの命で焼き払う。錐をねじ込まれるように胸が痛んだ。が、戦場ではわずかな甘さが取り返しのつかぬ事態を生む。心を鬼にして誰かがこの役を引き受けねばならない。

（それが他の誰でもない。俺で良かったさ。俺は恨まれるために生まれてきたのだ）

継之助はすべての胸奥を隠して叫ぶ。

「さあ、あの者たちと酒を酌み交わしたけりゃ、もうひと働きだ。長岡を取り返せ」

わあっと地鳴りのような喊声が上がる。

耳鳴りの中、継之助は外山寅太を振り返った。

「寅よ、頼んだぞ」

「お任せください」

寅太は頬を紅潮させ、頷くと継之助から離れ、ひとり町中へと消えた。出立前に継之助は寅太に一つの任務を与えていた。

——囚われの身となった大崎彦助やその他の長岡の者たちを探し、救い出せ。彦助は士ではない。命までは奪われていないはずだ。だとすれば、牢に繋がれている可能性が高い。町は焼かれる。火が回れば囚われの身では逃げられない。放っておけば生きながら焼かれることになる。

(頼んだぞ、寅太)

きっと寅太は上手くやってくれるはずだ。

長岡城は、堀直寄の築いた城で、その形から苧引形兜城、あるいは川や堀で幾重にも囲まれていることから浮島城と呼ばれている。天守はなく、三層櫓がその代わりとなっていた。が、今はそれも五月の城下戦で焼け落ち、殺伐と荒廃していた。

新政府軍は陣営を城内に設けず、城下の寺などに分宿していたため、長岡勢が一里ほどもある巨大な湿地帯八町沼を抜けて城下に雪崩れ込んできたときも、そこは奇妙なほど静まり返り、敵兵の姿は見られなかった。継之助ら本陣はどこか拍子抜けする気持ちで、二ケ月ぶりに焼けた城門を潜った。継之助は町口御門（まちぐち）から変わり果てた城に足を踏み入れた。

「とうとう戻ってきたぞ。我らが城に、長岡士（ざむらい）は戻ってきたぞ！」

一語一語、振り絞るように思いの丈を口にした。

どれほど冷静になろうとしても、わっと湧き上がってくる感慨に熱く震える自分を抑えられない。まだ勝ったわけではない。だが、やっとここまできた。

なんとしてもこのまま城下を取り戻し、会津領に身を寄せている不遇の両殿に喜びの知らせを送ってやりたい。

大手門へと向う継之助の中に、噛み締めるような喜びと、見る影もなく落ちぶれた城に自責の念が湧き起こって入り混じる。

（俺のせいなのだ。継之助よ、見ろ。この城の姿はみな、お前の力不足が招いた結果なのだ。よく見ておけ！）

継之助の内側の一番弱い部分が、まるで龍の爪で摑まれたかのように締め付けられ、激しく揺さぶられた。涙が汚れた頰を洗ったが、継之助は己が泣いていることに気付かなかった。

継之助はすぐさま、有るだけの五間梯子の旗を城のあちらこちらにはためかせた。風に煽（あお）られ勇ましい音を立てる旗印を、老公と殿に見せてやりたかった。城内を隈なく調べさせ、僅かに建物の焼け残った三の丸に継之助ら長岡軍は戦闘中の本陣を置いた。焼け残っていた武器庫には、長州のものらしき武器弾薬が積まれていた。

「ありがたい」

継之助は明るい声を上げる。湿地帯を抜けるという無理な潜行のため、兵士一人に割り当てた弾薬はわずかに百五十発。激戦となればすぐに尽きる量だ。これで、いざというときには補充してやれる。敵を蹴散らしながら入城した花輪隊と槇隊に城内を固めさせた。

八方に新政府軍を追い詰めながら進んだ各隊から、戦況の報がしきりと上がり始めた。ふいの奇襲を受けた新政府軍のほとんどが、寝着のまま裸足で銃だけ摑んで宿舎を飛び出し、信濃川西南の渡し場のある草生津方面に群がったという。が、渡し船には限りがある。渡れなかった者は背水の陣で戦うしかない。草生津はたちまち大激戦地となった。知らせを受け、継之助は馬上の人となる。

「俺が行こう」

継之助は、自ら指揮を執るため西南へと疾駆する。敵は長州兵と松代兵だという。堤防を盾に激しい銃撃を仕掛け、なんとか活路を見出そうと死に物狂いだ。反撃している長岡勢は花輪馨之進率いる三軍だ。

玉霰のような弾丸が間断なく行き交う中、駆けつけた継之助の姿に、味方の兵がわっと沸いた。

小島・奥山隊は、亀貝から西南長町、神田町、北御蔵と戦いながら進軍し、さらに山田、草生津方面へと遁走を始めた新政府軍を追撃してきたのだ。処々で火を放ちながら進んだため、進軍路の随所で炎が爆ぜている。

産穢土手へ進んだ渡辺・望月隊は、新政府軍が病院として使っていた栄凉寺を焼き払い、長町から柳原を出てさらに一帯を火の海に変えた。そのまま手を緩めることなく這う這うの体で怪我人を連れて逃げる新政府軍を、草生津へと追い込む。信濃川に阻まれ退路を失った敵兵は、それ以上引くこともできず背水の陣で猛撃へと反転した。

継之助が駆け付けたときには、渡辺隊隊長の渡辺進が銃に撃ち抜かれ、民家から剝いだ雨戸で代用した戸板の上に横たわり、血に塗れ、苦しげに喘いでいた。

「渡辺！」

ほとんど意識はないかと思われたが、継之助が手を掬い取って握りしめると、薄ら目を開けた。

「総督……」

唇は動いたが声は出ていない。ぐっとさらに継之助は手に力を入れた。正気なら悲鳴を上げるほどの強さだが、渡辺進は歪んだ唇でなんとか笑みを作っただけだ。

「渡辺、俺が来た。安心して休め」

ああ、この男は死ぬな――思いつつ、継之助は力強く声を掛ける。

「う、迂回を……」

進の唇がまた動いた。継之助はハッと南方を見る。視線を戻したときには、もう進の瞳は閉じている。聞こえているかはわからなかったが、

「よし、わかった。草生津のさらに南方へと迂回させ、敵の左方面から横撃させよう」

大声で策を引き継ぎ、握っていた手を離した。すぐに二十数名を選び出す。敵知れず南方へ回り込むよう命じた。後は無茶をさせずに正面に敵の銃撃を引き付け、時が来るのを待てばよい。同時に、敵方から横撃されぬよう対処した。

「いいか。迂回隊の攻撃が始まれば敵は崩れる。だが、深追いするな。この地を死守することを第一に動け」

長々と追撃して戦線を延ばせるほど長岡勢は多くない。さらに八町沼潜行で疲労が甚（はなは）だしい。

本来なら、米沢勢が援軍として駆け付けてくるはずだった。だが、まだその兆しが見えない。援軍が来れば長駆もできたのだが、それは言っても仕方がない。現実

を見て、今できる最善の手を打っていくしかない。

継之助は再び馬上の人となった。もう一ケ所、どうしても気になる激戦地がある。薩摩勢を相手に戦っている三間市之進率いる第二軍布陣の新町口だ。ここは、福井、大黒、十二潟等、八町沼北辺から西方信濃川までの戦線を守っていた新政府軍が、長岡危うしと逆襲すれば抜きにくる要所である。北方を固めていたのは薩摩軍だ。薩摩は必ず来る、と継之助は初めから読んでいた。

軍議で、「最も危険かつ困難な場所となろう」と口にした継之助に「ならばわたしが行きます」と間髪容れず志願したのが三間市之進だった。市之進ならそう言ってくれると信じていた継之助は、

「そうだ、新町口は三間市之進でなければならん」

嬉しさを満面に出し、「頼んだぞ」と送り出した。

（市を死なせてはならん）

市之進はあのとき継之助に応えた。継之助も市之進に応えねばならない。

継之助は一度、城に戻り全体の状況を把握した。思った通り、自分が出て行かねばならぬほどの苦戦を強いられている地は新町口を除いてはもうないようだ。

「総督、総督！」

そこにちょうど寅太が叫びながら戻ってきたから、部下に渡された瓢箪の中の

葡萄酒で喉を潤しつつ、

「おお、寅よ。彦助はどうだ」

ずっと気にかかっていたことを訊ねた。

「無事でございます。いまは休ませてございます」

寅太が元気に答える。

「そうか、無事だったか。それは嬉しいことだ。俺は今から三間のところへ行かねばならん。なに、その前に顔を見ておこう」

連れてくるように頼むと、寅太はいったん消え、すぐに彦助や同じく牢に捕らえられていた目黒茂助を連れて戻ってきた。

「河井先生、河井先生」

顔が見えたとたん彦助は涙ぐみ、感無量だと継之助の名を馬鹿みたいに大声で繰り返した。

「元気だったか、辛くはなかったか」

「はい……いいえ、ちっとも」

「そうか、さすが彦助だ」

「しかしあのう……」

言いかけて躊躇い、彦助は茂助と目を見かわした。茂助が後を続けた。

「あのう、御内儀さまが……敵軍の手に……」

ふいにすが子のことを口にされ、継之助は動揺した。

「それ以上は聞くまい。身内の安否はわからぬ者の方が多い。俺だけ聞くわけにもいくまい」

継之助は首を左右に振ってすが子の話題を打ち切った。

これまであまりに目まぐるしく、やらねばならぬことも考えねばならぬことも多かったため、ふとした瞬間さえ思い出しはしなかった。あまりの不意打ちに、継之助は自身の胸が抉られたような痛みをもろにくらった。敵方にとって憎くてならない河井継之助の妻はどんな扱いを受けるのか——恐ろしい考えが頭に浮かんだが、継之助は意志の力で振り払った。

自分は長岡軍の総督なのだ。多くの者を戦いという修羅に駆り立て、死に追いやった。父母から子を奪い、子から父母を奪い、妻からは夫を、夫からは妻を奪った男は、自分の身内のことで今更どんな感情も持ってはいけないに違いない。

継之助はいつもと変わらぬ態で手にした瓢簞を置くと、三間市之進が奮戦している城下北方新町口の戦場へ向かうために立ち上がった。

このとき——。

城外から何か歌のようなものが聞こえ始めたのだ。なんだ、と継之助が耳を澄ますとそれは徐々に大きくなり、たくさんの声が重なり出す。

よくよく聞くと、祭りのときに民衆が謡う長岡甚句ではないか。

本来、武士は盆踊りを踊ることは禁じられていたが、長岡甚句が聞こえ出すと継之助は妹から浴衣を借り、手拭いの頬被りで顔を隠しては家を飛び出し、踊り狂ったものだ。

懐かしかった。それは、平和だった長岡の人々が延々と歌い継いできた長岡への愛着であった。

町人たちが今、継之助たちが城下に戻ってきたことを喜び、迸る思いを甚句に乗せて謡い始めたのだ。声はますます大きくなる。継之助の中に言葉では表せない感情のうねりが沸き起こった。まるで奇跡が起こったような感動に、継之助はしばし呼吸すらできなかった。

「馬鹿な、まだ戦の最中だぞ」

「総督、総督」

周囲の兵たちも泣き笑いをしている。

仕方のない奴らだと継之助は破顔する。美声と称えられた声で自らも謡い出すと、みなもそれに倣った。継之助率いる長岡軍は、朗々と謡いながら城外へと出軍した。

だが、この総督自ら窮地へ向かった判断が、継之助や長岡のその後の運命を狂わせるのだ。

長町から足軽町を抜け新町へと進んだ継之助は、弾丸が雨の降るように飛び交う戦場を目の当たりにした。そんなもので怯む継之助ではない。

雁木に身を隠しながら進んでいく。さらに前進するため、往来へと迷わず飛び出したこのとき、それは起こった。左脚に火箸を捻じ込まれたような熱さを覚え、次の瞬間、

「総督！」

継之助は悲鳴のような叫びを聞いた。とたんに鮮血が迸る。がくりと脚の力が抜けた。継之助は懸命に踏ん張ろうとたたらを踏む。が、まるで己の脚ではないように、その場にドッと頽れた。

出血が思いのほか多く、まったく立ち上がることができなかった。従っていた者たちが傷口を縛り、戸板に乗せてくれた。

周囲の者のあまりに深刻な顔を見渡した継之助は、

（まずいな）

苦笑した。

「慌てるな。頭が北に向けてある。南向きに変えろ」

冷静になれとまずは叱責する。北や南を気にする余裕があるのかと、わずかにほっとする空気が流れた。この機微を継之助は逃さない。

「どうだ、貞よ。俺の顔色は悪かろう」

戸板を担ぐ夏目貞五郎という男に、わざとそんなふうに話しかけた。

「は、いえ、そのう」

「悪いはずだ。見なくてもわかるぞ。血がたくさん出たからな。血が抜ければ顔は蒼白(そうはく)になるものだ」

「はい。真っ白です」

「うむ、そうであろう。だが血が止まればどうということもない。しばらく歩けまいが、血の気が戻れば指揮は執れよう」

「はい」

「これを」と、いつも采配を振るときに使う軍扇を継之助は取り出した。

「三間に今日だけ預けよう。届けてくれ」

「はっ」

（ざまあないな）

継之助は自嘲(じちょう)したが、いまさら起こってしまったことをどうこう言っても仕方がない。近くの土蔵に運び込んでもらい、

「困った事態が起きればここへ来い。口は達者だ。策の一つ二つは授けてやろう」

みなを励まし、予定通り新町口の三間市之進のもとへ応援に駆け付けるよう戦場へと送り出した。

実際は仰向けに寝かされたまま寝がえり一つ打てぬ重傷だった。もし敵がここへ踏み込んできたら、なに一つ対応ができない。継之助は付き添いに残した寅太に言って、抜き身の刀を自分の体の上に横たわらせた。

「敵が来たら俺の首を切って走れ。絶対に渡すなよ」

寅太は今にも泣きそうな顔でうなずいた。

銃声が聞こえるだけでなく、弾丸が土蔵の壁に当たる音がする。すぐ真横で戦闘が行われている。継之助はそんな中で、酒席でときおり吟じる杜甫の詩『韋左丞丈に贈り奉る二十二韻』をいつもと変わらぬ朗々とした声で吟じ始めた。

「紈袴は餓死せず、儒冠は多く身を誤る　丈人、試みに静かに聴け　賤子、請う具さに陳べん……」

――幼いころよりその才を称えられ、すぐにも国の重職に就き、乱れた世を正すだろうと思われたが、実際はその道も閉ざされなにものでもなく何事も成さず、人の情けにすがって生きている。しかしこれからは、あらゆるものの束縛から逃れ、鳥のように自由になって生きていこう。

そんな意味の五言詩だ。継之助は銃の音が聞こえなくなるまで、朗々と詠い続けた。そうやってなんとか意識を保ったのだ。

十

撃った砲弾の数、六百発という激しさで、長岡勢はその日のうちに長岡城下を手中にした。一度落ちた城を奪還するという快挙であった。長岡武士の意地を見せたのだ。

翌日には会津や米沢、仙台などの同盟軍が入城を果たし、奇跡のような長岡の健闘を讃えた。その日は祝砲を射ち、酒肴が振る舞われた。長岡城下は兵も市民も喜びの涙に咽んだ。

だが、継之助は彼らと時を共にすることは叶わない。傷は思いのほか重く、とても一軍を指揮できる状態ではなくなっていた。左脚の脛にある二本の骨の内、内側にある太い骨の方、脛骨が砕かれていた。脚であるためすぐに命を奪われることはなかったが、数ある骨の中でも治療の困難な場所である。さらに皮膚のすぐ下にある骨のため、折れた骨が膚を突き破り、外気に触れることで感染症（骨髄炎）を起こしやすい。傷口は化膿し、激痛の中、発熱して全身が怠く、継之助の意識は混濁としがちであった。

その頃、新政府軍の方では——。

ほとんどまともに戦わずに柏崎まで逃げるという失態を演じた長州の山縣狂介参謀は、関原に諸隊幹部を招集して今後の打開策を話し合おうとした。が、踏み留まって戦った薩摩軍は冷ややかに長州軍への協力を拒んだ。新政府軍は薩長が決裂する形で、越後からの一時撤退を決めた。このままいけば長岡は起死回生するはずだった。越後にもうすぐ冬が来る。

ところが、長岡勢が城を盗り返した二十五日、新潟方面を担当した新政府海軍の方では、北方松ケ崎に衝背軍上陸作戦を成功させていた。長岡の戦況がすぐには伝わらぬため、滞りなく同盟軍総攻撃に向けて二方向への進軍を開始したのだ。この軍勢は水原の同盟軍を破って東方を押さえ、さらに南下した軍は阿賀野川を渡った。

二十六日、海軍を指揮した山田市之允は衝背軍の成功を長岡方面を担当した新政府軍に報告しに柏崎へと上陸し、正面軍の敗北を知った。二十七日に山縣狂介のいる関原に赴き、越後退却の軍議決定を覆させるため、ただちに再度幹部に招集をかけた。長岡方面は敗北したが、新潟方面は作戦通りにことが進んでいる。市之允は会議で背面新潟と正面長岡の同時攻撃を提案し、軍議の席を見渡しこう告げた。

「長岡の城が落ちたのは二十五日。今日はすでに二十七日。なにゆえ長岡勢は追撃せずに守りに徹しておるのか。それはできぬ理由があるからだ。長岡は河井継之助で持っている。おそらくこの河井に何かただならぬ事態が起こったのであろう。叩くなら今だ。諸君が尻ごむなら、海軍と長州のみで作戦を敢行しても良いが、いかがか」

他の誰でもない、「用兵の妙、神の如し」と言われた男の言葉に、新政府軍は退却の決定を翻し、長岡・新潟同時攻撃を二日後の二十九日と定めた。

慶応四（一八六八）年七月二十九日。

新政府軍は長岡と新潟の同時攻撃を計画通り実行した。長岡は、六百人ほどの長岡勢に対し、新政府軍が千二百人もの大軍で攻め込み、一方的な戦いを展開した。新潟は、米沢を中心とした同盟軍五百人に対し、新政府軍は三百人の寡兵で進軍した。だが、それは海からの艦砲射撃を駆使するためだ。さらに同盟軍側が援軍を送れぬよう、同盟軍を裏切った新発田勢と七百人に及ぶ新政府軍で周囲を固めた。正午一刻前には米沢藩総督の戦死を切っ掛けに、同盟軍側の砲はすべて沈黙した。

新潟、長岡共に、同日中に新政府軍が占拠を完了させたのだ。

八月四日、加茂での戦いを最後に、越後は新政府軍の手に落ちた。この地からの撤退が決定的となり、四郎丸村の軍病院昌福寺で傷の手当てを受けていた継之助も松蔵の作った辻駕籠風の戸板に乗せられ、会津へと続く八十里越を眼前にした吉ケ平へと運ばれた。自分ひとりでは身の回りのことはおろか、ほんの少し歩くこともできなくなっていた。それどころか時折、正気を失う。

足の傷は重傷だった。骨髄の損傷から血流が滞り、骨の壊死が始まっている。膿を伴うひどい痛みと共に発熱し、全身が怠かった。訳の分からぬ怒りが矢継ぎ早に込み上げてくる。これまでなら笑って見過ごせたようなことで、一々カッとなる。全身に菌が回ることで起こる現象だが、そうなるものだと知っている者は誰もいない。もちろん継之助本人が一番、自分の変化にわけがわからない思いでいっぱいだった。

制御できぬ感情の渦に己を見失い、突如怒鳴り散らしてしまうことがある。凄まじい意志の力でなんとか意識を引き戻すが、それがいつまで持つことか。正気を失っていく己に、ここまできて得たものが〝狂気〟なのかと継之助は愕然となった。今日まで信じて付いてきてくれた者たちは、こんな自分の変貌にどれほど失望していることか。

死んでしまいたかった。

「俺は会津には行かぬ。置いていけ」

言い張る継之助に、川島億次郎が困った顔でいかにも気の毒そうに首を左右に振る。

「継さの頼みだ。聞いてやりたいのはやまやまだが、生憎と武士には死ぬ自由はないでなあ」

チッと継之助は舌打ちをした。

「当たり前のことを当たり前の顔で言いやがる」

「それになあ、継さ。河井継之助が生きているというだけで、皆の力が湧いてくるんだ。おみしゃんは辛いだろうが、皆のために生きていてやってくれ」

「…………」

一見して僅かな傷でも、七転八倒の痛みの末に死んでいく者が大勢いることを、継之助はこれまでの経験で知っている。

（おそらく俺は長くない）

取り返しのつかない結果を残して死んでいかねばならない敗者としての自分の行く末を、継之助は正しく見据えている。だが、〝河井継之助〟の生存が少しでも皆の希望になるというのなら、命尽きるまでのしばしの間、生き恥の苦痛を背負ってもただ生きるしかない。最後の瞬間まで、皆の望む〝河井継之助〟らしく。

戦の最中、長岡勢は強い継之助を龍にたとえた。「違う」と継之助は否定したが、今は皆が望むなら龍にもなろう。そういう無二の存在が必要というのなら、なって、まだ長岡には継之助が生きているのだと希望を持たせてやるのだ。

——八十里こしぬけ武士の越す峠——

継之助は戸板の上で、「腰抜け」と「越抜け（越後抜け）」を掛けた俳句を詠み、八十里越の峻険な山道に踏み入った。

八十里越は中越と会津を結ぶ二つの峠を伴う街道だ。実際には八里ほどの距離だが、あまりの険しさに一里が十里ほども感じられるという感慨を込めて名がつけられた。

継之助ら一行は、四日に出立し、山中で一泊して五日に会津領只見村に着いた。そこで継之助を待っていたのは、会津城外の建福寺に居る老公雪堂（忠恭）と藩主忠訓からの君命である。

「一刻も早く我が許へ参り、傷を癒せよ」

継之助の目に涙が滲んだ。面目を失くした継之助が意地を張って途中で足を止めぬようにと配慮された温かな君命だ。両君と力を合わせ、長岡の地を豊かにしようと藩政改革に取り組んだ日々が継之助の脳裏に蘇った。城下を取り返した時に民が領主を慕って謡った長岡甚句の調べと共に——。

継之助自身、どれほど両殿に会いたかったか。だが、苛酷な八十里越の峠道を戸板で揺られ続け、容体は目に見えて悪化していた。気を抜けば気絶しそうな痛みが続き、しばらくはとうてい動けそうにない。それでも継之助は両殿が待っているのだからと進もうとしたが、今度は周囲が無理をせぬようにと止めた。

「行けと言ったり行くなと言ったり」

継之助は苦笑した。

数日後、両殿からの依頼で会津から一人の男が供も連れずにひょっこり継之助を訪ねてきた。将軍侍医を務めた蘭医で、今は軍医として同盟軍の負傷者の手当てに明け暮れている松本良順だ。

一目見て、継之助は瞠目した。この男、見覚えがある。確か長崎の地で、懸命に西洋の最新技術を習得しようと格闘していた男ではないか。上野彦馬に頼まれ、魂を吸われると言われていたホトガラフィを撮らせてやった勇気ある人物だ。あのとき言葉を交わすことはなかったが、一度は話してみたかった。こんなところで再会するなど、人の縁とは不思議なものだ。

継之助の中で九年前が鮮明に蘇った。あの当時は未だ攘夷が横行している時分であった。幕府はすでに衰退していたが、あらゆる可能性をまだ秘めていた。幕府だけではない。長岡も——。

(ああ、そうだ。他の誰でもない、この俺が長岡を救うのだと方谷先生の門を叩

き、教えを乞うたあの年だ）

自分は今も、顔を真っ直ぐに上げて先生の教えを守っていると言えるだろうか。長岡を救えなかっただけでなく、この手で焦土に変えた今も。継之助の手が自然と胸元の、師から渡されたお守り代わりの薬をさぐる。

「君とは、初めて会った気がしないな」

松本良順の声が継之助を現実に引き戻した。巻かれた白木綿の晒を取って傷口を確かめながら、良順は不思議そうな顔でそんなことを呟いた。継之助は微笑した。

（会っているのさ、俺たちは）

あえて長崎のことは口にしない。良順は器用に包帯を巻き直し、

「膝下を切断すればなんとかなろう。会津で切ってやるから来いよ。牧野さまも待っておられる」

さらりとそんなことを言う。良順の言葉に場の空気が凍ったが、継之助は、

「そうしよう」

了承した。

継之助は良順の傷を見た表情で、すでに自分は手遅れなのだと察していた。自分はもう会津に行き着くことはないのだろう。それでも良順があえて来いと言ったのは、命を削って出立することで君命に応えたい継之助の気持ちがわかったからだ。

今のままなら周囲の者に止められてこの地を動けない。行きつかないまでも最後の瞬間まで忠義を尽くしたい。そんな継之助の気持ちを、まるでずっと友だったように良順は汲んでくれた。

その日は良順が滋養にと持ってきた牛肉のたたきに継之助は舌鼓（したつづみ）を打ち、久しぶりによく食べた。話も弾んだ。誰もがそんな継之助を嬉しそうに見た。

「先生が来てからみるみる継さに力が漲っていくようだ。松本先生は噂にたがわぬ名医ですな」

花輪馨之進が弾んだ声で良順に謝意を述べた。

「会津で会おう」

果たせぬ約束を交わし、継之助は良順を見送った。

その後、継之助は枕元に腹心の何人かを呼んだ。

「率直に言おう。会津は近く瓦解しよう。同盟軍は何れ負ける。そのときにいかに動くかで我らの士道が問われよう。決して主家牧野家の名を汚さぬよう守り通してくれよ。頼んだぞ。頼んだぞ」

継之助は一人一人の手を握りしめ、頼んだぞと繰り返し、これまでの感謝も込めて頭を下げた。

十一

継之助が死んだのは、八月十六日（十月一日）の中秋だ。十二日に只見を出立したものの、わずか二里先で力尽き、五日滞在した塩沢の医者の家が終焉（しゅうえん）の地となった。

継之助はここで自分にずっと従ってくれた腹心の花輪馨之進を傍に呼び、総督として最後の指令を出した。

「最後まで戦い抜くのであれば庄内と行動を共にせよ。そうはいってもどの藩も結局はもつまいよ。敗亡避けがたくば、ただ一筋にお世継ぎの鋭橘（えいきち）君（後の忠毅（ただかつ））をお守りいたせ。あのお方さえ薩長の歯牙（しが）から逃れれば、お家血統の途絶えるに至るまい。仙台に停泊中のスネルの商船にお乗せするのだ。すでにスネルへの話は戦の始まる前につけてある。数年もフランスへ遊学あそばされればそのうち世も一変しよう。今後は目まぐるしくこの国は変わっていく。いつまでも戊辰の戦を振り返ってはいられぬほどに早い勢いで変わるでや。西洋の知識を身につけた者は頭角を現す、そんな世がくる。フランスから戻った若君は、必ずや新しい世に受け入れられよう」

明日へ繋げてくれと願いを込めた。世子鋭橘はまだ十歳の幼年のため、付き添いとして今も従っている小山良運と豊辺半も共に渡海するよう告げた。それからできれば、長岡の優秀な若者たちも同行させたい。

「彦助と寅太も連れていってやりたいなあ。叶うなら大海に送り出してやりたいものだ」

馨之進はぽかんとなったが、継之助の最後の頼みになんとか答えようと頷いた。

「わかった。努めよう」

「すまんね」

「なにがだ」

「おみしゃんは生きる。俺は死ぬ。生きる方が辛かろう。苦労をかけるな」

馨之進は継之助の手を握った。何か言おうと口を開きかけたが何も言葉が出なかったのか、馨之進は不器用に無言で継之助の手を握り続けた。

死の前夜。死期を悟った継之助は松蔵を呼んで自分の入る棺と納骨箱、そして体を焼く薪の準備を命じた。松蔵は、

「そんなお気の弱いことをおっしゃらずに」

首を振ったが、継之助は叱り飛ばした。

第一、松蔵こそが少し前に、すが子に渡す遺髪が欲しいとせがんできたのだ。

（おすがはどうしているか……）

敵の手に捕らえられたというすが子も父母も、その安否は知れない。最後に一目、会いたかった。せめて無事でいてほしいと願うことさえ自分には許されないと、幾ら自身を叱りつけても、心中に湧き上がってくる情愛はどうしようもない。もちろんそんな家族への思いは松蔵の前でさえおくびにも出さず、幾らでも持っていけと継之助は応じてやった。髪を切り取る松蔵の手が震えていた。

継之助は体を縁に運んでもらい、夜空を見上げた。冴え冴えとした月が、燃えるような紅葉を照らしている。今年は東北の益荒男たちの血を吸ったせいか、色づくのが早い。己を焼き尽くす炎のようだと継之助は見惚れたが、松蔵は景勝も見ずに、庭に下りてしょんぼりと棺を造っている。

「松蔵、可哀そうだな。俺と関わったばかりに今年は名月も楽しめぬ」

継之助が声を掛けた。えっ、と松蔵が振り返る。呆然とした顔で月と継之助を交互に見た後、「いいえ」と首を左右に振った。

「松蔵は幸せでございます」

本当に幸せそうな顔で答えた。

「そうか」

「はい。旦那さまのお傍で、ずっと輝くものを見せていただきました」

継之助は目を細め、松蔵はまた黙々と棺を造り始めた。

奥羽越列藩は負けるだろう。そして戦の終結と共に新しい世がやってくる。もう江戸は、東京と名を変えたと聞く。自分は古い時代と共に士(さむらい)として死んでいく。望んだものは他愛(たわい)ないもののはずだった。美しかった長岡を豊かで住みよい地にしたかった。人々が殿さんを慕い、笑って過ごせる世にしたかった。願いはただそれだけだった。

実際には継之助が焦土に変えた。皆を苦しめ、慟哭(どうこく)を味わわせた。そんな一生だった。

(龍が、天が、俺のせいで哭(な)いている)

そのことを、悔みもしたし、己を呪いもした。力が及ばぬことに何度も歯噛みした。それでも言えるのは、どの瞬間も長岡のために生き切ったということだ。あと継之助にできることは、一つである。自分を憎ませることだ。憎む相手がいる者は、ぶつける相手を持たぬよりまだましだ。敗戦を迎えた長岡の者たちは、今後、絶望の淵で行き場のない苦しみにもがくだろう。そのときは俺を憎めと継之助は願う。

——そうだ、長岡の者たちよ、最後は俺を憎め。俺は憎まれるために生まれてきた。そして今、憎まれるために死んでいく。

それが、幕末という士の終焉を迎える時代に、一藩を導く立場となった男の責務である。

この現実も、自分という男も、全てを有りのままに受け入れ、継之助の心は死を前に凪のように静かである。

翌日、河井継之助は逝った。四十二年の峻烈な生涯は、燃え上がる炎と共に煙となって天へ昇った。

遺骨はただちに会津の両殿へと届けられた。松蔵の作った平たく四角い納骨箱を前に、忠訓は無言で肩を震わせたが、時にぶつかり合いながらも継之助を取り立て引き上げた雪堂は納骨箱をそっと撫で、

「余は半身を失くしたようじゃ」

ほとんどの者に聞こえぬ声で呟いたあと、慈愛を込めて語りかけた。

「継之助よ、その方が城を取り戻し長岡武士の武勇を世に鳴らしめた此度の働き、実に大儀であった。余は満足であるぞ」

帰るべき領土を失った長岡士たちは、九月二日の戦闘を最後に米沢へと退いた。山本帯刀率いる三小隊のみは、その後も会津に留まり戦ったが、最後は捕縛されて引き立てられた。霧で視界を失い、気づいたときには囲まれていたのだ。

降伏を勧められた帯刀は、糾問する敵方の軍監らを真っ直ぐに睨み据えた。

「我らに何の非がござろう。初めから我が長岡は争いを好まず、中立の立場を鮮明にいたせしを、土佐の軍監岩村と申す者が突っぱね、戦うことを強いられたのだ。それがしは、今も我が長岡に正義があると信じておる」

「長岡は、なにゆえ中立を主張したのだ。錦の御旗を持つ我ら官軍の助けとなり、逆賊会津を討ち果たすのが皇国の民の務めであろう。それこそが正義というものだ」

「会津は降伏を申し入れたではござらぬか。それを突っぱねたのはなぜなのか。薩長の私怨と私利私欲が絡んだゆえでござろう。ものの道理が通らぬゆえ、我らはいずれにも加担できぬと申したのだ。貴殿らは、まことにこの戦がこの国のために必要だったと胸を張って言えるのか」

継之助と寸分違わぬ主張であった。

ここにいる誰もが返答に逡巡した。ここには薩長の者は一人もいなかったし、戦いたくて戦った者も一人もいなかった。みな生き残りたくて新政府側に付いた者たちだ。この場にいた男たちは、この期に及んで意思を曲げず、戦の前も後も一貫して変わらぬ主張を通した長岡人に息を呑むほど感動した。それに帯刀は未だ若い。なんとしても助けたいという空気がその場に満ちた。

「されどその方どもは負けたのだ。詰まらぬ意地を張らずに降伏致せば謹慎ののち、いずれは釈放されようほどに」

彼らは言い含めるように帯刀を諭した。が、帯刀の心は揺らがなかった。

「我が殿が降伏を口にせぬうちに、どうして臣下のそれがしが命欲しさにその言葉を発することができようか。それがしは、長岡士の誠を貫いて死んでいけることを誇りに思う」

遠慮せずに首を打てと答えた。こうして帯刀の翌日の処刑が決まった。

その日の夜、一緒に捕まった従者豹吉と帯刀は、縛られた姿のまま同じ牢に入れられた。

「すまぬな。わたしが一言謝罪すれば、豹吉は死なずに済むものを」

帯刀に言われ、豹吉は首を横に振った。

「ほとんど生まれたときから、ずっと旦那さまの影となってお仕えして参った身。引き離されることだけを恐れて今日まで過ごしてきたのです。同じ日に斬られて死ねるのであれば、本望でございますなあ」

豹吉は破顔し、帯刀の体からずり落ちた毛布を足の指で挟んで掛けなおした。

「少し疲れたな」

「連戦でございましたゆえ。今夜はゆっくりとお休みなさいまし」

これまでの疲れが一気に出た帯刀はそのあと泥のように眠ったが、豹吉は一睡もせずに主人を見守り、従者としての最後の務めを果たした。

翌日、帯刀は阿賀野川の河原へと引き立てられ、首を斬られて果てた。直後、豹吉も斬り捨てられた。九月九日のことだ。

また、かの成三郎は、長岡城下の戦いで傷を負い、一人で動けなくなると城をあおぎながらモルヒネを飲んで自害した。

米沢入りした長岡兵たちは、両殿はもちろん、逃げてきた女たちや幼子、それに老人たちも伴い、最後は仙台領へと落ちた。継之助が望んだ世子鋭橘のフランス行きはもろもろの事情で叶わなかった。一番の理由は資金が尽きていたことだ。

藩主忠訓は会津が降伏するのを待って、自ら新政府軍の総督府に出頭し、自身の身柄を差し出すことで、三百人を超える戦死者を出した長岡藩の戊辰戦争に終止符を打った。明治政府は、忠訓を隠居させ、世子鋭橘に五万石を削った二万四千石のみを与え、家督を継ぐことを許した。十歳の幼君の誕生であった。

敗戦後の長岡を支えたのは、かの小林虎三郎（とらさぶろう）や三島億二郎（おくじろう）（川島億次郎）である。復興には長い歳月が必要であった。辛酸（しんさん）を舐（な）め、飢えに苦しむ中で、人々は墓を壊すほど河井継之助を憎むようになっていった。

エピローグ

高田藩に囚われの身のすが子は、夫継之助の死を牢の中で聞いた。

捕らえられて以降まったく乱れることのなかったすが子である。その姿は毅然としていなければという気負いも見えず、敵方の者たちへの怨嗟もなく、常に穏やかで平静だったと高田藩の者がのちに証言している。

――ああ、これが噂に聞く長岡の女なのか。

彼らはすが子の見事さに感嘆したという。

だが、さすがに夫の死を聞かされれば乱れるはずだと高田藩の牢番は思った。いや、それでもきりりとしているかもしれない。だとしても、懸命にそうあろうとする危うい緊張を伴うはずだ。いくらなんでも今度ばかりはいつも通りというわけにはいかないだろう。河井継之助の妻は、いったいどんな表情をしてどんな態度をとるのか。とくと見てやろうという底意地の悪さで、

「河井継之助は死んだぞ」

夫の死を伝えた。

すが子は、表情一つ変えずに頷いただけだ。高田の者はその日からすが子を、「氷の女」と呼んだ。

もちろんすが子の内側が乱れていないはずもない。それでもすが子は今、継之助と共に生きている。

（あの人が受け入れた運命を私も共に背負いたい）

そう願うと、もう何も恐れるものはなかった。どれほど気負おうと、すが子になにほどのことができるわけでもない。ならばこれからもただ夫の心に寄り添って、生きることが許されているうちは、生きていこうと思うのだ。

牢に閉じ込められ、ひとり黙考することが多くなったすが子には、継之助が何を望み、求め、あがいていたのかわかるような気がしている。

継之助は真の意味で豊かな世が欲しかったのだ。だから、庶民が笑って踊る盆踊りが好きだった。備中松山まで山田方谷を訪ねていった。藩の重職に就いて藩政改革を行った。戦を起こしたくなくてガトリング砲を求め、中立を模索して小千谷談判に臨んだ。最後は長岡が負けぬように戦って敗れて死んでいった。すべてが一本に繋がって、どこにも矛盾はない。

すが子が釈放されて自由の身となったのは、明治二年になってからだ。明治政府のお達しで河井家はお家断絶となった。高田まで松蔵が迎えにきてくれた。長岡領に入ったところで、すが子は継之助の遺髪をふいうちのように渡された。

松蔵は、真っ正直に自分の見た北越（ほくえつ）戦争と継之助の最期（さいご）を朴訥（ぼくとつ）と語った。高田では無表情だったすが子は、そのとき初めて夫の髪を握りしめて泣いたのだ。

長岡に戻ると世間は冷たかった。老公雪堂（せつどう）だけは、なにかとすが子や継之助の老父母を気にかけ、生活が成り立つようにと便宜を図ってくれた。それがさらに人々の憎しみをあおった。

三年が過ぎた。

明治五年、すが子はようよう東京へやってきた。日本でかつて、血で血を洗い、故郷（ふるさと）を焦土（しょうど）に変えた争いの歴史があったなど嘘のように〝東京〟は華やいでいた。人力車が行き交い、洋装の男女もちらほら見え、人は皆、信じられない速さで歩いている。

松蔵から聞いた。死ぬ少し前、継之助は士（さむらい）に憧れていた庄屋の寅太（とらた）にこう言ったそうだ。

「寅よ、寅。もう士の世は終わりだ。今の身分制度はじきに壊れ、新しい時代がやってこよう。才覚一つで世界に羽ばたける時代だぞ。それには商人をやるのがよかろうよ。寅は海の向こうへ行け。長岡も日本も飛び出して世界を股にかけて駆け巡れ。面白い世がそこまできておるでや」

本当にそんな時代が来たというのだろうか。

寅太は今、継之助がくれた遺言のような言葉を胸に、自分たちを打ちのめした明治政府の大蔵省に入って闘っている。どこまでものし上がって名を残し、〝長岡の河井継之助〟は正しく未来を見据えた男だったと証明してみせると言っていた。

寅太には及ばぬが、すが子も継之助のために小さな闘いを始めるつもりだ。

その前にどうしても寄っておきたい場所があった。別れる前夜、継之助が聞かせてくれた松の生えた隠れ家だ。どこにあるのか継之助は言わなかったが、いつか墓参りに来てくれた鴉十太（からすじゆうた）を名乗る男が、当たり前のように松の話を口にして教えてくれた。

十太の描いた地図を手に霊岸島（れいがんじま）までやってきたすが子は、「あっ」と思わず声を上げた。

そこには赤松の巨木が二本、天に向かって伸びている。ああ、この木だ、とすが子にはすぐにわかった。

この木をずっと見たかった。胸がじんっと熱くなる。その胸元には、継之助がくれた桐箱の中の写真がいつもおさめてある。

継之助とは何者だったのか。英雄か、それともとんだ大戯（おおたわ）けか。継之助のいない明治の世を、あの男の妻として闘いながら生きていけば、きっと答えはみつかるはずだ。

すが子は松に両手を上げて誓いを立てた。

お家断絶となった河井家を、すがが何年かかっても再興いたします——。

〈了〉

あとがき

秋山香乃

この小説を新聞に連載させていただきました間は、継之助（つぎのすけ）のことだけを考えて過ごした日々でした。実際はその間に文庫書き下ろしを一本仕上げたので、それはもちろん大袈裟（おおげさ）ですが、一緒に暮らす家族よりもずっと継之助に意識が集中していました。

初めは色々とあんな風にしよう、こんな風にしようと作品としての効果ですとか、あるいは歴史的な事柄に対する解釈ですとか、意欲たっぷりで、自分の中の転機の一作になればと意気込んでいました。

けれど、長い時間ずっと継之助の心情を想像して寄り添う内に、そういうことは二の次で、ただもう等身大の継之助を描いていきたいと願うようになりました。英雄としての格好いい継之助ではなく、十分すぎるほど弱さを抱えて、その中で自身のできることを精一杯成し遂げた人間臭い継之助です。

継之助はこんな男ではないと思った方もきっとおられるかと思います。ですが、継之助が生きていた時代でさえ人物評価は様々に割れていました。最低の男のように言い残した人もいれば、こんなに素晴らしい人物はいないと言い残した人もいます。それぞれの中にそれぞれの継之助がいるのだから、私は私の継之助を描き切ることが大事なのだと自分に言い聞かせ、最後まで筆を走らせました。

物語の最初に、すが子が自分の夫は英雄なのか、それとも大戯けだったのか、どちらの評判も耳にしたが夫の真実が知りたいと思う場面を描きました。それは私自身が知りたいと思ったことでもありました。とりもなおさず筆者が継之助のことを初めから、英雄であり、優れた人物であることを前提に書き出していないことを意味しています。

たまらなく魅力のある人物であるのは間違いありませんが、もしかしたら愚者かもしれない、という疑念を抱いて書き始めました。長岡が焦土になったのは事実です。また継之助を信じて付いていった人々はどうなったでしょう。何人かは明治の世でも不死鳥のように飛翔しましたが、たいていの人は暗転しました。これも継之助が残した一つの結果にほかなりません。書き終えるときまでに自分はどういう答えを出すのか、自分でも全くわからないがゆえにわくわくしながら書きすすめました。

書き終えた今思うのは、河井継之助という人物は、英雄などではないが戯け者でもなかったのだということです。また、どちらであるかはさして大切なことではないと思うようになりました。継之助はただひたすらに長岡を愛し、人々の幸福を願い、懸命に生きました。人は時にそういう一途で真摯な姿に胸を打たれるものではないでしょうか。

私は書き出す前より、ずっと継之助のことが好きになっていました。作者にとってエンドマークを打つのは無上の喜びですが、書き終えることがこんなに惜しく、寂しい気分にさせられたのは初めてでした。今も未だ、もう少しだけ継之助と一緒に過ごしたい気分です。

この作品は、二〇一七年六月にＰＨＰ研究所から刊行された。

著者紹介

秋山香乃（あきやま　かの）

1968年、北九州市生まれ。活水女子短期大学卒業。柳生新陰流居合道四段。2002年、『歳三 往きてまた』で作家デビュー。新選組ファンをはじめ歴史時代小説ファンから支持を得る。著書に『新選組 藤堂平助』『総司 炎の如く』『新撰組捕物帖』『獅子の棲む国』『吉田松陰 大和燦々』『獺祭り 白狐騒動始末記』『伊庭八郎 凍土に奔る』『氏真、寂たり』など多数。

PHP文芸文庫　龍が哭く　河井継之助

2020年1月23日　第1版第1刷

著者　秋山香乃
発行者　後藤淳一
発行所　株式会社PHP研究所
東京本部　〒135-8137　江東区豊洲5-6-52
第三制作部文藝課　☎03-3520-9620（編集）
普及部　☎03-3520-9630（販売）
京都本部　〒601-8411　京都市南区西九条北ノ内町11

PHP INTERFACE　https://www.php.co.jp/

組版　株式会社PHPエディターズ・グループ
印刷所　図書印刷株式会社
製本所　東京美術紙工協業組合

ISBN978-4-569-76988-2

PHP文芸文庫

光秀

歴史小説傑作選

冲方 丁、池波正太郎、山田風太郎、新田次郎、植松三十里、山岡荘八 共著／細谷正充 編

二〇二〇年の大河ドラマの主人公は、明智光秀！　青年期から本能寺の変、そしてその後まで、豪華作家陣による小説でたどる傑作アンソロジー。

定価　本体七八〇円（税別）

PHP文芸文庫

墨龍賦（ぼくりゅうふ）

葉室麟 著

建仁寺の「雲龍図」を描いた男・海北友松。武士の子として、滅んだ実家の再興を夢見つつ、絵師として名を馳せた生涯を描く歴史長篇。

定価 本体七八〇円（税別）